梁祝文化
中华瑰宝

周巍峙

中国文联名誉主席周巍峙题词

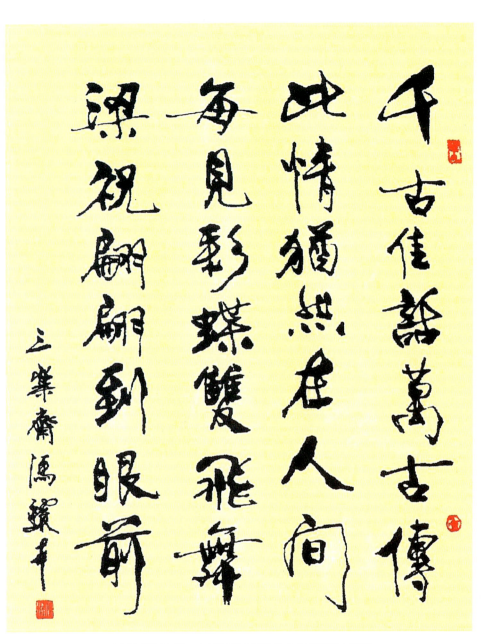

中国文联副主席、中国民间文艺家协会主席冯骥才题词

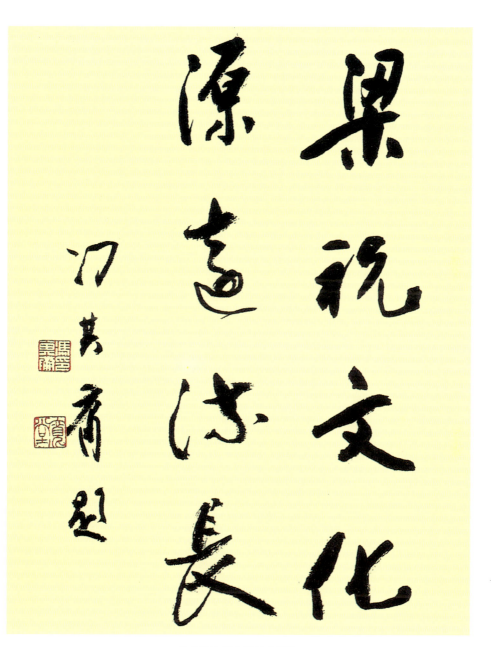

著名历史学家冯其庸题词

有誰不知祝英臺青衫有恨墓門開今來江南春水暖蝴蝶蝶飛去復飛來 化蝶 丁卯賴少其

原安徽省文联主席赖少其题词

2006年5月,国务院批准江苏宜兴"梁祝传说"为中国首批国家级非物质文化遗产。

2006年3月30日,中国民间文艺家协会授予江苏宜兴"中国梁山伯祝英台之乡"。

2007年3月,江苏省人民政府批准宜兴"梁祝传说"为江苏省级非物质文化遗产。

2009年6月,江苏省人民政府批准"宜兴观蝶节"为江苏省级非物质文化遗产。

2002年4月13日，华夏梁祝文化研究会正式成立，成为国内第一个从事梁祝文化研究的法人社团。（蒋志林摄）

2002年3月，上海市作家协会考察宜兴梁祝文化。

2003年1月，中国民俗学会副理事长、华东师范大学教授陈勤建与郑土有、李嘉赴宜兴考察梁祝文化。

2003年10月18日,《梁山伯与祝英台》特种邮票在宜兴首发,国家邮政局副局长谭小为(剪彩人右六)、《梁山伯与祝英台》邮票设计者高云(左二)、小本票设计者王虎鸣(右二)出席了首发式。

2006年3月,中国民间文艺家协会专家组考察宜兴梁祝文化。

2004年8月,中国民间文艺家副主席、江苏省民间文艺家协会主席陶思炎陪同日本东北大学教授铃木岩弓考察宜兴梁祝文化。

2006年6月11日,中国民间文艺家协会在善卷后洞举行"中国梁山伯祝英台之乡"授牌仪式。

2004年8月29日,由江苏宜兴、浙江杭州、山东济宁、河南驻马店等地代表参加的"'梁祝'联合'申遗'磋商会议"在宜兴举行。

中国民间文艺家协会副主席陶思炎教授与本书作者交流梁祝文化。(蒋耀民摄)

2004年6月,第28届世界遗产大会在苏州举行,同时举办了"中国自然与人文景观博览会"。图为笔者在宜兴"梁祝"展厅接受电视台采访。(王海琴摄)

以祝英台故宅创建的善权寺。

坐落在善卷后洞的祝英台读书处。

善卷山石壁的祝英台摩崖造像("文革破四旧"被挖除,后恢复)。

"碧鲜庵"碑是中国现存最早的"梁祝"文物，唐李蠙书刻。

1921年，"碧鲜庵"碑于寺后出土。图为出土时储南强先生在后洞飞来石上的铭记。

坐落在善卷后洞的晋祝英台琴剑之冢。

坐落在善卷后洞的英台阁。

善权寺内保留了"祝英台读书处"遗址,唐李蠙、宋李纲、李曾伯又在此读书,故又建有"三生堂"祀之。图为寺内三生堂。(原载于《宜兴梁祝文化——史料与传说》)

宜兴民众称黑色大凤蝶为"祝英台"。图为善卷山"英台蝶"。(王辰熙、徐建亚提供)

碧鲜竹,又名英台竹。此竹一桠三枝,不同于寻常竹,传为祝英台生前喜爱的植物。

坐落在青龙山上的祝英台墓。

2008年5月，笔者与复旦大学查屏球教授、日本立命馆大学芳村弘道教授、华夏梁祝文化研究会长陈健考察英台墓。

蜿蜒的祝陵河从祝陵镇穿过。

2003年7月，本书作者在向导带领下寻找祝英台墓。(史国兴摄)

中国民间文艺家协会的授牌仪式上,彩蝶飞上了"中国梁山伯祝英台之乡"铜牌。

相传农历三月廿八日为祝英台忌日。每年此时,当地都要举办传统的"观蝶节"。图为观蝶节上"人蝶共舞"。

"观蝶节"上,年年都有反映爱情故事的当地传统面具舞《嬉春》(又名《男欢女喜》)表演。

"观蝶节"的民俗活动,吸引了广大群众参与。图为龙灯舞、狮舞、荡芦船、七十三行舞、盾牌舞表演。

传说中的梁家庄在善卷山西北四里善卷村。（卫平摄）

鲸塘清白村（马家庄）在善卷山西十八里。图为马家庄老屋、门前的旗杆石以及"清白遗风"墙门。

飞来石在善卷后洞,为乾隆癸丑(1793)善卷后洞石壁坍塌遗留之巨石,上有多款石刻。

胡桥在善卷山西北五里,是善卷山去鲸塘必经之路。新中国成立后疏浚河道拆除,现存遗址。

观音堂在太华石门村,传为"梁祝"结拜之处。(卫平摄)

七里亭、十里亭在张渚茶园村,传为"梁祝"十八相送(祝陵至张渚8里、张渚到十里亭10里)之路。(卫平摄)

"梁祝"的起源与流变

路晓农 著

东南大学出版社
·南京·

图书在版编目(CIP)数据

"梁祝"的起源与流变/路晓农著. —南京：东南大学出版社，2014.3(2021.11重印)

ISBN 978-7-5641-4714-3

Ⅰ. ①梁… Ⅱ. ①路… Ⅲ. ①民间故事—文学研究—中国—古代 Ⅳ. ①I207.7

中国版本图书馆CIP数据核字(2014)第000163号

"梁祝"的起源与流变

出版发行	东南大学出版社
社　　址	南京市四牌楼2号　　邮编　210096
出版人	江建中
网　　址	http://www.seupress.com
电子邮箱	press@seupress.com
经　　销	全国各地新华书店
印　　刷	南京凯德印刷有限公司
开　　本	700mm×1000mm　1/16
印　　张	24.5　彩页1
字　　数	634千字
版　　次	2014年3月第1版　2021年11月第3次印刷
书　　号	ISBN 978-7-5641-4714-3
定　　价	68.00元

本社图书若有印装质量问题，请直接与营销部联系。电话(传真)：025-83791830

序 一

梁山伯与祝英台的传说千古流传,脍炙人口,总让人们动心牵情,浮想联翩。它不独为中华民族所钟爱,早已超越国界,远播域外,尤其在汉字文化圈内的朝鲜、日本、越南等国度广为流布,成为东方文化中的一颗璀璨明珠。

十年前,我曾为宜兴市政协学习和文史委员会、华夏梁祝文化研究会编印的《宜兴梁祝文化——史料与传说》写过一篇"序",对重视实证、严谨治学的方法大加赞赏,并肯定"梁祝宜兴说"是梁祝文化研究史上的一个突破。长期以来,人们认为,"梁祝"只有传说,没有历史,而"梁祝宜兴说"则以可信的史料使流传了1600多年的梁祝文化成了"有本之木、有源之水"。这是与华夏梁祝文化研究会的会员们不虚浮、不轻狂、严谨而执著的学风分不开的,而本书的作者路晓农就是他们中间的一员。

十余年来,特别是退休后的十年,路晓农坚持自费到各大图书馆去查阅各种地方志、地理志、风土志、类书、笔记、诗文等文献,到相关"梁祝"遗存地去考察,以大海捞针的精神钩沉出可观的梁祝文化史料,历代的"梁祝"典籍记载达到130余部、篇,具有较高的研究价值。《"梁祝"的起源与流变》一书不仅将这些资料予以公布,让研究者们共享,还通过对资料的比对、分析、研究,发现了过去学界引用上的一些错误,为今后的梁祝文化研究提供了有益的参考。

本书是一部学术著作,它多角度地论证了梁祝传说"端发于宜兴,首传于江浙"的历史,力求做到每点必论,每论必详,每据必足。本书关于"梁祝传说以宜兴、宁波、济宁三地为辐射点向周围散射"的观点,以及"在辐射中回流、在流传中变异"的概括,颇有新意。作者提出的

"梁祝传说的发源地也是流传地,而梁祝传说的其他遗存地也可能是某个情节发源地"的观点,对中国梁祝传说遗存地的研究也有一定的参考价值。

梁祝传说不仅以传说、故事、歌谣等口头文学的形式传承,而且还以弹词、清曲、琴书、鼓词、宝卷、竹板书、三弦书、木鱼书等曲艺形式,以及诗词、小说、戏剧、电影、电视、师公经文等文艺创作和民间宗教的形式流传。本书在文献资料的钩沉方面虽做了大量工作,但只是丰厚精深的梁祝文化的一个小小的部分,面对"梁祝"的世界"申遗"和"梁祝"的遗存保护,我们至少有三方面的工作需要继续去做:

一是推进学术深化。包括对梁祝传说、故事、歌谣等民间口承文化的再搜集、再整理;对不同文体、不同文本的资料以及不同地域、不同民族间的传播状况做出跨学科、跨文化的综合研究;对中国的梁祝传说与流传于域外诸国的文本进行比较研究,分析异同,梳理流源,探索其传播路径。进一步研究"梁祝"物象、事象、意象和语象背后的功能与意义,注意物质、社会、精神和语言的立体考察与深层剖析。

二是勘定文化资源。包括忠实地记录口存资料,抢救口承遗产;继续进行文献资料的钩沉,尽量捕捉一切相关的信息,并做出正确判断;对大量有形实物(如祠庙、陵墓、遗址、遗迹、图像、工艺品等)用多学科的理论、方法作出认真而客观的考定;对梁祝文化中的宗教文化和信仰资料作出审慎的分析。

三是加强对梁祝文化遗产的保护。包括认真执行《保护世界文化和自然遗产公约》,履行签约国应尽的国际义务;相关工作不能受地方利益驱动,不建立在商业期待和发展冲动的基础之上;要保障落实遗产保护的人才、资金、制度、法规、设备、技术;要强化遗址遗迹的保护监督,防止规划性、工程性的破坏,反对画蛇添足式的扩建和盲目的修旧出新以及不适当的旅游开发;四省六地在"联合申遗"的过程中,需加强合作,淡化地方意识,树立整体的全局观念。梁祝文化遗产的保护,不仅需要政府部门的重视,还需要文化机构、学术团体、文化工作者和广大人民群众的参与,要把遗产保护的过程变成文化建设的过程,变成弘扬民族精神的过程。

希望本书的出版,能够推动"梁祝"研究的深入开展,并为"梁祝"申报世界文化遗产项目作出有益的贡献。

陶思炎

于金陵望山楼

2013年6月28日

陶思炎,中央文史研究馆馆员,中国民间文艺家协会副主席,江苏省文联副主席,东南大学艺术学院教授、博士生导师(同时为博士后导师)。

序 二

近几年来,随着非物质文化遗产保护工作的开展,作为中国民间四大传说之一的梁祝传说及其相关的梁祝文化研究又一次热闹起来。2006年国务院公布第一批国家级非物质文化遗产名录时,江苏、浙江、山东、河南的梁祝传说同时进入国家名录。大家知道,进入国家名录的民间文学作品一定是具有民族代表性的作品,而那些与"梁祝"相关的非代表性的作品,虽没有进入国家名录,但同样是全国梁祝文化的重要组成部分,同样应该加以重视。其中的一些传说,可能进入省级或县级非物质文化遗产名录,得到保护。

目前提起梁祝传说,大家只关注四省六地。四省指江苏、浙江、山东、河南,六地指宁波、上虞、杭州、宜兴、济宁、汝南,这显然是不全面的,有悖于梁祝传说家喻户晓的声誉。既然梁祝传说家喻户晓,它就已经不是某个地区所专有,而是突破地域界限,在广阔的地域和民族中流传,成为民众精神生活的一部分。所以应该视梁祝文化为一种大文化,它不仅在中国版图内各地区、各民族中广泛流传,而且随着移民和文化的交流与传播,跨越国界,在中国周边的所谓"汉字文化圈"的国家,如朝鲜、越南、日本、新加坡和印度尼西亚等国均有传播。在中国民间四大传说中,可以和梁祝传说相媲美的是牛郎织女的传说,"牛女"传说不仅在中国国内家喻户晓,在国外也声名远扬。前者的传播在于其生动的故事和强烈的艺术感染力,而后者的传播则是完全与节日文化相融合,是对节日文化的艺术叙说。今天面对进入国家名录的非物质文化遗产——梁祝传说,对其研究应该是全方位、多侧面的。因为梁祝文化是一种大文化,在这种文化形成的过程中,加入了太多的艺术表现样式。除美丽动听的故事讲述外,戏剧、曲艺、音乐、民歌、叙事诗、小说、民间工艺、电影、电视都参与其中。这使梁祝传说成为名符其实的文化符号,艺术魅力历久不衰。就如我们今天听到小提琴协奏曲《梁祝》,仍可以体会到传说带给我们的曲折动人的叙事和优美旋律所表达的无限意境。

民间传说研究有自己独特的视角。首先是如何把握传说的可信性特点。这种可信性表现出传说的产生要有一定的事实依据,或以某一人物或以某一事物作为依着,展开故事情节。梁祝传说正是以梁山伯和祝英台为主人公,以众多的地方掌故和文化遗址作为依托,构成传说的内核。无论是宁波、宜兴的传说,还是济宁、汝南的传说,都是如此。因此,传说依托事实的考证,对探讨其源流、传播、变异至关重要。宜兴的路晓农先生多年来就在做着这样的考察和考证工作。路晓农先生是江苏宜兴人,华夏梁祝文化研究会副秘书长。自20世纪九十年代起,即从事梁祝文化研究。他曾多次赴北京、上海、天津、宁波、杭州、四川等地图书馆查阅资料,还到浙江宁波、上虞、绍兴、山东济宁、河南汝南、重庆铜梁等"梁祝遗存地"进行实地考察,前后搜集到历代记载"梁祝"的志乘、古籍130余部、篇。同时撰写梁祝文化的研究论文,多角度、多侧面对梁祝传说的起源、传播及各遗存地的特点进行探讨。他的新著《"梁祝"的起源与流变》更是以大量的史料、古迹遗存,考证梁祝传说的原生地。认为"宜兴梁祝记载最早、记述最丰、遗存最多",为历来争论中的"宜兴说"寻找依据。路晓农先生的治学态度十分严谨,他不仅重视文献检索,而且注重田野考察。为了给"宜兴说"找到充足的依据,他一方面对遗存宜兴的南齐《善卷寺记》、碧鲜庵碑等进行认真的解读,还对宜兴梁祝遗址祝陵、梁祝读书处进行细致的田野考察,得出"宜兴是梁祝传说的本源发生地"的观点。特别值得一提的是,书中的《历代"梁祝"记载书(文)目叙》,分上中下三篇,详细介绍了历代古籍中关于梁祝事迹及传说的记载,其中宜兴最多共63则,宁波次之56则,其他地区只是零星记载。从这一考证出发,说明宜兴是梁祝传说的发生地。从传说人物和遗迹出发,配合文献考证,应该说论据是可靠的,具有说服力。

传说研究的另一个视角是它的附着性。梁祝传说既是人物传说又是风物传说。民间传说都有"可信"的附着物。为了增加传说的可信性,讲述者往往会给附着物附绘上美丽动人的故事。作为人物传说,梁山伯和祝英台是否真有其人,历来存在争议。至于梁祝遗址本属于地方风物,也很容易使讲述者产生联想,编造一个故事附着其上,于是产生了关于梁祝传说的不同异文并形成不同的风物圈。宜兴、宁波、山东济宁、河南汝南的梁祝传说都是如此。笔者曾考察过江苏宜兴和河南汝南的"梁祝"文化,两处都有读书处(或书院)、十八里相送故道、梁祝墓、梁家庄、祝家庄、马家庄,都有生动感人的传说等等。两地都被命名为"梁祝文化之乡",让人不信都不可能。为了深入研究梁祝传说的传承与传播,探讨梁祝文化的原生地,笔者曾建议晓农先生就其所掌握的梁祝资料,包括文献的和口头传承资料,绘制"梁祝传说分布图"。通过这种传说地图,观其分布,大体上可以判定这一传说分布最集中、最密集的地区,可能就是传说的源发地。和一般的传说研究相比,梁祝传说研究有它的特殊性。因为这一传说在它的流传过程中,传承者或讲述者往往忽略了地域性,变成在全国范围广泛传播的故事。虽然在上世纪钱南扬先生、冯沅君先生都对梁祝传说在宁波、汝南的传播进行过研究,提出"宁波说"和"汝南说"。而在实际传播中,人们往往突破梁祝传说的地域性特征,使传说的原生地在传播中已经变得不那么重要。因为梁祝传说脍炙人口,得到民众的认同,人们只是将其作为一则感人的爱情故事传承和传播,丝毫没有追究原生地的心理。但是,今天在非物质文化遗产保护中,探讨梁祝传说的原生地,探究它的传承、传播和变异规律,对于保护梁祝传说这一文化遗产,变得非常重要。相信路晓农先生的《"梁祝"的起源与流变》一书的出版,不仅会使人们穿越历史,重温梁祝文化形成和变异的历史足迹,体会它的美学意义,而且对保护梁祝传说的生态环境,活态传承,也具有重要意义。

梁祝文化的研究和保护是相辅相成的。路晓农先生在文献钩沉方面用力甚勤,有了丰硕的收获。同样希望有关梁祝文化的田野考察报告能够问世,使梁祝文化的保护更上一层楼。为此愿与同行共勉。谨此为序。

陶立璠
癸巳年盛夏于北京五柳居

陶立璠,中国民俗学会副理事长,国际亚细亚民俗学会名誉会长,中央民族大学民俗文化研究中心主任,教授。

目 录

绪 论

宜兴梁祝　记载最早

- 15　南齐《善卷寺记》是中国最早的"梁祝"记载
　　　——兼论江苏宜兴是梁祝传说之源
- 37　祝英台故宅在宜兴
　　　——兼论祝英台籍贯之谜
- 52　"梁祝"读书处——宜兴碧鲜庵
- 62　"梁祝化蝶"发源地——宜兴

宜兴梁祝　记述最丰

- 85　历代"梁祝"记载书（文）目叙（上）
- 110　历代"梁祝"记载书（文）目叙（中）
- 136　历代"梁祝"记载书（文）目叙（下）

宜兴梁祝　遗存最多

- 157　现存最早的"梁祝"文物——碧鲜庵碑
- 178　历代"梁祝"诗词——"梁祝"文苑的宝贵遗产
- 214　宜兴祝陵与祝英台墓
- 229　"梁祝"读书与宜兴读书文化

梁祝传说　流变轨迹

- 239　从清以前"梁祝"史料看梁祝传说的流变轨迹
- 266　梁祝传说在发源地宜兴的流变

寻踪觅迹　察访梁祝

- 285　宁波——梁山伯当官传说的发源地
    ——兼论梁祝"宜兴说"与"宁波说"之异同
- 305　浙东有个梁祝传说大风物圈
- 316　孔孟之乡——"梁祝"游学之地
- 332　汝南——梁祝传说的重要传承地
- 349　铜梁——淹没在山沟里的"梁祝遗存"
    ——兼论传说在"遗存地"长久流传的条件

附　录

- 365　梁祝申遗宁波共识（草案）
- 366　"梁祝"联合"申遗"磋商会备忘录
- 368　"梁祝"联合申遗倡议书

- 370　参考文献

- 376　后记

绪　　论

　　《梁山伯与祝英台》是中国四大民间传说中流传最广、影响力最大的故事。不仅在国内妇孺皆知,而且以"东方的罗密欧与朱丽叶"而闻名世界。正如老一辈民俗学家钟敬文所说的:梁祝文化"既有丰富多彩的各种传说、特色纷呈的歌谣,也有曲调各异的戏剧,美妙动听的曲艺。可以说,梁祝文化占领了中国所有的剧种、曲艺,为广大人民所喜闻乐见","中国的每一地区,每一民族,都流传着这一美丽动人的故事。"❶

　　梁祝文化,是我们伟大祖国的宝贵文化遗产。20世纪初的新文化运动推动了民间传说的搜集与研究工作,其中包括了梁祝传说的探源与研究。八十多年来,随着梁祝文化研究的深入,范围越来越广,研究的成果也越来越显著。

　　笔者从事梁祝文化研究多年,特别是退休后到了上海,有了充裕的时间并有条件去查阅各种资料,从而发现了许多记载各地"梁祝"的古籍与方志(其中以江苏宜兴与浙江宁波的记载时间尤早、记述尤丰),经过细致的分析、比对与研究,形成了一定的观点,其中包括对自己部分原有观点的修正,得出宜兴与宁波就是梁祝传说的本源发生地与初始流传地的结论。现遵循"百花齐放、百家争鸣"的方针,以"宜兴梁祝记载最早"、"宜兴梁祝　记述最丰"、"宜兴梁祝　遗存最多"、"梁祝传说　流变轨迹"、"寻踪觅迹　察访梁祝"五个版块的十余篇论文,从多个角度系统地阐述个人的观点,探索梁祝传说与宜兴的关系以及传说的流传变异情况,与诸君共鉴。凡有不妥之处,敬请批评指正。

宜兴梁祝文化的四大特点

　　梁祝传说虽然遍布全国,但历史上留下的资料甚少。在千百年的流传中,梁祝传说与许多地区的风物交融,成为当地的传说,并形成了多个梁祝传说的风物圈。因此,全国出现了多处梁祝墓、读书处、梁祝庙(祠)等"梁祝"遗址遗迹,有些地方还记入了方志。

在学术界,关于梁祝传说的发源地也有多种说法。通过百家争鸣,主要形成了"四大派系",即:"梁祝宁波(浙东)说""梁祝汝南(中原)说""梁祝济宁说"和"梁祝宜兴说"。

20世纪二三十年代,以钱南扬为代表的学者经过五六年的考察与研究,提出了"梁祝宁波说",认为梁祝传说的流布,是"从浙江向北,而江苏安徽,而山东,而河北,折而向西,到甘肃"❷;紧接着,河南学者冯沅君经短期考察,根据汝南的梁祝传说风物圈与民间歌谣、曲艺,提出了梁祝传说是"以河南为中心,渐次向风物圈周围扩张"的论点❸;新中国成立初期,山东微山马坡出土明代"梁山伯祝英台墓记碑"后,济宁研究的人士渐多,张自义等四人于1996年提出了"梁祝故事源——济宁"的观点❹;关于宜兴"梁祝",早在20世纪三十年代钱南扬先生就十分重视,但通过与宁波的比对,最终认定为梁祝传说产生于宁波,化蝶传说源于宜兴。上世纪80年代,韩其楼、缪亚奇等均撰文论述了梁祝传说与宜兴的关系。1999年,韩其楼提出"祝英台是宜兴人"的观点。蒋尧民先生则从宋《咸淳毗陵志》发现,在《善卷寺记》中,记有齐武帝赎祝英台故宅建寺的内容,经过反复考证,明确地提出了"梁祝宜兴说"❺。

以上梁祝传说源的"四大派系",其侧重点与特点各有不同。"宁波(浙东)说"以宁波梁山伯庙、墓的遗存以及唐、宋相关记载为中心,具有记载较早、遗存丰富、依托神灵、传播最广的特点;"汝南(中原)说"以民间曲艺、歌谣为手段,具有通俗上口、便于传播的特点;"济宁说"则以明正德"梁祝墓记"碑为依托,具有遗存可靠、可考性强的特点;"宜兴说"则以祝英台故宅、祝英台读书处的遗存以及南齐与唐、宋记载为核心,具有记载最早、记述最丰、史据最足、遗存最多的特点。

记载最早。南齐的《善卷寺记》,记录了"齐武帝赎英台旧产建(寺)"的历史事实。经考,《善卷寺记》作于公元483年左右,比唐《十道志》、《十道四蕃志》早200余年,是国内迄今可考的、最早的"梁祝"记载。

记述最丰。截至清末,目前见到记载"宜兴梁祝"的志乘、古籍60余部(篇),为国内之最。

史据最足。宜兴的"梁祝"记载,与国内所有其他地区以传说而产生的记载不同,它最初是在记载帝王(齐武帝)的作为(拆除祝英台故宅改建善卷寺)时,顺带记到祝英台的,因此,史据最足,可信度最强。

遗存最多。宜兴的"梁祝遗存"分为"历史遗存"与"传说遗存"两种。其中"历史遗存"有:以祝英台故宅改建的善卷寺、唐碧鲜庵碑以及善卷后洞摩崖石刻等;"传说遗存"有:晋义妇祝英台墓、晋祝英台琴剑之冢、"祝陵"村名、梁家庄、马家庄、胡桥、十八相送之路、民间传统的"观蝶节"与英台竹等。

古代与近、现代宜兴梁祝文化的研究与保护

宜兴的梁祝文化遗址遗迹,最早可追溯到齐代。齐高帝在创建善卷寺的过程中,曾赎买祝英台的故宅,于善卷山南刻下"祝英台读书处"六个大字。尔后,"祝英台读书处"的遗址,一直作为寺内的古迹而加以保护,并随着寺宇的兴衰而变迁。据载,唐李蠙、宋李纲、李曾伯出仕前均曾在善卷寺读书,后均官及相位且功德于寺,故寺内建有"三生堂"祀之。而"三生堂"旁,即为"祝英台读书处",存有唐"碧鲜庵"碑;清乾隆年间善卷后洞石崖坍塌后,县令唐仲勉用了两年时间进行清理,并修建了国山碑亭;而储南强对善卷、张公两洞的开发中,出土了"碧鲜庵"碑,修建了"碧鲜庵"碑亭、蝶亭,修复了祝英台琴剑冢、英台阁、祝英台读书处等。抗战期间,他还动员抗日驻军拓展英台东潭水道,使"梁祝"遗存在战争中得到了较好的保护。

清末前,关心"宜兴梁祝"者甚多,其记载代不绝书。如唐司空李蠙,在自出俸钱收赎重建善权寺的过程中,曾书刻"碧鲜庵"碑,并作《题善权寺石壁》诗,重申了"齐武帝赎祝英台产之所建之"的史实;宋代的常州知府史能之,在编纂《咸淳毗陵志》时,曾对《善卷寺记》进行过考证,并得出了历史上必有祝英台其人其宅的结论;明代的善权寺僧方策,曾收集了当时留存于寺内的碑刻、古籍、诗词等,编印了《善权寺古今文录》,其中保存了许多可供考证的"梁祝"资料;明末的冯梦龙、许旵凡,分别在小说与诗作中记录了当时宜兴流传的梁祝传说,从而为后人了解梁祝传说在宜兴的演变提供了依据;清代的吴骞,亦在多部著作中记载了"宜兴梁祝"的遗址遗迹,并根据各地的"梁祝"记载提出了自己的看法。

光绪八年(1882)后,宜兴的梁祝文化曾出现过一个低潮。这年刊

出的《宜兴荆溪县新志》中,收录了邵金彪的《祝英台小传》与明杨守阯的《碧鲜坛》诗。其中杨守阯称祝英台不守妇道,其死比鸿毛还轻;邵金彪根据《宁波府志》的记载,把祝英台的籍贯改成上虞,赶出了宜兴。此后的较长一段时期,"宜兴梁祝"的记载几乎销声匿迹。

在"五四"新文化运动中,不少学者对"宜兴梁祝"颇感兴趣。郑振铎先生到江苏考察后认为,梁祝传说很可能起源于宜兴❻;马太玄先生根据当时掌握的史料,撰写了《宜兴志乘中的祝英台故事》,钱南扬先生还在多篇文章中加了按语,并在一些通信中对宜兴的"梁祝"史料进行了探讨。

当代宜兴"梁祝"研究的突破与保护

新中国成立后,宜兴梁祝研究渐趋活跃。20世纪六十年代初期和八十年代,民间文化工作者就采集到许多有关"梁祝"的民间传说,提出了"祝英台是宜兴人"的观点。2002年4月,华夏梁祝文化研究会成立后,梁祝文化研究从原来的个体行为发展到团队行动,发现了更多的史料,解决了许多课题,涌现出韩奇楼、缪亚奇、蒋尧民、杨东亮、陈健、路晓农、叶聚森、陈宝明、史国兴等一批学者型的研究人员。

近年来,宜兴梁祝研究取得了突破性进展。主要有:

一、《善卷寺记》的发现和写作年代的确定。确认《善卷寺记》作于南齐,是中国现存可考的最早的"梁祝"记载。

二、唐《十道志》中"梁祝"记载以及李蠙《题善卷寺石壁》诗序的发现,填补了唐代宜兴"梁祝"记载的空白。

三、发现"宜兴梁祝"的初始记载,均以史实记载的祝英台为主,可信度强,其价值高于以传说为内容的记载。

四、评价"碧鲜庵"碑的文物价值。基本确认该碑为唐碑,始记于宋代,为宋、明、清史志与古籍中记载的原碑,是中国现存最早的、反映梁祝爱情传说的历史文物。

五、对"祝陵"地名的考证。确认"祝陵"因祝英台墓而名,其地名已沿袭千年。

六、对"化蝶"起源的确认。通过"梁祝化蝶"古籍记载的比对,对宜兴产生"梁祝化蝶"的思想条件、自然条件以及民俗风物的研究,确认

"梁祝化蝶"的传说产生于宜兴。

七、对《宣室志》"梁祝故事"记载的否定。唐《宣室志》中的梁祝故事始见于清乾隆年间翟灏的《通俗编》,经查阅现存的明、清多种版本《宣室志》,均无梁祝故事。根据天津大学李剑国教授的考证,《宣室志》所记均为唐事,翟灏《通俗编》中的梁祝故事属征引错误或编书错误。

八、发现《桃溪客语》引文的错误。清吴骞《桃溪客语》中关于"梁祝"的两处引文均有错误。一是引《宁波府志》的"梁祝"记载,竟有40%的字与原文不对;二是《咸淳毗陵志》引文的多处错误。由于目前国内梁祝研究中对《咸淳毗陵志》的引用均出于此,故而影响极大。

九、发现《祝英台小传》的自相矛盾与封建礼教的影响。清邵金彪《祝英台小传》把祝英台的籍贯定在上虞,在之后的一百年中,宜兴人逐渐接受这种说法,影响甚大。《祝英台小传》是按照《宁波府志》、《桃溪客语》的记载,与宜兴的传说、遗址、风物的综合,其中"筑庵读书"的内容无处出。《祝英台小传》出台的原因,是封建统治和封建礼教的影响。

十、"祝英台读书处"等石刻的湮灭。"祝英台读书处"的石刻,宋明志书、古籍及清康熙《重修宜兴县志》均有记载,至嘉庆县志则称"今石刻六字已亡"。除了风化的原因外,还因1793年1月的山崖大塌方。吴骞《桃溪客语·小水洞纪异》称:"乾隆癸丑正月一昧爽,洞忽倾圮,声闻远迩,沙填石压,溪水为不流。所谓穹隆如室者,今仅遗峭壁,昔人题字无一复存。"

在"宜兴梁祝文化"的挖掘中,不仅发现了大量关于宜兴的古籍、方志记载,还发现了许多其他地区的历史资料,对扩大中国梁祝文化的信息量储存与研究,都起到了一定的促进作用。

与此同时,宜兴梁祝文化的保护与宣传也迈出了新的步伐。1992年,政府下拨专项资金,重建了碧鲜园、英台阁、英台草桥等,对"祝英台读书处"进行全面修复,对善卷寺的部分殿堂亦开始修复;同年,宜兴市风景园林管理处编印了《梁山伯与祝英台》文化专辑。周梦江先生编辑出版了《宜兴民间文学大观》,收编了部分梁祝故事和梁祝歌谣;政府还刹住了开山采石、危及古迹遗址的行为。1994年,包括梁祝传说遗址在内的善卷风景区被命名为无锡市首批爱国主义教育基地。1996年,宜兴市政府将反映梁祝传说的"碧鲜庵碑"列为市级文物保护单位。2001

年,国家旅游局命名宜兴善卷风景区为国家4A级旅游风景区;同年3月,蒋耀民搜集整理并出版了《中国四大民间故事宜兴长歌——四世奇缘》。2003年,宜兴市人民政府制定了《梁祝文化遗产保护规划(草案)》和《梁祝文化遗产保护和管理办法(草案)》,修复了青龙山的"晋义妇祝英台之冢",恢复了"祝陵"村名石碑,建成了华夏梁祝文化陈列馆,对其他"梁祝"遗址遗迹进行了整修;为了保护传承,由民间组织、政府推动,恢复了一年一度的三月廿八日"观蝶节"活动。2003年和2004年,方志出版社出版了《宜兴梁祝文化——史料与传说》、《宜兴梁祝文化——论文集》,以大量翔实的史志、古籍资料和高质量的研究论文反映了"宜兴梁祝"。日本芳村弘道教授看过该书后评价说:"《史料与传说》所收史料,不仅录文,并且影印原件,富有考据性。一般资料集只录文章,甚至于转引,可见学问态度谨慎严格。"2006年3月,中国民间文艺家协会授予宜兴"中国梁山伯祝英台之乡";同年6月,经国务院批准,"宜兴梁祝传说"进入了中国首批非物质文化遗产名录。2007年3月,宜兴梁祝传说批准为江苏省非物质文化遗产;同年12月,宜兴"观蝶节"被批准为无锡市非物质文化遗产。2009年6月,宜兴"观蝶节"批准为江苏省非物质文化遗产;同年,宜兴市编制了至2020年的《善卷洞风景区旅游总体规划暨修建性详细规划》,并于2010年"观蝶节"奠基。通过近期、中期、远期的建设,善卷洞风景区将建成国内演绎"梁祝"爱情传说的代表性景区、爱情文化圣地、灵异祥瑞文化名区和国家5A级旅游景区,从而使"宜兴梁祝"的遗址遗迹与文化传承得到有效的体现与保护。

梁祝传说发源地也是传说的遗存地与流传地

在本书中,尽管笔者通过多篇论文进行了详尽的论证,阐明"宜兴是梁祝传说的本源发生地"的观点,但却丝毫没有排斥或贬低其他遗存地、流传地的意思。因为笔者以为,梁祝传说发源地同时也是传说的遗存地与流传地,它和其他遗存地、流传地是一样的,都是梁祝传说具体情节的创造之地。

首先,传说在流传中会不断加进新内容。对于传说来说,即使最初确有一个本源的发生地,即使最初确有一个真实的原型人物,也只是情节很简单的事件。以梁祝传说为例,最初的事件也许就是:一对青年男女,在读书时产生了爱意,但却未能成为眷属,男的郁郁而死,女的也殉情了。仅女的为男的殉情,就已令人唏嘘,何况这个女的竟然还曾女扮男装!有了这两点,就足以成为人们的谈资,从而使事件得到流传。而在流传中,又必然要遇到许多疑问,诸如这个女子如何会混迹到男子中去读书的,一起读书的男人怎又没有发现她是女子等等。这些问题提出来后,如果讲述人仅仅以不知道来回应,而听讲人也并不去深究,故事情节当然不会发展。然而,大多数的人却不会满足于此,他们在提出问题后就会猜想种种可能的答案,而这种猜想,往往就成了原讲述人及原听众在下次讲述时的新内容。据中国社科院文学研究所副研究员、中国民俗学会常务理事施爱东先生的研究,传说在传播中,情节中的每一处不完整或者说每一个疑问都会成为一个"缺失"。只要"缺失"存在,就一定会形成"紧张"。而每一个"紧张"都必须嫁接一种或多种"补接"来消除,以弥补原有情节的"缺失"。然而"补接"后的情节,又会造成新的"缺失",引起新的"紧张",又将需要新的"补接"来消除这些"紧张"❼。因此在故事流传中,许多流传地的讲述人,都会根据自己的理解加进新的内容,使传说变得越来越丰满、越来越离奇。而人们在流传中加入的各种"补接",都是传说某一情节的发源。

其次,传说的最终结局是创新的重点。人们往往不满足"祝英台殉情死了"这样简单的结尾,而要追问是怎么死的,死后又发生了什么。因此,传说的结尾也是人们在流传中创新的重点。关于祝英台的死法,一般都称为地裂投墓而死。而在宜兴,祝英台的死就有四种说法:撞碑而死、坠楼而死、跳涧而死、地裂投墓而死。显然,这四种死法中,最多只存在一种,其他都是在流传中创造的。关于梁祝死后又发生了什么,据施爱东先生的专题研究,其结尾有化蝶、化鸟、化蛇、化蚕、化蛾、化鸳鸯、化蝙蝠、化石头(后又化竹木)、化彩虹、化并蒂莲、化映山红以及魂归天界、阴曹还魂、还魂报国等等❽。显然这些结尾,都是不现实的,它只是人们良好的愿望与希冀,反映了人们对"梁祝"纯真爱情的同情。特别是人们对于悲剧性的故事,总希望有一个"大团圆"之类的好结局,他们对"梁祝"未成眷属而遗憾,于是就出现了化蝶、复活等各种结尾,希望"梁祝"在蜕变中获得重生或永恒。而这些结尾,也是通过各种"补接"的"创作"来实现的。

再次,传说流传到一些地方后,往往会与当地的某些风物、人物自然地结合起来,又会产生种种变异,形成新的传说版本。这种新的传说版本,当然也在不断的"补接"中发展,使得传说在当地的流传中变得更为亲切、更为可信,也更有利于在当地与就近的传播。而且,一旦这种与当地风物、人物相结合的新版本传播广了、时间久了,就会将原有的风物变成新的"遗址遗迹"。于是,一个新的梁祝传说遗存地便产生了。如山东济宁、河南汝南,都有一个较为合理的"梁祝传说"风物圈,但出现的遗存及记载都较晚,济宁的梁祝墓到明代才有记载,汝南甚至到清代还没有记载,就因为它是传说与当地风物、人物相结合所形成的新版本;又如宁波,虽在唐代就有了"梁山伯墓"、"义妇竺英台同冢"的记载,宋代又有了"梁山伯当官"的传说,然而其风物圈却广达杭州、绍兴、上虞、宁波四个县市,表现出明显的不合理。且"同冢"也很值得推敲。因此,人们有理由认为,这是梁祝传说传到宁波后,偶与某县令同姓或姓氏谐音,而出现的新版本。

第四,传说的起源地,实际上也是传说的遗存地与流传地。一方面,事件的发生地,必然会留下某些痕迹,随着故事影响的扩大,必然会形成较早的传说遗址遗迹;另一方面,事件发生后,首先要在当地传播,同时向四面辐射传播。而在这个传播过程中,同样会因故事传播中出现的疑问而产生新的释疑答案。而且,人们为了表达某种愿望或追求传说情节的精彩,也会创造出新的内容。因此,"每个讲述者的每一次讲述,都是一次创造性的发挥,都产生了一个独立的文本(异文)"❾。所以,即使是事件的本源发生地,也存在着故事传播中的"缺失"到"补接"的问题,存在讲述中创作的异文。异文中的一种或几种得到多数人认可后,即可成为新的变异内容而继续流传。况且,传说的传播,并不是单向的辐射,在传播中具有反馈性、折射性与双向性。因此,当传说传到其他地方发生变异后,也会倒传过来影响本源发生地的传说。这样,即使是故事的本源发生地,在情节上也会有多种版本。比如"化蝶",在现实中显然是荒诞的,然而,基于人们的美好愿望,加上宜兴善卷山区多蝶的自然现象,从而使传说的情节产生了变异,就十分自然了。

鉴于以上的原因,笔者认为,与梁祝传说相关的流传地、遗存地,从某种意义上来说,也是传说中某一情节的发源地。

"梁祝"在历史上即使有真实的原型也只是传说人物

国际亚细亚民俗学会名誉会长、著名民俗学家陶立璠先生说:"民间传说不同于一般的民间故事。民间故事大都是根据人们的想象虚构的,传说却具有历史性、可信性特征和解释功能。这种特征源于传说的创作一般都有相应的附着物。也就是说,它的产生有一定的事物做依托,或历史人物,或山川风物,或名胜古迹,或文化创造,或动物植物,或风俗习惯等等。传说的创作者往往根据一定的附着物想象构思,形成关于各种人物和事物的优美的解释性故事。然后借用人们的口碑,采用口耳相传、耳提面命的形式,代代相传。"⑩中国社会科学院文学研究所副研究员邹明华女士在谈到钟敬文先生的传说研究时说,传说是"真实与真实性之间的复杂性思维",具有"特殊与一般、真实与虚构、历史与文学的辩证关系"的属性⑪。因此,所谓传说,就介于真实与虚构、历史与文学、特殊与一般之间。传说中的人物,有的属于历史人物,如宜兴的周处。他们当时就是知名人士,其事迹当时就有记载或流传,或者留下了著作可以考证他们的言行。这些人的经历明确,尽管后来也会出现"神化"的传说,但仍然属于历史人物的传说;而另有一些传说人物如"梁祝",他们活着的时候并没有什么知名度,又没有留下著作来记录或证明自己的言行,其事迹也没有得到即时的记载。当时所发生的事件,最初只是作为谈资在人们中间传播,并在传播中经过许许多多流传地的许许多多次"补接"(亦即创作、解释或加工),植入各种情节,不断得到细化、延伸以致"神化",甚至与一些地区的风物结合,融入这些地区而产生了变异。"梁祝"的故事就是在不断的传播中丰富、升华,直至家喻户晓的。产生传说变异的地区,其变异的附着物还会变成"遗迹遗址"。而有了"遗迹遗址"后,又会产生出相应的传说,但这类传说的记载,往往要比发生时间滞后许久。如"梁祝"是东晋时人,而宜兴最早的记载是在南齐(祝英台故宅)、宁波最早的记载是在唐代(梁山伯冢),而且,这些记载都是以遗迹遗址的形式记录的。当然,遗址遗迹的记载往往要早于纯传说的记载。因此,纯传说的记载就更迟了,宁波与宜兴关于梁祝传说的记载都是在宋代。然而,即使是初期的记载,在宜兴也要比"梁祝"生活的年代晚一百多年,宁波则要晚三百多年。在这一百到三百年里，什么变异都会产生，真实性必然要大打折扣。而且传播越广泛，变异也就越多，以致后来的说法与当初的事件差距甚远，多数情节都是虚拟的。所以，这类传说的背后，即使确有一个真实的事件，有一个真实的本源发生地，有与事件相关的真实人物，但毕竟与历史人物传说区别很大。这类传说中的人物，归根结底还是一个传说人物，是成不了历史人物的。

研究的目的是遗产保护与世界申遗

属于非物质文化遗产的梁祝传说，之所以能传播得如此之广，以致在国内家喻户晓，甚至世界上凡有华人之处都知道中国的"梁祝"（有的甚至已与异国文化结合，演化成为他国的传说），这一方面体现了梁祝文化的博大精深、体现了梁祝传说的神奇魅力，另一方面也是千百年来各流传地无数群众、艺人的参与和创作、口口相传的功劳。可以这样说，没有各地的流传与创造，就没有今天的"梁祝"。

2004年，浙江宁波、上虞、杭州、江苏宜兴、山东济宁及河南汝南等四省六个梁祝传说的遗存地，达成以"梁祝传说"联合申报世界"人类口头与非物质文化遗产"的共识。2006年6月，经国务院批准，四省六地的"梁祝传说"进入了中国第一批非物质文化遗产名录，这是对"梁祝传说"这一中华民族文化瑰宝的充分肯定。

联合"申遗"中的"求同存异"，并不影响也不应该影响学术研究的"百家争鸣"。事实上，关于"梁祝传说"起源地的探索从来也没有间断过。由于梁祝文化涉及传说、歌谣、故事、民俗、宗教、曲艺、戏剧、文献、方志、文物、考古、文学、音乐、舞蹈、影视、美术、工艺等多个领域，因此不仅需要专门的学术研究，还需要跨学科、跨地域的综合研究。为此，笔者愿以本书为引玉之砖，以促进"梁祝学"研究的进一步繁荣。

"梁祝传说"成为国家级非物质文化遗产，远不是研究的目的。研究的目的至少有两个：一是四省六地继续努力，联合申报世界非物质文化遗产，避免出现像"端午节"花落韩国那样的尴尬（梁祝传说在韩国已经演变成其本国的传说）；二是进一步加强梁祝文化遗产特别是传承文化的抢救与保护，正确处理遗产保护与旅游开发的关系，使祖宗流传下来的宝贵文化遗产，千秋万代地传承下去。

注释：

❶ 钟敬文:《梁祝文化大观》序,中华书局2000年出版。

❷ 钱南扬:《祝英台故事叙论》,中山大学1930年2月《民俗周刊》第93～95期合刊第19页。

❸ 刘康健:《千古绝唱出中原》,中华书局2006年出版之《中国梁祝之乡文集》第2页。

❹ 1996年4月21日《济宁日报》:《梁山伯祝英台家在济宁》。

❺ 2000年9月12日《扬子晚报》:《专家考证提出祝英台是宜兴人》。

❻ 此说为笔者于2001年采访南京大学高国藩教授时,由其提供,见《宜兴梁祝文化——论文集》第275页,方志出版社2004年出版。

❼ 参见施爱东:《故事的无序生长及其最优策略——以梁祝故事结尾的生长方式为例》,载于山东大学《民俗研究》2005年第3期。

❽ 同上。

❾ 同上。

❿ 陶立璠:《民间传说与传说学》,见《名家谈四大传说·序》,文化艺术出版社2006年出版。

⓫ 邹明华:《钟敬文先生的传说研究:在真实与真实性之间的复杂性思维》,原载于《民间文化论坛》2006年第2期。

宜兴梁祝
记载最早

南齐《善卷寺记》是中国最早的"梁祝"记载

——兼论江苏宜兴是梁祝传说之源

梁祝传说发生于东晋,千百年来一直以口头的形式在民间传播,宋以前的记载甚少,到了南宋,"梁祝"记载开始见于方志;元明以来出现了小说、歌谣、曲艺、戏曲等,使得传播更快、更广。由于传说在流传中往往融入许多当地的内容,因此各地的记载、传说、本子就各不相同,关于传说的发源地,也就众说纷纭,不知所本。

笔者以为,任何传说故事,无论是历史人物传说,还是虚拟人物传说,大多是有其原型或源头的,只是因为历时久远,初期记载较少或无记载,或记载散佚,而难以考证确定罢了。2006 年,浙江宁波、杭州、上虞、江苏宜兴、山东济宁与河南汝南的"梁祝传说",同时进入了国家首批非物质文化遗产名录。但根据历史记载的时间以及内容的可信度来看,笔者认为,宜兴才是梁祝传说的本源地。

一、1930 年钱南扬根据典籍记载提出"梁祝浙东(宁波)说"

在"五四"新文化运动的影响下,民俗与民间文学的搜集整理工作广泛开展,民间文学的理论研究也应运而生,其中包括了对梁祝传说起源地的探索。以钱南扬先生为首的一批学者,对"梁祝"等民间传说进行了深入的查证、考察与研究。特别是钱南扬先生,于 1925 年秋考察宁波梁祝祠、墓后,悉心收集祝英台故事的材料,一边自己查阅资料,一边各处托人代为寻访,并于 1930 年 1 月在中山大学《民俗周刊》第九十二期刊登了《关于收集祝英台故事的材料和征求》一文,向读者征集七个方面的梁祝相关资料:①"唐及唐以前的著述中的记载";②"各处志乘中关于坟墓的记载以及墓上的碑碣的拓本或钞本,坟墓现状的记载和图画照相";③"各处关于祠庙的记载以及祠庙现状的图画照相";④"各地读书处的遗迹";⑤"和祝英台故事相似的和有关系的材料";⑥"各种祝英台戏曲的脚本、宫谱以及演戏时所用乐器、砌末等等的情形的记载";⑦"各处的唱本小说"等等,并称"凡与祝英台故事有关系的,无论片言只语,不嫌重复,不嫌琐碎,均在收集之列"❶。通过对所搜集到资料的认真比对与研究,钱先生提出了梁祝传说发生于浙东的"宁波说"(即梁山伯为绍兴人,祝英台为上虞人,梁为鄞令,死葬宁波,祝英台哭坟合葬),并得出了"从浙江向北,而江苏、安徽,而山东,而河北,折而向西,到甘肃"的故事流布结论❷。

应当说,以钱南扬先生为首的一批学者,促成了梁祝文化的集中性研究,并取得了卓著的成果,他们不愧是近现代"梁祝文化"研究的先驱。

纵观钱先生分析与考证的思路,则是以当时掌握的历史记载的时间与内容为依据的。其思路如下:

首先,据明季诸生徐树丕的《识小录》❸称:"梁祝事异矣!《金楼子》及《会稽异闻》皆载之。"然而《会稽异闻》不知何代之书,钱先生找遍书目不可得,故不知所云;《金楼子》为梁元帝萧绎所作,但钱先生翻阅了几种版本不同的《金楼子》,却发现书里对梁祝故事的记载一个字也没有。因此《识小录》中所说的"梁祝事异",其实没有任何实质性的内容和可供考证的资料(按:直至今天,人们还未发现《会稽异闻》其书和《金楼子》中关于"梁祝"的实质性记载)。钱先生认为:"我们虽不敢信徐氏之言是十二分的可靠,然也无法证明他是不可靠。现在在未发现徐氏之言不可靠的证据以前,只好当他是可靠的了。"

其次,据宋张津所作的乾道《四明图经》(1169)称:"《十道四蕃志》云:'义妇祝英台与梁山伯同冢。'即其事也。"(按:乾道《四明图经》卷二原文为:"义妇冢,即梁山伯祝英台同葬之地也。在县西十里接待院之后,有庙存焉。旧记谓二人少尝同学,比及三年,而山伯初不知英台之为女也,其朴质如此。《十道四蕃志》云:'义妇祝英台与梁山伯同冢',即其事也。")

钱先生认为,尽管张津只引用了《十道四蕃志》中"义妇祝英台与梁山伯同冢"的一句话,况且"同冢"二字又很笼统,但总算写到了"梁祝"。钱先生称,《十道四蕃志》是唐中宗时的梁载言所作,是当时发现的最早的有"梁祝"实质性内容的记载(按：近年从高丽僧人子山的《夹注名贤十抄诗》中，发现有《十道志》的引文：'《十道志》：'明州有梁山伯冢，注：义妇竺英台同冢'。《十道志》为梁载言所作。释子山夹注的时间，是在南宋灭亡前后。那时梁氏的《十道志》还未散佚，其中"祝英台"还被称为"竺英台"，应是由原本引得。这样我们就把张津所称的"义妇祝英台与梁山伯同冢"的来历弄清楚了)。

再次，据清翟灏《通俗编》(1751)引晚唐张读所撰的《宣室志》云："英台，上虞祝氏女，伪为男装游学，与会稽梁山伯者，同肄业。山伯，字处仁。祝先归。二年，山伯访之，方知其为女子，怅然如有所失。告其父母求聘，而祝已字马氏子矣。山伯后为鄞令，病死，葬鄮城西。祝适马氏，舟过墓所，风涛不能进。问知有山伯墓，祝登号恸，地忽自裂陷，祝氏遂并埋焉。晋丞相谢安奏表其墓曰'义妇冢'。"(按：笔者将钱先生的引文与《通俗编》卷三十七"故事·梁山伯访友"条核对，有一字误差，原文"与会稽梁山伯同肄业"，中间较钱先生引文少一"者"字。)

其四，宁波有座梁山伯墓，清康熙闻性道《鄞县志》中载有宋大观明州从事李茂诚所撰的《义忠王庙记》(1107)。钱先生于1925年考察时，见庙内供着梁山伯的土像及梁祝二人的木像，并存有一块清雍正十年(1732)重刻的明万历三十三年(1605)的梁君庙碑记。梁祝墓就在庙的西侧，墓碑上刻着"晋封英台义妇冢"为明嘉靖丁未(1547)鄞县知县徐易所立。钱先生说："此庙在宋大观已经建造了，则无论如何总是事实，到现在有八百余年了……"❹

钱南扬先生曾希望找到唐以前实质性的记载，但却未能如愿。

由于当时其他地区没有发现宋以前的"梁祝"记载，这样，唐《十道四蕃志》就成了当时有实质性内容的最早"梁祝"记载，同时也是梁祝故事起源于宁波的最早文字记载；唐《宣室志》则成为最早的梁祝传说故事；而宋《义忠王庙记》及宁波梁山伯庙、梁祝墓更是梁祝"宁波说"的有力佐证。钱南扬的这一权威性的结论，整整影响了学界八十多年。

二、钱南扬肯定"宜兴梁祝化蝶说"，但与"宜兴梁祝"擦肩而过

钱南扬在研究中，对"宜兴梁祝"也十分重视。表现在：

1. 特别提出征求"宜兴梁祝"的资料。他于1925年考察了宁波梁山伯庙墓后,便到处征集"梁祝"的有关资料,并把浙江图书馆没有的书,写信给顾颉刚,请其在京师代找。后来,顾先生又转托了马太玄先生,结果找到了清嘉庆、道光、光绪的《宜兴县志》,并由马先生撰写了《宜兴志乘中的祝英台故事》。由于"明都穆《游名山记》、《宜兴县志》等书,都说梁祝读书于宜兴善权山碧鲜岩","《游名山记》、《宜兴志》又说善权寺为祝英台故宅改建",1926年,钱先生又向读者征求这方面的"记录和传说"。❺

2. 将"宜兴梁祝"排在仅次于宁波的位置。1930年2月出版的《民俗》周刊第93~95期合刊《祝英台故事专号》中,共刊登了16篇文章,首先是容肇祖的《祝英台故事集序》、钱南扬的《祝英台故事叙论》、《宁波梁祝庙墓的现状》以及冯贞群的《宁波历代志乘中之祝英台故事》四篇"宁波说"论文,随后即刊登了马太玄的《宜兴志乘中的祝英台故事》,"宜兴梁祝"是排在第二位的。在这篇文章里,马太玄先生根据清嘉庆后的几部宜兴县志,把相关的"梁祝"记载都找出来了。其查阅工作相当细致,仅仅摘录的材料,就有四千字之多。钱南扬先生还在文中加了多处按语,并根据清吴骞《桃溪客语》中的相关资料,对一些情况进行了补充。

3. 肯定了"宜兴梁祝化蝶说"。钱先生在研究中发现,始自宋代,宜兴方志里就有了"梁祝化蝶"的记载,并刊录了大量吟咏"梁祝化蝶"的诗词,这是宁波所不具备的。他说:"还有一事值得注意的,就是宋元明宁波的志乘中,没有一句关于化蝶的话。上面所举的例(按:指《祝英台故事叙论》中所列举的化蝶诗词),都是宜兴志乘中的。所以笔者疑心祝英台故事传到宜兴之后,才把化蝶事加入的。虽则到了清朝,宁波也有化蝶的传说,光绪《鄞县志》里也有李裕的'女郎歌以冤,辄来双凤子'的诗。然恐怕是又反从宜兴传入宁波的。"❻而钱先生把"宜兴梁祝"排在第二位的原因,也正是因为宜兴毕竟有宋代的"梁祝"记载,况且是"梁祝化蝶"传说的起源地。

4. 发现了宁波记载突出梁山伯、宜兴记载突出祝英台的特点。钱先生在沅君《祝英台的歌》(按:《祝英台故事专号》第九篇)一文后加有按语,说:"还有一件颇堪注意的事,试比较宁波和宜兴两处的记载,显有不同之点。宁波似乎偏重于梁山伯,而宜兴却偏重于祝英台。宁波只有几篇《梁山伯庙记》,叙述梁氏生前和死后的功绩","同时在宜兴方面,却只有祝英台读书处,祝陵,简直没有梁山伯插足的余地"。又说:"宁波注重在梁山伯的显圣,所以有看经的巫祝、问卜求子的善男信女,成为一个迷信的区域。宜兴注重在祝英台的艳迹,所以有寻踪吊古的骚人墨客,成为一个文艺的区域"。"梁氏的庙,全靠迷信而能维持如此长久。庙既能永久维持而不废,因此这个故事的势力得以日益发达,所以现在这个故事在宜兴的势力,远不及在宁波之盛。"❼

然而,钱先生在"宁波梁祝"与"宜兴梁祝"的抉择中,终究选择了前者,而与"宜兴梁祝"擦肩而过。其原因有三:

其一,查阅资料的匮乏。当时,他们能掌握与查阅的资料,主要是"清嘉庆二年唐仲冕《宜兴县志》、清嘉庆宁栎山《宜荆分志》、清道光吴德旋《续纂宜荆县志》、清光绪吴景墙《宜兴荆溪县新志》"(按:文中所列的四部县志,是马太玄《宜兴志乘中的祝英台故事》文中的原称,亦即清嘉庆二年宁楷(即宁栎山)《增修宜兴县旧志》、嘉庆二年宁楷《新修宜兴县志》、嘉庆二年宁楷《新修荆溪县志》、道光二十年吴德旋《续纂宜兴荆溪县志》和光绪八年吴景墙《宜兴荆溪县新志》五部宜兴县志。又按:荆溪,宜兴夏商之古称。周为荆邑,秦置阳羡,晋设义兴,宋避赵光义讳改宜兴。清雍正曾析宜兴为宜兴、荆溪两县。故宜兴、荆溪的县志均为宜兴县志。前四部县志,于光绪八年(1882)重刻,为了与原版本区别,分别更名为《重刊宜兴县旧志》、《重刊宜兴县志》、《重刊荆溪县志》、《重刊续纂宜荆县志》)。钱先生说:"荆溪析县,在雍正三年。乾隆五十八年,唐仲冕为荆溪知县,设局修志,宁栎山为总纂。六十年,唐离任,距志成尚二年。宁氏删改旧志重刻之,就是上面的唐仲冕《宜兴县志》。从雍正时起,别为《宜荆分志》,就是上面第一种。所以那两种志书实在都出于宁氏之手,唐氏久已离任了。从宁氏以后的志书,现在差不多都有了(按:钱先生所说的清嘉庆二年唐仲冕《宜兴县志》,是在康熙二十五年徐喈凤《重修宜兴县志》的基础上,增补至雍正三年,故称为《增修宜兴县旧志》;而钱氏所说的《宜荆分志》,则是阮升基修、宁楷纂的《新修宜兴县志》以及唐仲冕修、宁楷纂的《新修荆溪县志》两部县志)。"

【宜兴梁祝 记载最早】

钱先生虽从吴骞《桃溪客语》中又得知,在宁栎山之前,还有宋、元、明的志书中,也有祝英台的记载,但却没能找到,"而现在所看见的,仅仅《桃溪客语》所引《咸淳毗陵志》中关于祝陵的一段罢了。"❽

由于当时处于第一、二次国内革命战争时期,战火遍地,民不聊生,交通不便,古籍资料大量散佚,难于集中,缺乏各方面查阅资料的环境与条件;况且,征稿启事刊登18天后,《祝英台故事专号》就十分仓促地刊出了,因此,钱先生等人所查到的资料是局限的。除了从《桃溪客语》中看到宋《咸淳毗陵志》"祝陵"条外(按:现在国内绝大多数学者所用的宋《咸淳毗陵志》"梁祝"记载,都是从《桃溪客语》中引得的,或是再引用钱南扬先生的,故存在多处错误),对现存的明洪武十年《常州府志》、成化二十年《重修毗陵志》、正德八年《常州府志续集》、嘉靖十三年《南畿志》、万历十八年《宜兴县志》、万历四十六年《重修常州府志》,清康熙二十三年《江南通志》、二十四年《常州府志》、二十五年《重修宜兴县志》以及乾隆元年《江南通志》都未看到,更不用说大量的古籍记载了。

其二,吴骞《桃溪客语》所引《咸淳毗陵志》的误导。《桃溪客语》"祝陵"条称:"按,《咸淳毗陵志》曰:祝陵在善权山,其岩有巨石刻,云'碧鲜庵',盖'祝英台读书处'。昔有诗云:'蝴蝶满园飞不见,碧鲜空有读书坛'。俗传英台本女子,幼与梁山伯共学,后化为蝶。事类于诞。然考《寺志》,齐武帝以英台故宅创建,又似有其人,特恐非女子耳。地故善酿,陈克诗有'祝陵买酒清若空'之句。"❾

笔者将吴骞所记的文字与《咸淳毗陵志》(国家图书馆、上海图书馆、南京图书馆、常州图书馆等均有存)原件对照,发现出入很大。主要有:

1.《咸淳毗陵志》称:"祝陵在善权山,岩前有巨石刻,云'祝英台读书处',号'碧鲜庵'",而《桃溪客语》称:"祝陵在善权山,其岩有巨石刻,云'碧鲜庵',盖'祝英台读书处'"。善卷山南"祝英台读书处"六个大字的石刻,不仅《毗陵志》有记载,唐《十道志》也有记载,明洪武《常州府志》、嘉靖《南畿志》、万历《常州府志》、《宜兴县志》和清康熙《江南通志》、《重修宜兴县志》均有记载,直到清嘉庆《增修宜兴县旧志》中才注明"今石刻六字已亡",说明"祝英台读书处"的石刻大字,自唐以来,一直是存在的。吴骞是清乾嘉时人,他客居宜兴时,很可能这六个大字已经湮灭,只有"碧鲜庵"三字的石刻尚在,所以他凭印象把石刻"祝英台读书处"写成"碧鲜庵"。这样,两块石刻变成了一块石刻,"祝英台读书处"的石刻也就变相地被否定了。

2.《咸淳毗陵志》称"然考《寺记》,谓齐武帝赎英台旧产建",而《桃溪客语》称"然考《寺志》,齐武帝以英台故宅创建"。《善卷寺记》是记录善卷寺兴建过程的碑刻,其写作年代在善卷寺建成时,即齐武帝在位期间(483—493)。如果是《善卷寺志》,则成了善卷寺兴建和沿革变迁的记录,是后人所为。据明文征明《善权寺古今文录序》称:"(善卷寺)其事具郡乘甚略,而未有特志也",这说明《善卷寺志》是不存在的。而吴骞把《寺记》写成了《寺志》,则把《善卷寺记》的成文年代推后了不知多少年。

3.《咸淳毗陵志》通过考证,认为祝英台"意必有人第",即必有其人其宅。而《桃溪客语》则称祝英台"又似有其人",也把肯定的推断变成模糊了。

为了弄清人们所见的《咸淳毗陵志》"梁祝"与吴骞所记的《咸淳毗陵志》"梁祝",究竟孰是孰非?笔者又专门进行了深入的查证,并发现了多种《咸淳毗陵志》的版本,一是上海古籍出版社《续修四库全书》中的咸淳《重修毗陵志》;二是台湾成文出版社有限公司《中国方志丛书》中的《咸淳毗陵志》;三是中华书局《宋元方志丛刊》中的宋咸淳《重修毗陵志》;四是浙江海宁陈鳣的《咸淳毗陵志》乾嘉抄本;五是江苏宜兴沙彦楷所藏嘉庆抄本。以上第一种为明刻本影印,第二、第三种为清刻本影印,第四、第五种是清抄本。其中,明刻本原为清赵怀玉藏,曾由黄丕烈借校,留有"嘉庆甲子十月吴县黄丕烈借校一过"字及"荛圃过眼"印,现存北京图书馆;清刻本为赵怀玉于嘉庆二十五年(1820)据明本重刻;在陈鳣的抄本中,扉页及首页钤有印章九方,其中一曰"得此书,费辛苦;后之人,其鉴我";一曰"仲鱼图像",并铭有一戴斗笠之老人头像;一曰"海宁陈氏向山阁图书";一曰"陈仲鱼读书记"。

经核对,这5种本子记载"梁祝"的内容完全一样,连"胡蝶满园飞不见"的"胡"字没有虫字偏旁也一样,一字不差。说明这些版本的记载都是正确无误的。特别需要指出的是,陈鳣(1753—1817)与赵怀玉

(1747—1823)都是乾嘉时人,与吴骞(1733—1813)同时。陈鳣不仅跟吴骞同乡,吴骞还随陈鳣学过训诂之学。况且,陈鳣死时,赵怀玉的刻本还没有出来,因此,陈鳣应是根据另外的本子抄录的。所以,可以肯定,吴骞在《桃溪客语》中引用的《咸淳毗陵志》"祝陵"条,绝对不是原文。

由于《桃溪客语》中的《咸淳毗陵志》"祝陵"条经钱南扬先生转引,时下国内的"梁祝"研究者所引用的《咸淳毗陵志》"祝陵"条,多采用《桃溪客语》的文字,以致造成了"以讹传讹"的错误。

吴骞《桃溪客语》所记的《咸淳毗陵志》"祝陵"条,其内容是凭记忆而写,还是进行了改动,我们不得而知。但有一点可以肯定,就是当年钱南扬虽看到了吴骞所引的《咸淳毗陵志》,却很可能认为该志的记述含糊,故未引起足够的重视。

其三,清邵金彪《祝英台小传》的误导。造成钱先生错误判断的另一篇文章,是收录在清光绪《宜兴荆溪县新志》里的邵金彪《祝英台小传》。该《小传》云:"祝英台,小字九娘,上虞富家女……"称祝英台不是宜兴人,只是与梁山伯一起到宜兴来读书而已。这一记载,连钱先生也感到奇怪,他说:"一篇《祝英台小传》不出于宁波人之手,却反出于宜兴人。"[10]因此,钱先生认为,连《宜兴县志》也说祝英台不是宜兴人,肯定是不会错的。他在1926年启示征求"梁祝"资料时,就说"《宜兴荆溪县志》、《鄞县志》、《浣水续谈》、《识小录》等书,都说梁山伯是会稽人,祝英台是上虞人"[11],给梁祝的籍贯下了定论,终于造成了"梁祝"与宜兴历史擦肩而过的遗憾(按:关于邵氏《祝英台小传》中的问题,本书另有论析)。

三、1932年冯沅君通过采风提出梁祝"河南(中原)说"

在"祝英台故事专号"中,钱南扬刊登了一篇沅君的《祝英台的歌》,其歌共有六段:

(一)

日头出来紫巍巍,一双蝴蝶下山来;
前面走的梁山伯,后面走的祝英台。

(二)

走一山,又一山,山山里头好竹竿。

大的破下做椽子,小的砍下钓鱼竿。

钓得大的卖钱使,钓得小的下酒馆。

(三)

走一洼,又一洼,洼洼里头好庄稼。

高的是陶求(按,原载如此,据河南戏剧、曲艺本,"陶求"应是"秫秫"),

低的是棉花,不低不高是芝麻。

芝麻地里带打瓜,有心摘个尝尝吧,又怕摸着连根拔。

(四)

走一庄,又一庄,庄庄黄狗汪汪(按,原载如此,应作"吠汪汪")。

前面男子大汉你不咬,专咬后面女娥皇。

(五)

走一河,又一河,河河里头好白鹅。

前面公鹅咯咯叫,后面母鹅紧跟着。

(六)

走一井,又一井,沙木钩担柏木桶。

千提万打(按,原载如此,应作"千提万提"),提不醒。

这首歌谣,是沅君幼时听到她老干娘反复唱的,所以留下了很深的印象。同时,她还讲述了一个当时河南流传的很有特色的梁祝故事,大意是:

梁山伯与祝英台两人的父亲是挚友,他们的夫人怀孕后,便指腹为婚:若是一男一女就结为夫妻,若都是男孩就在一起读书,都是女孩就一起学做女红。后来,祝父死了,而梁家一贫如洗。祝母怕女儿受苦,便对梁家说生的也是男孩。到了入学年龄,梁家便约祝家同送儿子去读书。后来先生起了疑心,便叫英台退学。英台回家时,山伯去送她,不过此时英台早已知道山伯就是自己的未婚夫了,于是借物比喻,就是前面的《祝英台的歌》。别后许久,山伯到祝家造访,方知英台为女子。后来祝母将英台另聘,山伯闻讯后悲愤而死。大喜之日,男家同意英台先拜梁墓再拜堂,英台方肯上轿。英台拜墓时,墓忽裂开,祝钻进后墓复合,坟头飞出一双花蝴蝶。

沅君,即冯沅君(1900—1974),原名冯恭兰,改名淑兰,字德馥,河南唐河人,现代女作家与学者,沅君是她的一个笔名。因《民俗周刊》虽刊登了她的《祝英台的歌》,但却把"梁祝"的发源地定在浙江宁波,所以,她于1932年春又专门去了一趟河南,对当地民间流传的梁祝传说与民间文艺进行采风。经过采风,冯沅君发现汝南县有一个梁祝传说的风物圈,与传说十分相似,且民间流传的曲艺歌谣也很丰富。因此,提出了"梁祝河南说"(亦即刘康健、马紫辰先生所称的"梁祝中原说"),认定梁祝传说发生在汝南县马乡镇,提出"以河南为中心,渐次向风物圈周围扩张❷"的观点。

"梁祝河南说"认为,梁祝传说发生于西晋晚期或东晋,汝南县至今仍保存着完整的梁祝传说遗存:不仅有梁山伯家乡梁岗、祝英台家乡祝庄(朱董庄)、马文才家乡马乡,还有"梁祝"结拜的村庄曹桥、"梁祝"读书处红罗山书院以及埋葬在古京汉官道两侧的"梁祝双墓"。而从红罗山书院到梁岗和朱董庄都是十八里,于是就有了"十八相送"的故事等等。仅仅因为战乱,汝南大户大批南迁,才把中原的梁祝故事带到了江浙一带,这样,江浙才有了"梁祝"的传说。

"河南说"学者刘康健称:"梁祝故事'河南说'早在1932年已被著名学者冯沅君提出并论证,而且得到著名学者钱南扬、容肇祖、顾颉刚等人的首肯。"❸然而,当年钱南扬先生仅仅刊登了冯沅君的《祝英台的歌》,并没有同意梁祝传说发端于河南。他在黄朴《祝英台与秦雪梅》的按语中引述了《新刻秦雪梅三元记》的故事,并说:"上面《祝英台的歌》里所记的事迹,完全从秦雪梅的故事中衍化出来的,和普通的祝英台的传说不类。"但"不知怎样一来,二者发生了关系,遂将'指腹为婚','男的方面家道中落,女的方面想要赖婚'的种种情节,增饰附会到梁祝的身上去"了。钱先生说,秦雪梅是明成化间的事,商辂(秦雪梅未婚夫的儿子)是明正统进士,《三元记》托名商辂,当然是作于商辂之后,"至早也在明末了,说不定是清朝的作品呢","所以据我个人的推想,是祝英台故事吸收秦雪梅故事的情节,并非由祝英台故事而演成秦雪梅故事,两个故事是并行的,不是相生的"⑭。这里透露出一个信息,钱先生认为,河南梁祝传说中的"指腹为婚"、"女方赖婚"是秦雪梅故事的情节的附会。既然秦雪梅是明末的作品,那么河南的梁祝中关于"指腹为婚"、"女方赖婚"的传说,则不会早于明末。

学者刘康健、马紫晨都引钱南扬等人"梁祝故事应发生在地点相对集中的地理环境中,方圆不过百里,人物不过二三,仅此而已"⑮的话,推论梁祝传说发生在汝南。其实,"梁祝故事应发生在地点相对集中的地理环境中",乃是大多数梁祝研究者的共识,但这并不能说明汝南就是梁祝传说的发源地。诚然,相对集中的风物圈,使得传说更具亲和力,是故事流传的有效平台与考证传说发源地的参考资料,但却不是传说发源地的唯一依据。对于传说发源地的考证,应当综合各方面的因素,特别要重视文字的记载以及文物的出土与考证。而口口相传的传说以及戏曲、曲艺、民歌等,在千百年的传讲过程中,或经过编演者、传唱者的加工,变异是极大的。否则,国内存在多处梁祝传说风物圈较集中的地方(如江苏宜兴、山东济宁),就无法解释了。

"梁祝中原说"的硬伤,就是在清及清以前的方志、古籍中,找不到任何"河南梁祝"的记载。因此"中原说"并不为大多数专家学者认可,丝毫没有动摇"梁祝宁波(浙东)说"的地位。

四、梁祝墓记碑与梁祝"济宁说"

新中国成立初期,山东微山马坡出土了一块明代的"梁山伯祝英台墓记"碑,引起学术界的重视,以张自义(原济宁市政协副主席)、上官好岭、樊存常为代表的学者提出了"梁祝济宁说"。

该碑立于明正德十一年(1516),明隆庆间(1567—1572)被淹没。1952年在凫山县第六区(按:旧属邹县,今属微山县)疏浚白马河时出土,就地保管;1975年,在整治河道的平坟中又被埋入地下;1995年,经政协委员提案后重新挖到此碑。2003年,为配合"梁祝邮票"发行的宣传,樊存常又请中国民俗学会刘魁立理事长、贺学君副理事长等到场,隆重举行了复出土仪式。

该碑共八百三十余字,正文七百五十余字,由前都昌县知事赵廷麟撰文,邹县知事杨环书,孟子五十七代孙孟兆元题额。内容主要分为两个部分:一是当地流传的梁祝故事,二是重修梁祝墓的原因及过程。

相传在济宁九曲村,有个祝员外,膝下无子,独有一女名叫英台。祝员外虽然巨富,见别人的儿子因读书致贵,光耀门庭,十分眼红。英台深知爹爹的心事,乃扮为男装,家人、乡人都被她瞒过,于是易装去峄山求学,在吴桥遇到邹县西居梁山伯,同往读书。同窗三年,衣不解带。后英台思归。一年后,山伯登门拜访,方知英台乃女子。别后不一载,山伯疾终于家,葬于吴桥东。西庄马郎迎亲时,英台想,我心许梁兄为婚,现更适他姓,是易初心,乃悲伤而死。乡人念其全节,便从葬山伯墓,以遂英台生前心愿。

明正德十年,南京工部右侍郎、前都察院右副都御史崔文奎,奉敕总督粮储,经过此地,看到荒芜的梁祝墓,念一时节义为万世湮没而不忍,乃命阴阳训术鲍恭干,上奏朝廷,予以重修。工程于正德十年冬开工,十一年春竣工。于四界竖石,周围建垣护冢;并建有神祠,使出入有扉,守嗣有役。梁祝墓重建后,由鲍恭干复命、赵廷麟具其事迹本末、岁月先后,勒石为记。

当然,碑记不会忘记对崔文奎歌功颂德,称其"垂节义于千载之上,挽节义于千载之下",是个大忠臣。

前都昌知县赵廷麟为了撰写这篇碑记,曾经翻阅过大量的资料,不过,其结果令他失望。无奈之下,他只好走访当地的老人,才记录了上述的梁祝传说。故而,该碑开宗明义,称:"外纪二氏,出处弗祥。迩来访诸故老,传闻在昔济宁九曲村祝君者,其家钜富,乡人呼为员外……",翻译成白话文,就是:本碑所记的"梁祝"事迹,出处不详(按:纪通记;外纪,非正规之记载;弗,不;祥通详),是最近走访了各位故老,才听到此地有这样一个传说。在这里,这位贡士出身的赵廷麟特地用了一个"外纪",以表示这是正史以外的记载。由此可知,在明代正德十一年之前,济宁的史志古籍中,是没有任何"梁祝"记载的。

正德年间重修梁祝墓后,不仅推动了梁祝传说在当地的传播,而且,后来的历史上也就有了记载。在七十年后的万历十六年(1588),邹县知县王自瑾在峄山传说中的梁祝读书洞题刻了"梁祝读书洞"及"梁祝泉"石刻;到了万历三十九年(1611)《邹志》则有了"梁山伯祝英台墓,在吴桥"的记载,清康熙十二年(1673)、康熙五十五年(1716)的《邹县志》亦称:"梁山伯祝英台墓,在城西六十里吴桥地方,有碑。"

关于这块梁祝墓碑记,还有一段插曲。清焦循(1763—1820)的《剧说》"卷二"云:"乾隆乙卯,余在山左,学使阮公修《山左金石志》,州县各以碑本来。嘉祥县有祝英台墓碣文,为明人石刻。"这一记载,钱南扬在《关于收集祝英台故事材料的报告和征求》、《祝英台故事集叙论》中都曾引用过。1958年,郭沫若据此记载曾派员到嘉祥考察,结果无功而返。实际上,焦循所记的那块嘉祥墓碑碣文,就是微山出土的这一块。有人说,出现这种情况,是由于历史上区划的变动而造成的。此说不尽然。因邹县在微山湖以东,秦建置;嘉祥在微山湖西北,金建置,其区划历代只有微调;而微山是1953年以鲁、苏两省6县4镇302个村庄及4个水上渔民乡划建。现微山马坡旧属邹县,从未属过嘉祥。故笔者以为,因明代之后,嘉祥与邹县同属兖州府,而焦循的这一记载,又是在次年乾隆丙辰(即嘉庆元年)到了浙江宁波,看到《宁波府志》详载梁祝轶事后,联想到河间林镇也有梁祝墓、家乡江都也有祝英台坟而写的,并不是当时的记录,完全有可能把方位或地名搞错了。

1996年4月21日,《济宁日报》发表了张自义、胡昭穆、上官好岭、卞雄杰合写的文章《梁祝故事在济宁》,阐述了"梁祝济宁说"的观点。主要有五:一是微山县出土了明代的文物"梁山伯祝英台墓记"碑、邹县峄山上有明人勒石的"梁祝读书洞"遗址;二是清康熙十一年(1672)《邹县志》有"梁山伯祝英台合葬城西六十里吴桥地方,有碑"的记载、《旧峄山志》称峄山万寿宫内曾供有元代梁祝汉白玉石像;三是有梁祝传说的风物圈:梁祝马三氏居住地可考可查,且有梁祝墓、梁祝读书洞等遗存;四是《梁祝墓记》的记载富有传奇色彩而无艺术加工之痕迹,合葬由乡人决定而无化蝶之附会,马氏迎亲用车而非轿且无霸婚之举等等,显示出墓志的真实性;五是由于北方的战乱,造成了文化的南移,故而记载滞后。

无疑,由于明正德"梁祝墓记碑"的出土,"济宁梁祝"是值得重视与研究的。然而,济宁缺乏"梁祝"明正德前的记载内容,不能不是个极大的遗憾。

五、南齐《善卷寺记》是最早最可信的"梁祝"记载

20世纪末,宜兴蒋尧民先生从《宋咸淳毗陵志》(1264)"卷二十七·

古迹·祝陵"的记载里,得知南齐所建的善卷寺里,有一篇《善卷寺记》,其中记述了齐武帝赎祝英台旧产建寺的史实。

《咸淳毗陵志》记曰:"祝陵,在善卷山⑯。岩前有巨石刻,云'祝英台读书处',号'碧鲜庵'。昔有诗云:'蝴蝶满园飞不见,碧鲜空有读书坛。'俗传英台本女子,幼与梁山伯共学,后化为蝶。其说类诞。然考《寺记》,谓齐武帝赎英台旧产建,意必有人第,恐非女子耳。"(按:重点号为笔者所加)

这篇《善卷寺记》(后作《寺记》)刊载于何处?又是何时何人所作的呢?学者们进行了考证,并得出如下结论:

(一)《寺记》肯定作于唐大和(827—835)前

唐李蠙曾作过一首《题善卷寺石壁诗》,其序称:"常州离墨山善卷寺,始自齐武帝赎祝英台产之所建之,会昌以例毁废。唐咸通八年,凤翔府节度使李蠙闻奏天廷,自舍俸资重新建立。……"⑰李蠙,祖籍陇西,是唐宗室后裔,会昌元年进士,终官大司空。他在中进士前,曾于善权寺修读,后来看到善权寺在武宗会昌"灭佛"中遭到废毁而深恶痛绝,于懿宗咸通八年(867)六月十五日向皇上慷慨陈奏,要求用自己的俸禄收赎重建善权寺并得到恩准。他的《请自出俸钱收赎善权寺事奏》中称,大和中曾寓居宜兴善权寺修读,他在修读时看到寺内的《寺记》乃是十分正常的。因此,李蠙按照《寺记》中的记述,把齐武帝赎祝英台旧产建寺的史实,写进诗序,题在善卷山的石壁上,应当是可信的。李蠙告老辞官后,就定居在善权寺,死后也葬于善卷。《题善权寺石壁诗》,就是他告退后所作。由此可知,《寺记》必作于唐大和前。

明《善权寺古今文录》李蠙《题善权寺石壁诗》序,关于齐武帝收赎祝英台旧产建寺的记载。

(二)《寺记》应作于善卷寺建成初期

通常寺宇会存有"寺记"与"寺志"。其中"寺记"是寺院兴建的记录,作于寺院建成时;"寺志"则是寺宇兴衰与沿革的记录,是后人所作,并可不断续记。此外,还有一种"记",是寺院重建或局部修缮的记录,或是一种游记。这种"记",均会在标题中标明"重建记"、"修缮何物记"或"游记"之类(如善卷寺就有宋《陈氏舍田记》、《重装大殿佛像记》、元《善权重建藏殿记》、明《重修善权佛殿记》、游记《善权记》❸等)。据明文征明《善权寺古今文录序》,善卷寺在其前,是没有"寺志"的。既非"寺志",又非"重建记"、"修缮记"与"游记"之类,那么,《善卷寺记》则应是寺宇兴建的记录,应作于善卷寺建成之时或建成初期。

(三)《寺记》必作于齐武帝在位期间

据宋《咸淳毗陵志》、明嘉靖《南畿志》、万历《宜兴县志》等9部志乘记载,善卷寺于齐高帝建元二年(480)以祝英台故宅创建,但是,《寺记》却说是齐武帝赎祝英台旧产建,这不是相互矛盾的吗?宋资政殿学士李曾伯称:"因考颠末,此寺自齐武帝时建立寺额"❹。原来,善卷寺虽于高帝建元二年开始拆迁、修建,但到建成并建立寺额时,高帝早已病死,齐武帝已经即位。《寺记》称齐武帝赎祝英台旧产建寺,弃高帝之功而立武帝之绩,明显带有为齐武帝歌功颂德的色彩。齐武帝于

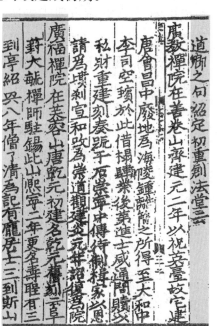

宋《咸淳毗陵志》称,广教禅院(即善卷寺)于齐建元二年以祝英台故宅创建。

483年即位,493年死后,才由郁林王即位。且南齐经七帝共24年,其中齐武帝为政11年,其余六帝共执政13年。如果《寺记》作于493年齐武帝死后,则不可能为他涂脂抹粉,说他赎英台旧产建寺。因为当时权力争斗相当激烈,齐武帝死后的一年中就三易其主:齐武帝的堂弟萧鸾先

是废杀鬱林王萧昭业、后又废海陵王萧昭文，自立为明帝。萧鸾是齐高帝萧道成的侄子，少年丧父，由高帝一手抚养成人，高帝将他视同己出，他对高帝的感情可想而知。后来的东昏侯萧宝卷、齐和帝萧宝融则是萧鸾之子，之后的梁武帝，又是齐高帝的族侄。再后来的各朝，更与齐武帝无关。所以，齐武帝死后，就没有必要、更无可能再为他唱赞歌，无论如何不可能说是齐武帝赎英台旧产建寺的，而应据史实记作齐高帝赎祝英台旧产建寺。由此可见，该记必作于齐武帝在位期间（483—493），这才符合历史为当政者作记的一般规律。

（四）《寺记》应作于齐武帝即位之初

善卷寺是宜兴于南北朝建立的第一座佛寺，据唐李蠙的记载，其寺规模恢宏，连善卷洞也属于寺产。它于公元480年开始着手拆迁修建，如果历时三至五年的话（李蠙收赎重建善权寺，历时十年之久。南齐善卷寺初建时，规模不会像唐代的那么大，历时也不会那么长），应到齐武帝即位之初才正式落成。而新建的寺宇又必在建成之初建立寺额，由此，我们可以推断，所谓齐武帝时建立寺额，也应当在齐武帝即位不久。在新建的佛寺落成并建立寺额时，请文人写下《善卷寺记》，则是完全可能的。这样，《善卷寺记》则应作于公元483—485年间。由于齐高帝是正常病故，齐武帝本人没有必要去与父亲"抢功"，不会特地授意让人写成自己赎祝英台故宅建寺。因此，《寺记》中的所谓齐武帝赎祝英台故宅建寺的内容，是《寺记》作者为当政帝王所唱的赞歌。至于该记为何人所作，无考。

（五）《寺记》是一块碑刻

宋丞相周必大《泛舟录》（1167）记到善卷寺时称："按，旧碑：寺本齐武帝赎祝英台庄所置"[20]，周必大不仅看到了《善卷寺记》古碑，而且明确指出，齐武帝在创建善卷寺时，所拆迁的不只是祝英台故宅一家，而是祝英台居住的村庄。由此可知，《善卷寺记》是寺内的一块碑刻，故而保存的时间较为长久。

（六）唐宋间《寺记》碑刻尚存

看到《善卷寺记》碑刻的人，除了前文提到的唐司空李蠙、宋丞相周必大外，至少还有宋宰相李纲、南山居士及湖州知府薛季宣等。宋宰相李纲少时曾在善权寺修读，后第进士。他于建炎元年（1127）善权寺恢复"广教禅院"㉑寺额后,在修缮佛堂时曾施俸重塑释迦牟尼金身,至绍兴元年(1131)落成时,又由南山居士撰文,作《重修善权佛堂记》,其中说到"常州宜兴县善权山广教禅院,始是齐武以宅佛氏……㉒"就是指齐武帝赎祝英台故宅建寺之事;宋薛季宣来到祝陵,游过善权洞后作《游祝陵善权洞》诗,并特别注曰:"寺故祝英台宅";而常州知府史能之在编纂《重修毗陵志》时,还专为"梁祝"事对照《善卷寺记》进行了考证。由此可见,这块碑刻,在唐宋间尚未湮灭。

由于《善卷寺记》作于公元485年左右,比《金楼子》早70年左右,比《十道志》《十道四蕃志》早200多年,因此,它是我国迄今发现并可考的最早关于"梁祝"的文字记载。

不仅如此,《善卷寺记》中的"梁祝"记载,还是最真实、最可信的记载。

我国其他地区的"梁祝"记载,其源多出于文人笔记。在文人笔记中,虽有亲见之事物,但更多的是听来之传闻以及从资料中所搜集到的信息,有时还会加进自己的观点甚至是创作,本身就带有许多不确切的因素。这些文字,有的后来虽为志乘所收录,但其真实性也必然大打折扣,因为,它们的源头实为"野史"。不然的话,我国多处方志与典籍中的"梁祝"记载就无法解释了。

梁祝传说经历了1600多年的传播,其记载基本上是以传说为主的。除了许多典籍直接记载了梁祝传说的内容外,方志中不少古迹、遗址、名胜的记载也源出于传说。以宁波为例,方志中梁山伯庙的记载,就源于宋李茂诚的《义忠王庙记》,而这个《庙记》所写的,就是带有浓重神话色彩的梁祝传说;宋《乾道四明图经》中的"义妇冢"条,也简述了一个传说中的梁祝故事,而其依据的"旧记",正是李茂诚的《义忠王庙记》或李茂诚《明州图经》残稿㉓。尽管宜兴的方志、古籍里,也不乏如"梁祝化蝶"之类神化传说的记载,但《善卷寺记》中的记载却与其他记载截然不同,它所记述的内容并不是梁祝传说,而是善卷寺的创建过程。仅仅在记录帝王(齐武帝)言行作为(收赎祝英台故宅创建善卷寺)的时候,顺带记到祝英台的。确切地说,《善卷寺记》写到祝英台,完全是沾了帝王的光。因此,它的可信度与史料价值都是其他梁祝传说记载无法比拟的。

由此，我们可以确认，《善卷寺记》是我国现存可考的最早、最真实、最可信的"梁祝"记载。

六、宜兴唐代的梁祝记载也与《善卷寺记》有关

"梁祝"的记载，晋唐早期的甚少，至今全国仅发现四处。在宜兴，除了南齐的《善卷寺记》外，还发现了两处唐代的早期"梁祝"记载。

一是民国二十四年（1935）徐澯秋《阳羡奇观》称："《十道志》：善卷山南，上有石刻，曰祝英台读书处。"[24]

钱南扬与张恨水先生都说《十道四蕃志》其书不传。笔者曾经到国家图书馆、上海图书馆、南京图书馆、天津图书馆等处查阅，确实未见此书。在清嘉庆《重订汉唐地理书钞片八》中，载有梁载言《十道志》的残卷，共抄录载于《太平御览》中的320条、《太平寰宇记》30条、《太平广记》3条，其中"卷下·江南道"记有苏浙皖闽事，但却未见一个"梁祝"文字（按：近年有所突破，从高丽释子山《夹注名贤十抄诗》发现了《十道志》中关于"明州有梁山伯冢，注：义妇竺英台同冢"的原文记载）。梁载言是山东聊城人。清末《聊城县志》引唐《艺文志》称："唐梁载言：《十道志》十六卷，具负故事十卷，具负事迹十卷。"（《中国历代人名大辞典》称作"具员故事"）。现在，所谓的"故事"与"事迹"均已散佚。按照钱南扬先生关于《金楼子》"梁祝"记载的判断，在未发现《阳羡奇观》所引《十道志》文字不可靠的证据以前，应视为确据。

笔者曾查阅《中国历史大辞典》及多种版本历代人名词典，均称梁载言作《十道志》。《十道四蕃志》是否梁氏所作，未得确证。但《十道四番志》应有其书（番与蕃相通），因为在《重订汉唐地理书钞·梁载言十道志》序录中除多次阐述梁载言《十道志》外，也有一处提到《十道四番志》，称："至尤延之《遂初堂书目》，犹载有《十道四番志》文献，《通考》遂不著录，则已亡矣。"因此，笔者相信《十道四番志》也为梁载言所作，但应是在《十道志》的基础上增加"四番"而成。

《十道志》的成书时间，当在开元二十一年（733）之前。因唐于贞观十三年（639）设十道（贞观元年/627分十道，但当时未设处置使），至开元二十一年分为十五道，故梁氏不可能在分设十五道后再作《十道志》。《重订汉唐地理书钞·梁载言十道志·序录》称："徐坚《初学记·州郡

总裁》引《括地志》言；以唐贞观十三年大簿九州，府二百五十八，依叙为十道。梁氏当即据此为《十道志》。"根据《括地志》，《十道志》应作于639年后。但梁载言为上元（674—675）进士，武周之后，于唐中宗时终官（705—709）怀州刺史。假如梁氏贞观十三年为20岁，至705年后要有86岁的高龄；且中举前如何有机会接触并收集到全国各地的准确地理资料？故梁氏不可能在刚设十道后就立即作《十道志》，且贞观十三年时梁氏很可能尚不足20岁。梁载言于武后时求高才以二等列入，专知制诰。武后于684年即位，690年称帝改国号周。因此，梁氏《十道志》的成书时间不会早于684年，而在684—709年之间，即700年左右。

《十道志》与《十道四番志》均为地理志书，由于梁载言汇集的材料中，既有宜兴善卷山南祝英台读书处的资料，又有明州梁山伯冢的资料，因此把这些当时已客观存在的古迹遗址记入典籍，是毫不奇怪的。笔者在查阅资料时发现，同一部典籍中同时记载宜兴及宁波"梁祝"古迹、遗址的，就有好几部。

二是在明释方策弘治甲子（1504）《善权寺古今文录》"卷六·唐诗"中，收录了唐李蠙（？—约879）的《题善权寺石壁》诗，其诗序称："常州离墨山善权寺，始自齐武帝赎祝英台产之所建之。"据笔者考证，该诗的写作时间，约在876—879间。李蠙的这一诗序，不仅本身就是"梁祝"的早期记载，也是《善卷寺记》碑刻的重要佐证。

这两处唐代记载，都与《善卷寺记》关联。李蠙的《题善权寺石壁序》自不必说，一看就知道是对《寺记》相关内容的直接引用。《十道志》中"祝英台读书处"的石刻，也与《寺记》有关。

明陈仁锡（1581—1636）《潜确居类书》称"善权洞在常州府宜兴县国山东南，一名'龙岩'，周幽王二十四年洞忽自开。俗传祝英台本女子，幼与梁山伯为友，读书于此，后化为蝶。古有诗云：'蝴蝶满园飞，不见碧鲜空'，盖咏其事。南齐建元二年，建碧鲜庵（善权寺）于其故宅，刻'祝英台读书处'六大字。"[25]从陈仁锡的记述看，善卷山上"祝英台读书处"的石刻大字，在南齐就有了。因为创建善卷寺时收赎了祝英台的故宅，所以，善卷寺建成后，就在山上刻了这六个字。因此，《十道志》中关于"善卷山南，上有石刻，曰'祝英台读书处'"的记载，正是根据这一古迹才记下的。

除了以上两则外,祝陵的地名因祝英台葬地而得名,在唐李郢的诗中,就提到了"祝陵",也可算是与"梁祝"有关的唐代文字吧。

七、宜兴才是梁祝传说的本源发生地

宜兴除了最早的"梁祝"记载外,还有丰富的遗存。

宜兴的"梁祝遗存"分为"历史遗存"与"传说遗存"两种。

历史遗存有:

1. 以祝英台故宅改建的善卷寺。该寺在善卷山南,始建于南齐高帝建元二年(480),齐武帝时建立寺额,千百年来历尽沧桑,现仅存天王殿、圆通阁、涌金亭及华藏门断垣,亦都只是清及清后的建筑。

2. 碧鲜庵碑。在善卷后洞处,上世纪二十年代出土于原善卷寺地下。与宋志乘及明都穆、王世贞游记、清吴骞笔记记载的特点、位置完全相同,确认为方志古籍记载中的唐碑(按:本书另有专考),现为市级文物保护单位。

3. 善卷后洞摩崖石刻。唐代摩崖石刻"祝英台读书处"六个大字、唐李蠙题壁以及明谷兰宗题壁均已湮灭,现存仅3处:一是"飞来石"上铭刻4则,包括碧鲜庵碑出土记录、抗日军队拓展祝英台东潭记录以及梁祝诗词等;二是后洞石壁高处"阆环仙境"篆刻;三是后洞石壁"祝英台造像"石刻,署为"戊子中秋宜兴蒋晓云作"。

传说遗存有:

1. "祝陵"村名,在善卷洞南里许。

2. 晋义妇祝英台墓,在善卷洞东南里许青龙山上。

3. 晋祝英台琴剑之冢,在善卷后洞。

4. 梁家庄,在善卷洞西北4里。

5. 马家庄,在善卷洞西20里。

6. 胡桥,在梁家庄西里许,是去马家庄的必经之路。

7. 十八相送之路,从善卷起到张渚十里亭共十八里,沿途有双井、土地堂、恶狗村、凤凰窝、七里亭、十里亭等。

8. 民间"观蝶节"。善卷山蝴蝶特多、特大,当地把最大的黑色凤蝶称为"祝英台",次大的黄色凤蝶称为"梁山伯"。县志称:"山中杜鹃花发时,辄有大蝶双飞不散,俗传是两人精魂"。相传农历三月廿八是祝英台忌日，也是当地传统的"观蝶节"。每到这天，有各色蝴蝶在善卷山飞舞，。所以，"观蝶节"时，周围乡民都要穿上鲜艳的服装，赶到善卷山观蝶、踏青、游洞，并祈求"蝶仙"保佑金榜题名、功成名就。

9. 碧鲜竹，俗称"英台竹"，生于善卷后洞。此竹一桠三杈，不同于寻常竹，传为祝英台所喜欢的植物。

宜兴与各地的"梁祝"相比，还有七个"最早"（详论见本书）与一个"唯一"的特点：

1. 现存可考的最早"梁祝"记载（南齐）。
2. 最早的祝英台故宅记载（南齐）。
3. 最早的"梁祝读书处"记载（唐）。
4. 现存可考的最早"梁祝"文物（唐）。
5. 最早与梁祝传说相关的地名"祝陵"（唐）。
6. 最早的"梁祝化蝶"记载（宋）。
7. 最早对"梁祝"进行考证的史志（宋）。
8. 唯一有"祝英台故宅"记载之地（南齐）。

综上所述，宜兴有最早的"梁祝"文字记载，有祝英台故宅和梁祝读书处，有美丽的梁祝化蝶传说和"观蝶节"民俗，有现存最早的"梁祝"文物，所以，笔者以为：宜兴，才是梁祝传说真正的起源地。

注释：

❶ 钱南扬：《关于收集祝英台故事材料的报告和征求》，见中山大学 1930 年 1 月《民俗周刊》第 92 期 1-6 页。

❷ 钱南扬：《祝英台故事叙论》，见中山大学 1930 年 2 月《民俗周刊》第 93～95 期合刊第 19 页。

❸《中国历代人名大辞典》："徐树丕，明末清初南长洲人，字武子，号墙东居士，又号活埋庵道人。明诸生。工诗，善隶书。明亡后隐居不出。卒康熙间。"《涵芬楼秘笈》第一集收入徐树丕的《识小录四卷》，注明为徐武子手稿本，并有"活埋庵道人"署名。"梁山伯"条在第三卷。

❹ 以上引钱南扬的考证，参见《关于收集祝英台故事材料的报告和征求》（《民俗周刊》第 92 期）；《祝英台故事叙论》、《宁波梁祝庙墓现状》（《民俗周刊》第 93～95 期合刊）。

❺ 引文见钱南扬《钱南扬文集——汉上宧文存/梁祝戏剧辑存》第 274-279 页《梁山伯祝英台故事歌曲序录》，中华书局 2009 年出版。

⑥ 钱南扬:《祝英台故事叙论》,《民俗周刊》第 93～95 期合刊第 16 页。
⑦ 钱南扬:沅君《祝英台的歌》一文后的按语,《民俗周刊》第 93～95 期合刊第 65-67 页。
⑧ 见马太玄《宜兴志乘中的祝英台故事》中钱南扬之按语,《民俗周刊》第 93～95 期合刊第 48-49 页。毗陵,常州旧称,宜兴旧属常州。
⑨ 清吴骞:《桃溪客语》卷二·祝陵条。
⑩ 钱南扬:沅君《祝英台的歌》一文后的按语,《民俗周刊》第 93～95 期合刊第 66 页。
⑪《钱南扬文集——汉上宦文存/梁祝戏剧辑存》第 278 页。
⑫ 刘康健:《千古绝唱出中原》,见《中国梁祝之乡文集》第 2 页,中华书局 2006 年出版。
⑬ 同上。
⑭ 见《民俗周刊》第 93～95 期合刊第 70-72 页。
⑮ 刘康健:《千古绝唱出中原》,《中国梁祝之乡文集》第 6 页;马紫晨:《梁祝中原说》,见《梁祝文化大观》"学术论文卷"第 696 页,中华书局 2000 年出版。
⑯ 善权山即善卷山,避南齐东昏侯萧宝卷讳改。后文中的善权寺、善权洞,均与"善卷"同。
⑰ 明释方策《善权寺古今文录》"卷六·唐诗"。
⑱ 均见于明《善权寺古今文录》。
⑲ 宋李曾伯《善权禅堂记》,见明《善权寺古今文录》"卷四·宋碑下"。
⑳ 宋周必大《文忠集》卷一百六十七,作于乾道丁亥(1167),见《影印文渊阁四库全书》1148 册。
㉑ 善权寺宋名广教禅院,崇宁中改为崇道观,建炎元年诏复为院。
㉒ 明《善权寺古今文录》"卷四·宋碑下"。
㉓ 据黄鼎《乾道四明图经》"序",宋大观元年,明州曾委李茂诚等编纂图经。然"书成未几,而不幸厄于兵火,遂致存者亡,全者毁,前日之所成者,泯然而不见"。后张津修乾道志时,"分委僚属,因得旧录,更加采摭"而成。又,清光绪董沛《校刻宋元四明志序》亦称:四明有志,"其传者自北宋始。……厥后,李从事再修于大观初,即为张州将乾道图经之祖本"。
㉔《阳羡奇观》39 页,该书现由韩其楼先生存。
㉕ 明陈仁锡《潜确居类书》"卷二十八·区宇二十三·洞"。

祝英台故宅在宜兴
——兼论祝英台籍贯之谜

《孟姜女》《牛郎织女》《梁山伯与祝英台》《白蛇传》,是中国古代几乎家喻户晓的四大民间传说。其中《梁山伯与祝英台》的流传最广,不仅国内妇孺皆知,而且以一曲小提琴协奏《梁祝》风靡世界,被誉为"东方的罗密欧与朱丽叶"。但是,这个传说发生在哪里?他们是何方人氏?各流传地都有自己的说法。笔者对各流传地的记载进行比对分析后认为:宜兴既有历史最早、史据最足的"祝英台故宅"记载,又有美丽动人的传说故事,可以认定,祝英台就是宜兴人。

一、"宜兴英台故宅"的记载源于史实

宋《咸淳毗陵志》(1268)"卷二十七·古迹"云:"祝陵,在善权山。岩前有巨石刻,云:'祝英台读书处',号'碧鲜庵'。昔有诗云:'蝴蝶满园飞不见,碧鲜空有读书坛。'俗传英台本女子,幼与梁山伯共学,后化为蝶。其说类诞。然考寺记,谓齐武帝赎英台旧产建,意必有人第,恐非女子耳。"

这段记载翻成白话文,就是:古迹"祝陵",在善权山。它的山岩前,刻有"祝英台读书处"六个大字,而祝英台读书处又叫做"碧鲜庵"。过去,曾有"蝴蝶满园飞不见,碧鲜空有读书坛"的诗句,就是吟咏的梁祝化蝶。宜兴民间流传着这样的故事:祝英台本是个女子,幼年时曾与梁山伯在一起读书,后来因产生爱情而未果,化成了蝴蝶。从人变蝴蝶的说法来看,这个传说似乎是荒诞的。但是,我们查考了《善卷寺记》,说善卷寺是齐武帝收赎祝英台的旧有房产而改建的。因此,历史上必有祝英台这个人以及她的住宅,只是,也许不是女子罢了。

《咸淳毗陵志》中的记载与国内所有的记载不同,它不是梁祝传说情节的叙述,而是史志性的记载。它包括古迹遗址与传说故事的记录,

【宜兴梁祝 记载最早】

提出了对违反自然规律现象的批判，并反映了编纂者的考证过程以及得出的结论。其中：

"祝陵，在善权山。岩前有巨石刻，云'祝英台读书处'，号'碧鲜庵'"，是对古迹、遗址的记录；"俗传英台本女子，幼与梁山伯共学，后化为蝶"，是对宜兴梁祝传说最简练的记述；"其说类诞"，是对传说中"梁祝化蝶"这一违背自然规律情节的否定；"然考《寺记》，谓齐武帝赎英台旧产建"，是编纂者亲自考证过程的记录；"意必有人第"，是编纂者通过考证后得出的结论；"恐非女子耳"，是考证者心中尚留下的一丝疑问。

关于"意必有人第，恐非女子耳"，有人提出不同的断句。因为在古文中，"第"字有多种意思，其中一种"本指贵族宅院，后称上等房屋"；又一种则作为连接词，解作"但是、只是"，用在句首作为转折。常州市图书馆建馆一百周年时，对《咸淳毗陵志》整理点校后重刊，就断句为："然考《寺记》，谓齐武帝赎英台旧产建，意必有人，第恐非女子耳。"但笔者以为，不管是哪一种断句，其意思大同小异，没有实质性的改变。因为第一种断句说："然而，经查考《寺记》，说善权寺是齐武帝赎祝英台的旧有房产创建的，看这意思，历史上必然有祝英台其人以及她的上等房屋，恐怕不是女子罢了"；第二种断句说："然而，经查考《寺记》，说善权寺是齐武帝赎祝英台的旧有房产创建的，看这意思，历史上必然有祝英台其人，只是，恐怕不是女子罢了。"在第一种断句中，结论是必有祝英台其人其宅，虽在"恐非女子耳"前缺少一个转折词，然这在古文中是经常见到的；第二种断句，虽然结论只是说必有祝英台其人，但得出这个结论的前提仍然是有祝英台的旧有房产，实际上还是说祝英台其人其宅。但"意必有人"中间又仿佛少了一个"其"字，如写作"意必有其人，第恐

宋《咸淳毗陵志》是最早对"梁祝"进行考证的史志，其"祝陵"条称："然考《寺记》，谓齐武帝赎英台旧产建，意必有人第"。《寺记》即《善卷寺记》，是我国现存可考最早的"梁祝"文字。

非女子耳"或写作"意有其人,第恐非女子耳"就完整了。故笔者认可第一种断句。

《咸淳毗陵志》的这一记载,同时具有史实性、考证性、科学性和原真性。

史实性。从《咸淳毗陵志》的记述可知,宜兴最初的"梁祝"记载,出现于《善卷寺记》,它在记录齐武帝创建善卷寺,收赎、拆建、改造房屋的过程中,提到祝英台的,并非单纯地讲述"梁祝"传说故事。由于它是对于帝王(齐武帝)言行作为(收赎祝英台故宅建造善卷寺)的记载,属于历史事实的记载,则完全可以算是"正史",这与一般文人笔记中记载传闻的"野史",其价值有着天壤之别。经考证确认,《善卷寺记》作于南齐的齐武帝在位其间(483—493),是中国现存可考的最早"梁祝"记载。

考证性。《咸淳毗陵志》的修纂人是当时的常州知府史能之,他在重修《毗陵志》时,态度十分严谨。清康熙《常州府志》赞扬他"义例精审,当世称之",对他评价极高。以"古迹·祝陵"为例,就是严格从史志的角度来撰写的,其中还包括了对"梁祝"的考证。

从史能之的这段记述来看,可以说明三点:其一,他原先对"梁祝"的传说是不怎么相信的,特别是"化蝶"之说认为荒诞无稽;其二,在查考《善卷寺记》后,确认了齐武帝赎祝英台旧产建寺的史实;其三,根据《善卷寺记》的记述,史能之最后得出了历史上必有祝英台其人其宅的结论。

中国其他地区,也有自称对"梁祝"进行"考证"的记载。如宋代宁波李茂诚的《义忠王庙记》称:"宋大观元年季春,诏集《九域图志》及《十道四蕃志》,事实可考。"并说"夫记者纪也,以纪其传不朽云。"但李茂诚"考证"到后来,还是记述了一篇包括"梁母梦与太阳交媾怀胎十二月生下梁山伯"、"祝英台祭坟地裂而埋璧"、"梁山伯死后24年发阴兵平寇"为内容的神话故事。这种"考证"居然说是"事实可考",要"以纪其传不朽"❶,充其量只是与《十道四蕃志》中"明州有梁山伯冢(义妇竺英台同冢)"的记载进行了核对罢了。尽管李茂诚的《庙记》早于史能之,但由于他记载与认定了太多荒诞的内容,因此他的所谓"考证",也就成了无稽之谈,而南宋的史能之,才是真正的"梁祝"考证第一人,他考证得出的结论,才具有历史的价值。

科学性。《咸淳毗陵志》的科学性,一方面表现在它对"梁祝化蝶"传说的批判,认为这是违背自然规律的荒诞之说;另一方面,也表现在编纂者对齐武帝赎买祝英台故宅的考证上。

史能之对"宜兴梁祝"进行特别考证的原因,除了对历史负责外,还因为他自己就是浙江鄞县人。作为热爱史志的他,一定读过张津的《乾道四明图经》或罗濬的《宝庆四明志》,一定知道故乡关于"梁祝"的传说与记载,当发现宜兴也有"梁祝"古迹时,必然会表现出特别的关注。但当他查考了南齐的《善卷寺记》后,根据史实确认宜兴必有祝英台其人其宅,并把它记入了方志,体现了编纂者严谨认真的科学态度。

当然,史能之对于宜兴、宁波两地都有"梁祝"记载的疙瘩并没有彻底解开,因此,他又猜测宜兴的祝英台"恐非女子",也同时将它写入了志乘,毫不隐瞒地反映了他内心的想法与矛盾的心态。

原真性。由于《咸淳毗陵志》对"梁祝"的记载具有史实性、考证性与科学性,因此,它是历史原貌的真实反映,具有较强的可信度。

同时具有史实性、考证性、科学性和原真性,是《咸淳毗陵志》关于"梁祝"记载的特点。中国其他地区的任何同一则或同一篇"梁祝"记载中,不管是古迹、遗址记载还是传说记载,都不同时具备这"四个性"。因此,我们说《咸淳毗陵志》"祝陵"条的记载,是史据最足的"梁祝"记载,而宜兴"祝英台故宅"的记载源于史实,也是十分可信的。

除了《咸淳毗陵志》外,关于"宜兴祝英台故宅"的记载屡见不鲜,其中明、清方志十二部、宋、明、清古籍十九部。由于祝英台故宅在宜兴,因此,我们有理由认为:祝英台就是宜兴人。

而在以传说为内容的记载中,有的文人则直言祝英台是宜兴人。如:明冯梦龙在《古今小说》第 28 卷《李秀卿义结黄贞女》中说:"又有个女子,叫做祝英台,常州义兴人氏"❷;清《仙踪记略》也说"国山祝英台"❸。究其原因,也是因为祝英台故宅在宜兴的缘故。

二、祝英台故宅仅仅是"读书宅"吗?

然而,梁祝故事虽以浪漫凄婉而为万人传颂,虽因文人墨客的浮想联翩而不乏题咏,但祝英台追求婚恋自由的离经叛道行为,却被封建卫道士们认为伤风败俗而深恶痛绝,他们欲把祝英台赶出宜兴而后快。

因此,在宜兴的历史上,曾经上演了一出把祝英台逐出宜兴的闹剧。

清道光年间,宜兴有个叫做邵金彪的落魄文人,根据《宁波府志》的记载及"宜兴梁祝"的古迹与风物,综合起来写了一篇自相矛盾的奇文——《祝英台小传》。《小传》称祝英台是浙江上虞人,"祝英台故宅"只是读书宅而已(《小传》原文见本书《历代"梁祝"记载书(文)目叙(上)》)。这一点,连当年"梁祝宁波说"的提出者钱南扬先生也很不理解,他为"一篇《祝英台小传》不出于宁波人之手,却反而出于宜兴人❹"而感到惊讶。

在《祝英台小传》中,邵氏提出了两个观点:

一是祝英台籍贯上虞。由于宜兴的绝大多数记载只说到祝英台故宅与祝英台读书处,并未明确说祝英台是宜兴人。邵氏认为,既然宁波的方志中都说祝英台是上虞人,何不做个顺水人情,把祝英台赶出宜兴去。故《小传》一开头就称:"祝英台,小字九娘,上虞富家女。"这样一来,祝英台既然不是宜兴人,其"伤风败俗"也与宜兴无关了。因此,他在《小传》里加进了许多宁波传说中的东西,除了祝英台的籍贯外,还出现了梁山伯当鄞令、卒葬清道山、死后显灵助战、有司立庙于鄞等关于梁山伯的内容。

二是祝英台到宜兴善卷来是与梁山伯"筑庵读书"的。祝英台籍贯改为上虞后,宜兴历史上大量祝英台故宅、祝英台读书处的记载如何解释?因此,《小传》又说:祝英台"因易男装,改称九官,遇会稽梁山伯亦游学,遂与偕至义兴善权山之碧鲜岩,筑庵读书。同居同宿三年,而梁不知为女子"。似乎由于祝英台与梁山伯一起到善卷山来筑庵读书,所以宜兴才会有"祝英台故宅"与"祝英台读书处"的古迹及记载。

不过,关于邵氏"筑庵读书"的观点,至少有两点疑问:

第一,出处模糊。从南齐到清道光的千余年里,所有关于宜兴的"梁祝"记载中,都没有明确写到祝英台"筑庵读书"的内容。那么,邵金彪的所谓祝英台偕梁山伯到善卷山"筑庵读书",不知典出何处?

第二,考"庵"字义,初指圆形小草屋。因一种叫做"庵闾"的草,老后可以盖屋而名;又因僧人在僻静处常以庵闾结庐,是为"佛庵",故小的佛寺也称之为庵。因尼姑修行处一般较小,后遂泛指尼姑住所为庵;后来,"庵"字又用于文人的书斋名。这样,就可以推断,祝英台如果来

【宜兴梁祝 记载最早】

宜兴筑庵读书,这个"庵"必然不是佛庵,而是规模较小的草屋。那么,"梁祝"死后,人去屋空,远在上虞的祝家是不可能来此管理这么一点产业的。如有人居住,不久就会因居住者投资维修而易主更姓;如无人居住,则不久即会倒塌湮灭。不要说草屋,即使一般瓦房,如无人居住与管理维修,也保留不到百年。因此,直到"梁祝"死后一百余年,尚须由齐武帝前来收赎建造善卷寺的祝英台故宅,必应是规模较大的住宅或住宅群。况且,若前者仅为推理的话,我们还可从古籍中找到依据:宋丞相周必大《泛舟游山录》在写到善卷寺时称:"按,旧碑:寺本齐武帝赎祝英台庄所置",明确地表明,齐武帝当时拆迁的是一个的"庄",而不仅仅是间"读书宅"。周必大的所谓"祝英台庄",是在直接看到《善卷寺记》碑刻后写的,应当可信。因此,所谓"号'碧鲜庵'"的祝英台读书处,应当是祝英台的一个书斋名,它仅仅是祝英台故宅的一小部分,而不是祝英台故宅的全部房产。

宋周必大《泛舟录》根据寺内旧碑,指出善权寺为收赎"祝英台庄"所创建。

由此可见,邵金彪的"祝英台筑庵读书"说,完全是杜撰,或是根据传说而写的。

笔者之所以说封建卫道士不齿于祝英台,还有两个证据。

一是清光绪《宜兴荆溪县新志》的编修者、荆溪县令钱志澄发现邵氏的《小传》后,如获至宝,立即乘编志之机,把它收入方志。然而,祝英台不是宜兴人,宜兴的方志却为她立传,岂不违背常理?即使她到宜兴来读了三年书,方志要记,也只可能在"侨寓"中带上简要的一笔。若非符合掌握编修大权的钱志澄之意,又何能得逞?

二是《宜兴荆溪县新志》的"古迹遗址·碧鲜坛"条,紧接《祝英台小传》之后,钱志澄又刊录了明尚书杨守阯否定祝英台品格的《碧鲜坛》诗。该诗云,"英台亦何事,诡服违常经。班昭岂不学,何必男儿朋?贞女择所归,必待六礼成,苟焉殉同学,一死鸿毛轻"❺,视祝英台于不齿。难怪当年钱南扬先生看了《宜兴荆溪县新志》后,也气愤地说"杨守阯大放厥词,骂祝英台荒唐"❻。

《宜兴荆溪县新志》在"碧鲜坛"条中,同时辑入邵金彪《祝英台小传》及杨守阯的《碧鲜坛》诗,正是否定祝英台、把祝英台逐出宜兴的注脚。

三、为什么说祝英台是宜兴人最可信?

关于祝英台的籍贯,中国传说较多,除宜兴外,主要有如下几种:

(一)"祝英台籍贯上虞说"

此说流传最广,最早见于宋大观元年李茂诚根据传说写的《义忠王庙记》。其中有两处提到上虞,一处说梁山伯外出游学,遇到祝英台,问其从哪里来,祝回答说"上虞之乡";另一处说梁祝同学三年,英台思亲先返,"后二年,山伯亦归,省之上虞"。

不过,"祝英台上虞人"之说见于方志、古籍,是在《庙记》的三百年后。明成化四年(1468)杨寔的《宁波郡志》"卷六·祠祀考""梁山伯庙"条,按照李茂诚的《庙记》内容,简单记载了浙东流传的梁祝传说,称梁山伯学归后,"访之上虞"。不久,陆容在《菽园杂记》中称:"近览《宁波志》,梁、祝皆东晋人。梁家会稽,祝家上虞"❼。

李茂诚的《义忠王庙记》全文收入方志,是在清代。康熙、咸丰与光绪三部《鄞县志》均有全文收录,称祝英台家在"上虞之乡"。

自从成化、嘉靖《宁波府志》收载梁祝传说后,古籍中关于上虞祝英台的记载才渐渐多了起来,而且许多记载都注明源出《宁波府志》。

在上虞的志乘最早记载"梁祝"的,是明万历三十四年(1606)徐待聘《新修上虞县志》,且注明出自《宁波府志》。

在戏剧与曲艺中,祝英台是上虞人的说法,主要是新中国成立以后。因为在20世纪二三十年代的宁波滩簧《梁山伯祝英台》还称祝英台是慈溪人。而新中国成立后的越剧《梁山伯与祝英台》、川剧《柳荫记》、秦腔《梁山伯与祝英台》、豫剧《梁祝情》则都说祝英台是上虞人了。特别是1953年,电影《梁山伯与祝英台》放映后,在国内基本上达到了家喻户晓的程度。

清乾隆年间的翟灏,在《通俗编》"卷三十七·故事"中,引有晚唐张读《宣室志》"英台,上虞祝氏女"之说,但国内众多学者查阅多部《宣室志》传本,均无"梁祝"记载。1993年,天津大学李剑国教授通过逐条比对研究,确认张读《宣室志》里的故事都是作者所见所闻,即均为唐代的传闻。而《通俗编》里所引的《宣室志》梁祝故事,属于征引错误,已予否定❸,而这一研究成果,已得到文学界的普遍认可。

(二)"梁祝籍贯济宁说"

据清焦循《剧说》称,在乾隆乙卯年(1795),曾看到嘉祥县有祝英台墓的碑文,为明代的石刻。1952年在凫山县第六区(按:原属邹县,今属微山县)修浚白马河时,出土明正德十一年(1516)梁祝墓记碑一块,其碑文称:传闻祝英台是济宁九曲村人,看到爹爹经常为没有儿子读书来光耀门庭而叹息,于是女扮男装去读书,在吴桥遇到邹县西居梁山伯,一同拜峄山先生为师……

新中国成立后,郭沫若曾遣人到嘉祥寻找,无果。嘉祥、邹县过去同属兖州(即今济宁),而微山县置于1953年,因地处微山湖而名。由于当年焦循的记载是次年所写的追忆,很可能把方位弄错了。而微山出土的"梁祝墓记碑",很可能就是焦循《剧说》中记载的古碑。该碑1952年出土后又被掩埋,1995年又重新于微山马坡出土,并于2003年举行了"重修梁山伯祝英台墓记碑"的复出仪式。

济宁的明正德梁祝墓碑记,是由退休在家的贡士、前江西都昌知县赵廷麟撰写的。他在动笔之前,曾查阅过相关资料(其中应当包括成化十三年的《邹县志》),但却没有结果,只好走访当地的老人,记录了当时流传的梁祝传说。因此,《碑记》虽说梁、祝、马都是济宁人氏,但关于梁祝的内容,却完全是根据传说记录的。难怪《墓记》要开宗明义,称"外纪二氏,出处弗祥"了。笔者曾查阅过多部《邹县志》和《兖州府志》,虽然明万历《邹志》就有了"梁山伯祝英台墓"的记载,但却称是唐代的墓葬,因此也不能说明祝英台的籍贯。

(三)"梁祝籍贯清水说"

该说见于清康熙二十六年(1687)、乾隆六十年(1795)的《清水县志》及《光绪清水县志》,内容与一般传说相仿,但说祝英台与梁山伯同为五代梁时(907—923)清水人,死后葬于邽山之麓。

"梁祝"之事,南齐、唐代已有诸多记载,称其是五代人显然属于流传,而且,清水乾隆志也加注说"事出小说,莫详真伪"。

(四)"祝英台籍贯铜梁说"

在清代铜梁县的方志中,亦有祝英台的相关记载。称县城东南有祝英台山,山有祝英台寺,寺前有祝英台故里坊与祝英台墓,附近的蒲吕滩河岸有"大欢喜"碑,为祝英台所书。❾

关于"大欢喜"碑的来历,道光、光绪《铜梁县志》均有记载称:明末张献忠驱逐流民至蒲吕滩岸上,河中突有石梁浮起将流民渡过。后里人祝英台书'大欢喜'三字以表其异。故认为祝为里人无疑。

"蒲吕滩石梁浮起"显然也是一个传说,而且是产生于清顺治二年(1645)张献忠屠川之后,因此,书写"大欢喜"碑的祝英台,不可能是东晋与梁山伯共读的祝英台。

(五)"梁祝籍贯汝南说"

1930年,广州中山大学《民俗周刊》刊登了沉君女士流传在河南的《祝英台的歌》与梁祝传说,但并未提到任何当地的地名。1932年,沉君又采访了汝南的民间文艺与传说,并对传说中的遗存进行考察。发现在汝南,有梁岗、朱庄(祝英台不姓祝而姓朱)、马乡,相传为梁、祝、马的故里,还有红罗书院与"梁祝"双墓等。于是,认定"梁祝"的家乡是河南汝南。有学者则称,国内的梁姓与祝姓,河南均有发端,晋因八王之乱,迁至江南。但笔者查康熙《汝阳县志》(汝南县旧称)、康熙、嘉庆《汝宁府志》以及民国《汝南县志》,并无"梁祝"记载。

2008年,报端又称在河南新密县大隗镇也发现了梁祝墓,然笔者查阅清康熙与嘉庆的《密县志》,亦都没有看到有关"梁祝"的一个字。

(六)"祝英台籍贯舒城说"

现存"祝英台舒城说"的最早记载,见于清吴骞《桃溪客语》(1788),他在卷一"梁祝同学"条说:"舒城县东门外亦有祝英台墓。"❿

1930年《民俗周刊》"祝英台故事专号"刊登了谢云声的《祝英台非上虞人考》,他说在《菽园赘谈》中,有这样的记载:"有人言:曾过舒城县梅心驿,道旁石碣上大书曰'梁山伯祝英台之墓'。近村居民百余家,半是祝氏。岂即当年所营鸳冢耶? 不可知矣。"⓫《菽园赘谈》中所说的梁祝墓,虽是听人说的,但从梅心驿梁祝墓附近"居民百余家,半是祝氏"

来看,大抵是说祝英台是舒城梅心驿人了。不过,吴骞《桃溪客语》中的叙述,倒像是亲眼所见。因此,舒城梅心驿的祝英台墓,想是清乾隆间就有了。

八十年前,马太玄先生曾查过清康熙十二年(1673)《舒城县志》,与嘉庆十二年(1807)《舒城县志》,均未见梁祝记载;近年间,笔者又另查阅了明万历八年(1580)《舒城县志》、雍正九年(1731)的《舒城县志》以及光绪三十三年(1907)《续修舒城县志》,亦无所获。

(七) 曲艺与戏曲中的祝英台又有多处籍贯

曲艺中如清乾隆弹词《新编东调大双蝴蝶》称祝英台祖籍越国会稽(即今绍兴),居吴国平江(即今常熟);而同时期的弹词《新编金蝴蝶传》则称祝英台是越州(即今绍兴)杏花村人;光绪年间的说唱《双仙宝卷》也说英台是越州杏花村人;但同一时期的鼓词《柳荫记》、《新刻梁祝同窗柳荫记》则又说祝英台是苏州白沙冈人;清末木鱼书《牡丹记》则说英台是越州东大路人,潮州说唱《梁山伯与祝英台》则说英台是越州祝家庄人等。⑫

戏曲中祝英台的籍贯也很多,如晋剧称祝英台是蒲州人,黄梅戏祝自报家门是湖北嘉鱼人,川剧称祝是苏州白沙岗人,广西彩调剧称祝是峨嵋人,闽腔则说祝英台是宁波府吴山县人,侗戏又说祝是越州府湖州县人等等。⑬

而在小说、歌谣中,祝英台的籍贯就更多了。

由于戏曲、曲艺、小说、故事、歌谣,一方面会在流传的过程中发生变异;另一方面,这类东西,一般都经过文人、艺人的创作加工,并不一定与原貌相吻合。而且,笔者也曾查阅过查宋、明、清5部《绍兴府志》(含会稽志)、4部《苏州府志》(含吴郡志),明、清5部《江都县志》(含扬州志),以及清同治《重修嘉鱼县志》、乾隆《柳州府志》,都未发现"梁祝"的记载。

(八) 其他"梁祝"墓葬的记载

其一:元刘一清《钱塘遗事》称:德祐丙子三月二十九日,"易车行陵州西关,就渭河登舟。午后至林镇,属河间府,有梁山伯祝英台墓"。陵州,即今山东陵县,当时属河间府,后属德州。然笔者查阅明、清3部《河间府志》、4部《德州志》以及清代两部《陵县志》,均无"梁祝墓"的记载。

其二：清《古今图书集成》称：胶州有"祝英台墓,在州南百里祝家庄社"。然而,清乾隆十七年壬申(1752)《胶州志》称"相传无考",清道光《重修胶州志》"卷四十·考四·讹疑"称："祝英台有鸳鸯冢传奇,赍诏旌表者,官为谢安,盖浙江人,宁波府有其墓,不应在胶。"

其三：明嘉靖《真定府志》"吴桥古冢"条称："在元氏南左村西北,桥南西塔有古冢","相传为梁山伯墓"。但清乾隆、同治《元氏县志》又称："皆荒唐无据"。

上述诸说,"祝氏上虞说"较早,尽管最初的记载属于传说,但毕竟宋代就有了;"梁祝济宁说"次之,记于明正德间;"梁祝清水说"、"英台铜梁说"、"祝氏舒城说"更迟,见于清代;"梁祝汝南说"志乘中虽无记载,在清末也有了。陵县、胶州、元氏三处虽有"梁祝"墓葬记载,但很难说明那里就是他们的故里。

因此,笔者认为,"祝氏宜兴说"与其他诸说相比,还是"宜兴说"最为可信。其理由有三：

第一,从记载的时间来看,宜兴"祝英台故宅"的记载出于公元483年左右的《善权寺记》,比宁波《义忠王庙记》早六百多年,比刘一清河间梁祝墓记载早近八百年,比宁宁《梁山伯祝英台墓记》早一千余年。

第二,宜兴"祝英台故宅"的记载,是最早明确写到"祝英台故宅"的记载,地点也明确到了善卷山。济宁虽称祝是邹县九曲村人,重庆铜梁虽亦有"祝英台故里坊"的记载,但都比宜兴的记载要晚一千多年。其记载也不如宜兴具体,落实到了"户"。

第三,宜兴"祝英台故宅"的记载源于歌颂齐武帝创建善卷寺功德的史实;而其他各地的记载均源于传说,因此,宜兴的记载最为可靠、可信。

通过比较,可以作出这样的结论：既然宜兴有最早的祝英台故宅记载,其记载又源于史实,而且祝英台"庄"与"故宅"都在宜兴,因此,祝英台应当是宜兴人。

四、以英台故宅改建的善卷寺历尽沧桑而尚存

"南朝四百八十寺,多少楼台烟雨中"。南北朝时,各代君主十分迷信,不仅常有祭天求雨之举,而且还在各地大肆兴建佛寺。仅宜兴一

地,从齐高帝建元二年(480)到陈武帝永定二年(558)的近80年里,就修建了13座佛寺:分别为齐代所建的善卷寺、黄石庵、圣感禅院、南岳讲寺、复隆教寺、法藏禅寺;梁代所建的利益教寺、承福禅寺、崇庆禅寺、法性寺、李山禅寺、复圣教寺和陈代所建的保安寺。而最早兴建的,就是位于善卷洞旁以祝英台故宅改建的善卷寺。

善卷寺始建于齐高帝建元二年,于齐武帝时建立寺额。其寺规模恢弘,连善卷洞也属于它的道场。千百年来,善卷寺历尽沧桑:唐会昌时(841—846),武宗李炎偏信道教,又因僧寺不纳赋税,影响财政,发动了一场"灭佛"运动。善权寺亦未能逃脱厄运,被泰州钟离简之买了下来作为私家坟地。会昌六年,武宗食仙丹毙命,咸通八年(867)昭仪军节度使李蠙向懿宗奏本,请求用自己的私财收赎善权寺并予以重建;北宋时,善权寺改名为广教禅院,崇宁中(1102—1106),龙图阁待制傅楫以徽宗潜邸恩请为坟刹。宣和中(1119—1125),善权寺被改为崇道观;南宋建炎元年(1127),诏复为寺,宰相李纲出资重塑佛像。保祐四年(1256),资政殿学士李曾伯奏准理宗拓修寺殿,赐"报忠寺"匾额;明代改为善卷寺,正统十年(1445)又予重修,并享有"江南多古刹,善卷号最胜"的美誉;清初,康熙帝敕封善卷寺为"东南第一祖庭"。康熙十三年(1674),住持玉林禅师出游,法嗣白松欲占寺内的陈氏宗祠为方丈,不许陈姓子孙入宗祠祭祀祖宗,并令寺僧以刀剑刺击祭祀者,使矛盾激化。陈氏家族一怒之下,放火将善卷寺烧毁。后虽由寺侧道士剃度为僧,乾隆时绕寺筑起了围墙,但咸丰间又遭兵燹。同治间复建旁屋三楹,抗战时亦被日军烧毁,善卷寺从此一蹶不振。❹

善卷寺自古以来便是文人的修读之处。除了前面所说的唐司空李蠙外,宋李纲、李曾伯也曾在善卷寺修读,因三人都姓李,而且都官至相位,所以寺内建有"三生堂"祀之。在"三生堂"侧,还保留了"祝英台读书处"景观和"碧鲜庵"巨碑,供人们祭拜观赏。正由于有了"齐武帝赎祝英台故宅建善卷寺"这一重要事件,又有了善卷寺这样一个传播的重要平台,宜兴才会留下如此多的关于祝英台的记载。

新中国成立后,善卷寺在原址陆续重建。除了原有的华藏门断垣外,又建有"天王殿"、"圆通阁"、"涌金亭"以及"祝英台读书处"等,"碧鲜庵"古碑也得到完好的保护。

五、宜兴关于"梁祝出生"的民间传说

宜兴不仅有可信的"祝英台故宅"史实记载,还有各种关于梁、祝出生的传说,主要有"金童玉女下凡"、"养则伢伲咧(按:宜兴方言,生了儿子了)"、"观音送子"、和"梁、祝、马同乡"等几种。

"金童玉女下凡的传说"是"四世奇缘说"的一部分。说"梁祝"原是王母娘娘身边的金童玉女,因朝夕相处,互生爱慕之心,王母有所察觉。王母有一盏心爱的琉璃灯,由三千工匠打造三千年才制成。一日,王母睡梦中伸腿打碎了心爱的琉璃灯,不听金童玉女分辩,罚他们下凡人间,四世不得团圆。于是,金童玉女便来到人间,演绎了"范杞良与孟姜女"、"牛郎与织女"、"梁山伯与祝英台"、"许仙与白娘子"四世悲欢离合的故事,而"梁祝"便是第三世。由于此时金童玉女已经经历了两世不团圆的磨难,王母娘娘大发慈悲,决定选一个好的去处让他们投胎。听说国山县山清水秀,善卷洞还是善卷避虞舜禅让隐居之所。附近有个梁家庄和祝家庄,依山傍水,想是不错,便令托塔天王将他们推出南天门,于是,金童玉女分别到梁家庄、祝家庄投胎转世。

"养则伢伲咧的传说":东晋时善卷山祝家庄有个富户,人称祝老爷,生了八个女儿,却没有儿子。祝家族规规定,财产传男不传女,女儿只得陪嫁,不可继承家产。一天,祝夫人梦见观音娘娘的净瓶里飞出一只凤凰,歇在她肚皮上。次日,祝夫人到村旁碧鲜庵去烧香圆梦,谁知大师已知祝夫人怀孕,并说:"生男亦男,生女亦男。"到了来年清明,祝夫人临产时,碧鲜庵大师不期而至,亲自为夫人接生。不一会,天空划过一道流星,祝英台就降生了。祝英台一出生,祝老爷就对外宣称:"养则伢伲咧!"所以,祝英台从小就是男装打扮,除了管家与贴身丫鬟,没人知道祝英台是女孩。由于她是伴随着流星降生的,犹如"三台星座"下凡,祝老爷就为她取名叫做英台。

"观音送子的传说":"梁祝"下凡到国山投胎,都是由观音菩萨送来的。善卷山北梁家庄的梁老爷,多行善事,却膝下无子。一日,梁夫人到河埠淘米洗菜,回家路上,遇一卖鱼婆,衣衫褴褛,提着一些小鱼叫卖,梁夫人看她可怜,舀了八碗米换了小鱼。谁知这鱼婆就是观音,前来试探她是否心善的。自此以后,梁夫人就怀孕了。一日傍晚,电

闪雷鸣,忽见国山顶上长出一棵柏树和一根毛竹,呼呼往上蹿,而且树梢与竹梢慢慢靠拢,发出五颜六色的光彩,最后合在一起,化作一道白光飞向远处。此时,夫人肚皮一阵紧痛,生了一个白白胖胖的男孩。因为男孩降生时国山山神显灵,化作白光飞去,梁老爷就为他取名叫做梁山伯。

"梁、祝、马同乡的传说":马文才家住善卷山西面二十里的鲸塘清白墓(现名清白里)。清白墓原来叫做马家庄,全村人都姓马。马文才曾与梁、祝一起在碧鲜庵共读,马对祝英台相当敬佩。马与祝英台的婚事,纯粹是父母之命、媒妁之言。马文才知道梁、祝相爱,原先也一直不同意这门婚事。直到山伯死后,马文才才同意的。祝英台殉情后,许多人都骂马文才害死两条人命,马文才感到十分委屈,大呼:"还我清白!"遂出走事佛,不知所终。后来,乡亲们收集马文才的衣物,筑起了一座衣冠冢,称之为"清白墓",而马家庄也被人们叫成了清白墓。❶

宜兴关于"梁祝出生"的传说,与"梁祝化蝶"的传说一样,无疑都带有神话的色彩。这是因为,传说就是传说,它在流传的过程中,绝不会满足于原来的简单内容与情节,因而加进了许多当地的其他内容并予以神化。如"马文才抗婚"与"清白墓"的传说,很可能就是宜兴的马家不愿为自己抹黑,而流传出来的。不过,在宜兴"梁祝"遗存中,最重要的就是史实记载与遗址遗迹,而传说只是为故事内容增色的一笔罢了。

注释:

❶ 见清康熙二十五年(1686)《鄞县志》"卷之九·敬仰考·坛庙祠"。

❷ 义兴即宜兴,晋惠帝永兴元年(304),为表彰周玘"三兴义兵"平定江南有功,置义兴郡,辖阳羡、临津、国山、永世、平陵等六县。隋开皇九年(589)废义兴郡,改称义兴县,属常州。宋太平兴国元年(976)避赵光义讳,改为宜兴。

❸ 善卷山在晋代属义兴郡国山县。

❹ 钱南扬:《祝英台的歌》文后之按语,见《民俗周刊》第93~95期合刊第66页。

❺ 《祝英台小传》引文及杨守阯《碧鲜坛》诗,均见清光绪《宜兴荆溪县新志》"古迹·遗址""碧鲜坛"条。

❻ 钱南扬:《祝英台的歌》文后之按语,《民俗周刊》第93~95期合刊第66页。

⑦ 明陆容《菽园杂记》"卷十一"。

⑧ 见李剑国:《唐五代志怪传奇叙录》,南开大学出版社1993年出版。

⑨ 见清《古今图书集成》"方舆汇编·职方典·第六百十一卷·重庆府部汇考五·重庆府古迹考·合州"。

⑩ 清吴骞《桃溪客语》"卷一"。

⑪ 《菽园赘谈》引文及钱南扬按语均见1930年《民俗周刊》第93~95期合刊第81页。

⑫ 以上所引,清季潮州说唱《梁山伯与祝英台》及鼓词《新刻梁祝同窗柳荫记》存国家图书馆,其余均见《梁祝文化大观·曲艺小说卷》。

⑬ 晋剧称祝蒲州人:张恨水《关于梁祝文字的来源》;川剧称祝苏州人:艾青《歌剧梁山伯与祝英台》;黄梅戏称祝嘉鱼人:马紫晨《梁祝中原说》(均见《梁祝文化大观·学术论文卷》)。其余见《梁祝文化大观·戏剧影视卷》。

⑭ 以上内容,均见宜兴县志。

⑮ 以上传说参见《宜兴梁祝文化——史料与传说》,方志出版社2003年出版。

"梁祝"读书处——宜兴碧鲜庵

梁山伯与祝英台的爱情故事是从同窗共读开始的。传说中的梁祝读书处甚多,那么,有没有梁祝读书处?哪里才是真正的梁祝读书处呢?从宜兴的方志与古籍记载来看,历史上确有祝英台其人,而"梁祝"共读也并非子虚乌有,真正的梁祝读书处就在宜兴善卷山的碧鲜庵。

一、"梁祝读书处"众说纷纭

各地的志乘、古籍记载以及小说、曲艺、戏剧中,"梁祝读书处"在六处以上,流行的说法也有好几种,现分述如下:

"梁祝"共读于杭州万松书院的传说,流传甚广,在宋大观元年(1107)李茂诚的《义忠王庙记》中便有了影子。《庙记》称:梁山伯自幼聪慧有奇,长就学,笃好坟典。尝从明师过钱塘(按,清康熙、乾隆《鄞县志》收录之《庙记》称"明师";而咸丰、光绪《鄞县志》收录之《庙记》改称"名师",不知何故?今从康熙志),道逢祝英台,问她哪里去?祝曰老师就在近处,于是,乐然同往,肄业三年……❶杭州古称"余杭",秦汉、魏晋时称"钱唐",属吴兴郡。到唐武德时,避讳才改为"钱塘"。《庙记》称梁是东晋人,却又说舟过"钱塘",可能是指钱塘江,应是今天的杭州或其附近。

真正提到"梁祝"到杭州读书的,是明末清初的小说、曲艺话本和戏曲等,其中冯梦龙在《李秀卿义结黄贞女》说是到余杭读书;清初徐树丕的笔记《识小录》亦称:梁祝"同学于杭者三年"❷。但这些话本、小说和笔记,都没有说读书处是在万松书院。即便是现代和当代的越剧里,也只是说上杭城读书,同样没有说读书处就是万松书院。据说,最早把"梁祝"与万松书院挂钩的,是李渔的戏曲《同窗记》,戏中把凤凰山、草桥、长亭等万松书院附近的景物都写了进去。《同窗记》今不见著录,笔者查阅了李渔所留下的《笠翁十种曲》,收有剧本十出,却没有《同窗记》

这出戏。收入《梁祝文化大观》中的残存折子《河梁分袂》、《山伯赛槐荫分别》和《访友》，均出于明末刻本，并注曰出自《同窗记》。但在残存折子中，并看不出凤凰山、草桥、长亭等。李渔，原名仙吕，明末清初兰溪人，入清流寓金华、杭州、南京等地，改名渔，改字笠翁，家设戏班，终老杭州。他从事剧作是清代的事，明末刻本中的《同窗记》残本，肯定不是李渔所作。

清康熙二十六年《杭州府志》载："万松书院在仁和凤山门外西岭，弘治十一年(1498)浙江右布政周木建"❸；同年的《仁和县志》也称："万松书院在凤山门外西岭上。旧有报恩寺徙入城内，复有蜀僧可恕循故址重建。明弘治十一年，浙江右参政周公木以寺僧不检，乃废寺，因旧址取古木材，改建万松书院"❹；乾隆间翟灏《湖山便览》亦载道："敷文书院，在万松岭。明弘治十一年，浙右参政周木以废报恩寺改，奉先圣像，名万松书院。"❺

从以上记载可知，万松书院建于公元1498年，这时"梁祝"已经去世一千多年了。因此，"梁祝"万松书院读书之说，完全是子虚乌有的。只是到明末清初，万松书院已成为浙江的最高学府，名声很响，才产生了"梁祝"于万松书院读书的变异。然而，这只是梁祝传说流传千年之后，根据《义忠王庙记》的记载而附会的流变罢了。

我国其他地方，也有梁祝"授业"、"游学"、"读书"的记载或传说。如：明末张岱(1597—1679)的《陶庵梦忆》"卷二·孔庙桧"称："己巳至曲阜，谒孔庙，买门者门以入。宫墙上有楼笙出，扁曰：'梁山柏祝英台读书处'，骇异之。"他说看见孔庙宫墙上挂着"梁山柏祝英台读书处"的匾额，觉得很惊奇。清乾隆年间的弹词《新编东调大双蝴蝶》称"梁祝"到鲁国求学，拜于孔子门下。清末民初潮州说唱《梁山伯与祝英台》也说梁祝到鲁国读书。道光年间的鼓词《柳荫记》和清末《新刻梁祝同窗柳荫记》则称"梁祝"到尼山读书，拜孔子为师。尼山在曲阜附近，与邹县相连。清同治年间的鼓词《柳荫记》则说"梁祝"是到杭州的尼山读书❻。笔者查阅了几部《杭州府志》以及钱塘、余杭、仁和、临安县志，这些地方境内均没有"尼山"。根据清代话本中"梁祝"受业于孔子的情节，"尼山"应是指山东尼山。但80年前马太玄先生和80年后的我分别查阅了康熙和乾隆年间的《曲阜县志》，却并无"梁祝读书"的记载。

又如豫剧和大曲调子《梁祝》称"梁祝读书处"在河南汝南红罗山,豫东琴书《梁祝姻缘》又称"梁祝"到红罗沂山读书,鼓词《梁山伯下山》则称"梁祝"在红罗邑山读书❼,但笔者查清康熙二十九年《汝阳县志》(1913年改为汝南县)、民国廿七年《重修汝南县志》,也都无此记载。所以,不管是"梁祝"曲阜读书、尼山读书、红罗山读书,还是红罗沂山读书、红罗邑山读书,依据亦不充足。

1995年,山东济宁出土了一块明正德十一年(1516)的"梁祝墓记"碑,该碑记述了当时当地流传的梁祝故事,称梁祝"同请峄山先生授业"。峄山属邹县。但该碑又称:"梁祝"故事出处不详,近日因南京工部右侍郎、前都察院右副都御史崔文奎总督粮储途经此处,见"梁祝"废冢,甚觉可惜,乃上书朝廷,重修其墓,并请退休在家的前都昌知县赵廷麟组织民间采风,才收集了当地的梁祝传说,刻于碑上。由此可见,在明正德十一年前,邹县是没有任何"梁祝"记载的,否则,赵廷麟就不会开门见山地说"外纪二氏,出处弗祥"了。因此"梁祝"峄山读书,也只是一个传说的故事。但这个传说故事,在1516年前就有了。清康熙十二年朱承命《邹县志》与五十五年娄一均《邹县志》均载:"梁祝读书洞,石勒此五字。俗传梁山伯祝英台在此读书。"❽2008年,笔者去济宁考察,峄山上确有一个"梁祝洞",边上刻有"梁祝读书洞"五字,为明万历十六年(1588)邹县知县王自瑾所书;洞口还刻有"梁祝泉"三字,无款,但从字迹看,亦是王自瑾所题。只是这个所谓的"梁祝读书洞",实际上是由几块巨大滚石堆成的石隙,高约4~5米,深约10米,里面还堆满了大大小小的卵状石块,透过洞顶的石隙,可见一线青天。这样的洞,在里面避雨或临时歇脚是可以的,在里面读书显然不太现实。张自义《梁祝故事在济宁》称:"此洞原为古学宫(原有洞外建筑物)。"❾笔者曾去考察,梁祝洞外并找不到任何建筑物的遗存。明王思任《绎山游记》称:"探梁祝泉,顶无冠,脊无缕,而予化为野人"❿,可见过去洞外并没有什么建筑物。据明万历、清乾隆《兖州府志》,清康熙、宣统《邹县志》及清《绎山志》,峄山山南有"大通岩","岩下石洞弘敞,为孔子坐像",仰止亭迤东还有"书洞","相传孔子读书于此",洞外均有建筑物,如孔子授徒处等,张自义等是否把山上其他处的"学宫"混为一谈了?

峄山在历史上曾有过春秋、子思、孤桐、峄阳四大书院,相传"梁祝"

读书的地方就是峄阳书院,张自义也说是我国历史上科举育才的重要地方。然考邹志,四大书院中,最早的是子思书院。明嘉靖四年(1525)《新修邹县地理志·卷之三·中庸书院事纪》称:"子思书院,古名'中庸精舍',世传孟母三迁之地,思、孟传道之所,后人因以建庙内祀",元代元贞元年(1295),邑尹司居敬始于"故宅遗址,辟门修垣","爰寄讲堂于暴书台旁,曰'中庸精舍'"。精舍建成于大德间(1297—1307),延祐二年(1315)"朝廷改为子思书院"。在嘉靖志中,并无其他书院的记载。又据清《绎山志》:"孤桐书院,一名孤桐观,即孤桐寺也,在大通岩西五十步,明正德间创建","绎阳书院,亦名孤桐书院,在孤桐观下,乾隆十一年岁次乙丑(1746),邹令北吴方鸣球创建"。⑪ 由此可见,峄山四大书院最早建于元代,均非"梁祝"读书之所。

从明末张岱的记载看,"梁祝"曲阜读书处的传说倒与峄山有关,因为峄山不仅有"梁祝洞",还有孔子读书洞。因此,很容易把"梁祝"读书与孔子读书、授业联系、附会起来。

在明清的曲艺里,又有许多"梁祝"从孔子求学的说法。如清乾隆乙丑《新编金蝴蝶传》、光绪四年《双仙宝卷》都称:"梁祝"听说孔子周游列国到杭州,慕名而往,拜孔子为师⑫,这更是属于艺人的创作,是不能作为考证依据的。

清吴骞曾见安徽舒城有"梁祝"墓碑,近人称相传"梁祝"曾在舒城花梨山的梨山书院(一说春秋学堂)共读。但查阅清嘉庆十二年《舒城县志》与光绪三十三年《续修舒城县志》可知,舒城宋有"龙眠书院",明有明德书院、正学书院,清有崇文书院、文昌书院(后移建龙山,是为龙山书院)、桃溪书院,并没有什么"梨山书院"。又据《舒城县志》的记载,舒城的学堂,是在"诏停科举"之后,最早开办于光绪三十三年(1907),地点是在曹家庙。因此,所谓"梁祝"于舒城梨山书院或春秋学堂共读之说,也纯粹是个传说。

二、宜兴祝英台读书处的记载最早最明确

宜兴历史上的"梁祝"读书处记载十分丰富。唐梁载言《十道志》(700年左右)云:"善卷山南,上有石刻曰'祝英台读书处'。"这是我国迄今为止,发现最早的"梁祝读书处"记载,它指明"梁祝"的读书处是在宜

兴的善卷山。

宋《咸淳毗陵志》（1268年）在"卷二十七·古迹"中记曰："祝陵,在善权山,岩前有巨石刻,云'祝英台读书处',号'碧鲜庵'。"这条记载,根据刻在善卷山上的"祝英台读书处"六个大字石刻,进一步指出了"梁祝读书处"是在善卷山的碧鲜庵。

明陈仁锡《潜确居类书》称,南齐建元二年,建善权寺于祝英台故宅,而在山上刻了'祝英台读书处'六大字。从陈仁锡的记述看,善卷山上"祝英台读书处"的石刻大字,在公元5世纪的南齐就有了。

史志中,关于宜兴"祝英台读书处"的记载很多。在《咸淳毗陵志》之后,明洪武《常州府志》、成化《重修毗陵志》、嘉靖《南畿志》、万历《宜兴县志》、《重修常州府志》、清康熙《江南通志》、《常州府志》、《重修宜兴县志》、乾隆《江南通志》、嘉庆《增修宜兴县旧志》、《新修宜兴县志》、《新修荆溪县志》、道光《续纂宜兴荆溪县志》、光绪《宜兴荆溪县新志》等志书都有相关的记载。在古籍中,关于宜兴祝英台读书处的记载就更多了,现已查实的就有26部。如明礼部郎中都穆《善权记》称："(善权寺正殿后有三生堂)右偏石壁刻'碧鲜庵'三大字,即'祝英台读书处',而李司空亦藏修于此"❸；明南京刑部尚书王世贞《游善权洞记》云："(到善权寺)至三生堂,

十道志
善卷山南上有石刻曰祝英台读书处

寰宇记
善卷洞在宜兴县国山南即祝英台故宅也

唐《十道志》称:善卷山南,上有石刻,曰祝英台读书处。

明弘治沈周《碧鲜庵》诗,其序称"碧藓庵在三生堂西北石壁。旧传昔祝英台读书之处,李丞相亦藏修于此。"

观祝英台读书处"⓮;明宜兴县令谷兰宗在《祝英台近·碧鲜岩》词序中亦云:"阳羡善权禅寺相传为祝英台宅基,而碧鲜岩者,乃与梁山伯读书之处也"⓯;明吴门四大家之一的沈周,在《碧鲜庵》的诗序中亦称"旧传昔祝英台读书之处"⓰;清陈维崧、史承谦等也分别在《碧鲜庵》的诗、词序中称:"相传为祝英台读书处"⓱;就连否定祝英台品格的封建卫道士、明尚书杨守阯也说:"碧鲜庵,相传祝英台读书处"⓲。

现在,宜兴善卷洞还完好地保存着一块"碧鲜庵"的碑碣。该碑在宋《咸淳毗陵志》中就有记载,民国十年(1921)储南强先生开发善卷洞时出土于善卷寺地下,现已成为现存最早的反映"梁祝"爱情传说的历史文物。

笔者认为,宜兴关于"祝英台读书处"的记载最早、最实、最为明确。

首先,宜兴在公元700年左右就有了"祝英台读书处"的记载,比宋李茂诚的《义忠王庙记》(仅说舟过钱塘,老师就在近处)早400年,比济宁明正德梁祝墓碑记和明张岱《陶庵梦忆》中的记载早800多年,是我国最早的"梁祝读书处"记载。

其次,宜兴"祝英台读书处"的记载,与齐武帝收赎祝英台故宅创建善卷寺的史实分不开。正是因为有了齐武帝赎英台故宅建寺,才会有善卷山南的"祝英台读书处"六个石刻大字,才会有《十道志》的记载,因此,宜兴"祝英台读书处"的记载,并非源于传说,而是最可信的记载。

第三,《十道志》中关于宜兴"祝英台读书处"的记载,地点明确到"善卷山",《咸淳毗陵志》中的记载又具体到"碧鲜庵",这在"梁祝"读书处记载中是十分罕见的。

三、"幼学"与"游学"是宜兴"梁祝共学"传说的特点

在宜兴"梁祝共学"的传说中,除了读书地点在碧鲜庵外,还有两点值得我们注意,这就是"梁祝幼学"和"齐鲁游学"。

宋《咸淳毗陵志》除了记载"齐武帝赎英台旧产建(善卷寺)"的史实和"善权山,岩前有巨石刻,云'祝英台读书处',号'碧鲜庵'"的古迹外,还简要地记述了宜兴流传的梁祝故事:"俗传英台本女子,幼与梁山伯共学,后化为蝶。"在这里,《咸淳毗陵志》说,在宜兴的传说中,"梁祝"是

幼时在一起共学的,即"梁祝幼学",而不是人们一般认为的,或电影、戏曲反映的成人共读。

关于"梁祝"共读的年龄,已引起学者关注。北京大学法学院院长朱苏力教授曾在美国耶鲁大学作过一个题为《从历史的意义来认识梁祝悲剧》的演讲,就论及了"梁祝"共学的年龄。他认为,"无论是从古代的婚龄推论还是从戏剧故事本身的细节来推算,梁祝悲剧发生时,他们两人最多也只是青少年,大约14～16岁之间,甚至可能更为年轻","从(《同窗记》)剧本来说,梁山伯与祝英台相遇时的年龄大约应在11～12岁上下,殉情时大约在15～16岁上下。"

朱教授的这一推论,与《咸淳毗陵志》所记不谋而合。根据"幼与梁山伯共学"的记载以及宜兴民间关于"梁祝碧鲜庵同窗三年后,梁山伯要去余杭游学,而祝英台年届及笄而未能同往"的传说,"梁祝"碧鲜庵同窗幼学的年龄,应在15岁前。

朱教授阐述古代法定婚龄与现代不同,他说:"在中国古代,就法律规定的婚龄而言,大致在男20岁,女15岁,甚至更早。同样是婚龄,古代与现代的意义是完全不同的。古代一旦规定婚龄,往往都是(特别是在早期)强制性的,即到了这个年龄必须结婚。"[19]

《礼记·曲礼》称:"人生十年曰幼";《仪礼·丧服》注谓"年十五以下"。古代女子15岁即为成年,要用簪子束发,称之为"及笄之年"("笄"是束发用的簪子)。《仪礼·士昏礼》:"女子许嫁,笄而醴之,称字";《礼记·内则》又称:"女子……十有五年而笄",即指女子15岁就是成年,可以出嫁了,当年就要束发戴上簪子。

既然女子到了15岁就成了成年人,就要束发待嫁,因此,"梁祝"同窗幼学的时间,最迟在12至14岁间,而绝不是人们想象中的成年人共读。首先,这时年龄尚小,至少尚未完全发育,第二性征不突出,容易伪装,不易识别。如果进入青春期后,双方对异性敏感起来,隐瞒就困难了;其次,男孩幼时一般比较懵懂,生理发育也要比女孩迟一些,加上祝英台从小就宣称是男孩,如无特殊发现,隐瞒一时还是有可能的;其三,三年同窗,情同手足,使祝英台对梁山伯有了充分了解。同时由于女孩发育早于男孩,这种同学之谊在祝英台心中转化为爱慕之情,进而点燃爱情的火花,也是十分自然的。不管怎么说,其他各地的"梁祝"记载中,极少有"幼学"的说法,因此,"梁祝幼学"是宜兴"梁祝共学"传说的一个独特点。

宜兴"梁祝共学"传说还有一个特点,就是"齐鲁游学"。明末诗人许岜凡有一首《祝英台碧鲜庵》诗,云:"女慕天下士,游学齐鲁间。结友去东吴,全身同木兰……"[20]该诗说,女子祝英台因爱慕天下的贤士,曾结伴去齐鲁游学、苏州访友。清嘉庆《增修宜兴县旧志》称,许大就,明季宜兴人,字岜凡,明副贡生。这说明,在明末清初宜兴的梁祝传说中,"梁祝"曾到过山东与苏州。山东是孔孟之乡,也是许多儒生、学子向往之地。苏州是春秋时吴国国都,秦始皇设会稽郡,郡治在吴县,而当时的宜兴叫阳羡,也属会稽郡所辖;晋增设吴郡,郡治在吴县,义兴亦为吴郡所辖。因此,在宜兴碧鲜庵共读的"梁祝",相约去曲阜朝圣游学,去郡都吴县访友是完全有可能的。

"梁祝游学"的时间,当在碧鲜庵共读的第三年。因为去山东毕竟路途遥远,即使有家仆伺候,前两年年龄尚小,远行的可能性不大;而碧鲜庵三年共读之后,年届及笄,祝员外连余杭也不让英台去了,就更无可能去山东了。

产生宜兴"梁祝游学"传说的原因,有两种可能。

第一种可能是,古代时兴游学,在碧鲜庵读书的"梁祝",确实外出游学过。其目的地,一是到孔孟之乡朝圣,二是到吴郡访友,这样,"游学齐鲁间,结友去东吴"的事件也就很自然地流传下来了;第二种可能,是受张岱记载的影响。张岱的《陶庵梦忆》称:"己巳至曲阜,谒孔庙,买门者门以入。宫墙上有楼耸出,匾曰:'梁山柏祝英台读书处',骇异之。"宜兴文人看到张岱的记载后,为了弥补孔庙中有"梁祝读书处"的"缺失",从而衍生出"游学齐鲁间"的传说来进行"补缺"。但是,这第二种可能性极小。因为张岱生于1597年,卒于1679年,在明亡后不仕,遂入山著书;而写《祝英台碧鲜庵》诗的许岜凡在明末就是副贡生,甲申(1644年,即清兵入关之年)后绝意仕进。因此张岱与许岜凡是同时代的人。张岱是1629年去的孔庙,直到五十岁后,因国破家亡,才入山写书,故而张岱出书的时间,是在清代,这已是1647年后的事了[21]。因此,许岜凡的诗与张岱的记载并没有因果关系。由此可见,宜兴关于"梁祝游学齐鲁"的传说,早在张岱《陶庵梦忆》前就已经有了,而与张岱同时代的许岜凡也已经写出了"游学齐鲁间"的诗句,可见,宜兴的"梁祝齐鲁游学说",并不是受《陶庵梦忆》影响而产生的变异传说。

如果"梁祝游学"的传说成立,那么,山东方面的许多疑团就可以迎刃而解:既然在宜兴碧鲜庵共读的"梁祝"曾到过齐鲁朝圣、游学,曲阜孔庙宫墙上有"梁山柏祝英台读书处"的书匾也就不奇怪了,甚至连一些戏曲与曲艺中"梁祝"受业于孔子的内容也可以找到注脚。据张岱记载,当时去孔庙是要买门票的。东晋时是否需购门票,不得而知,但至少要递名刺进去或进行登记之类,由此也会留下信息或踪迹。

而且,"梁祝"到齐鲁游学,不会仅去曲阜一地,很可能还会去谒拜孟府,而孟子故里正是在邹县。这正好与济宁明正德梁祝墓碑记中说的"外纪二氏,出处弗祥"相吻合,说明"梁祝"的足迹曾到过山东,故曲阜的孔府会有"梁祝读书处"、邹县峄山会有"梁祝读书洞",但这一切只是在传说上,而"出处不祥"了。

宜兴、曲阜与邹县三地传说的巧合,也许并非偶然,恰恰印证了在宜兴碧鲜庵读书的梁山伯、祝英台,曾经到过山东孔孟之乡游学的可能。

综上所述,宜兴的记载最早最明确。所以,只有宜兴善卷山的碧鲜庵,才是当年"梁祝"读书的地方;而"梁祝"游学的足迹,则有可能到过曲阜与峄山。

注释:

❶ 见清康熙二十五年《鄞县志》"卷之九·敬仰考·坛庙祠"。
❷ 徐树丕《识小录四卷》"识小三·梁山伯"。
❸ 康熙二十六年《杭州府志》"卷十三·学校·书院"。
❹ 康熙二十六年《仁和县志》"卷之九·学校·书院"。
❺ 翟灏《通俗编》"卷十·敷文书院"。
❻ 潮州说唱《梁山伯与祝英台》、《新刻梁祝同窗柳荫记》存国图,其余见《梁祝文化大观》"曲艺小说卷",中华书局 2000 年出版。
❼ 见《梁祝文化大观》"戏剧影视卷"与"曲艺小说卷",中华书局 2000 年出版。
❽ 娄一均《邹县志》见"卷一·土地部·山川·峄山"条;朱承命《邹县志》所载,据 1986 年邹县地方史志编纂委员会办公室编纂的《邹县旧志汇编》辑录。
❾ 张自义等:《梁祝故事在济宁》,原载 1996 年 4 月 21 日《济宁日报》,又见《梁祝文化

大观·学术论文卷》第669页。

⑩ 清侯文龄《绎山志》"卷之一·绎山总记·游峄诸记"。

⑪ 侯文龄《绎山志》"卷之三·山阳胜景"。

⑫ 见《梁祝文化大观》"曲艺小说卷"。

⑬ 见明方策《善权寺古今文录》"卷五·明碑"。

⑭ 见明王世贞《弇州四部稿》"卷七十二·游善权洞记"。

⑮ 见嘉庆二年《增修宜兴县旧志》"卷九·古迹志·遗址"。

⑯ 明方策《善权寺古今文录》"卷八·明诗下"。

⑰ 分别见清陈维崧《湖海楼全集·第三集·湖海楼诗集补遗》、清史承谦《小眠斋词·卷一》。

⑱ 见明《善权寺古今文录》"卷七·明诗"。

⑲ 朱苏力教授之引文均见2004年2月15日《文汇报》。

⑳ 见嘉庆二年《增修宜兴县旧志》"卷十·艺文志·五言古"。

㉑ 见《陶庵梦忆序》。

"梁祝化蝶"发源地——宜兴

梁祝传说发生在1600多年前的东晋,现存可考的最早"梁祝"记载,在1500年前的南齐就有了。但是,反映"梁祝化蝶"的文字,一直到了南宋初才出现,其间又相隔了六七百年。化蝶,是梁祝传说的高潮。它不仅是人们对爱情永存的寄托,而且是梁祝爱情故事得以永久流传的经典。"梁祝化蝶"与江苏宜兴有着千丝万缕的联系,她是宜兴人民根据当地自然风物的一种浪漫主义创造。

一、宋薛季宣《游祝陵善权洞》直咏英台化蝶

八十多年前,钱南扬等学者在研究"梁祝"时发现,历史上宜兴关于"梁祝化蝶"的记载既早又多,在宋代咏"梁祝"诗里,便有"蝶舞凝山魄,花开想玉颜"的诗句。而宁波虽有不少梁祝传说的记载,但"梁祝化蝶"的记载较少,至少在宋大观年间还没有此传说,而在"宋元明宁波的志乘中,没有一句关于化蝶的话"。因此,钱南扬认为,"梁祝化蝶"事,恐怕是"宜兴传入宁波的。"

南宋初年的薛季宣,有一首《游竹陵善权洞》诗,云:

万古英台面,	云泉响佩环。
练衣归洞府,	香雨落人间。
蝶舞凝山魄,	花开想玉颜。
几如禅观适,	游鲋戏澄湾。

该诗在"练衣归洞府"后注曰"洞水倒流入水洞中";在"几如禅观适,游鲋戏澄湾"后又注:"寺故祝英台宅。唐昭义帅李蟾尝见白龙出水洞而为雷雨,今小水洞存鳢鱼四足。"

此诗题名中的"竹陵",乃善卷洞旁的村名"祝陵"之误[1]。

诗人通过游览宜兴祝陵善权洞以及在祝英台故宅上建起来的善权寺,并瞻仰"祝英台读书处"石刻与"碧鲜庵"碑等历史遗存后,感慨万

分,情由衷发。他在写善权洞的诗中,以祝英台为开头,而且贯穿全诗;他名为咏洞,实乃咏人。他把洞中的滴水,比喻成祝英台随身佩戴的玉环发出的撞击声;把洞中的洞水,比喻成佳人身着的洁白衣裙广袖。看到那飞舞的彩蝶,就想起了"梁祝化蝶"的传说。该诗不仅对祝英台表示充分的肯定,而且直接反映了"梁祝"魂魄精灵化为彩蝶的传说。

薛季宣(1134—1173),南宋哲学家,永嘉学派创始人。字士龙(又作士隆),号艮斋,人称常州先生,浙江永嘉(属温州)人。出身官宦世家,6岁父母双亡,由伯父薛弼收养,并随其宦游湖北、江西、福建、广东等地。喜闻韩世忠、岳飞将兵事;17岁弼卒,季宣婚,从妻父荆南湖北路安抚使孙汝翼抄写机密文字,并问学于程颐弟子袁溉;绍兴二十三年,孙汝翼迁成都府路运副,季宣随之入蜀,为四川制置使萧振幕僚;次年与萧政见不合而谢归回乡;二十六年至毗陵(即常州)拜望岳父;三十年以荫知鄂州武昌,坚守抗金,成绩卓著;隆兴元年调武林,选婺州司理参军,居乡候缺;乾道四年赴任,以荐召对,改宣议郎知平江府常熟县,待次居涢上;七年底召临安,以大理寺主簿,持节使淮西,安置流民;次年归,迁大理正,因直言缺失,仅七日而出知湖州;九年(1173)以病请祠(任宫观闲职食俸),改知常州,至七月未上任而卒,终年三十九岁(志称四十),谥文宪。❷

宋薛季宣《游竹陵善权洞》是中国最早的"梁祝化蝶"文字记载与"梁祝化蝶第一诗"。

《游祝陵善权洞二首》,见宋薛季宣《浪语集》,清嘉庆宜兴县志也有收录。该诗的写作时间,应在1156—1163年间。因薛季宣一生虽短,却至少有四次到宜兴的机会。一是绍兴二十六年(1156),孙汝翼以丁忧解任,回毗陵故乡,时薛闲居永嘉,到常州探望岳父时;二是隆兴二年(1164),季宣得婺州司理参军,到毗陵吊祭岳母时;三是乾道四年(1168)知常熟县,上任前闲居"滆上"(即常州。滆湖在常州与宜兴之间,常州为滆北、宜兴为滆南)时;四是乾道八年(1172)任湖州知府时。

《浪语集》共三十五卷,卷一至卷三为"赋",卷四至卷十一为"诗",共收录薛诗三百五十余首,《游祝陵善权洞二首》为第十一、十二首。如果以编年排序,该诗则是薛季宣早期作品。诗集第一首《诚台春色》咏湖北景,应是从孙汝翼幕湖北时作;第二、三、四首有"岸远笔山横"句,且均有归怀,似作于四川萧幕时;第五首咏石门渔舍、第七首《月夜郊行》均作于蜀归居乡后,因"石门"是温州雁荡山景,而郊行的剡县即浙江嵊州;第八、九、十首均为读书心得;第十一、十二首即为《游祝陵善权洞》;第十六首为《吴江放船至枫桥湾》,可见到宜兴后又去过苏州;其后第二十首为《伤淮帅》,自注"时战败未知所在"。季宣初知武昌,进言太尉刘锜加强防守,不听,后战败,故《伤淮帅》当为初知武昌时作,且该卷以后诸诗均在湖北。以此推之,《游祝陵善权洞》应作于绍兴三十年知武昌以前,即绍兴二十六至二十八年赴常州探望岳父时。又,孙汝翼于绍兴二十五年十二月丁忧归毗陵,不数日,季宣即赴常州探望,故季宣最迟于二十六年初春梅花未开时抵常州(《游祝陵善权洞》前有《元夕》,后有"正月尽未见梅思雪中游石门")。不久,汝翼去世,季宣守丧至二十八年三月安葬岳父于宜兴后归乡。不料回永嘉次日,岳母去世,旋返毗陵奔丧。这次,薛季宣闲居常州,共有两年多的时间,完全有可能到宜兴游览。《浪语集》另外还有六首关于宜兴的诗作,分列于卷七和卷十一,则很可能是后来又到宜兴的作品。且列入卷七的五首,则是1162年岳飞昭雪后的诗作。由此可以判定,《游祝陵善权洞》应作于宋绍兴二十六至二十八年间,即1156—1158年。

二、罗邺"俗说义妻衣化状"是咏"梁祝化蝶"吗?

2005年,上海古籍出版社出版了由复旦大学查屏球教授整理、高丽释子山夹注的《夹注名贤十抄诗》,在晚唐罗邺(888年前在世)的《蛱蝶》诗中,有"俗说义妻衣化状,书称傲吏梦彰名"的诗句。释子山并在"俗说义妻衣化状"后,夹注了《梁山伯祝英台传》民间艺人传唱的60句梁祝故事歌谣,称"大唐异事多祚瑞","葬在越州东大路","片片化为蝴蝶子"。据此,有学者认为,罗诗是用"梁祝化蝶"、"庄周梦蝶"之典,且歌谣亦称"大唐异事",因此,梁祝化蝶的传说唐代就有了,产生的地点是在浙东。

这一论点,初看似乎很有道理,但经分析推敲,又觉不妥。

首先,罗邺的诗,后句用"庄周"典没有问题,但"俗说义妻衣化状"却并非指的"梁祝化蝶"。因为:第一,《太平寰宇记》"卷十四·河南道·济州·韩凭冢"条称:"韩凭冢。《搜神记》:宋大夫韩凭,娶妻美,宋康王夺之,凭怨王,自杀。妻腐其衣,与王登台(按:即青陵台),自投台下,左右揽之,着手化为蝶(按:此处钱南扬《祝英台故事叙论》所引《搜神记》为"着手化为蝴蝶"六字)。又云与妻各葬,冢树自然交柯。"其典故与罗邺诗"衣化蝶"完全相符;第二,《搜神记》本身就是民间的神话传说,称它为"俗说"也很贴切;第三,也是最重要的,祝英台未曾婚配,虽被封为"义妇",但称其为"义妻"却极为不当。且人们对"义妇"亦颇有微词,宋《宝庆四明志》在"梁山伯祝英台墓"条说:"旧志称'义妇冢',然英台女而非妇也。"因此,罗邺是绝不会把祝英台称为"义妻"的。相反,以韩凭妻殉夫的义举,称其为"义妻"却十分贴切。因此,该句应指"韩凭之妻衣化蝶"。

晋干宝的《搜神记》原本三十卷到宋后渐不传,现流传的二十卷《搜神记》乃是明人集诸类书之辑本,而诸类书中的《搜神记》已非原作。现《搜神记》中,保留了冢树根枝相交的内容,然韩凭之妻并没有化蝶,而是夫妻化成了鸳鸯(按:现《搜神记》为"左右揽之,衣不中手而死",可能是校刊者的原本腐蚀缺字,按前文意思补缺)。但是,唐代李商隐(约813—858)的《青陵台》诗云:"青陵台畔日光斜,万古贞魂倚暮霞。莫许韩凭为蝴蝶,等闲飞上别

宋初《太平寰宇记》引《搜神记》韩凭妻"着手化为蝶"的记载。

枝花。"李商隐的诗以重于用典而名,他不可能凭空编造一个"韩凭化蝶"的故事。且《太平寰宇记》成书于宋初,应是《搜神记》原书的记述,并非后来的变异。可见,唐时原版的《搜神记》中,韩凭妻应当是衣裙化为蝴蝶的,至少唐时就有韩凭妻化蝶之说了。罗邺与李商隐基本同时,肯定会读到《搜神记》中韩凭妻"衣化蝶"的传说。况且,庄子的宋州和韩凭的青陵台,战国时同属宋,到唐代则又均属河南道,罗邺同用庄周与韩凭两个典故,应当会有所联系,该诗很可能就是作于河南道。

其次,根据唐、宋关于梁祝传说的记载,浙东"梁祝"化蝶传说形成的时间,不会早于宋代。清翟灏《通俗编》称,晚唐张读(比李商隐略迟)《宣室志》中记有梁祝传说:"祝适马氏,舟过墓所,风涛不能进,问知有山伯墓。祝登号恸,地忽自裂陷,祝氏遂并埋焉",并没有说到"梁祝化蝶"(按:今已考实,《宣室志》中"梁祝"系翟灏误征,然未知其是否宋前,故此仍引之);北宋末李茂诚的《义忠王庙记》(1107)也记述了当地民间的梁祝传说:"英台遂临冢奠,哀恸,地裂而埋璧焉。从者惊引其裾,风裂若云飞,至董溪西屿而坠之。"称祝英台临冢痛哭,当地裂堕入坟中时,随从抓住了她的衣襟,把衣服都扯破了,飘到董溪西屿才落下来,但却同样没有提到"梁祝化蝶"。无论《宣室志》还是《义忠王庙记》,均是以民间传闻为内容的❸,特别是李茂诚在写《庙记》时,曾搜集参阅了不少资料,如果当时浙东已有"梁祝化蝶"的传说,一定会写进《庙记》中去的。由此可以肯定,浙东在1107年前,"梁祝化蝶"的传说还没有形成。

其三,高丽释子山在"俗说义妻衣化状"后夹注的《梁山伯祝英台传》,其所称的"大唐",只是"中国"的代词,并非一定实指唐朝。因为,盛唐的影响非常之大,从贞观到开元,威震东亚、西亚及南海诸国。当时不仅帮助(朝鲜的)新罗统一了大同江以南地区,而且直接管辖着大同江以北的地区,整个朝鲜半岛就剩下新罗和唐朝势力。而新罗与日本等国,也效仿唐朝的国家制度进行改革与统治。因此,"大唐"在海外,也就成了"中华"的代词,海外华人往往称自己为"唐人",这种习惯,宋、元、明、清沿袭未变。《明史·真腊传》云:"唐人者,诸蕃呼华人之称也,凡海外诸国尽然。"清初满族词人纳兰性德《渌水亭杂识》亦称:"日本,唐时始有人往彼,而居留者谓之'大唐街',今且长十里矣。"因此,宋代仍将中国称为"大唐",乃是十分正常的。况且,如果唱词中的"大唐"实指唐朝的话,那么,唱词中"梁祝"拜孔丘为师的内容也就无法解释了。

关于释子山夹注《十抄诗》的时间,查屏球教授与日本学者芳村弘道考为南宋后期,即1291年前后(相当于南宋晚期至元朝初期)。对于这个时间段,查教授的考证翔实,可以确认。

宋代与高丽通商,从宁波港出发是重要海路之一。《梁山伯祝英台传》由高丽使臣、僧侣或商人通过传抄从宁波带到高丽也是可信的。因此,"梁祝化蝶"传说传到高丽的时间,应在公元1290年前。但因《搜神记》原本的失传,释子山看不到韩凭妻衣化蝶的传说,所以,只能用他知道的"梁祝传说"来夹注了。

但是,根据现在掌握的材料,还只能证明浙东1107年前尚无"梁祝化蝶"传说,而宜兴在1158年前就已经普及了"梁祝化蝶"传说。其中还有五十年的空缺,没有明确的文字资料来证实。对于这一点,在此不妨进行推理:

假设浙东在1107年后立即首先形成了"梁祝化蝶"的传说,到薛季宣在宜兴写成"梁祝化蝶"诗的50年里,至少需要经过六个时间段。第一时间段:"梁祝化蝶"传说在浙东形成;第二时间段:"化蝶"传说在浙东逐渐传开普及;第三时间段:"化蝶"传说由浙东传到宜兴;第四时间段:浙东传说在宜兴演变成宜兴的"化蝶"传说;第五时间段:宜兴"化蝶"传说在当地传开并普及;第六时间段:薛季宣到宜兴听说这个传说,并写成诗作。这六个时间段,在当时主要靠口传的情况下,50年显然是不够的。因为传说在

【宜兴梁祝 记载最早】

高丽释子山《夹注名贤十抄诗》中夹注了《梁山伯祝英台传》的说唱词。

浙东逐渐传开普及、再由浙东传到宜兴、再由浙东"化蝶"传说演变成宜兴的"化蝶"传说、宜兴"化蝶"传说在当地传开并普及,这四个时间段所需的时间都会较长。

如果"梁祝化蝶"传说形成于宜兴,且在1158年前就已经广为流传,那么,到释子山夹注的近140年的时间里,大约要经过五个时间段。第一时间段:"梁祝化蝶"传说由宜兴传到浙东(在薛季宣作诗前,也许就已经开始往浙东传播了);第二时间段:宜兴传说演变成为浙东"化蝶"的传说;第三时间段:由民间艺人编成说唱唱本;第四时间段:唱本随商船传到高丽;第五时间段:释子山获得唱本资料并进行夹注。这其中,第三、第四、第五这三个时间段都可能较短。因为:一,过去,没有先进的传媒与娱乐活动,晚上也没有明亮的灯光。社会上的奇闻异事虽然是茶余饭后的主要谈资,但这种传播速度显然很慢,而观看传奇演出又需要一定的经济基础。因此,生存于茶馆、街头的民间说唱,就成了最快的传播手段。当民间艺人把已经变成浙东的"化蝶"传说编成唱本传唱,当然要比宜兴以口传形式普及快得多;二,由于宁波是宋代与高丽通商的重要港口,南宋时在明州设有"高丽司",建有"高丽使馆",所以,民间的唱本传到高丽,所需的时间也不会太长;三,释子山为唐诗夹注时,听说有"梁祝"的唱本,必然会去主动搜寻,也缩短了释子山获得唱本并进行注释的时间。

由于宜兴与浙江交界,在薛季宣作诗之前,很可能就已向浙江传播了。退一步说,即使宜兴的梁祝化蝶传说由薛季宣任湖州知府时(1172)带到浙江,因浙东原本就已经有了当地的传说,用50年时间加入"化蝶"的因子并在民间传播,再用50年时间由艺人编成唱词传唱并传到高丽,传到高丽后再在20年内被释子山收录夹注。这样,"梁祝化蝶"传说于由宜兴经浙东改造再传到高丽且被释子山收录,也是完全可能的。

在薛季宣"梁祝化蝶"诗后一百年,宋咸淳四年(1268)的《重修毗陵志》"卷二十七·古迹·祝陵"条,就有了这样的记载:"昔有诗云:蝴蝶满园飞不见,碧鲜空有读书坛"、"俗传英台本女子,幼与梁山伯共学,后化为蝶。其说类诞"。如果说薛季宣的《游祝陵善卷洞》只是通过诗词的形式,含蓄地表达了"梁祝化蝶"传说的话,那么,《咸淳毗陵志》则直接记载了"梁祝化蝶"。也就是说,在释子山夹注《梁山伯祝英台传》以前,宜兴的"梁祝化蝶"已经写进了志乘。而且《咸淳毗陵志》里提到的"昔有诗云:蝴蝶满园飞不见,碧鲜空有读书坛",并不是薛季宣的《游祝陵善权洞》诗。那么,"昔有诗云"之"昔",是在薛诗之前还是之后呢?如属薛诗之前,那么是北宋还是唐代呢?尚待今后发现刊载该全诗的古籍或是查到该诗的作者后方能得知。如属北宋或唐代,则"宜兴梁祝化蝶说"形成的时间还可向前推移。

综上所述,"梁祝化蝶"传说形成的时间,至迟是在南宋初的1150年以前;而"化蝶"传说的产生地应是在江苏宜兴,《游祝陵善权洞》是现存可考最早的"梁祝化蝶"诗,《咸淳毗陵志》则是最早直接记载"梁祝化蝶"的志乘。

三、梁祝化蝶:"魂化"还是"衣化"?

"化蝶"之说,古来有之,且有"衣裙化蝶"与"精魂化蝶"之分。八十年前,钱南扬先生在考证"梁祝化蝶"时,曾引晋《搜神记》"化蝶"两则、唐《酉阳杂俎》化蝶一则。《搜神记》除"韩凭"条外,另一则是:"晋乌伤葛辉夫,义熙中,在妇家宿。三更,有两人把火至阶前,疑是凶人,往打之。欲下杖,悉变成蝴蝶,缤纷飞散。(按:此则实出《搜神后记》)"《酉阳杂俎》一则是:"秀才顾非熊少时,尝见郁栖中坏绿裙,旋化为蝶。"其中,韩凭、顾非熊两则为衣化,葛辉夫一则为魂化。钱先生以为,葛辉夫一则虽为魂化,但与"梁祝化蝶"的情况完全不同,因此,"梁祝"魂化蝶不会是由此演变而来。他又引明彭大翼《山堂肆考》羽集卷三十四"蝶·韩凭魂"条,认为"梁祝魂化蝶"的传说,是从韩凭妻衍化而来的。

《山堂肆考》称:"俗传大蝶必成双,乃梁山伯祝英台之魂,又曰韩凭夫妇之魂,皆不可晓。李义山诗:'青陵台畔日光斜,万古贞魂倚暮霞。莫许韩凭为蛱蝶,等闲飞上别枝花。'"据此,钱先生得出两点结论,一是到了唐朝,"韩凭妻衣化蝶"已经演变为"韩凭夫妇魂化蝶"了。他说:"《搜神记》只说韩凭妻衣化蝶,而此地不但从'衣'变成'魂',看李义山之诗,当时总有韩凭化蝶的传说,所以有'莫许韩凭为蝴蝶'之句,则由韩凭妻牵连到韩凭了。可见韩凭夫妇魂化蝶的传说,在唐朝已有了。"

到宋朝乃转变为梁祝的魂化蝶,试看上面薛氏的'蝶舞凝山魄'、《毗陵志》的'后化为蝶',也都是说魂化蝶";二是到了明代,"梁祝化蝶"的势力则超过了韩凭。他说:"照彭氏的说法,乃以梁祝魂化蝶为主,而反以韩凭夫妇处于次要地位。他所以要加'又曰韩凭夫妇之魂'这一句,乃是因有李氏这首诗的缘故。李氏说韩凭而不说梁祝,可见在唐朝化蝶的传说,还是韩凭所占有。彭氏以梁祝为主体,可见到明朝梁祝的势力甚大,已取而代之了。"❹

笔者基本同意钱先生的判断,并须强调几点:

1. 葛辉夫一则"魂化蝶"与"梁祝化蝶"无关。笔者认为,前人的"化蝶"记载虽然往往是后来"化蝶"传说的催生剂,但后来的"化蝶"传说并非一定靠前人的记载来催生,否则就无法解释第一则"化蝶"传说是从哪里来的了。大凡羽化传说的产生,与人们对事物的联想有关。如"衣化蝶",必定与衣裙的质地及腐化有联系。以前面几则传说为例:顾非熊看到的,是一条坏绿裙;韩凭妻在与宋康王登台前,就暗地里将衣裙腐蚀了(按:钱南扬所引《搜神记》韩凭条,与《太平寰宇记》所引略有不同。钱引为"妻阴腐其衣",《太平寰宇记》所引无"阴"字,但预先把衣裙腐蚀则是一致的);《梁祝传》唱词,也是众人把英台的衣裙扯破了,才"片片化为蝴蝶子"的。而且,她们所穿的衣裙,必然是轻柔飘逸的,如果穿的是粗布衣衫,"扑通"一声,直掉下来,也是不会联想到蝴蝶上去的。又如"魂化蝶",则比较笼统,不需"衣化蝶"那种特定的条件。因为有神论者认为每个人都有灵魂,只要在实地看到某些事物,都会产生变化的联想。当然,如果有了前人羽化的记载,则更能促进这种联想了。

2. 唐代很可能还没有"梁祝化蝶"的传说。韩凭事,发生于公元前300年左右,到干宝写《搜神记》时,已逾六百年,这时,已经有了韩凭妻"衣化蝶"的传说,并有韩凭夫妇化树、化鸳鸯之说,这样,干宝才能将其写进《搜神记》中去。到了唐代,民间又逐步把韩凭妻"衣化蝶"演变成了韩凭夫妇"魂化蝶"。这一变化,在李商隐的《青陵台》诗里得到了证实。由"衣化蝶"变成"魂化蝶"的原因,一方面"衣化蝶"仅仅是一件怪事,远没有夫妻双双魂化来得深刻、来得有意义;另一方面是在传播中,往往会把扯破衣裙而"化蝶"直接简化成"人或人的灵魂化蝶",这样,就自然而然地变成"魂化"了。而罗邺的《蛱蝶》诗称"义妻衣化蝶",与祝英台身份不符,而与《搜神记》记载完全相吻,因此,该诗与"梁祝化蝶"无关。这也从一个侧面说明"梁祝化蝶"传说在唐代可能还未形成,至少还没有得到广泛的流传。

3. 明代"梁祝化蝶"的势力超过了韩凭的原因,与《搜神记》的散佚有关。明代的《搜神记》,已是由诸类书中收集而成的辑本,其中"韩凭"条中的"着手化为蝶"已被"衣不中手而死"代替,没有了"化蝶"的情节。这种新辑本出来后,"韩凭妻衣化蝶"之说就逐渐失去了流传的基础。"梁祝传说"以女扮男装为求学、三载同窗不失贞、追求爱情而殉情的离奇情节,自然吸引着许多人的眼球,南齐时就已经有了较广的流传。到了宋代,"梁祝化蝶"的传说产生,更为传说添加了神话色彩,传播当然更快。这样,"韩凭化蝶"就必然被"梁祝化蝶"所替代,故万历年间彭大翼的《山堂肆考》中,出现这样的记述,也就不奇怪了。

4. 历代的"梁祝化蝶"记载(不含明清以来的曲艺、戏曲),均在江南。其中,江苏38部/篇:

宜兴:宋《咸淳毗陵志》、明洪武《常州府志》、清康熙《宜兴县志》等16部方志以及宋《游祝陵善权洞》、元《祝英台读书堂》、明《善权寺古今文录》、清《湖海楼全集》等古籍17部/篇。

镇江:明万历、清康熙《重修镇江府志》各1部以及清《古今图书集成》古籍1部。

苏州:清康熙方志、雍正古籍各1部。

浙江16部/篇:

宁波:清光绪《鄞县志》1部和明《菽园杂记》等古籍9部。

绍兴(越州):高丽《梁山伯祝英台传》。

嘉兴:清康熙、嘉庆、光绪方志4部以及雍正古籍1部。

除了江浙以外,其他地区虽也出现"梁祝化蝶"的传说,但至目前为止,尚未发现清宣统以前的"梁祝化蝶"记载。

从宜兴与浙东的"化蝶"记载与诗词来看,具有明显的不同。宜兴早期的"梁祝化蝶",都反映为"魂化蝶"。如薛季宣《游祝陵善权洞》云:"蝶舞凝山魄";《咸淳毗陵志》称:"俗传英台本女子,幼与梁山伯共学,后化为蝶"以及"昔有诗云:'满园蝴蝶飞不见,碧鲜空有读书坛'"等,都是说的"魂化蝶"。宜兴关于"衣化蝶"的传说,是元代僧人、浙东人明极楚俊带来的。他从金陵往婺州,途经宜兴,住善权寺,看到善权寺内的祝英台遗迹,留下《祝英台读书堂》一诗,称"罗裙擘碎成飞蝶",把浙东"衣化蝶"的传说带到了宜兴。到了明末,宜兴虽然也有了"衣化蝶"的说法(许岂凡《祝英台碧鲜庵》诗里,有"蛱蝶成化衣,双飞绕青山"❺的题咏;冯梦龙《古今小说》称:"英台从裂中跳下,众人扯其衣服,如蝉蜕一般,其衣片片而飞。……再看那衣服碎片,变成两般花蝴蝶,传说是二人精灵所化"),但"衣化蝶"始终未占上风,冯梦龙虽说花蝴蝶是衣服碎片所变,却仍说是"二人精灵所化"。

浙东的情况与宜兴截然相反。高丽的《梁山伯祝英台传》唱道(英台)"言讫冢堂面破裂,英台透入也身亡。乡人惊动纷又散,亲情随后接衣裳。片片化为蝴蝶子,身变尘灭事可伤"❻,明显是指的"衣化蝶"。到了明代后期,则"衣化蝶"与"魂化蝶"并存。明成化间陆容的《菽园杂记》称:"吴中有花蝴蝶,橘蠹所化也,妇孺以梁山伯、祝英台呼之。"此说万历间朱孟震《浣水续谈》也有载,而冯梦龙的《情史》更为详细,称:"吴中有花蝴蝶,橘蠹所化。妇孺呼黄色者为梁山伯,黑色者为祝英台。俗传祝死后,其家就梁家焚衣,衣于火中化成二蝶。"到清代时,其载均称"吴中有花蝴蝶,盖橘蠹所化"❼,也都成了"魂化蝶"了。

笔者认为,浙东早期"衣化蝶"的出现,与李茂诚的《庙记》有关。因为《庙记》说,祝英台堕入坟茔时,随从拉住她的衣裾,"风裂若云飞,至董溪西屿而坠之"。而飘落的衣裾,特别能使人生发出蝴蝶翩翩起舞的联想。这样,我们的思路就十分清晰了:"梁祝化蝶"的传说最初在宜兴形成与普及时,原是指的"精魂化蝶"。当薛季宣作《游祝陵善权洞》诗时,宜兴的化蝶传说已经向浙东传播。由于受李茂诚《庙记》的影响,当宜兴的"化蝶"传说传到浙东后,立即使人联想到祝英台"衣裂纷飞、飘落西屿"的景象,从而很快就把祝英台衣裙化蝶融入当地的传说中去。这样,梁祝"魂化蝶"就很快演变成祝英台"衣化蝶"了。

为什么浙东的"梁祝化蝶"传说,会经历从"衣化蝶"到"衣、魂化蝶并存"再到"魂化蝶"的过程?因为浙东有"衣化蝶"的基础,即李茂诚的《庙记》。因此,浙东的"衣化蝶"又必然与文人或艺人创作相关联。而宜兴则没有这种"基础",只能由民间通过某种特定现象(如看到祝英台坟头蝴蝶双飞)产生联想。然而,"衣化蝶"毕竟局限,没有"魂化蝶"来得笼统。特别是不断受到"吴中有花蝴蝶"影响,所以,在浙东的民间的传说中,又慢慢地转化成了"魂化蝶",而且最后能占据主导的地位。由此,又可以看出,宜兴"梁祝化蝶"传说传至浙东,有两条途径:一是经长兴、湖州直接传到浙东,并与当地传说结合产生"衣化蝶"的传说;二是传到苏州后,再传到浙东,逐渐形成"衣化、魂化并存"的情况;最后,"吴中花蝴蝶说"占了上风,变成以"魂化"为主了。

四、梁祝化蝶的思想条件

人是不会变成蝴蝶的。在现代,这是起码的常识。"梁祝化蝶",连宋《咸淳毗陵志》也说是"其说类诞"。然而"梁祝"却变成了蝴蝶。

"化蝶"之说,早就有之。而一般的"化蝶",与化鱼化虫化石化花一样,仅仅是作为一种奇异现象来记载的,所以得不到广泛与永久的流传。而有些变化就不同了,其间寄托着人们的某种希冀。仍以《搜神记》"韩凭条"为例,韩凭夫妇死后,宋康王让他们分冢而葬,然一夜之间,"便有大梓木生于二冢之端,旬日而大盈抱,屈体相就,根交于下,枝错于上。又有鸳鸯雌雄各一,恒栖树上,晨夕不去,交颈悲鸣,音声感人。宋人哀之,遂号其木曰相思树","南人谓此禽即韩凭夫妇之精魂"。这里,所化的蝴蝶、梓树与鸳鸯,虽然都体现了对统治者独裁的反抗,但韩凭妻的"衣化蝶"只是一件奇事,而他们死后精魂的异变,则寄托着人们对忠贞爱情的赞美与希望。因此,韩凭妻"衣化蝶"远没有他们死后化树、化为鸳鸯来得精彩。而"梁祝"的化蝶,则与韩凭夫妻化树、化鸳鸯一样,也是人们以神化现象希冀爱情永恒的一种体现。

首先,"梁祝化蝶"有其思想条件。在漫长的封建社会里,婚姻上的父母之命媒妁之言、嫁鸡随鸡嫁狗随狗、从一而终恪守贞操等封建礼教,成为人们追求婚恋自由和纯真爱情的枷锁。在封建礼教的束缚下,人们失去婚姻与恋爱的自由。这是一种普遍的社会现象。尽管大多数人采取了容忍的态度,以为这就是"命",只好以改变自己来适应社会,但其内心对于封建礼教的不满却是一直存在的,只是不表露或不敢表露而已。因此,"梁祝"的悲剧,就很自然地得到善良人们的同情,引起人们叛逆性的共鸣,希望"梁祝"的这种纯真爱情能够永存。在当时的条件下,"梁祝"化蝶双飞、永不分离,作为一种希冀,就成为人们向往纯真爱情和聊以自慰的寄托——他(她)们也希望和心爱的人生前不能成婚,死后也能成双。在封建社会里,"梁祝"这种离经叛道的成功概率是极小的,毁灭是必然之路。而"梁祝化蝶",正是毁灭后的再生、毁灭后的永存。这种毁灭之后的再生和永存,正巧符合了人们对爱情向往与寄托的心理。

其次,物化论是"梁祝化蝶"的理论基础。《庄子·齐物论》云:"昔庄周梦为胡蝶,栩栩然胡蝶也。自喻适志与!不知周也。俄然觉,则遽遽然周也。不知周之梦为胡蝶与?胡蝶之梦为周与?周与胡蝶则必有分矣。此之谓物化。"说的是庄周梦中变为蝴蝶,不知自己是庄周;后来醒了,不知自己做梦变成了蝴蝶,还是蝴蝶做梦变成了自己。这种梦境所代表的,就称为物我同化。亦指事物可以转化,在转化中永存。既然庄周可以在梦中化为蝴蝶,为什么"梁祝"不能在死后化成蝴蝶呢?"梁祝化蝶",既是不死,也是再生,在物化后求得永存。它们可以在天地间自由地飞舞,充分享受爱恋的自由,无需再受封建礼教的束缚了;它们可以一代一代地"化"下去,从而获得爱情的永存。这种浪漫主义的向往,正是以物化论为基础的。

再次,"梁祝化蝶"有其社会条件。宜兴地处苏、浙、皖三省交界处,受吴越文化、吴楚文化的影响较大。历史上,宜兴人民虽然崇尚耕读传家、为文立德,但迷信思想较为严重。清嘉庆《宜兴县旧志》称:宜民"以愚致贫者二:祀神、佞佛",许多百姓家中供着佛龛神座。吴骞《桃溪客语》"卷一"称:"毗陵之俗,多于幽暗处筑小室祀神,谓之'蛮宅',神形人首蛇身,不知所自始?祭上舒凫,而舍烛夜,盖以鸡与蛇不相能也。"百姓们既修来世,亦修今生,既奉佛教,亦信仙道,对神仙的寄托较多,而且还有羽化之说。

祝英台故宅所在的善卷山十分灵异,被孙皓封为国山❽。宋《咸淳毗陵志》称:"国山在(宜兴)县西南五十里,延袤三十六里,高百二十五仞,一名离墨山。旧传仙人钟离墨得道于此。吴五凤二年(255),阳羡离墨山大石自立。天玺元年(276),阳羡山有石裂十余丈,名曰石室。皓以为大瑞,遣司徒董朝等行封禅礼。❾"

善卷山有祠山大帝张渤(即张水曹),能兴云雨。梁天监中(502—

519)武帝于蒋山祷雨不应。神见梦于武帝,曰:"阳羡❿九斗山有神号张水曹,能兴云雨"。帝如其言,遣使筑坛致祭,雨果至。⓫清光绪《宜荆新志》称:"《寰宇记》引梁天监时事,谓阳羡九斗山张神能兴云雨。则祠山神之成道于广德(按:今属安徽,与宜兴相邻),栖灵于义兴。"⓬清吴骞《桃溪客语》又载:"承福殿,在张渚(按:今善卷属张渚镇)西南一里,祀汉张渤,即世所谓祠山大帝也。⓭"

关于张渤,还有一种说法,称他是张真人,在离善卷洞不远处的张公洞修行。清光绪宜兴县志载:"道书称张公洞云:天下福地七十有二,此居五十八,庚桑公治之。……至其所称张公,亦人执异说。有谓唐张果老者,俗传之说也;有谓汉张道陵者,《风土记》之说也;有谓道陵四世孙张辅光者,宋元符间处士王绎之说也。……窃谓张公即祠山神之张渤。……张为水神,所居之地,龙辄随之。今二洞(按:指善卷、张公两洞)左近固皆有龙湫也。"⓮

张公洞旁有一个洞灵观,又名天申宫,为道家圣地。清嘉庆《增修宜兴县旧志》"寺观"载:"洞灵观在县东南四十里张公洞前,唐以前为寺,开元初,万惠昭天师至此,奏复为观,明皇为题额。"宋蔡肇《天申宫》诗云:"胜迹传来不纪年,昔闻曾驻汉神仙。赤乌方喜灵坛建,白马俄惊梵宇迁。观额自唐因记定,宫碑至宋有珉镌。江南福地虽云众,第一无过此洞天。"⓯

除了上述神道记载外,还有变化升仙之说。《桃溪客语》"卷四"称:祠山大帝张渤"治水常变形为猳,夫人饷之,约桴鼓为候。一日,遇遗粒鼓上,鸟啄之有声,夫人急饷,王仓卒不及复形,遂入祠山而化";周处《阳羡风土记》云:"汉时县令袁玘,常言死当为神。一夕,与天神饮醉,逆知水旱,无病而卒。风雨失其柩,夜闻荆山有数千人噭声,人往视之,棺已成冢。因改为君山,立祠其下。山上有池,池中有三足鳖、六眸龟";明万历《宜兴县志》谓:"会仙岩在张公洞侧百余步,孤峰壁立数仞,若雕琢然。宋绍圣间,有老姥见二叟倚石,回眄已遁,故名"。⓰元代董蕃《会仙亭记》亦称"张公山嵌空坡陀,甘泉流其下,曰会仙岩。岩前二老仙饮所也。"⓱宋岳珂(岳飞孙、岳霖子)《问道宜兴》诗云:"斩蛟义概人犹记,化蝠仙踪事易讹。我欲问津先访古,古灵题迹试摩抄。"该诗岳珂自注为:

"宜兴张公洞刻古灵题迹,客有为予言,古灵后乃仙去者,末句故云。"⑱

以上典籍所载的仙道传说,均发生在善卷山或其附近,其中善卷离张公洞、洞灵观、会仙岩20里,离君山10余里,离张渚8里,为"梁祝化蝶"的创作提供了依据。明副都御史杨璿诗云:"英台仙去名犹在"⑲,虽则人死雅称"仙逝",然宜兴传说祝英台死后变成了"蝶仙",每年还回故宅看看,因此,杨璿所称"仙去"也许不仅指"去世",而且还实指化蝶的传说。

而且,宜兴在北宋时,便有"蝶变"(即"蝶化人、人化蝶")之说。何薳《春渚纪闻》卷四·杂记·花月之神"云:"建安章国老之室,宜兴潘氏女,二族称其韶丽。既归国老,不数岁而卒。其终之日,室中飞蝶散满,不知其数。闻其始生,亦复如此。既设灵席,每展遗像,则一蝶停立,久之而去。后遇远讳之日,与曝像之次,必有一蝶随至,不论冬夏也。其家疑其为花月之神。"该记称宜兴潘氏,出生与去世时均有蝴蝶相伴;展遗像之居所,亦有蝴蝶相随,疑为"花月之神"。其实,这也是一种精神寄托。因为潘氏十分漂亮,人们不忍其花容月貌就此陨落,便以出生与临终时飞蝶出现、曝像之所蝴蝶随至的现象,想象出"生由蝶化而来、死则化蝶而去"的因果,将其神化,求得永存。这则"潘女蝶化"的传闻,与"梁祝化蝶"以求永存,应是一脉相承、互有影响的。

"化蝶"之说最早出于道家,《庄子》中便有梦中化为蝴蝶的记载。因此,"梁祝化蝶"与道家文化是有密切联系的。淳朴的宜兴人民,不愿看到"梁祝"这对有情人最终未能成为眷属而先后死去的悲剧性结局,就把希望寄托于羽化仙升,让"梁祝"的精魂化成蝴蝶,永不分离、永久长存。不过,宜兴人民创作的"梁祝化蝶"与庄周不同:庄周是梦中化蝶,"梁祝"是死后化蝶。庄周"化蝶"后不知自己是庄周,醒来后也不知自己曾经变过蝴蝶,如同失忆了一般;而"梁祝化蝶"后,仍不忘故里,经常回来光顾已经改建成佛寺的故宅,在善卷山双飞,就更加人性化了。

五、梁祝化蝶的自然条件

"梁祝化蝶"的传说,是现实主义与浪漫主义相结合的经典之作,使爱情悲剧得到升华。这里,除了寄托着宜兴人民对爱情永存的希冀和美好愿望之外,与善卷洞的环境也是密切相关的。宜兴善卷山区风景秀美,万木葱茏,观赏植物有235种,古树名木遍地皆是,洞中泉水大旱不枯。善卷后洞三面环山,一道通衢,一泓清泉,从冬暖夏凉的善卷水洞中潺潺流出,终年不绝。关于善卷洞的环境,唐李蠙当年为收赎善权寺给天子的奏状称:"洞门直下,便临大水洞,潺湲宛转,湍濑实繁于山腹内,浸流于小水洞。小水洞亦是一石室,室内水泉无底,大旱不竭。……寺前良田极多,皆是此水灌溉。时旱水小,百姓将水车于洞中车水,车声才发,雨即旋降",可见地下水量之大。正因为如此,这里的空气湿润,夏季不觉炎热,冬季又比较温暖,特别有利于植被生长与昆虫类动物蝴蝶的繁衍。因此,自春末至深秋,蝴蝶纷飞不断,集此交媾,经常形成彩蝶云集的自然奇观。人们从"生小祝英台下住,惯看蝴蝶作团飞"、"梦中蝴蝶计不到,居然赳日鸠群材"的诗句中,可以想见清以前善卷山彩蝶纷飞甚至遮天蔽日的壮观场面。2003年,笔者曾采访过参与善卷洞开发的、当时90余高龄的储烟水女士,她说在民国时期,善卷山中十来只蝴蝶成团飞舞是常见之事。当地群众也说,此地大蝶犹如蒲扇或手掌。善卷山区这种适合蝴蝶生长的环境和多蝶的自然现象,为"梁祝化蝶"传说的产生提供了直观的依据与想象的空间。

  由于现代化的开发,善卷山蝴蝶繁衍的生态环境遭到破坏,蝴蝶的品种和数量减少了许多。但这里的蝴蝶比起其他地方,仍然较多。2002年8月上旬和2003年7月下旬,笔者分别陪同台湾东森电视台、无锡电视台和江苏电视台在善卷洞拍摄外景,每次都拍到蝴蝶双飞的镜头。2003年10月18日,国家邮政总局在善卷后洞举行"梁祝"邮票首发式,多次有黑、黄大蝶飞上主席台。特别是在宜兴籍歌唱家雅芬演唱主题曲《彩翼上九天》时,竟有大蝶围绕雅芬飞舞,成为趣谈。2006年5月,中国民间文艺家协会在善卷洞举行"梁山伯祝英台之乡"授牌仪式,当红绸揭开,金色的"梁山伯祝英台之乡"铜牌现出后,又有黑蝶飞到铜牌上,憩息多时方才离去,这一镜头,正好被笔者拍到。

  蝴蝶是一种世界性动物,属昆虫纲,鳞翅目,锤角亚目。其种类繁多,全世界约有17000种,中国有蝴蝶1398种、2300多亚种。善卷山的蝴蝶有凤蝶、粉蝶、斑蝶、环蝶、蛱蝶、灰蝶等,从主色调来分有三类:一类是以黑色为主的黑彩蝶,一类是以黄色为主的黄彩蝶,还有一类是白色小蝶。其中,最大的带凤尾的黑色彩蝶(学名窄斑凤蝶),翅上有绿色、黄色、蓝色和白色的月牙形、不规则三角形与长条形图案,很像女孩穿着的花裙子,展开后在 16 厘米以上;黄色凤尾蝶有两种,一种前后翅都呈黄色,周围镶以黑边;另一种前翅为黑色,后翅为黄色,同样镶以黑边。这两种黄凤蝶比黑凤蝶略小,展开后在 12 厘米左右,只是数量较少;白蝶最小,仅约 4~6 厘米左右。所以,祝陵当地人把最大的黑凤蝶称为"祝英台",次大的黄凤蝶称为"梁山伯"。被宁波俗称为梁山伯的黑蝶这里也很多(该蝶苏、浙、沪均有),后翅中间有一条十分明显的蓝绿色条纹,所以会被说成梁山伯官服上的腰带。但这种蝴蝶比黑凤蝶要小许多,展开后仅 10 厘米左右。明冯梦龙《情史》说:吴中有花蝴蝶,"妇孺称黄色者为梁山伯,黑色者为祝英台",这与宜兴祝陵民间对黑、黄蝴蝶的称呼是一致的。

六、民间传统的"观蝶节"

每年的农历三月二十八日,是祝陵当地传统的"观蝶节"。每到这一天,九乡八里、上下三村的人们,都要穿上鲜艳的服装,赶到善卷山观蝶、踏青、游洞、祭祀;青年恋人为忠贞爱情、山盟海誓前来许愿;贤人学士为瞻仰"读书处"前来参拜;莘莘学子及他们的父母为保佑学成名就前来祈祷;而丰富的民俗表演与物资集会,更为观蝶节增加了色彩。

宜兴祝陵地区为什么会有这样一个民俗节会"观蝶节"呢?

首先,"观蝶节"与"梁祝化蝶"的传说以及多蝶的环境分不开。相传,农历三月廿八日是祝英台的忌日,即"梁祝化蝶"之日。"梁祝"死后,他们的精魂化为蝴蝶,双飞不散,而且每年都要回到故里来。宋薛季宣"几如禅观适"的诗句就是说,"梁祝"化蝶后经常故地重游,一起看看被改建成善卷寺的英台故宅。《宜兴县志》中也记载:"山中杜鹃花发时,辄有大蝶双飞不散,俗传是两人之精魂。今称大彩蝶尚谓'祝英台'云。"[20]据传,每年三月廿八,善卷山上映山红(即野杜鹃)盛开,各色蝴蝶在阳光下翩翩起舞,比翼双飞。至中午时分,自西北方向会有一对黑、黄大蝶飞来,在善卷后洞的蝶亭附近飞舞,形影不离,最后绕亭三圈,向碧鲜庵碑后隐去。这一奇观,不仅演绎着"几如禅观适"的诗景,而且仿佛再现了"梁祝化蝶"的奇观。

其次,"观蝶节"与"梁祝"读书分不开。宜兴自古崇尚耕读,以文为本。"梁祝"在善卷山碧鲜庵读书后,唐李蜺、宋李纲、李曾伯也先后在以祝英台故宅改建的善卷寺修读,官及相位,故在宜兴,"梁祝"读书的影响很大。县志称:宜兴人"人性佶直,黎庶淳逊,敏于学文,疏于用武","县人学子,知所向慕","不事浮华,罕为商贾,耕稼自给,三魁之邑。"㉑清以前,宜兴出了385名进士、4个状元、10个宰相;近现代,高等学府中有宜兴籍两院院士26名,宜兴藉教授近万名,涌现出周培源、徐悲鸿、唐敖庆、潘菽等泰斗式人物,使宜兴成为闻名遐迩的"教授之乡"。因此,文人学士于此时前来观蝶游洞,瞻仰"梁祝"读书处和"三生堂"也成为潇逸之举。

再次,"观蝶节"活动还与踏青春游以及民俗节会分不开。祝陵不仅有善卷寺,还有东岳庙,祀总管天地人间吉祥祸福的黄飞虎,而三月廿八正是他的诞辰日。据当地老人说,祝陵地区过去曾经搞过几次庙会,每次总要唱几天戏。况且,宜兴传说祝英台的忌日(即化蝶之日)也有三种:除了三月廿八外,还有三月初一、三月初三日之说。而三月初一是当地的"节场",是农村赶集的日子,人们会结伴购物、游玩;三月初三是黄帝的诞辰日,古称"上巳节"。宜兴有"三月三,穿件单布衫。大蒜炒马兰,吃则(方言,吃过的意思)游南山(南山即君山,又名铜官山,在县城西南,善卷山东北)"的民谣。上巳节还有除虫祛病的习俗,而善卷寺大殿柱子上旧有"雷书"(雷击之痕),称摹佩后可治疟疾、痢疾及胸腹胀气,故而凡到善卷寺者,均于柱上摹拓佩之。特别是此时正值春暖花开时节,善卷山满目青翠,映山红漫山遍野,各色彩蝶到处飞舞,加上大年已过,农忙未到,正是出游踏青的大好时光。青年男女能在这天结伴登山踏青、游洞观蝶,借机会结识;而善男信女也在这天相约拜佛烧香,求签许愿。既拜佛祖,又拜"三生"与"梁祝";更多的则是观看表演、走动亲戚,当然非常闹忙。为此,善卷寺这些天的香火也特别旺盛。

据当地老人回忆,过去的"观蝶节"表演,有"八大队伍":第一队是"旗队",一人扛大旗、四人扛小旗,走在最前面开道,旗帜全是蝴蝶状的彩旗。第二队是"锣鼓队",一路敲锣打鼓,制造声势。第三队是"蝶仙队",二三十对年轻男女身披蝶衣翩翩起舞。第四队是"神仙队",八大菩萨分为文武,文持大伞,武执旗牌等。第五队是"三十六行队"(又称"七十三行"),人们扮成三十六行当,穿梭漫舞。第六队是"祭祀队",善男信女拿着香烛前往善卷寺碧鲜庵祭拜。第七队是"武功队",进行盾牌等武术表演。最后则是许多穿红戴绿跟随的村民,是相当有气势的。新中国成立后,寺庙废弃,神像被毁,"观蝶节"活动也随之停止。

近年来,由于国家对民俗文化的重视,2000年后,"梁祝观蝶节"活动又重新组织起来,由初期单一的民间艺人说唱,发展到以"梁祝化蝶"与"爱情"为主题的,由龙灯、狮舞、马灯、盾牌舞、男欢女嬉舞、十番锣鼓、七十三行、莲花落、荡芦船、蚌舞、腰鼓舞、扇舞与曲艺、戏曲、歌舞、朗诵、武术等多种形式的文艺表演,并有年轻情侣在双井悬挂"爱情锁"、新婚夫妇放飞彩蝶等游客参与的活动,使"梁祝文化"与民俗文化得到空前紧密的结合。

2003年,在"梁祝"邮票首发式上,一首由中央电视台曹勇作词、著名作曲家王立平作曲、宜兴籍歌唱家雅芬原唱的主题歌《彩翼上九天》响彻云霄:

云也缠绵,水也缠绵,
一双双彩蝶儿梦绕魂牵。
竹也碧鲜,茶也碧鲜,
好一个奇女子知己红颜。
草桥结拜兄与弟,
三载同窗情和缘。
女扮男装惊俗世,
梁祝美名千古传。
花也灿烂,蝶也灿烂,
情真最是动心弦。
心也高远,志也高远,
自有彩翼上九天。

爱也千年,梦也千年,
好一杯阳羡茶清香悠远。
诗也万卷,书也万卷,
一代代后来人情满人间。
十八相送山与水,
楼台伤别苦和酸。
平生只求真肝胆,
哪怕世上行路难。
花也灿烂,蝶也灿烂,
情真最是动心弦。
心也高远,志也高远,
自有彩翼上九天。

注释:

❶ 祝陵,善卷洞附近村名。明王稚登《荆溪疏》:"祝陵,祝英台葬地。"传说祝死后被封为"义妇",当地称其墓为祝陵,后泛指当地村名。诗见薛季宣《浪语集》"卷四",题名为《游竹陵善权洞》,其"竹陵"属于同音之误,因唐李郢(或宋陈克)诗有"祝陵"地名。宋《咸淳毗

陵志》有古迹"祝陵"。清嘉庆《宜兴县志》收录此诗时,题名更正为《游祝陵善权洞》。

❷ 参见杨世文《薛季宣年谱》(《宋代文化研究／第三辑》,四川大学出版社 1993 年出版);清光绪八年《永嘉县志》"卷之十三·人物·儒林"。

❸ 李茂诚《义忠王庙记》见清康熙二十五年《鄞县志》"卷九·敬仰考·坛庙祠"。咸丰、光绪《鄞县志》亦有刊录。

❹ 以上均见钱南扬《祝英台故事集叙论》,中山大学《民俗周刊》第 93～95 期合刊第 14-15 页。

❺ 清嘉庆《增修宜兴县旧志》"卷十·艺文志"。

❻ 高丽释子山《夹注名贤十抄诗》二四七《蛱蝶》之夹注。

❼ 明陆容引文见《菽园杂记》"卷十一";朱孟震引文见《浣水续谈》"卷一";冯梦龙引文见《情史》"卷十·情灵类";其余见清毛先舒《填词名解》"卷二·祝英台近"、徐树丕《识小录》"卷三·梁山伯"、汪汲《词名集解续编》"卷上·祝英台近"。

❽ 国山以封禅而得名。史志和古籍中的离墨山、阳羡山、善卷山、九斗山均指此山。

❾ 见《咸淳毗陵志》"卷十五·山水"。

❿ 阳羡为宜兴古名,秦置。

⓫ 见宋《咸淳毗陵志》"卷二十七·古迹"、明万历《宜兴县志》"卷之十·古迹"。

⓬ 见光绪《宜兴荆溪县新志》"卷九·古迹·名胜"。

⓭ 见《桃溪客语》卷一。

⓮ 光绪《宜兴荆溪县新志》"卷九·名胜"。

⓯ 嘉庆《宜兴县旧志》"卷末·寺观"。

⓰ 明万历《宜兴县志》"卷一·疆域"。

⓱ 嘉庆《宜兴县旧志》"卷九·名胜"。

⓲ 见《桃溪客语·卷三》。

⓳ 明《善权寺古今文录》"卷七·明诗"。

⓴ 见清光绪八年《宜兴荆溪县新志》卷九。

㉑ 见清嘉庆《增修宜兴县旧志》"卷之一·疆域志·风俗"。"三魁之邑":宋熙宁癸丑(1073),宜兴邵材试开封第一、邵刚试礼部第一、余中廷试第一,故曰"一邑三魁"。

宜兴梁祝记述最丰

历代"梁祝"记载书(文)目叙

（上）

历史上关于"梁祝"的记载，从时间上来说，大致可以分为晋唐早期(265—960)、宋元中期(960—1368)与明清晚期(1368—1911)三个阶段。其中，早期记载甚少，至今仅发现四五处，且地区也较局限，集中在江苏宜兴与浙江宁波；中期记载渐多，范围也有所扩大，江苏金陵、山东陵县也发现了记载；而到了晚期，就有若繁星，不仅数量较多，地域上也遍布了半个中国。笔者从蒋尧民先生发现《咸淳毗陵志》中的"梁祝"记载并提出"梁祝宜兴说"起，悉心收集"梁祝"的有关资料，十余年来，自费奔走于北京、上海、天津、江苏、浙江、山东、河南、重庆等地，查阅资料与考察遗存，对其他学者提及的关于"梁祝"的书(文)，务求亲睹为快。凡能查到原文者，即与引文进行比对。而在核对中，也发现某些记述或引文的错误；然亦有极少数典籍，未能寻见原件，从而无法核对。通过十余年资料的搜集，收获颇丰。其中，许多研究者特别是陈健先生提供了不少新的线索，特表谢意。

学术乃天下之公器也，前修未密，后出转精。余将搜集到的历代"梁祝"记载(主要是志乘与典籍，不包括戏曲与曲艺)按地区及时间先后分列于后，一者可供"梁祝"研究者参考共享，以免少走些弯路；二者是为抛砖引玉，不断钩沉遗存，并祈请各研究者教正。

一、江苏

（一）宜兴

1. 南齐《善卷寺记》(485年左右)。

《善卷寺记》为善卷寺中的一块碑刻，内有齐武帝赎祝英台故宅建寺的内容，唐宋间尚存，现已湮灭。经考，该记作于齐武帝在位期间，即483—493年，是迄今为止中国发现并有实质内容可考的最早"梁祝"记载。作者无考。

2. 唐《十道志》（700年左右），梁载言撰。

徐澐秋《阳羡奇观》（民国二十四年/1935出版）称"十道志：善卷山南，上有石刻，曰'祝英台读书处'"。

梁载言，唐山东聊城人。上元（674—676）进士。武后时为凤阁舍人，专知制诰；中宗时终官怀州刺史。著有《十道志》、《具员故事》。《十道志》作于700年左右，其中善权山"祝英台读书处"石刻的记载，是中国最早的"梁祝读书处"记载。

徐征（1908—1976），江苏苏州人，字澐秋。著名学者章太炎弟子，近代著名书画鉴定家、版本目录学家、书画家。生前任职于南京博物院。

3. 唐《题善权寺石壁》（879年前），李蠙作。

载于明弘治释方策《善权寺古今文录》（1504）。

《题善权寺石壁》诗序称："常州离墨山善权寺，始自齐武帝赎祝英台产之所建之"。经考，该诗约作于876—879间，不仅印证了《善卷寺记》关于祝英台故宅的记载，而且本身也是"梁祝"的早期记载之一。

李蠙（？—约879），唐宗室后裔，祖籍陇西。字懿川，原名虬。会昌元年（841）进士。官婺州刺史、谏议大夫、户部侍郎；咸通五年（864）自京兆尹出为昭仪节度使，后移镇凤翔，累加司空。约乾符末卒。

4. 唐《阳羡春歌》，李郢作。

载于明万历胡震亨《唐音统签》（唐五代诗歌总集），清初季振宜《全唐诗》及康熙《钦定全唐诗》亦有收录。

李郢，唐京兆长安人，字楚望。初居杭州，以山水琴书自娱。宣宗大中十年（856）登进士第。官至侍御史。后归越，为从事。李郢曾到过宜兴，《全唐诗》收有其宜兴诗作六首。《阳羡春歌》中咏有"祝陵"地名，相传因祝英台墓而得名。

宋《咸淳毗陵志》载有陈克《阳羡春歌》，句与李诗基本同，然《陈子高遗稿》未收录，故列于李郢作（详考见本书《宜兴祝陵与祝英台墓》）。

5. 宋《游祝陵善权洞》（1173年前），薛季宣作。

见薛季宣《浪语集》。考该诗作于绍兴二十六年（1156）。

《浪语集》中题为《游竹陵善权洞》，"竹陵"即"祝陵"，因唐李郢（或北宋陈克)有"祝陵"之地名,故可肯定薛季宣之"竹陵",属于同音误记。该诗云:"万古英台面,云泉响佩环。练衣归洞府,香雨落人间。蝶舞凝山魄,花开想玉颜。"该诗有注曰"寺故祝英台宅",是最早咏"梁祝化蝶"的诗词,也是最早的关于"梁祝化蝶"文字记载。

薛季宣(1134—1173),南宋浙江永嘉人,字士龙,号艮斋。官大理寺主簿、大理正,出湖州、常州府。著有《故训》、《诗性情说》、《春秋经解指要》、《浪语集》等。据《四库全书》提要,由于薛季宣英年早逝,生前《浪语集》未刊刻,遗稿由其侄孙抚州知府薛旦于宋宝庆二年(1226)刊行。

6. 宋《文忠集》(1167年),周必大撰。

是书《泛舟游山录》作于乾道丁亥(1167),他在看到善卷寺记碑后,称:"按,旧碑:寺本齐武帝赎祝英台庄所置。"

周必大(1126—1204),南宋庐陵(今江西吉安)人,字子充,又字洪道,自号平园老叟。绍兴二十一年(1151)进士。孝宗时拜右丞相;光宗时拜左丞相,封益国公。卒诏赠太师,谥号文忠。著有《益国周文忠公全集》二百卷等。

7. 宋咸淳四年(1268)《重修毗陵志》,史能之修纂。

该志有三处记到了"梁祝":一是"志二十五·寺观":"广教禅院(即善卷寺)在善卷山,齐建元二年以祝英台故宅建";二是"志二十七·古迹":"祝陵,在善权山。岩前有巨石刻,云'祝英台读书处',号'碧鲜庵'。昔有诗云:'蝴蝶满园飞不见,碧鲜空有读书坛。'俗传英台本女子,幼与梁山伯共学,后化为蝶。其说类诞。然考《寺记》,谓齐武帝赎英台旧产建,意必有人第,恐非女子耳。今此地善酿,陈克有'祝陵沽酒清若空'之句";三是"志二十九·碑碣":"碧藓庵,字在善权寺方丈石上"。

《咸淳毗陵志》是现存最早的常州府方志。据《宋史·艺文志》及《直斋书录解题》,在该志前,还曾有过宋淳熙邹补之的《毗陵志》十二卷,然此志今无传本。史能之在《咸淳毗陵志》序中说:"毗陵有志旧矣",盖指邹志。邹补之于淳熙十二至十五年任常州州学教授,故《淳熙毗陵志》应纂于1185—1188年间。又据《咸淳毗陵志序》,史能之于淳祐辛丑(1241)尉武进,当时的新任常州军事兼知州宋慈曾对他说,邹志过于简单,要增加内容,重修郡志,不过书尚未成,慈即于淳祐七年调任直秘阁提点湖南刑狱而离常。直至史能之咸淳二年(1266)十二月知常州后,"乃命同僚之材识,与郡士之博习者,网罗见闻,收拾放失,又取宋公未竟之书,于常簿季公之家,讹者正,略者备,缺者补",终于完成了咸淳《重修毗陵志》三十卷、图一卷。在《淳熙毗陵志》以前,还曾有过唐《常州图经》与宋《景德常州图经》,然而这些地理志书,早已湮灭了,人们仅能通过《咸淳毗陵志》中的一些引文,知道它们曾经的存在。

《咸淳毗陵志》称:"然考《寺记》,谓齐武帝赎英台旧产建,意必有人第。"那么,对祝英台故宅之事,是谁对照《寺记》进行考证的呢?

唐、宋图经为初修之地理志书,编志时虽然会参考相关古籍,但却不会去与善权寺内的碑文核对的;淳熙邹补之所修的《毗陵志》仅十二卷,宋慈还认为过于简单,因此,邹志也不大可能有此查考。而最有可能与《寺记》进行核对考证的,只有两个人:一是宋慈,二是史能之。宋慈任常州军事后,有心重修郡志,然历六年而未成,但在时间上却是最充裕的。宋慈虽是福建人,但于嘉定十年中进士后,曾委浙江鄞县尉官,后因父丧未赴,但为此查阅鄞县的一些资料还是可能的。到了常州后,必然要到辖区内的宜兴巡视,完全有可能到过善权寺,看到《善卷寺记》的碑文。以宋慈断案务求证据之细心以及不放过任何一个疑点的作风,编志时带着浙东、宜兴均有"梁祝"的疑问,特与《善卷寺记》核对,是很有可能的。如果此说成立,那么史能之只是因袭宋慈的记载而已;然而,史能之修志时也完全有查考的可能。首先,史本人就是四明人,对于家乡的梁祝传说定然十分清楚。其次,他于淳祐元年(1241)任武进尉,到咸淳二年(1266)任知常州府,在常州待了二十余年,宜兴与武进相邻,且同属常州所辖,故史能之必定不止一次到过宜兴善权寺,因此,他看到《善卷寺记》的碑文是没有疑问的,编志时就"宜兴梁祝"问题特地与《寺记》核对,也是完全可能的。况且他在宋慈时就曾经参与过修志,任常州知府后,又组织班子,网罗见闻,并对宋慈之书"讹者正,略者备,缺者补"。虽则其编志到成书的时间仅为一年,然其中的"略者备,缺者补",或许就包括了对《寺记》的核对与考证。现因宋慈未竟之书不传,故对宋慈的考证不能确认,但却可以肯定:史能之或他的前任,曾对"宜兴梁祝"进行过考证。

宋慈(1186—1249),字惠父,南宋建宁建阳(今福建南平)人。嘉定十年(1217)进士,曾知常州军事,迁秘阁提点湖南刑狱、广东经略安抚使等,卒于任。他任常州知府时,曾重修郡志,未竟。著有《洗冤集录》。

史能之,南宋四明(今浙江宁波)人,字子善,淳祐元年(1241)进士,朝奉大夫太府寺臣。淳祐尉武进,咸淳二年(1266)知常州府。他任常州知府时,廉洁奉公,政绩卓著。重修郡志时,义例精审,得到世人的赞誉。

《咸淳毗陵志》是最早对"梁祝"进行考证的方志,其修纂者在记述名胜"祝陵"条时,曾对照《善卷寺记》进行了查考,并得出了历史上必有祝英台其人其宅的结论。

8. 元《祝英台读书堂》(约 1312),释明极楚俊作。

《祝英台读书堂》诗载于日本《五山文学全集》"卷三"《明极楚俊遗稿》。诗云:"三载同窗读古书,渠瞒汝也汝瞒渠。罗裙擘碎成飞蝶,依旧男儿不丈夫。"

明极楚俊(1262—1336),元代庆元府昌国县(今浙江嵊泗)人,本姓黄氏。十二岁出家,为虎岩净伏法嗣,于金陵奉圣寺出世,曾住瑞岩寺、普慈寺及婺州双林寺。元天庆二年(日本元德元年/1329)赴日,曾住建长寺、南禅寺等,并创立了大阪广岩寺。其法系称为明极派,于日本建武三年(1336)圆寂。《祝英台读书堂》为明极楚俊去日前的诗作,写作时间约为1312年左右,从金陵往婺州经宜兴善卷寺时。

9. 明洪武丁巳(1377)《常州府志》,张度修、谢应芳纂。

该志为中国现存最早的明代方志,原名应为《毗陵续志》。该志除因袭《咸淳毗陵志》中的"梁祝"记载外,还另收入了顾逢、僧仲殊的宋代咏"梁祝"诗。

张度,元末明初广东增城人,字景仪。官至吏部尚书。洪武九年(1376)知常州府,兴学造士,修郡志。

谢应芳(1296—1392),元末常州府武进人,字子兰。自幼钻研理学,隐于白鹤溪,授徒讲学,名其室为"龟巢",因以为号。著有《辨惑编》、《思贤怀古》、《龟巢集》等。

明洪武《常州府志》"祝陵"条、"广教禅院"条关于祝英台故宅、祝英台读书处、梁祝传说的记载。

10. 明成化二十年(1484)《重修毗陵志》,朱昱纂。

"梁祝"记载因袭前志。

朱昱,明常州府武进人,字懋阳。郡志称其"博综郡集,尤长于诗"。

11. 明《善权寺古今文录》,弘治甲子(1504)释方策辑。

是书收有多条与"梁祝"有关的记载:一是"卷五·明碑",收录都穆《善权记》,称:善权"寺在国山东南,齐建元中建,盖祝英台之故宅也。……入三生堂,观李曾伯书匾。右偏石壁,刻碧鲜庵三大字,即祝英台读书处,而李司空亦藏修于此";二是"卷六·唐诗",收录李蠙《题善权寺石壁》诗,其诗序反映了以祝英台故宅创建善卷寺的史实;三是"卷六·元诗",收录顾逢《题善权寺》诗一首,咏祝英台读书处,并注曰"旧刻""即碧鲜庵碑";四是"卷七·明诗",收录杨璿、杨守阯、郭铠、杜董、程敏政、骆珑、邵贤等人咏"梁祝"诗七首;五是"卷八·明诗下",收录沈周、吴仕、陈凤梧咏"梁祝"诗三首;六是"卷九·杂录"有祝陵、祝英台读书处、祝英台故宅、宜兴梁祝幼学与化蝶传说的记载;七是"卷二·唐碑"、"卷三·宋碑上"、"卷四·宋碑下"收录唐李蠙《请赎废善权寺重建奏状》、宋《重装大殿佛像记》、《圆通阁记》、《善权禅堂记》等,对于"梁祝"史实、遗址、古迹、传说、文物以及相关问题的考证,提供了丰富的资料。

方策,里籍不详,明弘治间僧人,号文立,雪厓济川之法嗣,住善权寺。嗜学工书,集寺内保存的碑刻、诗词及有关杂录,并集山中二十四景,邀沈周作诗画,辑《善权寺古今文录》。

12. 明《篁墩集》,正德丁卯(1507)程敏政撰。

是书《送释方策住善权寺》诗,咏祝英台、李丞相之读书台。

程敏政(1445—1499),明徽州府休宁人,字克勤。成化二年进士,官至礼部右侍郎兼侍读学士。弘治十二年主持会试,以试题外泄被劾为通关节于唐寅等,下狱。卒后追赠礼部尚书。有《新安文献志》、《篁墩集》等。

13. 明正德八年(1513)《常州府志续集》,张恺纂。

该志收有杨守阯《碧藓坛》诗。该诗称"英台亦何事,诡服违常经? 苟焉殉同学,一死鸿毛轻",是唯一诋毁祝英台品格的诗作。

杨守阯(1436—1512),明浙江鄞县(今宁波)人,字维立,号碧川。成化元年(1465)乡试第一,十四年会试第四、廷试第二,官至南京吏部右侍郎。年七十进尚书,卒谥文肃,赠太子少保。

张恺(1453—1538),明常州府无锡人,字元之,号企斋,更号东洛。成化二十年(1484)进士。授兵部主事,官至福建都转运使,以疾归。有《常州府志续集》。

14. 明嘉靖十三年(1534)《南畿志》,陈沂纂。

明南畿即南直隶,辖应天、凤阳、苏州等十八府,相当于今江苏和安徽两省。该志"卷二十一·常州府·古迹"记载"宜兴梁祝"。

明嘉靖《南畿志》关于祝英台读书处、梁祝化蝶和祝陵的记载。

陈沂,明浙江鄞县人,字宗鲁,后改字鲁南,号石亭,又号小坡。正德十三年(1518)进士,官山东参政与提学使、山西行太仆寺卿。善诗工画,尤擅隶篆,与顾璘、王韦并称"金陵三俊",并有"江南四才子"之称。

15. 明《颐山私稿》,嘉靖庚子(1540)吴仕撰。

是书有咏"梁祝"诗。

吴仕,明宜兴人,字克学,号颐山。幼借读于湖汶金沙寺,正德二年(1507)乡试第一(解元),九年第进士。官至四川布政司参考。有《颐山私稿》。

16. 明《荆溪外纪》,嘉靖二十四年(1545)沈敕辑。

是书收有多首与"梁祝"有关的诗文。

沈敕,明常州府宜兴人,字克寅。嘉靖十五年(1536)选贡。任江西布政司都事。谢病归,闭门读书。辑有《荆溪外纪》。

17. 明《古今游名山记》,嘉靖四十二年癸亥(1563)何镗辑。

是书"卷之四·齐云山(江南诸山、泉附)"载有都穆《游善权洞记》,有祝英台故宅、祝英台读书处、碧鲜庵碑记载。

何镗(1507—1583),明浙江丽水人,字振卿,号宾岩。嘉靖二十六年(1547)进士,官至广东按察使。撰《修攘通考》、《翠微阁集》,辑《古今游名山记》,纂《括苍汇记》等。

18. 明《荆溪疏》,万历癸未(1583)王稚登撰。

是书首次称"祝陵"因"祝英台葬地"而名,并有咏"祝英台墓"诗。

王稚登(1535—1612),先世江阴,移居苏州,字百毂。嘉靖末入太学,万历时召修国史。有《王百毂全集》、《吴骚集》。

19. 明《弇州四部稿》,王世贞撰。

是书"卷七十二"《游善权洞记》有"祝英台读书处"的记载。

王世贞(1526—1590),明太仓(今属江苏)人,字元美,号凤洲,又号弇洲山人。嘉靖丁未(1547)进士。先后与严嵩、张居正相左,仕途跌宕,终官南京刑部尚书。有《弇洲山人四部稿、续稿》、《弇山堂别集》等。

20. 明万历十八年(1590)《宜兴县志》,王升纂。

该志除收有祝陵、祝英台读书处,祝英台故宅、梁祝共学传说、梁祝化蝶传说记载外,还收有明邵贤、许有毂等人的"梁祝"诗。

王升,明宜兴人。嘉靖四十三年(1564)岁贡,官成都通判、盐课提举。该志以万历二年韩容主修的《宜兴县志》(未刻印)为蓝本,收录了万历十七年前的宜兴史料,增补订正而编纂。

21. 明《增订广舆记》,万历二十八年(1600)**陆应阳撰。**

是书"卷之三·江南常州府"中记载祝英台故宅、祝英台读书处两处"宜兴梁祝"。

是书同时有宁波"义妇冢"记载。

陆应阳(1542—1627),明南直隶青浦人(今属上海),字伯生。少补县学生,绝意仕进,与王世贞有交。作诗喜用鸿雁字,人呼为陆鸿雁。

22. 明《图书编》,章潢撰,万历四十一年(1613)**版本。**

是书"卷六十·南直隶各郡诸名山"《善权洞》,有祝英台故宅、祝英台读书处、碧鲜庵碑的记载。

章潢(1527—1608),明江西南昌人,字本清。笃志学古,喜好经史。以荐遥授顺天府儒学训导。辑《图书编》,另有《周易象义》、《诗经原体》等。

23. 明《三才图会》,万历己酉(1609)**王圻、王思义撰。**

是书"地理·卷七·善卷洞图"有祝英台故宅、祝英台读书处、碧鲜庵碑记载。观其文,盖引章潢《图书编·善权洞》之游记而略有删节。

王圻(1530—1615),明松江府上海人,祖籍江桥,字元翰,号洪洲。嘉靖四十四年(1565)进士,与张居正左而黜降,后复官至中顺大夫资治尹,授大宗宪。有《续文献通考》、《三才图会》、《稗史类编》。《三才图会》又名《三才图说》,共108卷,分为天文、地理、人物、时令、宫室、器用、身体、衣服等十四门。所记事物,先有图绘,后有论说,图文并茂。前三门为王圻撰,后十一门为其子王思义撰。全书又经王思义以十年之力详加核实,于万历三十五年完成编辑,三十七年始出。

24. 明《方舆胜略》,万历三十八年(1610)**程百二等撰。**

是书"卷二·南直隶·常州府""山川"及"古迹"记载祝英台故宅与祝英台读书处。

是书同时有宁波义妇冢记载。

观其所记内容,似与陆应阳《增订广舆记》有关。

程百二(1573—1619),明万历间新安(徽州)人,原名舆,字幼舆。

编有《程氏丛刊》九种。

25. 明《名山胜概记》，无名氏辑于 1590—1616 年间。

是书"卷十二·南直隶十"收录王世贞《游善权洞记》，中有"祝英台读书处"的记载。

该书收存于《四库全书存目丛书》中，注名"未著辑者"，且无刊刻年代。然此书有临川汤显祖、太原王稚登、吴郡王世贞之序，故应刊刻于王世贞、王稚登、汤显祖在世时，即 1590 至 1616 年间。

26. 明万历四十六年戊午(1618)《重修常州府志》，刘广生修、唐鹤徵纂。

该志多处记载"宜兴梁祝"。一是"卷之三·地理志三·宜兴县境图说""善卷禅寺"条称："宋名广教禅院，在县西南五十里永丰乡善卷洞侧，齐建元二年以祝英台故宅创建……"；二是"宜兴县境图说·古迹""祝陵"条称："祝陵在善卷山，其岩有巨石刻，云'祝英台读书处'，号'碧藓庵'。俗传英台本女子，幼与梁山伯共学，后化为蝶。古有诗云：'蝴蝶满园飞不见，碧藓空有读书坛。'许有榖亦有诗，别录"；三是"卷十六·词翰志一·诗·游览"收有顾逢"梁祝"诗；四是"卷十七·词翰志二·诗·凭吊"收有许有榖《祝陵》诗、聂大年等《李丞相读书台》诗；五是"卷十八·文翰志三·碑记一·山川"，收有都穆《善权记》、王世贞《游善权洞记》。

刘广生，明河南罗山人，字海舆。进士，万历四十三年(1615)知常州府，修郡志。

唐鹤徵(1538—1619)，明江苏常州人，字元卿，号凝庵。隆庆五年(1571)进士，官至太常寺少卿，因揭发宦官不法而罢。有《皇明辅世编》、《宪世编》等。

27. 明《山堂肆考》，万历四十七年(1619)彭大翼辑。

是书"羽集·三十四卷·蝶""韩凭魂"条称："俗传大蝶必成双，乃梁山伯祝英台之魂。又曰韩凭夫妇之魂，皆不可晓。"该记的"梁祝化蝶"传说并不明确何地，然考"梁祝化蝶说"始出宜兴(详考见本书《"梁祝化蝶"发源地——宜兴》)，故收于"宜兴梁祝"记载中。

彭大翼，明南直隶扬州(今属江苏)人，字云举，号林居。中秀才时不满20岁,万历间曾任云南知州。其笔耕三十余载,万历二十三年类编始成,成书后即有损佚,印刷考订又二十年,至万历已未方完工问世。

28. 明《潜确居类书》,1630年前陈仁锡撰。

是书"卷二十八·区宇二十三·洞"记有祝英台故宅、祝英台读书处、梁祝共学传说、化蝶传说。并称"祝英台读书处"六个大字,是南齐所刻。

陈仁锡(1581—1636),明苏州长洲(今吴县东)人,字明卿,号芝台。万历二十五年(1597)举人,天启二年(1622)进士。授编修,以忤魏忠贤罢。崇祯初复职,迁南京国子监祭酒,卒谥文庄。有《四书备考》、《经济八编类纂》等。

29. 明《大明一统名胜志》,崇祯庚午(1630)曹学佺撰。

该志"卷之十一·南直隶·常州府·宜兴县"称:"善权洞在国山东南,一名龙岩。周幽王二十四年洞忽自开。俗传祝英台本女子,幼与梁山伯为友,读书于此,后化为蝶。古有诗云:蝴蝶满园飞,不见碧鲜空。盖咏其事。齐建元二年,建碧鲜庵于其故宅,刻祝英台读书处六大字"。

该记似据《潜确居类书》辑入。

曹学佺(1573—1646),明季福州府侯官(即今福州)人,字能始,一字尊生,号雁泽,又号石仓居士、西峰居士。万历二十三年(1595)进士。官至广西右参议,以撰《野史纪略》得罪魏忠贤去职。明亡后,为南明礼部尚书。福州沦陷,入山自缢。精通音律,曾创剧社,被尊为闽剧始祖之一。有《石仓集》。

30. 明《全像古今小说》,崇祯五年(1632)冯梦龙辑(天许斋原本)。

《古今小说》,后改为《喻世明言》。是书第二十八卷《李秀卿义结黄贞女》中,讲述了一个完整的梁祝传说,称祝英台是常州义兴人氏,马氏

《大明一统名胜志》关于祝英台故宅、祝英台读书处、梁祝传说以及"祝英台读书处"石刻来历的记载。

(文才)为同乡三十里安乐村人。此故事与宜兴之传说相类,应是据宜兴的传说撰写的。

冯梦龙(1574—1646),明季吴县人(今属江苏),字犹龙,又字耳犹,号翔甫,别署龙子犹、姑苏词奴、墨憨斋主人等。崇祯初贡生,官丹徒训导、寿宁知县。撰《春秋指月》、《衡库》;辑《喻世明言》、《警世通言》、《醒世恒言》;编时调《桂枝儿》、散曲《太霞新奏》等。

31. 明《舆图备考全书》,崇祯癸酉(1633)潘光祖、李云翔辑(顺治七年刻本)。

是书"卷之四·南直隶·常州府""山川"与"古迹"中,有祝英台故宅、祝英台读书处记载。

是书同时有宁波义妇冢记载。

李云翔,明季扬州府江都人,字为霖,有《诸子拔萃》;潘祖光生卒里籍未详。

32. 明《皇明寺观志》,无名氏辑于天顺五年(1461)后。

该志为原稿本,不分卷,在"宜兴县·善权寺"条有祝英台故宅记载。

此书无序跋,无目录,无辑者名,辑录时间不详。在首页书名下有七颗藏书印,分别为:"旧雨楼书画印"、"汪鱼亭藏阅书"、"御史之章"、"季印振宜"、"沧苇"、"古观书屋"、"赵印辑宁"。书前附页有同治二年当归草堂老人自述得书之经过。

由于此书将《大明一统志》中的寺观门悉数录出,并按《一统志》顺序排列,且为清初藏书家收藏,故该书的辑印时间,应在《大明一统志》(天顺五年/1461)后,又因称"皇明",故必为明作,现暂列于1644年清兵入关前。

33. 明《地图综要》,清顺治乙酉(1645)朱国达等辑。

是书"南京·常州府"中,有两处记到"宜兴梁祝":一是"名山·善卷洞"条:"国山,祝英台故宅,周幽王时洞忽自开";二是"古迹·祝陵"条:"善卷山,祝英台读书处。"

同时,该书有宁波"义妇冢"记载。

《地图综要》为朱国达与吴学俨等四人同纂而成。朱国达,明季浙江钱塘人,字咸受。四人始末未详。是书由临川李釜源序,时在乙酉春正,是为顺治二年,其时明崇祯朝已覆灭。

34. 明《说郛》,陶珽重辑,清顺治三年(1646)宛委山堂刻本。

是书"卷六十五"收有宋周必大《泛舟录》、"卷九十一·荆溪游记"收有王世贞的《游善权洞记》。

陶珽,明季云南姚安人,字紫阆,号不退,又号稚圭,自称天台居士,自署黄岩,是陶宗仪的远孙。万历三十八年(1610)进士,官至武昌兵备道。

《说郛》原为元季陶宗仪取经史传记、诸子百氏杂书所辑,原书100卷。明成化间,郁文博删重补缺正讹,仍编为百卷,至弘治九年刊行。至明季,宗仪侄孙陶珽增补,编成120卷。上海古籍出版社取明120卷本所刊者,与顺治宛委山堂刻本不同,内无《荆溪游记》。

35. 明《说郛续三十六卷》,陶珽辑,清顺治三年(1646)宛委山堂刻本。

是书"卷二十四"收录王稚登《荆溪疏》,称:"西沈五十里至祝陵,祝英台葬地"。

是书又有《说郛续四十六卷》者,王稚登之《荆溪疏》亦载于"卷二十四"内。

36. 明《情史》,冯梦龙撰,詹詹外史评辑。

《情史》全称《情史类略》,又名《情天宝鉴》。是书"卷十·精灵类"中记载了浙东流传的梁祝传说。

该书为清初芥子园藏版,有冯梦龙与詹詹外史序,且注明为"冯犹龙先生原本"。人们普遍认为詹詹外史是冯的又一别号。但《情史》是否确为冯梦龙所编,詹詹外史是不是冯的别号,尚有疑问。如《情史》为冯氏所辑,则应在《古今小说》之后。因冯在《古今小说》中讲述的梁祝传说与浙东的传说截然不同,故一方面在《情史》的浙东梁祝传说后,特地注曰"见宁波志"四字,以示该说之出处;同时又称"吴中有花蝴蝶,橘蠹所化",并未提"越中"。另外,该书刊刻时眉批有注:"按,《广舆记》:今宜兴县善卷洞为祝英台读书处。"此批是冯梦龙所注还是詹詹外史所评尚不清楚。然可以肯定,此批当是因浙东的传说与《古今小说》相悖,而特地加上的。

37. 清康熙二十三年(1684)《江南通志》,张九征等纂。

该志"卷三十五·古迹(寺观附)"中有两条"宜兴梁祝"记载:一是祝

陵条:祝英台读书处及祝英台故宅;二是善卷禅寺条:祝英台故宅记载。

张九征(1617—1684),清丹徒人(属江苏镇江),字公道,号湘晓。顺治二年解元,四年(1647)进士,官河南督学佥事等,康熙十七年,诏举博学鸿儒科。著有《闽游草》、《艾纳亭存稿》等。

38. 清康熙二十四年(1685)**《常州府志》,陈玉璂纂。**

该志有两处"宜兴梁祝"记载:一是"卷之十八·坛壝(祠庙寺观附)":祝英台故宅记载;二是"卷之二十·古迹":祝陵、祝英台读书处、梁祝共学传说、化蝶传说的记载。

陈玉璂,清江苏武进人,字赓明,号椒峰。康熙六年(1667)进士,授内阁中书舍人;十八年,试博学鸿儒科,罢归。著有《学文堂集》等。

39. 清康熙二十五年(1686)**《重修宜兴县志》,徐喈凤纂。**

该志除因袭前志外,又增收了谷兰宗、蒋如奇、徐喈凤、汤思孝等人的"梁祝"诗文。

徐喈凤,清宜兴人,字竹逸、鸣歧,晚号荆南墨农。顺治十五年(1658)进士,授永昌军民府推官,后辞官奉母不出。

40. 清《锦字笺》,康熙二十八年(1689)**黄沄辑。**

是书"卷三·方舆"记有祝陵、祝英台读书处。

黄沄,清浙江人,字维观。生平不详。

41. 清《湖海楼全集》,康熙二十八年(1689)**陈维崧撰。**

是书收入4首与"宜兴梁祝"相关的诗词。

陈维崧(1631—1688),清宜兴人,字其年,号迦陵。十七岁为诸生。康熙己未(1679)举鸿博一等,授检讨,与修《明史》,越四年而卒。骈文及词最负盛名,为阳羡词派领袖。有《两晋南北史集珍》、《湖海楼诗集》、《迦陵文集》、《迦陵词》等。

42. 清《陈检讨四六》,陈维崧撰。

是书"卷十·序"有祝英台故宅、祝英台读书处记载。

43. 清《亦山草堂遗稿》,康熙辛未(1691)**陈维嵋撰。**

是书"亦山草堂遗词·中调"有"梁祝"词一首。

《亦山草堂遗稿》为康熙庚午刻本,而"遗词"为次年(康熙辛未)仲春加刻。

陈维嵋,清宜兴人,陈维崧之弟,字半雪。诸生,生卒不详。赋诗不谐于俗,有《亦山草堂诗》、《亦山草堂诗余》。

44. 清《古今图书集成》,康熙四十四年(1705)陈梦雷辑,雍正四年(1726)刊本。

是书"方舆汇编"的"山川典"与"职方典"中,共有七处"宜兴梁祝"记载。其中"山川典"四处、"职方典"三处。"山川典"的记载均在"第九十九卷·善权洞部汇考"中:一是"考",引《三才图会·善卷洞图考》记有祝英台故宅、祝英台读书处、碧鲜庵碑;二是"考"引《宜兴县志·舆地篇》记有祝英台故宅;三是"善权洞部艺文一"引明王世贞《游善权洞记》;四是"善权洞部杂录"引康熙《宜兴县志》祝陵、祝英台读书处、梁祝共学传说、梁祝化蝶传说记载及明嘉靖宜兴知县谷兰宗的《祝英台近·碧鲜岩》词。"职方典"的记载:一是"第七百十八卷·常州府部汇考十二·祠庙考三(寺观附)·宜兴县":"善权禅寺,宋名广教禅院,在县西南五十里永丰区。齐建元二年以祝英台故宅创建……";二是"第七百二十一卷·常州府部汇考十五·古迹考二(陵墓附)·宜兴县":"祝陵,在善权山,其岩有巨石刻,云祝英台读书处,号碧鲜庵。俗传英台本女子,幼与梁山伯共学,后化为蝶。古有诗云:蝴蝶满园飞不见,碧鲜空有读书台";三是"第七百二十四卷·常州府部杂录"引王稚登《荆溪疏》:"西沈五十里至祝陵,祝英台葬地……"。

是书同时记有浙江、山东、重庆、河北、山西、甘肃等地的"梁祝"。

陈梦雷(1650—1741),清福建侯官(今福州)人,字则震,号省斋,晚号松鹤老人。少有才名,康熙九年(1670)进士。其一生坎坷,先以"附逆罪"入狱多年,免死;后受胤祉牵累流放黑龙江。其于康熙四十四年(1705)编成大型类书《古今图书集成》共1万卷,分历象、方舆、明伦、博物、理学、经济六编,共分32典、6109部,有康熙百科全书之称。雍正继位后,下令由经筵讲官、户部尚书蒋廷锡重新编校已经定稿的《古今图书集成》,去陈梦雷名,代之以蒋廷锡。

45. 清乾隆元年(1736)《江南通志》,黄之隽等纂。

该志三处记有"宜兴梁祝":一是"卷十三·舆地志·山川·常州府""善卷洞"条,附明都穆《三洞纪游》,称"寺在国山东南,齐建元中建,盖祝英台之故宅也。……右偏石壁刻碧鲜庵三大字,即祝英台读书处,而李司空亦藏修于是"(按,明《善权寺古今文录》为"而李司空亦藏修于此");二是"卷三十二·舆地志·古迹·常州府":"读书台在荆溪县善权山,岩前有巨石,文曰祝英台读书处,俗呼为祝陵";三是"卷四十五·舆地志·寺观·常州府":"善权寺宋名广教禅院,在宜兴县西南五十里永丰区,齐建元二年以祝英台故宅创建。"

黄之隽,生平里籍未详。

46. 清《国山碑考》,乾隆丙午(1786)吴骞撰。

是书三处记到"宜兴梁祝":一是引明都穆《三洞纪游记》;二是:"善权禅寺宋名广教禅院,在县西南五十里永丰区,齐建元二年以祝英台故宅创建";三是"附录"中引《咸淳毗陵志》"祝陵"条,称:"祝陵在善权山,其岩有巨石刻,云碧鲜庵,盖祝英台读书处。昔有诗云,蝴蝶满园飞不见,碧鲜空有读书台。俗传英台本女子,幼与梁山伯同学,后化为蝶,事类于诞。然考《寺志》,齐武帝以英台故宅创建,又似有其人,特恐非女子耳……"然此条引文与《咸淳毗陵志》原文核对,有六处错误:(1)"岩前有巨石刻,云祝英台读书处,号碧鲜庵",误为"其岩有巨石刻,云碧鲜庵,盖祝英台读书处";(2)"碧鲜空有读书坛"误为"碧鲜空有读书台";(3)"幼与梁山伯共学",误为"幼与梁山伯同学";(4)"其说类诞",误为"事类于诞";(5)"然考《寺记》,谓齐武帝赎英台旧产建"误为"然考《寺志》,齐武帝以英台故宅创建";(6)"意必有人第,恐非女子耳",误为"又似有其人,特恐非女子耳"。

吴骞(1733—1813),清浙江海宁人,字槎客,又字葵里,号兔床、兔床山人。国子监生。幼多病,遂去举业。所居楼名"拜经",藏书极丰,并广收古器遗物,以善为诗与古文而名。其先世有别业在宜兴,故间岁来宜,寓张渚(又名桃溪),采访旧闻,著有《拜经楼诗集》、《桃溪客语》、《阳羡名陶录》,辑有《拜经楼丛书》。

47. 清《小眠斋词》,乾隆丁未(1787)史承谦撰。

是书"卷一"载有《祝英台近·碧鲜岩》词,该词原序:"碧鲜岩相传为祝英台读书处,明邑令谷兰宗先生镌一词于壁,秋日过之,因和原韵。"

史承谦(1707—1756),清荆溪(即今宜兴)人,字信存,号兰浦。诸生。工于诗词,为阳羡词群第四代领军人物,撰有《小眠斋词》。

48. 清《桃溪客语》,乾隆五十三年(1788)吴骞撰。

是书三处记到"宜兴梁祝":一是"卷一·碧鲜庵"云:"善权寺大殿及藏经阁俱毁于火,殿后石壁有巨碑,书碧鲜庵三大字。字迳二尺余,前后无款识,笔法瑰玮雄肆,绝类颜平原。旁倚石台,台高一丈余,其上又有明邑令谷兰宗题祝英台近词石刻:'草垂裳,花带靥,春笋细如箸。窈窕岩妃,苔印读书处。几行墨洒云烟(按:此句《小眠斋词》作"看他墨洒云烟"、嘉庆宜兴县志作"看他墨洒烟云"),光流霞绮,更谁伴儒妆容与?　无尘虑,恰有同学仙郎,窗前寄冰语。芝砌兰阶,便作洞房觑。只今音杳青鸾,穴空丹凤,但蝴蝶满园飞去。'石刻上有横额,题'碧鲜岩'三大字";二是"卷一·梁祝同学"称:"梁祝事见于前载者凡数处:《宁波府志》云:(引文略);蒋薰《留素堂集》:清水县有祝英台墓,尝为诗以吊之;又,舒城县东门外亦有祝英台墓;今善权山下有祝陵,相传以为祝英台墓。何英台墓之多耶?然英台一女子,何得称陵?此尤可疑者也。又,谈迁《外索》云:鄞县东十六里接待寺西,祀梁山伯,号忠义王云";三是"卷二·祝陵"称:"祝陵虽以英台得名,而墓道则不知所在,居民阛阓颇稠密。按,《咸淳毗陵志》曰:(引文同《国山碑考》,此略)。骞尝疑祝英台当亦尔时一重臣,死即葬宅旁,而墓或逾制,故称曰陵。碧鲜庵乃其平日读书之地,世以与倪妆化蝶者名氏偶符,遂相牵合。所谓俗语不实,流为丹青者欤!"

《桃溪客语》是笔记体著作,记载了吴骞的所见、所闻、所想。在此书中,吴骞不仅记载了所见的"宜兴梁祝",而且还反映了浙江宁波、甘肃清水、安徽舒城的"梁祝",并提出了自己的一些疑问。唯其所引的《宁波府志》与《咸淳毗陵志》,与原文对照,都有出入,对此,本书另有详论。

49. 清《宜兴县志刊讹》,乾隆癸丑(1793)徐溶撰。

是书两处记述"宜兴梁祝",对方志所载提出疑问。一是"善权石刻"条,称:"善权石刻有'碧鲜庵'三字,体势雄浑。明谷兰宗有题《碧鲜岩》及《祝英台近》词一阕,碑立其上。子春书《碧鲜志》,并作'薛',直不知'碧鲜'为竹名耳。即所载'蝴蝶满园飞不见,碧鲜空有读书台',亦作

'藓',则且平仄失严矣";二是"祝英台"条,称:"祝陵善权山,毗陵志云'岩前有巨石刻云云。俗传英台本女子,幼与梁山伯共学,后化为蝶,其说类诞。然考《寺记》,谓齐武帝赎英台旧产建,意必有人第,恐非女子耳'。志但载俗传数语于'其说类诞',下概不录,岂以斯言为不然欤?俗语不实,流为丹青者何限。况《寺记》不存,齐武帝赎产建寺尤不宜略。寺观内谓齐建元二年以祝英台故宅建,不言武帝赎,而言以将谁以耶?"

善权石刻条主要阐述"碧藓"之误,为"碧鲜"正名;"祝英台"条认为记载太过简单,以传说"化蝶"入志不妥,使得"俗语不实,流为丹青"了。同时指出,善权寺于齐高帝建元二年以祝英台故宅建,现《寺记》不存,齐武帝赎建事尤不宜略。

徐滨,清宜兴人,自称"洑溪徐滨"(按:洑溪在宜兴县城东南三里,源出君山,北入荆溪,以水势洄洑而名。洑溪徐氏为明宰相徐溥后人),生平不详,撰有《宜兴县志刊讹》。

50. **清《常郡八邑艺文志》,卢抱经辑,光绪十六年**(1890)**刻本**。

卢抱经为乾隆间人,但现见到的《常郡八邑艺文志》是光绪十六年刻本,内收有徐喈凤《祝英台碧藓庵》一首。

卢抱经,名文弨(1717—1795),清浙江仁和(今杭州)人,字召弓,一作绍弓,号矶渔,又号檠斋、抱经,晚年更号弓父。乾隆十七年(1752)进士,官提督湖南学政等。后乞养归,主讲钟山等书院。家有卢氏抱经楼,与鄞县卢址抱经楼为浙江东、西两"抱经",藏书数万卷。著有《群书拾补》、《抱经堂集》等。

51. **清乾隆六十年**(1795)**《清水县志》,朱超修纂**。

该志"卷之十四·艺文"载有"梁祝"诗两首,然此两首诗,均咏"宜兴梁祝":

其一,《经祝英台故址》:支筇探胜游,言寻古樵路。山深不见人,潭清泉自注。欲访碧鲜庵,前溪日已暮。

其二,《题沈理荪画蝶》之二:碧鲜庵内绿成围,不断生香欲染衣。生小祝英台畔住,惯看蝴蝶作团飞。

朱超,清荆溪(今属宜兴)人,字敬修,号蓝田。乾隆四十八年(1783)举人,以国史分职出授清水知县。问民疾苦,劝农息讼,三载后民安物阜,有"循良之吏"美称。

52. 清《阳羡摩崖纪录》,嘉庆丙辰(1796)吴骞撰。

是书记录"善权洞"摩崖石刻两处:一是"碧鲜庵。右三字在小水洞东,正书,大径三尺";二是"谷兰宗词。右在碧鲜岩上,正书。"

是书附有《荆南游草》。其中《同燕亭、景辰游善权洞、观国山碑及吴自立大石作》云:"犹记年时后洞塌,斯迹幸谙昆明灰。后来经营何可缓,侐妆聊倩英台媒。梦中蝴蝶计不到,居然剋日鸠群材。伐山开道藉贤令,落成正值红榴佳",记录了"宜兴梁祝"与善卷后洞坍塌及修缮事。

53. 清嘉庆二年(1797)《增修宜兴县旧志》,宁楷等纂。

该志的"梁祝"记载,除袭前志外,且增载数处:一是"卷九·古迹志·遗址""碧鲜庵"条:"碧鲜庵,一名碧鲜岩。今石刻六字(按,指"祝英台读书处"六字)已亡,唯'碧鲜庵'长碑三大字,字形瓌玮,谓是唐刻。化蝶事,有无不可知。碧鲜本竹名。碑刻现在,无作'薛'者。王志(即明万历王升《宜兴县志》)误作'薛',诗句平仄失粘,不可读矣。华诗作'碧仙'(指明华察《游善权碧仙岩》诗),亦属传闻之误";二是"卷九·古迹志·名胜""善卷洞"条,收录了明礼部郎中都穆《善权记》与宋薛季宣《游祝陵善权洞》诗;三是"卷九·古迹志·碑刻""善权寺碑"条:"一碧鲜庵三大字,楷书,笔势瑰玮,传为唐刻。一碧鲜岩祝英台近词,邑令谷兰宗题。一咸通八年李蠙赎善权寺奏状。一《善权禅堂记》,咸淳二年李曾伯撰并书。一《善权记》,都穆撰,并见《古今文录》……";四是"卷十·艺文志"及"卷末·寺观"中收有多首咏梁祝诗词。可贵的是,该志对已经湮灭的古迹作了如实的记载,对前志中的失误作了修正。

宁楷(1712—1801),字端文,号栎山。世居江西南城,随父流亡江宁(今属江苏南京)。乾隆十八年(1753)乡试中举,授教谕,未几罢归,先后掌教菊江、蜀山等书院,享年九十。

54. 清嘉庆二年(1797)《新修宜兴县志》,宁楷纂。

该志收录史承豫"梁祝"诗一首。

55. 清嘉庆二年(1797)《新修荆溪县志》,宁楷纂。

该志收录任映垣、朱受"梁祝"诗各一首。

清雍正四年(1726),析宜兴为宜兴、荆溪两县。阮升基(福建罗源人,进士)于乾隆五十七年(1792)任宜兴知县,次年,唐仲冕(湖南善化人,进士)任荆溪知县,设局修志,礼聘金陵宿望宁栎山来宜为总纂。首先在康熙二十五年徐喈凤《重修宜兴县志》的基础上,增补至雍正三年(1725),是为《增修宜兴县旧志》(俗称"雍正志")。该志清光绪八年(1882)重刻本更名为《重刊宜兴县旧志》。同时,仍由宁栎山总纂,断限雍正四年(1726)至嘉庆二年,修纂《新修宜兴县志》与《新修荆溪县志》。这两部县志,在清光绪八年的重刻本分别更名为《重刊宜兴县志》、《重刊荆溪县志》。

56. 清《拜经楼丛书二十九种》,嘉庆壬戌(1802)吴骞撰。

是书收有与"宜兴梁祝"有关的诗词七首。

57. 清道光二十年(1840)《续纂宜兴荆溪县志》,吴德旋纂。

该志收有杨丹桂等"梁祝"诗九首。

该志断限为清嘉庆三年(1798)至道光二十年,光绪八年重刻本更名为《重刊续纂宜荆县志》。

吴德旋(1767—1840),清宜兴人,字仲伦。廪贡生。幼有神童之称。入都三试不雠,绝意举业。有《初月楼文钞》、《古近体诗》、《清朝书画家笔录》。

58. 清《祝英台近山房诗词钞》,道光庚戌(1850)万贡璆撰。

是书实为《祝英台近山房诗钞》与《祝英台近山房词钞》两书,收有"宜兴梁祝"诗、词各一首。

万贡璆,清宜兴人,字香巢,号红香词客。以弟贡珍秩,貤封奉直大夫、户部主事加一级。少与包世臣、李兆洛相引。有《祝英台山房诗》、《祝英台山房词》。

59. 清同治三年(1864)《峄山志》,侯文龄增订。

该志存于曲阜师范大学,多处记有"邹县梁祝",同时有宁波、宜兴"梁祝"的记载。其中,"卷之三·山阳胜景""梁祝读书洞"条,收录滕县闫东山《题梁祝洞词并序》,其序称:"又按,《广舆记》:宜兴善卷洞中,亦有祝英台读书处。"

侯文龄(1799—1875),清末邹县人,字梦九,号铁翁。父早卒,以孝母勤学,蜚声庠序。据自序,同治三年(1864)为六十六岁,《续修邹县志稿》称卒年七十七。道光二年(1822)春,峄阳齐荣铨(字越千,号峄阳散人)"出旧日之所藏,复考之史书,证之古文",辑《峄山实记》。是年冬,齐氏得滕县龙印麓《峄山纪略》,遂反复批阅,互相考证,于道光四年复辑成《峄山实记》一册。同治三年,侯君以《峄山实记》旧例,"更加编次,繁者删之,阙者补之,诗歌记序从而增之",辑成《峄山志》,全书七卷,为楷书手抄本。

60. 清《仙踪记略》,光绪七年(1881)**张鹤辑**。

是书为光绪七年刻本,其《续录》"卷下·梁山伯祝英台"条称祝英台是国山人。又称梁山伯是吴郡人,后为鄞令,死葬四明山下。

据《仙踪记略缘起》、《续录缘起》,康熙间江夏徐君有《神仙鉴》秘本。因张鹤中年失明,二十余年后忽忆其书有洗眼方,遂寻购得之。然却发现字迹模糊,翻刻错误甚多。乃求残书数卷,细为紬绎,尽心匹配录出,遂成此书。然与原书相比,亦只得十之二三。

张鹤,清道士,浙江瑞安人,字芝田,号静香,又号静芗。《续录序》称其为汉留侯张良后裔,上海城隍庙玉清宫住持。有《琴学入门》、《仙踪记略》。

61. 清光绪八年(1882)**《宜兴荆溪县新志》,吴景墙等修**。

该志有两处记载"梁祝"。一是"卷一·疆域·山""善卷山"条:"善卷山有碧鲜岩,为祝英台故宅,后改为寺,俗称善卷寺";二是"卷九·古迹·遗址""碧鲜坛"条称:"本祝英台读书宅,在碧鲜岩。邵金彪《祝英台小传》云:祝英台,小字九娘,上虞富家女,生无兄弟,才貌双绝。父母欲为择偶,英台曰:儿当出外游学,得贤士事之耳。因易男装,改称九官,遇会稽梁山伯亦游学,遂与偕至义兴善权山之碧鲜岩筑庵读书。同居同宿三年,而梁不知为女子。临别梁,约曰,某月日可相访,将告父母,以妹妻君,实则以身许之也。梁自以家贫,羞涩畏行,遂至衍期。父母以英台字马氏子。后梁为鄞令,过祝家,询九官,家僮曰:吾家但有九娘,无九官也。梁惊悟,以同学之谊乞一见。英台罗扇遮面出,侧身一揖而已。梁悔念成疾,卒,遗言葬清道山下。明年,英台将归马氏,命舟子迂道过其处,至则风涛大作,舟遂停泊。英台乃造梁墓前失声恸哭,地忽开裂,堕入茔中,绣裙绮襦,化蝶飞去。丞相谢安闻其事,于朝请封为义妇。此东晋永和时事也。齐和帝时,梁复显灵异,助战有功,有司为立庙于鄞,合祀梁祝。其读书宅称碧鲜庵,齐建元间改为善权寺。今寺后有石刻,大书祝英台读书处。寺前里许,村名祝陵。山中杜鹃花发时,辄有大蝶双飞不散,俗传是两人之精魂。今称大彩蝶尚谓祝英台云。明杨守阯《碧鲜坛》诗:缇萦赎父刑,木兰替耶征。婉娈女儿质,慷慨男儿情。淳于不生男,木兰无长兄。事缘不得已,乃留千载名。英台亦何事,诡服违常经?班昭岂不学,何必男儿朋?贞女择所归,必待六礼成。苟焉殉同学,一死鸿毛轻。悠悠稗官语,有无不可徵。有之宁不愧,木兰与缇萦。荒哉读书坛,宿草含春荣。双双蝴蝶飞,两两花枝横。彼美康节翁,小车花外行。一笑拂衣去,南山松柏青。"

邵金彪的《祝英台小传》,明显是将宜兴的"梁祝"记载、古迹与《宁波府志》之记载综合而成,后人也多有此评说。特别是此文后又辑录杨守阯污蔑祝英台的诗作,可以看出,当时宜兴封建士大夫不承认与否定祝英台的思潮。

吴景樯,清宜兴人,字森斋。道光乙酉举拔萃,廷试俇得复失,归而从教,官五品候选教谕。

62. 清《粟香四笔》,光绪十七年辛卯(1891)刻本,金武祥撰。

清俞樾于光绪癸未(1883)曾引《粟香四笔》文,故其书必成于1883年前。然现唯见光绪辛卯刻本,收于《续修四库全书》中。

是书"卷二"称:"小说家艳称梁山伯祝英台事,而未知所本。《山堂肆考》亦以俗传蝶乃梁祝之魂为不可晓。"并引《宜兴荆溪县新志》邵金彪《祝英台小传》、《宜兴旧志》谷兰宗《祝英台近词》以及吴骞《桃溪客语》,证实宜兴、宁波、清水、舒城等都有相关记载。

金武祥(1841—1924),清末江苏江阴人,字粟香,又字菽香。早年游幕,署赤溪直隶厅同知,后丁忧归,不复出。有《芙蓉江上草堂诗稿》、《粟香室文稿》、《粟香随笔》等。

63. 清《茶香室四钞》,光绪癸未(1883)俞樾撰。

是书收入《续修四库全书》。其"卷三·梁山伯祝英台"条引金武祥《粟香四笔》认为,邵金彪《祝英台小传》把宜兴、宁波"并两处为一谈"。又称梁祝"其事本属无稽。前人谓因乐府《华山畿》事而附会。然《华山讖》事,无女子伪为男装之说,则亦不甚合也。《粟香四笔》又引谈迁《外索》云:鄞县东十六里接待寺西祀梁山伯,号忠义王。此又不知何说?殆又讹梁山伯为梁山泊,而牵合于《水浒演义》矣。"

俞樾称"梁祝"事本属无稽,盖前人附会而来;称讹为梁山泊者,是封"忠义王"而果(按:谈迁《枣林外索》把"鄞西"误作"鄞东"、"义忠王"误作"忠义王",后吴骞也跟着征引,造成错误。)

另,俞樾称:"义兴县至隋始置,(邵金彪)谓永和时即有义兴名,亦失之不考矣"。此乃俞先生之误也。因晋惠帝永兴元年(304),以周玘三兴义兵有功,置义兴郡,辖阳羡、义乡、国山、临津、永世、平陵六县。隋废郡,改为义兴县,属常州。而祝英台的故宅与读书处均在当时的义兴郡国山县,故邵氏所称"至义兴善权山之碧鲜岩筑庵读书",并无不可,倒是俞先生把"义兴郡"与"义兴县"搞混了。

俞樾(1821—1907),清末浙江德清人,字荫甫,号曲园居士,俞平伯之曾祖父。道光三十年(1850)进士,官河南学政,因"试题割裂经义"被劾罢官。移居苏州,潜心学术。

(二)金陵

元《至大金陵新志》,张铉纂,至正四年(1344)刊本。

据《文渊阁四库全书》提要,该志所名年号应为"至正",误作"至大"。

"卷十一·下·祠祀志·寺院"称:"福安院。《乾道志》:在城西南新林市东,去城二十里,俗呼'祝英台寺'。"

张铉,生卒未详,元陕西人,字用鼎。为奉元路学古书院山长。学问博雅,所撰《至大金陵志》十五卷,荟萃损益,本末灿然,无后来地理志家附会丛杂之病。

(三)镇江

1. **明万历丁酉(1597)《重修镇江府志》,王应麟修,王樵等纂。**

该志"卷三十·□产志·虫""蝶"条称:"蝶,种类数多要,皆草木蠹所化。其大如蝙蝠或黑或青斑如玳瑁者,名凤子,又名凤车,俗名梁山伯。"

查元至顺三年(1332)脱因所修的《镇江府志》,其中"蝶"条无"俗名梁山伯"的记载。

王应麟,清福建龙溪人,字仁卿。明万历八年(1580)进士,二十一年(1593)知镇江府。居官廉惠,修府学,重修府志。

王樵,清江苏金坛人,字明逸,号方麓居士。嘉靖二十六年(1547)进士,官南京都察院右都御使。有《方麓居士集》等。

2. **清康熙十四年**(1675)**《重修镇江府志》,高得贵、刘鼎修,张九徵纂**。

该志"卷四十二·物产·虫类""蝶"条沿袭万历志所记,并在"俗名梁山伯"后加记"一名采花子,又名夜蛾……"

高得贵,沈阳人,字崇吾。监生。康熙十年(1671)以通议大夫知镇江府;刘鼎,满洲人,字衡调。荫生。康熙十三年(1674)以中宪大夫知镇江府。

3. **清《古今图书集成》,康熙四十四年**(1705)**陈梦雷辑,雍正四年**(1726)**刊本**。

其书"方舆汇编·职方典·第六百三十五卷·镇江府部汇考十一·物产考"沿袭康熙十四年《镇江府志》记之。

是书同时有浙江、山东、河北、山西、甘肃以及江苏宜兴、苏州的"梁祝"记载。

(四)苏州

1. **明《全像古今小说》,崇祯五年冯梦龙辑(天许斋原本)**。

是书"第二十八卷·李秀卿义结黄贞女":"……遇个朋友,是个苏州人氏,叫做梁山伯,与他同馆读书,甚相爱重,结为兄弟。"

2. **清康熙辛未**(1691)**《苏州府志》,卢腾龙修,沈世奕、缪彤纂**。

该志"第二十二卷·物产·虫之属""蝴蝶"条称:"蝶嗅花香以须,俗呼须为胡,故以胡名。大而五色者,俗呼梁山伯、祝英台。"

卢腾龙,清辽东奉天人,镶白旗。岁贡。康熙二十九年任苏州知府。

沈世奕,生卒里籍未详,修志时为翰林院编修;缪彤(1627—1697),明季江苏吴县人,字歌起,号念斋。康熙六年(1667)状元。授修撰,迁侍讲。以艰归。创立三畏书院,造就者甚多。有《双泉堂集》。

3. 清《古今图书集成》,康熙四十四年(1705)陈梦雷辑,雍正四年(1726)刊本。

其书"方舆汇编·职方典·第六百八十一卷·苏州府部汇考十三·物产考""蝴蝶"条记载与康熙《苏州府志》同。笔者查阅宋绍熙《吴郡志》、明正德《姑苏志》,均无此载;且后来的乾隆、道光、光绪《苏州府志》亦无此载。

是书关于其他地区的"梁祝"记载见前。

4. 清《仙踪记略》(续录),光绪七年(1881)张鹤辑。

其书"梁山伯祝英台"条称梁为吴郡人。

(五)江都

清《剧说》,嘉庆间焦循撰。

是书"卷二"称:"《录鬼簿》载,白仁甫所作剧目,有祝英台死嫁梁山伯。宋人词名亦有祝英台近。"并在引《钱塘遗事》林镇梁祝墓、嘉祥祝英台墓碣文与《宁波府志》之"梁祝"后,又云:"乃吾郡城北槐子河旁,有高土,俗亦呼为祝英台坟。余入城必经此,或曰,此隋炀帝墓,谬为英台也。"

该墓葬2013年在房地产开发时被发掘,通过墓志铭及考古确认为隋炀帝及萧后之墓。

焦循(1736—1820),清江苏甘泉(今扬州江都)人,字里堂。嘉庆六年(1801)举人,次年应礼部试不第,即侍母不出。著有《天元一释》、《开方通释》、《剧说》等。

历代"梁祝"记载书(文)目叙

(中)

二、浙江

(一) 宁波(含绍兴、上虞)

1. 唐《十道志》(700年左右)，梁载言撰。

高丽释子山《夹注名贤十抄诗》"卷下·罗邺·蛱蝶"之夹注："《十道志》：明州有梁山伯冢，注：义妇竺英台同冢。"《十道志》此记，是中国最早的"梁祝墓"记载。

《十道志》、《十道四蕃志》均为唐梁载言所作，《十道四蕃志》应是在《十道志》的基础上，增撰"四蕃"而成，现均佚，仅存残卷，然残卷中并无任何"梁祝"记载。从释子山《夹注名贤十抄诗》中的引文看，当为《十道志》之原文，特别是，祝英台的姓，是天竺之"竺"，这是民间传说中，对姓氏、地名等出现口传同音、谐音的常见现象。

2. 宋《义忠王庙记》 大观元年(1107)李茂诚撰。

此文初载于清康熙二十五年(1686)《鄞县志》，全文如下："神讳处仁，字山伯，姓梁氏，会稽人也。神母梦日贯怀，孕十二月，时东晋穆帝永和壬子三月一日，分瑞而生。幼聪慧有奇，长就学，笃好坟典。尝从明师过钱塘，道逢一子，容止端伟，负笈担簦渡航，相与坐而问曰：'子为谁？'曰：'姓祝名贞字信斋。'曰：'奚自？'曰：'上虞之

高丽释子山《夹注名贤十抄诗》"明州有梁山伯墓（义妇竺英台同冢）"的记载。

云："《十道志》"明州有梁山伯冢"注："义妇竺英台同冢。"书称傲吏梦彰名。郭景纯《游仙诗》："漆园有傲吏"。云

见上卷"别後旋成莊叟夢"注。"一向日，莊周爲蒙漆園吏。楚成王聞周賢，使厚幣迎諸之爲相。周笑謂使者曰：'亟去！無汙我。'故云'傲吏'。"

注："《十道志》"明州有梁山伯塚"注："義婦竺英臺同塚。"

四時"四時"恐誤。羨爾尋芳去，長傍佳人襟袖行。《天寶遺事》："明皇春

到寢堂。英臺跪拜哀哀哭，殷勤酹酒向墳堂。祭曰：君既爲奴身已死，妾令相憶到墳傍。言訖塚堂面破裂，英臺透入也身亡。鄉人驚勸紛又散，親情隨後援衣裳。片片化爲蝴蝶子，身變塵滅事可傷。

乡'。'奚适？'曰：'师氏在迩。'从容与之讨论旨奥，怡然相得。神乃曰：'家山相连，予不敏，攀鳞附翼，望不为异。'于是，乐然同往，肄业三年，祝思亲而先返。后二年，山伯亦归，省之上虞，访信斋，举无识者。一叟笑曰：'我知之矣，善属文者，其祝氏九娘英台乎？'踵门引见，诗酒而别。山伯怅然，始知其为女子也。退而慕其清白，告父母求姻，奈何已许鄮城廊头马氏，弗克。神喟然叹曰：'生当封侯，死当庙食，区区何足论也。'后简文帝举贤良，郡以神应召，诏为鄮令。婴疾弗瘳，嘱侍人曰：'鄮西清道源九陇墟为葬之地'，瞑目而殂。宁康癸酉八月十六日辰时也。郡人不日为之茔焉。又明年乙亥暮春丙子，祝适马氏，乘流西来，波涛勃兴，舟航萦回莫进。骇向篙师，指曰：'无他，乃山伯梁令之新冢，得非怪与？'英台遂临冢奠，哀恸，地裂而埋璧焉。从者惊引其裾，风裂若云飞，至董溪西屿而坠之。马氏言官开椁，巨蛇护冢不果。郡以事异闻于朝，丞相谢安奏请封'义妇冢'，勒石江左。至安帝丁酉秋，孙恩寇会稽及鄮，妖党弃碑于江，太尉刘裕讨之。神乃梦裕以助，夜果烽燧荧煌，兵甲隐见，贼遁入海。裕嘉奏闻帝，以神功显雄褒封义忠神圣王，令有司立庙焉。越有梁王祠，西屿有前后二黄裙会稽庙，民间凡旱涝疫疠、商旅不测，祷之辄应。宋大观元年季春，诏集《九域图志》及《十道四蕃志》，事实可考。夫记者纪也，以纪其传不朽云尔。为之词曰：生同师道，人正其伦；死同窀穸，天合之姻；神功于国，膏泽于民；谥义谥忠，以祀以禋；名辉不朽，日新又新。"

《庙记》的前部分写梁祝二人"生同师道，死同窀穸"，后部分写梁山伯"神功于国，膏泽于民"的事迹，是目前确认的最早的详细讲述梁祝传说的记载。

李茂诚，宋大观间人。钱南扬当年在冯贞群《宁波历代志乘中的祝英台故事》中的按语称："光绪《鄞县志》卷七十五'旧志源流'有宋李茂诚撰《大观明州图经》。下引《宋元四明志校勘记》云：'黄主簿称茂诚为郡从事，盖徽宗大观间为明州职曹官，不知何职。里贯亦未详。'"笔者与光绪《鄞县志》核对，钱先生此引不错。但这并不是《宋元四明六志校勘记》中的原话，而是光绪《鄞县志》编纂者根据《宋元四明六志校勘记》，就黄主簿称李茂诚为郡从事所作的说明。

按，黄主簿，名鼎，宋乾道间人，曾为《乾道四明图经》作序，时任右修职郎、处州(今丽水)缙云县主簿，主管学事。

又按，从事为刺史之属吏，主要职责是主管文书、察举非法等。然而，明杨寔成化《宁波郡志》称李茂诚为"知明州事"、清徐时栋光绪《鄞县志》又称李茂诚为"宋郡守"，误也。

3. 宋《乾道四明图经》，乾道五年（1169）张津纂。

该志"卷二·鄞县·冢墓"记曰："义妇冢，即梁山伯祝英台同葬之地也。在县西十里接待院之后，有庙存焉。旧记谓二人少尝同学，比及三年，而山伯初不知英台之为女也，其朴质如此。按，《十道四蕃志》云：义妇祝英台与梁山伯同冢，即其事也。"该志是中国最早记载"梁祝传说"的方志。

据高丽释子山《夹注名贤十抄诗》，唐梁载言《十道志》的原文是"明州有梁山伯冢（义妇竺英台同冢）。"

宋张津《乾道四明图经》是最早记载"义妇冢"的方志。其志关于"县宰题名"始自建炎四年。

笔者过去经常想不通，明明是梁山伯墓，为何偏偏要把祝英台列在前面，放在主角的位置，说"义妇祝英台与梁山伯同冢"，因为这在当时的男权社会中，是明显违反常理的。看到《十道志》原文后，一切迎刃而解。原来《十道志》记载的主角是梁山伯，故称"明州有梁山伯冢"，而"义妇竺英台同冢"是放在注释里的，处于从属的地位。而张津《四明图经》所记的是"义妇冢"条，已经把主角变成了"义妇"，所以，他所说的"义妇祝英台与梁山伯同冢"并非《十道四蕃志》的原文，而是他按照"义妇冢"辞条的要求，并根据《十道四蕃志》的记载，用自己的话所作的表述。由于古文不用标点，很容易让人把"义妇祝英台与梁山伯同冢"误以为是《十道四蕃志》的原文。值得注意的是：在近百年的"梁祝学"研究中，几乎所有学者都把张津的"义妇祝英台与梁山伯同冢"误当成了

《十道四蕃志》的原文，此乃须特别指出并纠正的。

张津，宋乾道间人，字子问，里籍不详。乾道三年（1167）以右朝散大夫、直祕阁主管、沿海制置司知明州。

4. 宋《舆地纪胜》，嘉定十四年辛巳（1221）王象之辑。

是书"卷十一·两浙东路·古迹·庆元府"中有"义妇冢"的记载。

王象之，字仪父，宋婺州金华人，生卒未详。庆元二年（1196）进士，任潼川府文学、知县，以博学多识著称。仕宦余，收诸郡县志、地理书，于嘉定十四年辑《舆地纪胜》，约宝庆三年（1227）成书。

5. 宋宝庆五年（即绍定二年/1229）《宝庆四明志》，胡榘修、罗濬等纂。

该志两处记有"浙东梁祝"。一是"卷第十二·鄞县志卷第一·鄞县境图"，标有"义妇冢梁山伯祝英台（清版本为'义冢梁山伯祝英台'）"；二是"卷第十三·鄞县志·存古"，记有梁山伯祝英台墓，并因袭前志，简述了浙东梁祝传说。然后又说："旧志称曰'义妇冢'，然英台女而非妇也"，对"义妇冢"的说法提出异议。

该志一般称宝庆二年纂。然清咸丰《鄞县志》"卷三十二·旧志源流"称：《宝庆四明志》乃宝庆五年知府胡榘命赣州录事参军罗濬重修，故从之。

罗濬，宋江西庐陵（今吉安）人。官从政郎、赣州录事参军。《文献通考》作罗璿，盖传写之误也。

6. 高丽《夹注名贤十抄诗》（1300左右），释子山夹注。

是书"卷下·罗邺"《蛱蝶》诗"俗说义妻衣化状"后，夹注了《梁山伯祝英台传》："大唐异事多祚瑞，有一贤才身姓梁。常闻博学身荣贵，每见书生赴选场。在家散袒终无益，正好寻师入学堂。云云。一自独行无伴侣，孤村荒野意恛惶。又遇未来时稍暖，婆娑树下雨风凉。忽见一人随后至，唇红齿白好儿郎。云云。便导（道）英台身姓祝，山伯称名仆姓梁。各言抛舍离乡井，寻师愿到孔丘堂。二人结义为兄弟，死生终始不相忘。不经旬日参夫子，一览诗书数百张。山伯有才过二陆，英台明德胜三张。山伯不知它是女，英台不怕丈夫郎。一夜英台魂梦散，分明梦里见爷娘。惊觉起来情悄悄，欲从先归睹父娘。英台说向梁兄道，儿家住处有林塘。兄若后归回玉步,莫嫌情旧到儿庄。云云。归舍未逾三五日,其时山伯也思乡。拜辞夫子登歧路,渡水穿山到祝庄。云云。英台缓步徐行出,一对罗襦绣凤凰。兰麝满身香馥郁,千娇万态世无双。山伯见之情似□,□辨英台是女郎。带病偶题诗一绝,黄泉共汝作夫妻。云云。因兹□□相思病,当时身死五魂飚。葬在越州东大路,托梦英台到寝堂。英台跪拜哀哀哭,殷勤酹酒向坟堂。祭曰:君既为奴身已死,妾今相忆到坟傍。君若无灵教妾退,有灵须遣冢开张。言讫冢堂面破裂,英台透入也身亡。乡人惊动纷又散,亲情随后援衣裳。片片化为蝴蝶子,身变尘灭事可伤。云云。"紧接着又称:"《十道志》:'明州有梁山伯冢'注:'义妇竺英台同冢'。"

该说唱称梁山伯"葬在越州东大路"。越州,绍兴古称。其中"祭坟"一段,分明是《华山畿》的翻版。

释子山为高丽东都灵妙寺僧人,法号神印宗老僧,号月岩山人。《夹注名贤十抄诗》所引的"明州有梁山伯冢,注:义妇竺英台同冢",应是《十道志》之原文;而《梁山伯祝英台传》,则是现存最早的民间说唱词。说明在释子山夹注的1300年前(相当于南宋末元初),梁祝传说已经传到了高丽。

7. 元延祐七年(1320)《四明志》,袁桷纂。

该志"卷七·山川考·陵墓"因袭前志,又称:"然此事恍惚,以旧志姑存。"

袁桷,(1266—1327),元庆元鄞县人,字伯长,号清容居士。大德元年(1297)荐翰林国史院检阅官,历翰林直学士等,卒赠江浙行省参知政事,追封陈留郡公,谥文清。著有《琴述》、《易说》、《春秋说》、《延祐四明志》等。

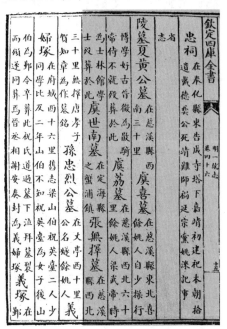

天顺《明一统志》"义妇冢"条,首称梁为鄞令。

8. 明天顺五年(1461)**《明一统志》**,李贤等撰。

该志为内府刻本,明代官修地理总志。其"卷四十六·宁波府·陵墓"称:"义妇冢,在府城西十六里。旧志:梁山伯祝英台二人少同学,比及二年。山伯不知祝英台为女子。后山伯为鄞令,卒葬此。祝氏道过墓下,泣拜,墓裂而殒,遂同葬焉。晋丞相谢安奏封为义妇冢云。"

李贤《明一统志》所记,与前记不同处有三:一是梁祝同学"比及二年";二是前志均未记山伯为令,而该志首称山伯为鄞令;三是称义妇冢在"府城西十六里"。

1930年《民俗周刊》冯贞群《宁波历代志乘中的祝英台故事》称"嘉靖志与李茂诚记不合者数端,李记'讳处仁,字山伯,''为鄮令。'当以李记在先,可信。张氏误引,附正于此"。贞群所叙,亦不尽然。张时彻嘉靖志虽则是首称"梁山伯,字处仁"之志乘,但天顺《明一统志》,则是称梁为"鄞令"的志乘,要比嘉靖志早一百年。诚然,冯氏说梁为鄞令,"当以李记为先",是不错的。后来出现梁为"鄞令"的原因,可能是因为先前没有古籍收录过李茂诚的《庙记》,李贤编志时又未与碑刻核对,且在历史上,明州的治所时鄞时鄮,到了后梁,又改鄮为鄞,原鄮县的地域也为鄞县所有,后记者未经细审,产生错误。

李贤(1408—1467),明河南邓州人,字原德。宣德七年(1432)乡试第一,次年中进士。官至光禄大夫、左柱国太师,谥号文达。有《天顺日录》、《古穰文集》等。天顺间奉敕编撰《明一统志》,五年四月书成。

9. 明成化四年(1468)**《四明郡志》**,张瓒修、杨寔纂。

该志原由天顺间郡守张瓒设馆所修,张瓒去任后,由后守方迓重为校正,成化四年刊行。原名《四明郡志》,意在续袁清容之《延祐四明志》也。现又名《宁波郡志》,乃后人所为。其志流传不广,较为珍稀。

该志"卷六·祠祀考·郡(鄞县附)"称:"梁山伯庙。去县西一十六里接待亭西。山伯,东晋时人,家会稽。少游学,道逢祝氏子同往。肄业三年,祝先返。后二年,山伯方归,访之上虞,始知祝乃女子,名英台也。山伯怅然归,告父母求姻,时祝已许马氏,弗遂。山伯后为鄞令,婴疾弗起,遗命葬于鄮城西清道原。又明年,祝适马氏,舟经墓所,风涛弗能前。英台临冢哀恸,地裂而埋璧焉。马氏言之官,事闻于朝,丞相谢安奏封'义妇冢'。安帝时,孙恩寇鄞,太尉刘裕梦神助力,贼果渡海。奏封'义忠王',令有司立庙。宋大观中,知明州事李茂诚撰记。"

该志是最早详记梁祝传说的方志。杨志前的所有志乘,对梁祝传说的记载,只有寥寥数语,杨志此记,显然是按照李茂诚的《义忠王庙记》记载的,但梁为"鄞令"之说,又从《明一统志》说。

关于梁山伯庙的位置,宋张津《乾道四明图经》、王象之《舆地纪胜》、罗濬《宝庆四明志》、元袁桷《延祐四明志》均未记载,仅称义妇冢在县西十里接待院后,有庙存焉。而杨寔《宁波郡志》的记载与宋、元志不同,称其在"县西一十六里接待亭西",应是根据天顺《明一统志》关于

成化四年杨寔的《四明郡志》,是最早详细记载浙东梁祝传说的方志。

义妇冢在"府城西十六里"的记载以及宋元诸志关于"有庙存焉"的记载综合调整的。在杨寔《宁波郡志》后,对梁山伯庙的位置,各志均从杨志称在县西十六里了。然而对义妇冢的位置,却仍称在县西十里。这样,梁庙与义妇冢的距离,就相隔了六里之多。

张瓒(?—1482),明湖北孝感人,字宗器。正统十三年(1448)进士,曾知太原、宁波二府,有善政。成化十五年,擢左副都御使,总督漕运,兼巡抚江北,卒于任上。

杨寔(1414—1479),明浙江鄞县人,字诚之,号南里。正统六年(1441)举人,授安福训导,后坐事落职归。有《南里类稿》。

10.《宁波府简要志》,黄润玉纂、黄溥续纂于成化间。

该志两处记到"宁波梁祝":一是"卷二·祠坛表·名祠·鄞县":"梁山伯庙,县西十六里,祀东晋鄞令梁山伯";二是"卷五·古迹志·古墓""义妇冢"条袭《天顺明一统志》。关于"梁祝"同学的时间,民国间张约园《四明丛书》所载的《宁波府简要志》复改为"比及三年"。

该志非为官修,乃黄润玉归老后所纂,黄卒后(成化十三年),又由其孙黄溥续纂,故时间上比杨寔《宁波郡志》稍后。

黄润玉(1389—1477),明浙江鄞县人,字孟清,号南山。举人出身,官广西提学佥事等。著有《海涵万象录》等。

11. 明《菽园杂记》,成化间陆容撰。

是书"卷十一"称:"梁山伯祝英台事,自幼闻之,以其无稽,不之道也。近览《宁波志》:……(浙东传说略)。吴中有花蝴蝶,橘蠹所化也,妇孺以梁山伯、祝英台呼之。"

《菽园杂记》是最早提到吴中有花蝴蝶之古籍。

陆容(1436—1497),明南直隶苏州太仓人,字文量,号式斋。成化二年(1466)进士,官至浙右参政,以忤权贵罢归。有《菽园杂记》、《式斋集》。

12. 明《张文定公四友亭集》,张邦奇撰。

是书"卷之十·七言绝句"有咏《梁山伯庙》诗一首。

张邦奇(1484—1544),明浙江鄞县人,字常甫,号甬川,别号兀涯。弘治十八年(1505)进士(《续修四库全书·张文定公环碧堂集》称正德进士)。官至南京兵部尚书,卒谥文定。有《学庸传》、《五经说》《四友亭集》等。

13. 明嘉靖三十九年(1560)《宁波府志》,张时彻纂。

该志三处记到"宁波梁祝":一是"卷十五·庙坛(祠宇附)·鄞""义忠王庙"条称庙在"县西十六里接待亭西,祀东晋鄞令梁山伯,山伯故有墓在焉……";二是"卷十七·冢墓·鄞""梁山伯祝英台墓"条称"在县西十里接待寺后……";三是"卷二十·遗事"因袭杨寔成化志记述梁祝传说。除最后删除梁显灵退寇封王一段外,仅有局部改动:(1)开头"山伯,东晋时人,家会稽"改为"晋梁山伯,字处仁,家会稽",增加了梁"字处仁";(2)"始知祝乃女子,名英台也"改为"始知祝女子也,名曰英台";(3)"时祝已许马氏",增加了"鄮城"二字;(4)"又明年,祝适马氏"去掉一个"又"字;(5)"风涛弗能前"改为"风涛不能前";(6)"英台临冢哀恸",在"英台"后加入了"闻有山伯墓";(7)"马氏言之官",改为"马言之官"。目前,大多数学者均引嘉靖张志为最早详载传说的史志,其实不然,最早详载梁祝传说的志乘是成化杨志,比张志要早近百年。

最早记有梁山伯姓名的是唐《十道志》,宋《义忠王庙记》则分列了姓、名、字,称:"神讳处仁,字山伯,姓梁氏"。但到嘉靖《宁波府志》,又把梁的名、字倒了过来,称:"晋梁山伯,字处仁"。这也许是因"梁祝"本身就属于传说,《庙记》亦是根据传说记载的。在老百姓的嘴里,早把"梁山伯"叫惯了,故而有此改动。

张时彻(1500—1577),明浙江鄞县人,字维静,号东沙,又号九一。正德十五年中举,嘉靖二年(1523)进士。终官南京兵部尚书,遭弹劾归里,人称"东海三司马"。曾纂《宁波府志》、《定海县志》,著有《张司马集》、《东沙史论》等。

明嘉靖张时彻的《宁波府志》,三处记载了"宁波梁祝"。

14. 明《留青日札》,万历元年(1573)田艺蘅辑。

是书"卷二十一·祝英台"记有浙东梁祝传说,并称:"此与紫玉及华山畿女之事甚相类,今俗演为杂剧也。"

紫玉与华山畿女事,均与"阴配"有关。紫玉与韩重,见于《搜神记》:吴王夫差小女紫玉,看上有道术的韩重,吴王不许,紫玉郁郁而死。三年后,韩重吊墓,入墓三日,结为夫妻。华山畿是南朝时流行在长江下游的民歌集。说宋少帝时,南徐士子往云阳,悦客舍女,遂起心疾。

女脱蔽膝藏席下,子卧果瘥,后见蔽膝而卒,葬过华山,女子唱着华山畿曲子,棺开而入,乃合葬之。

田艺蘅(1524—?),明浙江钱塘(今杭州)人,字子艺。以贡生为徽州训导,罢归。有《大明同文集》、《留青日扎》、《田子艺集》等。

15. 明《浣水续谈》,万历十二年(1584)朱孟震撰。

是书"卷一"两处记到"梁祝":一是"华山畿"条,记述华山畿传说后称:"事与祝英台同";二是"祝英台"条,记述浙东梁祝传说,并称:"吴中有花蝴蝶,妇孺俱以梁山伯祝英台呼之。近有作为传奇者,盖祝男服从师,与古木兰、近世保宁韩贞女、河西刘方事类。"

朱孟震,明江西新淦人,字秉器。隆庆二年(1568)进士,官副都御使等。有《河上楮谈》、《汾上续谈》、《浣水续谈》等。

16. 明《丰对楼诗选》,万历丙申(1596)沈明臣撰。

是书"卷二十五·六言绝句"、"卷二十六·七言律诗"中,各有一首咏"梁祝"诗。

沈明臣(1518—1596),明浙江鄞县人,字嘉则。诸生。胡宗宪幕。有《丰对楼诗选》、《荆溪唱和诗》、《吴越游稿》。

17. 明《增订广舆记》,万历二十八年(1600)陆应阳撰。

是书"卷之十一·浙江宁波府·陵墓"中,有"义妇冢"记载。

该书同时有"宜兴梁祝"记载。

18. 明万历三十四年(1606)《新修上虞县志》,徐待聘纂辑。

该志"卷之二十·杂纪志·轶事·晋""梁山伯"条,记述了浙东梁祝传说,且注明事出《宁波府志》。世称该志作于万历三十三年,然该志两序均作于三十四年,故从之。

该志是最早记载"梁祝"的上虞方志,应是按明嘉靖宁波志收录的。因杨寔成化志并未提到山伯字处仁。但与嘉靖宁波志对照,亦有四处不同:一是"道逢祝氏子",上虞志无"道"字;二是"后二年,山伯方归",上虞志为"后三年,山伯方归";三是"名曰英台",无"曰"字;四是"马言之官,事闻于朝",上虞志为"官闻于朝"。其中,"后三年,山伯方归"不知出于何处?很可能是编辑之误。然而,清代的《上虞县志》均以"后三年"误袭之。

【宜兴梁祝 记述最丰】

徐待聘，明琴川（今江苏常熟）人，字廷珍。万历辛丑（1601）进士，授乐清、上虞知县。雅好文学，惠民劝士，城乡水利，靡不修举，亲裁邑乘，捐俸剞劂。秩满升刑部主事。

19. 明《方舆胜略》，万历三十八年（1610）程百二等撰。

是书"卷七·浙江·宁波府""古迹"中，有"义妇冢"记载。同时，有两处"宜兴梁祝"记载。

20. 明《舆图备考全书》，崇祯癸酉（1633）潘光祖、李云翔辑（顺治七年刻本）。

是书"卷之九·浙江·宁波府""陵墓"中，有"义妇冢"记载。同时有两处"宜兴梁祝"记载。

21. 明《地图综要》，清顺治乙酉（1645）朱国达等辑。

是书"浙江·宁波府·古迹"有"义妇冢"记载。同时有"宜兴梁祝"记载。

22. 明《情史》，冯梦龙撰，詹詹外史评辑。

是书"卷十·情灵类""祝英台"条记述浙东流传的梁祝故事，并注曰"见《宁波志》"。其眉批原注有宜兴祝英台读书处记载。

观冯氏《情史》之记，乃征引陆容《菽园杂记》。以两文核对，宁波府志部分仅四处略异：一是陆容以"近览宁波志开头"，冯记以"见宁波志"结束；二是陆记称"梁祝皆东晋人"，冯记谓"梁山伯祝英台皆东晋人"；三是陆记："梁为鄞令，病死"，冯记："梁为鄞令，病且死"；四是陆记："梁复显灵异，效劳于国，封为义忠"，冯记："梁复显灵异效劳，封为义忠"。另外，结尾之"吴中有花蝴蝶"，亦为《菽园杂记》之延伸。

23. 清《枣林外索》，顺治甲午（1654）谈迁辑。

是书"梁山伯"条按《宁波府志》记载梁祝传说与梁山伯庙。然称"鄞县东十六里接待寺西，祀梁山伯，号忠义王庙"。此记两处有误：一是鄞西误为鄞东，二是义忠王庙误为忠义王庙。

谈迁（1594—1657），明末清初浙江海宁人，原名以训，字仲木，号射父。明亡后改名迁，字孺木，号观若，自称江左遗民。终身不仕，以佣书、幕僚为生。其400万字《国榷》，以《明实录》为本，参阅诸家史书，考证订补，是研究明史之重著。另著有《枣林集》、《枣林杂俎》等。

24. 清《识小录四卷》,清顺康间徐树丕撰。

《识小录四卷》由民国丙辰(1916)《涵芬楼秘笈》收录,为徐树丕手稿本。其中《识小三》"梁山伯"条记述浙东梁祝传说,并称:梁山伯"庙前橘二株相抱。有花蝴蝶,橘蠹所化也,妇孺以梁称之。按,梁祝事异矣!《金楼子》及《会稽异文》皆载之。夫女为男饰,乖矣。然始终不乱,终能不变,精诚之极。至于神异,宇宙间何所不有,未可以为诞。"然《会稽异闻》不知何书,至今尚未寻得;《金楼子》为梁元帝萧绎所作,但钱南扬先生寻遍现存几种版本的《金楼子》,却都没有"梁祝"记载。故徐树丕虽提供了两本书,但并没有实质性的内容和可供考证的资料,不知书里到底说了些什么。

徐树丕,明季江南长洲(今属苏州)人,字武子,号墙东居士、活埋庵道人。明诸生。工诗善隶。明亡后隐居不出,卒于康熙间。有《中兴纲目》、《识小录》等。

涵芬楼之《识小录》为手稿本,徐氏亲书,题下有"活埋庵道人徐树丕笔记"字。该书应撰于清初,因《识小四》"长干行"条收有陈维崧《长干行》诗作。而陈乃顺康间人也。

25. 清康熙十年(1671)《上虞县志》,郑侨纂修。

该志"卷之二十·杂纪志·轶事·晋""梁山伯"条,因袭记载浙东的梁祝传说。

郑侨,明季北直隶祁州(今河北安国市)人,号传初。辛丑(1661)进士,以文林郎知上虞县事。

26. 清《留素堂集》,康熙丁巳(1677)蒋薰撰。

"留素堂集·汾游·卷一"有《祝英台墓》诗,咏清水县祝英台墓。其序称:"按,《宁波志》:梁山伯,家会稽;祝英台,家上虞。梁死葬清道山下,祝过梁冢,哀恸地裂,祝投而死。今墓在清水县,不知何据?"

蒋薰(1610—1693),明季浙江人(《留素堂诗删》自题为浙西人,《伏羌县志》称其为嘉兴举人;《中国历代人名大辞典》亦称其嘉兴人),字闻大,号丹崖。崇祯九年丙子(1636)举人。入清曾任甘肃伏羌知县,落职归。著有《留素堂集》。

27. 清康熙二十二年(1683)《宁波府志》,李廷机修纂。

该志初于康熙十二年(1673)郡守丘业主修,万斯同纂,三月而成,

【宜兴梁祝　记述最丰】

却未刊行。后郡守李廷机于康熙二十二年修成,亦未刊行,仅存钞本。

该志三处记载"宁波梁祝":一是"卷之九·秩官·鄞令·晋"载"梁处仁(原注:见遗事)";二是"卷之二十七·坛庙""义忠王庙"条,称"府西十六里接待亭西,祀东晋鄞令梁山伯,故有墓在焉,详遗事志。安帝时,孙恩寇鄞,太尉刘裕梦山伯效力,贼遁去,奏封义忠王,令有司立庙祀之。宋大观中,明州从事李茂诚撰记";三是"卷之三十·遗事·纪异",完全按照嘉靖《宁波府志》"遗事"记之。

该志首次将梁处仁记入方志"秩官"中。

李廷机,清三韩人。辽东官学生,康熙十五年(1676)知宁波府事,二十三年去任。

28. 清康熙二十三年甲子(1684)《浙江通志》,赵士麟修。

该志"卷十九·祠祀·宁波府鄞县"记义忠王庙,并称"详遗事志"。然观该志目录,并无"遗事"。其卷之五十为"杂记",但笔者所见之书该卷缺失,未知所云。

赵士麟(1629—1699),清初云南河阳(今澄江)人,字麟伯,号玉峰。顺治十七年举人,康熙三年(1664)进士。官至吏部左侍郎,授光禄大夫。著有《金碧园记》《河阳山水记》《台湾善后疏》等。

29. 清康熙二十五年(1686)《鄞县志》,闻性道纂。

该志三处记载"宁波梁祝":一是"卷八·治化考·职官""晋·鄞县·县令"栏称:"梁处仁。注:字山伯。事详'敬仰考',李茂诚撰《义忠王庙记》。历志俱缺";二是"卷九·敬仰考·坛庙祠",载有《义忠王庙记》;三是"卷二十四·杂记·冢墓"记有梁山伯祝英台墓。

闻性道,明季浙江鄞县人,字天遹。诸生。康熙二十二年(1683),被鄞县令江源泽聘修县志,越两年志成。王揆序云:"其载事也核,其临文也慎。"该志首次全文刊录李茂诚的《义忠王庙记》。

30. 清《填词名解》,毛先舒辑。

是书"卷二·祝英台近"据《宁波府志》记述梁祝传说,又称:"今吴中有花蝴蝶,盖橘蠹所化。童儿亦呼梁山伯、祝英台云。"

毛先舒(1620—1688),明季浙江仁和(今杭州)人。明诸生。《四库全书存目丛书》称《填词名解》为清毛先舒辑。

31. 清《天愚山人诗集》,谢宗泰撰,康熙丙戌(1706)刻本。

是书"卷十二·今体诗"有《祝英台冢》诗一首。

谢宗泰(1598—1667),明季浙江定海人,字时望,晚号天愚山人。崇祯十年(1637)进士。官工部主事等,入清称病不仕。有《天愚山人集》。

32. 清《春酒堂诗》,周容著,康熙丙戌(1706)整理,王廷灿序,宣统二年(1910)刻本。

是书"卷二·七言古"《义妇冢》诗。有引,曰:"冢在吾宁郡西北二里许,妇即祝氏英台也。旁有庙,祀梁山伯,梁曾鄞令云。"

1989年台北新文丰出版的《丛书集成续编》及1994年上海书店出版社出版的《丛书集成续编》均收有民国二十一年(1932)冯贞群所辑的周容《春酒堂诗存》,其《义妇冢》诗引与诗均与宣统本略有不同(详见本书《历代"梁祝"诗词——"梁祝"文苑的宝贵遗产》)。

周容(1619—1679),明季浙江鄞县人,字茂山,号鄮山。明末诸生。明亡为僧,后还俗。尝挺身以质,代友受刑。康熙十八年(1679)入京,卒于京邸。有《春酒堂诗集》、《春酒堂文集》等。是书以王廷灿为序,而王乃康熙二十年举人也。

33. 清《古今图书集成》,康熙四十四年(1705)陈梦雷辑,雍正四年(1726)刊本。

是书共有四处"宁波梁祝"记载。其中"方舆汇编·职方典"三处:一是"第九百七十八卷·宁波府部汇考四·祠庙考一·本府"有"义忠王庙"条;二是"第九百八十一卷·宁波府部汇考七·古迹考(坟墓附)·本府(鄞县附郭)"有"梁山伯祝英台墓"条;三是"第九百八十二卷·宁波府部纪事"记载浙东流传的梁祝传说。另外,在"明伦汇编·闺媛典·第三百四十一卷·闺奇部列传一""祝英台"条,按《宁波府志》记载浙东流传是梁祝传说。

该书同时有宜兴、邹县、胶州、重庆、元氏、榆社、清水等地的"梁祝"记载。

34. 清雍正十一年(1733)《宁波府志》,曹秉仁修、万经纂。

该志因袭前志,于"卷三十四·古迹(附坊表冢墓)"与"卷三十六·逸事(附祥异)"中,记载了梁山伯祝英台墓与浙东梁祝传说。其中,记载的梁祝传说与康熙志同,仅"山伯后为鄞令"改成"山伯后为县令"。

山伯为令事,始见于宋李茂诚《义忠王庙记》,称山伯诏为鄞令,至明天顺李贤《明一统志》、明成化杨寔《宁波郡志》、黄润玉《宁波府简要志》,则称山伯为"鄞令"。可能万经发现前志所记与《庙记》不符,故笼统称之为"县令"。

曹秉仁,清陕西富平人,字长公。岁贡,雍正七年(1729)六月由北直隶顺德调知任宁波府。承邱、李二郡守之遗稿,修辑府志。

万经(1659—1741),清浙江鄞县人,字授一,号九沙。康熙四十二年(1703)进士,官提督贵州学政。著有《分隶偶存》。

35. 清《通俗编》,乾隆十六年(1751)翟灏辑。

是书"卷三十七·故事""梁山伯访友"条称《宣室志》记有梁祝传说(其原文见本书《南齐〈善卷寺记〉是中国最早的"梁祝"记载》)。

翟灏(?—1788),清浙江仁和(今杭州)人,字大川,号晴江。乾隆十九年(1754)进士。不愿为知县,请改教职,官金华、衢州府教授。所居室名"书巢",有《湖山便览》、《四书考异》、《尔雅补郭》、《艮山杂志》、《通俗编》。

《宣室志》为唐张读所作。张读(834—约886),晚唐深州陆泽(今属河北)人,字圣朋。年十九(853)中进士,官至尚书左丞,有《宣室志》。

《宣室志》是专记鬼神灵异的志怪小说。在"梁祝"起源的考证中,许多学者都提到《宣室志》中梁祝传说的记载。既然《宣室志》为唐张读所撰,为何笔者不把它收入唐代的"梁祝"著述,却将其列入清代的记载呢?这是因为《宣室志》中的所谓"梁祝"记载,乃是子虚乌有的。

在古籍中,引《宣室志》"梁祝"的有两部:一是清乾隆间翟灏的《通俗编》;二是道光间梁章钜的《浪迹续谈》,而后者则是据前者记述的。

现代较早提到"《宣室志》梁祝说"的,是松江钱南扬先生。他在20世纪二三十年代发现清翟灏《通俗编》引《宣室志》梁祝故事时,曾慎重地查阅过两三种不同的《宣室志》本子,但关于"梁祝"的记载"只字没有",并说:"究竟还是翟氏的误记呢?还是现在的《宣室志》不是完书了?"终觉得其出处"有些不可靠"。但虽有怀疑,终究还是以"故事的增设附会",把《宣室志》列入了考证的依据之一。

然而,奇怪的是,自钱先生后,所有"梁祝"研究者引用的《宣室志》梁祝故事,统统源于翟灏的《通俗编》。

因此,笔者与蒋尧民、叶聚森先生先后到国家图书馆以及南京、上海图书馆查阅了《宣室志》传本。各图书馆的传本主要有二:一是明万历商濬收录在《稗海》中的,二是收录在《四库全书》内府藏本中的,其他古籍中只是零散收录。两种本子的《宣室志》均为十卷、补遗一卷,共记录故事155个,的确没有梁祝传说。如果说《四库全书》在收录《宣室志》时也许会根据当时的政治需要有所删节的话,那么明代的商濬在编书时就没有任何删节的理由。况且,核对现存这两种版本的《宣室志》,其顺序、分卷与每篇的内容都相同。尤其是商濬收录的《宣室志》,要早于翟灏150年左右,那么清代的翟灏是从什么地方看到《宣室志》中的梁祝故事的呢?如果《宣室志》业已失传,只有翟灏一家之言,我们也只得信之。但现在《宣室志》不仅有传本,而且还有几种版本,而这些版本中又偏偏不约而同地没有梁祝传说,所以,翟灏的"《宣室志》梁祝说",极有可能是在编书时出现的差错。

其实,所谓的"《宣室志》梁祝说"早在1993年就被否定了,天津大学李剑国教授的《唐五代志怪传奇叙录》中对《宣室志》有过专门的研究与论述。李教授称:《宣室志》目"始著录于《崇文总目》(1041)小说类,十卷。《新唐志》小说家类、《通志略》传记冥异类、《郡斋读书志》小说类、《直斋书录解题》小说家类、《通考》小说家类、《宋志》小说类同。《遂初堂书目》小说类亦有《宣室志》之目"。"原佚已不存,今传者以明抄本、《稗海》本为早,皆编为十卷,又附《补遗》一卷。"又称"《四库全书》所收内府藏本与《稗海》本无甚异"。李教授花了大工夫,查阅了所有引录《宣室志》的古籍,发现宋初太平兴国三年(978)《太平广记》所收录的《宣室志》文最多最全,离《宣室志》编撰的时间也最近,仅一百年左右,可信度最强,应当就是《宣室志》原貌的反映。李教授称:"《广记》(即《太平广记》)凡引《宣室志》二百余条,他书亦多征引,然鲜见有溢出《广记》者。"由于"今本《补遗》收编逸文未遍,所漏尚多",故他把《广记》与其他古籍所引的《宣室志》条,全部摘出,逐条核审,发现明商濬与《四库全书》收录的《宣室志》155条中,有3条为误编;同时,又另补遗了《宣室志》佚文53条、校出非《宣室志》之佚文6条、误注引书为《宣室志》者3

条。在误引的三条中,"梁祝"便是其中一条。李教授校勘《宣室志》后发现,"是书所记二百余条,皆唐事,大凡征应、果报、神仙、僧道、鬼魅、精怪、夜叉、冥曹、梦异、变化、禽兽、珠宝种种神异,几无所不述。大抵系作者亲所闻知,鲜有因袭,即事有别见者,亦自载所闻耳。"关于"梁祝"事,李教授说:"《宣室志》实不载此。梁氏(指梁章钜)所引系转征他书","《宣室志》所载皆唐事,祝英台事乃在东晋,自不应载于本书。"

根据李教授的精审,《宣室志》所载,皆为张读亲耳所闻之事,均为唐代发生的事情,发生在东晋的梁祝故事是不可能编进《宣室志》的。且在《通俗编》之前,没有任何一部古籍称《宣室志》有"梁祝"条,因此,《通俗编》之所谓《宣室志》梁祝故事,必然是翟灏的误编无疑;而梁章钜的引文,也是从误编的《通俗编》转征的。

《通俗编》所载《宣室志》之"梁山伯访友"条,称"山伯后为鄞令",与李茂诚《庙记》所载相悖,如果唐代便有了梁为"鄞令"的记载,李氏是绝不会弄错的。秦汉两晋时,此地虽有鄞、鄮、句(音 gou)章三县,但辖区与今不同。唐开国不久,便废鄞与句章,其域均并入了鄮县。因此,李茂诚《庙记》中梁为"鄮令"、卒葬"鄮西"的记载,倒是合理的。方志、古籍中出现"鄞令"的原因,是因为后梁开平三年(909),太祖朱晃为避曾祖朱茂琳讳,废鄮县而改为鄞县,鄮地也划归于鄞,从此,鄮县就消失了。到了明代,梁为"鄞令"的记载便出现了。由此可见,《通俗编》"梁山伯访友"条所征引的原文,最早也只是南宋或明代的记载。

因此,所谓"《宣室志》梁祝说",应当予以否定。

中国社科院施爱东副研究员在《2005年民间文学研究综述》中,曾对引用《宣室志》相关条目论证梁祝传说起源的问题提出批评,称这一在古代文学领域早已解决的问题在民间文学界却"鲜为人知"。为此,笔者必须多费些笔墨重申:所谓"《宣室志》梁祝说",应当坚决否定。笔者同时也希望民间文学和民俗研究者,不要再这样重蹈覆辙了。

36. 清乾隆五十二年(1787)《鄞县志》,钱大昕纂。

该志因袭前志,于"卷七·坛庙"、"卷八·职官·晋令"、"卷二十四·冢墓"中,记载了义忠王庙、梁为鄞令与梁山伯祝英台墓,亦全文刊录了李茂诚的《义忠王庙记》。

该志"职官"称梁山伯为鄞令,注曰"见宝庆志",然此注有误。

查宋《乾道四明图经》"卷二·鄞县·县宰题名"称:"建炎四年以前皆不可得。而考故断自王勋(笔者按:建炎四年到任)而下著之";宋《宝庆四明志》"卷第十二·鄞县志卷第一·县令"称:"题名毁于金寇,续刻自建炎四年始,先是莫得而详,举所可考者书之"。《宝庆志》书录唐以前王修1人,并没有东晋的梁山伯。

实际上,梁山伯为令记入宁波方志"职官",是清康熙的《宁波府志》与《鄞县志》。因为宋、元、明的志乘均无记载,且康熙《鄞县志》还加注"历志俱缺"。既然"历志俱缺",则说明在康熙志之前,应该是没有梁山伯为令之"职官"记载的。

钱大昕(1728—1804),清江苏嘉定(今属上海)人,字晓征,一字及之,号辛楣、竹汀居士。乾隆十六年(1751)高宗弘历南巡,因赐举人,官至广东学政,后居丧归里不出。有《廿二史考异》、《十驾斋养新录》、《潜研堂集》等。

37. 清《桃溪客语》,乾隆五十三年(1788)吴骞撰。

是书"卷一·梁祝同学"称:"梁祝事见于前载者凡数处。《宁波府志》云:'梁山伯,字处仁,家会稽。出而游学,道逢上虞祝英台,伪为男装。梁与共学三载,一如好友。既而祝先返。又二年,梁始归,访于上虞,始知其女也。怅然而归,告诸父母,请求为婚,而祝已许字鄞城马氏矣,事遂寝。未几,梁死,葬鄞城西清道原(原注:一云梁为鄞令而死)。其明年,祝适马氏,经梁墓,风雷不能前。祝知为梁墓,乃临穴哀恸,悲感路人,羡忽自启,身随以入。事闻于朝,丞相谢安请封之曰义妇冢。'"

吴骞此引《宁波府志》之文,与明成化《宁波郡志》、嘉靖《宁波府志》、清雍正《宁波府志》的记载均有较大出入,应不是按照原文引记。

该书同时还有宜兴、清水、舒城的"梁祝"记载。

38. 清《填词集解》,乾隆甲寅(1794)汪汲辑。

是书《续编》"卷上·祝英台近"称:"《九宫大成》入南词越调引,一名'燕莺语'。《词律》或无'近'字,又名'月底修箫'。他按《宁波府志》记述浙东梁祝传说后又称:今吴中有花蝴蝶,盖橘蠹所化,儿童亦呼梁山伯祝英台云。"

汪汲,清乾隆间海阳人,字葵田,号海阳竹林人、古愚老人。乾隆中职贡生。著有《古愚老人消夏录》,辑有《事物原会》、《词名集解》、《南北词名宫调汇录》等共六十七卷。其里籍因"海阳"而派生七地:山东海阳、河北海阳、江苏淮阴、清河、安徽休宁、婺源、广东潮安,故莫衷一是。

39. 清《剧说》,嘉庆间焦循撰。

是书"卷二"称:"丙辰客越,至宁波,闻其地亦有祝英台墓,载于志书者。详其事云:'梁山伯祝英台墓,在鄞西十里接待寺后,旧称义妇冢'。又云:……(浙东传说略)此说不知所本,而详载志书如此。"

焦氏客越的时间,是在嘉庆元年。因其乾隆乙卯至山东,次年为丙辰,即1796年。他看到的《宁波府志》,应为清雍正志。因焦循所记的宁波志称"山伯后为县令",与雍正志同。然与雍正志核对,焦文又略有节改。

此书同时还有河间林镇、山东嘉祥、江苏江都的"梁祝"记载。

40. 清《四明古迹》,嘉庆二十二年(1817)陈之刚辑。

是书"卷一·七言古诗"收录陆宝《祝英台墓》一首。

陆宝,明末浙江鄞县人,字敬身,一字青霞。由太学生官中书舍人。有《霜镜集》。

41. 清《四明谈助》,道光丁亥(1827)徐兆昺辑。

是书"卷四""义忠王"条以"嘉靖志"记其庙,"节闻(性道)志兼李茂诚记"记载浙东梁祝传说。

徐兆昺,字绮城,里籍生平未详。

42. 清《浪迹续谈》,道光戊申(1848)梁章钜撰。

是书"卷六""祝英台"条引《宣室志》言浙东梁祝传说。以翟灏《通俗编》所引与梁引比对,有三处不同:一是条目名不同:翟为"梁山伯访友",梁为"祝英台";二是翟文:"英台,上虞祝氏女",梁为"祝英台,上虞祝氏女也";三是翟文"与会稽梁山伯同肄业",梁文在梁山伯后多一"者"字。

梁章钜(1775—1849),清福建长乐人,字闳中,一字茝休,晚号退庵。嘉庆七年(1802)进士,官至江苏巡抚,兼署两江总督。有《经尘》、《夏小正通释》、《归田琐记》等。

43. 清咸丰己未(1859)**《角山楼增补类腋》,姚培谦撰、赵克宜增补。**

是书"物部·卷十二""蝶·祝英台"称:"宁波志:吴中胡蝶。今土人呼黑而有彩者曰梁山伯,纯黄色者曰祝英台。"

咸丰前的《宁波府志》中,并无吴中蝴蝶称为"梁祝"的记载。姚、赵此记很可能与明末冯梦龙《情史》、清初毛先舒《填词名解》有关。《情史》"祝英台"条记载浙东流传的梁祝传说,并于后注明"见宁波志"。接着又称:"吴中有花蝴蝶,橘蠹所化。妇孺呼黄色者为梁山伯、黑色者为祝英台";《填词名解》"祝英台近"条称"《宁波府志》载:东晋,越有梁山伯、祝英台尝同学……(浙东梁祝传说略)。今吴中有花蝴蝶,盖橘蠹所化。童儿亦呼梁山伯祝英台云"。乾隆间的汪汲,于《词名集解》"祝英台近"条中,从毛先舒所记。因毛(汪)所记之吴中蝴蝶,均紧接宁波府志之后,故容易让人以为"今吴中有花蝴蝶……"也是《宁波府志》的内容。然毛(汪)并未说到蝴蝶的颜色,此《增补类腋》所记又与《情史》类,唯梁、祝蝴蝶的颜色,正好相反,则很可能是辑录时的差错。

姚培谦(1693—1766),清雍乾间华亭廊下(今上海)人,字平山。诸生。雍正间被荐,不赴。纂有《类腋》、《春秋左传杜注辑》等;著有《古文斫》、《楚辞节注》等。《类腋》撰于乾隆壬戌(1742)。

赵克宜(1806—1861),清咸丰间江苏丹徒人,字辅天,号小楼、雨农。生平未详。有《角山楼诗钞》、《角山楼苏诗评注汇钞》,咸丰间《增补类腋》。

44. 清道光二十五年(1845)**《重修胶州志》,张同声修、李图纂。**

该志"卷四十·考四·讹疑"关于胶州祝英台墓,称:"祝英台有鸳鸯家传奇,赍诏旌表者,官为谢安,盖浙江人,宁波府有其墓,不应在胶。"

张同声,清安徽桐城人,生卒未详。监生。道光二十三年(1843)知胶州。

李图,生平里籍未详。曾任博兴县教谕,纂志时为候选知县。

45. 清同治三年(1864)**《峄山志》,侯文龄增补。**

该志"卷之三·山阳胜景""梁祝读书洞"条收录闫东山《题梁祝洞

词》，其序称："阅宁波志，梁祝系东晋人。梁居会稽，祝居上虞，曾改男装同学。及梁知之，已许马氏，怅然若有所失。后三年，为鄞令，病且死，嘱葬清道山下。祝适马氏，近此，梁冢忽裂，祝即投死于中。丞相谢安请封义妇冢云云。"又，"卷之五·东峰胜景""万寿宫"条称："梁祝，宁波人也，而设像于此，无理之甚。"又"卷之一·绎山附会辩"根据《宁波志》，认为"梁祝"乃"南土人也"。

该志还记有邹县、宜兴"梁祝"。

46. 清咸丰十五年乙丑（即同治四年/1865）**《鄞县志》**，周道遵纂。

该志因袭前志，于"卷九·坛庙"、"卷十·职官"、"卷二十八·冢墓"记载了义忠王庙、梁为鄞令以及梁山伯祝英台墓。在"义忠王庙"条收录了宋李茂诚《义忠王庙记》。

前康熙、乾隆《鄞县志》所收录的《义忠王庙记》均称"尝从明师过钱塘"，该志则改成"尝从名师过钱塘"，不知何故？而后的光绪《鄞县志》亦从咸丰志称作"名师"。

周道遵，清浙江鄞县人，生平不详。

47. 清光绪三年丁丑（1877）**《新修鄞县志》**，张恕、徐时栋纂。

该志初由同治间知县戴枚修，故有称《同治鄞县志》者，亦即此志。

该志三处记载"宁波梁祝"：一是"卷十三·坛庙（下）""义忠王庙"条收录宋李茂诚《义忠王庙记》全文及明邑令魏成忠碑记全文。然魏成忠并不相信梁祝传说，其记称："侯讳山伯，会稽人，弱冠应简文辟召宰鄞。……传奇者演侯与祝贞女同学故事，闻于庭，余罪之，谓遵令尔"；二是"卷十七·职官表上·晋·令"称："梁处仁（原注：鄞令。案，见宋大观中李茂诚《义忠王庙记》，又见《咸淳毗陵志》，所记事与李茂诚《庙记》相似）"；三是"卷六十五·冢墓"，因袭《乾道图经》、《延祐志》记之。又引《原上草》称："俗传以墓土置灶上，则虫蚁不生。"并记有国朝李裕诗："冢中有鸳鸯，冢外唤不起。女郎歌以冤，辄来双凤子。织素澄云丝，朱幡翦花尾。东风吹三月，春草香十里。长裾裹泥土，归弹壁鱼死。"

该志职官表称："梁处仁:鄞令"。李茂诚《义忠王庙记》称梁为鄞令，此为鄞令，有误。又《咸淳毗陵志》虽在"古迹"中记载了宜兴的"梁祝"

古迹与传说,但根本没有提到梁为鄞令或鄮令,此作为"梁处仁,鄮令"的注释,太为牵强。

徐时栋(1814—1873),清浙江鄞县人,字定宇,一字同叔,号柳泉。道光二十六年(1846)举人,官内阁中书。家有烟屿楼,藏书六万卷,有志著述,不复出。有《烟屿楼读书志》、《柳泉诗文集》、《宋元四明六志校勘记》等。

48. 清《人寿堂诗钞》,光绪五年(1879)**戈鲲化撰。**

是书"己卯(1879)"收有《梁山伯庙》诗一首。

戈鲲化(1838—1882),清徽州休宁人,字砚畇,一字彦员。同治间,任职于美、英领事馆。1879年,于美国哈佛大学任教中文,卒于美国。戈氏早期诗文,均毁于兵燹。《人寿堂诗钞》是其居宁波时的诗作,以纪年排列。

49. 清《仙踪记略》(续录),光绪七年(1881)**张鹤辑。**

是书"梁山伯祝英台"条称梁为鄮令,卒葬四明山下。同时称梁为吴郡人、祝为国山(宜兴)人。

50. 清光绪八年(1882)**《宜兴荆溪县新志》,吴景墙等修。**

该志收录邵金彪《祝英台小传》称梁会稽人、祝上虞人,偕至宜兴善权山碧鲜庵读书,后梁为鄮令,卒葬清道山下。

51. 清光绪十七年(1891)**《上虞县志》,唐煦春修。**

该志"卷四十·杂志三·轶事·晋""梁山伯"条,记载浙东梁祝传说。此记因袭康熙《上虞县志》,因嘉庆十六年(1811)崔鸣玉所修的《上虞县志》中,并无"梁祝"记载。

唐煦春,清江西德化人(按:此为《上虞县志》"职官"原文,疑为福建德化),号师竹。咸丰乙卯(1855)优贡,同治甲子(1864)补行。光绪二年(1876)五月知上虞县事,五年六月去任,七年四月复知上虞县事,十一年正月去,十二年正月又复任上虞知县。

52. 清《粟香四笔》,光绪金武祥撰。

是书"卷二"引邵金彪《祝英台小传》及吴骞《桃溪客语》"梁祝同学"条记述浙东流传梁祝传说。

此书同时还有宜兴、清水、舒城的"梁祝"记载。

53. 清《茶香室四钞》，光绪癸未(1883)俞樾撰。

是书"卷三·梁山伯祝英台"条转征金武祥《粟香四笔》中宜兴、宁波的"梁祝"记载，并对邵金彪《祝英台小传》进行评论，称："余按此视，邵金彪传稍略，而事或转得其实。如《宁波志》所云，则梁祝事迹固在浙东，与宜兴荆溪无涉也。邵传以为其读书之处在义兴善权山，则亦其读书之处非葬处也。何以善权寺前有祝陵之名、有双蝶之异？不几并两处为一谈乎？"

54. 清《运甓斋诗稿续编》，光绪二十年(1894)陈劢撰。

是书"卷三"有《重修晋鄞令梁君敕封义忠王庙》一首。

陈劢(1805—1893)，清浙江鄞县人，字子相，号咏桥，别号甬上闲叟等。道光十七年(1837)拔贡，廷试第二，授广西知县，以母老乞归。《运甓斋诗稿》撰于光绪十年甲申(1884)，光绪二十年甲午(1894)增刻《运甓斋诗稿续编》。

55. 清《上虞县志校续》，光绪二十四年(1898)徐致靖纂。

该志"卷四十一·轶事·晋""梁山伯"条，因袭前志记述了浙东的梁祝传说。

徐致靖(1844—1918)，清末民初江苏宜兴人，字子静，自号仅叟。光绪二年(1876)进士，官至内阁学士。曾荐康、梁、谭，百日维新间擢礼部侍郎。戊戌后革职监禁，出狱后定居杭州。纂《上虞县志》，有《仅叟诗文》。

56. 清《劳久杂记》，马廉卿撰。

《劳九杂记》其书未见，其"梁祝"之记载见于马紫晨《梁祝中原说》(《梁祝文化大观·学术论文卷》)。马先生称："马廉卿《劳九杂记》还有另一段记述：梁山伯，东晋穆帝时人。'幼聪慧，有奇智。长就学，笃好坟典。尝从名师过泉塘，道逢一士子，容止端伟，负笈担簦渡航，相与坐而问曰：子为谁？曰：姓祝名贞字信斋。曰：奚止？曰：上虞之乡。奚适？曰：师氏在迩。与之讨论旨奥，怡然相得。山伯乃曰：家山相连，余不敏，攀麟附翼，望不为异。于是乐然同往。肄业三年。祝思亲而先返。后二年，山伯亦归。省之上虞，访信斋，举无识者。一叟笑曰：我知之矣，善属文者，其祝氏九娘英台乎？踵门引见，诗酒而别。

退而慕其清白,告父母求姻,时英台已许鄮城马氏。……后简文帝举贤良,郡以山伯应,诏为鄮令。婴疾弗瘳,遗嘱传人曰:鄮西清道原九陇墟为葬之地。瞑目而殂。……又明年乙亥,暮春丙子,祝适马氏,乘流西来,波涛勃兴,舟航萦回莫进。骇问篙师,指曰:无它,乃山伯梁令之新冢。得非怪欤?英台遂临冢祭,哀恸,地裂而埋璧焉。"由马紫晨先生之引文可知,马廉卿此记出自李茂诚《义忠王庙记》,只有个别字有误。

必须严肃指出的是,现在许多文章均误传为俞樾之文,究其起因,都是误抄马紫晨先生的《梁祝中原说》,而且错误理解了马先生的原意。

马紫晨先生的原文,旨在说明,梁祝传说流传一千多年来,经过历代无数文人、艺人与乡民的再编、再改、再丰富,其情节、结构都与故事的原型发生了很大的变化。而明清的一些文人笔记、方志,却记载了许多变异的情节。他在列举了陈仁锡《潜确居类书》、彭大翼《山堂肆考》、冯梦龙《情史类略》等引文后,又说"清代浙江德清的俞樾(1821—1907)《茶香四室钞》引邵金彪《祝英台小传》云:'祝英台,小字九娘,上虞富家女,生无兄弟,才貌双绝。……(按:其文参见前《宜兴荆溪县新志》中邵氏《祝英台小传》,此略)……今大彩蝶尚谓祝英台云。'马廉卿《劳九杂记》还有另一段记述:梁山伯,东晋穆帝时(345—361)人。'幼聪慧,有奇智。长就学,笃好坟典。尝从名师过泉塘……(原文见前,此略)……英台遂临冢祭,哀恸,地裂而埋璧焉。'"

由于马先生是在引用清俞樾之文后立即引马廉卿文的,因此造成了后来征引人的误解。其实,马紫晨的表达非常准确,前段引俞樾《茶香室四钞》的文字已有引号结束,后段又说马廉卿《劳九杂记》还有另一段记述,其引马廉卿的文字,是从"幼聪慧"开始,到"地裂而埋璧焉"结束。然而,由于第一个征引人的错解,其他人在未见马紫晨原文的情况下盲目从之,因此许多文章都误将"马廉卿《劳九杂记》还有另一段记述:梁山伯,东晋穆帝时人'幼聪慧,……地裂而埋璧焉'"这段话,一股脑儿都记在俞樾的账上了。笔者查阅了俞樾的《茶香室丛钞》、《茶香室续钞》、《茶香室三钞》、《茶香室四钞》,均无此载,可见此段记载并非出自俞樾。这些征引人所引,却与马紫晨先生的文章只字不差,且又互相抄用,可叹今学术界文风之虚劣。

马廉卿,里籍生平不详。谢国桢《明清笔记谈丛》(中华书局1960年出版)"留青日扎"称:"梁祝故事演变之迹,散见于清梁章钜《浪迹丛谈》、佚名《花朝生笔记》、《劳久杂记》等书……",可见马廉卿是为清人。笔者按,《花朝生笔记》作者为蒋瑞藻(1891—1929),清末民初浙江诸暨人,字孟洁,号花朝生。《花朝生笔记》其书未见,按照谢文所列书名之顺序,马廉卿之《劳九杂记》很可能在梁章钜、蒋瑞藻后,亦即为清末民初人。

马紫晨(1911—),河南省艺术研究院研究员,中国民族文化艺术创作中心一级创作员,中国国学研究会研究员,《中原戏曲文化》主编。

(二) 嘉兴

1. 清康熙二十一年(1682)**《嘉兴府志》,袁国梓纂修。**

该志"卷之十二·风俗(附物产)·虫类","蛱蝶"条曰:"有黄、白、杂色诸种。"后又另有"梁山伯"条,注曰:"似蝶而大,黑色,有红、白点相杂。"

袁国梓,生卒未详。江苏云间(即松江,今属上海)人。赐进士出身,中宪大夫。康熙十七年戊午(1678)知嘉兴府,癸亥(1683)离任。

2. 清康熙六十年(1721)**《嘉兴府志》,吴永芳修,钱以垲总纂。**

该志"卷之十·物产·虫类",有"蛱蝶"和"梁山伯"条,"梁山伯"条注曰:"似蝶而大。"

吴永芳,生卒未详。正黄旗,字椒亭。官生,中宪大夫。康熙乙未(1715)任嘉兴知府。

钱以垲(?—1732),清浙江嘉善人,字蔗山。康熙二十七年(1688)进士,官至礼部尚书。卒谥恭恪。有《罗浮外史》、《岭南见闻》。

3. 清《古今图书集成》,康熙四十四年(1705)**陈梦雷辑,雍正四年**(1726)**刊本。**

是书"方舆汇编·职方典·第九百六十三卷·嘉兴府部汇考七·物产考"之记载,与康熙二十一年《嘉兴府志》之"梁山伯"条同。

4. 清嘉庆六年辛酉(1801)**《嘉兴县志》,司能任修、屠本仁纂。**

该志"卷十七·物产·虫之属""蝶"条称:"汤志有黄、白两种。又有米麦色细蝶,其种甚多。梁山伯,大而黑色,有红、白点相杂。"

司能任,字可亭,生卒里籍不祥。清嘉庆元年(1796)由缙云知县改令嘉兴,四年离任而回任,六年去任。

屠本仁,生卒不详,清桐乡人,字莼渚,曾任临海县训导,编志时为嘉兴县候补教谕。

5. **清光绪十七年**(1891)《**嘉兴县志**》,**赵唯崡修**。

该志"卷十六·物产·虫类","蝶"条与嘉庆志同。

嘉兴之府、县志载"梁山伯蝶",应是明末清初。因笔者曾查阅明弘治五年、正德七年、万历三十八年《嘉兴府志》,均无"梁山伯蝶"的记载。汤志为天启四年最早的《嘉兴县志》,由县令汤齐(字齐贤)创修。该志未见,不知所载。

赵唯崡,生卒不详,清代南丰(属江西)人,监生,光绪十六年任嘉兴知县。

历代"梁祝"记载书(文)目叙

（下）

三、山东

（一）陵县(林镇)

1. 元《钱塘遗事》，清嘉庆刻本，刘一清辑。

是书"卷九"《祈请使行记》称："德祐丙子二月初九日（出发）……三月……廿九日，易车行陵州西关，就渭河登舟。午后至林镇，属河间府，有梁山伯祝英台墓。夜宿于岸。"

德祐为南宋恭帝年号，丙子为1276年，又为元世祖至元十三年。

考"陵州"即陵县，今属山东德州。明宋濂《元史》"卷五十八·地理志·河间路"载："陵州（下），本将陵县。宋、金皆隶景州。宪宗三年(1253)割隶河间府。是年升陵州，隶济南路。至元二年(1265)复为县。三年(1266)复为州，仍隶河间路"。刘一清此记写于1276年，当时的陵州，正隶属于河间路。

元《钱塘遗事》关于"午后至林镇，属河间府，有梁山伯祝英台墓"的记载。考"陵州"即"陵县"，今属山东德州。

刘一清，宋末元初临安人。《四库全书》称其始末史传无考。

2. 清《剧说》，嘉庆间焦循撰。

是书"卷二"引《钱塘遗事》记林镇梁祝墓。

该书同时有嘉祥、宁波、江都的"梁祝"记载。

(二) 济宁邹县(含微山、嘉祥)

1. 明《梁山伯祝英台墓记》碑,正德十一年丙子(1516)**赵廷麟撰。**

1952年,山东凫山县第六区(现属微山,旧属邹县)疏浚白马河时出土一块明代的"梁山伯祝英台墓记"碑。内容分为两个部分:一是当地的梁祝传说,二是重修梁祝墓的原因及过程。正文如下:

"外纪二氏,出处弗祥。迩来访诸故老,传闻在昔济宁九曲村祝君者,其家巨富,乡人呼为员外。见世之有子读书者,往往致贵,显要门间。独予无子,不贵其贵,而贵里胥之繁科,其如富何?膝下一女名英台者,聪慧殊常,闻父咨叹不已,卒然变笄易服,冒为子弟,出试家人不认识,出试乡邻不认识。上白于亲,毕竟读书,可振门风,以谢亲忧。时值暮春,景物鲜明,从者负笈,过吴桥数十里,柳荫暂驻,不约而会邹邑西居梁太公之子名山伯,动问契合,同诣峄山先生授业。昼则同窗,夜则同寝,三年衣不解,可谓笃信好学者。一日,英台思旷定省,言告归宁。俟经一载,山伯□□英台之请,往拜其门。英台肃整女仪出见,有类木兰将军者。山伯别来不一载,疾终于家,葬于吴桥迤东。西庄富□马郎迎亲至期,英台苦思山伯君子:吾尝心许为婚,第无父母之命、媒妁之言,以成家室之好。更适他姓,是易初心也。与其忘初而爱二,孰若舍身而取义,悲伤而死。少间,愁烟满室,飞鸟哀鸣,闻者惊骇。马郎旋车空归。乡党士夫谓其全节,从葬山伯之墓,以遂身前之愿,天理人情之正也。越兹岁久,松楸华表,为之寂然。俾一时之节义,为万世之湮没,仁人君子所不堪。矧惟我朝□祖宗以来,端本源以正人心,崇节义以励天下,又得家相以之佐理,斯世斯民,何其幸欤?时南京工部右侍郎、前都察院右副都御史奉敕总督粮储、新泰崔公讳文奎,道经顾兹废冢,其心拳拳,施于不报之地。乃托阴阳训术鲍恭幹,昔有功于张秋,陞以□禄,近有功于阙里,书以奏名授命,兹□无用其心哉!载度载谋,四界竖以石,周围缭以垣,阜其冢;妥神有祠,出入有扉,守祠有人。昔之不治者,今皆治之;昔之无有者,今皆有之。始于上年乙亥冬,终于今岁丙子春。恭幹将复公命,请廷麟具其事之本末、岁月先后,文诸石。不得已而言曰:土地降衷,不啬于人,唯□昏淫,丧厥贞

□。独英台得天地之正气,萃扶舆之倩淑,真情隐之方寸,群居不移所守;生则明乎道义,没则吁天而逝;其心皎若日星,其节凛若秋霜。推之可以为忠,可以为孝,可以表俗,有关世教之本,不可泯也。噫!垂节义于千载之上,挽节义于千载之下,伊谁力欤?忠臣力也。忠臣谁欤?崔公谓也。不然,太史尝以忠臣烈女同传,并皆记之。"

赵廷麟,明山东邹县人。明成化丁酉(1477)贡士,曾任江西都昌知县。

2. 明万历三十九年(1611)《邹志》,胡继先纂修。

该志"卷二·陵墓志"称:"在唐有:……梁山伯祝英台墓,在吴桥。"

该志是最早记载"邹县梁祝"的方志,称梁山伯祝英台是唐代人。

邹县的志乘,始自明成化十三年(1477)刘浚所修的《邹县志》。不知何故,嘉靖四年(1525)修志时,就"岁月寖久,志板雕剥以尽"了,执笔者谢秉秀访求遗本,斟酌去取,而成《邹县地理志》。在胡志以前,还有明万历八年许守恩《邹县志》、万历二十二年王一桢《邹县志》,之后又有崇祯四年黄应祥《邹县志》,现除嘉靖《邹县地理志》、万历胡继先《邹志》尚存外,万历八年、二十二年志及崇祯志均已佚,仅从后出诸志序言中悉其原委,是否印行亦未可知。查嘉靖《邹县地理志》,无"梁祝"记载。

胡继先,明四川汉州(今广汉)人。丁未(1607)进士,授文林郎,任邹县知县,后转兵部主政。康熙朱志称其"厚泽及人,长才出众,美政多端。邑民为之立碑立祠"。

3. 清康熙十二年(1673)《邹县志》,朱承命修,陈紫芝协修。

该志"卷一·土地部·古迹志(附林墓)"称:"梁山伯祝英台墓,在城西六十里吴桥地方,有碑记。"

据邹县地方志编委会1986年的《邹县旧志汇编》,朱承命康熙《邹县志》中还有"梁祝读书洞"记载。因国家图书馆、上海图书馆所存之朱志,前均缺三十余页,故"卷一·土地部·疆域志"部分未见。又据娄一均《邹县志》,朱志此记应在"卷一·土地部·疆域志·山川""峄山"条内:"自炉丹峪下,迤西至梁祝洞:……梁祝读书洞。石勒此五字,俗传梁山伯祝英台在此读书"。

朱承命,清直隶天津卫人,字雪沽。顺治己丑(1649)进士,康熙九至十三年任邹县令,官至户部广西司员外郎。曾修《邹县志》三卷。

陈紫芝,清浙江鄞县人,字非园。康熙丙午(1666)举人。

4. 清康熙五十五年(1716)《邹县志》,娄一均修,周冀协修。

该志三处记载"邹县梁祝":一是"卷一·土地部上·山川""峄山"条(附上下胜景/自炉丹峪下,迤西至梁祝洞)记有梁祝读书洞;二是"卷一·土地部下·古迹(附林墓)"记有梁山伯祝英台墓。此两条记载与朱承命所记仅少一字;三是《邹县志跋》在说到峄山古迹时称:"亭上逍遥,书残梁祝(原注:逍遥,亭名;山有梁山伯祝英台读书处)"。

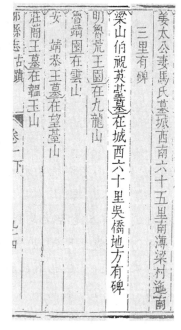

清康熙娄一均《邹县志》关于"梁祝墓"的记载。

娄一均,清浙江会稽人,号秉轩。岁贡生。康熙四十八年(1709)补邹县。在任十余年,廉洁有政声。后以迁擢去。曾修《邹县志》。

周冀,清浙江德清人,字匡邻,贡生,流寓邹县。

5. 清《古今图书集成》,康熙四十四年(1705)陈梦雷辑,雍正四年(1726)刊本。

是书"方舆汇编·职方典·第二百四十一卷·兖州府部汇考三十三·兖州府古迹考三(古迹考上)·邹县志":"梁山伯祝英台墓,在城西六十里吴桥地方,有碑记。"

此记从康熙朱志。因娄志该条称"有碑",无"记"字。

是书同时有江苏宜兴、浙江宁波、山东胶州、河北元氏、山西榆社、甘肃清水、重庆铜梁等地的"梁祝"记载。

6. 清《剧说》,嘉庆间焦循撰。

是书"卷二"称:"乾隆乙卯(1795),余在山左,学使阮公修《山左金石志》，州县各以碑本来，嘉祥县有祝英台墓碣文，为明人石刻。"

焦循此记有误，该碑即微山（旧属邹县）之明正德梁祝墓记碑。由于焦循不是当时所记，而是次年丙辰到了宁波，看到《宁波府志》中关于梁祝传说的记载后忆写的，故而造成了误记。

《山左金石志》共二十四卷，始撰于乾隆五十九年（1794），定稿于六十年（1795），刊刻成书于嘉庆两年（1797）。被焦循所称的"阮公"，叫做阮元，字伯元，江苏扬州仪征人，他于乾隆五十八年（1793）提调山东学政，受当时山东巡抚毕元之命撰《山左金石志》。

笔者本想与《山左金石志》核对明代祝英台墓碑的碣文，以弄清焦循看到的碑本是否就是微山出土的一块。然《山左金石志》中所收录的金石，仅仅截至元代，明代的金石一块都没有。焦循所见到的明代的祝英台墓碣文，当然也不在其中。那么，焦循既然看到过州县报来的明代碑本，却又为何未能编入呢？这一点，阮元的《序》里没有说明，但很可能与他的离任有关。因为阮元于乾隆六十年（1795）八月调任浙江学政，便离开了山东。况且，明代的金石资料比唐、宋、元更多，整理需要的时间更长。阮元调离时，又不可能把各州县报来的原始资料带走。而这些未及整理的明代碑本，可能后来散佚了，再也没能编撰刊刻，从而造成了今天的遗憾。

7. 清《天香全集》，嘉道间舒梦兰撰。

《天香全集·南征集》有《祝英台近词·枣树闸吊祝英台墓》一首，为诗人于1800年由京返乡途经邹县白马河枣林闸时所作。该词《天香全集·香词百选》亦有收录。

舒梦兰（1757—1835），江西靖安人，字香叔，又字白香，晚号天香居士。十余年不第。有《天香全集》、《白香词谱》。

8. 清《邹绎山记》，嘉庆间马星翼作。

该文称："其山随处有泉。……其凉珠泉在凉珠洞内，盖洞因泉而名也。而土人所称'昔有梁祝夫妇读书于此'，盖误。"该文载于民国二十三年《邹县新志》，指出其泉其洞原名"凉珠泉、凉珠洞"，民间以谐音误传为"梁祝"。

马星翼（1790—1873），清鱼台人，字仲张，号东泉。嘉庆癸酉

(1813)举人,官临朐、招远教谕。迁居邹。晚年主讲近圣书院。有《尚书广义》、《论语辑说》、《国策补遗》、《绎阳随笔》等,对邹县的历史、地理、旧闻、轶事多有考证辑订。

9. 清同治三年(1864)**《峄山志》**,齐荣铨、龙印麓著,侯文龄增订。

该志有多处邹县"梁祝"记载:

一是"卷之一·绎山总记"明王思任《绎山游记》称:"探梁祝泉,顶无冠、脊无缕,而予化为野人";又《节录邹县志跋》:"亭上逍遥,书残梁祝。(原注:逍遥,亭名;山有梁山伯祝英台读书处)"。

二是"卷之三·山阳胜景""梁祝读书洞"条称:"在至圣祠右。相传梁山伯祝英台读书于此。万历十六年,知县王自谨于洞口大石南面勒'梁祝读书洞'五字,正书。考之邹志,并未详明。唯云梁祝墓在邹城西六十里,马坡村西南隅,吴桥之侧,明正德丙子知县杨环立石……"后录腾邑闫东山《题梁祝洞词并序》;又,"梁祝泉"条称:"在梁祝读书洞右,泉侧石上刻'梁祝泉'三字,正书";又,"韦贤墓"条后收有陈云琴《登纪王城吊古》诗三首,其中第三首为《游峄值梁祝读书洞》诗。

三是"卷之五·东峰胜景""万寿宫"条称:"万寿宫,在仙人宫西百余步,殿三楹,南向,旧与仙人宫为一,内有梁祝像"。后又收录陈云琴、颜崇果《万寿宫梁祝像》诗各一首。

是书对峄山之"梁祝"遗迹不以为然,又有诸多评论。

(三) 曲阜

1. 明《陶庵梦忆》,张岱辑。

是书"卷二·孔庙桧"称:"己巳至曲阜,谒孔庙,买门者,门以入。宫墙上有楼耸出,扁曰:'梁山柏祝英台读书处',骇异之。"

此书所记之梁山伯为"梁山柏"。

张岱(1597—1679后),明季浙江山阴(今绍兴)人,又名维城,字宗子、石公,号陶庵、天孙,别号蝶庵居士,晚号六休居士。寓居杭州。明亡后不仕,避居剡溪山,著书以终。有《琅嬛文集》、《陶庵梦忆》、《西湖寻梦》等。

【宜兴梁祝 记述最丰】

明季张岱《陶庵梦忆》关于曲阜孔庙"梁祝读书处"的记载。

清雍正《古今图书集成》关于胶州祝英台墓的记载。

2. 清《茶香室钞》,光绪癸未(1883)俞樾撰。

是书两处记到"曲阜梁祝":一是《茶香室三钞》"卷十·梁山柏祝英台读书处"条,引张岱《梦忆》所记,并称:"按,孔庙有此,诚大奇。未知今尚然否?"二是《茶香室四钞》"卷三·梁山伯祝英台"条,在记载"宜兴梁祝"、"浙东梁祝"后称:"山东曲阜亦云有梁祝古迹,则更奇。详见三钞卷十。"

(四)胶州

1. 清《古今图书集成》,康熙四十四年(1705)陈梦雷辑,雍正四年(1726)刊本。

是书"方舆汇编·职方典·第二百八十六卷·莱州府部汇考六·莱州府古迹考(坟墓附)·胶州":"祝英台墓,在州南百里祝家庄社。其墓临河,岁久河水冲啮殆尽。"

《古今图书集成》刊载时,前部分为"府志、县志合载",后为"府志未载古迹考"。祝英台墓刊于"府志未载古迹考中"。笔者查康熙十二年《胶州志》,未见祝英台墓之记载,未知考出何处。

是书同时有宜兴、宁波、邹县、元氏、榆社、清水、铜梁等地的"梁祝"记载。

2. 清乾隆十七年壬申(1752)**《胶州志》,周於智、宋文锦修。**

该志"卷六·冢墓·宋"记曰:"祝英台墓,治南祝家庄社,相传无考。"该祝英台墓,记为宋墓。

周於智,清襄平(今辽阳)人,赐进士出身,奉直大夫,乾隆十五年(1750)知胶州事。

宋文锦,清镶红旗人,进士,官宣化知府,乾隆十七年(1752)任胶州知州。

3. 清道光二十五年(1845)**《重修胶州志》,张同声修、李图纂。**

该志"卷四十·考四·讹疑"称:刘志冢墓"又云祝英台墓在治南祝家庄。按:祝英台有鸳鸯冢传奇,费诏旌表者,官为谢安,盖浙江人,宁波府有其墓,不应在胶。"

"刘志"盖指乾隆十七年《胶州志》,知州周於智、宋文锦修,进士刘恬纂。

张同声,清安徽桐城人,监生。道光二十三年(1843)任胶州知州。

李图,清道光间人,里籍未详,任博兴县教谕,候选知县。

四、河北

元氏

1. 明嘉靖二十八年(1549)**《真定府志》,唐臣、孙续修,雷礼纂。**

该志"卷之七·古迹(附陵墓)""吴桥古冢"条称:"在元氏南左村西北,桥南西塔有古冢,山水涨溢冲激,略不骞移,若有阴为封拥者。相传为梁山伯墓,不然,必有异人所藏蜕骨也。"

唐臣,明南直隶天长(今属安徽滁州)人,字子旋。嘉靖二十六年(1547)任真定知府,二十七年以忧去任;孙续,明南直隶上海人,原籍四川绵州(今绵阳),嘉靖二十七年(1548)任真定知府。

雷礼,生卒里籍未详。曾任吏部考功司郎中,

明嘉靖河北《真定府志》关于元氏县"梁山伯墓"的记载。

纂《真定府志》时,已谪为直隶大名府通判。

2. 明崇祯十五年(1642)《重修元氏县志》,张慎学修。

该志"卷之二·古迹""吴桥古冢"条称:"在南左村西北隅,书院路所经由也。桥西南塔有古冢,山水涨溢冲击,略不骞移,若有阴为封护者。相传为梁山伯、祝英氏之墓。"

"吴桥古冢",嘉靖《真定府志》记为"梁山伯墓",崇祯《元氏县志》称是"梁山伯、祝英氏"墓。地点也有"桥南西塔"与"桥西南塔"之不同。

张慎学,生卒未详,自称夏京(今山西夏县)人,字趁正。崇祯十年(1637)进士,授元氏知县,升兵部武库司主事,民为建祠立碑。

3. 清《古今图书集成》,康熙四十四年(1705)陈梦雷辑,雍正四年(1726)刊本。

是书"方舆汇编·职方典·第一百四卷·真定府部汇考十二·古迹考(坟墓附)·元氏县"有"吴桥古冢"条,文字与明嘉靖《真定府志》同。

是书同时有江苏、浙江、山东、山西、甘肃、重庆的"梁祝"记载。

4. 清乾隆二十三年(1758)《元氏县志》,王人雄纂修。

该志"卷之一·地里志·山川""元氏故城附"称:"元氏古迹本少,旧有八景,如吴桥古冢称:南左村西北桥北有冢,相传为梁山伯祝英氏之墓。皆荒唐无据,其余亦附会凑合耳。可概从删削,仅存其名,附见于山川之下。"

元氏县有志,为明嘉靖创修,崇祯重修,清顺治续修,乾隆又重修。而乾隆志则认为,吴桥古冢为梁祝墓乃"荒唐无据"。

王人雄,生卒不详,清浙江萧山人。举人,乾隆十九年(1754)任元氏知县。

5. 清同治十三年(1874)《元氏县志》,赵文濂纂,光绪元年(1875)乙亥刻本。

该志"卷末·存疑"称:"乾隆志云:旧称南佐村西北有桥,桥北有冢,相传为梁山伯祝英氏之墓。皆荒唐无据。正定府志:经山水冲激,略不骞移,若有阴为拥护者,相传为梁山伯墓,不然,必异人所藏蜕骨也"。查清乾隆二十七年郑大进修纂的《正定府志》,已无"吴桥古冢"记载,故此《正定府志》应指崇祯志。

赵文濂,生卒不详,清河北涞水(今属保定)。举人,正定府学教授。

五、甘肃

清水

1. 清《留素堂诗删》,康熙丁巳(1677)**蒋薰撰**。

清吴骞《桃溪客语》称:"蒋薰《留素堂集》:清水县有祝英台墓,尝为诗以吊之"。

《四库未收书辑刊》中收有蒋薰《留素堂集》总目及《留素堂诗删》。其中《汾游》卷一收有《祝英台墓》诗一首,其诗有序云:"按,《宁波志》:梁山伯,家会稽;祝英台,家上虞。梁死葬清道山下,祝过梁冢,哀恸地裂,祝投而死。今墓在清水,不知何据?"

该诗即吴骞所见之诗。因蒋薰既以诗吊之,则应是在清水见到祝英台墓时所作。蒋薰"治羌二年,寓羌六年",这八年中,虽到过清水,却没有一首"梁祝"诗。他于辛亥(1671)七月离羌,应汾州郡守邀请作汾游。《祝英台墓》是他刚刚出发,过了小陇丁华岭后写的,地点正是清水境内,时间是在1671年秋。

蒋薰,明季浙江人(其自题为浙西,而《伏羌县志》则称其为嘉兴举人),生卒未详,字闻大,号丹崖。崇祯丙子(1636)举人。入清官伏羌知县。有《留素堂集》。

2. 清康熙二十六年(1687)**《清水县志》,刘俊生修,张桂芳、雍山鸣续纂**。

该志三处记载"清水梁祝":一是"第二卷·地理纪·墓"称:"祝英台墓,在邑东八里官道南。冢碑俱存。题咏详艺文";二是"第十一卷·人物纪·贞烈·梁"称:"祝氏,讳英台,五

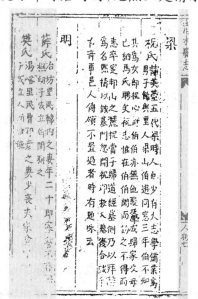

清康熙甘肃《清水县志》关于梁祝传说的记载。

代梁时人也。少有大志,学儒业,为男子饰,与里人梁山伯游,同窗三年,伯不知其为女郎。祝心许伯,伯亦无他娶。及学成归家,父母已纳马氏聘矣。祝志唯在伯。伯闻而访之,不得而悲,卒窆邿山之麓。祝当子归,道经墓侧,乃以拜辞为名,默祷以诚,墓门忽开,祝即投入,墓复合。诚千古奇事,邑人传颂不置,过者时有题咏云";三是"第十二卷·艺文纪·诗歌"载有杨荐《祝英台墓》诗一首。

该志既称英台拜梁冢,墓门忽开而入,却又不言梁冢,仅称其为"祝英台墓",不知何故。

据马太玄《清水县志中的祝英台故事》(1930 年《民俗周刊》第 93~95 期合刊第 50-51 页),康熙二十六年《清水县志》"卷十二·艺文·诗歌"中,还有一首《祝英台》的诗:"秦川烈女祝英台,千古芳名女秀才。心许良人情不乱,诚过后土墓门开。有心愿作伯郎妇,共穴甘为陆地灰。玉肌今埋官道左,令人感慕不胜哀。"笔者所见之康熙二十六年清水志,一是收录于《故宫珍本丛刊》中的印影本,二是国家图书馆之善本,其"艺文纪·诗歌"从二十五页"诗歌"起,到三十二页"卷之十二终",并无缺页,却未找到马太玄先生提到的这首诗。但该志中杨荐的《祝英台墓》诗,马先生却未提到。

刘俊生,生卒不详,清山西临汾人。顺治丁酉(1657)即中式,康熙癸亥(1683)由孝廉除清水知县。整饬清水河,引流故道。其重修之县志,为现存清水志之最初稿本。

张桂芳,清水人,邑贡生;雍山鸣,清水人,邑贡生,襄城训导。

3. 清《古今图书集成》,康熙四十四年(1705)陈梦雷辑,雍正四年(1726)刊本。

是书两处记载"清水梁祝"。一是"方舆汇编·职方典·第五百六十四卷·巩昌府部汇考八·古迹考(坟墓附)·清水县":"祝英台墓,在县东五里";二是"明伦汇编·闺媛典·第三百四十一卷·闺奇部列传一""祝英台"条,在记述"浙东梁祝"传说后注曰:"按,《清水县志》又曰:祝英台,五代梁时人也。梁死窆邿山之麓,与此小异。"

是书同时有江苏、浙江、山东、河北、山西、重庆等地的"梁祝"记载。

4. 清《桃溪客语》，乾隆五十三年(1788)吴骞撰。

是书"卷一·梁祝同学"称："蒋薰《留素堂集》：清水县有祝英台墓，尝为诗以吊之。"

5. 清乾隆六十年(1795)《清水县志》，朱超修纂。

该志三处记载"梁祝"：一是"卷之二·山川·陵墓"称："祝英台墓，东八里，官路南"；二是"卷之八·人物·烈女·五代"因袭前志记之，然又注曰："事出小说，莫详真伪，姑依旧志录之"；三是"卷之十四·艺文"载有"梁祝"诗两首，然此两首诗，都是咏的"宜兴梁祝"。

6. 清光绪《清水县志》。

该志未见，据《梁祝文化大观》录之。该志所记，与前志"人物"所记相类。

民国三十七年(1948)《清水县志》(刘福祥修、王凤翼纂)《重修清水县志缘起》称：清水有志始于明万历间，知县金辛创修；清康熙间，邑侯刘俊生续修；乾隆乙卯，邑侯朱超重修。"光绪初，邑进士阎文圃、贡士刘见三立志续修，未获成编，仅存遗稿。嗣后，邑副贡王省三依据阎、刘旧稿，并由岁贡刘吉甫、廪生成仲材、刘绍甫诸先生协同采访，汇集成帙，冀以弥补百余年之阙于朱志不动锱铢，惜未刊行。直至民国十七年，邑绅阎简丞提倡重修"，"旋经兵变，事又中止。继而县长周顺吉奉充省志局采访，会集邑人襄助其事"，"搜罗方殷，河匪忽至，事又不得不停。迨二十三年，县长黄炘莅任，检阅旧志，遂慨然于清邑百数十年之文献无徵，极力提倡续修，务期集事。先印刷旧志百数十部，分赠各机关、学校，藉以振起人士注目邑志之观念。……略具雏形，旋以抗战发生，又停十余年"，直至三十四年(1945)春，在县长刘福祥的主持下，方才完成续修工作。

由此可知，《清水县志》创修于明万历间，然民国《清水县志》称康熙《清水县志》"为本邑志乘之最初稿本"，可见万历志早已湮灭了。而光绪间及以后的修志，又屡经挫折，并未刊行。民国三十七年的《清水县志》中，也并没有任何"梁祝"的内容。那么，《梁祝文化大观》中的光绪《清水县志》引文，来自哪里呢？据《重修清水县志缘起》，由于民国二十三年(1934)，为了"振起人士注目邑志之观念"，县长黄炘曾将旧志先印刷百余部,分赠各机关、学校。而这次印刷的"旧志",应是阎文圃光绪志的"遗稿"或王省三光绪志的未刊之稿,因此,《梁祝文化大观》所载的光绪《清水县志》的内容,很可能是出自散佚民间的"旧志"印刷稿。

7. 清《粟香四笔》,光绪金武祥撰。

是书"卷二"引吴骞《桃溪客语》之"清水梁祝"记载,同时还有宜兴、宁波、舒城的"梁祝"记载。

六、山西

榆社

1. 清康熙十三年(1674)《榆社县志》,佟国弘修。

该志有两处"榆社梁祝"的记载。一是"卷之一·舆地志·古迹"称:"响堂,在县西南十里梓荆山下,有石室方丈,如甕虚状。内有二石,像梁三伯祝英台。人入其中,石声与人声相应,亦古址也";二是"卷之二·建置志·寺观"称:"响堂寺,在县西十里,有梁山伯祝英台遗迹"。此两条梁氏名不一,前作"梁三伯",后作"梁山伯"。

该志为榆社县最早之方志,光绪《榆社县志·序》称:"榆社僻在万山之中,文献寥落,记载之阙如,盖已久矣。自康熙十三年诏天下各郡县辑志,邑令佟公承令编纂,榆社始有志"。

佟国弘,生卒不详,清三韩人。正蓝旗癸卯科(1663)举人,以文林郎知榆社县事,民间疾苦无不问之,一切陋规裁汰略尽,创修县志,后升任辽州知州。

清康熙山西《榆社县志》关于"梁山伯祝英台遗迹"的记载。

2. 清《古今图书集成》,康熙四十四年(1705)陈梦雷辑,雍正四年(1726)刊本。

是书"方舆汇编·职方典·第三百六十七卷·辽州部汇考三·辽州祠庙考·榆社县"与"辽州古迹考·榆社县"两处记载"榆社梁祝",其内容与康熙《榆社县志》一字不差,仅改"梁三伯"为"梁山伯"也。

是书同时有江苏、浙江、山东、河北、甘肃、重庆等地的"梁祝"记载。

3. 清《榆社县志》,乾隆八年癸亥(1743)费映奎修。

该志"第一卷·舆地志·古迹"有"响堂"条,然称"有石人二,像梁山伯祝英台,盖俗传之讹,大雅勿道也。"在"响堂寺"条中,不再提"梁祝"遗迹。

费映奎,生卒不详,清浙江仁和(今杭州)人,号朗山。雍正己酉科(1729)举人,乾隆六年(1741)任榆社知县。

4. 清《榆社县志》,光绪七年(1881)王家坊、葛士达修纂。

该志因袭乾隆志,于"卷之一·舆地志·古迹"记载:"响堂"条。然康熙志作"梁三伯",光绪志又作"梁山柏"。

王家坊,生卒不详,清浙江分水(今桐庐)人,字左春。道光己酉(1849)拔贡,历署山西十县。光绪六年(1880)任榆社知县,数月即退。后以丧归,卒于家。有《吾馨斋文集》等,因无资付印,终未刊行。

葛士达,生卒不详,清江苏上海(今上海)人,字伯材,一字子材。诸生。以军功保举五品衔,光绪六年(1880)九月任榆社知县,赏戴花翎,擢平定知州。著有《远志斋集》等。

七、重庆

合州(铜梁)

1. 清《古今图书集成》,康熙四十四年(1705)陈梦雷辑,雍正四年(1726)刊本。

是书"方舆汇编·职方典·第六百十一卷·重庆府部汇考五·重庆府古迹考·合州":"祝英台寺,在治东二十里。寺前里许,有祝英台故里坊;又数里,有祝英台坟墓;又二十里,白沙寺路瀑里滩岸上,有祝英台书题'大欢喜'石碑;行数武,又有'错欢喜'石碑,皆祝英台书"。

> 望仙楼 在治西南关山上唐县令赵延之修建并题
> 祝英台寺 在治东二十里寺前里许有祝英台
> 元天宫 在治南巴狱山巅上张佳荫有诗
> 台故里坊又数里有祝英台墓又二十里白沙寺路瀑裹滩岸上有祝英台书题大欢喜石碑行数武又有错欢喜石碑皆祝英台书
> 望仙楼 在治西唐合州刺史赵延之仙去后人为建此楼

清雍正《古今图书集成》关于重庆铜梁县祝英台遗存的记载。

此载"瀑里滩"现名"蒲吕滩"。清光绪《铜梁县志》云:"蒲吕滩,在蒲吕场。滩险而长,舟行不易"。按,现铜梁县仍有蒲吕镇建制。

是书同时有江苏、浙江、山东、河北、山西、甘肃等地的"梁祝"记载。

2. 清道光十二年(1832)**《铜梁县志》**,徐瀛修,白玉楷等纂。

铜梁有志始于明,毁于兵燹。乾隆二十九年,仅修人物、艺文而未竟。嘉庆十三年,复加增纂,经六十年三考订,至道光十一年始有完书。故该志是现存之最早铜梁县志。

该志记载"铜梁梁祝"凡四处:一是"卷一·地理志·山川"称:"祝英台山,在县南二十里";二是"卷一·地理志·古迹"称:"大欢喜碑,在县南蒲吕滩河岸,祝英台书";三是"卷八·杂记"称:"明季献贼驱逐流民,男妇数百至蒲吕滩岸上,人心汹汹,苦无舟楫。突见河中石梁浮起,广数尺,流民争渡。贼追至,石梁复沉,遂不得济。渡河者以是得免于难焉。后里人祝英台书'大欢喜'三字勒诸碑,以表其异。按县南有山曰祝英台山,左即其故里,石坊尚存。据此则祝为里人无疑。"此外,在"卷首·疆域图"中,县治东南有山,标"祝英台"三字。

徐瀛,清浙江海宁人,字笔珊。举人。道光元年(1821)知铜梁县,清廉勤敏,百废俱兴。以西藏军粮事务升任壬午科四川乡试同考官,八年(1828)冬,以文林郎回知铜梁县。纂修县志,邑之文献,因以有徵。

白玉楷,字小裴,生卒不详,四川营山县拔贡,时为候选州判。

3. 清光绪元年乙亥(1875)**《铜梁县志》**,韩清桂等修、陈昌等纂。

该志记载"梁祝"凡四处。其中三条因袭道光志,唯称祝英台山"在县东二十里"。另一条为"第一卷·地理志·茔墓"称:"祝英台墓,在县东祝英寺前"。

据道光、光绪两志的记载,当地流传的"祝英台"故事,可能与张献忠屠川有关。故事称流民被张献忠驱至蒲吕滩,河中石梁浮起救渡灾民,后里人祝英台书"大欢喜"碑云。张献忠是明季人,按照这一传说,祝英台则应是清初当地人。如果此说是成立,则此"祝英台"必非"梁祝"传说中的祝英台。然郭朗溪所纂的《新修铜梁县志》(1949年完稿,

1992年刊印),"第一卷·建置(第二)·(丙)坛庙"中称"祝英寺"在"全德乡祝英台山,宋宣和时建,明万历、清嘉庆历加修葺",则铜梁"祝英寺"宋代就有了。但郭志称书写大欢喜碑者为"祝英召",不知是"大欢喜"碑落款"祝英召"被误传为"祝英台",还是《新修铜梁县志》排版的差错?

韩清桂,生卒不详,清江苏元和(今苏州吴县)人。监生,同治十三年(1874)任铜梁知县,光绪元年去任。

陈昌,生卒不详,清四川铜梁人。赐进士出身,奉直大夫、礼部主事仪制司行走。

八、安徽

舒城

1. **清《桃溪客语》**,乾隆五十三年(1788)吴骞撰。

是书"卷一·梁祝同学"称:"又,舒城县东门外,亦有祝英台墓",同时还有宜兴、宁波、清水的"梁祝"记载。

2. **清《粟香四笔》**,光绪金武祥撰。

是书"卷二"引吴骞《桃溪客语》,记"舒城梁祝",同时还有宜兴、宁波、清水之"梁祝"记载。

3. **清《菽园赘谈》**,光绪丁酉(1897)邱炜萲撰。

《菽园赘谈》其书未见。1930年《民俗周刊》的"祝英台故事专号"中,谢云声《祝英台非上虞人考》引《菽园赘谈》"下册"称:"词曲中有'祝英台近'牌名,亦曰'祝英台'。后人遂附会祝英台为良家子,伪为男服,出外游学。与同砚生梁山伯共枕席三年,虽心悦之,终以礼自持,能以智自卫,故梁不知其为女。他日归,以实告,且约梁速来家求婚。梁逾期至,父母已许字他姓,梁懊恨成疾死。及婚,路过梁墓,感旧伤情,一恸而绝。"又说:"有人言:曾过舒城县梅心驿,道旁石碣上大书曰:梁山伯祝英台之墓。近村居民百余家,半是祝氏。岂即当年所营鸳冢耶?不可知矣!"

据谢国桢《明清笔记谈丛》称,《菽园赘谈》为邱炜萲著,"凡十四卷,光绪丁酉(1897)香港铅印本。光绪辛丑(1901)重编七卷,上海铅印本,内容略有不同。邱炜萲,生卒不详,字菽园,福建海澄人,光绪间举人",著有《菽园赘谈》、《五百石洞天笔尘》。

几点说明：

（1）以上所列历代"梁祝"记载的书（文）凡136部/篇（至重印时已超过200部/篇），又因一书或一文中记载多地"梁祝"而重复，故共列171篇。其中江苏72篇（宜兴63篇、金陵1篇、苏州4篇、镇江3篇、江都1篇）；浙江61篇（宁波/含绍兴、上虞56篇、嘉兴5篇）；山东16篇（陵县/即河间林镇2篇、邹县9篇、曲阜2篇、胶州3篇）；河北5篇（均元氏）；甘肃7篇（均清水）；山西4篇（均榆社）；重庆3篇（均铜梁）；安徽3篇（均舒城）。以上史志、古籍所载，不含戏曲、曲艺以及民国后的记载。

（2）目前可考的最早"梁祝"记载虽是南齐，但现存最早直接记载"梁祝"的志乘、古籍见于南宋：在宁波是张津的《乾道四明图经》；在宜兴是史能之的《咸淳毗陵志》。在此以前的典籍记载，均出自征引与考证。

1930年《民俗周刊》谢云声引清光绪邱炜萲《菽园赘谈》关于安徽舒城"梁山伯祝英台墓"之原文。

（3）清以前戏曲、曲艺甚多，然不见于史志。在方志中记有梁祝传说或遗址遗迹的，仅有江苏宜兴、金陵，浙江宁波、上虞以及山东邹县（含今微山）、胶州、甘肃清水、河北元氏、山西榆社、重庆铜梁10地。另外，苏州、镇江、嘉兴3地的方志中虽记有与"梁祝"有关的物产"蝴蝶"，然无具体的"梁祝化蝶"指认，故未计在以上10地中。

（4）其他有"梁祝"遗存记载地区的方志查阅情况如下：

① 浙江杭州：查宋乾道五年、咸淳四年《临安志》，明成化十一年、清康熙二十六年、光绪二十四年《杭州府志》以及明万历十九年、清康熙五

十七年《钱塘县志》,无"梁祝"记载。

② 浙江绍兴:查宋嘉泰元年《会稽志》、宝庆元年《会稽续志》、明万历三年《会稽县志》以及万历十五年、清乾隆五十七年《绍兴府志》,无"梁祝"记载。

③ 江苏苏州:除前述方志、古籍外,查宋元丰七年《吴郡图经续记》、绍熙三年《吴郡志》、明正德元年《姑苏志》以及清同治十三年《苏州府志》,无"梁祝"记载。

④ 江苏江都:除前述古籍外,查明万历二十七年、清雍正七年、乾隆八年《江都县志》、嘉庆十三年《北湖小志》、嘉庆十五年《扬州府志》以及光绪十年《江都县续志》,无"梁祝"记载。

⑤ 山东陵县:除前述古籍外,查明嘉靖庚子、清康熙十七年《河间府志》、清乾隆二十五年《河间府新志》以及明嘉靖七年、万历四年《德州志》、清康熙金祖彭《德州志》(年代缺)、乾隆五十三年《德州志》、康熙十二年、道光二十五年《陵县志》,无"梁祝"记载。

⑥ 山东曲阜:除前述古籍外,查清康熙十二年、乾隆三十九年《曲阜县志》,无"梁祝"记载。

⑦ 山东嘉祥:除前述古籍外,查清顺治九年、宣统元年《嘉祥县志》,无"梁祝"记载。

⑧ 河南汝南:查清康熙二十九年《汝阳县志》、康熙三十四年、嘉庆元年《汝宁府志》以及民国二十七年《重修汝南县志》,无"梁祝"记载。

⑨ 安徽舒城:除前述古籍外,查明万历八年、清康熙十二年、雍正九年、嘉庆十二年《舒城县志》以及光绪三十三年《续修舒城县志》,无"梁祝"记载。

⑩ 湖北嘉鱼:查清同治五年《重修嘉鱼县志》,无"梁祝"记载。

⑪ 广西柳州:查清乾隆二十九年《柳州府志》,无"梁祝"记载。

⑫ 广西藤县:查清嘉庆二十一年、光绪三十四年《藤县志》,无"梁祝"记载。

⑬ 重庆铜梁:除前述方志、古籍外,查清道光《重庆府志》、明万历七年、清乾隆五十四年、光绪四年《合州志》,未见"梁祝"记载;而万历三十四年《重庆府志》卷四至卷二十五已佚,包括山川、古迹、丘墓、寺观等均不知所载。

(5) 现已查见存世历代"梁祝"记载的书(文)虽超过百部/篇,比钱南扬那时增加了不少,但必还有许多未见者(如还有许多方志,藏于各地、各院校中,尚未见到;有的仅见存目,未见原书;还有各地古籍中的诗文,肯定也有许多),或因版本不同或编纂时疏忽而仍有错误者,望诸"梁祝"学术研究者钩沉补正。

宜兴梁祝遗存最多

十八相送

现存最早的"梁祝"文物——碧鲜庵碑

在江苏宜兴风景秀丽的善卷洞后洞口,有一座四柱方亭,隐现在万绿丛中,亭顶为葫芦形,四角飞檐高高翘起,亭中央矗立着一块不规则的长方形暗红色石碑,碑高2.2米,碑上赫然铭刻着"碧鲜庵"三个大字,无款,字约二尺见方,笔势瑰玮,浑厚有力。这就是现今尚存的"梁祝"早期历史文物——碧鲜庵碑。

一、"碧鲜庵"碑于20世纪二十年代出土

这块"碧鲜庵"碑的发现,要归功于对宜兴"两洞"开发的储南强先生。

善卷、庚桑(张公)两洞,风景秀丽,溶洞天成,是历史上著名的佛道胜地,自古便有洞天福地、海内奇观、欲界仙都之称。早在1700多年前的三国时期,善卷、庚桑两洞就得到了古人的开发,积聚着丰富与宝贵的民族文化遗产。为了保护两洞文物古迹,避免这些文化瑰宝遭受湮灭的危险,开发旅游事业,宜兴名士储南强先生(1876—1959)怀着"生为一个宜兴人,要为地方尽点力、做点事"❶的拳拳赤子之心,自1921年起,历时一十四载,倾尽家资,对善卷、庚桑两洞进行保护性开发,于1934年11月11日通车开放。储南强先生的这一壮举,堪称开发我国现代旅游业之先河,曾受到新四军苏浙军区政治部的通告保护和蒋介石的褒奖。

开发工程包括善卷、庚桑两个溶洞。而善卷洞的开发又包括乾洞和大、小水洞的挖掘贯通❷以及洞外景观的恢复与建设。根据县志和古籍记载,坐落在善卷后洞处的善卷寺规模十分恢宏,连善卷洞、九斗坛及附近田庄都属于寺产。明正德年间(1506—1521),僧负官租,邑人陈氏捐金以偿。且因宋陈宗道、陈珪、明陈思明等均舍田于寺,故寺内除建有"三生堂"外,还有宋陈宗道等祠庙。康熙十三年(1674),玉

林禅师来住,未数月,避众议去,令法嗣白松主席。白松欲毁陈宗道祠为方丈,不容陈氏后人祭祀,并以刀剑刺击前来祭祀的陈氏子孙,陈氏宗族一怒之下把善卷寺焚为灰烬,白松亦被烧死,成为轰动一时的大案,后陈氏族长被诛❸。此事被离奇传出后,据说被改编成了戏剧《火烧红莲寺》。2003年,笔者曾采访过当时90余岁的储烟水老人(储南强之女),她说,因《火烧红莲寺》中,寺内设有地室。储公为探善卷寺地室之谜,乃在善卷洞开发时,令工匠同时在原善卷寺旧址的残垣下深挖,但最终未发现任何地室。然而,令储公振奋的是,在现碧鲜庵碑亭西(即现碧鲜园英台阁后)土中一米多深处,竟挖出一块巨大的石碑,上刻"碧鲜庵"三个大字,这就是现在矗立在碑亭中的碧鲜庵碑。

此事发生在1921年善卷洞开发初期。现善卷后洞口的"飞来石"上,留有储公铭记,云:"山南工程施工最早,结工最后。民国十年始出碧鲜庵碑于寺后土中,建碑亭。"这块石碑下部断裂,幸未影响铭刻的大字。为了防止石碑纹理裂开,储公在石碑背后加了数处铁锸。即便如此,巨碑立起后,"庵"字已近着地。现在,大石的底部还用了水泥加固。

二、该"碧鲜庵"碑就是方志古籍记载的古碑

储南强先生为何对"碧鲜庵"碑的出土如此振奋呢?因为碧鲜庵就是梁山伯与祝英台的读书之处。

南齐时的《善卷寺记》,记载了齐武帝赎祝英台故宅建寺的史实。唐《十道志》云:"善卷山南,上有石刻曰'祝英台读书处'。"明陈仁锡《潜确居类书》称:南齐建元二年,"刻'祝英台读书处'六大字"。根据以上记述可知,南齐的帝王在义(宜)兴善卷山创建善卷寺时,收赎了原祝英台的故宅,同时又在善卷山南的石壁上刻下了"祝英台读书处"六个大字。而这"祝英台读书处"就是善卷山南的碧鲜庵。

"碧鲜庵"与"碧鲜庵碑"的记载始于宋代,且代不绝书。清与清以前记有"碧鲜庵"及"碧鲜庵碑"的史志古籍共有33部,其中记有"碧鲜庵碑"的13部。

最早记载"碧鲜庵"及"碧鲜庵碑"的是宋《咸淳毗陵志》(1268)。该

志"卷二十七·古迹"称:"祝陵,在善权山,岩前有巨石刻,云'祝英台读书处',号'碧鲜庵'";"卷二十九·碑碣"又记曰:"碧藓庵,字在善权寺方丈石上"。但此处的"碧藓庵"实为"碧鲜庵"之误。清乾隆间的徐滨,在《宜兴县志刊讹》(不分卷)中指出:"善权石刻有'碧鲜庵'三字,体势雄浑。明谷兰宗有《题碧鲜岩》及《祝英台近》词一阕,碑立其上。子春书《碧鲜志》,并作'藓',直不知'碧鲜'为竹名耳。即所载'蝴蝶满园飞不见,碧鲜空有读书台',亦作'藓',则且平仄失严矣"。而后,嘉庆二年《增修宜兴县旧志》"卷九·古迹志·遗址·碧鲜庵"也作了说明:"碧鲜庵,一名碧鲜岩。今石刻六字(按:即"祝英台读书处"六字)已亡,惟'碧鲜庵'长碑三大字,字形瑰玮,谓是唐刻。碧鲜本竹名。碑刻现在,无作'藓'者。王志误作'藓',诗句平仄失粘,不可读矣。华诗作'碧仙',亦属传闻之误"。嘉庆志特称:"碑刻现在,无作'藓'者",应是在发现"碧鲜"与"碧藓"、"碧仙"的问题后,与原碑核对后所记,是准确无误的。且《咸淳毗陵志》"古迹·祝陵"条亦称祝英台读书处"号'碧鲜庵'",可见,该志之所谓"碧藓庵",的确是"碧鲜庵"之误。

清嘉庆二年(1797)《增修宜兴县旧志》卷九·古迹志·碑刻·善权寺碑"又记曰:"一碧鲜庵三大字,楷书,笔势瑰玮,传为唐刻。"

但是,《咸淳毗陵志》只说到"碧鲜庵"碑在善权寺内的方丈石上;清《宜兴县志》也只说"碧鲜庵"碑三大字,楷书,笔势瑰玮,都没有记载该碑的确切位置。

然而,在明清的游记、笔记里,"碧鲜庵"碑的位置就十分明确了。明礼部郎中都穆(1459—1525)与南京刑部尚书王世贞(1526—1590)分别在游记《善权记》和《游

清嘉庆《宜兴县旧志》"善权寺碑"关于"碧鲜庵三大字,楷书,笔势瑰玮,传为唐刻"的记载。

善权洞记》中,对当时善卷寺的规模作过详细的描述:从祝陵玉带桥到善卷寺,有二人合抱的夹道长松;山门朝南,上有榜,曰"龙岩福地";进门后行松间数百步,有一涧水流过,泉上有亭名曰"涌金",亭中可休息品茗;涌金亭之后,则是"圆通阁",奉观音大士,阁下是各朝古碑刻;"圆通阁"的后面便是中庭,庭中多植古柏;中庭过后,方是正殿,叫做"释迦文殿",供如来佛祖;正殿之后,又有"三生堂",其匾为宋李曾伯所书。这里便是昔日的"祝英台读书处",而唐李司空微时亦藏修于此。"碧鲜庵"碑就在"三生堂"里的"右偏石壁"(即西侧);由"三生堂"折向东北,即为寺的后门,出寺后即是善卷后洞了。❹ 与都穆同时的沈周(1427—1509)也在"碧鲜庵"的诗序中称,碑"在'三生堂'西北石壁,旧传昔祝英台读书之处。李丞相亦藏修于此❺"。清乾隆间的吴骞(1733—1813)在客寓宜兴时,曾多次游览过善卷寺,并对亲眼看到的情况作了如实记录。他在《桃溪客语》"卷一·碧鲜庵"记曰:"善权寺大殿及藏经阁俱毁于火。殿后石壁有巨碑,书'碧鲜庵'三大字,字逕二尺余,前后无款识,笔法瑰玮雄肆,绝类颜平原。"吴骞看到的虽是善卷寺

明弘治《善权寺古今文录》都穆《善权记》,称在"三生堂"右偏石壁有"碧鲜庵"三大字,即祝英台读书处。

被焚后残存的景物，但就"碧鲜庵"碑的位置来说，与宋、明人的记载则是完全相同的。

与这些史志、古籍对照，不仅"碧鲜庵"碑的字体、字形以及无款的布局与记载完全一致，而且根据典籍记载可知，原来的"碧鲜庵"碑就在"三生堂"内，而"三生堂"又在释迦佛殿的右后，临石壁而建，"碧鲜庵"碑就靠在石壁上，或是刻在与石壁相连的凸出的石块上。出了"三生堂"折向东北就是寺的后门，出了后门就是善卷后洞了。这个位置，就是现在碧鲜园的英台阁后面，也与储公当年前出土"碧鲜庵碑"的位置完全相同。况且，储公当时为了挖掘地室，开挖面布及全寺，并未发现第二块"碧鲜庵"碑。因此，我

清乾隆《桃溪客语》关于"殿后石壁有巨碑，书碧鲜庵三大字"的记载。

们可以确认，储公出土的"碧鲜庵"碑，就是宋志及明清古籍记载中的"碧鲜庵碑"无疑。

三、"碧鲜庵"碑是何时何人所书刻？

碧鲜庵碑虽是志乘与古籍中记载的古碑，且于20世纪二十年代出土，但由于该碑并无款识，对于其书刻时间与书刻人，需进行必要的考证。

（一）"碧鲜庵"碑书刻人的三种说法

关于这块碑的来历，宜兴当地共有三种说法：第一种说法是由祝英台所书，或称祝英台所书、唐李蠙摹刻；第二种说法是唐司空李蠙书刻；第三种说法是宋李曾伯所书。其中第一种说法见于石碣，第二种说法见于志乘，第三种说法见于古籍。

"祝英台所书说"：善卷洞现存断碣一方，刻有岭南黄石震的一首诗："片石名山自古今，青山隐隐绕空林。梁郎应悔怜相晚，辜负佳人一

段心。"其诗有序,云:"碧鲜庵碑相传为祝英台所书,余玩赏不置,因题一绝。"黄石震从岭南来到宜兴,听到"梁祝"的传说,看到了"碧鲜庵"碑,兴由情发,留下了"碧鲜庵碑相传为祝英台所书"的文字。

"唐碑说":清嘉庆二年的《增修宜兴县旧志》,称"碧鲜庵"碑为"唐刻"。该志两处记到"碧鲜庵"碑:一是"卷九·古迹志·遗址"称:"碧鲜庵,一名碧鲜岩,今石刻六字已亡,唯'碧鲜庵'长碑三大字,字形瑰玮,谓是唐刻";二是"卷九·古迹志·碑刻"又称:"善权寺碑:一'碧鲜庵'三大字,楷书,笔势瑰玮,传为唐刻。"碧鲜庵"唐碑说"虽出于志乘,但却称"传为唐刻"、"谓是唐刻",说明其来源还是传说,且并未明确指认为李蜍所书,具有较大的不确定性。

"李曾伯所书说":古籍中多有记载,但均源出于明万历间章潢的《图书编》。他在"卷六十·南直隶各郡诸名山·善权洞"称:"寺之后有三生堂,唐李蜍、宋李刚(笔者按:即李纲,原文误)、李曾伯一姓而皆位至宰相。沈石田诗,所谓'一姓转身三宰相'者也。堂右偏石室刻'碧鲜庵'三大字,李曾伯所书,乃祝英台读书处,与梁山伯同事笔砚者"。此文后为《文渊阁四库全书》所收录❻,是所有古籍中最早明确说到"碧鲜庵"碑为何人所书的记载。与章潢基本同时的王圻在《三才图会·地理七卷·善卷洞图》中也抄录删节章潢原文,称"寺之后有三生堂,唐李蜍、宋李刚、李曾伯一姓而皆位至宰相。沈石田诗,所谓'一姓转身三宰相'者也。堂右偏石室刻'壁仙庵'(按,"壁仙"为"碧鲜"误,原文如此)三大字,李曾伯所书,乃祝英台读书处,与梁山伯同事笔砚者"。而《三才图会·善卷洞图考》又被清雍正钦定的《古今图书集成·方舆汇编·山川典》所征。

(二)"碧鲜庵"碑非李曾伯所书之考辨

李曾伯是南宋时人,章潢与他仅相隔三百年。按理说,章潢距李曾伯时间较短,且记载肯定,应当较为可信。然而,此说在与李曾伯同时的宋《咸淳毗陵志》中并无记载,再经过深入的研究推敲,又觉得问题很大。

首先,《咸淳毗陵志》专门有"碑碣"一卷,收录修志前的晋唐宋碑共161条,其中宜兴48条。其记载的碑碣中,除了常州"甘棠桥记"碑和宜兴"碧鲜庵"碑没有记载年代或撰、书人外,其余159块碑碣都记载了所建年代或撰文人或书写人。为什么唯独这两块碑没有加注年代、撰文人或书写人呢？笔者以为，"甘棠桥记"很可能是块残碑，其立碑年代及撰文人、书写人已经缺失，又无典籍可查，无法考证；而"碧鲜庵"碑原本无款，又无确切的史料记载，故《咸淳毗陵志》的编纂者史能之只好仅作"字在善权寺方丈石上"的简单位置记载了。

其次，史能之与李曾伯同时。李曾伯（1198—1268），理宗淳祐中（1241—1252）历知静江府、广西经略安抚使；宝祐元年（1253）拜端明殿学士，明年进资政殿学士、四川宣抚使、京湖制置使，赐同进士出身；开庆元年（1259）进观文殿学士；景定五年（1264）知庆元府兼沿海制置使。咸淳元年（1265）为贾似道嫉而解职。《四库全书》称："考曾伯卒于宝祐戊辰"，即1268年。

史能之，宋四明人，字子善，第进士，朝奉大夫太府寺丞，淳祐元年（1241）尉武进，咸淳二年（1266）知常州府[7]。如果"碧鲜庵"碑为李曾伯所书，与其同时的史能之在编志时必然会有所了解。

其三，李曾伯在宝祐四年（1256）曾奏请拓修善权寺殿，请皇上赐名，得到敕准并赐"报忠寺"匾额。李曾伯自己也说"自宝祐拨赐后，……重加整葺，仅四年，寺宇一新，规模改观"，后又于乙丑（1265）夏重建禅堂，丙寅（1266）秋落成，亲撰《善权禅堂记》[8]。如果"碧鲜庵"碑是李曾伯所书，必在1256—1266年之间。而史能之于1266年上任后，先整顿开支，后疏浚河道，数月后，州治清理，即重修郡志。[9]由此可知，史能之修志始于1267年，至1268年志成，此时离李曾伯奏拓善权寺12年，距建成禅堂仅1年。如真是李曾伯所书，即使没有款识，史能之也必然能够确切地了解到并认定是李曾伯所书的。

其四，清康熙《常州府志》称史能之"重修郡志，义例精审，当世称之"，说明他在编志时是相当认真的。况且李曾伯曾为当朝资政殿学士，以诗词及"文臣主军"而著名，如果"碧鲜庵"碑真为李曾伯所书，史能之是不可能含糊过去、不予记载的。况且，善卷寺从南宋建炎元年（1127）诏复为院到史能之编志的一百四十年中，先后有李纲、李曾伯等人的修缮，香火是比较兴旺的。如果在这段时间内书刻了"碧鲜庵"碑，寺内僧人应当不会误传，即使没有记载，通过走访寺僧，也很容易弄清。因此，笔者以为，在南宋前，碧鲜庵"唐碑"说很可能早已存在，但由于该碑没有款识,加上时间久远,史能之也未查到确切的刻制年代与书刻者的依据。而以他"义例精审"的编志精神,又不愿意把传言的东西写进志书里去,因此,《毗陵志》中才没有留下"碧鲜庵"碑的书写年代或书刻人——这也是最合乎逻辑的解释。

根据以上情况,可以推断出,这块"碧鲜庵"碑在《咸淳毗陵志》编纂之前很早就已经存在了。

除了《咸淳毗陵志》揭示出来的问题外,笔者还发现一些情况,可作为佐证:

一是李曾伯在善权寺确有不少题匾,但均与"碧鲜庵"碑无关。明都穆的《善权记》中,说到在三生堂里就有李曾伯的书匾。他说:"入三生堂观李曾伯书匾,右偏石壁刻'碧鲜庵'三大字",虽然都穆没有写明三生堂中李曾伯书匾究竟写的是什么,但有一点可以肯定,绝对不是"碧鲜庵"三字。因为"书匾"是木制的匾额,一般悬挂于门首或厅堂的上方。而"碧鲜庵"则是石刻,位置是在右偏(即偏西的)石壁。另外,明弘治间宜兴县令玄敬与善权寺住持方策曾集"山中佳迹二十四题",请著名书画家沈周题咏并作画,其诗辑于《善权寺古今文录》中,其中也有两处提到李曾伯的书匾。一是《胜义堂》诗序曰:"即讲堂也。李曾伯书匾";二是《龙岩亭》诗序曰:"寺之首门。李曾伯书匾",由此可知"胜义堂"与"龙岩"的匾文也是李曾伯写的。在二十四咏中,沈周也作有《碧鲜庵》诗,但并没有提到李曾伯,其序为:"碧鲜庵,在三生堂西北石壁。旧传昔祝英台读书之处,(唐)李丞相亦藏修于此。"❿沈周虽没有说到李曾伯书匾,但记载的"碧鲜庵"碑刻的位置"西北石壁"与都穆的"右偏石壁"相同,这足以说明"碧鲜庵"的石刻,不是李曾伯所书。

二是《善权寺古今文录》中,还收录了一首顾逢的《题善权寺》诗,云:"英台修读地,旧刻字犹存。一阁出霄汉,万松连寺

明弘治《善权寺古今文录》顾逢《题善权寺》诗,注明"旧刻""即碧鲜庵"。

门。洞深云气冷,池浅鹿行浑。山下流来水,风雷日夜喧。"原诗在"旧刻字犹存"后面,加注"即'碧鲜庵'"四字❶。顾逢虽是宋末元初人,但他与李曾伯同时,因他在宋理宗端平、淳祐间(1234—1252)名气就很大,与陈泷等有"苏台四妙"之称,而那时李曾伯还没有将善权寺奏赐"报忠寺"。所以,顾逢把"碧鲜庵"碑称之为"旧刻",说明在李曾伯奏赐"报忠寺"前,善权寺里就存在"碧鲜庵"碑,而且年代已经久远了。如果该碑是李曾伯所书,顾逢是决不会称其为"旧刻",也不会称其"字犹存"的。由此也有力地证明,"碧鲜庵"碑非李曾伯所书刻。

综上所述,可以初步得出这样的结论,就是"碧鲜庵"碑在李曾伯前就肯定已经存在了,而关于该碑为"李曾伯所书"之说,则是到了明代的误传。

据考,明正统十年(1445),善卷寺曾进行重修,并建起了"三生堂"。当时"三生堂"内同时存有"碧鲜庵"碑与李曾伯书匾。三生堂的位置,在释迦佛殿后面、寺的最后一进,是依就方丈石"碧鲜庵"石刻而建的。后来,当李曾伯所书的木制匾额损毁湮灭之后,人们把"碧鲜庵"碑误作为李曾伯所写的书匾而加以指认,因而造成了张冠李戴的误传。产生误传的时间,应于都穆《善权记》后、章潢《善权洞》前,大约在1500—1570年左右,这时李曾伯木制书匾经过60~130年的腐蚀,造成损毁是完全可能的。而章潢的游记,则按照听到的误传,把"李曾伯所书"写了进去,并为多种典籍转引,以至于以讹传讹,谬误至今。

(三)"碧鲜庵"碑非祝英台所书之考辨

"祝英台所书说"仅见于黄石震的碑刻,史志古籍并无记载。黄石震其人无考,以该碑的风化程度,似为清末民初之物,且黄亦称"相传为祝英台所书",是听来的传说,确切度欠高。

"碧鲜庵"是祝英台的书斋名。宜兴县志称:"碧鲜本竹名",即碧鲜竹,俗称"英台竹"。该竹筷子粗细,婀娜多姿,明嘉靖宜兴县令谷兰宗《祝英台近·碧鲜岩》有"春笋细如箸"之句,即指碧鲜竹。碧鲜竹生长于善卷后洞,每节均有三杈,不同于每节两杈的普通竹。此竹是祝英台生前喜爱的植物,相传她在赠与梁山伯的折扇上就题有"碧鲜"二字。"庵"的本义是小草屋,在古时又常被作为书斋名,小的佛寺也称为"庵"。《咸淳毗陵志》称祝英台读书处号"碧鲜庵",可见,这个碧鲜庵并不是佛寺,而是祝英台书斋的名称。然而,"碧鲜庵"即便是祝英台的书斋名,即便由英台亲自书写,也只能刻成书匾,既不可能题写得这么大,也不会把它刻在石头上,故所谓"祝英台所书说",仅仅是传说而已。

祝英台书、唐李蠙摹刻之说仅存于民间,也没有任何记载。其说初看似有可能,其实也经不起推敲。因为祝英台英年早逝,祝家故宅亦于南齐被拆毁了,即使祝英台生前曾有过"碧鲜庵"的匾额或留下了"碧鲜庵"的墨迹,在人去宅毁的情况下,也是难以保留五百多年的。那么,晚唐的李蠙又从何处得到祝英台的书稿来摹刻呢?这是很有疑问的。因此,"祝书李刻说"也不可信。

(四)"碧鲜庵"碑"唐碑说"之考辨

既然"碧鲜庵"碑不可能是晋祝英台所书,又在南宋李曾伯前早已存在,那么,该碑书刻于唐代或北宋时期就十分可能了。根据善卷寺的历史变迁,该碑应是与善卷寺有较深感情的人在建设或修缮时的杰作。因为"碧鲜庵"碑的存在是铁的事实,所以,关于书刻人的"传言"不会是空穴来风。因此,在否定李曾伯所书之后,基本上可以判定"碧鲜庵"碑是块唐碑,其书刻人很可能就是李蠙。其理由是:

1. 李蠙赎修善权寺是在唐咸通八年(867),这既符合在史能之以前较久远的时间且无明确记载的情况,又符合与善卷寺有深厚感情并倾囊对善权寺进行收赎与重建的条件。李蠙当年曾在善权寺修读,至少有六、七年时间,即唐大和末至开成间(约835—840)。840年,李蠙梦虱而更名,次年(即会昌元年)即第进士。而李蠙在寺内读书的具体位置,就是原来的祝英台读书处——碧鲜庵。明沈周记曰:"碧鲜庵在三生堂西北石壁。旧传昔祝英台读书之处,(唐)李丞相亦藏修于此";明都穆记曰:"入三生堂观李曾伯书匾。右偏石壁刻'碧鲜庵'三大字,即祝英台读书处,而李司空亦藏修于此";明王世贞亦记曰:"至三生堂,观祝英台读书处"。这说明,原来的祝英台读书处"碧鲜庵",就在后来"三生堂"的位置,而此处则正是当年李蠙藏修读书之处。由于李蠙当年就在原祝英台书斋碧鲜庵修读,时间且长达六、七年,当然对其情意深笃。因此,他在善权寺重建中,在自己当年读书的位置(亦即原祝英台读书处)修建了李司空山房。李司空山房的位置,正好在寺后石壁处,故他在石壁的巨石上书刻了祝英台的书斋名"碧鲜庵",则是完全可能的。后来,由于有了李氏"三生轮回"的传说,到明正统间善权寺重修时,则把李司空山房(亦即李公楼)改建成了"三生堂"。这样,沈周、都穆、王世贞才有了以上"三生堂"即李蓑藏修处,亦即原祝英台读书处"碧鲜庵"的记载。

2. 在李曾伯以前,除了南齐的《善卷寺记》外,留下与祝英台相关文字的并不多。一是唐梁载言"善卷山南,上有石刻,曰祝英台读书处";二是唐李蓑"常州离墨山善权寺始自齐武帝赎祝英台产之所建之";三是宋薛季宣的《游祝陵善权洞》诗,称"寺故祝英台宅";四是宋周必大"按,旧碑:寺本齐武帝赎祝英台庄所置"。⑫ 而在这四人中间,唯独李蓑符合对善卷寺有较深的感情并倾心予以重建,因此"碧鲜庵"碑为李蓑所书的可能性最大,这与县志中"谓是唐刻"、"传为唐刻"的记载也是相吻合的。与李蓑相比,李曾伯虽然也把善卷寺作为本家坟刹,但在他留下的四十五万字巨著以及与善卷寺相关的二十余首诗词中,没有一处提到过祝英台。历史上李蓑留下的文字极少,诗词仅1首,但就在这极少的文字中,就留下了与祝英台相关的内容。因此,对于祝英台读书处的情感,李曾伯是大大不如李蓑的。

3. 在李蓑之后李曾伯之前,善卷寺曾有两次短期改为道观。一次是在南唐(937—975),但到后主时(961—975)就恢复为寺了⑬,其间最长不超过38年;另一次是在北宋宣和间(1119—1125),改成了崇道观,到南宋建炎元年(1127)即诏复为院,其时间不超过8年。在改为道观期间,书刻"碧鲜庵"碑的可能性几乎为零。

4. 在善卷寺的历史上,宋代还有两件大事。一件是龙图阁待制傅楫于北宋崇宁元年(1102)将广教禅院(善卷寺)请为徽宗潜邸。但傅楫请为坟刹后,当年就死于亳州任上,所以他并没有书刻"碧鲜庵"碑的时间与可能。另一件是善卷寺被改为崇道观后,于南宋建炎元年诏复为"广教禅院"。这一年,李纲拜相,重游宜兴善卷。后来,又出资重塑释迦牟尼佛祖金身。南山居士的《重装大殿佛像记》记述了修缮始末。由于不是全面修缮,且李纲为相七十余日即罢,不久就流放到海南,因此,他也不可能在佛殿后面的方丈石上去书刻"碧鲜庵"碑的,且南山居士也无此记载。

5. 由于善卷寺于南唐与宋宣和间两次改为道观,寺内僧人的离去,使原有的确切口传必然为之淡化甚至散佚,以致后来就不知该碑为何人所书了。到了明正统善卷寺建造了"三生堂"后,堂中同时存有"碧鲜庵"碑与李曾伯的书匾。如前所述,当李曾伯所书的木制匾额腐损之后,人们误把"碧鲜庵"碑当作为"李曾伯书匾"加以指认,造成张冠李戴的误传。

当然,从严谨的科学态度出发,目前,我们能够肯定并确认的是:"碧鲜庵"碑不是李曾伯所书,它至少在宋宝祐四年(1256)李曾伯奏请"报忠寺"及宋《咸淳毗陵志》编纂的1268年前就早已存在了。**而根据综合分析推论,宜兴史志中的"碧鲜庵""唐碑说"可基本判定,而且李蠙书刻的可能性极大。**

四、为什么说碧鲜庵碑是现存考确的最早"梁祝"文物

既然"碧鲜庵"碑在南宋前早就存在,那么,它应当就是现存考确的、最早的、反映"梁祝"爱情传说的历史文物。

(一)记载中比碧鲜庵碑早的"梁祝"文物均已湮灭

根据记载,在宜兴,从南齐到唐代的"梁祝"文物古迹共有三处,其中两处早于"碧鲜庵"碑,一处与"碧鲜庵"碑同时:一是南齐建元二年创建的善卷寺,寺内有《善卷寺记》碑刻,记载了收赎祝英台故宅建寺的内容;二是善卷山南石壁上的石刻"祝英台读书处"六个大字;三是唐李蠙在善卷寺石壁上的题诗,称"常州离墨山善权寺,始自齐武帝赎祝英台产之所建之"。但是,南北朝时所建的善卷寺早已于唐会昌年间毁废,咸通八年李蠙主持重建的善权寺也历尽沧桑,虽经宋、明重修,然于清康熙十三年被焚,后又遭兵燹。现在,虽在原址重建了善权寺,但也早已面目全非,没有一点南齐或唐代的影子了。书刻于南齐的《善卷寺记》碑,宋后便无看见此碑相关内容的记载,也早已湮灭了;而"祝英台读书处"的摩崖石刻和唐司空李蠙的《题善权寺石壁》诗等,也因风化以及清乾隆癸丑(1793)的山体塌方而湮灭,已不复存在。这些古迹,作为"梁祝"爱情故事的历史遗址遗迹是当然的,但作为南北朝和唐代的历史文物,却已经湮灭殆尽了。宜兴的祝英台墓,虽在明代见于记载,但仍然属于传说类型,在未确考前,是不能作历史文物考虑的。

北宋大观元年(1107),浙江明州知事李茂诚写了一篇《义忠王庙记》,其中说到了梁山伯墓(即义妇冢)与"义忠王庙"。《庙记》称义忠王

庙始建于东晋,然真正建庙的时间却不可考,但至少在北宋大观前就已存在。然而,遗憾的是,原庙和原"义忠王庙记"碑均已湮灭。据钱南扬先生1925年对宁波梁山伯庙墓的考察,当时的"梁圣君庙",为清同治十三年(1874)重修;遗存在庙里的"碑记",已不是宋李茂诚的《义忠王庙记》,而是明万历三十三年(1605)魏成忠所撰的《梁君庙碑记》,且已不是明代的原碑,而是清雍正十年(1732)重刻的;庙西侧的"英台义妇冢"碑,则是明嘉靖丁未(1547)所立的。现宁波梁祝文化公园梁圣君庙里的李茂诚《庙记》碑刻,则是当代的东西了。

(二)宁波出土之"梁山伯墓"真伪辨

1997年7月,宁波梁祝文化公园内出土了一座古墓,鄞县文管会发布的《梁祝文化公园砖室墓发掘报告》,称:该墓葬在"新建梁祝合葬墓东侧","棺木已经腐朽成炭木,但朱红色漆皮仍保存如旧","棺床西侧,出土了残碎的四肢骨、头盖骨约五十一片",并出土随葬器物陶灶、罐、瓿、水井罐、罍、青瓷罐、薰炉等十余件。但是由于墓砖、器物上"没有可供断代的文字记载",墓葬中也"没有发现直接提供墓主人身份的资料",因此,根据墓葬形制、随葬器物与墓砖装饰,其墓葬年代"可以推测到西晋早期,即其下葬年代最早不会早于西晋早期";又根据墓葬规模推测,"墓主人是一位出生于寒门的下品官员"⑭。

1997年7月,在宁波梁祝文化公园内出土的单人古墓葬。

2003年,曾经参加过这个古墓发掘的钟祖霞女士撰文称,"参照宁波地区已经发掘的相类似墓葬资料,分析出土器物的造型、纹饰、墓砖纹饰和墓的结构,可以断定这是一座晋代的砖室墓","从随葬器物的简陋程度,可以断定墓主人是位出生于寒门的下等官吏,这与历代文献志书记载的梁山伯鄞县县令身份相吻合,换句话说,这就是真正的梁山伯墓。"⑮

2010年,周静书在《梁祝文化论》中亦十分肯定地说,这次"考古发掘工作完成,梁祝古墓真相大白于世"。为了证实墓主人是否"梁祝",周先生从"史料的记载"与"梁山伯历史上确有其人"两个方面进行了论证:

"史料记载"方面的论证有:

1. 南宋乾道《四明图经》:"义妇冢,即梁山伯、祝英台同葬之地也,在(鄞)县西十里,接待院之后。有庙存焉。"周称"这段800多年前的简洁文字记载,将墓主、方位、距离表述得非常清楚"。

2. 南宋宝庆三年《鄞县境图》中"明确地标明'义冢梁山伯祝英台',它的位置与今发现的梁祝墓道的位置不偏不倚,在望春与高桥之间的姚江边九龙墟上,邻近'清道山'与'四明山',与古籍表述的'葬鄞城西'、'葬清道山下九龙墟'和'卒葬四明山下'均相符"。

3. 根据宁波方志的记载,找到了王应麟、范钦、沈明臣、全祖望诸墓,全无错误,且此周围未发现其他名人墓道。"因此也不会混淆不清,张冠李戴。由此可见,墓主人无疑是梁山伯与祝英台"。

"确有其人"方面的论证有方志"职官表"记梁为鄞令等。⑯

笔者以为,在这里,历史上是否确有梁山伯其人并不重要。因为即使历史上确有梁山伯其人,而在墓葬出土无确切文字、内容予以证实的情况下,如果墓葬位置不对,也是难以确认的。

因此,墓葬的位置才是关键。这方面,周氏虽然根据史载提出了三点论据,然而笔者却不敢苟同,其理由是:

(1)"梁祝墓"的地点与位置,历代志乘、古籍的记载都比较笼统,甚至相互矛盾

地点:宋李茂诚《义忠王庙记》、清康熙、光绪《鄞县志》均说是"清道源";明成化《四明郡志》、嘉靖《宁波府志》、清雍正《宁波府志》、咸丰《鄞县志》与谈迁《枣林外索》都说是"清道原";而陆容《菽园杂记》、朱孟震《浣水续谈》、冯梦龙《情史类略》、清蒋薰《留素堂集》、毛先舒《填词名解》、徐树丕《识小录》、汪汲《词名集解》等又说是"清道山下"。究竟是清道源,还是清道原,还是清道山？莫衷一是。

位置：宋乾道《四明图经》、《舆地纪胜》、《宝庆四明志》、元《延祐四明志》、明嘉靖、清雍正《宁波府志》、清康熙、乾隆、咸丰、光绪《鄞县志》均称"义妇冢"（或称梁山伯祝英台墓）在"县西十里"接待院（寺）之后；而明成化《宁波府简要志》却称在"鄞县十六里"。况且,诸志在记载"梁祝墓"时,均称"有庙存焉",可见"梁庙"与"梁祝墓"是相依相傍的。然而,除成化宁波简要志外,诸志均又称义忠王庙在县西十六里接待寺西,这样庙、墓的距离就有六里之遥。更有甚者,如清初周容有《义妇冢》诗一首,不同版本竟有不同的说法：清《春酒堂诗》称（义妇）"冢在吾宁郡西北二里许",而《丛书集成续编·春酒堂诗存》则称"义妇冢在吾宁城西二十里许",误差竟达十八里；又如清谈迁的《枣林外索》,竟然南辕北辙,把梁庙放到"鄞县东十六里"去了。尽管有的记载有明显的错误,但有一点可以肯定,就是历史上关于"梁祝墓"位置的记载是十分笼统的,绝非像善卷寺址那样明确,更不会像"碧鲜庵"碑那样可以集中到几十平方米的范围之内。

(2) 地图上的标注,只能反映大致的方位

众所周知,地图是一种缩微,尤其是古代的地图,远没有现代地图那么精确。就《宝庆四明志》"鄞县境图"所标注"义冢梁山伯祝英台"八个字（按：故宫藏宋刻本为"义妇冢梁山伯祝英台"九字）所占的位置而言,就比十个梁祝文化公园还要大。因此,最多只能看出"梁祝墓"的大致方位,是在望春与高桥之间、邻近清道山、四明山的北此,这个所笔者曾到梁祝公园去过四五次,四下望去,并不见一所称的"清道谓的"邻近"清道山或四明山,少说也在十里以上山下",则更为离奇了。

(3) 梁山伯墓记载滞后

周氏称,根据宁波方志的记载,找到……范钦、沈明臣、全祖望诸墓,全无错误,且此处周围未发现……道,因此不会张冠李戴。然而周先生却忽视了这一点,其墓……鄞女、董孝子),在生前即为名人,或其事迹及墓葬当时……而不容易搞错。而梁山伯只是下级官吏,生前及当……其墓葬记载最早见于三百

「梁祝」的起源与流变

宋《⽣…
公里，…标注的"义冢梁山伯祝英台"八字（箭头所示）占地数平方
…确。

多年后的唐代，…
忠王庙记》，才有…笼统称在"明州"境内。直到宋李茂诚的《义
世七百多年了。况…清道源九陇墟"的记载，此时"梁祝"已经去
身就不易确认。方志…记》，分明是根据传说撰写的，其真伪本
…的记载，又已经是清代的事了，且其源

头也是李茂诚的《庙记》。因此,"梁祝"的名气虽然很大,却都是后来的事,生前及当时并没有留下任何记载,与王应麟等人是完全不同的。

(4) 历史上,清道、九龙、高桥是不同的地名

民国二十二年(1933)《鄞县通志》对乡区的沿革有简单的记载:清道乡横山里自宋至清均为乡区,清代统四十九都、五十都、五十一都及城西隅(闻志),其中四十九都管六图,又其中三图距城二十里,辖高桥、吴家岸、塘东、前后方;五图距城十七里,辖下庄苑、梁山伯庙头。又据民国二十一年(1932)的区、乡、镇区划表以及《鄞县通志》"辛编·村落",高桥乡辖高桥等 22 个村落共 817 户,有私立大西坝蓝渡小学等四所学校;九龙乡辖周家等 36 个村落共 1178 户,有圣君庙龙墟初级小学等十所学校,九龙乡乡公所设在义忠王庙内,并有"梁山伯九龙消防队",辖区内注明有"义忠王庙,一名梁圣君庙";清道乡辖前方等 12 个村落共 754 户。

由此可见,"梁祝"庙墓在历史上与高桥无关,而所谓的"清道乡",范围极大。至于方志、典籍中所记的葬于"清道源(原)"、"清道山下",也只是一个大致的方位。具体的"梁祝墓"位置,应该在城西十七里的九龙乡(或称九陇墟)。由于宋代九陇墟隶属于清道乡管辖,所以,李茂诚《庙记》中的"鄞西清道源九陇墟",倒是不错的。

民国《鄞县通志》的记载,在钱南扬 80 多年前的"梁祝"庙、墓的考察报告中也得到证实。钱先生称,梁山伯庙、墓的地点,是在宁波西门外十里许的九龙墟。他说:"庙的正屋为五开间,前后三进。东首余屋里开设了一个小学校,就叫做'龙墟小学'。"⑰

(5) 1997 年出土的所谓"梁祝"墓,与钱南扬考察记载的位置不符

根据《宁波梁祝庙墓的现状》,梁圣君庙坐北朝南,正屋为五开间,前后共有三进,西首就是坟墓。"那里适当甬江(按,据鄞县文管会《发掘报告》,该江应是余姚江)弯曲所在,所以西北两面都有江流的环绕"。⑱这与宋李茂诚《庙记》"祝适马氏,乘流西来,波涛勃兴,舟航萦回莫进。骇问篙师,指曰:无他,乃山伯梁令之新冢"、"丞相谢安奏请封义妇冢,勒石江左(按:即江东)"、"孙恩寇会稽及鄞,妖党弃碑于江"的记载,倒是相吻合的,应该就是李氏笔下的原墓。钱先生又说:"墓就在庙的西隔壁。墓园并不大,不过庙基的一半多些,后垣和庙齐,前门稍为缩进一些。西北两面滨甬江(应作姚江),环以短墙,北墙开门,有踏步可通水次,南面有两扇铁栅门,直通于外,东面就是庙壁,有边门通在后殿。铁栅门恐怕除香汛外平时是不开的,平时都从殿后边门出入。"⑲

　　钱先生的记载,是之前对梁祝庙、墓最详细的记载。从他的记载中,人们可知,过去的梁山伯庙并不大,仅三进五开间,整个庙宇约为东西20米、南北70米。"梁祝墓"与庙仅一墙之隔,墓园更小,北端与庙齐平,西、北两面有江流环绕,特别是墓园的北墙是紧靠姚江的,因为出了北墙的小门,即有踏步通到江边,而庙祝们的生活用水,则是经墓园北墙的小门,拾级而下挑来的江水。由此可见,钱南扬所见的梁祝墓,自北墙小门到江水只有十余米左右。

　　但是现在的所谓"蝴蝶碑墓"及1997年发掘的所谓"梁祝墓",离开江边均有一百多米。因此可以肯定,该"梁祝墓"的位置,并非李茂诚《庙记》所记的位置(因孙恩寇鄮,弃碑于江,不可能抬着几百斤重的墓碑投进百米开外的江里,而是就近将墓碑推入江中的),亦非当年钱先生考察的庙、墓位置。因而,1997年出土的所谓"梁祝墓",既不在李茂诚记载的"梁墓"位置,亦非钱先生当年考察所见的"梁祝墓"。

　　笔者以为,钱先生当年所见的"梁祝"庙墓,很可能在现梁祝文化公园"祝府"的后面(北面),即现"蝴蝶碑墓"与1997年发掘墓葬的西北百余米处。因为姚江正好在那里有一个弯,使得西面与北面两面均可临江,而如在北面围墙上开门,则可沿踏步抵临江水。而"妖党弃碑于江",亦只需顺手一推即可。

(6) 出土的所谓"梁祝墓",与志乘、典籍记载的"合葬墓"不符

　　宁波的所有记载都说,其"梁祝墓"是合葬墓,但这次出土的墓葬,只是个单穴单人墓。尽管周氏声称:"在唐以前,按宁波当地丧葬习俗,即使夫妻合葬一般也都是单穴,而且发掘出的单穴规格相当于两具棺木的空间"⑳,然而周先生的辩词,却丝毫改变不了"单人单穴"墓葬的事实。江浙的所谓夫妻单穴墓葬,是两个单穴并列的。这次宁波的出土,并未见另一具棺木,即使有两具棺木的空间,也是变不成双人墓或双穴墓。民俗学家刘锡诚说:"这个结论(指梁祝墓)显然是一种缺乏直接证据的推论。君不见《十道四蕃志》说:'义妇祝英台与梁山伯同冢';张读《宣室志》说:'地忽自裂陷,祝氏遂并埋焉。晋丞相谢安奏表其墓曰

义妇冢。'明明都说墓主人是双人合葬墓,而发掘出来的墓葬却是单人墓,与前人诸说对不上茬儿,又何以解释?"㉑

因此,笔者以为,鄞县文管会发布的发掘报告,是建立在科学的分析与比对基础上的,其结论是客观的。而钟氏、周氏之结论,则在发掘报告的基础上加以了推断与想象,其得出的具有明确指向的肯定性结论,则带有明显的主观臆断性。因为在历代志乘中,梁祝墓的位置,差距有六里之遥。即使是九龙乡(或九陇墟)的范围之内,也不会小于几平方公里。在这样一个范围内挖出个古墓,怎可随便肯定它就是"梁祝墓"呢?且梁庙已多次重建,早已不是晋、宋之原庙,甚至不是钱南扬当年所见之庙、墓了。新中国成立后,为了建造粮站,清同治十三年重建的梁山伯庙也已被拆除;而在"文革"期间,当地办砖瓦厂取土时,又把明嘉靖重修的义妇冢也挖掉了。㉒因此,就现有的资料,远远不足以对出土的墓葬主人进行确认。

在"梁祝文化公园"中,根据传说设置"梁祝墓"景观本无可厚非。然而,作为"梁祝"研究的专家,仅凭墓葬形制、随葬器物、墓砖装饰及墓体规模,就把既非志乘、典籍所记之合葬墓,又非宋李茂诚《庙记》所记、民国钱南扬所见之墓葬,武断地说成是真正的"梁祝墓",实在是缺乏科学依据的,也是站不住脚的。

(三) 其他地区的"梁祝"遗存

山东济宁在新中国成立后出土了一块明正德十一年(1516)的《梁山伯祝英台墓记》碑,该碑记录了明正德年间邹县流传的梁祝传说以及重建梁祝墓的过程,是中国目前发现最早的、有具体梁祝传说内容的地下出土历史文物。邹县峄山上,现还存有明万历十六年(1588)知县王自瑾所书的"梁祝读书洞"、"梁祝泉"勒石。这些历史文物和遗存,价值甚高,只是比唐、宋间就已存在的"碧鲜庵"碑来,要晚得多。

除了济宁外,中国许多地方历史上都记有梁祝墓葬,如山东的陵县(即陵州的林镇,旧属河间)、河北的元氏、甘肃的清水、安徽的舒城、重庆的铜梁等。也有历史上并无记载,而清代已有传说的,如河南的汝南等。由于这些墓葬的年代及真伪均无法确认,且有的早已湮灭(如铜梁),故不能列入现存"梁祝"传说的历史文物考虑。

由于中国现存的"梁祝"历史文物中,比"碧鲜庵"碑更早的文物均

已湮灭,其他的又都晚于宋代。因此,退一万步说,即使江苏宜兴出土的"碧鲜庵"碑书刻于宋代,也是中国现存确考的最早的"梁祝"历史文物。

中国历史上遗留下来的"梁祝"文物本来就很少,加上人为的损毁,目前已所剩无几。而这块"碧鲜庵"碑,则是弥足珍贵的。

注释:

❶ 储烟水:《善卷、张公两洞开凿工程记》,见宜兴市风景园林管理处1994年编印的《善卷洞诗文选萃》25页。

❷ 善卷洞过去由乾洞、大水洞和小水洞三个互不相通的溶洞组成。游览时,需先游寺后山南的小水洞,然后翻过山,下至山腰游乾洞,再回至洞口下至山谷游大水洞。三洞贯通后,原乾洞和大、小水洞分别成为现中、下、后(水)洞,游览时不再往返。

❸ 见清康熙二十五年《重修宜兴县志》"卷十·杂志·僧寺"、嘉庆二年《增修宜兴县旧志》"卷末·寺观"。

❹ 都穆《善权记》见明弘治甲子释方策《善权寺古今文录》"卷五·明碑";又见于清乾隆元年《江南通志》"卷十三·舆地志·山川"、嘉庆二年《增修宜兴县旧志》"卷九·古迹志·名胜"。王世贞《游善权洞记》见明王世贞《弇州四部稿》"卷七十二";又见于清康熙二十五年《重修宜兴县志》"卷九·艺文志·记"、清嘉庆二年《增修宜兴县旧志》"卷十·艺文志·记"。

❺ 沈周语见释方策《善权寺古今文录》"卷八·明诗下"。

❻ 见《文渊阁四库全书》970册第583-584页,台湾商务印书馆1986年出版。

❼ 见清康熙二十四年《常州府志》"卷二十一·名宦"。

❽ 宋李曾伯《善权禅堂记》,见释方策《善权寺古今文录》"卷四·宋碑下";又见于明嘉靖二十四年《荆溪外记》。

❾ 见清康熙二十四年《常州府志》"卷二十一·名宦"。

❿ 沈周《胜义堂》、《龙岩亭》、《碧鲜庵》的诗序,均见释方策《善权寺古今文录》"卷八·明诗下"。

⓫ 《善权寺古今文录》"卷六"。

⓬ 梁载言《十道志》记载见于民国二十四年徐澐秋《阳羡奇观》第39页;李蟠语见明方策《善权寺古今文录》"卷六·唐诗";周必大语见宋《文忠集》"卷一六七·《泛舟游山录》";薛季宣诗见宋《浪语集》"卷四·诗"。

⓭ 周必大《泛舟游山录》(《文忠集》卷一六七),见《文渊阁四库全书》1148册。

⓮ 见《浙东文化》1998年第1期第73-76页。

⓯ 钟祖霞:《"梁祝"原地考》,见2003年3月19日《中国邮政报》。

⓰ 周静书的以上引文,见《梁祝文化论》第58-65页,人民出版社2010年出版。

❶ 钱南扬：《宁波梁祝庙墓的现状》，见《民俗周刊》第 93～95 期合刊第 31 页。
❷ 钱南扬：《宁波梁祝庙墓的现状》，见《民俗周刊》第 93～95 期合刊第 31 页。
❸ 钱南扬：《宁波梁祝庙墓的现状》，见《民俗周刊》第 93～95 期合刊第 35 页。
❹ 周静书：《梁祝文化论》第 58 页。
❺ 刘锡诚：《"梁祝"的嬗变与文化的传播》，见《宜兴梁祝文化——论文集》第 33 页，方志出版社 2004 年出版。
❻ 徐秉令、李启涵《梁祝故事发源地的考察》，见《梁祝文化大观》"学术论文卷"第 339 页，中华书局 2000 年出版。

历代"梁祝"诗词——"梁祝"文苑的宝贵遗产

"梁祝"以坚贞纯洁、曲折凄婉的爱情故事而脍炙人口,特别是"化蝶双飞"的经典性结局,更常常引起人们的无限遐想,同时也为历代文人所感叹,成为他们吟咏的对象。在梁祝传说的发源地和遗存地,方志或古籍中都发现了吟咏"梁祝"的诗词与歌赋,其数量虽然不算多,但却是"梁祝"文苑的奇葩,是中国梁祝文化的宝贵遗产。

一、最早的"梁祝"诗词

(一)最早的"梁祝"诗:唐李蠙《题善权寺石壁》并序

该诗见于明弘治释方策《善权寺古今文录》"卷六·唐诗",诗云:

　　四周寒暑镇湖关,　　三卧漳滨带病颜。
　　报国虽当存死节,　　解龟终得遂生还。
　　容华渐改心徒壮,　　志气无成鬓早斑。
　　从此便归林薮去,　　更将余俸买南山。

原诗有序:"常州离墨山善权寺,始自齐武帝赎祝英台产之所建之,会昌以例毁废。唐咸通八年,凤翔府节度使李蠙闻奏天廷,自舍俸资重新建立,奉敕作十方禅刹,住持乃命门僧玄觉主焉。因作诗一首,示诸亲友,而题于石壁。"

李蠙(?—约879),唐宗室后裔。字懿川,原名虬。武宗会昌元年(841)进士,官为昭义节度使、凤翔节度使,累加司空。约乾符末(879)卒。

李蠙未第前,曾在善权寺修读,对善权寺感情很深。会昌间,善权寺在禁佛运动中被毁废,其址卖给了河阴院官、海陵人钟离简之作为寿藏坟地。为此,李蠙耿耿于怀二十余年,咸通八年向懿宗皇帝慷慨上疏,要求用自己的俸禄收赎善权寺产并予重建。李蠙的这首诗,就是重建善权寺后所作,叙述自己戎马一生、收赎重建善权寺的事迹,反映了归隐田园的心情与一心事佛的愿望。

诗言志。按说李蟾的诗与"梁祝"毫无关联，又如何会与"梁祝"联系起来的呢？原来，当年李蟾在善权寺修读，并不是临时的小住，前后共待了六七年时间。李蟾自称大和间(827—835)在善权寺习业，而他是会昌元年(841)进士。即使他于大和末到善权寺读书，至登进士第也有六年时间。因此，他对善权寺的一切都相当熟悉。他说善权洞是神龙的居所，曾见白龙从小水洞腾出而为雷雨；又见寺前良田极多，天旱时百姓将水车于洞中车水，车声才发，雨即旋降。他在重建善权寺的过程中，曾针对修读时看到的弊端，先后提出了五条加强管理的具体措施。当然，他对善权寺的历史也了如指掌，通过寺内南齐的《善卷寺记》碑刻，知道齐武帝赎祝英台故宅创建善卷寺的情况。因此，他在诗序中记录了这一历史事件。李蟾的这一记录，不仅是南齐《善卷寺记》的重要见证，而且本身也是中国早期的"梁祝"直接记载。

该诗的写作时间，当在咸通十一年(870)后。因为：

其一，至少在咸通八年六月前，李蟾还是昭义军节度使，治所是在相州(今河南安阳)，还没有移镇凤翔。唐人笔记《玉泉子》称："洎(音 ji，"到"的意思)保衡(指韦保衡)尚主为相，李蟾镇岐下。"❶"岐下"在陕西岐山附近，亦即凤翔。《新唐书》"本纪第九·懿宗、僖宗"载："咸通十一年四月丙午，翰林学士承旨、兵部侍郎韦保衡同中书门下平章事。"根据以上两则记载，可以确认，韦保衡拜相是在咸通十一年，而当时李蟾已是凤翔节度使了。说明李蟾移镇凤翔，是咸通八年至咸通十一年间的事。即使李蟾于咸通八年六月后即移镇凤翔，也只能说明咸通八年李蟾迁凤翔节度使了，不能肯定该诗一定就是咸通八年所作。

其二，李蟾诗中虽称"更将余俸买南山"，但这是李蟾在回忆咸通八年收赎善权寺的往事，因为李诗中还有"解龟终得遂生还"、"从此便归林薮去"两句。古时官印多以龟为印钮，故"解龟"就是指卸任或辞官。所以李蟾的这两句诗，是说庆幸脱离了政坛的风险，终于平安卸任回来，从此可以归隐山林，过着平常人的生活了。所以，该诗当作于李蟾卸任归隐不久，由于李蟾咸通十一年还在凤翔节度使任上，故该诗的写作时间必在咸通十一年(870)之后。

其三，日本京都大学唐人研究中心官方网站称，李蟾于"唐僖宗乾符三年(876)分司洛阳。"❷如果此说属实,那么该诗则应作于876年后。而李蠙卒于乾符末(约879),故该诗应作于876—879年间。

李蠙的《题善权寺石壁》诗,还载于《全唐诗外编》"卷之十三"中,但无诗序。然《善权寺古今文录》是释方策根据寺内碑刻等辑录,且注明"李相公留题并序",应当是十分可靠的。而且,李蠙重建善权寺时,不仅在寺内保留了祝英台读书处的古迹,建成"李公楼",并书刻了"碧鲜庵"长碑,所以,他在写《题善权寺石壁》时,留下了齐武帝赎祝英台旧产建寺的诗序,也是可信的。因此,李蠙的这首诗并序,是目前发现最早的与"梁祝"有关的诗作。

(二)最早的"梁祝化蝶"诗:宋薛季宣的《游祝陵善权洞》

该诗见薛季宣《浪语集》"卷四·诗"。其诗共两首,第一首云:

万古英台面,　　云泉响珮环。
练衣归洞府,　　香雨落人间。
蝶舞凝山魄,　　花开想玉颜。
几如禅观适,　　游鲉戏澄湾。

第二首诗咏洞中之景,略。

原诗在"练衣归洞府"后有注:"涧水倒流入水洞中";在"游鲉戏澄湾"后注曰:"寺故祝英台宅,唐昭义帅李蠙尝见白龙出水洞而为雷雨,今小水洞存鳠鱼四足。"

诗人在游善卷洞时,看到《善卷寺记》碑刻,得知善卷寺以祝英台故宅而改建,深有感触。他在写游善权洞的诗中,以祝英台为开头,而且贯穿全诗,生发出丰富的想象与感叹。他称祝英台英灵不死,万古长存;善卷洞中钟乳的滴水,仿佛是祝英台身上玉佩摩擦撞击发出的声响;涧水倒流入洞,仿佛看到穿着白衣素服的祝英台隐入洞中;洞外翩翩起舞的蝴蝶,是善卷山的魂魄和"梁祝"的精灵所化;满山遍野的映山红,使人想起了佳人的花容玉貌;祝英台的英灵,多次来到如今已成为禅观的故宅旧地;而今,昔日的读书处已经荒芜,只留下四足的鲵鱼,还在涧水中嬉戏。(笔者按:周必大《泛舟录》记曰:善权水洞"时有四足鲇鱼出游,村夫或击而食之,今日憧仆辈亦见之者。……似鲇而有四足,能履地而行,或云鲵鱼也")。

他在第二首诗中又咏道:"世事嗟兴丧,人情见死生",一方面为金人南侵、国运衰弱、仕途坎坷而叹息;同时赞赏祝英台为追求坚贞爱情不惜殉情的精神,认为正是这种精神,才使祝英台的英灵得以万古长存。借此表达了自己坚决主战、为国献身、流芳百世的决心。

薛季宣(1134—1173),字士龙,号艮斋,浙江永嘉(今温州)人。出身官僚世家。绍兴三十年(1160)以荫知鄂州武昌,坚守抗金,成绩卓著。乾道八年(1172)官大理正,言失七日而罢,出知湖州;次年改知常州,未上而卒,终年三十九岁。

该诗很可能作于绍兴二十六年(1156)(详考见本书《"梁祝化蝶"发源地——宜兴》)。在《游祝陵善权洞》中,诗人不仅对祝英台充分地肯定,而且直接反映了"梁祝"精魂化蝶的传说,是现存最早明确写"梁祝化蝶"的诗作。

二、关于"祝英台近"词

在宜兴历代的"梁祝"诗词中,有 3 首"祝英台近"的词,其中明代 1 首、清代 2 首。

明谷兰宗《祝英台近·碧鲜岩》词云:

> 草垂裳,花带靥,春笋细如箸。
> 窈窕岩扉,苔印读书处。
> 看他墨洒烟云,光流霞绮,更谁伴、儒妆容与?
>
> 无尘虑。
> 恰有同学仙郎,窗前寄冰语。
> 芝砌兰阶,便作洞房觑。
> 只今音杳青鸾,穴空丹凤,但蝴蝶、满园飞去。❸

在潇潇的春雨后,草儿低垂着叶片,花朵含着水珠,诗人看到一支支细细的英台竹(又名碧鲜竹)笋破土而出,从而进入了无际的遐想:狭窄的善卷洞门外,青苔覆盖了"梁祝"读书处。你看那弥漫的流光霞霭,如英台笔下的泼墨狂草,又如飘逸的华丽罗裙,分外迷人。是谁为你梳妆打扮呢?你没有常人的忧虑,因为同学梁山伯,正在窗前和你说着悄悄话。长满了香草的台阶,俨然就是你们的洞房。然而,现在青鸾和丹凤都已飞走,你们变成了双飞的蝴蝶,给人们留下了永久的美好回忆。

明嘉靖宜兴县令谷兰宗曾两度到善权寺寻访梁祝古迹，并作《祝英台近》词，以咏"梁祝"。

原词有序："阳羡善权禅寺相传为祝英台宅基，而碧鲜岩者，乃与梁山伯读书之处也。予省郊两舍于此，见其岩势巍耸，壁立数丈，真是文娥仙境。但竹石陆离，花芝凄冷，有可伤耳。因题其崖，复作词一阕，亦取其旧名云。"

谷兰宗为明宜兴县令。清嘉庆宜兴县志"卷五·职官志·守令"称："谷兰宗（一作继宗），历城人，嘉靖十一年（1532）任。"《桃溪客语》考《进士题名碑》称谷兰宗为"山东济南卫官籍，临淄县人，嘉靖丙戌（1526）进士"，"宰宜兴，在任三载，尝谋兴复水利，惜时未能用"。❹ 这位县令，在任三年，两省碧鲜，缅梁祝之真情，感古迹之凄零，不仅题"碧鲜岩"于石壁，还用《祝英台近》的词牌写祝英台，是十分浪漫的。

为了纪念祝英台，善卷寺曾在殿后石壁碧鲜庵碑旁，建有一丈多高的石台，上面刻着谷兰宗的《祝英台近·碧鲜岩》词，石刻上有横额，刻

当年谷兰宗所题"碧鲜岩"三大字。该石台乾隆年间尚存,今已亡。❺

　　清代的两首《祝英台近》词,一首是陈维崧的《蝴蝶》,另一首是史承谦的《碧鲜岩》。史词有序:"碧鲜岩相传为祝英台读书处,明邑令谷兰宗先生镌一词于壁,秋日过之,因和原韵。"其词云:

　　　　楚云归,湘佩杳,芳意寄琼筥。
　　　　碧藓苍苔,曾记读书处。
　　　　未输锦水鸳鸯,花丛蛱蝶,长自向、春风容与。

　　　　便应虑。
　　　　留作粉本流传,千年赋情语。
　　　　缥缈青鸾,应把旧游觑。
　　　　只今月冷空山,香消幽谷,想犹有、凌波来去。❻

　　史承谦(1707—1756),清荆溪(即今宜兴)人,字信存,号兰浦。读书十数行下,诗歌飘洒不群,尤工于词,为阳羡词群第四代领军人物,撰有《小眠斋词》。

　　以"祝英台近"词牌写祝英台的,还见有咏"山东梁祝"的两首。一首是江西舒梦兰的《祝英台近词·枣树闸吊祝英台墓》,云:

　　　　断纹琴,连理树,心事但如许。
　　　　落照飞湍,声色最凄楚。
　　　　疏疏几叶垂杨,愁眉不展,可曾见、比肩人墓。

　　　　在何处?
　　　　试讬秋水通辞,冷冷似相语。
　　　　指点霜林,一棹此中去。
　　　　任是黄菊开残,也连根蒂,便都是、祝娘香土。

　　该词作于嘉庆庚申(1800)秋,载于《南征集》中,后《香词百选》也予收录。是年舒由京返乡,经邹县白马河(今属微山)而作。从"在何处?试讬秋水通辞"、"一棹此中去"可知,舒并未登岸,而是于舟中遥望梁祝墓,抒发凭吊之情。该词《香词百选》收录时有两处改动:一是标题去掉"枣树闸吊"四字;二是"试讬秋水通辞"的"辞"改为"词"。

舒梦兰(1757—1835),江西靖安人,字香叔,又字白香,晚号天香居士。乾隆丁酉(1777)乡试、己亥(1779)恩科未第。壬子赴京,得怡亲王识。怡亲王薨逝返乡,闭门读书,研究理学。每岁裹粮游山,所作诗词散文甚多,有《天香全集》。曾选辑自唐至清初著名词人各种词牌的代表作百首,按照格律分别注上平仄声,编成《白香词谱》,为填词者的典范。

另一首是山东藤邑闫东山的《题梁祝洞词并序》,序云:"峄山梁祝洞,见于文集者不一,继阅宁波志,'梁祝'系东晋人,梁居会稽,祝居上虞,曾改男装同学,及梁知之,已许马氏,怅然若有所失。后三年,为鄞令,病且死,嘱葬清道山下。祝适马氏,近此,梁冢忽裂,祝即投死于中,丞相谢安请封义妇冢云云。又按,《广舆记》,宜兴善卷洞中,亦有祝英台读书处。究之若假若真,无需深辨,聊题一词,以俟博识者。"词云:

学同生,坟共死,梁祝足千古。

笑问山灵,此事见真否?

至今裙屐留装,雌雄莫辨,惹争美、骇男痴女。

究无据。

何为清道山边,高封义忠墓?

善卷洞中,亦有读书处?

要信化蝶香魂,那分南北,便江浙、总教团聚。

该词应为"祝英台近"词牌,写得很有意思。他看到峄山的梁祝洞,想起《宁波府志》与《广舆记》里的宁波、宜兴"梁祝"记载,提出莫辨真假,"要信化蝶香魂,那分南北,便江浙、总教团聚"。

清舒梦兰于嘉庆庚申(1800)秋,在邹县白马河上所作的《祝英台近词·枣树闸吊祝英台墓》。

闫东山,清滕县人,生平未详。

"祝英台近"是一越调词牌名。龙榆生(1902—1966)《唐宋词格律》称:"'祝英台近'又名'月底修箫谱'。始见《东坡乐府》,元高栻词入'越调',殆是唐宋以来民间流传歌曲"。"此调宛转凄抑,犹可想见旧曲遗音。七十七字,前片三仄韵,后片四仄韵。忌用入声部韵。"❼

但历史上的词曲研究者,一般认为此曲应作"祝英台慢"。明沈璟《重订南九宫词谱》称:"凡'引子'皆曰'慢'词,凡'过曲'皆曰'近'词"。却又把"祝英台近"纳入"越调过曲"、"祝英台近·琵琶记"归入"越调引子"。由于与"引子"皆曰"慢","过曲"皆曰"近"相悖,故又在"祝英台近·琵琶记"后加注称:"此当作'祝英台慢'。但此调出自《诗余》,元作'祝英台近',不敢改也。"❽

沈璟此说得到钮少雅、徐于室(徐庆卿)的认同,他们的《南曲九宫正始》,在"越调·越调引子""祝英台近"也加了按语:"《词谱》凡'引子'皆曰'慢'词,凡'过曲'皆曰'近'词。全此本引,当作'祝英台慢'可矣。但此调出自《诗余》,'近'不敢改也。"❾

《诗余》即《类编草堂诗余》。《四库全书》提要说:"不著编辑者名氏,旧传南宋人所编。考王楙《野客丛书》作于庆元间(1195—1200),已引《草堂诗余》张仲宗'满江红'词,证蝶粉蜂黄之语,则此书在庆元以前矣。"在《草堂诗余》中"祝英台近"入中调,引辛幼安《春晚》词。❿

关于"祝英台近",王新霞教授的《学词入门第一书:白香词谱》解释得较为清楚:"《祝英台近》,词牌名。亦作《英台近》、《祝英台》、《宝钗分》、《月底修箫谱》、《燕莺语》、《寒食词》等。此'近'字,又称为近拍,在词牌中,与'令'、'引'、'慢'等相类,表曲类之区别与节奏之不同,而非为远近之近。近词和引词一般都长于小令而短于慢词,所以又称为中调。"⓫

龙榆生称"祝英台近"始见于东坡乐府。苏东坡有《祝英台近·挂轻帆》词,作于熙宁六年(1073),词云:

挂轻帆,飞急桨,还过钓台路。

酒病无聊,倚枕听鸣橹。

断肠簇簇云山,重重烟树,回首望、孤城何处?

闲离阻。

谁念萦损襄王,何曾梦云雨。

旧恨前欢,心事两无据。

要知欲见无由,痴心犹自,倩人道、一声传语。

  该词一般认为写在浙江,其时东坡任杭州通判。薛瑞生《东坡词编年笺证》将该词列于《行香子·过七里滩》后。"行香子"为该年二月巡视富阳、新城时作。考苏于九月奉调离杭,"祝英台近"则作于这年八月前。⑫但也有人提出,该词作于宜兴。其中"挂轻帆,飞急桨"是指从宜兴县城出发,舟经西氿(按:氿,小湖)到祝陵;"钓台"则指西氿之滨的任昉钓台。任昉,南朝梁时文学家,曾为义兴郡太守。康熙宜兴县志称:"任公钓台在县北一里,临荆溪,昔任昉为守,筑以垂钓。赋诗云:道遇垂纶叟,聊访问君惑。长泛沧浪水,平明至曛黑。"嘉庆志云:"旧传台高二丈,荒址尚存"⑬;"断肠簇簇云山,重重烟树"乃指在西氿沿途看到连绵的铜官、芙蓉、离墨诸山;"回望孤城"则是由西氿回望县城;后阙则引楚襄王游云梦事,以祝英台比作未嫁而死的巫山神女。

  考苏轼于嘉祐二年(1057)高中进士,与宜兴人蒋之奇、单锡同科。琼林宴上,蒋、单即邀东坡来宜游览卜居,并有"鸡黍之约"。不久,苏轼视单锡敦厚,乃做主以外甥女许之;熙宁四年(1071),苏出任杭州通判;五年,苏夫人生三子苏过,单锡前往杭州"送汤"(按:宜兴方言,指给生了孩子的亲友送礼),并邀东坡作宜兴游;六年,江左大旱,东坡以转运司檄,往常州、润州赈灾。十一月离杭,顺道先到宜兴(宜兴属常州),在单锡家小住,直至除夕前,方离宜去常,夜宿城外舟中,有《除夕夜宿常州城外二首》;七年正月初一,舟自常州发,经丹阳至润州赈灾。赈灾期间,有"惠泉山下土如濡,阳羡溪头米胜珠"句。三月,赈灾任务完成后,苏致函杭州知府陈襄,经常州直接至宜兴,客居单锡家,历三月方还杭。期间于善卷洞附近购得一处田庄,委托蒋之奇的亲戚代为经纪。还杭不久,又于八、九两月中,多次来往于杭、宜、常之间,并应单锡邀,题德兴俞氏聚远楼。在单锡家,东坡曾得伯父苏涣答谢蒋堂(蒋之奇叔父)遗墨,作《题伯父谢启后》。是年十一月,轼至密州上任。⑭

  笔者以为,七里滩在桐庐县严陵山西,词中的"严陵"即指严子陵。而《祝英台近·挂轻帆》有"还过钓台路"之句,其"钓台"如指严子陵钓台,则很可能与《过七里滩》同时所作,即熙宁六年春;如果《祝英台近·

挂轻帆》作于熙宁六年十一至十二月间,或是熙宁七年,则应是在宜兴所作。这一推断,尚须发见确切的资料来证明。

关于"祝英台"词牌的来历,笔者见到多种题解:

一是冯沅君引明钮少雅(1564—1667?)汉唐曲谱"歌楼格"(又名"骷髅格"、"蛤蟆贯")称:"英台者,古之英豪歃血会盟之所,在汉都之北,旷埜之中,麓处有巨石如台。松苍怪石,如城郭之围;瑞气祥烟,如丹青之彩。自纣敕建台殿为墅,命吏守之。一日有一娇娃,夜宿歧道,值吏醉归,见而逐之。妇告曰:'俺祝氏也,奉上帝命,收英台木为用。'吏怒,系之而归。未抵于台,火焚林木,台殿已成灰烬,余火犹未熄。氏即带索投入火中,烟迷火炽,即见四翼赤鸟,乘妇腾南,望之遂不见矣。吏骇然酒醒,以事闻之于上。纣王不信,即斩之。洪巨卿奏曰:'祝氏者,应是火神也。有此奇闻,则当省刑薄敛,斋戒禳灾,庶几畿内恬宁,宫闱无秽。吏之言不信则已,而乃杀之,毋乃不可乎?'上怒,即以洪付之廷尉。三日后,纣至廷腋,有火光,视朝亦见火光照殿;惊问侍臣,皆言不见。纣王瞚眼祝之,美妇现之形见矣,娇丽无比,惨戚异常。于是王心有悔,悯吏之死,而释洪之罪。如洪之言,为之设醮毕,坛外突,有赤发鬼子长尺余,手执符,绕台百武,弃符缩入窦中而去,嘤嘤如小儿啼。符上有字曰:'祝氏台,毋秽!'上闻之,爰命诸司重摄祠而祝之,名其曰祝氏宗台。遂命百官作《英台序》以纪其事云。"⑮

二是清康熙间阳羡词派领袖陈维崧(1631—1688)《十里茶山行·去祝英台近》序称:"常州志:善卷洞即祝英台故宅,南有祝台,其读书处也。《词谱》:词有'祝英台近'一调,或无'近'字,又名'月底修箫谱'。"⑯

三是康熙间仁和(今杭州)毛先舒(1620—1688)《填词名解》"祝英台近"称:"《宁波府志》载:东晋越有梁山伯祝英台尝同学,祝先归,梁后访之,乃知祝为女,欲娶之,然祝已许马氏之子。梁忽忽成疾。后为鄞令,且死,遗言葬清道山下。明年,祝适马氏,过其地而风涛大作,舟不能进。祝乃造冢哭之哀恸。其地忽裂,祝投而死之。事闻丞相谢安,请封为'义妇'。今吴中有花蝴蝶,盖橘蠹所化。童儿亦呼梁山伯祝英台云"。此说还见于汪汲《词名集解续编》,但其解释乃是抄录毛先舒的。⑰

四是民国陈栩、陈小蝶父子的《考正白香词谱》(民国七年/1918),

称："右词(指《祝英台近·宝钗分》)七十七字，或无'近'字，又名'月底修箫谱'。《词品》载：戴石屏所娶江西女子，作'惜多才'一首，即'祝英台'也。"此说民国甚为流行，顾宪融《增广考正白香词谱》(1926)、谢曼《考正白香词谱》(1932)、寒梅《考正白香词谱》(1933)、茫光明《考正标点白香词谱》(1934)皆从之。然此说有误。《词品》是明正德间杨慎所作，其"卷五·江西烈女词"称："戴石屏(原注：戴复古)薄游江西，有富翁以女妻之。留三年，一日思归。询其所以，告以曾娶。妻以白其父，父怒。妻宛曲解之，尽以嫁奁赠之，仍饯之以词，自投江而死。其词云：'惜多才，怜薄命，无计可留汝。揉碎花笺，仍写断肠句。道旁杨柳依依，千丝万缕，抵不住、一分愁绪。捉月盟言，不是梦中语。后回君若重来，不忘相处，把酒杯浇奴坟土。'"但"祝英台近"凡七十七字，"惜多才"仅六十三字；上阕似与"祝英台"同，下阕却相差甚远，决非"祝英台"也，故杨慎也仅以"江西烈女词"称之。

五是网传《白香词谱》对"祝英台近"的"题考"是："祝英台与梁山伯事，为中国男女因恋爱而殉身相传最早而最普遍者。据《宁波府志》：东晋穆帝时，会稽梁处仁，字山伯，从师过钱唐，逢一士子同渡，自称上虞祝贞，字信斋。同学三年，祝先归，梁后访之，则为祝氏九娘英台也。梁求婚，祝已许字鄞城马氏。梁后为鄞令，旋卒。祝适马氏，过梁冢，临奠哀恸，地裂并埋焉。是梁祝事，发生于浙江，时则东晋；顾据《劳九杂记》，则谓梁祝为孔子弟子，曲阜孔庙有梁祝读书处，则又事出山东，而时远在春秋矣；复考《宜兴荆溪新志》，谓梁祝在宜兴善权山碧藓岩读书，同宿三年。善权寺后有石刻，大书'祝英台读书处'，则又事出江苏；而蒋薰《留素堂集》，且谓清水及舒城并有祝英台墓，则又在甘肃及安徽矣。总之，梁祝事为千古所艳称，流传甚广，各处遗迹，未必真确。而民间传说渐近神话，于是传祝陵山中，杜鹃开时，辄有大蝶双飞不散，乃是二人精魂。《荆溪新志》：吴中呼黄色蝴蝶为梁山伯、墨色为祝英台，谓死后焚衣所化。《劳九杂记》：此哀感顽艳之事迹，久踞历来一般人心目之中，传会牵摭，俯拾即是。"此题考似出清末民初，未知何人笺证。不过，王晓乐的《白香词谱：学词入门第一书》(2011年哈尔滨出版社出版)对"祝英台近"的"题考"正与此相类，只是换成了白话文罢了。⑱2011年上海古籍出版社出版、丁如明评订的《白香词谱》,也笼统地说"词调是由大家熟知的梁山伯祝英台故事而得名",没有说源出何地。

以上第一则出于上古神话,称英台为英豪盟会之台,且与祝融有关;二、三、五则均与"梁祝"传说有关;第四则是"惜多才"为"祝英台"之误。笔者以为,钮说虽古,然鲜为人知,远没有梁祝传说来得普及,即便"祝英台"词曲是因其而来,却也不易得到人们的认同,难怪连冯沅君亦猜测是钮少雅编造的,然可作为学术研究之参考。而"梁祝说"则容易为大众接受,唯其流传甚广,许多流传地均有"遗迹",谁也说不清是何处的"遗迹"促成了"祝英台"词曲的诞生。因此,笔者倒赞同王晓乐、丁如明等人之"题考",仅以"梁祝传说"为解,不拘一地为源。

三、"宜兴梁祝"诗词荟萃

宜兴历代的"梁祝"诗词,目前发现的有60首,其中唐代2首、宋代4首、元代1首、明代20首、清代33首,占到全国历代"梁祝"诗词遗存的四分之三。

唐代除前李蠙《题善权寺石壁》外,还有一首《阳羡春歌》,其中有"祝陵有酒清若空,煮糯蒸鱼作寒食"句。"祝陵"地名因祝英台墓而得,明王稚登《荆溪疏》云:"祝陵,祝英台葬地。"该诗因有"祝陵"地名,故收于"梁祝"诗。

该诗为李郢所作,明胡震亨《唐音统籖》、清初季振宜《全唐诗》及清《康熙钦定全唐诗》、《文渊阁四库全书》均有收录。

宋《咸淳毗陵志》"卷二十三·词翰四"也收录了一首《阳羡春歌》,称是本朝陈克(字子高)所作,其诗句仅"吐鲛烂斑"与"玉薛烂斑"不同。然此诗《陈子高遗稿》并未收载,应不是陈克所作(详考见本书《宜兴祝陵与祝英台墓》)。

宜兴宋代的"梁祝"诗,除薛季宣《游祝陵善权洞》外,还有僧仲殊《云霁游善权寺》、顾逢《题善权寺》及无名氏各1首。

僧仲殊的《云霁游善权寺》诗云:

千年名刹占云崖,　　一日清游踏雪苔。
相国亲题离墨石,　　女郎谁筑读书台?

洞疑水自琉璃出，　　岩想龙将霹雳开。
　　为问庭前柏树子，　　古灵诸老几人来？
该诗由明洪武十年(1377)《常州府志》收录。"离墨石、读书台"为怀古句，称：看到这里的古迹、遗址，想到唐丞相李蟾曾题善卷洞为"欲界仙都"；这里还曾建有祝英台的书斋——碧鲜庵，后来也成了三位李相的读书台。诗中说到"踏雪"，故疑题目中"云霁"为"雪霁"之误。

僧仲殊，北宋安州(今湖北安陆)人，俗姓张氏，名挥，字师利。曾举进士，其妻曾下毒害他，遂弃家为僧。住苏州承天寺、杭州吴山宝月寺。曾与苏轼交往。崇宁中自缢而死。有《宝月集》，不传。

顾逢诗《题善权寺》诗见于明《善权寺古今文录》"卷六"，诗云：
　　英台修读地，　　旧刻字犹存(即碧鲜庵)。
　　一阁出霄汉，　　万松连寺门。
　　洞深云气冷，　　池浅鹿行浑。
　　山下流来水，　　风雷日夜喧。
原诗在"旧刻字犹存"后注曰"即碧鲜庵"。

顾逢，宋末元初吴郡人，字君际，号梅山樵叟。擅长五言诗，人称顾五言。诗人在游览善卷寺时，参观了祝英台读书处，看到了刻在方丈石的"碧鲜庵"碑和巍峨的英台阁。这些景观，不仅为善卷寺增色，有的乃是当时反映"梁祝"爱情故事的历史文物。其诗称"碧鲜庵"碑为旧刻，为考证碧鲜庵碑的书刻时间提供了依据。

宋无名氏诗，见于《咸淳毗陵志》。其"卷二十七·古迹·祝陵"称："祝陵在善权山，岩前有巨石刻，云祝英台读书处，号碧鲜庵。昔有诗云：'蝴蝶满园飞不见，碧鲜空有读书坛'。"此诗为残句，作者无考，写作时间不详，然《咸淳毗陵志》称"昔有诗云"者，必在修纂该志以前较远的时间，则至少为宋诗。

元代的梁祝诗，是明极楚俊的《祝英台读书堂》，详见后文。

明代的20首梁祝诗词，除谷兰宗的《祝英台近·碧鲜岩》外，还有19首。正统间的杨璿有《次韵天全公东济川上人》二首，其一：
　　兰若迢遥信马行　　浓花随处笑风情。
　　英台仙去名犹在，　　清磬僧闲手自鸣。
　　晓入千峰春有迹，　　月明万籁夜无声。

　　　　　石床细扣楞伽旨，　　怪底东方白易生。

其二：

　　　　　香断炉烟冷博山，　　蒲团坐老不知还。
　　　　　万松遮寺青围屋，　　一水通桥绿转湾。
　　　　　喜雨亭高云作阵，　　读书庵古藓生斑。
　　　　　诗成欲倩题崖石，　　笔意谁探柳与颜。❶

　　杨璿(1416—1474)，明常州府无锡人，字叔玑，号宜闲，正统四年(1439)进士，授户部主事，累迁右副都御使。他说"英台仙去名犹在"，"读书庵古藓生斑"，诗成后，还有题石之意。

　　明弘治间有沈周《碧鲜庵》诗，云：

　　　　　李相读书处，　　犹疑白石房。
　　　　　但无坡老记，　　名藉碧鲜长。

　　沈周(1427—1509)，明苏州长洲人，字启南，号石田，又号白石翁，曾寓居宜兴蜀山。沈周文效《左传》，诗宗白、苏、陆，字仿黄庭坚，画取宋元诸家，称为一代大师。又与唐寅、文征明、仇英并称吴门四大家，而文、唐均其后辈。弘治间宜兴县令玄敬与善权寺住持方策曾集"山中佳迹二十四题"，邀沈周题咏并作画，此诗便是题在"碧鲜庵"画上的一首，收于《善权寺古今文录》。原诗有序云："碧鲜庵在三生堂西北石壁。旧传昔祝英台读书之处，李丞相亦藏修于此，唐(按：原题如此，下接诗文)。"唐李蛸因累加司空，相当于相位，故有李相之称。后来宋李纲、李曾伯也先后到善权寺读书，李纲官至宰相、李曾伯官大学士，当地传说"三李"为轮回转世，有"一姓转身三宰相，三生完寺一因缘"之说，故寺内建有"三生堂"，合祠三李相。沈周说李蛸曾在祝英台读书处修读，虽然没有苏东坡的记载(苏轼曾到过祝陵与善卷寺)，但祝英台与李相的读书处却因"碧鲜庵"碑刻而永久地流传。

　　《善权寺古今文录》还收有郭铠《碧鲜坛》诗，云：

　　　　　善权山前有故坛，　　夕阳望断树团团。
　　　　　半生春思归韩重，　　千载芳名凝木兰。
　　　　　载酒客来狂蝶乱，　　读书人去野花残。
　　　　　至今风景谁收管，　　输与蒙岩倚醉看。

郭铠,明山东恩县(今属德州)人,字子声,成化丙戌(1466)进士,官辽东都御使。全诗由碧鲜坛贯穿,围绕梁祝传说展开。他把祝英台女扮男装比作花木兰,把"梁祝"比作韩重、紫玉。韩重事,见于《搜神记》:吴王夫差小女紫玉,才貌双全,看上有道术的韩重,私下送信给他,愿做韩妻。韩重外出游学,托父母求婚。吴王不许,紫玉结郁而死。三年后韩重归,前往悼念。紫玉灵魂从墓中出,邀韩重入墓三日,结为夫妻。临出,取一寸明珠给他,嘱其向父王致敬。韩重走出坟墓,拜见吴王,不料吴王以盗墓、造谣罪逮捕了他。一日,紫玉现身跪见吴王,说明缘由,求父王放过韩重。吴王夫人看到女儿来,忙将女儿抱住,但紫玉却化烟而去。

明季许启凡的《祝英台碧鲜庵》诗,反映了宜兴关于祝英台的传说与遗迹,其中说到祝英台曾去齐鲁游学、去苏州访友。

明末许大就《祝英台碧鲜庵》诗云:

女慕天下士,　游学齐鲁间。
结友去东吴,　全身同木兰。
伯也不可从,　洁己殉古欢。
信义苟不亏,　生死如等闲。
蛱蝶成化衣,　双飞绕青山。
捨宅为道院,　祝陵至今传。
当年梳妆台,　即汉风雨坛。
嵯峨石壁下,　遗庵名碧鲜。
春秋荐蘋藻,　灵响来珊珊。
晴天披石发,　恍惚见云鬟。[20]

许大就,宜兴人,字岂凡,明末副贡生。嘉庆《宜兴县志》"卷八·隐逸"称其少负奇慧,试辄高等。甲申(1644)后家徒壁立,然绝意仕进,嗜书如命,工诗善文。他的《祝英台碧鲜庵》诗,是历代诸诗词中最能反映"宜兴梁祝"史实与传说的一首。诗的前半段写了祝英台的作为,后半段写了史实与遗迹。他说祝英台仰慕天下贤士,女扮男装求学,曾与梁山伯一起去齐鲁游学、到东吴访友;虽然她深爱着梁山伯,却始终保持着贞操;她托言嫁妹,心许山伯,且言而有信,守义守节,用殉情的壮举,向世人宣告自己与山伯之间爱情的纯真与高尚;他们死后,衣裙化成了蝴蝶,成双成对、形影不离地在善卷山中飞舞,永不分离。诗人说,祝英台的遗迹很多,一是她的故宅被改建成了寺院(按:原文"捨宅为道院"是"施捨"之"捨",不是"房舍"之"舍");二是因英台墓而得的祝陵村名,自古一直流传到今天;三是当年祝英台曾把山上的九斗坛,当做梳妆台,现遗址尚在;四是她当年的书斋叫"碧鲜庵",至今于石壁下还有碑刻长存,人们还常来此瞻仰怀古。诗人听到萍藻下的泉声、看到洞内的钟乳,仿佛看到祝英台绾着高高的云鬟向自己走来,表达了诗人希望祝英台精神永在的思想感情。

明代还有一首杨守阯的《碧鲜坛》诗,不得不提:

缇萦赎父刑,	木兰替爷征。
婉娈女儿质,	慷慨男儿情。
淳于不生男,	木兰无长兄。
事缘不得已,	乃留千载名。
英台亦何事,	诡服违常经?
班昭岂不学,	何必男儿朋?
贞女择所归,	必待六礼成。
苟焉殉同学,	一死鸿毛轻。
悠悠稗官语,	有无不可征。
有之宁不愧,	木兰与缇萦。
荒哉读书坛,	宿草含春荣。
双双蝴蝶飞,	两两花枝横。
彼美康节翁,	小车花外行。
一笑拂衣去,	南山松柏青。

杨守阯,浙江鄞县人,字维立,号碧川,官南京吏部尚书。该诗最早

载于明《善权寺古今文录》"卷七",正德《常州府志续集》、清光绪《宜兴荆溪县新志》亦有收录。原诗有序:"碧鲜坛即碧鲜庵,相传祝英台读书处。昔有诗云:碧鲜空有读书坛。故云";并在"苟焉殉同学,一死鸿毛轻"后加注:"旧传英台与梁山伯共学,后化为蝶。"

明《善权寺古今文录》中,收录了南京吏部尚书杨守阯的《碧鲜坛》诗,这是一首诋毁谩骂祝英台的诗,他指责祝英台不贞,死比鸿毛还轻。

杨守阯的《碧鲜坛》是现存唯一诋毁祝英台的诗。他对祝英台争取读书与恋爱自由权利的离经叛道行为横加指责,说木兰女扮男装代父从军、缇萦抛头露面上书救父,都是为了尽孝,因此流芳千古;班昭代兄续成《汉书》,也能永垂青史;而祝英台违反封建礼教,女扮男装,混迹于男子之中,不是贞女所为;在他看来,祝英台简直就是一个大逆不道的荡妇,她为同学殉葬,其死比鸿毛还轻。他认为祝英台的行为与木兰、缇萦、班昭有天壤之别,不值一提,因此冷笑一声,拂衣而去,充分暴露出封建卫道士的真实面目。

清代除史承谦的《祝英台近·碧鲜岩》外,还有32首。

康熙间的汤思孝,有五言古风《碧鲜岩》一首,云:

　　凉风坠空叶,　　悄然心已愁。
　　浅寐飒欲惊,　　披衣下层搂。
　　斜阳雨后暖,　　断壁湿更幽。
　　冷蝶尚飞飞,　　美人安可俦?
　　沈浥海棠艳,　　露凝泫泪流。
　　故址是耶非,　　芳魂来此否?
　　感叹日云暮,　　踯躅山之湫。
　　我思杳且深,　　白云去悠悠。

汤思孝,清初宜兴人,字元祥。未周而孤,母秦氏授之以经史,克自愤励,为高材生,其俪体尤见称于世。他的《善权洞赋》曰:"后则三生之堂,碧鲜之岩,跻踬错跱,缪绕蜿蜒。异司空之旋轮,等醉叱于中山;昭四愿之结习,塞双桂之樘联。昔镜楼兮灼芙蓉,今瑶槛兮吐青莲。王孙兮不自聊,佳人兮姣好。剩涒流兮凝艳露,湘帘卷兮蒌烟草。蛱蝶飞兮蕙帻空,猿鹤怨兮风蝻蝻……我独幽寻,怀古长吟。"《碧鲜岩》诗与《善权洞赋》均收于康熙二十五年(1686)《重修宜兴县志》"卷之九·艺文志"中。

清阳羡词派领袖陈维崧《碧鲜庵》诗云:

　　坏道红泉漱,　　残崖碧藓滋。
　　逢人一怊怅,　　何处女郎祠?
　　空余双蛱蝶,　　日受东风吹。

陈维崧(1631—1688),宜兴人,字其年,号迦陵。词才横溢,至追两宋,为阳羡词派领袖。《碧鲜庵》诗载于《湖海楼全集》"第三集·湖海楼诗集补遗"。原诗有序:"相传为祝英台读书处"。

乾隆时的史承豫有《荆溪竹枝词》一首,云:

　　读书人去剩荒台,　　岁岁春风长野苔。
　　山上桃花红似火,　　一双蝴蝶又飞来。

史承豫(?—约1767),清宜兴人,字衍存,号蒙溪,史承谦之弟,诸生。其才思清隽,诗格清丽,与兄并擅词名,称为宜兴二史。著作甚丰,有《苍雪斋诗文集》、《苍雪斋词》等。该词载于清嘉庆二年《新修宜兴县志》"卷四·艺文志"。

清任映垣《祝英台读书台》诗云：

红紫秋花浥露开，　　读书台畔一徘徊。
早逢木叶潇潇下，　　何处吟魂冉冉来。
粉蝶双飞还似舞，　　罗裙五色未全灰。
壁间留有相思句，　　拂藓搜寻哪忍回？

任映垣，清宜兴人，字明翰，刻苦嗜学，著有《晴楼诗》、《双溪乐府》等。诗人于秋日游览祝英台读书处，睹物生情，看见萧萧落叶，就联想到冉冉吟魂；看见飞舞的双蝶，就联想到祝英台的五色罗裙；看见善卷后洞的峭壁，就联想到"梁祝"读书时的题咏。诗人拂藓寻古，留下了无限的感叹。该诗刊于清嘉庆《新修荆溪县志》"卷四·艺文志"。

清张起游国山，留下了《游国山龙岩憩善卷寺访碧鲜庵故址》四首。

其一

古囷残碑半紫苔，　　翠岩幽秀国山隈。
金泥玉简销沉尽，　　那得裙钗骨未灰。

其二

四面峰迴似玦环，　　仙都缥缈接禅关。
清阴寂寂云松路，　　蝴蝶双飞芝草间。

其三

几垒山桥薜荔寒，　　卷阿一曲水云宽。
骖鸾仙子今何处？　　初月婵娟照影看。

其四

祝陵遗址见荒台，　　玉虎无人汲井回。
一树桃花萧寺外，　　夕阳深处磬声来。

诗人游览了国山、善卷洞、善卷寺及碧鲜庵故址，留下了四首诗，但却以祝英台为主线，贯穿于四首诗中：第一首写国山，他说国山依旧青翠，而东吴时所立的囷碑，已经布满了紫苔。当年碑下埋藏的镇山之宝，已经化成灰烬，但祝英台虽死犹存，她的事迹永远在人们中间传颂。第二、第三首写善卷洞，原诗在"仙都缥缈接禅关"后注曰："龙岩镌额欲界仙都。"诗人见善卷洞三面环山，如同玉玦。洞中是缥缈的仙都，洞后是清阴的禅林。禅关虽然寂寞,但"梁祝"化成的蝴蝶,在芝草间双飞,是多么自在呀;善卷洞中的山泉由地下涌出,曲曲弯弯从后洞流出,初月照在长满薜荔的小桥上。祝英台乘着凤辇到哪里去了?广寒宫中就有着她的身影。第四首写善卷寺,在祝陵有许多祝英台的遗址,当初与梁山伯一同照影的双井,现在空留着汲水的辘轳。萧齐时以祝英台故宅改建的善卷寺,隐在桃花丛中,只有钟磬声,伴着夕阳传向远方。

张起,字采五,一字介轩,清宜兴人,邑诸生。年三十始学为诗,尤嗜李义山,著有《介轩诗集》十卷。该诗收录于清道光《续纂宜兴荆溪县志》"卷九·二·艺文"。

清黄中理《碧鲜庵》云:

碧鲜岩似染,　　苔绿隐花枝。
仙子读书处,　　残碑绝妙词。
天寒谁倚竹?　　月上宛扬眉。
窈窕园扉掩,　　空山叶落时。

诗人秋游碧鲜故址,赞赏英台品格,遥想月中宛眉,伤感人去园空,表达了诗人复杂的思想情感。

黄中理,清宜兴人,字奕清,邑诸生。性恬澹,言貌朴讷。学诗于张衢,常与吴骞等人联吟。该诗亦收录于道光《续纂宜兴荆溪县志》。

道光年间宜兴有一个万贡珉,以弟贡珍秩,貤封奉直大夫、户部主事加一级。他把自己的书斋题为"祝英台近山房",著有《祝英台近山房诗钞》、《祝英台近山房词钞》。他的《粉蝶儿·赋蛱蝶》词云:

一任此身,雨丝风痕折挫。
总不离,粉团香裹。
莫留心,春来春去空过。
任朦胧,秋水南华高卧。

前生曾经,碧鲜庵中同课。
尽生死,痴情两个。
幻姻缘,似春梦,古今难破。
好瑞详,对影描来小大。㉑

原词在"尽生死,痴情两个"后有注:"碧鲜庵为祝英台读书处,后化为蝶。"

宜兴"梁祝诗词"荟萃,这在其他地区是没有的,可以说是一枝独秀。它们是传承梁祝文化的宝贵遗产,也是梁祝文苑中的瑰宝,无论是欣赏还是对梁祝文化的研究,都具有十分重要的价值。

四、"宜兴梁祝"诗传到了日本

2008年,复旦大学查屏球教授偕日本京都立命馆大学教授芳村弘道先生,在宜兴梁祝文化的考察交流中,介绍了一首于日本发现的中国元代"梁祝"诗。

该诗题为《祝英台读书堂》,收录在日本明治四十一年(1908)由京都裳华堂刻刊、大正四年(1915)东京民友社再版的《五山文学全书》卷三《明极楚俊遗稿》中。其诗云:

　　三载同窗读古书,　　渠瞒汝也汝瞒渠。
　　罗裙擘碎成飞蝶,　　依旧男儿不丈夫。

诗人虽是出家之人,但在看到祝英台读书处后,对"梁祝"间纯真的爱情也深为感动,大加赞赏。他说祝英台女扮男装求学,与梁山伯同窗三年;虽然她深爱着梁山伯,但却一直没有暴露自己女孩的身份;她为了追求真爱而殉情,扯碎的罗裙化成了蝴蝶;她的这种大无畏精神,堪称巾帼丈夫。

明极楚俊(1262—1336),元代庆元府昌国县(今浙江嵊泗)人。《祝英台读书堂》诗的第二句"渠瞒汝也汝瞒渠"就带有明显的方言色彩[22]。据查屏球教授提供的资料,明极楚俊本姓黄氏,生于宋景定三年(日本弘长二年/1262),十二岁出家,元时为虎岩净伏法嗣,于金陵奉圣寺出世。元天历二年(日本元德元年/1329),与元朝僧人竺仙梵仙一同到日本,同行的还有他的徒弟(俗侄)懒牛希融以及在华日僧天岸慧广、物外可什、雪村友梅。明极楚俊在日本生活了七年,创立了大阪广岩寺,其法系称为明极派,是日本建宗立派人之一,于日本建武三年(1336)九月二十七日圆寂。

明极楚俊有《明极楚俊语录》二卷流传于日本,并有日僧梦窗及学生与明极楚俊的学生唱和之诗轴《梦窗明极唱和篇》传世。《明极楚俊语录》又名《明极禅师建长禅寺语录》,是室町时代五山版的内典佛书刊本,共为二卷二册,日本多处有存。

《祝英台读书堂》,是明极楚俊去日以前(即1329年前)的诗作。查屏球教授认为,如果当时祝英台读书处仅为宜兴一处的话,则很可能是他由南京往婺州(今金华)时所作。其时明极楚俊约为五十岁,即1312年左右。不过,查教授又称:"明极楚俊在浙东一带活动较多,似难排除作于宁波之可能。唯其时宁波是否有祝英台读书堂,确是可怀疑的。由此推论,本诗作于宜兴,似有可能。"

根据查教授的推论,对该诗作于宜兴,笔者还有如下依据:

(一)根据现存古籍、史料,截止元代,明确记载"祝英台读书处"的,只有宜兴一处。宜兴关于祝英台读书处的记载,从唐代《十道志》(700左右)起就有了,而且还明确写道,在善卷山南,有"祝英台读书处"的石刻;宋《咸淳毗陵志》(1268)云:"祝陵在善权山,岩前有巨石刻,云'祝英台读书处',号'碧鲜庵'。"与明极楚俊同时略早的诗人顾逢(明极楚俊入元时才17岁,而顾逢已经举进士不第了),有《题善权寺》诗,云:"英台修读地,旧刻字犹存。"可见,在明极楚俊到祝英台读书堂之前,宜兴的祝英台读书处已有多处记载了。

(二)浙江宁波虽在宋《义忠王庙记》(1107)里,有"梁祝"读书"尝从明师过钱塘"的说法,但并没有说到明确的读书处地点。而万松书院到明弘治十一年(1498)才建立,因此,所谓万松书院读书的传说,最早也是在16世纪才产生的。而且,宁波至今尚未发现有"梁祝"其他读书处的记载,因此,元代明极楚俊所写的祝英台读书堂,绝不可能是万松书院或宁波的什么地方。

(三)明极楚俊的诗,题为《祝英台读书堂》,且全诗都是以祝英台为主角的。这与宜兴的古迹与记载完全相同。而其他地区,凡有"读书处"的,都称为"梁祝读书处",没有称为"祝英台读书处"的,而且,是把梁山伯放在前面,以梁山伯为主的。特别是宁波,所有传说、古迹与记载,都是以梁山伯为主角的,祝英台处于从属的地位。而宜兴则恰恰相反,所有记载与古迹,都是以祝英台为主角的。

(四)宋《咸淳毗陵志》称:"俗传英台本女子,幼与梁山伯共学,后化为蝶。"这反映了宋时"宜兴梁祝"传说的要素:女扮男装求学、三载同窗读书、以身殉情化蝶。说明"宜兴梁祝"传说的三大要素,在宋代就有了。明极楚俊诗中所写的传说故事的要素,恰恰与宜兴的传说相吻合,绝不是偶然的巧合。因为,在宁波的传说中,突出了梁山伯为鄞令的要素,而这却是明极楚俊诗中所没有的。

(五)善卷寺建于南齐,唐时经李蠙重修;宋时叫做广教禅院,是徽宗皇帝的潜邸;南宋淳祐四年(1256),理宗皇帝敕准拨款拓修善卷寺殿,并赐"报忠寺"匾额。明极楚俊虽在浙东一带活动较多,但由于没有祝英台读书处的记载与古迹,并不存在写作的条件。而作为僧人,他从金陵出发去婺州的途中,应当是遇寺拜佛、化缘而食的。而自金陵至婺州,善卷寺恰好在必经的路上。且在元代,善卷后洞石壁上的"祝英台读书处"石刻还未曾湮灭,明极楚俊经过并住在规模恢弘的善卷寺时,不仅可以看到古籍中的"祝英台读书处"记载,而且还可以看到善卷山南"祝英台读书处"的石刻,看到善卷寺里保留的"祝英台读书处"遗址以及"碧鲜庵"碑,听到宜兴关于"梁祝"的传说,因而写下《祝英台读书堂》的诗篇,是完全可能的。但由于明极楚俊是浙东嵊泗人,亦应当早就听说过浙东关于祝英台"衣裙化蝶"的传说,故在诗中称"罗裙擘碎成飞蝶",也就不奇怪了。

五、清水县志为何会有"宜兴梁祝"诗?

清乾隆间,浙江海宁有位叫吴骞的贡生,因其先世有别业在宜兴张渚,所以经常客寓宜兴。吴骞读书逾万,广闻博览,他在笔记《桃溪客语》中,不仅记录了宜兴的"梁祝"古迹、记载与传说,同时亦记载了浙江宁波、安徽舒城与甘肃清水的"梁祝"。如《卷一·梁祝同学》称:"蒋薰《留素堂集》:清水县有祝英台墓,尝为诗以吊之。"

为了深化梁祝文化研究,笔者决定按图索骥。但是,走遍京、津、沪、宁,各大图书馆都没有《留素堂集》这本书。后来,终于在《四库未收书辑刊》里找到了蒋薰的《留素堂诗删》。蒋薰一生作诗逾万,《留素堂诗删》收编了蒋薰1632年至1672年春共40年的诗词,仅见《汾游》中有一首《祝英台墓》(其诗详见后文)。由于蒋薰曾为伏羌县令,故笔者又查阅了相关志乘,在清乾隆《伏羌县志》里,也发现了蒋薰的四五篇诗作,但却均与"梁祝"无关。

然而,在《清水县志》里,不仅找到了关于"梁祝"的记载,而且在乾隆的《清水县志》"卷之十四·艺文"里,还发现了朱超所写的两首"宜兴梁祝"诗。

一是《经祝英台故址》,诗云:

　　　　支筇探胜游,　　言寻古樵路。
　　　　山深不见人,　　潭清泉自注。
　　　　欲访碧鲜庵,　　前溪日已暮。

该诗称诗人经过祝英台故址,柱着竹棍(筇,音qiong,竹,可作手杖),沿着古樵路,在深山中寻访碧鲜庵胜迹,但却已近黄昏了。

二是《题沈理荸画蝶》两首,其一云:

　　　　勾染风流迥不群,　　粉香花气两氤氲。
　　　　罗浮山下依稀见,　　一幅麻姑五色裙。

第二首咏"梁祝共读"与"化蝶":

　　　　碧鲜庵内绿成围,　　不断生香欲染衣。
　　　　生小祝英台畔住,　　惯看蝴蝶作团飞。

这两首诗,是朱超题在沈理荸所作的蝴蝶画上的,其中,第一首说到了罗浮山和麻姑,把蝴蝶比作仙道;而第二首则想到了"梁祝化蝶",说诗人到了碧鲜庵里,看到山花烂漫和双飞的蝴蝶。还说自己从小就在英台读书处附近居住,经常看到蝴蝶成团地飞舞。

看到这里,令人惊讶,因为"碧鲜庵"明明是在宜兴,怎么会出现在《清水县志》里呢?而且,笔者知道宜兴有个朱受,写过一首《荆溪竹枝词》,云:

　　　　丛筠秀木绿成围,　　零落妆楼委夕晖。
　　　　生小祝英台下住,　　惯看蝴蝶作团飞。

两首诗词何其相似:仅前两句不同,后两句则基本上是一样的;唯在韵脚上,朱受用的是普通话,朱超用的是宜兴方言。

那么,讲宜兴方言的朱超所写的"宜兴梁祝"诗词,又怎么会跑到《清水县志》里去呢?后来一查,这位朱超时任清水知县,他写的乾隆六十年《清水县志·序》,自称为阳羡人。

朱受与朱超,宜兴县志里也都有记载。朱受,字敬持,乾隆二十七年(1762)举人、四十五年(1780)进士,官户部福建司主事。少时聪颖好学,工诗。著有《书绅录》、《深柳堂吟卷》；朱超则为乾隆四十八年(1783)举人。《清水县志》"卷九·职官·知县"亦称："朱超,荆溪人,举人。"这两人虽然年龄、官职有所不同,但还算是同时代人。笔者推测他俩是门房亲戚,老宅在一起或相距不远,且有书信或诗作唱和往来,才会有相同的感受与借鉴。而朱超在沈理荨所作的蝴蝶图上题上了这首诗,后来又连同《经祝英台故址》收进了由他自己主持修纂的乾隆《清水县志·艺文》中,才出现了"宜兴梁祝"诗词编入甘肃《清水县志》的怪事。

六、其他遗存地的"梁祝"诗词

除了宜兴外,中国其他"梁祝"遗存地也都发现了清以前的"梁祝"诗词,只是与宜兴相比,数量较少罢了。

(一)浙江宁波

宁波历代的"梁祝"诗词,现在发现的最早见于明代,共有11首(其中清水、邹县各一首,均同时说到"宁波梁祝")。宁波"梁祝"诗词,无论是时间或数量,都仅次于宜兴,居全国第二位。

1. 明《张文定公四友亭集》"卷之十·七绝"有《新江十咏》,其中第一首为《梁山伯庙》,诗云：

庙前荒草夕阳多，　　庙里残碑字不磨。
一点纯诚千载话，　　乾坤留取激颓波。

《四友亭集》为张邦奇所作。张邦奇(1484—1544),明鄞县人,字常甫,号甬川,别号兀涯,官至南京兵部尚书。有《学庸传》、《五经说》、《环碧堂集》、《四友亭集》等。该诗赞扬梁山伯"忠君爱民"的"纯诚"精神,应以他为榜样,消除颓废,忠君报国。诗中的"残碑",应指庙里尚存的宋李茂诚《义忠王庙记》碑刻。

2. 明万历间的《丰对楼诗选》,"卷二

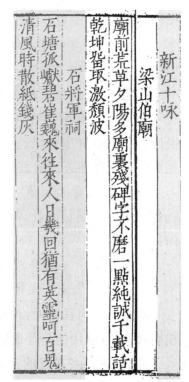

明弘治张邦奇《梁山伯庙》诗,是迄今发现的宁波最早的梁祝诗,该诗赞扬梁山伯"忠君爱民"的"纯诚"精神。

十五·六言绝句"有《客次有怀中林诸胜二十首》,其第五首云:

　　江浦楝花鲚上,　　海田麦叶蛏肥。
　　十姊妹花开遍,　　梁山伯蝶来飞。

该诗吟咏春季花开、鱼跃、蛏肥、蝶飞的景象。其中反映了当地"梁祝化蝶"的传说。此诗周静书《梁祝文化论》称是"二十首之一",为"之五"之误。

3.《丰对楼诗选》"卷二十六·七言律诗"还有《登明州郡城三首》,其第一首云:

　　高云莽荡欲何之,　　独立孤城万里思。
　　大海东南元自迥,　　长江日夜向谁驰。
　　草花春合英台墓,　　绿水晴骄贺监祠。
　　白发流光欺不得,　　倚天长啸酒醒时。

诗人于春日登城远眺,并吟咏了祝英台墓、贺知章祠(因贺官授秘书监,人称"贺监")等古迹。此诗第二第三两句,《梁祝文化论》作"大海东南无自迥"、"绿水近骄贺监祠",有误。

《丰对楼诗选》为沈明臣所作。沈明臣(1518—1596),明鄞县人,字嘉则。诸生。有诗名,即兴作铙歌十章,授笔立就。一生作歌诗七千余首,为万历间三大"布衣诗人"之一。有《丰对楼诗选》、《荆溪唱和诗》等。

4. 明末还有一首陆宝所作的七言古诗,题为《祝英台墓》,收录于清陈之纲《四明古迹》中。诗云:

　　英台墓,事可疑?
　　生求同穴死如斯,　　石裂海枯誓不移。
　　入塾三年心自许,　　联姻别属期终阻。
　　梁郎虽则困沉疴,　　英台不忍忘前语。
　　海乡随牒墓成林,　　墓下经过恨独深。
　　精诚感得死人心,　　风打船头天昼阴。
　　白杨拍手鸟啼乱,　　灵旗窈袅迎初裸。
　　裸后天开一物无,　　佳人没石裙留半。
　　君不见韩凭夫妇对葬时,　　鸳鸯飞上连理枝。
　　留裙故事传非误,　　不尔哪有英台墓?

这首诗写得很有意思。诗人首先提出"英台墓，事可疑"的问题，然后通过传说中的梁祝故事，称祝英台精诚所至，感动死人，遂有地裂壁埋裙留半的传说。并得出"留裙故事传非误，不尔哪有英台墓"的结论。

陆宝（1581—1661），明末浙江鄞县人，字敬身，一字青霞。由太学生授中书舍人，人称中书先生。崇祯时，请以边事自效。后以终养归。清顺治元年，鄞县起兵反清，倾家输饷，兵败遁去，久之方归。其藏书处称"南轩书屋"。著有《悟香集》、《霜镜集》等。

明季陆宝《祝英台墓》诗，叙述了浙东的梁祝传说。

5. 明末清初的周容，在《春酒堂诗》中，有一首《义妇冢》诗，云：

梁祝当年同笔砚， 生不同衾死同窀(cui)。
停车一恸墓开开， 情至难将常理辩。
华毂曾说牛车停， 少府又传金盆见。
吁嗟此事传非讹， 遗迹不改临江波。
呼犊鞭牛回牧竖， 传卮沥酒荐笙歌。
笙歌即述当年事， 男何朴诚女何慧。
两意堪将风俗敦， 千秋常滴村姑泪。
芳草青青墓上春， 双双彩蝶去来频。
东风吹花落如雨， 吹蝶不开如有神。
过客无劳相太息， 男读诗书女纺绩。
人间婚嫁等寻常， 江月江潮太寥寂。
我思梁公如是人， 为令须知肯爱民。㉔

原诗有其引为："冢在吾宁郡西北二里许，妇即祝氏英台也。旁有庙，祀梁山伯，梁曾鄞令云。"

该诗以"华山畿"与"崔少府女"喻梁祝事:"崔少府女"事见于《搜神记》,说卢充家西三十里有崔少府女墓。一日猎戏入墓,见亡父手迹,令与少府女婚。卢充留宿三日,女妊而归。别后四年,卢充临水戏,忽见水旁有二犊车,乃少府女送子与充,并赠诗与金碗。待卢充接到儿子并拿到诗、碗,车即隐去。其金碗乃少府女之陪葬也。该诗写因"义妇冢",以"华山畿"及"崔少府女"两则阴配事喻之,甚切。

1989年台北新文丰出版的《丛书集成续编》及1994年上海书店出版社出版的《丛书集成续编》(按:两《丛书集成续编》并非一书),也都收有周容《春酒堂遗书·春酒堂文存四卷诗存六卷诗话一卷外纪一卷》(均为民国二十一年冯贞群辑),其中《义妇冢》诗与前引略有不同,现分列比较如下:

	清《春酒堂诗》		《丛书集成续编·春酒堂诗存》
引	冢在吾宁郡西北二里许	引	义妇冢在吾宁城西二十里许
	旁有庙		傍有庙
	梁曾鄞令云		梁曾令鄞云
诗	停车一恸墓开	诗	停车一恸墓门开
	少府又传金盌见		少府又闻今盌见
	呼犊鞭牛回牧竖		呼犊鞭羊回牧竖
	传卮沥酒荐笙歌		传芭沥酒荐笙歌
	过客无劳相太息		过客无劳相叹息
	男读诗书女纺績		男读诗书女纺织

周容(1619—1679),明末清初浙江鄞县人,字茂山,号鄮山。明末诸生。明亡隐居不仕,放浪山湖间,足迹遍国中。能诗善画,尤工书法。卒于康熙十八年。有《春酒堂文集》、《春酒堂诗集》等。

6. 明末清初还有一位谢宗泰,他的《天愚山人诗集》"卷十二·今体诗"中,也有《祝英台冢》一首,云:

　　　　拱木虚传连理枝,　　摽梅迨谓杳归期。
　　　　君生未必因情绝,　　妾死依然未嫁时。

诗人说,墓旁的大树并非像传说的那样长到了一起,因为女子到了结婚年龄,男子却错过了时机。山伯未必因情而死,但祝英台却还是痴心的处女。

《天愚山人诗集》为谢宗泰所作。谢宗泰(1598—1667)明末清初浙江定海人,字时望,晚号天愚山人。崇祯丁丑(1637)进士。任广东番禺知县,升工部主事,后谪为福建幕僚。南明隆武时,为兵科给事中。入清称病不仕,奉父于柴楼。生平手抄经史百余卷,诗文直抒胸臆。有《天愚山人集》。

7. 清光绪二年(1876)《鄞县志》"卷六十五·冢墓""梁山伯祝英台墓"条,收录本朝李裕《梁山伯祝英台墓》诗一首,云:

冢中有鸳鸯, 　　冢外唤不起。
女郎歌以冤, 　　辄来双凤子。
织素澄云丝, 　　朱旛翦花尾。
东风吹三月, 　　春草香十里。
长裾裹泥土, 　　归弹壁鱼死。

此诗不仅反映"梁祝"合葬、死后化蝶,还反映了当地百姓取冢土除虫的习俗(按:壁鱼,蠹虫)。

8. 清光绪《人寿堂诗钞》"己卯"(1879)《再续甬上竹枝词》之十一咏梁山伯庙,云:

梁山伯庙枕江塘, 　　经愿家家户户偿。
除虱昌阳芸辟蠹, 　　不如一撮冢泥香。

原诗有注。"江塘"句注曰:"梁山伯,晋鄞令,庙在郡西十余里,坐江";"经愿"句注曰:"祈禳者多在庙中诵莲华经";"冢泥香"句注曰:"俗传坟上土可除虫蚁"。由此诗可见梁山伯在当地的神化程度,百姓之诵经、取土,都是为了消除灾祸。

《人寿堂诗钞》为戈鲲化所作。戈鲲化(1838—1882),清徽州休宁人,字砚畇,一字彦员。他死后美国报纸称其曾获"硕士"(这是美国人对参加考试的某种描述)。然他自称"余弱冠,读书不成,从军幕府。"同治二年(1863),任职于美国驻沪领事馆。乙丑(1865)移居宁波,任职于英国领事馆,与徐时栋、陈劢等有往。1879年,于美国哈佛大学任教中文,卒于美国。其人天才踔厉,尤好吟咏,兴之所至,辄濡墨伸纸,顷刻数千百言,空所依傍。其早期诗文,于咸丰十年(1860)尽遭兵燹。《人寿堂诗钞》是其居宁波十六年的诗作,以纪年排列,以甲子(1864)起,至己卯(1879)终。

9. 清光绪二十年陈劢《运甓斋诗稿续编》"卷三"有《重修晋鄮令梁君敕封义忠王庙》一首,云:

邑侯溯东晋,　　遗爱在斯民。
地纪鄮山古,　　官如汉吏循。
生前施泽惠,　　殁后显威神。
王号忠义著,　　千秋俎豆新。

该诗歌颂鄮令梁山伯生前死后忠君爱民的精神,然只字未提与祝英台事,显然并非完全承袭宋李茂诚的《义忠王庙记》,而是明魏成忠《碑记》思想的翻版。"官如汉吏循"句《梁祝文化论》作"官好汉吏循",有误。

陈劢(1805—1893),清浙江鄞县人,字子相,号咏桥,别号甬上闲叟、鄮西老圃,室名运甓斋、何随居等。道光十七年(1837)拔贡,举贤良方正,廷试第二,授广西知县,以母老乞归。家有藏书近十万卷,工诗词书法。有《运甓斋诗稿》、《寿世良方》、《释字百韵》等。《运甓斋诗稿》撰于光绪十年甲申(1884),《运甓斋诗稿续编》于光绪二十年甲午(1894)增刻。

10. 康熙间蒋薰有清水《祝英台墓》一首,然在诗序中称梁卒葬清道山下,祝过梁冢,哀恸地裂,祝投而死。

11. 邹县《峄山志》有滕邑闫东山《题梁祝洞词并序》一首,记载浙东"梁祝"并称"何为清道山边,高封义忠墓。"

周静书的《梁祝文化论》,还收录了有一首古代咏宁波梁山伯庙的无名氏诗以及"刻写在宁波高桥梁山伯庙壁上"的一组"竹枝词"。无名氏诗云:

梁山伯庙去烧香,　　拜拜多情祝九娘。
少年夫妻双许愿,　　不为蝴蝶即鸳鸯。

梁庙"竹枝词"云:

鱼飘桂子羡婵娟,　　天上人间应共圆。
一片热情何处祝?　　梁山伯庙祝娘安。

陆路崎岖水路平,　　吴家滑子价钱轻。
东邻姊妹虔诚甚,　　拂晓乘船已出城。

【宜兴梁祝　遗存最多】

207

氤氲烟雾泉漫漫，　　欲向殿前正视难。
暗拂鲛绡尝泪滴，　　不知滋味是酸咸。

买得沉香球一串，　　可教时刻挂胸怀。
休嫌此物无情意，　　中有红丝一线牵。

周氏未提供无名氏诗之出处，梁庙题作亦不知何代何人所为。然从诗句来看，无名氏诗有类于古代小说中的打油诗或艺人的说唱词；"竹枝词"亦意境平平，写在梁庙墙上，似出宣传之需，可能是庙祝所为。现姑记于此，但未计入历代诗。

(二) 甘肃清水

清水的"梁祝"诗词，现存最早的是清初。

乾隆间的吴骞称："蒋薰《留素堂集》：清水县有祝英台墓，尝为诗以吊之。"《留素堂集》其书未见，《四库未收书辑刊》中收有蒋薰《留素堂集》总目及《留素堂诗删》。《留素堂集》共有"始纪一卷"、"廊吟一卷"、"天际草四卷"、"西征一卷"、"塞翁编五卷"、"汾游一卷"、"西庄集□卷"，而《留素堂诗删》收录了蒋薰除西庄集外的四十一年六集十三卷诗作。其中有一首咏清水《祝英台墓》的诗，云：

上邽城外水冷冷，　　写入哀弦粉黛零。
贞心誓死弃灰土，　　墓草苍黄不欲青。

原诗有序，称《宁波志》载有梁祝墓，今墓在清水，不知何据？上邽，乃陇西之地名。作者看到清水的祝英台墓，一方面赞扬祝英台一颗"贞心"，"誓死"殉情的大无畏精神；同时想到《宁波府志》的记载，对清水亦有祝英台墓感到迷惑不解。

蒋薰，字闻大，号丹崖，明崇祯丙子(1636)举人，入清曾任伏羌(今甘肃甘谷)县令。蒋薰在西北的时间很长，《塞翁编引》称他"治羌二年，寓羌六年"。蒋薰于辛亥(1671)七月离羌，应汾州郡守邀，遂作汾游，大半年中又有《汾游》一卷。而这些诗，大多是写西北地区的事。《祝英台墓》收录在《汾游》卷一中，是蒋薰刚刚离羌，过小陇丁华岭后写的。小陇山在清水境内，《清水县志》称"小陇山，西南三十五里，即分水岭"。清水在伏羌(今甘谷)东，相距百余里。故蒋薰《祝英台墓》的写作时间，应是1671年的7月。

康熙二十六年(1687)《清水县志》"第十二卷·艺文纪·诗歌"中载有杨荐《祝英台墓》诗一首：

贞烈祝家女，　　始终志不降。
心虽许凤侣，　　情弗乱芸窗。
生作同心结，　　死为比翼双。
高山堪仰止，　　停简水淙淙。

杨荐，生平里籍不详。

1930年《民俗周刊》第93～95期合刊刊登了马太玄《清水县志中的祝英台故事》一文，称康熙二十六年《清水县志》"卷十二·艺文·诗歌"里，有一首《祝英台》的诗(诗文见本书《历代"梁祝"记载书(文)目叙(下)》)。

这两首诗，都歌颂了祝英台"心有爱、情不乱"的高尚情操，对祝英台为追求纯真爱情而抗争的大无畏精神给予了极高的评价。

乾隆六十年《清水县志》中的"梁祝"诗，均咏宜兴，此略。

(三) 山东邹城

清嘉庆间，江西靖安舒梦兰作有《祝英台近词·枣树闸吊祝英台墓》一首，收于《天香全集·南征集》中。嘉庆庚申(1800)八月十八日，舒梦兰由

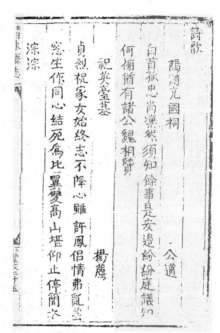

清康熙《清水县志》收录了杨荐的《祝英台墓》诗，歌颂祝英台"心有爱、情不乱、生同心、死比翼"的情操。

京返乡，十一月十五抵南昌，凡舟中所作诗词悉载此集。由诗集可知，舒出京后，经天津、杨柳青、青县、德州、武城、临清、邹县、汶上、嘉祥、平邑、鱼台，方进入江苏沛县。观舒之行进线路，略有曲折，想是多有谒拜、应酬之故。枣林闸，在今微山县枣林村白马河上(旧属邹县)，其岸有明正德重修的梁山伯祝英台墓。舒经此处，闻知有梁祝墓，乃望而吊之(其词见前文)。

清乾隆四十七年(1782)，邹县陈云琴老人带领学生十数人，授课于

峄山白云宫东堂两月。课余升高望远、经丘寻壑、览胜探奇,多有诗作唱和。其中有"梁祝"诗三首,收录在同治三年(1864)的《峄山志》里。

"卷三·阳山胜景"陈云琴《游峄值梁祝读书洞》一首:

　　盈盈人未去,　　袅袅韵初终。
　　翠石文犹绿,　　榴花色更红。
　　泉清思濯手,　　叶响忆临风。
　　坐久摊沙卧,　　山莺唤竹丛。

诗人游览峄山上的"梁祝"遗迹,看到明代"梁祝读书洞"与"梁祝泉"的石刻,仿佛见到祝英台盈盈的身影、听到她袅袅的余音。

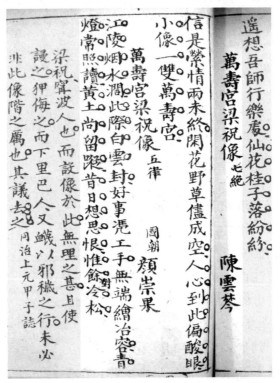

清同治峄山志收录了陈云琴、颜崇果《万寿宫梁祝像》七绝、五律各一首。

"卷五·东峰胜景"有《万寿宫梁祝像》二首。陈云琴七绝云:

　　信是萦情两未终,　　闲花野草尽成空。
　　人心到此偏酸眼,　　小像一双万寿宫。

颜崇果五律云：

江陵烟水阔， 此际白云封。
好事凭工手， 无端绘冶容。
青灯常照读， 黄土尚留踪。
昔日相思恨， 唯余对冷松。

当时的万寿宫里，供奉着"梁祝"的小像。两位诗人不由为这对未成眷属的年轻情侣，发出由衷的感叹。

陈云琴，清乾隆间（有人误作元代人）邹县人，字森庵。岁贡生，书院教授。家贫力学，夜无灯火，每于僻静处默诵十三经，直至更深。

颜崇果，清曲阜人，生平未详。

《峄山志》"卷之三·山阳胜景"又有滕邑闫东山《题梁祝洞词并序》一首（见前文）。

今人录以上诗词，字常有误，今更正于后：

1. 陈云琴《游峄值梁祝读书洞》："盈盈"误作"盈匕"；"袅袅"误作"袅匕"；"文犹绿"误作"文犹缘"；"思濯千"误作"恩濯手"；"叶响"误作"异乡"；"坐久"误作"坐欠"；"竹丛"误作"竹业"。

2. 陈云琴《万寿宫梁祝像》："萦情"误作"荣情"。

3. 颜崇果《万寿宫梁祝像》："烟水阔"误作"烟水洞"；"此际"误作"此陵"；"凭工手"误作"凭卫手、凭上手"；"绘冶容"误作"绘冶穷"；"对冷松"误作"难冷松"。

4. 闫东山《题梁祝洞词》："坟共死"误作"坟同死"。㉕

（四）安徽舒城

网传舒城有流传的"梁祝"诗词。其一叫《蝶恋花·梁祝文化在舒城》，题名一看，就知道是当代的作品。另一首为《七律·游舒城梁祝读书堂梨山书院遗址》，诗云：

草木菲菲叙旧言， 龙舒世代多乡贤。
梨山书院誉古今， 清河水流滋野田。
月夜残垣诗语响， 春风彩蝶死生缘。
从来历史谁真假？ 愿景长存口耳传。

该诗未见于古籍，且用词较为现代，似非古人所作，姑录于此，待后考定。

历史上浙江、甘肃、山东的"梁祝"诗词,目前就发现这么几首,而其他地区至今尚未发现。也许还有更多的"梁祝"诗词,隐藏在古籍中尚未被发现(特别是宁波),还有待人们去发掘、去研究。

注释:

❶ 宗伟方:《李蓘赎善权》,见《闲品阳羡:历史名人与宜兴文化遗存散考》第137页,广陵书社2008年12月出版。

❷ 同上。

❸ 见清嘉庆二年(1797)《增修宜兴县旧志》"卷九·古迹志·遗址"。"看他墨洒烟云"句,吴骞《桃溪客语》作"几行墨洒云烟",史承谦《小眠斋词》作"看他墨洒云烟"。

❹ 吴骞《桃溪客语》"卷四·谷继宗"。

❺ 见清吴骞《桃溪客语》"卷一·碧鲜庵"。

❻ 清史承谦《小眠斋词》"卷一"。

❼ 龙榆生《唐宋词格律》第99-100页,上海古籍出版社1978年出版。

❽ 明沈璟《重定南九宫词谱》又名《南词新谱》、《广辑词隐先生增订南九宫词谱》。引文见"卷十六·越调·越调引子";王骥德所列,见《曲律》"卷一·论调名第三"。

❾ 徐于室、钮少雅《南曲九宫正始》又名《汇纂元谱南曲九宫正始》,引文见第七册"越调·越调引子"。徐于室,即徐迎庆,徐元普子,《九宫正始》抄本误作"徐子室"。

❿ 《类书草堂诗余四卷》见上海书店《丛书集成续编》161册(集部)。

⓫ 王新霞《学词入门第一书:白香词谱》208页,人民文学出版社2011年出版。

⓬ 见《东坡词编年笺证》(宋苏轼撰、薛瑞生笺证)第38页,三秦出版社1998年出版。

⓭ 分别见清康熙二十五年《重修宜兴县志》"卷之十·杂志·古迹"、清嘉庆二年《增修宜兴县旧志》"卷九·古迹志·遗址"。

⓮ 见《苏轼与宜兴》,西安地图出版社2008年出版。

⓯ 见《冯沅君古典文学论文集》第144-145页,《〈南戏拾遗〉导言》"五、骷髅格",山东人民出版社1980年出版。

⓰ 见清陈维崧《陈检讨四六》"卷十·序""十里茶山行·去祝英台近",《文渊阁四库全书》第1322册。

⓱ 清毛先舒《填词名解》"卷二·祝英台近",见《四库全书存目丛书》第425册;汪汲《词名续解·续编》"卷上·祝英台近"。

⓲ 见王晓乐《白香词谱:学词入门第一书》126页,哈尔滨出版社2011年出版。

⓳ 明《善权寺古今文录》"卷七·明诗"。

⓴ 见嘉庆二年《增修宜兴县旧志》"卷十·艺文志·五言古"。

㉑ 清万贡珝《祝英台山房诗词钞》"词钞·卷一"。

㉒ "渠"在此处是方言"他、她"的意思,吴语、粤语、赣语、徽语、客话均有此方言,只是发音不同。"渠瞒汝也汝瞒渠"即他(她)瞒你呀你瞒他(她)。

㉓ 见清嘉庆二年《新修荆溪县志》"卷四·艺文志"。

㉔ 清周容《春酒堂诗》"卷二·七言古"。

㉕ 引诗字之误,见《梁祝传说源孔孟故里》(文物出版社2005年出版)、《梁山伯祝英台家在孔孟故里》(山东文化音像出版社2003年出版)。其中陈金文:①"此际"误作"此陵",②"凭工手"误作"凭上手",③"坟共死"误作"坟同死";樊存常、陈金文:①作者颜崇果误作"颜崇东",②"萦情"误作"荣情";其余均为樊存常误。另,周静书《梁祝文化论》引樊存常文,其误亦然。

宜兴祝陵与祝英台墓

在宜兴善卷山南,有一个小街镇,叫做祝陵。镇上居民聚居,一条曲曲弯弯的小河穿镇而过,把镇子分成南北两半。这条河叫做祝陵河,又叫双陵河,县志上称为"祝陵涧","源出箬山、善权诸山,西流经玉带桥、杨春桥,合张渚河入蒲墅荡。"❶村西头的大路边,矗立着一块硕大的太湖石,上面镌刻着"祝陵"两个大字。这块石碑,仿佛向人们讲述着美丽而凄婉的梁祝传说。

一、"祝陵"因祝英台墓而得名

"祝陵"的来历,与祝英台有关。

相传祝英台家住善卷山南,梁山伯家住善卷山西北三四里。小时候,他们一起在碧鲜庵读书,结为兄弟,祝英台渐渐对山伯产生了爱意。后来,梁山伯到余杭去游学时,祝英台相送了十八里。分手时,英台托言嫁妹,约山伯早日回来提亲。不料,祝老爷接受了马家的媒聘,要把英台许配鲸塘马家。山伯回来,知道内情后,一病身亡,卒葬胡桥。马家迎亲时,英台怀抱梁山伯赠送的琴、剑,跳楼殉情,葬在青龙山上。而祝陵,就是祝英台的陵墓的意思。因此,宜兴传说中的"梁祝墓",不仅是单人墓,而且不在一起,梁山伯墓在梁家庄村西的胡桥头,是善卷到鲸塘马家庄的必经之路。而祝英台的墓在祝家庄东南的青龙山上,其间相隔有五六里。

祝陵不仅有祝英台墓,还有"晋祝英台琴剑之冢"。相传"梁祝"在碧鲜庵同窗三年后,梁山伯还要去余杭深造,而祝英台因年届及笄,不能同往,梁山伯即以祖传琴、剑相赠,英台也回赠以"碧鲜"扇。祝英台殉情后,因摔坏的琴与剑都是梁山伯之物,祝父将其弃于路旁,有好心人收拾起另行葬之。明代骆珑宦途坎坷,怀着沉重的心情来到善权寺,观祝英台读书处、听梁祝传说后,写下了"宦途何日经行便,琴剑相随到上方"的诗句,此

"琴剑相随"就是写的这段传说。佛教有"十方"之说,即指"天、地、东、西、南、北、生门、死位、过去、未来"十大方向。骆珑说,游过善权寺后,如果宦途有改善,愿意像祝英台一样,带着琴剑,灵魂升天。

然而,祝英台乃一平民百姓,即使墓葬于此,又何以称"陵"呢?据清《宜兴荆溪县新志》记,祝英台殉情后,"丞相谢安闻其事,于朝请封为义妇"。由于祝英台"义妇"的称号是皇上所封,故民间尊称其墓为"陵",祝英台陵墓简称为"祝陵",后遂通称为该地村名,沿袭至今。

在中国古代,坟墓称"陵"的并非限于帝王。汉魏至南北朝,不仅皇帝墓称为"陵",皇后、太子、公主、分封藩王等人的坟墓有的也称为"陵",甚至三公之类的大臣墓亦可称墓为"陵"。同时,还有出于民间俗称为"陵"并得以流传的,如:孔子的弟子子夏墓称为"子夏陵";董仲舒墓因汉武帝至此下马而称为"下马陵";就连明末的抗清将领夏允彝、夏完淳父子墓,也被称为"夏陵"。因此,祝英台之墓,应当属于民间俗称为"陵"的一种。

二、"祝陵"地名在唐代就有了

"祝陵"之地名由来已久。据现有资料,可以追溯到唐代。《全唐诗》"卷五九零"载有李郢诗一卷,其第二首为《阳羡春歌》,云:

石亭梅花落如积,	玉藓烂斑竹菇赤。
祝陵有酒清若空,	煮糯蒸鱼作寒食。
长桥新晴好天气,	两市儿郎櫂船戏。
溪头铙鼓狂杀侬,	青盖红裙偶相值。
风光何处最可怜?	邵家高楼白日边。
楼下游人颜色喜,	溪南黄帽应羞死。
三月未有二月残,	灵龟可信浐水干。
莳草青青促归去,	短箫横笛说明年。❷

该诗写了宜兴的几处春景:一是山区,梅花纷谢,蕈菇遍地,农家正忙着蒸鱼煮糯,准备寒食节的食品;二是城里,雨过天晴,长桥边锣鼓喧天,西氿上将进行划船比赛,引得人们争相观看;三是郊区,不少游人跟着比赛的船只来到了邵家高楼下,胜负已经分出,人们喜气洋洋,只有失败的船夫们显得垂头丧气。

明万历胡震亨《唐音统签》、清《季振宜全唐诗》、康熙《钦定全唐诗》等都收录了李郢的《阳羡春歌》。图为《唐音统签》影印件。

《全唐诗》始辑于清康熙间,以故宫收存的明胡震亨《唐音统签》1333卷❸、清初季振宜《全唐诗》717卷❹为底本,以明吴琯《唐诗纪》170卷等唐人总集、别集为佐证,并旁采残碑、断碣等,收诗49403首,诗作者2873人,凡900卷,于康熙四十五年(1706)告竣,煜年康熙帝作序并题为《钦定全唐诗》。后来《文渊阁四库全书》以《全唐诗》为名收录。

李郢,唐京兆长安人,字楚望。初居杭州,以山水琴书自娱。宣宗大中十年(856)登进士第,官至侍御史。后归越,为藩镇从事。其七律尤清丽可喜,为时人所称。李郢曾到过宜兴,《全唐诗》收有其宜兴诗作六首。其中《阳羡春歌》与《茶山贡焙歌》均为七言古诗。《茶山贡焙歌》反映了为把阳羡茶于清明前赶送长安,茶农采茶、制茶的艰辛,与《阳羡春歌》为同时作品。《阳羡春歌》"祝陵有酒清若空"句,赞扬"祝陵"地方有好酒,倒在杯里清澈得就像没有一样。宋《咸淳毗陵志》"祝陵"条称:"今此地善酿",说明祝陵的酿酒业,在当时是很出名的。

由此可见,"祝陵"的地名,至少在晚唐就已经存在了。

而后,宋绍兴二十六年(1156),薛季宣至毗陵看望岳父孙汝翼时到宜兴,写了一首著名的"梁祝"诗,叫做《游祝陵善权洞》;宋咸淳四年(1268)的《重修咸淳毗陵志》"卷二十七·古迹"亦载:"祝陵在善权山"。到了明清,常州、宜兴所有的志乘都载有"祝陵"的古迹或地名。

然而,在宋咸淳四年(1268)的《重修毗陵志》中,亦载有一首《阳羡春歌》,但却收在"本朝诗"中,称陈克所作❺。其诗与李郢的《阳羡春歌》比对,仅"玉藓烂斑"为"吐鲛烂斑"而已(按:《唐音通签》作"玉苏烂斑")。

此说得到清吴骞的赞同,称:"宋临海陈子高,尝作《阳羡春歌》一篇。明人辑唐诗,误收于李郢后,遂有踵其失而不察者。按,此歌发端云:'石亭梅花落如雪,土鲛❻烂斑竹菇赤。祝陵有酒清若空,煮糯蒸鱼作寒食。'无论石亭之古迹、竹菇之土产、清若空之酒名,皆未著于唐诗。至云'风光何处最可怜?邵家高楼白日边',盖宋时宜兴邵氏最为巨族,临溪有名园,所谓'天远堂'者,尤才人胜流之所集。周益公言之甚详,故歌中犹云尔也,其非李郢作必矣。"❼

陈克(1081—1137),字子高,自号赤城居士,宋台州临海人,侨寓金陵。少侍父官学四方,不事科举。曾官敕令所删定官。高宗绍兴七年(1137),吕祉节制淮西军马,辟为参谋。同年,宋将郦琼叛降刘豫,几于不免。有《天台集》十卷、外集四卷,已佚。现存有《陈子高遗稿》一卷。

如果《阳羡春歌》真是陈克所作,那么,关于"祝陵"地名的记载,则要比李郢推迟两百余年。

李郢和陈克都曾到过宜兴,按理说,两人都有写作《阳羡春歌》的条件。不过,以笔者的分析,该诗还是李郢所作的可能性较大。其理由有四:

其一,吴骞否定"李郢说"的两个论据存在问题。

论据之一:吴骞称,"无论石亭之古迹、竹菇之土产、清若空之酒名,皆未著于唐诗"。然此说未免片面。因为竹菇、祝陵酒,包括梅花,均为当地土特产,不是宋代的专利;而石亭则更多,晋《风土记》就记有宜兴石亭三处,难道唐代就没有?宋《咸淳毗陵志》称:"石亭藓梅最奇古";嘉庆《宜兴县志》"卷九·遗址"有"西石亭"条,编入唐代遗址,称:"西石

【宜兴梁祝 遗存最多】

亭在县南八里,地产藓梅,枝干奇古,亭久不存。"所以,未见于其他唐诗并不等于唐代就不存在。

论据之二:吴骞称,"宋时宜兴邵氏最为巨族,临溪有名园,所谓'天远堂'者,尤才人胜流之所集",故"邵家高楼"亦必指宋代无疑。宜兴县志对"天远堂"亦有记载,收在宋代"遗址"中,是为邵民瞻居所,因东坡"画楼东畔,天远夕阳多"句而名。

然而,《全唐诗》中,李郢还有一首七绝《邵博士溪亭》,云:"野荼无限春风叶,溪水千重返照波。只去长桥三十里,谁人一解柱帆过。"❽

宜兴境内有荆溪横贯,明王稚登《荆溪疏》云:"宜兴,故阳羡也,一名荆溪。城外东、西二沈汇诸溪之流注太湖,菇芦之薮,剽掠四出。"❾清嘉庆宜兴县志称:"荆溪在县南,以近荆南山得名。上通芜湖,下注震泽。东汉谓:中江出芜湖西南,东至阳羡,即此溪也。周处斩蛟在此。"❿《咸淳毗陵志》称,蛟桥重建后,因苏东坡题"晋征西将军周孝公斩蛟之桥"而改曰"荆溪"⓫(笔者按:今俗称"长桥河")。由以上记载可知:荆溪之水,自西而来,经县城而过,连接西、东两沈,入太湖。蛟桥重建后,以长桥河谓荆溪。因此,《邵博士溪亭》中的"溪水千重"与《阳羡春歌》中长桥下的"溪头"都是指的"荆溪"。

"长桥"是宜兴的标志性建筑,即晋周处斩蛟之桥。周处《阳羡风土记》云:"阳羡县前有长桥跨水,下有白獭";又云:"阳羡县前有大桥,南北七十二丈,桥中高起有似虹形,袁君所立也。"吴骞引《风土记》时亦称:"此即所谓长桥。袁君者,袁玘也。孝侯尝斩蛟于桥下。"⓬

吴骞称宋代宜兴有邵氏楼,不等于唐代就没有。清嘉庆《宜兴县志》"古迹志"就有"邵博士溪亭"条,刊录在唐代的"遗址"中,李郢《题邵博士溪亭》诗亦附于后。可见,"邵博士溪亭"早在唐代就已经存在了。因此,可以肯定,《阳羡春歌》与《邵博士溪亭》中的"长桥",都是指的周处斩蛟之桥;而诗中的"邵家高楼"与"邵博士溪亭"也都是指的邵家的建筑。所以,吴骞以"宋时宜兴邵氏最为钜族"来否定《阳羡春歌》作于唐代的观点,是站不住脚的。

其二,吴骞称"明人辑唐诗,误收于李郢后",可能是个误断。

康熙《全唐诗》是以故宫收藏的胡震亨《唐音统签》、季振宜《全唐诗》为底本的,两书中均收《阳羡春歌》于李郢名下,其中胡震亨收录的

《阳羡春歌》来源于范希文钞补本。范希文即范仲淹（989—1052），希文是他的字。陈克出生时，范仲淹早去世了，故《阳羡春歌》不可能是陈克所作"。其实，吴骞谓"明人误辑"的推断，并没有切实的证据。但又似指受释方策的《善权寺古今文录》的影响，因为《善权寺古今文录》比胡震亨的《唐音统签》要早一百多年。《古今文录》中收有一段杂录，称"祝陵有酒清若空"为李郢诗句。此"杂录"是根据《咸淳毗陵志》"祝陵"条收录的，唯最后"今此地善酿，陈克有祝陵沽酒清若空"改成了"又此地善酿，李郢有祝陵有酒清若空"。⓭

细观这一句话，共作了三处改动：一是"今此地"改成"又此地"；二是"沽酒"改成"有酒"；三是"陈克"改成"李郢"。那么，释方策为何要作这样的改动，是编纂时的抄录错误还是据实的刻意修正？笔者以为是后者。因为：

1. 查凡载《阳羡春歌》全诗者，无论署名李郢还是陈克，均无"沽酒"之说，故必须按原诗修正为"有酒"（按，吴骞在记述这段话时，又变成了"买酒"，更是错上加错了）。

2. 以方策的《善权寺古今文录》，无论是刊刻量还是影响力，都无法跟官家编纂的《咸淳毗陵志》相匹敌。而且，方策虽做了改动，仍属"残句"，而非全诗。可见，胡、季编纂时，必然另有渠道。因此，可以断定，在方策以前，李郢的《阳羡春歌》，并非少数人知道。方策正是在看到唐李郢原诗后，所作的修正。

3. 《毗陵志》称"今此地善酿"，仅反映为宋代事。由于方策对前两处都做了改动，已变成了明代的记述，故把"今此地"改成了"又，此地"，这样就模糊了朝代的概念。

其三，《陈子高遗稿》中无《阳羡春歌》。

陈克死后，有《陈子高遗稿》一卷传世，其中收有他的38首诗作，但却没有《阳羡春歌》⓮。1995年由北京大学古文献研究所编、北京大学出版社出版的《全宋诗》中，收录了陈克的诗作两卷，其中"卷一四七九"即为《陈子高遗稿》的38首；"卷一四八零"是新辑的《遗稿》以外所收集到的陈克其他诗作。在新辑诗作里，确实收有一首《阳羡春歌》，但注明引自"宋史能之《咸淳毗陵志》卷二七（应是卷二三）"。此诗与《咸淳毗陵志》核对，把"吐鮍斓斑"写成了"吐蛟斓斑"，但其来源，仍然出于《咸淳毗陵志》。换句话说,陈克之《阳羡春歌》之源,仅出《咸淳毗陵志》一书。

陈克寓居宜兴时,确实曾经看到过竞渡,而且写了一首《鹧鸪天·阳羡竞渡》的词,云:

柳外东风不满旗,
青裙白面出疏篱。
□来打鼓侬吹笛,
催送儿郎踏浪飞。

倾两市,斗双螭,
家家春酒泻尖泥。
侬今已是沧浪客,
莫向尊前唱教池。❺

城中蛟桥(长桥)于"文革"中拆除,2007年,于西氿边重建。右上图为城中原长桥。

从李郢"青盖红裙偶相值"和陈克"青裙白面出疏篱"可以看出,他们描写人群的衣着的不同。也就是说,他们所看到的竞渡,并不是同一次。

其四,宋代,宜兴的"长桥"已更筑为石桥,河道变窄,不适宜竞渡。

周处所记的长桥,是东汉袁玘所建的木桥。时袁玘为阳羡长,因荆溪宽阔,城北城南百姓过往不便,便于汉献帝兴平二年(195),在荆溪中立了13个桥墩,架起一座180米的木桥。该桥因是木桥,不仅经常损坏,而且遭受两次火焚。一次是南唐丙寅(956),"吴越构兵,飞焰及桥梁,遂焚毁"❻,"戊辰岁(968)冬而栽,明年暮春而毕。长五十步,广七步(按:古时一步相当于6尺)。"❼到了宋代,仅宋初的120年间就有过3次重建:景德四年(1007)和天圣六年(1028),分别进行了改造和更筑,至元丰二年(1079),停泊桥下的庖舟,夜间余烬复燃,又将木桥全部烧毁,于是县令褚理重建单孔石拱桥,至元丰四年建成。由于千年的淤积,荆溪河道变窄,从东汉的180米到唐末的100米,再到改建石桥时,河道的宽度已不足30米,桥长不足60米,桥拱跨度仅有10米,在这样的河道里竞舟,即使两条船也可能发生碰撞,怎可作为多条船比赛的始发点呢?如果始发点不在城里的长桥下而在离长桥200米的西氿边,人们只会跑到氿边去观看,因为站在长桥上是看不清楚的。既然人们不在长桥上观看,诗人又怎会把与观看船赛无关的长桥写进诗里呢?然而在唐代,河道比较宽阔,原长桥尚未焚毁,把长桥作为划船比赛的出发点不仅完全可能,而且是完全符合"长桥新晴好天气,两市儿郎櫂船戏。溪头铙鼓狂杀侬,青盖红裙偶相值"情景的。在此,可以想象到长桥上下、荆溪两旁的西氿边锣鼓喧天、观众如潮,比赛船只跃跃欲试的壮观场面。

因此,《阳羡春歌》不会是宋代的诗作。

既然《阳羡春歌》是唐李郢所作,《咸淳毗陵志》怎会误作陈克呢?由于史能之在修纂《咸淳毗陵志》时,曾"命同僚之才识、与郡士之博习者,网罗见闻,收拾放失[18]"。于是,又可能出现一种情况:即陈克寓居宜兴潼渚时,曾抄录过唐李郢的《阳羡春歌》诗作,咸淳编志时,下面误作陈克诗上报,被《咸淳毗陵志》收录,编进了"本朝诗"。这样,就出现了《咸淳毗陵志》有其《阳羡春歌》,而他自己的《遗稿》却无此诗作的事情。

因此,笔者认为,"祝陵"的地名在唐代就已存在,至今已有千余年历史了。现在,这里仍有"祝陵"村民委员会,设有"祝陵"邮政支局,用"祝陵"邮政日戳。

三、宜兴祝英台墓的记载与题咏

宜兴县志上虽无祝英台墓的记载,但文人的笔记、诗词中却不乏吟咏。

明万历癸未(1583),著名文学家王稚登应邀来宜游,并作《荆溪疏》,称:三月初四自县城出发,由"西氿五十里至祝陵,祝英台葬地"。三月初五,史户部赶到祝陵访王稚登遽别,夜宿张渚。王稚登作《祝陵逢史户部俄而别去》诗以纪其事,中有"愿借史游书急就,临歧一吊祝英台"[19]句,说明他在离开祝陵分手前,还吊祭了祝英台墓。

王稚登(1535—1612),先世江阴,移居苏州,字百榖。明文学家,有《王百榖全集》、《吴骚集》。《荆溪疏》虽为笔记性著作,然"疏"字在此处义,是"比'注'更为详细的注解",故切实反映了当时的情况。也是迄今宜兴发现的关于祝英台葬地最早、最明确的记载。

河南学者马紫晨《梁祝中原说》⑳称:"薛季宣曾在宜兴'祝陵'写诗,并云:'祝陵',相传为祝英台墓"。薛季宣是南宋初人,他于绍兴二十六年来宜时,曾有《游祝陵善权洞二首》,其中第一首有注曰:(善权)"寺故祝英台宅"。该诗收入他的《浪语集》中,但《浪语集》中并未发现"祝陵,相传为祝英台墓"的记载。

明万历十八年《宜兴县志》与四十六年《重修常州府志》里,都收录了许有穀的《祝陵》诗,云:

　　故宅荒云感废兴,　　祝英台去锁空陵。
　　年年洞口碧桃发,　　蝴蝶满园归未曾?㉑

明万历王稚登《荆溪疏》称祝陵是祝英台葬地。

许有穀,明万历间宜兴人,字子仁,诸生,别驾王升之婿。以博雅为名,凡所见闻,各赋一首,以纪其事,著有《忠贞合璧》等。他看到祝英台的故宅,感叹它的兴废;祝英台化成了蝴蝶而去,只剩下空锁的陵墓;年年春天碧桃花盛开之时,蝴蝶满园飞舞,祝英台化成的蝴蝶是否回来了呢?

清乾隆间的杨丹桂《祝英台墓》诗云:

　　春草满岩阿,　　拖霞修帔多。
　　花飞埋艳骨,　　月吐对新蛾。
　　落日倚湘竹,　　迥风傍女萝。
　　空山无限恨,　　川上忆临波。

这是一首直接写祝英台墓的诗,收录在清道光二十年(1840)《续纂宜兴荆溪县志》"卷九·艺文"中。诗人说:春天来了,青龙山上一片葱郁;夕阳映着晚霞,犹如你长长的披肩;落花飘落在春草间,呵护着你的艳骨;早早升起的新月,宛如是你弯弯的蛾眉;家旁的英台竹上,还映洒着落日的余晖;轻柔回旋的晚风,吹动着你坟墓上的藤萝;你虽然化成了蝶仙,但空山间却留下了无限的怨恨;川流不息的祝陵河水,仿佛侃侃不停地叙述着你凄婉的故事。

明万历许有榖《祝陵》诗。　　　　清乾隆杨丹桂《祝英台墓》诗。

杨丹桂,宜兴人,字荣望,乾隆丙午(1786)本省乡试中式。少嗜学,长好著述,至老弥笃。著有《廉訚堂诗文钞》等。

与杨丹桂同时的吴骞,在《桃溪客语》"卷一"中也有记云:"今善权山下有祝陵,相传以为祝英台墓。"

民国三十七年(1948),洛阳女在《宜兴行脚》中写道:"所谓祝陵者,就是民间故事中,脍炙人口的祝英台拱木处也。我想起这一代佳人的恋爱传奇,于是驻足河畔,遥对那墓门深处,凭吊好久,不禁浮起一层'红粉骷髅'之感。"㉒

四、关于祝英台墓的是是非非

宜兴祝英台墓,源于传说。由于祝英台故宅在宜兴,且在宜兴读书,按推理英台死后也应葬在宜兴。但因宜兴的志乘中毕竟没有明确的记载,因此,就有文人提出疑问。

清吴骞《桃溪客语》"卷二·祝陵"条称:"祝陵虽以英台得名,而墓道则不知所在。民居阛阓颇稠密","骞尝疑祝英台当亦尔时一重臣,死即葬宅旁,而墓或逾制,故称曰陵。碧鲜庵乃其平日读书之地,世以与佹妆化蝶者名氏偶符,遂相牵合。所谓俗语不实,流为丹青者欤?"吴骞见祝陵的居民、街道稠密,镇上并没有什么大的坟墓,因此推测祝英台乃是当时一重臣,死后葬在宅旁,墓葬又超过了规格,所以才被称为"陵"。然而,这一猜测肯定不对。因为吴骞在祝陵镇上并没有找到墓道,那么,所谓"死即葬宅旁"又从何说起?况且,如果祝英台为当时一位重臣,县志上必当有所记载,然志乘中却没有任何这方面的记录。因此,吴骞的这一推测,是不成立的。而且,传说中的祝英台墓并不在祝陵镇上,而是在祝陵镇东北一里多的青龙山上,吴骞在祝陵镇上当然是找不到祝墓了。

吴骞之所以有如此推测,应与《咸淳毗陵志》记载有关。因为该志通过考证,虽然确认了历史上必有祝英台其人其宅,却还心存疑虑,所以又猜测祝英台"恐非女子耳"。如果祝英台不是女子,又因其墓葬而称为祝陵,因此,吴骞怀疑他"亦尔时一重臣",就十分正常了。故而吴骞的猜测,只是《咸淳毗陵志》疑虑的延续与体现罢了。

认为祝英台不是女子的人,并非吴骞一人。清顺康间的徐喈凤也是一个。他的《祝英台碧鲜庵》诗云:

　　汉代有佳人,　　读书附儒流。
　　遗迹在碧鲜,　　古佛同千秋。
　　苔封碣半露,　　姓氏篆如蚪。
　　妆台不可问,　　荒陵足冥搜。
　　怪石疑香骨,　　闲花想玉钩。

(按,此处略去善卷洞、国山碑等八句)

　　访胜一凭吊,　　徘徊起人愁。
　　粉黛从来假,　　音容何所求?
　　化蝶更荒谬,　　渺然望沧州。㉓

徐喈凤,清初宜兴人,字竹逸、鸣歧,晚号荆南墨农。顺治十五年(1658)进士,授永昌军民府推官,后辞官奉母不出,曾纂康熙二十五年宜兴县志。他在寻访"梁祝"古迹时,只看到寺内苔封的残碑,祝英台的妆台与陵墓均未找到。所以他认为,祝英台不是女子,而化蝶之事更是无稽之谈。

过去,善卷山、善卷洞虽是善卷寺的附属部分,但并没有得到很好的保护与开发,许多名胜古迹都淹没在藤萝荆棘丛中,任其自生自灭。明嘉靖宜兴县令谷兰宗曾两省此处,"见其岩势巍耸,壁立数丈,真是文娥仙境。但竹石陆离,花芝凄冷,有可伤耳";清张衢《瑱为过访同游善卷洞碧鲜岩各赋一诗》云:"峰迥碧篠合,迳转飞泉界。阴崖鬼斧劈,白日所不晒。幽深山鬼邻,蒙密女萝带。石浪如龙鳞,寸寸秋色碎。年深罕游屐,独往不知惫"❷;乾隆时的朱超《经祝英台故址》云:"支筇探胜游,言寻古樵路。山深不见人,潭清泉自注。欲访碧鲜庵,前溪日已暮"。从"岩势巍耸,壁立数丈"、"峰迥碧篠合"、"阴崖鬼斧劈"、"幽深山鬼邻"、"白日所不晒"、"蒙密女萝带"、"山深不见人"的诗句中,都可看出这些古迹,不易寻找。2003年7月,笔者和宜兴市档案局卫平,在当地文化站长史国兴带领下,去拍摄祝英台墓的照片。祝英台墓的西、北两面,都是悬崖与深谷,只有东南坡度较小,且有一条小路可达青龙山脚下。然而,坡上全是三五人高的灌木、茅草、荆棘与藤萝,根本无路可走,其间还有许多飞蛾、虫豸。我们扛着一杆三米多长的竹梯,钻进棘草丛中,小心翼翼地往上爬,不一会手臂就被棘草拉开了口子,被虫豸咬起了肿块。爬到离英台墓还有二三十米处时,面前又是一道陡坡,再也上不去了。只好由两人轮流扶住梯子,保护另一人颤颤巍巍地爬到梯子顶端,勉强拍下了所谓的"英台墓"镜头。实际上,也只是在离英台墓几十米处拍到了生长在墓墩旁、墓墩上的高大乔木与树丛而已。那次笔者曾作《祝英台墓》诗一首,记录此事:

　　　　善卷有奇姝,　　诡妆求贤主。
　　　　白虎读圣书,　　青龙埋香骨。
　　　　藤萝蔽金乌,　　荆棘绕荒墓。
　　　　凄凄彩蝶舞,　　无尽追寻路。

　　笔者等人专门为了拍摄英台墓照片而去,尚且还未能到达墓基,更何况徐喈凤、吴骞等墨客文人,没有坚定的搜寻目标和披荆斩棘的精神,只是表面泛泛一看,是不可能找到那些古迹、遗址的。2003年,为了配合"梁祝"特种邮票首发式,祝英台墓经过简单的修复。十年后的2013年,笔者和史国兴又去探访,墓地周围又长满了树木、荆棘与藤萝。不过,这次不用披荆斩棘,毕竟足下有没长草的小径可循,只需用手小心拨开藤萝、荆棘就行了。到达山顶,站在墓基旁却不知墓就在脚边,直至拨开树丛,突见眼前的墓碑,才知道墓地已经到了。笔者先后两次访英台墓,仅隔十年尚且如此,何况吴骞、徐喈凤乎?

青龙山上的祝英台墓坐北朝南,背靠善卷山。墓高约1.9米,墓基为正方形,南北与东西长宽约为5.9米,上部为覆斗式;四周有垣,垣高0.8米,长、宽均为8.8米;墙垣四边的正中均以豁口为门,墙垣与墓基间还留有通道。墓基及墙垣均为青砖结构。墓前有一石碑,长方形,其古碑高2.15米,宽0.64米,厚0.3米,上刻篆文"晋义妇祝英台之冢"。在青龙山上,向西、北、东眺望,可见更高的善卷山、离墨山、筶山、豆腐山诸峰岭,山下的善权寺也尽收眼底;向南则见阛阓稠密的祝陵镇,蜿蜒的祝陵河从青龙山下绕过,古老的玉带桥横跨其上。梁祝传说就是从这里潺湲不息地流向远方。此时,笔者又有《祝英台墓》诗一首:

贞女殉同学,　千载身后名。
有幸封义妇,　无缘享真情。
鼓磬鸣禅寺,　清川绕古陵。
荒冢得重见,　芳魂可安寝?

全国现有"梁祝墓"(或英台墓)多处,但其中最多只有一处是真墓,甚至没有一处是真的。因为"梁祝"本身就是一个传说,即使有其原型,也只是个平头百姓,当时也不会引起重视与保护。待到南北朝甚至唐代得以广泛流传的时候,其间已经相隔了一百到三百年了。因此,即使当时有"梁祝"的墓葬,也可能湮灭了。所以,在先有传说的情况下,后人根据传说并指认某古墓为"梁祝墓"的情况是十分可能的,不然全国就不会出现那么多的"梁祝墓"。虽然山东济宁发现了明正德"梁祝墓碑记",但却是后来根据当地传说而撰写刻制的,且万历《邹志》称"梁祝"是唐代人,则说明并不是真正的"梁祝墓"。浙江宁波虽在唐代就有了"明州有梁山伯冢(义妇竺英台同冢)"的记载,然而,直到北宋末的《义忠王庙记》,才根据传说确定了"清道源九龙墟"的位置。而在梁祝文化公园里发掘的晋墓,并没有出土一点能够确切证明墓葬主人身份的资料,既非志乘、典籍记载的合葬墓,又非宋李茂诚《庙记》所记载、民国钱南扬所见到的西、北两面均临江的墓葬,也不是真正的"梁祝墓"。

根据大量的史料、典籍记载,祝英台的故宅在宜兴善卷(即祝陵),

"梁祝共读"的地方在宜兴祝陵,"化蝶双飞"的传说又源自宜兴祝陵,因此,宜兴祝陵不仅是梁祝传说的发生地,而且从理论上来说,还应当是主角祝英台的诞生地、活动地和逝世地。当然,真正的"梁祝墓",还须待今后出土有文字的墓葬后,才能认定。就目前来说,中国真正的"梁祝墓",还是一个谜。

注释:

① 清嘉庆《增修宜兴县旧志》"卷一·疆域志·涧渚"。
② 见《康熙钦定全唐诗》卷五九零。
③ 胡震亨(1569—1645),明文学家。原字君鬯,后改字孝辕,自号赤城山人,晚号遁叟,浙江海盐人。万历二十五年(1597)举人,官合肥知县、定州知州、兵部职方员外郎。先世儒业,藏书万卷,日夕探讨,校读精勤,长于收集诗文资料,著有《唐音统籖》1333 卷等。
④ 季振宜(1630—1674后),明季江苏泰兴人,字洗兮,号沧苇。年十七中举人,次年第进士。官兰溪县令、刑部主事、户部员外郎、广西道御史、浙江道御史。他曾收得毛晋、钱曾两家藏书,有藏书"富甲天下"之称。曾花十年时间编纂《汇集全唐诗》717 卷。并著有《听雨楼集》等,均散佚。
⑤ 见史能之《咸淳毗陵志》"卷二十三·词翰四"。
⑥ 《阳羡春歌》首句,《咸淳毗陵志》为"吐鲵烂斑",吴骞所引为"土鲅烂斑"。"吐鲵"为鱼名,又名杜父,俗称船钉鱼;"土鲅",以吴骞自注:鲅音役,四足如龟,长尾而行疾,声似小儿,善登竹,今罕见。
⑦ 吴骞《桃溪客语》"卷五·阳羡春歌"。
⑧ 见《康熙钦定全唐诗》卷五九零。
⑨ 王稚登《荆溪疏》"卷上·游荆溪疏"。
⑩ 清嘉庆《增修宜兴县旧志》"卷一·山川"。
⑪ 《咸淳毗陵志》"志之三·地理志·桥梁"。
⑫ 吴骞《桃溪客语》"卷一""长桥"条。
⑬ 明释方策《善权寺古今文录》"卷九·杂录上"。
⑭ 见《文渊阁四库全书》第 1363 册《两宋名贤小集/陈子高遗稿》。
⑮ 宋《咸淳毗陵志》"词翰四"。
⑯ 吴骞《桃溪客语》"卷一""长桥"条。
⑰ 见徐铉《徐骑省集》"卷十三"。
⑱ 见宋《咸淳毗陵志》序。
⑲ 见明王稚登《荆溪疏》"卷上·游荆溪疏"、《荆溪疏》"卷下·诗"。
⑳ 见《梁祝文化大观·学术论文卷》第 693 页,中华书局 2000 年 10 月出版。
㉑ 见明万历十八年《宜兴县志》"卷之十·古迹"、万历《重修常州府志》"卷十七·词翰

志二·诗·凭吊"。

㉒ 见民国三十七年七月二日《锡报》第一版。拱木,墓旁之树。拱木处指埋葬棺木的坟地。

㉓ 见清康熙二十五年《重修宜兴县志》"卷之九·艺文志·诗·五言古风"。

㉔ 张衢诗见清道光二十年《续纂宜兴荆溪县志》"卷九·二·艺文"。张衢,清乾隆时宜兴人,字霁青,岁贡生。

"梁祝"读书与宜兴读书文化

"梁祝"的爱情故事始于读书,结束于"殉情化蝶"。据志乘、古籍记载,"梁祝"的读书处就在宜兴善卷山的碧鲜庵。那么,"梁祝"为何会到碧鲜庵读书?而"梁祝"读书对宜兴的读书文化又有何影响呢?

一、宜兴读书文化激励"梁祝"读书

中国的科举制度,是从隋大业元年(605)开始,到唐代才逐步完善起来的。在科举制度产生以前,古代的人才的培养与选拔,大致经历了几个阶段:

商周时代,实行"世卿世禄",即奴隶主贵族凭借血缘关系,子孙世代为官。春秋时期,"礼崩乐坏",一些通晓诗书的知识阶层活跃起来,这就是"士"。他们聚众讲学,发表政见,"私学"随之应运而生。各流派宣传自己的思想,影响较大的有儒、墨、道、法四家,而孔子就是这种私学的创建者与儒家学派的创始人。

战国至秦,"世卿世禄"制失去了原有的基础,不仅士的身价越来越高,私学更加盛行,而且在人才的选拔上,也出现了"军功"(以胜敌为主、军功得禄)、"养士"(高门贵族豢养门客)和"客卿制"(以客为卿、引进人才、委以重任)三种新的选士制度。

由秦及汉,为了适应中央集权封新中国成立家的统治需要,出现了多种人才选拔的方式,如"纳赀"(买官卖官)、"任子"(门荫制度)、"征辟"(征召名望显赫的人士)与"察举"(考察推举)。察举的科目有"孝廉"(孝敬廉洁者)、"秀才"(才能优秀者)、"明经"(通晓经义者)、"贤良方正"(直言敢谏者)等。汉代虽然"罢黜百家、独尊儒术",先后设立了"中央官学"(即太学)与"地方官学",但并不禁止私学。太学生可以向校外的经学家学习,而经师大儒往往自立精舍、精庐,开门授徒。太学建立考试制度,提出治国或经义方面的问题考核后录用。而地方官学与私学的学生,则是被察举人员的重要来源。

汉魏两晋时期,曹操从汉代的选人制度中发现察举不实的问题,提出"唯才是举"的主张,实行"九品中正制":(一)设立各级"中正官",负责对被荐人物的品评;(二)品评内容包括:家世(家庭出身与背景)、行状(本人的品行、才能)、定品(确定品级);(三)评定的品级分为上、中、下三类,每类又分上、中、下三品共九品,根据评定的品级录用。"九品中正制"初期确实体现了"唯才是举"的精神,但由于中正官大多由享有政治、经济特权的豪门大族人士担任,到魏晋时期就出现了"上品无寒门,下品无士族"的腐败现象。

在"梁祝"生活的东晋,选拔民间人才采用"九品中正"的"察举制"。当时,已经形成了由豪门贵族控制的"门阀制度"。那些出身豪门的官宦子弟,依靠家世背景虽能取得优势,但也需要通过读书来提高自身的道德品质修养,需要学习治理国家与社会的才干,也须通过才德、品行考核的形式,方能进入仕途;而对于平民百姓来说,尽管被推荐察举的几率很小,但读书毕竟是他们进入仕途的唯一渠道。因此,作为平民的"梁祝",要读书必须具备两个条件:首先要有一定的经济实力。底层的农民终身为嘴巴奔忙,甚至糠菜半年粮,即使有读书的愿望,也无读书之能力;其次,要明确读书的目的,除了通往仕途外,主要是为了增智明理,树立志向,增强能力,效忠社会。特别是祝英台是个女孩,即使各方面都出类拔萃,也绝无做官之可能。可见,梁山伯读书,既是为走上仕途奠基,也是为了增长才干、贡献社会(至少可以找一个适合自己的饭碗);而祝英台读书,则是为择贤士而事之,要找一个有才干的人做老公。

宜兴自古就有崇尚读书的传统。在"梁祝"以前,就出现了"一门五牧"、"四代英杰"。东汉□亭侯蒋澄有孟、直、休、政、元五子,分别当上冀州、南阳、丹阳、荆南、兖州的刺史,世称"一门五牧"。魏晋时,又出现了周宾、周鲂、周处、周玘"四代英杰",其中周宾为东吴广平太守;子周鲂为昭义校尉、鄱阳太守、赐爵关内侯;孙周处赠平西将军,封清流亭侯,谥孝侯;重孙周玘因三定江南有功,授建威将军、吴兴太守,封乌程县侯,谥忠烈。"晋惠帝永兴元年(304),以周玘三兴义兵讨贼有功,割吴兴之阳羡,并长城之北乡,置义乡、国山、临津,并阳羡四县;又分丹阳之永世,置平陵及永世,凡六县立义兴郡,以表纪之功"。❶激励"梁祝"读书的原因,与周处的"自新好学"及义兴郡的设置是分不开的。

周侯古祠为清代宜兴十景之一。

晋周处因斩蛟射虎、改过自新、以身殉国被誉为阳羡第一人物。

周处年轻时为人蛮横强悍,为祸乡里,当地百姓把他与长桥下的蛟龙、南山白额虎并称"三害"。周处为了除害,毅然上山射杀猛虎、入水斩除蛟龙。他与蛟龙于水中沉浮,搏杀三天,人们都以为周处已死,"三害"均除,弹冠相庆之时,见周处回来,顿时声息全无,避他而去。这对周处刺激很大,决心改过自新,重新做人。于是他毅然离乡,去吴郡拜名士陆机、陆云为师。陆云勉励他"朝闻过而夕改之",立下大志,定有前途。于是周处立志向上,随"二陆"学习经史韬略,自身修养与思想境界大大提高,文章有思想,志向存义烈,言谈讲忠信,行为守分寸,终于成为忠臣良将。周处在朝中刚正不阿,迁御史中丞,梁王司马肜违法也遭纠举。晋惠帝元康六年(296)年,西北氐族反叛,齐万年称帝。晋以司马肜为征西大将军,周处从之。次年正月,屯兵七万于梁山,司马肜公报私仇,逼周处将五千人攻之,并断周之后援。出发前,周处自知此去必死,乃留诗一首,曰:"去去世事已,策马观西戎。藜藿甘梁粟,期之克令终。"说世事已经去了,我今要上战场决战,以我降将之低微地位,却享受着朝廷优厚的待遇,报国的时候到了,但愿能够活着回来。他与齐万年战于六陌,杀敌万计,弦绝矢尽。手下劝他撤退,他说:"此乃我效忠死节、以身殉国之日",遂力战至死。陆机《孝侯墓碑铭记》称其"励志而淫诗书,好学而寻子史,文章绮合,藻思罗开","著《默语》三十篇及《风土记》,并撰《吴书》。"❷周处的行为,完全符合孔子克己立志、践履躬行、内省改过、学以致用的思想。他不仅是改过自新的典范,也是好学上进、贡献社会、为国尽忠的榜样,更是宜兴人的骄傲。周处这种"改过自新、励志好学、为国尽忠"的精神,激励着一批宜兴的有志少年奋发读书。而且,从晋怀帝永嘉四年(310)到晋元帝太兴二年(319)这短短的十五年间里,就围绕周处家族连续发生了设置义兴郡、赠周处为平西将军、封清流亭侯、谥孝侯以及葬周处衣冠归于宜兴等多件大事,而在设义兴郡及周处封侯、归葬三十年后,就是"梁祝"生活的年代,因此,必然会对"梁祝"的读书产生影响。

二、"三李"读书善卷寺

由于"梁祝"读书于碧鲜庵,祝英台故宅又改建为善卷寺,所以善卷寺就成为文人学士修读习业的风水宝地。其中最有名的是三位姓李的书生,在善卷寺修读后,走上仕途,官及相位,成为美谈。明沈周《碧鲜庵》诗云:"李相读书处,犹疑白石房。但无坡老记,名藉碧鲜长。"❸他把李相读书与"梁祝"读书联系在一起,称李相的读书处,就是祝英台读书的白石房,虽然没有苏东坡的题咏,但凭借"碧鲜庵"的名声,却能流传至今。

第一位:唐李蠙(?—约879),原名虬,字懿川,祖籍陇西,是唐宗室的后裔。据史料记载,李蠙于大和中(835前)曾侨寓宜兴,并在善权寺借榻读书6~7年。他对寺内的一切包括善卷三洞(当时溶洞尚未贯通,分为乾洞、大水洞和小水洞三个独立的溶洞)都了如指掌,感情甚深。并亲眼见到"白龙于洞中腾出,以为雷雨"。开成五年(840),李蠙梦到名字上添一划成虬字,醒来一想,虬者,蠙也,便改名为李蠙。次年(即会昌元年/841)前往赴考,果然高中进士。

李蠙出仕后,善权寺于唐武宗"会昌灭佛"运动中毁废,寺产为河阴院官、海陵钟离简之买得为坟地。因武宗食仙丹毙命,宣宗登基后,仍崇佛教。李蠙于懿宗咸通八年(867)六月十五日向皇上慷慨上奏,要求用自己的俸禄收赎善权寺产,懿宗当即准奏,并敕"令浙西观察使速

准此处分。"❹

李蜑收赎、修复、重建善权寺,历时十余年之久。重建中,李蜑不仅多次写信进行指导,并作《题善权寺石壁》诗一首,讲述自己报国的一生以及重建善权寺的情况。他还在寺内修读处(原祝英台读书处)修建了"李公楼",并题刻了"碧鲜庵"碑。善权寺建成后,李蜑又把自己的奏状、皇帝的敕命、《题善权寺石壁》诗和指导重建的书信都勒石成碑,使之流芳百世。

第二位:宋李纲(1083—1140),祖籍福建邵武,迁居无锡,字伯纪,号梁溪漫叟。徽宗政和二年(1112)进士,历监察御史、太常少卿;钦宗朝为尚书右丞(副相)、东京留守和资政殿大学士;高宗朝官尚书右仆射兼中书侍郎,拜右相,晋尚书左仆射、同平章事(宰相),卒谥忠定。李纲一生中曾三次到宜兴:青少年时寓居于善权寺,潜心苦读,饱览群书,为高中进士打下了基础;宣和元年(1119),因言辞激烈而谪官,复居宜兴;建炎元年(1127)拜相后,"崇道观"由高宗皇帝下诏恢复为"广教禅院",李纲复游宜兴,并出资为善卷寺重塑了释迦牟尼金身。❺

明成化邵贤《游善权》诗称,李蜑、李纲、李曾伯三生宰相都曾在祝英台读书处(碧鲜旧宅)读书。

第三位:南宋李曾伯(1198—1275),覃怀(今河南沁阳)人,字长孺,号可斋。赐同进士出身,官至资政殿学士。李曾伯出仕前,曾葬先人于阳羡,寓居善卷寺。一位从福建来的道琳和尚对他说:"看你的气运,今后必能当大官。善权的地方,乃浙右之佳山水,你当上大官后,别忘了善权寺,到时最好请作功德院。"为此,李曾伯于宝祐四年(1256)奏请皇帝,将广教禅院作为"本家功德坟寺",理宗皇帝准奏并赐"报忠寺"匾额,并赐拨款项,由李曾伯对善权寺进行了全面拓修。李曾伯还亲书《善权禅堂记》,勒石以铭。❻

由于此三人都姓李,且李纲为宰相,李蜑、李曾伯亦相当于相位,当地传说他们是三生转世,于是善卷寺里建起了"三生堂",纪念这三位曾在善卷寺修读并对善卷寺作出重要贡献的李姓人物。沈周《三生堂》诗云:"唐颜书匾凤鸾骞,云木阴阴宝地偏。一姓转身三宰相,三生完寺一因缘。闹篮刊誓瞻遗石,禄米推恩感赎田。尽有人寻读书处,谁于忠定作潜然。"❼

从"尽有人寻读书处"的诗句里,也可以看出,"梁祝"与"三李"在善卷寺读书,对宜兴读书文化的影响是很大的。

三、"梁祝"读书促进了宜兴读书文化

千百年来,宜兴人崇尚教育、以耕读传家,为文立德,这也是与周处、"梁祝"的求学上进分不开的。

在唐代,宜兴又出现了新的"一门五牧",又称"蒋氏五贤"。唐秘书监蒋义(音 ai)有五子:长子蒋係官至兵部尚书;次子蒋伸官同中书门下平章事(宰相),迁太子太傅,卒赠太尉;三子蒋偕为太常太卿;四子蒋仙、五子蒋佶均为刺史。宋熙宁癸丑(1073)的科考中,宜兴人邵材获开封乡试第一(解元),邵刚获礼部会试第一(会元),佘中获殿试第一(状元),于是"一邑三魁"名扬天下。故县志称:县人学子,敏于学文,疏于用武,是"三魁之邑"。明嘉靖二十年(1541),万士亨、万士和同科高中进士,"兄弟联芳"名噪一时。

自唐至清,宜兴出了 385 名进士、920 名举人,其中廷试第一、皇帝钦点的状元有 4 名(佘中,宋熙宁六年;蒋重珍,宋嘉定十六年;周延儒,明万历四十一年;陈于泰,明崇祯四年)。另有榜眼 5 名、探花 1 名、传胪 3 名。同时,宜兴累出朝廷重臣、封疆大吏,其中荣登相位、显赫一时的就有 10 人。在文学艺术界,有成就者也不乏其人。唐代有文学家蒋防,18 岁即席作《秋河赋》,援笔而成,著有《霍小玉传》,被称为"唐人最精彩之传奇";宋末词人蒋捷独树一帜,誉为"宋末四大家",著有《竹山词》;明代宰相吴炳尤长编剧,郑振铎称其为"临川派最伟大的剧作家"之一❽。他辞官还乡后,于粲花别墅中作《粲花五种》,即《情邮记》、《画中人》、《绿牡丹》、《西园记》、《疗妒羹》五传奇,其中《绿牡丹》为越剧保留剧目,《西园记》、《画中人》相继拍成了电影;清初"阳羡词派"领袖陈维崧,词才横溢,豪宕雄迈。晚清词学家陈廷焯《云韶集》称:"词至国朝,

至追两宋而等而上之,作者如林,要以竹诧(朱彝尊号)、其年(陈维崧字)为冠。"

到了近现代,宜兴更是精英荟萃,成为蜚声中外的"教授之乡"、"大学校长摇篮"。各大学中,有宜兴籍教授近万名,宜兴籍校长、副校长等有100余名。全国重点高校几乎都有宜兴人担任校长、副校长。如周培源、蒋南翔、徐悲鸿、潘菽、唐敖庆、史绍熙、蒋德明、潘梓年、虞兆中分别担任过北大、清华、中美院、南大、吉大、津大、西交大、中原大、台大校长;沙健孙、张权、蒋风之、徐泽华、李寿恒、胡建雄、方林虎、王达时、陈群分别担任过北大、中音院、南大、浙大、复旦、同济、华师大副校长。因此,宜兴享有"无宜不成校"的美誉。在文艺领域,宜兴也是名人辈出。如书画界的徐悲鸿、吴冠中、吴大羽、钱松岩、尹瘦石;音乐界的储师竹、蒋风之、张权、程静子、闵季骞、闵惠芬;戏剧界的于伶、阿甲等。❾至2021年,中国科学院、中国工程学院有宜兴籍两院院士32位(含已故),在全国县级城市中首屈一指。在1978年召开的全国第一次科技大会上,主席台就座的10位科学家中,宜兴籍便有4位。

宜兴悠久而深厚的读书文化,不仅孕育了众多彪炳青史的名人学士,也同时孕育了影响深远的梁祝文化。因此,宜兴出现"梁祝"在碧鲜庵共读的故事,绝非偶然。

注释:

❶ 见清嘉庆二年《增修宜兴县旧志》"卷之一·疆域志·沿革"。该志原注:"王志、徐志以事在怀帝永嘉四年,今据《晋书》考定。"

❷ 陆机《孝侯墓碑铭记》,存宜兴周侯古祠。

❸ 见明释方策《善权寺古今文录》"卷八·明诗下"《碧鲜庵》。

❹ 《善权寺古今文录》"卷二·唐碑"《请赎废善权寺重建奏状》。

❺ 参见《善权寺古今文录》"卷四·宋碑下"《重装大殿佛像记》。

❻ 李曾伯《善权禅堂记》,见《善权寺古今文录》"卷四·宋碑下"。

❼ 《善权寺古今文录》"卷八·明诗下"《三生堂》。

❽ 《宜兴古代的状元宰相》第44页,2002年宜兴市政协学习与文史委员会编。

❾ 参见《宜兴籍大学校长》、《书香宜兴》,宜兴市政协学习与文史委员会分别编于2007、2012年。

梁祝传说流变轨迹

从清以前"梁祝"史料看梁祝传说的流变轨迹

梁祝传说发生于何处？是何时发生的？又是如何传播与变化的？这是大家关心的问题，也是"梁祝"研究者与民俗学者努力探讨解决的问题。而要回答这些问题，在目前尚无确切考实的出土文物予以确认的情况下，必须通过史料来进行具体的分析。

一、梁祝传说发生于何时？

关于梁祝传说发生的时间，各地说法不一，大约有"汉代说"、"西晋说"、"东晋说"、"五代说"和其他时期说等。

（一）汉代说

提出"梁祝汉代说"的是山东济宁的樊存常先生。他在《爱的千古绝唱源孔孟故里——梁山伯祝英台家在济宁考评》与《梁祝传说源孔孟故里——山东济宁》两文❶中均作了详细的阐述。其理由是：

1. 汉武帝"罢黜百家，独尊儒术"，设立官学，对士人实行培养。并通过考核荐举人才，形成了"学而优则仕"的社会风气。社会较低层次的人通过学习考试，可以当官，可以炫耀乡里。

2. 汉代以孝治天下，形成注重孝道的社会风尚。

3. 2003年3月，经过有关考古专家对济宁梁祝墓地的考古勘探与发掘，在出土的明正德"梁祝墓记"碑东60米处距地表4米以下挖出墙基，考为正德梁祝祠遗址；在墓碑北有墓葬，距地表1.6~1.8米处，有大面积砖瓦石堆积；另在地面建筑物下发现汉代墓葬，出土有陶罐、泥人、动物首等。

基于以上三点，樊存常认为"梁山伯祝英台的故事发生在汉代比较符合历史事实，因而梁山伯祝英台应为汉代人"。❷

(二) 西晋说

"梁祝西晋说"是汝南以刘康健为代表的"梁祝"学者,于本世纪初提出来的(原来说法是东晋)。他在《千古绝唱出中原》❸中作过如下分析:

1. 根据《金楼子》与《义忠王庙记》,"梁祝故事最早在公元383年到557年就有了传说(仅仅是传说,尚无可靠记载)。梁祝故事发展完善是需一个相当长、甚至是漫长的时间过程"。"那么这样一个微不足道的故事,到'事闻于朝,谢安请封',梁山伯之魂可助刘裕退贼的时候,可见影响已经很大,而且在中原人中间传说很广。因为谢安是河南省陈郡太康人,刘裕亦是中原人,手下所领兵马均为'北府人',即中原人。很显然,梁祝故事不可能一诞生就'事闻于朝',更不可能'助刘裕退贼',平民百姓何来如此神通?再者,在东晋王朝建立的百年时间里,一直是战乱频繁。元帝狼狈渡江,五胡不断南侵,淝水之战,东晋贵族内部倾轧等,东晋王朝一直处于风雨飘摇境地。在这样的生存环境中,文人学士、达官显贵关心的是战争、权力、经济问题,梁祝这样一个民间传说何足道哉?由此推论:梁祝故事在'事闻于朝'之前,至少经过了近百年的演绎发展过程。那么,至少梁祝故事应发生在西晋中、晚期,甚至更早一些时间。"❹

2. 梁祝传说于西晋中晚期诞生于汝南的原因,一是"汝南为天地之中","自古以来不仅是地理中心,亦是政治、文化、军事的繁盛之地";二是"战乱频生,人口迁徙","西晋惠帝时,'八王之乱'主要在河南展开,先杀汝南王司马亮,后引起'八王之乱'的"。❺

3. 根据刘康健本人江浙的调查,"浙江的祝、朱、梁三姓,先世均为中原人,皆因西晋以后战乱迁江、浙"。❻

(三) 东晋说

持"梁祝东晋说"的是包括江、浙"梁祝"学者在内的大多数民俗学者、民间文学者。

"梁祝东晋说"记载甚多,最早见于宋李茂诚《义忠王庙记》,其内容后又为明、清诸志记之,故流传甚广(笔者按:清翟灏《通俗编》"卷三十七·故事""梁山伯访友"条虽引唐《宣室志》称"晋丞相谢安奏表其墓曰'义妇冢'"。然现存所有版本的《宣室志》均无梁祝记载,且现已考实,

"《宣室志》所载皆唐事"[7],翟灏《通俗编》的《宣室志》"梁祝",实为误引或误编,故"梁祝东晋说"最早见于宋)。《庙记》称梁山伯生于东晋穆帝永和壬子(352),简文帝举贤良,诏为鄮令,卒于宁康癸酉(373)。祝英台哭坟地裂璧埋后,郡以事异而闻于朝,晋丞相谢安奏封义妇冢。

在宜兴的方志里,"碧鲜庵"遗址的排序也是东晋,列西晋周处遗址后、南梁"九斗坛"前。而光绪志则称是"梁祝"是东晋永和时事,然此说疑与《宁波府志》有关。

(四)唐代说

此说见于明万历三十九年《邹志》,称梁山伯祝英台墓为唐代墓葬。[8]

(五)五代说

"梁祝五代说"见于甘肃清水。清康熙二十六年、乾隆六十年和光绪《清水县志》均有载,称"梁祝"为五代梁时人。

(六)宋代说

清乾隆十七年《胶州志》,将祝英台墓记为宋墓。[9]

(七)其他时期说

"梁祝其他时期说"多在戏曲、曲艺、民间传说中,其中又以"从孔子学"较多。南宋时的说唱《梁山伯祝英台传》,就称"梁祝""各言抛舍离乡井,寻师愿到孔丘堂"[10]。从师孔子,又分两种,一种是孔子到杭州设馆,一种是去鲁国拜读。清乾隆弹词《新编金蝴蝶传》,梁山伯称:"闻说山东孔夫子周游列国,广教读诗,目下在杭州来设帐,故此拜别双亲上路行",祝英台唱:"闻说周游列国孔夫子,训学杭州开馆门,他是名师人敬仰,奴欲前行去读文";清末河南鼓词《新刻梁山伯祝英台夫妇攻书还魂团圆记》称,"梁祝"去杭州读书,"二人来到书房内,双双下跪叫先生。先拜先生孔夫子,后拜七十二贤人"。光绪年间俞步赢抄本《双仙宝卷》称:梁山伯"闻说山东孔夫子周游列国到杭州,要去拜投读书",祝英台"闻说山东孔夫子,杭州开馆聚门人。他是名师人人晓,奴今要去读诗文";闽腔《梁山伯与祝英台》称:"楚国来了贤人孔夫子,左带三千徒弟子,右有七十二门人,来到杭城开书馆,讲招天下读书人。"[11]而乾隆弹词《新编东调大双蝴蝶》则称"梁祝"去鲁国拜孔夫子为师;清末木鱼书《英台回乡》称:"拜别先生和孔子,又来辞别众同窗。三千书友齐相送,第一梁兄送我路长";石印本潮州说唱《梁山伯与祝英台》:"闻得鲁国出贤才,恳求爹娘乞子去,三年读成就返来";《新刻梁祝同窗柳荫记》则称"定王圣主登龙位",苏州白沙岗祝英台与莱州卧龙岗梁山伯同去尼山求学,拜孔夫子为师。⓬这些又都与南宋时的说唱相类。也有在孔子时期却未说从孔子学的,如豫东琴书《梁祝姻缘》称:"周景王驾坐沂山旁,讲论三纲并五常","金殿传下一道旨,晓谕四乡员外郎。有儿的都到南学把书念,无儿的罚白银三千两修盖学堂",祝员外被罚款很生气,于是英台女扮男装与梁山伯一起到红罗沂山读书。⓭而有的戏剧,甚至超过了春秋的界限,延伸到了西周末。如河北定县秧歌剧《金砖记》称:"周幽王登极时出了圣旨,强迫着众黎民入学念书篇。"⓮

另外,清末鼓词《柳荫记》称,梁祝均为苏州人,于周定王时渡过长江,北上去尼山向孔子求学,但祝英台向父母列举古来女贤时,却说"武则天把社稷掌,万里山河定安邦"⓯,武则天是唐代人,这样就搞得前言不对后语。传到高丽的说唱《梁山伯与祝英台》也是如此,既称"大唐异事多祚瑞",又说"寻师愿到孔丘堂"、"不经旬日参夫子,一览《诗》《书》数百张",把春秋和唐代混为一谈了。广西融水的苗族歌谣,说梁、祝、马死后,清明上坟时产生纠纷,恰逢包公巡按柳州,于是请包公来断案解决问题⓰,则"梁祝"又应是北宋人。还有大曲调子《梁祝》,祝英台为了外出读书,对爹爹把前朝的女子表一番:"钟无监保齐王湘江赴宴,著汉书女班昭美名流传。蔡文姬留胡骑永不忘汉,王司徒定连环全凭貂蝉。谢道韫聪明绝顶人称赞,红指妓(红拂妓)为隋乱救民倒悬。武则天女皇帝谁不称赞,她号称周天皇二十余年。花木兰代父征边关大战,梁红玉吊斗擂鼓大战金山。"⓱除了汉晋女雄外,把北魏、隋唐、宋朝均列入前朝。据此,"梁祝"又应是南宋之后的事了。宁波还有"梁祝"素未谋面的传说。该说称梁山伯为明朝鄞令,为官清正,死后百姓为其择地埋葬,不料挖到南朝陈国侠女祝英台的尸骨,乃清官与侠女阴配合葬。⓲

以上"梁祝"传说发生年代诸说,或多或少都有欠缺之处,但通过比对与综合分析,还是"东晋说"相对可靠些。

首先，可以排除六朝后诸说

根据现存可考的资料，在南北朝齐武帝时（公元483—493年），就已经有了"梁祝"的记载，因此完全可以排除齐武帝以后的唐、五代、宋、明诸说。

其次，"春秋说"的来源，主要是民间艺人们的创作

孔子是中国古代伟大的思想家、教育家、社会活动家与儒家学派的创始人，其创建的私学最早，规模也最大。由于历代的尊孔，且"梁祝"因读书而产生爱情，因此，就十分自然地附会到从师孔子上去了。又因孔子是鲁国人，曾周游列国，所以，就有了"梁祝"到鲁国从师孔子或孔子到杭州设馆课徒的说法。然而，孔子虽称有教无类，有弟子三千，却无女弟子。他当年虽曾周游列国，但活动范围主要在山东、河南，最远也只到山西南部与湖北，从未到过浙江。故而孔子在杭州授徒之说，完全是民间艺人的创作。况且，如果当时祝英台真的女扮男装从师孔子，恐怕早已轰动一时并为诸史集所记，用不着现在再来考证了。因此，所谓"梁祝"从师孔子的"春秋说"，乃是无稽之谈。

第三，"汉代说"并不可靠

樊存常先生"汉代说"的三点理由，前两点只是汉代开始创办官学并从中考核取士以及崇尚孝道的普遍社会现象，全国都会出现崇儒崇孝的情况，并不能作为"梁祝"事源于汉代之济宁的直接依据。而第三点才是"汉代说"的关键。明正德重修梁祝墓时，确曾"四界竖以石，周围缭以垣，阜其冢"，使其"妥神有祠，出入有扉，守嗣有人"，因此，济宁的"梁祝"墓葬出土是十分重要的。但其中也有一些问题：

1. 三处出土不集中，墙基在墓碑东60米，坟墓在墓碑北，而汉代墓葬又在附近地面建筑物下。樊文对墓碑出土的位置介绍得非常详细，但对墓地的考察发掘，仅介绍了明正德重建的墙基与墓碑的距离及方位，而其余两处墓葬只说了方位，均未说与墓碑的距离。显而易见，这两处墓葬与墓碑的距离较远，而且超过了60米。尤其是出土汉代墓葬的地点，据称是在梁祝墓附近（一说是梁祝墓周围），而这个"附近"或"周围"是500米还是1000米，是十分含糊的。

2. 2003年有关专家对济宁梁祝墓的勘探发掘，范围较大，几乎包括梁祝墓周围的所有古墓。用樊先生的话来说，"作为孔孟之乡的济宁,汉墓众多,规模之大、陪葬品之多在全国闻名",因此,"有关考古专家在对梁祝墓周围的墓地进行了勘探发掘时,发现有很多汉代墓葬,并出土有陶罐、泥人、动物首等"⑲,应该是毫不奇怪的。明正德"梁祝墓记"碑周围很多汉墓的出土,既不能证明这些汉墓中有梁祝墓,也不能证明正德根据传说重修的坟墓就一定是梁祝墓。

3. 既然济宁已对"梁祝墓"进行了勘探与发掘,是否发现了合葬的古墓? 如果发现了合葬墓,是否对骨殖进行男女的性别鉴定与墓葬时间鉴定? 况且,大家都未见到专家们确认"梁祝合葬汉墓"的明确的科学结论与报告,这次考察也没有经过国家权威部门的复查与认可。因此,所谓济宁"梁祝"汉墓说,只是少数人的推论而已。

另外,明万历三十九年(1611)胡继先《邹志》,邹县称"梁祝"为唐代人。其志"卷二·建置志·陵墓志"记载唐代墓葬两处:"在唐有:仆射杜如晦墓(原注:在城北五十里。按,如晦杜陵人,不知墓何以在此);梁山伯祝英台墓(原注:在吴桥。)"亦可见樊先生之推论并不可靠。

第四,"西晋说"论据不足

刘康健先生的"西晋说",是以宋李茂诚《义忠王庙记》的记载为依据来推理的。他认为由于谢安与刘裕都是中原人,手下兵马为北府兵,到"事闻于朝,谢安请封",梁山伯阴魂助刘裕退贼的时候,在中原人中间传说很广;且梁祝故事在"事闻于朝"之前,至少经过了近百年的演绎发展过程,由此推到了西晋中晚期甚至更早。

然而,刘先生的推理十分笼统,细析一下,觉得其观点与结论值得商榷。

1. "梁祝"事发的时间或听到传说的时间,应离"事闻于朝"不会太久远。因为谢安(320—385)的祖籍虽是陈郡阳夏(今河南太康),但其本人却是出生在浙江绍兴的。陈郡谢氏是永嘉之乱中随元帝南迁渡江的著名世家大族,到了东晋,其父亲谢裒为太常卿,伯父谢鲲官至豫章太守。如果梁祝故事发生在西晋,谢安势必只能从父辈口中听到传说,而其听到的传说的发生地也必然是在中原。谢安最初无意仕途,隐居东山,直至弟弟谢万兵败废黜后,为了保持谢氏家族的地位,四十岁的谢安于公元360年方才出山。到了太元元年(376),谢安掌控了东晋的军政大权,淝水之战后,谢安声名大振,次年(384)8月起兵北伐,不久却受到功高盖主与篡位夺权的猜疑,385年4月交出手中权力,当年8月病死。因此,所谓谢安"事闻于朝",起码是在"东山再起"之后。如果"梁祝"事发生于西晋,谢安所奏封的"义妇冢",必然要在中原才有意义,而绝不会在江南;既然奏封的义妇冢是在江南,那么,"事闻于朝"的梁祝传说必不是所谓流传在中原的"梁祝",而是流传在江南的"梁祝";况且,既是"事闻于朝",则应是当时东晋范围内新近发生或听到或流传的事情,上奏给朝廷定夺,而不可能将辖地范围之外的、且在几十年或百年前发生的小事来奏议决策。即使是谢安北伐后再"事闻于朝",也是不可能把中原的祝英台葬地封到江南去的。由此可知,当时传说中的祝英台的葬地,必在江南无疑。

2. 梁祝传说虽在中原人中间流传很广,但并不等于是在中原流传。因为刘裕(363—422),祖籍虽在彭城县(今江苏铜山),但其曾祖即渡江至京口(今江苏镇江),故刘裕也是在江南出生的。所谓"北府兵",是谢安时期在北方流民中选拔、训练出来的军队。刘裕于隆安三年(399)参军时,其部就是北府兵。"梁祝""事闻于朝",加上谢安请封为义妇,梁祝传说在北府兵中流传是可能的。然而,即使"梁祝"在北府兵中广为流传,并不等于该传说已经传到了中原。因为北府兵常年在江南转战,当时还没有机会把传说传到中原去。至少要到刘裕北伐后,东晋的版图扩大到了中原,才能为梁祝传说传到中原创造条件。

3. 东晋王朝虽然处于风雨飘摇的境地,但不等于就放弃了文化。谢安出仕前,就经常与王羲之、支道林等名士一起游赏山水、谈文论诗。而著名的《兰亭序》,就是王羲之与谢安这帮文人在这个时期雅会兰亭时所作。况且,统治者为了缓和矛盾,也会以各种文化现象来麻痹人们、粉饰太平,这是十分常见的现象。这同鸦片战争到新中国成立前的百年中,内战外患虽未停息,却照样有人做学问,照样有人研究民间文化是一样的。如果依刘先生所说,东晋战乱不断,达官文人就不会关心民间传说的话,那么西晋的短短五十年中,八王之乱、五胡南侵、永嘉之乱,战争、权力、经济问题更甚于东晋,而且还导致了王朝的覆灭,他们岂不是更不会去关心民间传说了?

4. 直至清代,河南的方志、古籍中,从来没有关于"梁祝"的记载。

这一点十分重要。如果"梁祝"事真发生在西晋的中原,即使许多世族南迁,知晓梁祝传说的中原人亦不可能统统走光,留下的中原人亦不可能都不知道这个传说。从这个现象看,河南的"梁祝",最早也是刘裕北伐之后,才从江南带过去的,甚至更迟。因此,河南绝不会是梁祝传说的发源地,其发生的时间当然也不会是在西晋。

第五,"梁祝东晋说"可能性较大

当排除了春秋说、汉代说、西晋说以及唐后各朝说之后,梁祝传说发生的时间,最有可能的就是在东晋。

1. 六朝时梁祝传说已在江南广为流传。在南齐创建善卷寺时,拆迁了原祝英台的房屋,故在公元 483 年左右的《善卷寺记》中,记下了齐武帝收赎祝英台故宅创建善卷寺的史实。由于祝英台乃一平民女子,且收赎的并非祝英台一户,而是"祝英台庄"[20],如果当时祝英台的名气不大,即使她的故宅被拆迁改建,《善卷寺记》也不会以祝英台之名记入其中。即使要记,亦只能是笼统记为收赎"祝氏"旧产。《善卷寺记》记以祝英台之名,只有一种可能,就是当时梁祝传说不仅在义兴(即今宜兴)早已人皆共知,而且早已向四方流传,至少在临近的苏南、浙东、皖西南已有相当影响、名声很大了。由此可见,梁祝传说在齐武帝前的很长时间里(亦即在刘裕建宋称帝(420)前的东晋),就已经在江南流传了。

2. 东晋前尚未发现梁祝记载。梁祝事虽在六朝就开始流传,南齐还有赎祝英台故宅建寺的记载,但在东晋干宝的《搜神记》中,却没有发现梁祝传说的记载。干宝(?—336),字令升,新蔡(今属河南)人,东晋史学家、文学家。晋元帝时,敕佐著作郎,"始领国史",著有《晋纪》,时称良史,今佚。他撰集古今神祇灵异人物变化,成《搜神记》三十卷,故有"鬼之董狐"之称。《搜神记》原书已佚,今存后人辑本。干宝所辑,乃是他"考先志于载籍,收遗逸于当时"的鬼神奇事,如果梁祝事发生于汉代或西晋之中原,到干宝时应当早已流传,那他也应当不会漏载。然而,《搜神记》中却并没有"梁祝"记载,说明在干宝编书时,尚未收罗到梁祝传说的信息。这样,从另一个侧面也说明:①东晋前尚无"梁祝"的记载;②"梁祝"事很可能发生在干宝编撰《搜神记》之后。

3. 梁祝传说可能产生于南迁世族的新一代中。江南虽然早就有了祝氏,但梁氏主要是在北方。由于中原并没有任何当时梁祝流传的早期记载及痕迹,因此,梁祝传说应当发生在西晋末中原世族南迁之后。这些世族大多有一定的经济实力,到达江南后,在元帝"优礼当地士族"政策的指导下,一般都很容易站稳脚跟。只要他们站住了脚,在出生于江南的新一代中,发生"梁祝"这样的浪漫事件,则是完全可能的。

4. 南北朝的"华山畿"有可能受到梁祝传说的影响。"华山畿"是流传于南朝的民间乐府曲,见于元《至顺镇江志》。其中一曲为"华山畿,华山畿,君既为侬死,独生为谁施?欢若见怜时,棺木为侬开。"明朱秉器《浣水续谈》,云:"宋少帝时,南徐有一士子从华山往云阳,见客舍中一女子,年可十八九,悦之无因,遂起心疾。母问知其故,往云阳寻见女子,且说之。女闻感,因脱蔽膝,令母密藏于席下,卧之当愈。数日果瘥。忽举席见蔽膝,持而泣之,气欲绝。谓母曰:'葬时从华山过。'母从其意。比至女门,牛打不行,且待须史。女桩点沐浴竟而出,曰:

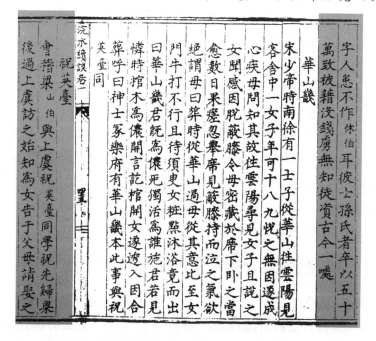

明朱秉器《浣水续谈》记载了"华山畿"的传说。

'华山畿,君既为侬死,独活为谁施?君若见怜时,棺木为侬开。'言讫棺开,女遂透入,因合葬。呼曰'神士冢'。乐府有华山畿,本此。事与祝英台同。"㉑许多学者经过比对,认为与"梁祝"十分相似,两者间应有所借鉴。南徐为今江苏镇江,云阳即今丹阳,而华山即今高淳之花山。无论南徐、云阳还是花山,离宜兴都不足一百公里。晋惠帝永兴元年(304)设置义兴郡时,还分丹阳之永世而置永世县,与产生梁祝传说的国山县,同由义兴郡辖之。"华山畿"虽称事发宋少帝时,却记于元代;而梁祝传说发生于东晋,且于齐武帝前就早已在江南传开了,应该比"华山畿"更早。因此,"华山畿"很可能是受到"梁祝"影响而产生的。

但是,李茂诚《义忠王庙记》的记载,也不是没有一点问题。比如,梁山伯是一个平民,充其量就是一个县官,他出生与去世的年月日甚至时辰怎么会如此清楚?上虞与鄞西相隔近两百里,祝英台出嫁怎么就撞上梁山伯的墓了?祝吊墓时,地又怎么会裂开了?梁死后又怎么会发阴兵退寇?等等。无疑,李茂诚写《义忠王庙记》时,虽然诏集了《九域图志》、《十道四蕃志》,查阅了相关"梁祝"的记载,但《庙记》的主要内容,还是根据传说来记述的。由于晋、唐都没有关于梁山伯死后发阴兵助刘裕退寇的记载(唐《十道志》记曰:"明州有梁山伯冢,义妇竺英台同冢"),因此,关于梁死后发阴兵助战等,也是晋、唐之后民间产生的传说。

尽管"梁祝"事发生于东晋比较可靠,但毕竟还缺少直接的证据。宁波梁祝文化公园中出土的所谓"晋墓",也没有发现一个直接证明墓主人的文字或明确其为梁祝墓的科学鉴定。因此,"梁祝"事发生于东晋,还只是一个比较合理的推断。其准确的发生时间,还要待出土有直接证据的墓葬并通过科学鉴定后,才能最后确认。

二、清以前各地现存可考的主要梁祝记载

笔者在《历代"梁祝"记载书(文)目叙》里,已分地区介绍了目前搜录的梁祝史料、古籍超百部(篇)。为了便于"梁祝"流变的研究,现择主要的记载,按年代先后列表于后,以供参考:

各地现存可考的清以前主要"梁祝"史料情况表

时间 （公元）	江苏 宜兴	浙江 宁波	浙江绍兴 （含上虞）	山东 济宁	其他 地区
300年前			传说发生时间称汉代，明万历志称唐代		**(1) 浙江杭州** 据1107年左右宋李茂诚《义忠王庙记》称，梁祝"尝从明师过钱塘"，但并未说"梁祝"于杭州读书。"余杭读书"之说仅见于明冯梦龙小说、徐树丕《识小录》以及明清的曲艺、戏曲、故事、歌谣等。 查宋乾道、咸淳《临安志》，明成化、清康熙、光绪《杭州府志》，万历、清康熙《钱塘县志》，均无此记载。 又据清康熙《杭州府志》称，万松书院为明弘治十一年（1498）以废寺旧基改建，名"敷文书院"，故不可能是梁祝读书处。 据万松书院称，梁祝传说与万松书院挂钩的是清李渔的戏曲《同窗记》，但查《李渔全集》，无《同窗记》篇
301 | 400	传说发生时间：东晋（350年左右）	传说发生时间：东晋（350—373）	同左		
401 | 500	483年左右，南齐永明年间《善卷寺记》，最早祝英台故宅记载				
501 | 600					
601 | 700	700年左右，唐梁载言《十道志》，最早祝英台读书处记载，指明在善卷山南	700年左右，唐梁载言《十道志》，最早梁山伯墓与义妇冢记载（《十道四蕃志》即《十道志》）			
701 | 800					

续表一

时间(公元)	江苏宜兴	浙江宁波	浙江绍兴（含上虞）	山东济宁	其他地区
801—900	876年左右，唐李蠙《题善权寺石壁》，祝英台故宅记载	据1751年清翟灏《通俗编》称，唐张读《宣室志》（880左右）有梁祝传说记载。经考《宣室志》所记皆唐事，所谓"《宣室志》梁祝说"为翟灏误编	据《通俗编》《宣室志》称梁山伯为会稽人，祝英台为上虞人。然此为翟灏误编		(2) 山东陵县 元刘一清《钱塘遗事》载，1276年经河间陵州林镇，有梁祝墓。考"陵州"即陵县，今属山东德州，当时隶属于河间。 查明嘉靖、清康熙《河间府志》、清乾隆《河间府新志》以及明嘉靖、万历、清康熙、乾隆《德州志》，均无此记载
901—1000					
1001—1100					(3) 江苏南京 1344年，元张铉《至大金陵新志》称："福安院。《乾道志》：在城西南新林市东，去城二十里，俗呼'祝英台寺'。"
1101—1200	1156年，宋薛季宣《游祝陵善权洞》诗，最早关于梁祝化蝶的文字 1167年，宋周必大《文忠集》，祝英台庄记载	1107年，宋李茂诚《义忠王庙记》，最早梁庙、梁为鄮令记载，并有梁祝传说与义妇冢记载 1169年，宋张津《乾道四明图经》，梁祝传说及义妇冢记载	1107年，《义忠王庙记》称梁山伯为会稽人，祝英台为上虞人		

时间（公元）	江苏 宜兴	浙江 宁波	浙江绍兴（含上虞）	山东 济宁	其他 地区
1201—1300	1268年，宋史能之《咸淳毗陵志》，记载祝英台读书处、祝英台故宅、梁祝共读和化蝶传说，并根据史料进行考证，得出必有祝英台其人其宅的结论。其记载的碧鲜庵碑，是现存最早的梁祝文物	1221年，宋王象之《舆地纪胜》，义妇冢记载 1227年，宋方理、罗濬《宝庆四明志》，梁祝墓记载 1300年前，高丽释子山《夹注名贤十抄诗》引《十道志》夹注："明州有梁山伯冢，义妇竺英台同冢"	1300年前，高丽释子山《夹注名贤十抄诗》引民间《梁山伯与祝英台》唱词，称梁葬越州东大路，并有祝化蝶的内容		(4) 河北元氏县 1549年，明嘉靖《真定府志》、1642年崇祯《元氏县志》、1726年清《古今图书集成》，"吴桥古冢"条，称其"相传为梁山伯墓"。然清乾隆、同治《元氏县志》则认为荒唐无据 (5) 山西榆社县 1674年康熙《榆社县志》、1726年清《古今图书集成》以及乾隆、光绪《榆社县志》称：县西南十里梓荆山下有石室名响堂，内有梁祝石像。康熙志及《古今图书集成》还称响堂寺有梁山伯祝英台遗迹
1301—1400	1312年左右，元明极楚俊《祝英台读书堂》诗，载于日本《明极楚俊遗稿》 1377年，明洪武谢应芳《常州府志》，祝英台读书处、故宅、化蝶传说记载	1320年，元袁桷《延祐四明志》，梁祝传说和梁祝墓记载			
1401—1500	1484年，明成化朱昱《重修毗陵志》，祝英台读书处、故宅和化蝶传说记载	1461年李贤《明一统志》，义妇冢、梁祝传说及鄮令记载 1468年，明成化杨寔《宁波郡志》，按照李茂诚《庙记》记载了浙东的梁祝传说。最早详记梁祝传说的史志 明成化间黄润玉《宁波府简要志》，梁山伯庙、梁祝传说及鄮令、梁祝墓记载 明成化间陆容《菽园杂记》，引杨寔《宁波郡志》记载浙东梁祝传说	1468年杨寔成化《宁波郡志》，浙东梁祝传说 明成化间陆容《菽园杂记》，浙东梁祝传说		

续表三

时 间（公元）	江苏宜兴	浙江宁波	浙江绍兴（含上虞）	山东济宁	其 他地 区
1501—1600	1504年明弘治释方策《善权寺古今文录》，收录寺内古碑、题刻、文章、诗词，有多处梁祝记载 1513年，明正德张恺《常州府志续集》，梁祝传说及化蝶诗词 1534年，明嘉靖陈沂《南畿志》，祝英台读书处、故宅及化蝶传说记载 1563年，明何镗《古今游名山记》，祝英台故宅、祝英台读书处、碧鲜庵碑记载 1583年，明万历王稚登《荆溪疏》，祝陵、祝英台墓记载 1590年前，明王世贞《弇州四部稿》，祝英台读书处记载 1590年，明万历王升《宜兴县志》，祝英台读书处、故宅和化蝶传说记载 1600年，明万历陆应阳《增订广舆记》，祝英台读书处、故宅记载 1600年左右，明章潢《图书编》，祝英台故宅、读书处、碧鲜庵碑记载	1560年，明嘉靖张时彻《宁波府志》，梁山伯庙、梁祝墓及梁祝传说、鄞令记载 1573年，明田艺蘅《留青日扎》，浙东梁祝传说记载 1584年，明朱震孟《浣水续谈》，记载浙东梁祝传说 1600年，陆应阳《增订广舆记》，义妇冢记载	1560年，明嘉靖《宁波府志》，记载浙东梁祝传说 1573年，田艺蘅《留青日扎》，浙东梁祝传说记载 1584年，朱震孟《浣水续谈》，浙东梁祝传说	1516年，明正德梁祝墓，有碑，记载梁祝传说，但称"外纪二氏，出处弗祥"。现存最早的梁祝墓碑记	（6）甘肃清水县 1677年，蒋薰《留素堂诗删》、1726年《古今图书集成》、1788年吴骞《桃溪客语》、清末金武祥《粟香四笔》，记载清水祝英台墓。 1687年，康熙《清水县志》以及乾隆、光绪《清水县志》均有祝英台墓、清水梁祝传说记载。然称祝英台为五代梁时人 （7）山东胶州 1726年，清《古今图书集成》、1752年乾隆《胶州志》均称治南祝家庄社，有祝英台墓，然称其为宋代墓葬。1845年，道光《重修胶州志》称祝英台盖浙江人，不应在胶

续表四

时　间 (公元)	江　苏 宜　兴	浙　江 宁　波	浙江绍兴 (含上虞)	山　东 济　宁	其　他 地　区
1601 — 1700	1607年,明王圻《三才图会》,祝英台故宅、读书处记载 1610年,明程百二《方舆胜略》,祝英台故宅、祝英台读书处记载 1616年前,明无名氏《名山胜概记》,祝英台读书处记载 1618年,明万历刘广生《重修常州府志》,祝英台故宅、读书处、梁祝化蝶传说记载及宜兴梁祝诗 明无名氏《皇明寺观志》(辑于天顺五年后),祝英台故宅记载 1630年前,陈仁锡《潜确居类书》,祝英台故宅、祝英台读书处、梁祝幼学、化蝶传说 1630年,曹学佺《大明一统名胜志》,祝英台故宅、祝英台读书处、梁祝幼学、化蝶传说	1606年,明徐待聘《新修上虞县志》收录《宁波府志》浙东梁祝传说 1610年,明程百二《方舆胜略》,义妇冢记载 1633年,明潘光祖《舆图备考全书》,义妇冢记载 1645年刻本,朱国达等《地图综要》,义妇冢记载 明冯梦龙《情史》,浙东梁祝传说、义妇冢、梁庙记载 清顺康间徐树丕《识小录四卷》,浙东梁祝传说 1671年,清康熙郑侨《上虞县志》,浙东梁祝传说 1683年,清康熙李廷机《宁波府志》,义忠王庙、义妇冢、浙东梁祝传说记载,并首次在秩官中记载"鄞令·晋·梁处仁"	1606年,明徐待聘《新修上虞县志》收录《宁波府志》浙东梁祝传说记载 明冯梦龙《情史》,浙东梁祝传说记载 清徐树丕《识小录四卷》,浙东梁祝传说 1671年,清康熙郑侨《上虞县志》,浙东梁祝传说 1683年,清康熙李廷机《宁波府志》,记载浙东梁祝传说	1611年,明万历胡继先《邹志》,梁祝墓记载,称梁祝墓为唐墓 明末张岱《陶庵梦忆》称,1629年,曲阜孔庙有匾曰"梁山柏祝英台读书处"。但查康熙、乾隆《曲阜县志》,无祝英台记载 1673年,清康熙朱承命《邹县志》,梁祝读书洞和梁祝墓记载	(8)重庆铜梁县 1726年,清《古今图书集成》以及道光、光绪《铜梁县志》,有祝英台山、祝英寺、祝英台墓、祝英台所书"大欢喜"碑记载。然光绪《铜梁县志》又称祝英台乃清初邑人,"大欢喜"碑乃张献忠屠川后所书 (9)安徽舒城县 1788年,清吴骞《桃溪客语》称舒城东门外有祝英台墓;清末金武祥《粟香四笔》引吴骞记载。 1897年,邱炜萲《菽园赘谈》记载当地梁祝传说与舒城梅心驿梁祝墓。 然查明万历、清康熙、雍正、嘉庆《舒城县志》以及光绪《续修舒城县志》,均无此记载

续表五

时间 (公元)	江苏 宜兴	浙江 宁波	浙江绍兴 (含上虞)	山东 济宁	其他 地区
1601 — 1700 (续)	1633年，潘光祖《舆图备考全书》，祝英台故宅、祝英台读书处记载 1645年刻本，明朱国达等《地图综要》，祝英台故宅、读书处记载 1646年，明陶珽重辑《说郛》，祝英台读书处记载 1646年，明陶珽《说郛续三十六卷》，祝英台葬地记载 明冯梦龙《情史》，祝英台读书处记载 1684年，清康熙张九征《江南通志》，祝英台读书处、故宅记载 1685年，清康熙陈玉璂《常州府志》，祝英台读书处、故宅和化蝶传说记载 1686年，清康熙徐喈凤《重修宜兴县志》，祝英台读书处、故宅和化蝶传说记载 1689年，清黄湄《锦字笺》，祝陵、祝英台读书处记载	1684年，清康熙赵士麟《浙江通志》，鄮令和梁庙、梁墓记载 1686年，清康熙闻性道《鄞县志》，载《义忠王庙记》，并有梁祝墓记载	1686年，闻性道《鄞县志》，载《义忠王庙记》		(10) 江苏江都： 清焦循《剧说》称，江都城北有高土，俗呼祝英台墓。但查明万历、清雍正、乾隆《江都县志》和嘉庆《北湖小志》、嘉庆《扬州府志》、光绪《江都县续志》均无此载 (11) 河南汝南县： 据1932年冯沅君的考察，河南汝南有当地的梁祝传说，并有梁岗、朱庄、马乡、曹桥、红罗书院等"梁祝"遗存，认定汝南是梁祝传说的发源地；1997年马紫晨《梁祝中原说》，汝南马乡有梁祝双墓。但查清康熙《汝阳县志》(民国三年更名为汝南县)、康熙、嘉庆《汝宁府志》、民国《重修汝南县志》，均无此记载

续表六

时间(公元)	江苏宜兴	浙江宁波	浙江绍兴(含上虞)	山东济宁	其他地区
1701—1800	1726年,清雍正《古今图书集成》,祝英台故宅、读书处、祝陵、梁祝传说及化蝶记载 1736年,清乾隆黄之隽《江南通志》,祝英台读书处、故宅记载 1786年,清吴骞《国山碑考》,祝英台故宅等梁祝记载 1788年,清吴骞《桃溪客语》,碧鲜庵碑等"梁祝"记载 1793年,清徐瀛《宜兴县志刊讹》,对方志、古籍中碧鲜庵碑用字的错误及善卷寺建寺的时间进行纠正 1795年,清乾隆《清水县志》,宜兴梁祝诗词 1796年,清吴骞《阳羡摩崖纪录》,碧鲜庵碑 1797年,清嘉庆宁楷《增修宜兴县旧志》,祝英台读书处、故宅、梁祝化蝶传说记载 1797年,清嘉庆阮升基《新修宜兴县志》,梁祝化蝶诗词 1797年,清嘉庆宁楷《新修荆溪县志》,梁祝化蝶诗词	清毛先舒《填词名解》,引《宁波府志》记载浙东梁祝传说 1726年,雍正《古今图书集成》,梁山伯庙墓及梁祝传说记载 1733年,清雍正万经《宁波府志》,梁祝传说和梁祝墓记载 1751年,清翟灏《通俗编》,浙东梁祝传说记载 1788年,清乾隆钱大昕《鄞县志》,鄞令、梁山伯庙和梁祝墓记载 1788年,清吴骞《桃溪客语》,浙东梁祝传说 1794年,清汪汲《填词集解》,浙东梁祝传说 1795年后,清焦循《剧说》,浙东梁祝传说记载	清毛先舒《填词名解》,记载浙东梁祝传说 1726年,清雍正《古今图书集成》,浙东梁祝传说记载 1729年,雍正《宁波府志》,浙东梁祝传说 1751年,翟灏《通俗编》,浙东梁祝传说记载 1788年,吴骞《桃溪客语》,浙东梁祝传说 1794年,清汪汲《填词集解》,浙东梁祝传说 1795年后,焦循《剧说》,浙东梁祝传说	1716年,清康熙娄一均《邹县志》,梁祝洞和梁祝墓记载 1726年,清雍州《古今图书集成》,梁山伯祝英台墓记载 清焦循《剧说》称,1795年,嘉祥县有祝英台墓碑文。但查明万历、清顺治、宣统《嘉祥县志》无此记载,实为邹县梁祝墓碑记之误	(12)其他: 　　小说、曲艺、戏曲、故事、歌谣,梁祝的籍贯与读书处更为繁多。 　　如:明冯梦龙《古今小说》称祝英台为义兴(宜兴)人,梁山伯为苏州人;清乾隆弹词《新编金蝴蝶传》称梁为诸暨人,祝为越州人;《新编东调大双蝴蝶》称梁为会稽人,祝为平江人;咸丰弹词《柳荫记》称梁祝均为苏州人;光绪《双仙宝卷》、木鱼书《牡丹记》称梁为诸暨人,祝为越州人;清末潮州说唱《梁山伯与祝英台》称梁山伯是婺州人,祝英台是越州人;《新刻梁祝同窗柳荫记》称梁山伯是莱州人,祝英台是苏州人;鼓词《新刻梁山伯祝英台夫妇攻书还魂团圆记》称梁祝为河南人;民国宁波滩簧称梁为诸暨人,祝为慈溪人;闽腔称梁为越州人,祝为宁波吴山人;侗戏称梁祝均为越州府湖州县;新中国成立后,川剧、京剧与黄梅戏的《柳荫记》以及秦腔《梁山伯与祝英台》均称梁为会稽人,祝为上虞人;豫剧《梁祝情》称梁祝均为汝南人

[梁祝传说　流变轨迹]

续表七

时间(公元)	江苏宜兴	浙江宁波	浙江绍兴（含上虞）	山东济宁	其他地区
1801—1910	1840年，清道光吴德旋《续纂宜兴荆溪县志》，梁祝读书处、祝英台墓和化蝶传说诗词 1864年，《峄山志》，宜兴祝英台读书处 1881年，张鹤《仙踪记略》，祝英台国山人 1882年，清光绪吴景穑《宜兴荆溪县新志》，祝英台读书处、故宅和化蝶传说记载 1883年前，清光绪金武祥《粟香四笔》，引邵金彪、吴骞文及谷兰宗词，记有宜兴梁祝 1883年，清光绪俞樾《茶香室四钞》，引金武祥文记有宜兴梁祝	1827年，清徐兆昺《四明谈助》，梁庙和梁祝传说记载 1848年，清梁章钜《浪迹续谈》梁祝传说、义妇冢、梁庙记载 1864年，《峄山志》，浙东梁祝传说记载 1865年，清咸丰周道遵《鄞县志》，载《义忠王庙记》，并有鄞令、梁祝墓记载 1876年，清光绪张恕、徐时栋《鄞县志》，载《义忠王庙记》和明魏成忠《梁圣君庙碑记》，并有鄞令、梁祝墓记载与梁祝化蝶诗 1881年，张鹤《仙踪记略》，梁为鄞令、卒葬四明山下 1882年，光绪《宜兴荆溪县新志》，刊邵金彪《祝英台小传》，称梁为稽人、祝上虞人，后梁为鄞令，卒葬清道山下 1883年前，金武祥《粟香四笔》，引邵金彪、吴骞文，记有浙东梁祝	1827年，徐兆昺《四明谈助》，梁祝传说记载 1848年，梁章钜《浪迹续谈》梁祝传说记载 1864年，《峄山志》，浙东梁祝传说记载 1865年，咸丰周道遵《鄞县志》，载《义忠王庙记》 1876年，光绪徐时栋《鄞县志》，载《义忠王庙记》 1882年，光绪《宜兴荆溪县新志》，刊邵金彪《祝英台小传》，称梁会稽人、祝上虞人	1864年，清同治侯文龄《峄山志》，梁祝读书洞、梁祝泉与万寿宫梁祝像记载	另外，还有黄梅戏称祝为湖北嘉鱼人；晋剧称梁为蒲州人；木鱼书称梁为沂山人、祝为广东人；南音称祝是越州人；闽南传说称祝为越州人，梁为武州（湖州）人；广西传说中梁祝为柳州人等等。 小说、曲艺、戏曲、故事、歌谣中的梁祝读书处，主要有浙江杭州、江苏宜兴、山东尼山、河南汝南红罗山与柳州、庐山等。但查宋嘉泰《会稽志》、宝庆《会稽续志》；明万历《会稽县志》；明万历、清乾隆《绍兴府志》；宋元丰《吴郡图经续记》、绍熙《吴郡志》、明正德《姑苏志》、清同治《苏州府志》；清同治《重修嘉鱼县志》；清乾隆《柳州府志》等，均无有关"梁祝"的记载

续表八

时间(公元)	江苏宜兴	浙江宁波	浙江绍兴(含上虞)	山东济宁	其他地区
1801—1910(续)		1883年,俞樾《茶香室四钞》,引金武祥文记有浙东梁祝 1891年,光绪唐煦春《上虞县志》收录《宁波府志》中的浙东梁祝传说 1899年,清光绪徐致靖《上虞县志校续》,收录《宁波府志》梁祝传说 清马廉卿《劳久杂记》,按李茂诚《庙记》记载浙东梁祝传说	1883年前,金武祥《粟香四笔》,引邵金彪、吴骞文,记有浙东梁祝 1883年,俞樾《茶香室四钞》,引金武祥文记有浙东梁祝 1891年,光绪唐煦春《上虞县志》收录《宁波府志》梁祝传说 1899年,徐致靖《上虞县志校续》,收录《宁波府志》梁祝传说 清马廉卿《劳久杂记》,按李茂诚《庙记》记载浙东梁祝传说		
1911年后	自民国起略				

三、梁祝传说的流变轨迹

从前表以及《历代"梁祝"记载书(文)目叙》,可以看出以下几点:

第一,现存可考的"梁祝"记载,从时间上看,比当年钱南扬先生又推前了一大步。钱先生得到唐代的资料已经很高兴,希望征集唐以前的资料,可惜未能如愿。现在,不仅有与《十道四蕃志》同时期的《十道志》的记载,而且还有六朝南齐时的记载,比无法考证的梁代《金楼子》更早。而且,当时仅知道《十道四蕃志》中有"义妇祝英台与梁山伯同冢"的内容,由于古文不用标点,因此并不清楚这句话是《十道志》的原文还是张津所作的描述。而现在可以确认,唐梁载言《十道志》中记载的原文是:"明州有梁山伯冢(义妇竺英台同冢)。"这是十分可喜的。

第二,从现在发现的史志、古籍记载的数量看,以江浙最多(江苏72部/篇、浙江61部/篇),占全国记载的四分之三。其中又以宜兴与宁波为最:宜兴63部/篇,宁波(含上虞)56部/篇,可以说是在伯仲之间。仅宜兴与宁波两地的记载,就占所有记载的60%。其次是山东,共有16部/篇,其中邹县9部/篇、曲阜2部、胶州3部、陵县(即河间林镇)2部;以下分别是甘肃7部(均清水)、河北5部(均元氏)、山西4部(均榆社)、重庆3部(均铜梁)、安徽3部(均舒城)。

第三,各地现存"梁祝"资料的初始记载时间,以江苏宜兴为最早,在南齐483年左右;宁波次之,在唐代700年左右;再次是浙江上虞和绍兴,排除所谓唐张读"《宣室志》"中的记载,在1107年左右的宋代也有了记载(在宁波的记载中带到)。而且在1300年左右的高丽,发现了"葬在越州(绍兴)东大路"的说法;第四是河间(今山东陵县)与江苏金陵,元代分别记有梁祝墓与祝英台寺,且陵县梁祝墓是元初亲见,金陵祝英台寺是从乾道志转征,这两处遗存,则在宋代就有了;第五是山东济宁与河北元氏,都有明代中期梁祝墓的记载。特别是济宁出土了明正德十一年(1516)的梁祝墓碑记,是研究"梁祝"的重要文物;第六是山东曲阜,有明末梁祝读书处的记载;第七是山西榆社、甘肃清水、山东胶州与重庆铜梁,现存最早的记载是清康熙间的。而这些地方的"梁祝"遗存,很可能在明代就产生了;第八是安徽舒城与江苏江都,清乾嘉年间,均有祝英台墓的记载;另外还有河南汝南,也有梁祝墓的遗址,至少在清末前就普及了当地的"梁祝"传说。

从目前发现的晋、唐早期有实质性内容的"梁祝"记载看,南齐一则:宜兴(祝英台故宅);唐代三则:宁波一则(梁山伯墓即义妇冢)、宜兴两则(祝英台读书处、祝英台故宅)。另外,宜兴唐代还有涉及"祝陵"地名的题咏,因不是"梁祝"的直接记载,故未计入"实质性"的记载之中。

第四,从记载的内容看,宜兴的史志与其他各地均不同。其记载是以祝英台故宅、祝英台读书处的史实为主的,同时记载了对祝英台故宅进行考证的情况以及大量吟咏"梁祝"的诗词,对梁祝传说和"梁祝化蝶"的记载仅以一笔带过;宁波的史志记载,则是以梁山伯为主的,虽然记载了梁山伯庙和梁祝墓等历史遗存,但更多的是梁祝传说的记载,且其中都说到梁山伯在鄮(鄞)县为官;清水虽有多部史志记载了梁祝墓和梁祝传说,但却注明"事出小说,莫详真伪";济宁的记载,均是围绕明正德的梁祝墓碑记来进行的,而这块梁祝墓碑记,却开宗明义称"外纪二氏,出处弗祥"。自从有了这块碑记,济宁的梁祝记载便多了起来。宜兴明代的梁祝传说称,"梁祝"曾去山东游学㉒,把山东与宜兴的传说联系起来看,济宁、曲阜甚至胶州、陵县有"梁祝"的遗迹,也就不奇怪了。

根据现存可考的梁祝史料,江浙的记载不仅最多,而且最早。**而宜兴最早的"梁祝"记载,比宁波早 200 年,比其他地区早 1000 年。不仅有最早的祝英台故宅记载,最早的祝英台读书处记载、最早的化蝶传说记载、最早的梁祝诗词,而且有最早对梁祝进行考证的史志;不仅有优美的梁祝传说故事,而且有丰富的与"梁祝"有关的风物、民俗;不仅有许多"梁祝"历史遗址、遗迹和传说遗存,而且有目前可考的最早"梁祝"历史文物——唐碧鲜庵碑。因此,有理由认为:江苏宜兴就是梁祝传说发源地。**

第五,关于梁祝传说流布轨迹的判断:

传说的传播,长期以来是以口口相传、耳提面命为主。因此主要是由近及远,呈散射性的传播。但民间传说的传播并不是简单的单向辐射,它在传播中还具有反馈性、折射性与交叉性,在辐射中回流,在传播中变异。折射性是指传播中,并非直线式的散射,而会改变流传的方向,形成折射;反馈性是指两地在传播中,其变异的信息会相互回传,实行反馈;交叉性是指某地可以同时接受两处或多处流传过来的同一传说信息。例如,甲地是事件的原发地,事件发生后首先会在当地传播。由于情节的"缺失",会首先在甲地产生"补接";同时,事件还会向四周的乙、丙、丁、戊等地辐射传播。如果乙地未产生补接或变异,那么,传说还会基本以原来的面貌向子、丑、寅等地传播;如果传说在丙地就情节的"缺失"发生了"补接",那么,补接后的传说就有可能向四周辐射,传到卯、辰、巳等地,或回传到甲地或直接传到乙、丁等地;如果传说在丁地与当地的风物相结合而产生了变异,其变异的传说又会由丁地向四周辐射,传到午、未、申等地,其中也包括反馈回传到甲地或直接传到乙地、丙地。而甲、乙、丙地接收到变异的传说信息后,也有可能接受或产生新的变异……就总体而言,传播得越远,回馈的时间越长,回馈的可能性更小、回馈途中的内容变化更大。

不过,传说的传播,绝不是等速的,也绝非一站站渐次推进的。由于经商、运输、迁徙、探亲等人员流动原因,有时候传说故事会在短期内就传到较远的地方。例如,高丽(相当于宋末元初)出现的《梁山伯祝英台》唱词,就是由僧侣或商船带去的。又如甘肃清水的梁祝传说,除了正常渐进式的口传外,由唐李蟠带去的可能性很大。李蟠祖籍陇西,唐咸通八年(867)任凤翔节度使移镇凤翔(清水至凤翔、陇西均不足两百公里),至乾符三年(876)分司洛阳,在凤翔共待了九年。李蟠对宜兴祝英台的传说不仅了解,而且津津乐道,他留下唯一的一首诗里就提到了祝英台。所以他在镇守凤翔时,必然会与人聊起"梁祝"传说,如果这样,传说就会从凤翔传至清水;如果他镇守凤翔时回过陇西,传说又可能从陇西传到清水;如果他回陇西时经过清水,则会直接把传说带到清水。李蟠死后二十多年便是后梁政权(后梁仅存十七年),清水传说称祝英台是后梁人,而且,其记载也以祝英台为主角。因此,清水的"梁祝"很可能与李蟠有关。

梁祝传说虽传遍全国,但与流传地风物相结合产生变异的情况,就总体上来说,毕竟是少数。到了元明以后,由于戏曲、曲艺、小说的介入,传播的速度就更快了,最后流遍全国,甚至传到了国外。

综合历代各地的记载,梁祝传说大体的传播路线是:首先由宜兴同时向浙、皖、苏南和山东辐射。宜兴与浙江、安徽接壤,古代同属于"浙右"区域。在历史上,宜兴春秋时期曾属越国,秦汉时属会稽郡,东汉会稽郡析治后属吴郡,三国曾属浙江吴兴郡(今湖州),晋设义兴郡后,又曾划浙江长城(今长兴)属之。因此,宜兴梁祝传说应首先流入浙江与苏州。同时,又因"梁祝"曾去山东游学,故山东也应有较早的梁祝传说与记载。

由此分析,梁祝传说的传播,应当有三个主要辐射源,即宜兴、宁波与济宁。其中:宜兴向东至苏州;向东南至浙江宁波(其间经过湖州、杭州、绍兴、上虞);向北至江都,再向北传入山东、河北;向西经金陵(或广德)至安徽舒城,再向西传至河南汝南、重庆铜梁。而甘肃的清水,也许是一个特殊的案例,是晚唐从宜兴直接传入的。

按照宜兴的传说,"梁祝"游学的足迹曾到过齐鲁(即孔子故里曲阜、孟子故里邹县),故济宁有梁祝的传说与古迹不仅是不奇怪的,而且还会形成一个辐射源,即省内传到胶州、陵县、曲阜,向西北传至河北元氏、山西榆社;再向西传到清水;向西南传至河南、湖北和重庆,故川剧《柳荫记》称尼山为梁祝读书处;当然,向南也会折返江浙。

宜兴离宁波最近,因此梁祝传说传很快就会经绍兴传到宁波。到达宁波后,又有一个再加工的过程,主要加入了绍兴的梁山伯异地到宁波去当县官的内容。中国绝大部分地区,梁祝传说中并没有梁山伯当县令的情节。如果宁波的传说是原发性的故事,则大多数流传地就应当有梁山伯当官的情节。然而现在的情况恰恰相反,那只能说明宁波的传说并不是原发性的,宁波只是一个重要的传说加工地。只是到了北宋末,李茂诚率先以传说为内容写了《义忠王庙记》,而这一传说又率先被南宋初的张津收入了志乘(按:李茂诚曾编纂《明州图经》,然书成未几,不幸厄于兵火。后张津修《乾道四明图经》时,分委僚属,因得旧录,更加采摭而成)。鉴于方志在人们心目中的地位,故多为后来的史志与古籍转征,因此流传的速度更快、范围更广。宁波的辐射,向南可传至闽、赣、桂、粤地区(广西藤县梁山伯庙里的梁山伯塑像,穿着的就是明代官服,明显是受了宁波传说的影响),向西可传至安徽、湖北与重庆,向北又反过来向江苏、山东传播。同时,由于宁波是古代重要的海上贸易港口,所以又会经宁波传至高丽、日本或经闽、粤传至东南亚。

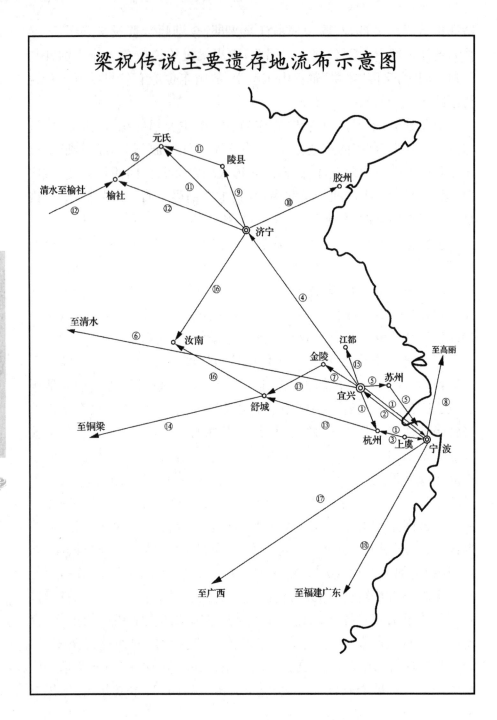

《梁祝传说主要遗存地流布示意图》说明：

1. "梁祝传说主要遗存地流布示意图"是根据现存"梁祝"遗存记载所作出的判断。中国绝大多数地区，虽然都有梁祝传说传入，但未融入当地的风物圈而产生变异，或是仅有局部情节的变异。这些地区，图中并未列出，但不等于梁祝故事没有传入该地。福建、广东等地的传说，虽以浙东传说为主，变异不大，但传至东南亚的传说盖出于此，故例外列出。

2. 图中流布路线的序号分别为：

① 梁祝传说原发地宜兴，南齐有祝英台故宅记载，唐有祝英台读书处记载。在唐代，梁祝传说已传至宁波，产生"梁祝合葬"的传说，并有同冢记载。

② 宁波北宋末有李茂诚"梁为鄮令、地裂合葬"的传说记载。宁波传说回传至宜兴产生化蝶传说变异，南宋初有记载。

③ 李茂诚所记浙东传说称梁家会稽，祝家上虞，于南宋记入方志。

④ 宜兴传说"梁祝"去齐鲁游学，故济宁有传说变异，并有"梁祝"为唐代人的记载。

⑤ 宜兴传说"梁祝"去苏州访友，后"化蝶传说"至苏州，多有吴中花蝴蝶记载。

⑥ 唐李蟠祖籍陇西，曾为凤翔节度使，有把宜兴梁祝传说直接传到清水的可能，故清水称"梁祝"为五代后梁人。

⑦ 南宋初金陵有祝英台寺记载。

⑧ 南宋末"梁祝说唱"经宁波传至高丽。

⑨ 梁祝传说由济宁传至陵县产生变异，元初陵县有梁祝墓记载。

⑩ 梁祝传说由济宁传至胶州产生变异，胶州有梁祝墓，传称宋墓。

⑪ 梁祝传说由济宁或陵县传至元氏产生变异，明后期元氏有古冢传为梁祝墓。

⑫ 梁祝传说由济宁或元氏传至榆社，清初有"梁祝"石像记载。

⑬ 梁祝传说由宜兴或宁波传至舒城产生变异，清代有舒城梁祝墓。舒城之梁祝传说也有可能由湖北嘉鱼回传，黄梅戏称祝英台为嘉鱼人。

⑭ 梁祝传说由舒城传至铜梁，清初产生变异，有记载。

⑮ 宜兴传说至江都，有变异，清代民间称有祝英台墓。

⑯ 梁祝传说由济宁或舒城传至汝南产生变异，清末有"梁祝"传说、歌谣。

⑰ 梁祝传说由宁波至广西产生变异，至少在民国形成当地传说。

⑱ 梁祝传说由宁波传至福建、广东，并由闽、粤传至东南亚。

3. 由图可见，宜兴、宁波、济宁是三个流传的辐射点。因为宜兴与宁波在唐代肯定已有传说，可以向四周辐射传播。济宁称"梁祝"为唐代人，也有可能成为北方的一个流传辐射点。

4. 清水的案例比较特殊。它既可能接受由榆社等地渐次推进过来的传播，同时，不排除宜兴的梁祝传说由李蟠直接带到清水，或带到凤翔、陇西，再传入清水的可能。如果是这样，则榆社等地的梁祝传说，反过来是接受了清水的回传。

"金泥玉简销沉尽,那得裙衩骨未灰❷"。梁祝传说虽然源于宜兴,但经过千百年的流传,早已成为中国各族人民共同创造的财富。她是东方文化的璀璨明珠,是世界文化艺术殿堂中的瑰宝,应当为中华民族乃至全人类所共享。梁祝文化研究者要打破地域界限,加强整体合作,去其糟粕,取其精华,促进梁祝文化的进一步发展,使"梁祝"以多种文化形式传遍世界的每一个角落,让梁山伯与祝英台在人们心中长存。

注释:

❶《爱的千古绝唱源孔孟故里——梁山伯祝英台家在济宁考评》见樊存常主编的《梁山伯祝英台家在孔孟故里》第1页,2003年山东文化音像出版社出版;《梁祝传说源孔孟故里——山东济宁》见樊存常主编的《梁祝传说源孔孟故里》第2页,2005年8月文物出版社出版发行。

❷ 樊存常:《梁祝传说源孔孟故里》第16页。

❸《千古绝唱出中原——河南驻马店市汝南县梁山伯与祝英台故里考》见《中国梁祝之乡文集》第1页,中华书局2006年出版。

❹ 引文见《中国梁祝之乡文集》第8-9页。

❺ 引文见《中国梁祝之乡文集》第10页。

❻ 引文见《中国梁祝之乡文集》第11页。

❼ 引文见天津大学李剑国教授《唐五代志怪传奇叙录(下册)·宣室志十卷》,南开大学出版社1993年出版。

❽ 见明万历胡继光《邹志》"卷二·陵墓志"。

❾ 见清乾隆十七年周於智《胶州志》"卷六·冢墓·宋"。

❿ 见复旦大学查屏球教授整理、高丽释子山夹注的《夹注名贤十抄诗》第176页,上海古籍出版社2005年出版。

⓫ 弹词《新编金蝴蝶传》为乾隆己丑(1769)抄本,引文见《梁祝故事说唱集》第237页,上海古籍出版社1985年出版;《新刻梁山伯祝英台夫妇攻书还魂团圆记》为河南清末(1900)编排、上海清末石印本,引文见《梁祝故事说唱集》第65页;《双仙宝卷》为清光绪四年(1878)俞步嬴抄本,引文见《梁祝文化大观·曲艺小说卷》第297-298页;闽腔《梁山伯与祝英台》引文见《梁祝文化大观·戏剧影视卷》第541-542页。

⓬ 弹词《新编东调大双蝴蝶》为乾隆三十四年(1769)写定、道光三年(1823)文会堂补刊本,引文见《梁山伯祝英台说唱集》第287页;木鱼书《英台回乡》为清末广州五桂堂本,引文见《梁祝故事说唱集》第183页;潮州说唱《梁山伯与祝英台》、《新刻梁祝同窗柳荫记》均存国家图书馆古籍馆。

⓭ 豫东琴书《梁祝姻缘》引文见《梁祝文化大观·曲艺小说卷》第55页。

⑭ 秧歌剧《金砖记》引文见钱南扬文集《梁祝戏剧辑存》第224页,中华书局2009年出版。《金砖记》选自1933年李景汉、张世文编、中华平民教育促进会出版的《定县秧歌选》。

⑮ 鼓词《柳荫记》为清末(约1870左右)四川桂馨堂刻本,引文见《梁祝故事说唱集》第106页。

⑯ 过竹:《独具特色的苗族梁祝传说》,见《梁祝文化大观·学术论文卷》第662页。

⑰ 大曲调子《梁祝》引文见《梁祝文化大观·曲艺小说卷》第108页。

⑱ 腾占能:《清官侠女骨同穴》,载1982年《山海经》第4期。

⑲ 以上两段引文均见樊存常《梁祝文化起源新探》(《梁祝传说源孔孟故里》第44页)。

⑳ 宋周必大《泛舟游山录》(1167),见《文忠集》卷一百六十七。

㉑ 明万历朱孟震《浣水续谈》卷一。

㉒ 明许岂凡《祝英台碧鲜庵》诗,见清嘉庆《增修宜兴县旧志》卷十。

㉓ 见黄鼎《乾道四明图经序》。

㉔ 清张起《游国山龙岩憩善卷寺访碧鲜岩故址》诗句,他说,埋在国山碑下的金函玉璧,人们都忘却了,但祝英台的故事永远在人们中间流传,她永远活在人们心中。见清道光《续纂宜兴荆溪县志》卷九。

梁祝传说在发源地宜兴的流变

在影视等现代媒体出现之前,梁祝传说的流传,是以口传为主的。虽则自宋后,各地记载渐多,文字的扩散对故事的传播作用极大,然而民间最终的传播,仍然依靠口传。而在口口相传的过程中,传说的内容必然会缺斤少两、加油添醋,发生变化。就宜兴而言,关于"梁祝"的传说,也不是一成不变的,从现有的文字记载,可以看出"梁祝"在传说发源地宜兴的流变情况。

一、从古籍记载看宜兴梁祝传说的脉络

宜兴的梁祝传说产生于何时,现有记载有两说:一是汉代说。清康熙徐喈凤诗"汉代有佳人,读书附儒流"。又见善卷后洞的蝶亭石刻,谓"此间汉奇女子祝英台读书处,仅有碧鲜庵铭刻三大字存在";二是东晋说。清嘉庆《增修宜兴县旧志》将"碧鲜庵"遗址列西晋周处后、南梁"九斗坛"前。又,道光邵金彪《祝英台小传》称"梁祝"为东晋事。然而,徐氏"汉代说"见于诗词,并不一定是实指,后洞石刻亦源于传说;邵氏"东晋说"与浙东传说相类,也许是据宁波记载综合的。

但是,在公元490年左右的《善卷寺记》里,记录了齐武帝收赎祝英台故宅创建善卷寺的史实。因此可以肯定,在南齐之前,梁祝传说早已在宜兴流传。而且,《善卷寺记》中的记载,似乎有违惯例。因为祝英台本是一介平民女子,在封建男权社会中,齐武帝即便收赎了她的故宅,被记载的人应是祝英台的父亲,或笼统称为收赎祝氏的故宅。这说明,在齐武帝前,梁祝传说不仅早已在宜兴流传开去,而且在江南已有相当的影响了,故能将一平民女子以户主的身份写入《寺记》中。然而,从《善卷寺记》里,人们只知道有祝英台其人其宅,并推断有其传说,至于传说的具体内容,并不清楚。

唐代的梁载言与李蠙,虽然亦有"祝英台读书处"(700年左右)及齐

武帝收赎祝英台旧产建寺(876年左右)的记载,但就传说而言,也仅仅是看到祝英台故宅在宜兴和"梁祝读书"的内容。

到了宋代,诗人薛季宣的《游祝陵善权洞》(1156)云:"万古英台面,云泉响佩环。练衣归洞府,香雨落人间。蝶舞凝山魄,花开想玉颜。几如禅观适,游鲉戏澄湾。"说明当时宜兴已经普及了"梁祝化蝶"的传说。南宋的《咸淳毗陵志》(1268)称:"祝陵,在善权山。岩前有巨石刻,云'祝英台读书处',号'碧鲜庵'。昔有诗云:'蝴蝶满园飞不见,碧鲜空有读书坛。'俗传英台本女子,幼与梁山伯共学,后化为蝶。"从宋代的记载,可以看出三点:一是梁祝传说的三大要素,即女扮男装、同窗读书、殉情化蝶,宜兴在宋代就已经形成;二是梁祝读书是在未成年时——这是宜兴梁祝传说与其他各地所不同的一大特点;三是祝英台的故宅改建成了"禅观"后,化作蝴蝶的英台,还经常回来光顾。

元代明极楚俊的《祝英台读书堂》(1312年左右)云:"三载同窗读古书,渠瞒汝也汝瞒渠。罗裙擘碎成飞蝶,依旧男儿不丈夫",又进一步把梁祝共读的时间明确为三年。

较为详细的宜兴梁祝传说故事,见于明末。冯梦龙《古今小说》第二十八卷《李秀卿义结黄贞女》称:"又有个女子,叫做祝英台,常州义兴人氏,自小通书好学,闻余杭文风最盛,欲往游学。其哥嫂止之曰:'古者男女七岁不同席、不共食,你今一十六岁,却出外游学,男女不分,岂不笑话!'英台道:'奴家自有良策。'乃裹巾束带,扮作男子模样,走到哥嫂面前,哥嫂亦不能辨认。英台临行时,正是夏初天气,榴花盛开,乃手摘一枝,插于花台之上,对天祷告道:'奴家祝英台出外游学,若完名全节,此枝生根长叶,年年花发;若有不肖之事,玷辱门风,此枝枯萎。'祷毕出门,自称祝九舍人。遇个朋友,是个苏州人氏,叫做梁山伯,与他同馆读书,甚相爱重,结为兄弟。日则同食,夜则同卧,如此三年,英台衣不解带,山伯屡次疑惑盘问,都被英台将言语支吾过了。读了三年书,学问成就,相别回家,约梁山伯二个月内,可来见访。英台归时,仍是初夏,那花台上所插榴枝,花叶并茂,哥嫂方信了。同乡三十里外,有个安乐村,那村中有个马氏,大富之家。闻得祝九娘贤慧,寻媒与他哥哥议亲。哥哥一口许下,纳彩问名都过了,约定来年二月娶亲。原来英台有

【梁祝传说　流变轨迹】

心于山伯，要等他来访时，露其机括。谁知山伯有事，稽迟在家。英台只恐哥嫂疑心，不敢推阻。山伯直到十月，方才动身，过了六个月了。到得祝家庄，问祝九舍人时，庄客说道：'本庄只有祝九娘，并没有祝九舍人。'山伯心疑，传了名刺进去。只见丫鬟出来，请梁兄到中堂相见。山伯走进中堂，那祝英台红妆翠袖，别是一般妆束了。山伯大惊，方知假扮男子，自愧愚鲁，不能辨识。寒温已罢，便谈及婚姻之事。英台将哥嫂做主，已许马氏为辞。山伯自恨来迟，懊悔不迭。分别回去，遂成相思之病，奄奄不起，至岁底身亡，嘱咐父母，可葬我于安乐村路口。父母依言葬之。明年，英台出嫁马家，行至安乐村路口，忽然狂风四起，天昏地暗，舆人都不能行。英台举眼观看，但见梁山伯飘然而来，说道：'吾为思贤妹，一病而亡，今葬于此地，贤妹不忘旧谊，可出轿一顾。'英台果然走出轿来，忽然一声响亮，地下裂开丈余。英台从裂中跳下，众人扯其衣服，如蝉蜕一般，其衣片片而飞。顷刻天清地明，那地裂处，只如一线之细。歇轿处，正是梁山伯坟墓。乃知生为兄弟，死作夫妻。再看那飞的衣服碎片，变成两般花蝴蝶，传说是二人精灵所化，红者为梁山伯，黑者为祝英台。其种到处有之，至今犹呼其名为梁山伯、祝英台也。后人有诗赞云：'三载书帏共起眠，活姻缘作死姻缘。非关山伯无分晓，还是英台志节坚。'"

明末副贡生许大就有一首《祝英台碧鲜庵》，诗云："女慕天下士，游学齐鲁间。结友去东吴，全身同木兰。伯也不可从，洁已殉古欢。信义苟不亏，生死如等闲。蛱蝶成化衣，双飞绕青山。捨宅为道院，祝陵至今传。当年梳妆台，即汉风雨坛。嵯峨石壁下，遗庵名碧鲜。春秋荐蘋藻，灵响来珊珊。晴天披石发，恍惚见云鬟。"其中说到"梁祝"曾到齐鲁游学、到姑苏访友。纵观其诗，所说之情节与遗址，全部与历史记载及宜兴的遗存相符合，由此可以确认，在宜兴的传说中，于碧鲜庵幼读的"梁祝"，还曾相携去过山东与苏州。

从明末《古今小说》所记的梁祝故事及许大就《祝英台碧鲜庵》来看，当时宜兴流传的"梁祝"，已与现今传说及戏剧的内容十分相近，形成了女扮男装、同窗共学、托言嫁妹、楼台伤别、殉情化蝶等主要情节，组成了一个完整的爱情故事。

二、《古今小说》记述的"梁祝"反映了宜兴的传说

在宋、明时期,江浙一带的梁祝传说,就大的版本而言,主要是宁波与宜兴两种。而且宁波详细记载的梁祝传说,要比冯梦龙早好几百年。那么,为何说《古今小说》记述的"梁祝",主要是反映的宜兴传说呢?其原因是:

(一)《古今小说》所记的"梁祝",不是浙东的版本

浙东详细的梁祝传说记载,见于宋大观年间李茂诚的《义忠王庙记》(约1107),该记称:梁山伯是东晋会稽人,幼时志向高远。求学过钱塘时,道逢上虞祝贞,二人很谈得来,就同去读书。三年后,祝思亲而返。后来,山伯到上虞寻访,方知祝是女子,已许鄮城马氏了。后来,简文帝举贤,山伯被荐为鄮令。因病不治,临终嘱咐:"死后葬于鄮西清道源九龙墟。"次年,祝出嫁,经过此处,忽然波涛大作,英台听说有山伯墓,即登岸祭奠,哀恸之下,地裂而埋。马氏告到官府,官府报到朝廷,丞相谢安请封为"义妇冢"。

以《古今小说》中的梁祝传说与李茂诚所记的浙东传说比对,"梁、祝、马"的籍贯全然不同,更没有梁山伯当官的情节,因此,冯梦龙记载的传说,肯定不是浙东传说的版本。

(二)《古今小说》中的"梁祝",与宜兴的传说有诸多共同之处

1.《古今小说》称祝英台为"常州义兴人氏",而宜兴的传说称,祝英台家在善卷山南。

宜兴在夏、商时名荆溪,地属扬州;周为荆邑,属吴;秦置阳羡县,属会稽郡。汉顺帝四年(129)析浙江东为会稽,西为吴郡,阳羡归属吴郡;三国吴宝鼎元年(266)置吴兴郡,阳羡属之。西晋末年,周处之子周玘先后于晋太安二年(303)、永兴二年(305)、永嘉四年(310)三兴义兵,配合朝廷平定石冰、陈敏、钱璯叛乱。为表彰周玘"兴义兵、定江南"之功,怀帝割吴兴之阳羡,并长城(今长兴)之北乡,又分丹阳之永世,置阳羡、义乡、国山、临津、永世、平陵六县,设义兴郡辖之。南朝宋明帝四年(468),义兴郡属南徐州(今镇江);齐武帝永明二年(484),义兴郡属扬州,后复属南徐州;隋文帝开皇九年(589)废义兴郡,改阳羡县为义兴县,以义乡、国山、临津入之。直至宋太平兴国元年(976),因避赵光义

讳才改为宜兴县。而从隋至清的一千三百余年中,宜兴(义兴)一直都属常州府管辖。因此,《古今小说》所称的祝英台"常州义兴人氏",明确是指今江苏宜兴无疑。

2. 关于马氏。《古今小说》称"同乡三十里外,有个安乐村,那村中有个马氏,大富之家"。而宜兴的马家庄,就在善卷山西面二十里,村边有座烟山,马氏为大富之家。且善卷山西北偏北方向三十余里,确实有个安乐村,村边还有座安乐山。在宜兴西乡,方言"安"的读音与"烟"相谐,均读"yei","乐"被读成"落",而"烟山"也有人称为"烟落山"。因此,在传说中,把两处音近的地名搞混,是完全可能的。

3.《古今小说》称梁山伯为苏州人氏。无独有偶,杨东亮先生所采集的一种宜兴传说版本里,就称梁是苏州人,因有亲戚在宜兴,故能与祝英台共读。明末副贡生许大就《祝英台碧鲜庵》诗云:"女慕天下士,结友去东吴,全身同木兰。"说明在明代,宜兴的传说中,"梁祝"曾结伴到过苏州。许诗虽未言梁为苏州人,但"梁祝"既然结友去苏州,其原因无非是两个:一是因宜兴原属会稽郡(后属吴郡),郡治都在苏州,两人相约去苏州游览寻古;二是在宜兴传说的某个版本中,梁山伯的原籍在苏州,故结友去苏州,并不排除到梁山伯老家或亲戚家去看看的可能。许大就与冯梦龙同时,其"结友去东吴"的说法,与《古今小说》称梁山伯为苏州人是十分相近的。

4.《古今小说》"插榴为誓"的情节,与宜兴流传的某些版本相同。相传"梁祝"在碧鲜庵读书,相约同去齐鲁游学、曲阜朝圣,但祝父不放心,生怕做出出轨之事。祝英台便信手摘了一段榴枝,倒插入地说:"女儿外出游学,如若行为出轨,此枝枯萎腐烂;如若名贞节全,此枝来年开花。"后来倒插的榴枝不仅成活,第二年就开了花。宜兴还有一种相似说法,是把乌菱埋入淤泥发誓,结果长了一塘的菱角。

(三) 祝英台祭坟地裂的传说,在宜兴得到认同与发展

祝英台祭坟地裂之说,在现实生活中是不可能的。因为祭坟时正巧发生地裂的概率几乎为零。"祭坟地裂说"是浙东梁祝"同冢"传说的产物。这是因为浙江在唐代就有了"明州有梁山伯冢,义妇竺英台同冢"的记载,因此,就"梁祝"为何会"同冢"的问题,必然要找出"补接"的答案。而这个答案就是:梁山伯"显灵"的结果。在李茂诚《义忠王庙

记》中，人们可以看到许多"神化"的东西，如：梁母"梦日贯怀，孕十二月"而生山伯；梁死前，预告自己的葬地，而到英台出嫁至梁墓时，"波涛勃兴，舟航萦回莫进"；及至英台临冢哀恸，又"地裂而埋璧"；后来，梁又托梦给刘裕，说要助战，夜里果然"烽燧荧煌，兵甲隐见，贼遁入海"；另外还有"民间凡旱涝疫疠、商旅不测，祷之辄应"等，都显示了梁山伯的"灵异"。既是"神灵"，当然无所不为。它可以预测来年祝英台百里迢迢的婚嫁路线，并可以待婚船抵达时令波涛勃兴、舟航莫进，也当然可以让英台哭灵时地裂埋璧，形成同冢的合葬。

　　但是，宁波产生的"地裂"说，只是从"神话"中变异出来的"神化"行为，并没有什么自然依据，因为历史上特别是晋、唐前，宁波没有任何地震的记载。然而，当地裂的传说传到宜兴后，情况就不同了。因为宜兴善卷山在历史上曾发生过多次地震，其中周幽王时的地震中，洞忽自开，是为善卷洞；吴孙亮五凤二年（255）的地震中，离墨山（即善卷山）上有一块围 5 米的大石突然耸立山头 3 米多，称为"吴自立大石"；仅过了二十一年，吴孙皓天册二年（276），善卷山又发生地震，"有空石，忽裂十余丈，名曰石室"。孙皓认为此山有王气，大石自立乃预立之信，为大瑞之兆，即封此山为"国山"，派司徒董朝到"国山"封禅，建国山碑，埋下金函、玉璧、银龙、铜马等作为镇山之宝（按，此碑今存，为国家级文物保护单位，其碑文是中国最早的地震情况记载），同时将原"天册"的年号改为"天玺"。特别是"梁祝"生活的年代，距吴五凤二年、天册二年（即天玺元年）两次地震均不足百年。这种惊天动地的变迁，无论是自立的大石，还是忽裂的山洞，都为祝英台祭坟地裂提供了联想的空间。宜兴的梁墓，就在善卷山西麓二里许的胡桥头（按：今属善卷村，原梁家庄即属此村），从善卷山南的祝家庄，无论到烟山下的马家庄，还是安乐山下的安乐村，都要经过这座胡桥。而且，善卷山经过东吴时的地震与封禅，影响极大。自立的大石、自开的溶洞以及吴王的封禅碑，成了人们猎奇、祈福与游览的圣地。因此，当浙东"地裂埋璧"的传说传到宜兴后，不仅立即被人们接受，而且很快与地动山摇的地震以及当地的风物联系起来，而产生变异。试看冯梦龙所写的"忽然一声响亮，地下裂开丈余"，而后又"天清地明，那地裂处，只如一线之细"，这种地裂三米、事后复原的现象，正是地震中经常出现的自然现象。

（四）善卷山区多蝶的自然环境，是梁祝化蝶传说的源泉

"梁祝"传说发生于东晋，一百年后的南齐便有了记载，但根据现有的资料，直到宋代，人们才看到"梁祝化蝶"传说的文字。这说明，"梁祝化蝶"的传说，即使在宜兴，也要比初始的梁祝传说滞后几百年。

人死后不会变成蝴蝶。即使在古代，稍有科学知识的人也明白这一道理。宋《咸淳毗陵志》的编纂者史能之记载"梁祝化蝶"时便说"其说类诞"；清康熙《宜兴县志》的编纂者徐喈凤也说"化蝶更荒谬"。

但"梁祝"死后却变成了蝴蝶。这是因为善良的人们同情"梁祝"的遭遇，希望他们有一个好的结局，便设法对悲剧性的结果进行加工，探索"梁祝"死后故事的发展。于是就产生了种种新的创作。宜兴人民对"梁祝"结尾的创作，便是"化蝶"。

蝴蝶到处都有，为何"化蝶"传说发端于宜兴？这是与善卷山区多蝶的自然环境分不开的，它是宜兴人民依据当地自然风物的浪漫主义创造（详论见本书《"梁祝化蝶"发源地——宜兴》）。

冯梦龙《古今小说》记述的"梁祝"，虽然主要反映了宜兴的传说，但也并非完全一致。比如"梁祝"的读书处，《古今小说》说是"余杭文风最盛"，所以去那儿游学，而宜兴所有的记载与传说都是在碧鲜庵。只是后来梁山伯还要到余杭游学，而祝英台年届及笄，祝父不允许她再出门了，这才有了祝英台送梁山伯上路的十八相送。

冯梦龙关于"余杭文风最盛"的说法，可能与万松书院有关。万松书院于明弘治十一年（1498）以南宋废报恩寺改建，到冯梦龙时，已有二百年历史。此时的万松书院，已经成了浙江的最高学府，必然具有相当的影响力。而且，随着浙东传说的流传（李茂诚称：尝从明师过钱塘，师氏在迩），传说也会产生一些变异。因此，冯梦龙的故事中称余杭文风最盛，祝英台欲往彼处游学是不奇怪的。然而冯梦龙对于梁祝余杭读书事，是心存疑虑的。后来，他根据《宁波府志》，在《情史》中记述浙东梁祝传说的同时，还特地注曰："按，《广舆记》：今宜兴善卷洞为祝英台读书处"。

三、"宜兴梁祝"至清代的变异

到了清代中后期，宜兴的梁祝传说逐渐产生了重大的变异。

首先是乾隆间的吴骞,根据《宁波府志》,对宜兴的祝英台及祝陵提出了疑问。

他的《桃溪客语》"卷一·梁祝同学"条引《宁波府志》的"梁祝"记载后说:"蒋薰《留素堂集》:清水县有祝英台墓,尝为诗以吊之;又,舒城县东门外亦有祝英台墓。今善权山下有祝陵,相传以为祝英台墓。何英台墓之多耶?然英台一女子,何得称陵?此尤可疑者也。"

《桃溪客语》"卷二·祝陵"又说:"祝陵虽以英台得名,而墓道则不知所在,居民阛阓颇稠密。……骞尝疑祝英台当亦尔时一重臣,死即葬宅旁,而墓或逾制,故称曰陵。碧鲜庵乃其平日读书之地,世以与危妆化蝶者名氏偶符,遂相牵合。所谓俗语不实,流为丹青者欤?"

吴骞是浙江海宁人,他早就读过《宁波府志》中的"梁祝"记载,并确认"宁波梁祝",是很自然的;到了宜兴,看到宜兴的"梁祝"遗存,提出一些疑问与猜测,亦是十分正常的。但他却不知,传说中的祝英台墓,并不在祝陵镇上,而是在祝陵镇东北的青龙山上。因此他当然只能看到祝陵镇上居民阛阓稠密,却找不到墓道了(详见本书《宜兴祝陵与祝英台墓》)。

如果说吴骞只是对"宜兴梁祝"提出疑问与猜测的话,那么,道光年间邵金彪的一篇《祝英台小传》就把祝英台赶出了宜兴(《小传》原文见《历代"梁祝"记载书(文)目叙(上)》)。

邵金彪在《祝英台小传》中,提出了祝英台家上虞、梁山伯家会稽的观点,并称梁后为鄞令,死葬清道山,死后显灵助战有功,立庙于鄞,合祀梁祝。这些内容,明眼人一看就明白,这与浙东李茂诚《义忠王庙记》如出一辙。虽则邵氏在《小传》中也写到了"梁祝"在义兴善卷山碧鲜庵读书、故宅改建成善卷寺、寺后有石刻"祝英台读书处"、寺前村名祝陵、大蝶双飞名曰祝英台等,但却杜撰说"梁祝"是到善权山碧鲜岩来筑庵读书的。他以这样的手法,暗示宜兴历史上记载的祝英台故宅,只是她来宜读书而临时建成的读书宅而已,从而根本上否定了祝英台故宅的存在,否定了祝家庄的存在,否定了祝英台是宜兴人。

邵金彪的《祝英台小传》,代表了当时否定祝英台的一股思潮。因为祝英台易装求学、自择男友、以身殉情的举动,一向被封建卫道士们看做是不守女贞、伤风败俗、大逆不道的丑事,明尚书杨守阯到宜兴来,听了宜兴的梁祝传说,看了宜兴的"梁祝"遗存后,就大放厥词说祝英台

"一死鸿毛轻"。封建卫道士们巴不得"梁祝"事不是宜兴发生的,巴不得祝英台不是宜兴人,于是,看到《宁波府志》中的梁祝传说后,自然不肯错过机会。这样,由落魄文人执笔的、以《宁波府志》中的梁祝传说为主线,插入宜兴梁祝古迹、遗址、风物,而自相矛盾、不伦不类的奇文——《祝英台小传》便出笼了(详见本书《祝英台故宅在宜兴》)。

清光绪《宜兴荆溪县新志》收录了邵金彪的《祝英台小传》与杨守阯全盘否定祝英台的《碧鲜坛》诗。

邵金彪(?—1850后),清代荆溪人,字秋仙,原名魁祥。他虽是个诸生,上至天文地理,下及方伎农工,无所不习,读书三过,终身不忘,但一生却不得志,是个落魄文人。年轻时健步善啖,授徒四十里外,若夜归,晨必返;能一饭斗米,亦能旬日不食。道光癸未(1823),绝粮僵卧,凭友人接济而免一死。徒步赴京,替人抄书为生,改名金彪占籍应试未果。壬寅(1842)海疆不靖,欲投营报国,却半途而废,重返京师。庚戌(1850)得序贡归,未几而卒。❶其《祝英台小传》作于何时,是受人之托还是心血来潮(或曰"研究成果"),无考。

然而,有一点可以肯定,就是在光绪八年(1882),宜兴、荆溪两县共同修志时,这篇奇文被当时的荆溪县令钱志澄发现,如获至宝,当即收入县志,并在《小传》后,又收录了明尚书杨守阯全盘否定祝英台的《碧鲜坛》诗,进一步表明了封建当政者对祝英台的态度。

邵氏的《祝英台小传》,真正是"俗语不实,流为丹青",因此它的影响极大。自光绪八年《宜兴荆溪县新志》收录该文后,所有古籍的征引,均抄录邵文,并认为"梁祝"只是到宜兴读书而已;而在民国十年(1921)的《光宣宜荆续志》中,宜兴祝英台则不见了踪影。直至新中国成立前,祝陵村都还不演"梁祝"戏,可见流毒之深。

《祝英台小传》对民间传说也有一定的影响。一些传说和曲艺版本不再提及祝英台是宜兴人;有的甚至干脆说"梁祝"都是浙江人,到宜兴善卷山是来游学的。只是由于宜兴的梁祝传说在民间已较为普及,且有延续一千余年的几十部"梁祝"记载作为支撑,加上《祝英台小传》的影响不足百年,才使"宜兴梁祝"免遭覆灭的厄运。

四、当代宜兴流传的"梁祝"传说

现在,宜兴民间流传的"梁祝"传说仍然很多,有相对完整的故事,更多的是独立的片段,有的甚至只有三言两语。

独立的片段有"金童玉女下凡"的传说、"养则伢伲唎"的传说、"观音送子"的传说、"梁山伯出生"的传说、"梁祝马共读碧鲜痷"的传说、"胡桥结拜"的传说、"观音堂结拜"的传说、"梁祝游学"的传说、"苏州访友"的传说、"倒插榴"的传说、"菱沉塘"的传说、"英台送兄十八里"的传说、"英台托言嫁妹"的传说、"英台表白"的传说、"马文才抗婚"的传说、"吊墓撞碑"的传说、"英台投涧"的传说、"琴剑冢"的传说、"祭坟化蝶"的传说、"祝陵"的传说、"清白里"的传说、"蝴蝶勿采马兰花"的传说等等。

这些传说中,有的是同一件事情又有不同的说法,如:"英台之死"就有跳楼、跳涧、撞碑、地裂四种;"英台誓贞"有倒插榴枝与深埋乌菱两种;"梁祝结拜"又有胡桥结拜与观音堂结拜两说;"英台做媒"也有托言嫁妹与直言表白两种。这些,都是在传说流传过程中,讲述者就当地的风物或各自的理解加入各种"补接"的结果。就大多数的说法而言,"梁祝"在宜兴的主流传说是这样的:

在1600多年前,宜兴这里叫做义兴。义兴郡里有个国山县,国山县有一座善卷山,山上有一个善卷洞,山南有一个祝家庄。村里有家殷实富户,家有良田千亩,山林成片。当家的年过半百,念过书,是村里的头面人物,大家叫他祝老爷。按理讲,祝老爷穿不愁用不愁,无啥烦恼咧。唉,他也有烦恼的。因为他生了八个女伲(女儿),就是没有伢伲(儿子)。祝家族规规定,财产传男不传女,女伲只得陪嫁,不可继承家产。祝老爷百年归天后,万贯家产要由族里来管理,你讲他哪样会顺心?这天,祝夫人告诉老爷她又怀孕了,祝老爷又是喜来又是愁。喜的是,要是生了伢伲,一切事情统统解决;只是再生女伲怎么办呢?到了祝夫人临盆前,夫妻俩商量好,为了继承家产,不管生男还是生女,对外就讲是生了伢伲了,先瞒过眼前,等今后看情况再讲。

  所以,祝英台从小就是男孩装扮,除了管家同贴身丫鬟,无人知道祝英台是女孩。俗话说,只愁勿养,勿愁不长。转眼间过了十一年,祝英台到了读书的年龄,就闹着要去念书。祝老爷想,若论婚事,尚可以年纪小来推托,但像我家这种书香门第、富家子弟,不念书总讲不过去吧?又不放心女伲到外地去。好在村边有处私学,是一位明师创立的精舍,叫做碧鲜庵,祝老爷就把英台送到碧鲜庵去念书咧。祝英台的同学当中,有个梁山伯,家住善卷山西北四五里,如今家道虽然中落,但祖上也是念书人;还有一个马文才,家住在善卷山西边十八里的鲸塘马家庄,父亲在外头做官,他跟着娘住在乡下,也在碧鲜庵就读。

  这祝英台才貌双全、聪明伶俐、勤奋好学;梁山伯一表人才、忠厚善良、为人正直。俩人一见如故,意气相投,引为知己。一次,外出游玩,遇到风雨,经过胡桥的辰光,英台见桥板又湿又滑,勿敢过去,梁山伯马上上前,扶着英台过了河。英台心里十分感激,就对山伯说,我们结义为兄弟吧。俩人挑了一个好日子,跑到观音堂去,点上三支高香,磕头结拜。祝英台说:"观音娘娘为证,我和梁兄结义金兰,不求同年同月同日生,但求同年同月同日死。愿菩萨保佑我们白头偕老,永不分离。"梁山伯以为祝英台讲话豁边,也就没当回事儿。

  "梁祝"结拜后,俩人更是形影相随,互相关心。这马文才头脑机灵,欢喜调皮捣蛋,是个促客鬼。一次,他捉了只田鸡(青蛙),放在祝英台的马桶里,英台用马桶辰光,田鸡勒凯搏落笃(方言:青蛙在里面乱跳),英台吓到魂飞落,拎起裤子站起来,推扳一线洋相出足。回头一看,原来是只田鸡。祝英台想,一定是马文才做的"好事"。山伯晓得后,要去找马文才算账。英台说,我们没有证据,下次当心点吧。马文才细看祝英台的举止,总觉得勿像男孩。一次,看看四下无人,就油腔滑调地对英台讲:"我看你蜜蜂屁股螳螂腰,走起路来绕啊绕("绕",方言读"鸟");水泼荷花白笃笃,活脱活象丫头家("家",方言读"郭")",说完,就要动手动脚。英台又气又羞,差点哭出来。齐巧梁山伯过来,立即上前,斥责马文才勿要欺负人,并要马文才赔礼道歉。马文才耍起少爷脾气,说不要你管。山伯不依,当下两人扭作一团,打得鼻青眼肿,不分胜负。马文才虽然没沾到便宜,对梁山伯却恨得要命。一次,马文才放在床上的三十两纹银不见了,就找到梁山伯,一把揪住他的胸脯,说:"你偷我的银子拿出来。"梁山伯分辨道:"我何时拿你的银子?这事能瞎讲吗?"但马文才认定是梁山伯偷的:"这里的学生,就数你穷,别人谁会偷呀?再说,昨天我从柜子里拿银子时,看到你从我窗下走过的,不是你还有谁呀?"山伯据理力争,马文才就是盯住不放。祝英台看在眼里,急在心里,想了一想,立刻到房里拿了三十两银子,交给马文才,说:"这三十两银子,是我昨天有急用拿的,当时因你不在,没同你讲,后来又忘了,现在还给你,真不好意思,请你原谅吧。"马文才没法,只好作罢。到了年底,几个书童打扫房间,整理铺盖,准备回家过年。他们在马文才床底下的墙角里,发现一只沾满灰尘的包裹,打开一看,正是三十两银子。原来,马文才的银子,是他自己不小心掉下去的。那么,祝英台的三十两银子又是哪里来的呢?原来是她看到马文才紧逼勿放,梁山伯下勿了台,才拿出自己的银子帮梁兄解的围。银子找到后,马文才知道错怪梁山伯了,便向梁山伯赔了礼。梁山伯得知是祝英台为自己解了围,也很感激。

就这样,梁山伯与祝英台在碧鲜庵里同窗三载,白天在一道读书,一道用餐,一道白相,晚上同室而居,有辰光还同榻而眠。三年中,他们读经问史,吟诗作画,诵文临碑,弹琴舞剑,弈棋赏月,学问大增。他们不仅在当地游览,登太华山、探善卷洞、泛太湖舟、谒孝侯祠,还结伴外出游学,到过山东孔孟之乡去朝圣,还到过姑苏吴郡去访友。一路上,两人相互关心,相互爱护,游览了名山大川,开阔了眼界,增长了见识,结交了勿少朋友。

梁山伯对英台的某些行为也产生过疑问,英台总是寻找理由推托。一次,山伯问英台为何从来勿赤膊,连睡觉也是和衣而眠。英台说:"我从小身体虚弱,一着凉就会生病,再讲,赤膊也不雅观呀。"又一次,山伯问英台,你的奶子为何这样大?英台说:"男子奶大有福呀!自古圣人奶子都大呀,不光奶大,手臂也长,耳朵也大呀。"梁山伯看到祝英台总是用马桶小便,外出时也要寻找偏僻之处蹲着小便,便笑她:"只有女人才蹲着撒尿。"不料英台正色说:"你我都读圣贤之书,难道你不觉得,站着小便是有辱儒雅的粗俗之举吗?只有没有教养的山野村夫才会如此。狗跷起一腿小便,多少难看。你提出这种可笑的问题,真是枉为读书之人啊。"梁山伯听了,只感到无地自容,觉得祝英台人品与学识都在自己之上,从此对祝英台更加敬佩,再也勿敢瞎想了。所以,同窗三年,梁山伯一直勿晓得祝英台是女孩。

碧鲜庵三年同窗生活,"梁祝"二人情深意笃,祝英台对梁山伯产生了爱意。三年后,梁山伯要继续到余杭去游学,而祝老爷认为女伲年已十五,到了及笄之年,不可再与男子外出了。他对英台说:"你是个丫头家,而且已经是大小娘(方言,即大姑娘)了,怎可再同小伙子一起外出呢?"英台听了,无话可说,就连夜翻过善卷山,去告诉梁山伯。山伯知道后,从墙上摘下了一把祖传宝剑,连同心爱的古琴,一齐送给英台,说:"你想我的辰光就弹弹琴、舞舞剑,就不觉得寂寞了。"英台也把随身携带的鎏金折扇回赠给梁山伯,扇上有她亲笔题写的"碧鲜"两个大字,意思是:我心碧如玉,我情鲜如竹,见扇如见我,风起知我柔。

梁山伯出发时,祝英台送了十八里,沿着驿道,一直送到张渚十里亭。一路上,英台多次借物抒怀,暗示自己的爱慕之情,但忠厚淳朴的梁山伯浑然不觉,没理解祝英台的意思。走了一程,路边有座观音堂,里头供着送子观音,门口有副对联,写着"观世音救苦救难,送子孙大慈大悲"。英台拉着山伯的手:"我们进去拜一拜吧。"两人双双跪下,英台说:"前世姻缘一线牵,观音娘娘为证,我同梁兄在此拜个天地吧。"梁山伯一听急了,马上站起来说:"贤弟讲话真荒唐,这样要得罪菩萨的。"四九、银心两个书童在边上听了暗暗好笑,都讲山伯太戆。

走了十五里,到了七里亭,山伯叫四九放下行李,在凉亭里歇息。英台四处一望,只见满山青松翠竹,郁郁葱葱,亭边一棵苍松,高耸入云,一根青藤缠绕松树,扶摇直上。就说:"你看,这青藤缠树,形同一体,你中有我,我中有你。我同梁兄的情谊,就像青藤缠树,百年好合,永勿分离。"梁山伯哈哈大笑:"贤弟真痴呀,两个男子怎会百年好合呢?"英台讲:"你我要是一男一女呢?"山伯笑道:"贤弟你真会开玩笑,这怎么可能呢?除非你是女孩儿。"英台笑道:"如果我是女孩儿呢?"山伯一愣,想了一想说:"那我就同你成亲,结为夫妻。"英台笑着说:"好的好的,一言为定。"

再往前走,到了十里亭,就要分手了,大家又停了下来。梁祝二人手拉着手,依依不舍。这时,只见一黑一黄两只大彩蝶向十里亭飞来,围着他们飞舞,祝英台触景生情,感慨地对梁兄说:"你看这两只蝴蝶,翩翩起舞,一直不分开,世上的夫妻要像这蝴蝶一样就好了。我有一诗,请梁兄赐教。"接着吟道:"蝶翩翩兮双飞比翼,沐春风兮不弃不离;永追随兮相守相依,人如彼兮情齐天地。"

梁山伯听了,连声叫好:"妙呀妙呀,贤弟真好才华也。想你满腹经纶,一表人才,家境又好,何愁找不到漂亮贤惠的妻室呀?倒是愚兄,家道中落,不知能否得一称心如意的姑娘为妻呢。"

英台指着凉亭边的一棵雀梅树说:"你啊,就像这棵雀梅,雀梅雀梅,缺少一个大媒呀。"山伯不解:"此话怎讲?"英台说:"小弟家中倒有一个九妹,我与梁兄作伐,不知意下如何?"山伯听了,到不好意思起来,说:"虽是贤弟做媒,一面未见,我也不好贸然答应呀。"英台说:"她长得跟我一式一样,我们是双胞胎。""不知脾性如何?""她聪慧温柔,与我如同一人。""既如此,那我一定娶她为妻。""真的吗?""真的,我不光与她成亲,还要同她白头到老呢。"英台听了,高兴地说:"那么,梁兄此番余杭游学,早点回来,到我家来提亲,小弟包你满意。"

就这样,梁祝俩人都带着自己的希望,依依勿舍地分了手。

十里亭分手后,英台天天在家看书、弹琴、舞剑,一心要等梁兄学成回来提亲。谁知,梁山伯没等到,马文才的父亲马太守倒来提亲了。

这是哪样回事呢?原来,马文才碧鲜庵就读三年后,齐巧父亲升迁吴兴郡太守,要同家眷去赴任。马文才只好待在家里,等父亲回来一道去吴兴。这天,他照常看书,看着看着,回忆起碧鲜庵读书的事来。想到祝英台,越想越像女孩儿,又佩服她学问好,不由提起笔来,写下一首诗:"英台文武是全才,巾帼丈夫胜须眉。手足情深坦荡荡,鞍前马后作追随。"诗刚写好,墨迹未干,马太守就到家了,看到马文才写的诗,就问怎么回事,马文才就把英台如何聪慧灵秀,才高八斗,以及怀疑她女扮男装的事说了一遍。马太守听了,心中一动,但当时没说什么。到了吴兴任上,等到交接事宜料理停当,便修书一封给国山县令,托他了解情况。两个月后,收到国山县令来信,说祝英台果然是女子。马太守马上托媒人带着聘礼,到祝家提亲。

祝英台听说之后,同爹爹说:"女儿愿意留在家里侍奉双亲,终身勿嫁。"祝老爷说:"自古男大当婚、女大当嫁,怎可以终身勿嫁呢?"英台说:"马文才促客轻佻,读书时还欺负过我,我是不会嫁给他的。"祝老爷说:"俗话说,纸包不住火,你女扮男装,瞒过三朝,瞒勿过一世,终究要嫁人的。他的老子在朝为官,又新升任太守,你嫁过去后,享勿尽的荣华富贵,一生一世都勿会吃苦了。再说,有了马家做靠山,今后,财产也不会给族里拿去了。"祝英台没法,只好把做媒自嫁梁山伯的事告诉爹爹。不料祝老爷一听,大发雷霆:"自古婚姻都是父母之命、媒妁之言,哪能由你自己做主,你枉读圣贤之书,真是个贱人,勿知廉耻。"从此勿准英台迈出闺房一步。

再讲梁山伯余杭游学回来,马上到祝家拜访。祝老爷以同学之谊,安排他们在客厅相见。祝英台红妆翠袖、罗扇遮面,由丫鬟银心陪同而出,梁山伯这才知道祝英台与银心都是女孩。当问起婚姻时,祝英台就把九妹就是自己、自己就是九妹,以及爹爹做主,受聘马家的事说了一遍。两人顿时柔肠寸断,悲痛至极。临别时,两人立下誓言:生若不能成婚,死后也要成双。

梁、祝哭别后,山伯忧郁成疾,一病不起,不久身亡,死后葬在村西胡桥头。英台得知噩耗,定要到梁兄坟上去吊孝,祝老爷坚决不允。英台整天在抱着琴剑,哭哭啼啼,以泪洗面,痛勿欲生。祝夫人前来相劝,英台就是勿理,茶饭勿思,也勿出闺房一步。来年新春刚过,媒人就上门来送日帖,定在三月廿八为大喜之期。媒婆走后,祝夫人又来相劝,祝英台就是一声勿吭,暗地里下了决心,要以身殉情。

到了三月廿八出嫁这天,花轿到了祝府门口,英台提出要经过胡桥祭拜梁兄,否则决勿上轿,男家只好答应英台的要求。花轿抬到胡桥,祝英台走出轿来,脱去凤冠霞帔,露出白花孝服,哭着到梁山伯墓前祭吊,趁大家不备,一头撞到墓碑上。这辰光,突然一声霹雳,天昏地暗,飞沙走石,大地晃动,所有人都跌倒在地。只见地下裂开一条一丈多宽的裂缝,祝英台就势滚了下去。等到雨过天晴,大家起来一看,刚才地裂之处已经合拢,只见两只特大蝴蝶,一黑一黄,翩翩起舞,形影不离。大家都讲,这是梁山伯、祝英台的精魂所变,黑蝶就是祝英台,黄蝶就是梁山伯。他(她)们实现了生前的愿望:生前不能成婚,死后也要成双!

从此,善卷山就出现了黑、黄两种凤尾大蝶,每到春天杜鹃花盛开辰光,就在一起双飞不散。特别是到了阴历三月廿八祝英台忌日这天,善卷山蝴蝶漫山飞舞。到了中午时分,还会有黑、黄两只特大蝴蝶从天而降,在碧鲜庵碑前绕亭三周,然后朝西北方向飞去。大家都说,这是梁山伯与祝英台又回来了。❷

注释:

❶ 见清光绪《宜兴荆溪县新志》"卷八·人物·文学"。
❷ 根据宗震名、陈继良、张炳文、缪亚奇、蒋尧民、汤家骏、周梦江等人的传说、故事综合整理。

寻踪觅迹
察访梁祝

宁波——梁山伯当官传说的发源地
——兼论梁祝"宜兴说"与"宁波说"之异同

在中国梁祝传说的形成与传播演变过程中,有一个地方起着十分重要、并具有特殊意义的作用,这个地方,就是浙东的宁波。宁波的梁祝文化与宜兴相比,既有许多共同的特点,却又迥然有别。它是梁山伯当官传说的发源地,又是梁祝传说的初始传播地与重要辐射源。

一、两地都有丰厚的梁祝文化底蕴

宜兴与宁波(浙东),是中国梁祝文化底蕴最为丰厚的地区。两地不仅都有晋、唐早期的"梁祝"记载,而且都有宋代以来的历代志乘记载,还有十分丰富的梁祝遗存,在中国梁祝传说生成和传播的过程中,占有绝对的、无可替代的地位。

(一)两地都有早期的梁祝记载

1. 最早的祝英台故宅记载见于1500年前的南齐。

公元483年左右的《善卷寺记》记载了齐武帝赎祝英台旧产建寺的历史事实(详考见本书《南齐〈善卷寺记〉是中国最早的"梁祝"记载》)。《善卷寺记》距"梁祝"生活的年代仅一百余年,比梁代的《金楼子》早70年(按:《金楼子》中的"梁祝"记载内容无考);比唐《十道志》梁山伯墓记载早200余年。因此,《善卷寺记》不仅是国内迄今可考的最早"梁祝"记载,也是最早的祝英台故宅记载。

2. 现存最早的祝英台读书处记载和"义妇冢"记载均见于唐代。

唐梁载言《十道志》(700左右)云:"善卷山南,上有石刻曰'祝英台读书处'";同书又称:"明州有梁山伯冢(义妇竺英台同冢)。"其中,《十道志》关于"祝英台读书处"的记载见民国二十四年徐澐秋《阳羡奇观》;"义妇冢"的记载见高丽释子山《夹注名贤十抄诗》"卷下·罗邺·蛱蝶"之夹注。

"义妇冢"还见于唐梁载言的《十道四蕃志》。宋大观间的李茂诚《义忠王庙记》在讲述浙东流传的梁祝传说及"义妇冢"来历后称:"宋大观元年(1107)季春,诏集《九域图志》及《十道四蕃志》,事实可考。"62年后,张津亦在《乾道四明图经》(1169)"义妇冢"条中简述梁祝传说后称:"按:《十道四蕃志》云,义妇祝英台与梁山伯同冢,即其事也。"

在这里,《十道志》记的是"梁山伯冢",主角是梁山伯,"义妇竺英台"之"同冢",是放在注释里的,属于附加性的解释,处于从属的地位;张津则不然,他记的是"义妇冢",已经把主角变成了"义妇",而把"梁祝同葬之地"作为补充了。所以,他所说的"义妇祝英台与梁山伯同冢"并不是《十道志》或《十道四蕃志》的原文,而是他按照"义妇冢"条目的要求,并根据《十道四蕃志》的意思,用自己的话所作的表述。由于古文不用标点,很容易让人把"义妇祝英台与梁山伯同冢"误当成《十道四蕃志》的原文。关于这一点,笔者在本书《历代"梁祝"记载书(文)目叙(中)》里已作了阐述,但因在近百年的"梁祝学"研究中,几乎所有学者都把张津的"义妇祝英台与梁山伯同冢"当成了《十道四蕃志》的原文,故在此再次重申,以引起各位研究者的重视。

从梁载言《十道志》与《十道四蕃志》的记载看,在中唐时期,梁祝传说已在江苏宜兴和浙江宁波广为流传了。

3. 最早记载梁祝传说的,是宋大观间明州从事李茂诚的《义忠王庙记》。

义忠王庙是祀晋鄞令梁山伯的祠庙。李茂诚在《庙记》中不仅讲述了浙东传说的"梁祝"读书故事,称梁山伯家会稽、祝英台家上虞,而且还说梁山伯被举贤为鄞令,死后曾发阴兵退"孙恩寇",被封为"义忠神圣王",立庙祀之。李茂诚的《义忠王庙记》,是关于"梁祝传说"和"梁为县令"最早的详细记载。

20世纪二三十年代以来,学术界总以为最早记载梁祝传说的是晚唐张读的《宣室志》,其实这是一个错误。"《宣室志》梁祝说"源于清乾隆年间翟灏的《通俗编》,该书"卷三十七·故事""梁山伯访友"条称征引于《宣室志》。然而,近年来,许多研究者就已经发现了《通俗编》中所引《宣室志》"梁山伯访友"的问题。1993年,天津大学李剑国教授对《宣室志》进行专门的深入研究后指出,《宣室志》所载,都是张读亲耳所闻康熙《鄞县志》中，首次刊录了宋李茂诚《义忠王庙记》全文。

之事，全部发生在唐代。很可能是瞿灏编书时出现了差错，把其他书籍的"梁祝"误编到了《宣室志》名下，以至以讹传讹，谬误至今（详考见本书《历代"梁祝"记载书（文）目叙（中）》）。由于至今尚有不少研究者仍以"《宣室志》梁祝说"津津乐道，故在这里多费些笔墨，予以重申。

据《乾道四明图经》序，大观元年，朝廷创置九域图志局，命所在州郡编纂图经，明州则委令李茂诚等修纂。他在搜集图经资料时，同时收集到了当地流传的梁祝传说，并写到了《义忠王庙记》中去，是完全可能的。因此，《义忠王庙记》的梁祝传说，应当是当时浙东流传梁祝传说的真实反映。

4. 现存最早的"梁祝化蝶"文字，是宋薛季宣的《游祝陵善权洞》诗。

其诗云："万古英台面，云泉响佩环。蝶舞凝山魄，花开想玉颜。"诗人名为咏洞，实为咏人。不仅对"梁祝"纯真的爱情予以充分肯定，而且直接反映了"梁祝"精魂化蝶的传说。

该诗作于宋绍兴二十六年（1156）春，是现存可考的"梁祝化蝶"第一诗，也是最早的"梁祝化蝶"文字。该诗证明，在宋代，宜兴关于"梁祝化蝶"的传说就很流行了。

一百多年后,高丽释子山在《夹注名贤十抄诗》中,夹注了民间艺人传唱的《梁山伯祝英台传》梁祝传说歌谣,称"葬在越州东大路"、"片片化为蝴蝶子"。这说明,到南宋末,"梁祝化蝶"不仅早就从宜兴传到了浙东,而且通过商船,由宁波传到了朝鲜(详考见本书《"梁祝化蝶"发源地——宜兴》)。

5. 现存最早对"梁祝"进行考证的方志,是宋咸淳四年(1268)的《重修毗陵志》。

该志"卷二十七·古迹"记曰:"祝陵,在善权山。岩前有巨石刻,云'祝英台读书处',号'碧鲜庵'。昔有诗云:'蝴蝶满园飞不见,碧鲜空有读书坛。'俗传英台本女子,幼与梁山伯共学,后化为蝶。其说类诞。然考《寺记》,谓齐武帝赎英台旧产建,意必有人第,恐非女子耳。"该志不仅记载了祝英台的故宅与梁祝读书处,而且还对齐武帝赎祝英台故宅建善卷寺的史实进行了考证,并得出了必有祝英台其人其宅的结论,不仅解开了祝英台是虚拟人物还是实有其人的千古之谜,而且为人们确认祝英台故里提供了最早的可靠依据。

史能之以前,李茂诚在《义忠王庙记》中亦说,他在写《庙记》时,也曾参阅过《九域图志》、《十道四蕃志》等,并称:"事实可考。"然而,他在《庙记》中不仅记载了一个传说中的梁祝故事,而且还记述了梁山伯死后发"阴兵"助朝廷退寇的"功绩"。这种纯传说故事的记载,是根本谈不上"事实可考"的。尽管他同《十道四蕃志》核对了"明州有梁山伯冢,义妇祝英台同冢"的内容,但却算不上什么考证的。所以,史能之才是历史上"梁祝"考证的第一人。

(二)两地记载"梁祝"的方志、古籍占到全国的六成

梁祝传说是以口头与非物质的形式传播的文化遗产,宋以前记载甚少,其反映的地区仅限于宜兴与宁波;宋、元时期,记载渐多。从目前发现的记载看,南宋与元初已扩大到江苏金陵、山东陵县。到了明、清,其记载不仅数量增多,范围也扩大到多个省份。而宜兴与宁波(含上虞、绍兴)则不同,到目前为止,发现记载"梁祝"的志乘、古籍(不含戏剧、曲艺)超百部(篇),占全国发现数的百分之六十五以上。

记载"宜兴梁祝"的志乘,除了唐梁载言《十道志》外,还有宋《咸淳毗陵志》、明洪武《常州府志》、清康熙《江南通志》等21部。其内容以祝英台读书处、祝英台故宅的史实为主,并对"梁祝共读"和"梁祝化蝶"传说也进行了简要的记载。特别是明、清的志乘中,还记载了大量文人墨客吟咏"梁祝读书"和"梁祝化蝶"的诗词,其数量是全国其他地区史志中"梁祝"诗词总和的数倍,成为"梁祝"艺苑中的一枝奇葩。

记载宁波梁祝的志乘,除了唐梁载言《十道志》、《十道四蕃志》外,还有宋《乾道四明图经》、元《延祐四明志》、天顺《明一统志》、清康熙《鄞县志》等21部。其内容以义妇冢、梁为鄮(鄞)令、梁山伯庙的史实为主,并以较大的篇幅记载了"梁祝"传说故事。

宜兴与宁波的志乘记载都较为丰富,可以说是在伯仲之间。中国其他地区的史志中,虽也有"梁祝"记载的内容,但与宜兴、宁波,是不可比拟的,现在可以看到的共有18部,另外,江浙的苏州、镇江、嘉兴的志乘中,也有称蝴蝶为"梁祝"的记载。

通过历代志乘、古籍"梁祝"记载的分析可知:时间上,至少在唐代,江苏宜兴与浙江宁波两地就有了梁祝传说的记载(宜兴则始于南齐),而且历代均未间断过;内容上,地理类志书的记载较为"忠实"于现实,相对公允,因而其内容的价值亦较大。有些文人笔记,既写了他本人亲历的见闻,还为后人提供了一些前人的记载,对后人从总体上研究梁祝传说的起源与传播,是大有裨益的。

(三) 两地都有丰富的"梁祝"遗存

宜兴、宁波两地,不仅有早期的"梁祝"记载与较多的志乘记载,而且有丰富的"梁祝"历史遗址与传说遗存,综述如下:

1. 南齐遗存

▲ 以祝英台故宅改建的善卷寺,在宜兴善卷山。据宋、明、清志乘记载,该寺始建于南齐高帝建元二年(480),齐武帝时题写寺额,南齐《善卷寺记》称,该寺为齐武帝赎祝英台旧产创建。善卷寺于唐会昌中废毁,咸通八年(867),大司空李蠙赎以私财重建。宋代改名广教禅院,崇宁中(1102—1106)改作徽宗坟刹,宣和(1119—1125)又改为崇道观,至建炎元年(1127)诏复为院。明代复改为善卷寺,正统十年(1445)重建。康熙十三年(1674)因寺僧与当地百姓发生矛盾而遭火焚,由寺侧道人剃度为僧。同治六年(1867)复建为善权禅寺,后遭兵燹。现在仅

存天王殿、圆通阁、涌金亭及华藏门断垣,且除华藏门断垣为清代建筑外,其他均为新中国成立后在原址陆续重建。

2. 唐代遗存

▲梁山伯祝英台墓,在浙江宁波鄞县(今鄞州区)。"梁祝"墓始建于何时无考,据宋李茂诚《义忠王庙记》,似应建于东晋。因唐《十道四蕃志》就有"义妇冢"的记载,且历代皆有载之,则该墓于唐代或唐前就已存在。据钱南扬先生1930年记载,墓在梁庙西侧,是围在庙的围墙里的,北围墙外就是甬江(实为余姚江),围墙有门,出

宁波梁祝文化公园里的梁山伯祝英台墓(蝴蝶碑墓)。

门便有踏步通到水次。墓由两个相连的土丘组成,长圆形,北大南小,中间有一条小径,墓前有碑,刻"晋封英台义妇冢",立于明嘉靖丁未年(1547)。❶"文革"期间,当地办砖瓦厂取土,梁祝墓被挖除❷,据说,出土时,发现有不少汉代羽毛花纹砖。现宁波梁祝文化公园中的"梁祝墓"有前后两块碑,谓之"蝴蝶碑墓"。宁波梁祝文化公园里,还有一座1997年出土的所谓"晋梁山伯墓"。然该墓并非合葬墓,亦不在钱南扬当年考察的原址,且没有出土一个可供考证的文字,推断其为梁山伯墓,证据明显不足,也没有得到学术界的认可(详见本书《现存最早的"梁祝"文物——碧鲜庵碑》)。

▲碧鲜庵碑,在宜兴善卷后洞处。碧鲜庵为多部志乘记载的梁祝读书处,现存碧鲜庵碑一块,为储南强先生于20世纪二十年代开发善卷洞时,在原善卷寺地下出土。其碑一说为唐李蠙所书;一说为祝英台书、李蠙摹刻;又一说为宋李曾伯书。经考应为唐碑(详考见本书《现存最早的"梁祝"文物——碧鲜庵碑》),现为市级文物保护单位。

▲"祝陵"地名,在善卷洞南。明王稚登《荆溪疏·卷上》称:"祝陵,祝英台葬地。"清光绪《宜兴荆溪县新志》载:祝英台殉情后"丞相谢安闻其事,于朝请封为义妇"。因祝英台死后受封,故民间尊其墓为"陵"。唐李郢有诗云:"祝陵有酒清若空",宋薛季宣有诗曰《游祝陵善权洞》,宋《咸淳

毗陵志》称"祝陵在善权山"。可见,祝陵的地名唐代就已存在,至今已沿袭1200年以上了。宜兴祝英台墓,志乘未有记载,属于传说遗存。其墓在善卷后洞东南里许的青龙山上(祝陵老街东北)。明王稚登有"临岐一吊祝英台"❸的诗句。清杨丹桂《祝英台墓》诗云:"花飞埋艳骨,月吐对新娥。"❹现祝英台墓为新中国成立后重建。

3. 宋代遗存

▲ 梁山伯庙,在宁波鄞州区。据宋李茂诚《义忠王庙记》,梁山伯死后,晋安帝时,孙恩起义,因把墓碑弃于江中,梁山伯遂发"阴兵"驱寇,为此,安帝乃封梁山伯为"义忠神圣王",令有司立庙,则梁庙应始建于晋代。但梁发"阴兵",本身就是带有迷信色彩的传说,故梁庙建于晋代之说仅能作为参考。在当地的传说中,说是梁山伯在当县令时死了,葬在高桥邵家渡太平村的姚江边,这年虫灾频发,周围的稻苗快被啃光了,唯独梁山伯坟头一片青翠,没有一只害虫。老百姓当即许愿,如能帮助去除虫害,当为立庙塑身。人们抓一把坟土撒入田中,虫害即去,新苗重生,于是百姓拆除坟旁小庵,建成梁山伯庙。❺此虽为民间传说的一种版本,但与李茂诚所记,都与梁山伯死后显灵有关。因此,梁山伯死后显灵,很可能就是当初立庙的真正原因。《义忠王庙记》作于宋大观间,至今已有九百余年,故梁山伯庙至少于北宋末年就有了。梁山伯又名梁圣君庙,明万历间与清雍正间均重修。万历重修时,鄞县令魏成忠撰有《义忠王庙碑记》(雍正重修时改为《梁君庙碑记》)。原梁山伯庙于新中国成立后因建造粮站而拆除,现梁祝文化公园中的梁圣君庙是1980年后易地新建的。❻

宁波的梁圣君庙。

4. 清代及民国遗存

▲善卷洞摩崖石刻。宜兴善卷洞关于"梁祝"的摩崖石刻,最早见于唐《十道志》:"善卷山南,上有石刻曰祝英台读书处。"该石刻宋、明尚存,清嘉庆《增修宜兴县旧志》则称"今石刻六字已亡"。摩崖石刻湮灭的原因,主要是年代久远而自然风化。而且,在清代,善卷后洞曾有过一次巨大的塌方,吴骞记曰:"乾隆癸丑(1793)正月乙未昧爽,洞忽倾圮,声闻远迩,沙填石压,溪水为不流。所谓穹窿如室者,今仅遗峭壁。昔人题字,无一复存矣。"❼当时宜兴县令为清理塌方,就用了两年时间。现在善卷洞后洞口,还有一块硕大的"飞来石"横卧其间,高逾5米,宽达10米,就是当年无法清运之巨石。

现善卷后洞关于"梁祝"的摩崖石刻,一是"飞来石"上的铭刻共4则。一曰:"乾隆甲寅(1794)九秋,嘉定钱大昕、海盐张燕昌、善化唐仲冕、海宁陈鳣、荆溪陈经、海宁吴骞同游善卷三洞。时骞作《国山碑考》,仲冕创石亭于董山并识",是吴骞与当时荆溪县令等人游洞以及《国山碑考》写作与碑亭建设的记录;二曰:"山南工程施工最早,结工最后。民国十年始出碧鲜庵碑于寺后土中,建碑亭",是储南强先生出土碧鲜庵碑的记录;三曰"赣南黄辟疆将军于民国二十八年驻军本山,抵抗敌人,浴血百战,公余督饬士兵,助地方展拓祝英台东潭,以点缀风景,并建亭其上适当胜处,里人美之曰黄公潭。他日追念,亦犹宜兴城南之有岳堤也",是抗日军队保护"梁祝"古迹的记录。原善卷后洞南堍坡建有亭,亭内立有黄公碑,今不存;四曰:"《题祝英台读书处》:青山黄卷伴倾城,赢得新词谱姓名。溪水一弘漾蝶梦,云窗三载误鸳盟。女萝风卷丝丝恨,烟树愁生脉脉情。仙籁忽从天外至,频疑洞里读书声。"是岭东张奇廷所题的"梁祝"诗;二是善卷洞后洞石壁高处,有篆刻"琅环仙境"四字,由于年代久远,已模糊不清了。琅环为天帝藏书之所。"梁祝"在此读书并化为蝶仙,宜兴传说称"梁祝"还在洞里读书,人静时可闻他们的读书声。三是,善卷后洞的石壁上,还有一幅"祝英台造像"的石刻,该处原有一幅摩崖石刻的"祝英台造像","文革"时作为"四旧"被挖除,尚余"戊子中秋宜兴蒋晓云作"几个小字依稀可见。现存石刻造像为1992年重建祝英台读书处时重刻,后来才嵌进去的。四是在碧鲜庵碑亭对面石壁,题有"碧鲜"二字,并称"此间为汉代奇女子祝英台读书处,仅有碧鲜庵石刻三大字存在。今储君南强就原有竹木,辟径筑亭,疏泉叠石,以供游洞归来之休憩,亦此山一胜境也",记载了储南强筑亭为供游人欣赏碧鲜庵碑的缘由。

▲ 祝英台琴剑之冢,在宜兴善卷后洞。当地传说:"梁祝"于碧鲜庵同窗三年,后梁山伯要继续去余杭游学,而祝英台因年届及笄不能前往,梁赠祝以琴剑,祝回赠予折扇。英台出阁时,经胡桥吊梁墓,怀抱琴剑撞碑而亡(一说怀抱琴剑坠楼身亡)。因琴剑为梁山伯之物,被祝父弃之于途,有好事者聚之另葬。20世纪二十年代,储南强于开发善卷洞时,不仅重建了"琴剑冢",还修建了碧鲜庵碑亭、祝英台读书处、英台阁、"碧鲜"亭(即蝶亭)等。现"琴剑冢"与"蝶亭"为储氏所建原物,祝英台读书处和英台阁均又于1992年改建。

二、两地记载与遗存的主角不同

宜兴与宁波,虽然都有丰富的"梁祝"记载与遗存,但奇怪的是,两地记载与遗存的主角却各不相同:宜兴以祝英台为主,而宁波却以梁山伯为主。这一点,早在20世纪二三十年代就有人提出来了。1930年2月,钱南扬先生就指出:"还有一件颇堪注意的事,试比较宁波和宜兴两处的记载,显有不同之点。宁波似乎偏重于梁山伯,而宜兴却偏重于祝英台。宁波只有几篇梁山伯庙记,叙述梁氏生前和死后的功绩";"在宜兴方面,却只有祝英台读书处、祝陵。简直没有梁山伯插足的余地"。"宁波的墓,只有'义妇冢'一个碑,明明是祝英台墓,却偏要叫它梁山伯祝英台墓。庙里明明供着梁祝两人的偶像,应该是梁山伯祝英台庙了,却偏要叫梁圣君庙";"宁波注重在梁山伯的显圣,所以有看经的巫祝,问卜求子的善男信女,成为一个迷信的区域;宜兴注重在祝英台的艳迹,所以有寻踪吊古的骚人墨客,成为一个文艺的区域。"❸钱南扬的这一观点,得到梁祝学者的普遍认同。

先看宁波的情况:宁波的"梁祝"记载,从一开始就是以梁山伯为主角的。唐《十道志》称:"明州有梁山伯冢(义妇竺英台同冢)。"在这里,梁山伯墓是记载的主体,梁山伯则是当然的主角,竺(祝)英台只是出现在注释中,处于从属的地位。

到了宋大观李茂诚的《义忠王庙记》,梁山伯的主角地位就更为明确了。《庙记》称:梁山伯少有大志,与祝英台结为兄弟,闻知祝聘马氏后,喟然叹曰:"生当封侯,死当庙食,区区何足论也。"后被诏为鄮令,卒葬清道源,祝适马氏,梁显灵地裂埋璧而同葬。死后二十余年,发阴兵助战,被褒封"义忠神圣王",令有司立庙祀之。封王立庙后,"民间凡旱涝疫疠、商旅不测,祷之辄应","神功于国,膏泽于民"做到了名副其实的"义忠"。❾从《庙记》的内容看,它并未离题,因为《庙记》是为义忠王庙写的,梁山伯是当然的主角,不过记载了许多虚拟的东西罢了。

李茂诚的《义忠王庙记》,为后来宁波以梁山伯为主角起到了决定性的作用。在60余年后的《乾道四明图经》中,编纂者张津虽以"义妇冢"为条目,反映的却是"梁祝"两人的墓葬。张津称,"旧记谓二人少尝同学,比及三年,而山伯初不知英台之为女也,其朴质如此"。这里所说的"旧记",就是指的《义忠王庙记》。在后来的诸志中,均因英台"非妇",称"义妇冢"不切,而改成了"梁山伯祝英台墓"。

同样,宁波的梁祝遗存,也都是以梁山伯为主,一是"梁圣君庙",二是梁山伯祝英台墓。而现在梁祝墓的蝴蝶碑,正面写的是"敕封梁圣君山伯之墓",后面才是"晋封英台义妇冢"。

其实,宁波的记载和遗存以梁山伯为主是必然的。

首先,它是封建社会的产物。义忠王庙本来就是梁山伯的祠庙,而并非"梁祝庙"。《义忠王庙记》虽然叙述了梁祝传说故事,但归根到底是要为梁山伯树碑立传,宣扬梁山伯"生当封侯,死当庙食"的立场观点。梁山伯生前虽为鄮令,但并未封侯。李茂诚就让他死后义发"阴兵",效忠朝廷,被皇帝封王,由官方建庙。尽管死后发"阴兵"是不可能的事,但只有这样,才能使梁山伯成为符合封建制度要求的梁山伯,完成他生前的遗愿,树立梁山伯的"忠义"形象,并为他戴上神化的光环。至于梁庙中的祝英台木像以及送子殿等,都是民间的老百姓后来加进去的。明万历鄮令魏成忠连听到有人演"梁祝传奇"都要问罪,可见,在宋、明修建梁山伯庙时,庙里是绝对不会有祝英台之席位的。

其次,梁山伯墓原本就是梁氏一人之墓,祝英台是传说中地裂而埋璧,后来才掉进去的,凭什么一封为"义妇",就变成了"义妇冢",连皇帝封的义忠神圣王梁山伯也被否掉了? 所以,后来的志书中,把"义妇冢"改称梁山伯祝英台墓,倒是恢复了本来的面目。

再看宜兴的情况：宜兴最早记载"梁祝"的，是南齐的《善卷寺记》，该记记载了齐武帝收赎祝英台旧产建造善卷寺的事件。这一事件，在唐司空李蠙所作的《题善权寺石壁》诗序中得到印证。这两处记载，虽然都提到祝英台，提到祝英台的旧产，但并没有叙说梁祝故事。到了唐代，梁载言《十道志》说善卷山南有"祝英台读书处"的石刻，尽管这里也没有说到"梁祝"，但由祝英台读书处石刻，大家就可以联想到，这位祝英台，就是与梁山伯共读的佳人。再到宋代薛季宣的《游祝陵善权洞》诗，在咏祝英台时，就已经说到"化蝶"了。以上的四则记载，从字面上看，都只提到祝英台，并没有提到梁山伯。

宋《咸淳毗陵志》是现存最早对"宜兴梁祝"遗址、遗迹作详细记述并提到"梁祝"碧鲜庵共学的地方志，后来的史乘记载多数与其大同小异，或是在它的基础上再引申出来的。该志"古迹·祝陵"中的记载共有四个部分：一是对"祝英台读书处"石刻的古迹，是按实际记载的；二是对梁祝传说，以"俗传"为统领，一笔带过，点到为止；三是对传说中梁祝化蝶这一违背自然规律的情节，以"其说类诞"进行了否定；四是为了证实所记事件的可靠性，编纂者不仅读了《善卷寺记》碑刻，而且写出了《寺记》中有关齐武帝赎祝英台旧产建善卷寺的内容。因此，在宜兴的记载中，人们不难发现，主要是围绕祝英台读书处、祝英台故宅改建的善卷寺、碧鲜庵碑来记述的，不仅传说故事记载较少，而且基本上没有梁山伯插足的余地。

三、两地传说的主线与价值观不同

宜兴与宁波两地，不仅记载与遗存的主角不同，而且传说的主线与价值观也不同，宜兴的传说以祝英台的"离经叛道"为主线，体现为"民本位"；而宁波则是以梁山伯的"忠君救民"为主线，体现的是"官本位"。

明代冯梦龙《古今小说》第28卷《李秀卿义结黄贞女》中，讲述了一个完整的"梁祝"爱情故事（原文见本书《梁祝传说在发源地宜兴的流变》）。在冯梦龙讲述的梁祝故事中，祝英台有三种行为，是当时常人难以理喻和做到的：一是她不顾"男女授受不亲"的成规，大胆地女扮男装，走到男子中间去，争取到与他们共同求知求学的权利；二是她从三年的同窗生活与实际接触中看中了梁山伯，竟不顾"父母之命，媒妁之言"的定俗,约梁山伯到祝家见访,实为托言嫁妹;三是她为了追求真正属于自己的爱情,竟然大无畏地以身殉情。她以自己的实际行动,对封建礼教和男尊女卑的观念进行了强烈的控诉和抗争,惊天地,泣鬼神,终于赢得了多数民众的同情。祝英台这种离封建道德之"经"、叛封建礼教之"道"的行为,正是贯穿梁祝传说始终的主线。试想如果没有祝英台的女扮男装求学,没有祝英台大胆追求真爱,没有祝英台为纯真爱情殉情的离经叛道行为,故事也就平淡无味,更谈不上什么"离奇"了。如果那样,梁祝传说还会千古流传吗?在江苏宜兴以及中国多数地区流传的梁祝传说中,祝英台的离经叛道行为,乃是传说的主线。

而宁波的梁祝传说则不同。宋李茂诚的《义忠王庙记》,是宁波最早详细记载的梁祝传说。他为人们讲述了一个以梁山伯行为为主线的故事,包括"路遇与同窗"、"拜访与立志"、"当官与去世"、"吊墓与合葬"、"显灵与封王"等内容。《庙记》中的梁山伯,从小就好读三皇五帝之书,长大后又把"当官封侯"作为人生追求的首要目标,他对爱情并不十分看重。这在"拜访与立志"的情节中,表现得淋漓尽致。当他得知祝英台为女子,且已许马氏时,喟然长叹一声之后,当即表明了自己"生当封侯,死当庙食"的鹏程大志,并且以"区区何足论也",来表示了自己对于爱情不予看重的态度。况且,在他当上了鄞令之后,也没有再去祝家"争取一下"。所以,在《庙记》中的梁山伯的眼里,为了当官加爵,是可以牺牲爱情的。因此,他不会也不可能与祝英台一起去为了爱情而抗争。或许他是一个好官、清官,但他绝不能成为珍视爱情的好男人。故而,《庙记》中叙述的故事,也谈不上是纯真的爱情故事。

现在浙东流传的梁祝传说版本较多,然多是以当官的梁山伯"忠君救民"为主线的。其主要内容是说梁山伯曾在鄞县为官,并有兴修水利、托梦治虫、托梦抗倭、显灵平寇等功绩(治虫、抗倭、平寇均为死后之虚拟故事)。至于与祝英台的关系,又多为生未谋面的"阴配"说。这些传说版本,不过是以"有记载"的、"当官的"梁山伯为主线来展开的故事,说白了,还是《义忠王庙记》的派生物罢了。

梁山伯当官,特别是他的"忠君爱民",是封建卫道士套在梁山伯头上的光环,是他们为了维护统治阶级利益而对"梁祝"传说的篡改与阉割。梁祝传说是以追求纯真爱情以及与封建礼教斗争为主线的故事。

尽管追求纯真爱情是每个人的主观愿望，但一旦与反对封建礼教挂上钩，必然成为封建卫道士们的眼中钉、肉中刺。罗永麟先生指出："一般文人都以维护封建统治的礼教为己任，尤其像李茂诚这样一个地方官吏（宋大观中知明州事），当然更无例外"，"老百姓为民间传说的英雄人物建庙立碑，地方官要借此插手利用，附会其辞，用以宣传封建礼教，维护封建统治，也在情理之中。因此，李茂诚也就不惜用'显灵'助统治者镇压农民起义的情节，来颠倒黑白，麻痹人民的反抗意识了。"❿李茂诚在《庙记》中，先是借梁山伯之口，表达了封建卫道士的"爱情观"，这就是：人首先应当立志，"生当封侯，死当庙食"；而对于爱情，则"区区何足论也"，必须放在从属的位置上；然后，李茂诚又借梁山伯死后发"阴兵""驱寇"（镇压农民起义）等传说，把梁祝爱情传说引到"忠君"与"救民"的轨道上去。这里的"忠君"，就是要维护封建统治；这里的"救民"，就是协助朝廷镇压孙恩农民起义，其实还是要维护封建统治者的利益。虽说李氏后面还有"民间凡旱涝疫疠、商旅不测，祷之辄应"的话，但这种死后强加上去得所谓"救民"行动，则是笼络与麻痹人心的幌子罢了。

明万历间的鄞令魏成忠，则更是有过之而无不及，他在为重修梁山伯庙撰写的《碑记》中，除了表彰梁山伯之神灵"祷祀祈求，呼吸风雨立应"，"上通天地，下周苍赤，保障一方，久而不磨"的阴功外，还特别强调，"传奇者演侯与祝贞女同学故事，闻于庭，余罪之，为尊令尔。"⓫不仅明确地否定"梁祝"同窗共学的传说，而且有人演"梁祝"戏时，他甚至把当事人捉起来办罪，这充分暴露出封建卫道士

光绪《新修鄞县志》收录了明万历魏成忠的《梁圣君庙碑记》全文。

的狰狞嘴脸。梁山伯被戴上"忠君救民"花环后,其价值观也产生了质的变化,他充其量只是一个封建社会中为官清正的下级官吏,而并非为了爱情同封建礼教搏斗的勇士。

四、宁波是梁祝传说的初始传播地与梁山伯当官传说的发源地

通过对宜兴、宁波两地"梁祝"记载与遗存的比对,不仅可以看出,两地记载之早、遗存之丰,似在伯仲之间;而且可以看出,在地域上,宜兴与宁波相距很近,相互传播起来是十分容易的。

既然宜兴与宁波的记载及遗存不相上下,为什么笔者判定宜兴才是梁祝传说的发源地呢?

诚然,宜兴南北朝的记载比宁波唐代的记载早两百年是一个重要原因,但却不是唯一的因素。这是因为宜兴在江苏的最南端,与浙江交界,地域上离宁波很近,不仅秦汉时同属会稽郡,且从三国到西晋,宜兴还曾隶属于浙江吴兴,历史上一直被称为"浙右"⑫。所以,宜兴虽有南北朝的记载,但这个记载,毕竟比"梁祝"生活的年代晚了一百多年。而这一百多年的时间里,传说无论从宜兴传到宁波并产生异化,还是从宁波传到宜兴并产生异化,都是完全可能的。

然而,从两地不同的记载与传说上,人们还发现了几个其他的因素。

第一,宜兴与宁波的"梁祝"墓不同。宁波是"梁祝同冢",而且早在唐代就有了记载;宜兴则不然,梁山伯墓在善卷山西北的梁家庄,祝英台的墓在善卷山东南的青龙山,其间要相隔四、五里路。在此不妨试将传说进行分析:"梁祝"二人在读书时私自要好了,后来却没有成功,梁山伯抑郁而死,祝英台出嫁时又殉情死了。这种情况下,祝家收尸落葬时,肯定是单独下葬,绝不可能把她葬到梁山伯的墓里去的。宜兴的传说中,祝英台之死有四种版本,一是祝英台出阁时怀抱山伯所赠的琴剑跳楼而死;二是出嫁途中祭坟撞碑而死;三是出嫁途中跳入山涧而死;四是祭坟时坟裂跳入茔中。其中,"坟裂埋璧说"在现实中是不可能的,明显是传说中的异化。而前三种死法,则都有可能,但却都应该是独葬,而不会是合葬。因此,宁波的所谓"梁祝同冢",应当是传说的变异。而宜兴梁祝传说中的"地裂化蝶",则又是吸收了宁波"梁祝同冢"传说

后,再加以演化的。

唐《十道志》记载梁山伯墓时,虽称"义妇竺英台同冢",但并没有说到为什么会同冢,因此,唐代是否有"地裂埋璧"之说,尚不清楚。由于宁波历史上并没有什么地震记载,祭坟时正巧发生地裂的几率几乎为零,因此,根据宁波传说中梁祝"生未谋面"说,"梁祝阴配合葬"的可能性较大,而所谓"地裂埋璧说"则应当是传说的变异。

第二,"阴配说"反映出"梁祝"生未谋面的关系。浙东民间广泛流传着梁祝"生未谋面"的"阴配说",主要版本有:①鄞县县令梁山伯兴修水利,积劳成疾,省亲回来,死在邵家渡口,被农民埋葬,并修了一个香火堂。后来梁发阴兵退孙恩,被封为义忠王,令有司立庙,因梁生前未婚,百姓举卖艺烈女祝英台与之阴配;②明朝鄞县令梁山伯妻死未续,为官清正,接连三任,当了九年县令,老病而亡,安葬时发现下已有一穴,为南朝陈国女侠祝英台墓,乡亲们就将梁与祝阴配合葬,美其名曰"清官配侠女";③从前,宁波连发三年天灾,县令梁山伯奏本赈灾未准,擅自开仓放粮问斩,百姓为其修墓,念其未婚,把未嫁而死的祝英台棺木移葬阴配;④东晋鄞县令梁山伯治理姚江三年,劳累过度身亡,百姓将他生前好友祝英台墓从上虞移来合葬;⑤梁山伯死后,于宋代显灵杀退金兵,救了小康王,因保驾有功,封为"义忠王"。在重修梁墓时,挖到烈女祝英台墓,遂"阴配合葬";⑥梁山伯死后,安葬在宁波西门外,祝英台死后,葬在梁墓百步处。到了明代,亮起"梁"、"祝"二灯,发阴兵助白总兵击退倭寇,白总兵就将他俩的墓迁拢合葬;⑦明朝末年,倭寇进犯,梁山伯发阴兵助战,击退倭寇,朝廷在梁墓旁修庙,因无夫人匹配,遂将贞节烈女祝英台的墓移来合葬;⑧祝英台是俊美的男子、劫富济贫的大侠,死后葬于梁墓旁。❸

在上述"阴配说"的八种版本中,除第八种祝为男子葬于梁墓旁外,其余①是"寻亲阴配说",②、⑤是"落葬遇穴阴配说",③、④、⑥、⑦是"移墓阴配说"。江浙一带,确有冥婚的陋俗。一种是有婚约未成亲的男子死后,由女子怀抱丈夫的牌位成婚;另一种是无婚约男子死后,娶差不多时日去世的未婚女子为妻合葬;还有无婚约男子死后,娶已死多年的未婚女子为妻,并以女子棺木移葬。一般来说,葬后的坟墓主家是不肯迁动的,故移墓合葬的几率较小,死后寻找同时死去的贞洁烈女与其阴配,或者落葬时挖到其他墓穴遂葬其上或葬其侧的"合葬"可能性较大。

在历史上，宁波有着大量的"梁祝"记载，却没有一点"生未谋面"的内容，为什么在民间倒广泛流传着多种"生未谋面"的"阴配"的版本？这一现象绝非偶然。因为所有的典籍记载，均源于唐《十道志》与宋《义忠王庙记》。《十道志》称义妇竺英台与梁同冢，《庙记》进而讲述了"梁祝"共读、梁为鄮令、祝祭坟地裂的传说。故而凡典籍、笔记均以此为据，沿袭下来。然而民间却不买账，他们认同唐代的"同冢"说，却不承认李茂诚所解释的"地裂埋璧"原因，这说明，"梁祝"的"阴配说"很可能在李茂诚《庙记》前就有了。既然现实生活中"梁祝"不可能同冢，而民间又流传着"生未谋面"的"阴配说"，那么，在此不妨根据现实中的情况来做一个设想：东晋时，梁祝事传到了宁波，偶与当地去世的县令姓氏相同或相近，且该县令下葬时挖到一穴，遂葬于其上或其侧。因此，就产生了"梁为鄮令"的附会及"梁祝同冢"的传说。如果同冢的传说演化为梁山伯死后"显灵"所致，那么，谢安听到"显灵"的奇闻，奏封"义妇冢"也是可能的。如果是这样，不仅《十道志》中关于"明州有梁山伯冢（义妇竺英台同冢）"的记载完全正确，就连李茂诚的记载也没有问题了。因为在传说中，"同冢"的由来是梁山伯"显灵"的结果。既为显灵，也就无所不能了。可见，李茂诚写《庙记》时，"梁祝同学、地裂埋璧说"与"梁祝生未谋面说"是并存的，李氏只是选择了其中一种有利于封建统治的说法罢了。然而，《庙记》尽管把"同冢"的原因归于"显灵"，却并不能把当时"同冢"的真正原因完全抹杀掉。因为，在民间，梁祝"生未谋面"的"阴配"的传说，不仅顽强地生存了下来，而且还发展为多种版本。因此，人们有理由认为，浙东流传的"梁山伯为官"以及"生未谋面"的"阴配说"，或许就是"梁祝"之所以同冢的真正原因。

周静书《梁祝文化论·跋》批评说："曾经有传说把'梁祝'编成不是同代人，两人相差几百年，甚至说一位是明代人，从而误导了社会舆论，引起了众说纷纭，这种传编不符合民间传说变异性的基本规律。"然而宁波当地的"梁祝生未谋面说"，虽有宋、明之变异，却也不乏东晋之说。君不见上述八种"生未谋面说"，就有四种出自东晋，如第①种说，梁为鄮令，死于河工，百姓发现后就地埋葬，后梁发阴兵退寇，有司立庙时，百姓举卖艺烈女合葬。这种合葬理由，十分符合情理，但其合葬者虽为同时代人，却仍是"生未谋面"的,且与唐代记载不悖。传说的生命树是无序生长的。它在传播中定然会产生各种补接(也可说是创造或发展),这样,传说就更具生命力。宁波地区八种"生未谋面"的传说,都是田野生成、采风而来,刊载在周先生主编的《梁祝文化大观》里的,怎么就"不符合民间传说变异性的基本规律",变成"传编"了呢?再者,全国有多地称"梁祝"为唐宋人,难道有了唐代的记载,就要否定这些地区、这些传说的曾经存在吗?笔者以为,对于民间的传说,大可不必限制。这里的关键,是把研究的成果推广普及于民。随着研究的深入与普及,大家都知道宁波唐代就有"梁祝"记载,关于梁山伯明代人的传说自然会逐渐消亡。

第三,梁山伯为官,是宁波梁祝传说变异的重要内容与主要特点。如前所说,宜兴的传说以祝英台为主角,以"离经叛道"为主线,体现为"民本位";宁波的传说以梁山伯为主角,以"忠君救民"为主线,体现的是"官本位"。产生这种情况的原因,在宜兴方面,是由于祝英台的易妆读书、为爱殉情,是何等的奇异、何等的壮烈,当然会作为主角流传,并保持了爱情传说的本色;而在宁波方面,由于这一传说是舶来品,虽有死去的好官梁县令为替身,却找不到为爱殉情的祝英台,故而会以当官的梁山伯为主角,并产生了"梁祝"生未谋面的传说。至于"梁祝"生前共读的爱情,只是舶来时传说的原貌而已,到了宁波的发展,则主要是好官梁山伯生前与死后的忠君爱民事迹。

梁山伯当官,是宁波梁祝传说的重要内容,也是"宁波梁祝"记载与传说的主要特点。如果宁波是梁祝传说发源地的话,全国各流传地的梁祝传说,都应当有梁山伯当官的内容,即使个别流传地产生了"平民化"的变异,那也是个别或极少数的现象。然而,现在的情况却恰恰相反,除了有的曲艺中梁山伯曾还魂当官报国之外,绝大多数流传地的传说,梁山伯都没有做官。这恰恰证明了宁波并不是梁祝传说的真正发源地,而是当梁祝传说传到宁波后,偶与当地为官之人姓氏相同或名氏相近,遂加附会而产生的变异。因此,宁波不可能是梁祝传说的本源发生地,但它却是梁山伯当官传说的发源地。

宁波的梁祝传说,为何始终跳不出"梁为鄮令"的圈子?这是因为宁波最早、最详细的梁祝传说记载——《义忠王庙记》就是这么说的。而且正是因为有了义忠王庙,有了梁山伯的神化和神力,庙里才有了"看经的巫祝,问卜求子的善男信女,成为一个迷信的区域",才使得梁祝传说在民众中生根并一代代流传。

有专家举宁波方志"职官表"证明晋梁山伯曾为鄞令,"确有其人"⑭。不过,根据笔者查阅的多部宁波方志,发现此记仍然源于传说。

首先,现存宁波方志中的县宰记载始于南宋,而宋、元、明诸志均无梁山伯为鄞令的记载。宋《乾道四明图经》"卷二·鄞县·县宰题名"称:"建炎四年以前皆不可得。而考故,断自王勋而下著之。"该部图经,载县宰一人:"王勋,左朝奉郎,建炎四年到任";宋《宝庆四明志》"卷第十二·鄞县志卷第一·县令"亦称:"题名毁于金寇,续刻自建炎四年始,先是莫得而详,举所可考者书之。"该志加载王勋之前的有17人,其中晋代前为1人:"王修,后汉顺帝汉安二年,鄞县,见《会稽典录》";宋《舆地纪胜》"卷第十一·两浙东路·庆元府·官吏"又增列唐李吉甫、宋王安石等17人,也没有梁山伯;元《延祐四明志》"卷第三·职官考下·鄞县"仅仅增载元代县令、县尹;明成化《宁波郡志》、《宁波府简要

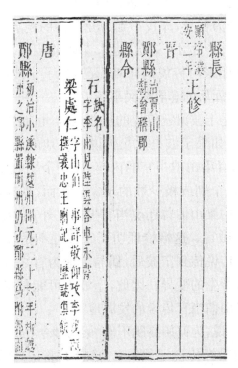

清康熙《鄞县志》根据《义忠王庙记》把梁处仁载入"职官"。

志》、《嘉靖宁波府志》亦皆无梁山伯职官记载。

其次，宁波方志记载梁为县令始于清康熙。清康熙二十二年(1683)《宁波府志》"卷之九·秩官·鄞令·晋"载："梁处仁(原注:见遗事)。"；康熙二十五年(1688)《鄞县志》"卷之八·治化考·职官·晋·鄞县·县令"载："梁处仁(原注:字山伯。事详敬仰考，李茂诚撰《义忠王庙记》。历志俱缺)"而后，雍正《宁波府志》"卷之十六·秩官上·晋·县令"载："梁处仁(原注:鄞，见遗事)"；在乾隆五十二年(1787)《鄞县志》"卷八·职官·晋令"中，称："梁处仁、鄞令(原注:见宝庆志)"；后来，咸丰《鄞县志》"卷十·职官·晋令"载"梁处仁(原注:鄞令，见李茂诚撰《义忠王庙记》)"；又，光绪《新修鄞县志》"卷十七·职官表上·晋·令"载："梁处仁。(原注:鄞令。按，见宋大观中李茂诚《义忠王庙记》。又见《咸淳毗陵志》，所记事与李茂诚《庙记》相似)"。

再次，宁波方志中的记述多有含糊不实之处。如李氏《庙记》记梁为鄮令，而康熙、雍正《宁波府志》、光绪《新修鄞县志》"职官"所记皆为鄞令，此一也；其二，乾隆《鄞县志》注称所记梁处仁的职官见《宝庆志》，然《宝庆志》所举晋代前仅一人，并非梁处仁；其三，光绪《鄞县志》称，梁为鄞令，又见《咸淳毗陵志》，所记事与《庙记》相似。然《咸淳毗陵志》虽记有"俗传英台本女子，幼与梁山伯共学，后化为蝶"，却无"梁为鄞令"之说，作为"梁为鄞令"之佐证不妥；而且《庙记》并无"化蝶"之说，故《毗陵志》所记与《庙记》差距较大，根本不是一回事。

从以上方志记载可知，北宋以前宁波关于职官的记载，均毁于兵燹而无考。建炎四年以前的职官记载，都是后来根据相关资料补记的。关于梁山伯为令的记载，始于清康熙间，而康熙《鄞县志》明确指出"历志俱缺"，该条记载是根据李茂诚的《义忠王庙记》补记的。人们知道，李氏的《庙记》，本身就是取于民间的、包括人为神化的传说记载，故而"梁为鄮令"之说，亦是民间的传闻而已，并非官府档案中的县令资料。宁波的方志，虽然后来在职官中加入了梁山伯为令的记载，但归根结底还是民间的传说，其可信程度是较低的。

因此，根据浙东的传说，人们有理由相信：在东晋，宁波当地有梁姓或谐音相近的县令去世，落葬时挖到一穴，遂葬穴上或穴侧，或取同时期死亡之贞女与之"阴配"。当"梁祝"传说传到宁波后，即与此事相附会，形成了"同冢阴配"的传说。

然而，尽管宁波不是梁祝传说的本源发生地，但却是最早的流传地，而且是"梁山伯当官"传说与"梁祝同冢"传说的发源地。因为梁祝传说是一种口头传承文化，它不仅在传播中继承、也在继承中传播，而且还在继承与传播中不断发展与深化。例如，宜兴不仅是梁祝传说的本源发生地，而且还吸收了宁波"梁祝同冢"的传说，形成了"化蝶"的传说；而宁波则在唐代前就添加梁祝"同冢"的传说，宋代又正式有了"梁为鄞令"的传说记载。所以说，只有宜兴与宁波，才是梁祝传说的发源地与初始传播地。

注释：

❶ 见钱南扬《宁波梁祝庙墓的现状》，1930年2月中山大学《民俗周刊》第93～95合刊"祝英台故事专号"第35页。

❷ 徐秉令、李启涵《梁祝故事发源地的考察》，见《梁祝文化大观·学术论文卷》第339页，中华书局2000年出版。

❸ 明王稚登《荆溪疏》"卷下·诗"。

❹ 清杨丹桂《祝英台墓》，道光《续纂宜兴荆溪县志》"卷九·二·艺文"。

❺ 徐秉令、李启涵《梁祝故事发源地的考察》，《梁祝文化大观·学术论文卷》第337页。

❻ 徐秉令、李启涵《梁祝故事发源地的考察》，《梁祝文化大观·学术论文卷》第339页。

❼ 吴骞《桃溪客语》"卷四"。

❽ 钱南扬：《祝英台的歌》一文的按语，中山大学《民俗周刊》"祝英台故事专号"，第65-67页。

❾ 见清康熙《鄞县志》"卷之九·敬仰考·坛庙祠"，又见清咸丰《鄞县志》、光绪《鄞县志》。

❿ 罗永麟：《试论梁山伯与祝英台故事》，见《梁祝文化大观·学术论文卷》第284页。

⓫ 见清光绪《鄞县志》"卷十三·坛庙"。

⓬ 古时称东为左、西为右，"浙右"即"浙西"。宋李曾伯《善权禅堂记》称："善权乃浙右之佳山水也"，见明《善权寺古今文录》"卷四·宋碑下"。

⓭ 参见《梁祝文化大观·学术论文卷》白岩：《梁山伯庙墓与风俗调查》；又见《梁祝文化大观·故事歌谣卷》，谢振岳：《祝英台阴配梁山伯》；藤占能：《清官侠女骨同穴》；白岩：《大侠与清官》；童国桢：《开仓分粮济百姓》；白石坚：《梁县令治水》；麻承照：《千万阴兵助康王》；沈志远：《托梦助阵退倭寇》；白岩：《蝴蝶墓与蝴蝶碑》。

⓮ 周静书、施孝峰：《梁祝文化论》第62页，人民出版社2010年出版。

浙东有个梁祝传说大风物圈

"梁祝"在浙东流传颇盛,从宁波到上虞,再到绍兴,再到杭州,形成了一个很大的梁祝传说风物圈。传说称:梁山伯是绍兴人、祝英台是上虞人,他们在杭州共读。后祝英台被聘鄮城马氏,使他们的姻缘被阻断。再后来梁山伯当上了鄮令,死葬清道源九龙墟。祝英台出嫁时,经过此处,发现梁墓,上前哭吊,地忽裂开,祝英台掉进坟里,两人便合葬在一起。

一、李茂诚《庙记》画出浙东"梁祝"大风物圈

浙东的梁祝传说,志乘与古籍记载甚多。但最早的是北宋末年李茂诚的《义忠王庙记》。该记较为详细地记载了浙东的梁祝传说,其中包括了一个很大的风物圈。

(一)"梁、祝、马"的籍贯

《庙记》称:"神(梁山伯)讳处仁,字山伯,姓梁氏,会稽人也。"会稽乃山名,古曰苗山,亦称茅山。唐虞时,禹东巡,会诸侯于国之苗山,以计功。会稽者,会计也,始更苗山为会稽(职方氏释云:会稽在山阴)。后来,夏少康之庶子无余封于会稽,以奉禹祠,国号於越,会稽遂成为越国的都城。在中国古代,曾有会稽郡与会稽县之分。秦置会稽郡,郡治在吴县(今苏州),辖春秋时长江以南的吴越故地;汉成帝时,会稽郡领二十六县,人口逾百万,是当时辖境最大的郡;东汉永建四年,析原会稽北部十三县置吴郡,以吴县为郡治,会稽郡治则移到了山阴县;此后至南朝末,会稽郡辖境不变,直至唐肃宗时改为越州,会稽郡再不复存在。会稽县最早置于南朝陈后主时,当时因山阴地域较大且户口众多,难以治理,遂析山阴东部置会稽县,两县同城而治,同属会稽郡❶。会稽郡范围甚广,如称为梁山伯之里籍,似不恰当。李茂诚称"梁祝"为东晋时事,虽东晋尚未设会稽县,但其时会稽郡治早已移至山阴,且春秋时这

里就有会稽之称,故这里所说的"会稽",则应指会稽郡的郡治山阴(即今绍兴),因此浙东传说中的梁山伯是为绍兴人。

《庙记》又称,梁山伯去读书时,"道逢一子,容止端伟,负笈担簦渡航,相与坐而问曰:'子为谁?'曰:'姓祝名贞字信斋。'曰:'奚自?'曰:'上虞之乡'。"上虞之名历史悠久,殷商甲骨文中已有"上虞"地名,其县初置于秦,属会稽郡;新王莽始新中国成立元年,曾废上虞,而入山阴县;东汉建武恢复上虞县;永建四年分上虞南乡入始宁县,同属会稽郡,历三国、两晋、南北朝不变。隋开皇九年,废上虞而入会稽县,唐贞元元年分会稽而复置上虞县,长庆元年并入余姚,次年复置至今❷。现在的上虞,在东晋虽分为上虞、始宁两县,但未超出今上虞县范围,故浙东传说中的祝英台必为浙江上虞人无疑。

关于马氏(即传说中的马文才),《庙记》称,祝英台读书回家后,山伯相访,方知祝为女子,回去请父母前来求姻,"奈何(英台)已许鄮城廊头马氏",未能成功。鄮县旧称鄮廓,因地有贸山而名(以贸加邑为鄮)。秦始皇二十五年,置鄮、鄞、句章三县,同属会稽郡。据清雍正《宁波府志》,鄮县之旧治在鄮山之阴(即鄮山之北),距郡城三十里,有城址焉;句章县治在今城山渡之南,东晋末为孙恩残破,移治小溪镇。今悬慈有城址,其地至今名句章乡;鄞县,由赤堇山得名,旧治在鄞城山下,即今奉化之白杜❸。故鄮、鄞、句章三地,乃今宁波之前身。以今宁波而言,鄮县在东部,鄞县在西南部,句章在西北部,大致以余姚江、奉化江、甬江合流处为天然分界。李茂诚称马氏的家在鄮城,应离鄮县的县治宝幢镇不远,亦即浙江宁波人。

(二)"梁祝"读书之地

《庙记》称,梁山伯"尝从明师过钱塘",遇到祝英台"负笈担簦渡航",交谈之中,梁问祝到哪里去,祝英台说"师氏在迩"(即老师就在附近)。此处的钱塘,应指钱塘江。因为,秦统一六国后,于灵隐山麓设钱唐县,属会稽郡。除梁武帝太清三年一度升钱唐县为临江郡外,在唐武德年前,虽然屡有升格、合并、分析,但"钱唐"之名一直未变。直到唐武德四年,才将钱唐县改为钱塘县❹。而钱塘江古称折江、之江,又因流经钱唐县,也作钱唐江。唐代改钱塘县后,江名亦随之更改。在"梁祝"生活的东晋,还无"钱塘"郡、县之名,也无"钱塘"之江名,故李茂诚所称的

"钱塘",已是宋代的名称。又,《庙记》之所谓"过钱塘",实为"渡航",所以此处的钱塘,应是指的钱塘江。钱塘江虽流经皖、浙两省,但一般所指,乃是浙江下游到入海的一段,故而李茂诚所称的"钱塘",应在杭州至杭州湾一带。

(三) 梁山伯为官之地

《庙记》称:"简文帝举贤良,郡以神应召,诏为鄮令。婴疾弗瘳,嘱侍人曰:鄮西清道源九龙墟为葬之地。"依前考,梁山伯为官处是鄮县,辖区是今宁波的东部。

自明天顺五年李贤《明一统志》起,志乘、古籍多称梁山伯为"鄞令",与李茂诚《庙记》相悖。其实这是后人记载的错误。鄮地在舜为余姚墟,夏曰堇子国。鄞之名始见《吴越春秋》,云:越有赤堇山,故加邑为鄞。秦置鄞县后,唐武德四年,以旧句章、鄞、鄮之地置为鄞州,不设县。八年废鄞州为鄮县,移治故鄮城。开元二十六年(738),以鄮县为明州(境内四明山而名),析鄮县之地为鄮、慈溪、奉化、翁山(今定海)四县。其中慈溪为古句章县境,奉化为古鄞县境。大历六年(771)移治于鄮。长庆元年(821),又移治于鄮,县从之,遂以鄮县为明州治,而鄮县为附郭。后梁开平三年(909),避祖讳茂改鄮为鄞,从此鄮县不再出现。由于唐代鄮城先后两次为明州治,总共才一百二十年,后梁改鄮为鄞后,原鄮县的地域也为鄞县所有,明州(明洪武十四年以名同国号改为宁波)治所亦变成了鄞县❺,所以到明代及以后的记载中,就多把梁山伯为"鄮令"误记成"鄞令"了。

(四) 梁山伯的葬地

《庙记》称,梁山伯"婴疾弗瘳,嘱侍人曰:鄮西清道源九龙墟为葬之地"。据前考,东晋时,鄮县为今宁波之东部地区,而梁山伯墓却在原鄞县的范围内。"鄮西"如指"鄮县的西部",则绝对不当。因此,这里的"鄮西",应指"鄮县的西面"。

李茂诚画出的浙东梁祝传说风物圈,跨越杭州、绍兴、上虞、宁波四个市县,延绵三四百里。有人说,如果细细推敲,会有许多疑问。如上虞到鄮城近两百里,祝英台出嫁时,怎会刚巧就走到梁山伯墓前去了?然李氏所记,既为传说,就无所而不能。既然梁山伯死后二十余年尚可发阴兵退寇,难道就不会发阴功让婚船按照既定路线前进,到了墓前再发阴功让"波涛勃兴",使"舟航萦回莫进"吗?

二、上虞玉水河旁有祝家庄

浙东梁祝传说的风物圈虽广,但却主要集中在宁波。不仅因为梁山伯曾为鄞令,更因为那里有梁山伯庙以及梁祝合葬墓的遗存,而且梁山伯死后还会显灵,除害治病,有求必应,香火很盛。而作为"梁祝"籍贯地的绍兴和上虞,反倒被人淡忘了。2004年春,笔者随华夏梁祝文化研究会考察宁波梁祝(这是笔者第二次去宁波考察),回宜途中,车子特地到上虞弯了一下。在上虞城里,打听了十几个人(包括交通警察),却没有一个知道祝英台的祝家庄。

2006年3月,中国民间文艺家协会批准江苏宜兴为"中国梁山伯祝英台之乡"、浙江上虞为"中国英台之乡"(于5月同时举行授牌仪式)。2007年9月,经宜兴市政协联系,华夏梁祝研究会赴上虞考察。车到上虞,只见宽阔的曹娥江曲曲弯弯地穿城而过,在迷蒙的秋雨中显得分外柔美婀娜。城中的山坡上,十分醒目地矗立着"中国英台之乡"六个大字。下榻的宾馆,每个房间都摆放着一本名为"英台故里、虞山舜水"旅游景观宣传册;而且在上虞旅游新干线中,已有了"越女采风一日游"、"英台故里二日游"两条线路经过祝家庄。

浙江上虞祝家庄的"祝氏祖堂"

祝家庄边的玉水河

上虞市英台文化研究会会长陈秋强先生向我们介绍了情况,并陪我们去了祝家庄。祝家庄位于市区东南9公里处,庄前有一条清澈的大河,这就是越剧里唱的"玉水河"。玉水河又名千金河,它的一端通到庄前就到头了,形成了一个"撞煞浜",但另一端却通向远方。庄上保留着"祝氏祖堂",是上虞市2004年批准的文物保护单位。该碑称:"祝氏祖堂,位于上虞市丰惠镇蔡岙村,是梁祝故事流传中英台故里的依附点,是贯穿历史与现实的结合点。祖堂建于清道光六年(1826),坐北朝南。三开间,通面宽11.20米,进深9.50

上虞市在原祝家庄村后依山建成祝府,图为英台楼

米。由于年久失修,祖堂残破不堪。2004年7月由企业捐资修缮。"祖堂正门外有"祝氏祖堂"匾额,正厅悬"纯嘏堂"书匾,以求福佑;西厅墙上,嵌有道光六年建祠碑一块。2013年,笔者又去上虞考察,见祝家庄路口建起了"英台故里"四柱牌坊,村后依傍山势建起了"祝府",内有员外楼、英台楼、书斋、文心苑、双蝶亭与戏台等,并以长廊连接各处,接待旅游参观。

最早记到"上虞梁祝"的是宋李茂诚的《义忠王庙记》(笔者按:原传晚唐《宣室志》记"英台,上虞祝氏女",系清代编书转征之误)。该记称:梁山伯外出游学,遇见祝英台,对话中得知英台家住上虞;英台死后,丞相谢安奏封英台为"义妇"。

在上虞的志乘中,直至明末才出现"梁祝"记载。万历三十四年(1606)徐待聘纂辑的《新修上虞县志》"卷之二十·杂纪志·轶事·晋"有"梁山伯"条,称:"晋梁山伯,字处仁,家会稽,少游学,逢祝氏子,同往肄业三年。祝先返。后三年,山伯方归,访之上虞,始知祝女子也,名英台。山伯怅然,归告父母求姻,时祝已许鄞城马氏,弗遂。山伯后为鄞令，婴疾弗起，遗命葬于鄮西清道原。明年，祝适马氏，舟经墓所，风涛不能前。英台闻有山伯墓，临冢哀恸，地裂而埋壁焉。官闻于朝，丞相谢安奏封义妇冢"（原注：见《宁波府志》）。

万历志之后，除嘉庆志未记载"梁祝"外，上虞的康熙志、光绪志以及光绪《上虞县志校续》均因袭记载，且都注明征引自《宁波府志》。然而，在万历、康熙、光绪与光绪校续志中，都说祝英台回家三年后，山伯方访之上虞，与《宁波府志》的"后二年，山伯方归，访之上虞"不同。这很可能是徐待聘在编志时发生的差错。而后来的上虞志，又均从万历志记之，故造成多部志乘的记载错误。

明万历三十四年《上虞县志》中引《宁波府志》记载了梁祝传说

浙东传说中虽称梁山伯为会稽人，然查宋嘉泰元年《会稽志》、宝庆元年《会稽续志》、明万历三年《会稽县志》、万历十五年《绍兴府志》、清乾隆五十七年《绍兴府志》，均无梁山伯之记载。

三、杭州万松书院的"梁祝读书处"

上虞考察后，我们又参观考察了杭州万松书院。书院在西湖之南的万松岭上，岭以古松连片而名。唐白居易"万株松树青山上，十里沙堤明月中"即咏此景。为此，清代被列入西湖十八景，名曰"凤岭松涛"。书院坐西朝东，大门在山腰上，犹如城墙一般。正面刻有"万松书院"四个金字，字额下是一面挡墙，上面刻着"梁祝读书"的浮雕。挡墙的两侧，是呈"八"字形的阶梯，从两侧拾级而上，就进入书院了。书院内林木繁茂，郁郁葱葱；中间是宽阔的主道，两侧别有曲折的小径，可谓一步一景，景随步新；所有建筑依山建造，经由几个平台过渡，从山下到山顶，拾级而上，并不感到吃力。

第一个大平台上，矗立着三座高大的牌坊。中坊额为"万松书院"；南坊阳额"泰和书院"，阴额"德侔天地"；北坊阳额"敷文书院"，阴额"道冠古今"。据说,"万松"、"泰和"和"敷文",分别代表着书院在明、清的三个不同时期。据康熙《仁和县志》、民国《杭州府志》载,原来书院外也有三座石坊,中间为"万松书院",左右各为"德侔天地"坊与"道贯古今"坊,现

杭州的万松书院。

在,原来的题额以阴文刻在两侧石坊的反面了,且原来的"道贯古今"改成了"道冠古今"。

第二个平台从"仰圣门"起,经"毓粹门"进入书院的中心。大院的正面为"明道堂",始建于明弘治十一年(1498),是万松书院最早的建筑之一,为先生"传道、授业、解惑"之所。明道堂两侧,分别翼以"居仁斋"和"由义斋",是学生自习与居住的场所。

明道堂之后的"大成殿"建于高台之上,两侧翼以曾唯亭与颜乐亭,是书院最宏伟的建筑群。正殿外悬有"大成殿"匾额,殿内正面悬"万世师表"匾额。硕大的孔子塑像祀于正中,两侧分祀颜渊、子思、曾参、孟轲四配。

从大成殿北侧下山,又有多个建筑与景点,其中的"毓秀阁",现辟为"梁祝书房",内有"梁祝读书"雕塑,附近还有观音堂等相关的景观。毓秀阁始建于明嘉靖四年(1525),"翼以精舍,以待四方游学之士"。据清康熙《杭州府

杭州万松书院毓秀阁(即"梁祝书房")。

志》与《仁和县志》的记载,原万松书院应为坐北朝南,毓秀阁在如圭峰、明道堂稍东,属于书院的中心位置。此阁在2002年重建时,移至中轴线北侧、芙蓉岩旁。相传"梁祝"曾在万松书院同窗共读三年,祝英台对梁山伯产生了爱情。所以现在用包括多媒体在内的多种手法,再现梁祝草桥结拜、同窗共读、十八相送等与万松书院有关的场景。

据介绍,最早把梁祝传说与万松书院挂上钩的,是清初戏剧家李渔的《同窗记》,他在戏中写到了凤凰山和杭州的许多景物。由于我们在"梁祝"研究中,从未见到任何"梁祝"就读于万松书院的文字记载,为了弄清《同窗记》中是直接写到万松书院,还是只写了杭州的景物,又到国家图书馆、上海图书馆、南京图书馆去查阅,《李渔全集》中并没有《同窗记》。收入《梁祝文化大观》中的残存折子《河梁分袂》、《山伯赛槐荫分别》和《访友》,均出于明末刻本,并注曰出自《同窗记》。在残存折子中,虽见"拾翠寻芳,游玩江滨"、"一程又一程,长亭共短亭"、"江亭分别"之句,但亦难以确认就是写的杭州。

李渔(1611—1680),明季文学家、戏剧家。浙江兰溪人,原名仙侣,字谪凡,又字笠鸿,号天徒,后半生改名渔,号笠翁,别署觉世稗官等。自幼随父、伯生长在江苏如皋,18岁补博士弟子员,19岁父亡后回兰溪。崇祯十年(1637),考取入府庠。30岁前后,两次乡试均落榜,从此绝意仕进。顺治初,避乱山中,三年(1646)被迫削发,返回兰溪。七年(1650),40岁的李渔移家杭州,与"西泠十子"有交,41岁时完成第一部传奇《怜香伴》,接着又有《风筝误》、《意中缘》、《玉搔头》等六部传奇问世,一时洛阳纸贵,盗版频出,金陵尤多,有的干脆以无名氏作品冒"笠翁"之名发行。为了维权,李渔特从杭州迁居金陵,广交达官名士,游于各地。康熙五、六年,李渔分别得乔、王二姬,乃创家班,四处巡演。后二姬先后去世,家班解散。康熙十年(1671),李渔复迁杭州,直至终老。

关于李渔创作的戏剧,据他本人及同时代人郭传芳说,有"前后八种"、"内外八种"共一十六种。据《李渔全集》,现在被确认的,有《笠翁传奇十种》(后改名《笠翁十种曲》):分别为《怜香伴》、《风筝误》、《意中缘》、《玉搔头》、《唇中楼》、《凰求凤》、《奈何天》、《比目鱼》、《巧团圆》、《慎鸾交》。《十种曲》全是才子佳人的爱情故事,且喜剧色彩甚浓。李渔自称:"传奇原为消愁设,费尽枝头歌一阕。何事将钱买哭声,反会变喜成悲咽。唯我填词不卖愁,一夫不笑是吾忧。举世尽成弥勒佛,度人秃笔始堪投。"又,《曲目新编》"李渔"条,在《十种曲》后,又列《偷甲记》、《四元记》、《双锤记》、《鱼篮记》、《万全记》五种,注明:右十五种,钱塘李渔作。《曲海总目》"李渔"条,除了前列十五种外,又以"无名氏"列《十醋记》(即《满床笏》,世间误为《十错记》)、《补天记》、《双瑞记》三种。连同无名氏(疑是李渔)所作者,李渔所作传奇,共计为十八种,其中并无《同窗记》。且李渔从事戏剧创作是清代事,并以喜剧为荣,因此,明末刻本中《同窗记》的作者,必非李渔。

清康熙二十六年(1687)《杭州府志》"学校·书院"称:"万松书院,仁和凤山门外西岭,明弘治十一年(1498)浙江右布政周木建。……李铎记:万松书院之建,始于弘治间参政周木者。其初因非寺旧基而改之为书院,祀先师孔子,使博士弟子之贫不自给者肄业其中,以振兴两浙之文教,其意至美且善也。"康熙二十六年《仁和县志》"卷之九·学校·书院"亦称:"万松书院,在凤凰山门外西岭上,旧有报恩寺徙入城内,复有蜀僧可恕循故址重建。明宏治十一年,浙江右参政周木以寺僧不检,乃废寺,因旧址取古材,改建万松书院"。民国十一年(1922)《杭州府

【寻踪觅迹 察访梁祝】

清康熙《杭州府志》、《仁和县志》中,关于万松书院建于明代的记载。

志》❻"卷十六·学校三·书院"又称:"敷文书院,在仁和县万松岭上,旧名万松书院。明弘治十一年,参政周木因故报恩寺址建。周木改建万松书院,查取衢州先圣五十八代孙孔绩来供祠事。……国朝康熙十年,巡抚范承谟重建,改为太和书院。五十五年巡抚徐元梦重修,奉圣祖仁皇帝御笔书'浙水敷文'匾额,悬于中堂……"由此可知,杭州的万松书院,原是南宋的报恩寺。因寺迁入城内,废寺被蜀僧所占,浙江右布政周木于1498年驱逐不检之僧,取其古材,就地改建。至清代,又先后改名为太和书院与敷文书院。

　　书院之名始见于唐末、五代,发展于宋。在杭州的志乘记载中,书院始于元代。当时的江南浙西肃政廉访使名叫丑的,他在宋太学旧基上建"三贤祠",在祠右建了个"西湖书院"。元亡书院废。明洪武初改书院为"仁和学",奉三贤与岳飞。成化十二年,浙江左布政使宁良,又于孤山万寿寺故址重建,改名孤山书院,岁久圮。至清康熙二十五年,督学王掞于跨虹桥西重构,为讲学所,仍名西湖书院,后废。直至乾隆八年,方并入崇文书院❼。在明代所建的书院中,则以万松书院为最早,并得到较好的发展。它在明弘治间建成后,于正德十六年(1521)扩建重修,成为杭州最大的书院。后又于嘉靖间两次扩建,添置祭田,招收省内外优秀学子逾百名,影响力大增,誉满江浙。清康、雍、嘉、道四朝,万松书院又进行了五次重建与维修,特别是康熙帝御赐"浙水敷文"额、乾隆帝御赐"湖山萃秀"额后,更是名噪一时❽。况且,万松书院因祀先师孔圣,故又能在历次对书院的取缔打击中,逃过劫难,这也是它能成为江浙影响力最大学府的原因。

　　万松书院始建于明代,按理说与东晋的"梁祝"风马牛不相及。但因万松书院历史悠久、规模恢弘,影响很大,后人附会于"梁祝",是完全可能的。因"梁祝"本为传说,且北宋末的《义忠王庙记》中,就有"尝从明师过钱塘"的记载,尽管万松书院历史不长,但凭借它在江浙的影响,人们也很可能联想到"梁祝"读书与它的关系。所以,即便明末清初的李渔,真在传奇中明确写到"梁祝"就读于万松书院,也是不足为奇的。

注释：

❶ 以上沿革，见宋嘉泰元年《会稽志·卷一》、宝庆元年《会稽续志·卷一》、明万历三年《会稽县志》"卷一·地书总论·沿革"、万历十五年《绍兴府志》"卷之一·疆域志·沿革"、清乾隆五十七年《绍兴府志》"卷之二·地理志·沿革考"。

❷ 上虞沿革见清光绪二十四年《上虞县志校续》"卷二·沿革表"。

❸ 秦置鄮、鄞、句章，见明成化四年《宁波郡志》"卷之一·沿革考"、清雍正七年《宁波府志》"卷之二·建置"。

❹ 见民国十一年《杭州县志》"卷二·建置一·沿革考"、"卷三·建置二·沿革考"。

❺ 其沿革见清康熙二十五年《鄞县志》"卷之一·总识考·沿革"、雍正七年《宁波府志》"卷二·建置"。

❻ 该志于清光绪二十四年(1898)陈璚修、王棻纂，民国五年(1916)陆懋勋续纂未成，民国十一年(1922)齐耀珊重修、吴庆坻重纂。

❼ 见民国十一年《杭州府志》"卷十六·学校三·书院"。

❽ 马时雍主编之《万松书院》第15-18页，杭州出版社2003年出版。

孔孟之乡——"梁祝"游学之地

梁祝传说以爱情为主题,从祝英台女扮男装求学,到临别托言嫁妹,再到毅然为爱殉情,贯穿着古代青年挑战封建礼教的离经叛道的主线。人们难以想象,这样一个悲壮凄厉的爱情传说,怎么会同孔孟之道的原发地孔孟之乡联系在一起? 然而,这种联系确实存在。从元代起,山东的古籍、志乘里,就先后出现了嵝县、邹城、曲阜、胶州等地的"梁祝"遗址、遗迹的记载,济宁的微山(旧属邹县)还出土了明"梁山伯祝英台墓记"碑。特别是 2003 年该碑复出后,引起了各方面的关注。2008 年 12 月,华夏梁祝文化研究会组织到山东济宁考察,参观了济宁梁祝文化展览馆,观看了正德梁祝墓碑记拓片及中央电视台录制的专题片《寻访北方梁祝》,并考察了峄山"梁祝读书处"遗址。笔者认为,在梁祝传说的流传过程中,山东是十分特殊的地区,很可能是"梁祝"游学足迹所到之处。

一、出土了明正德"梁山伯祝英台墓记"碑

1952 年,山东凫山县第六区(现属微山,旧属邹县)在修浚白马河时,出土了一块明正德"梁山伯祝英台墓记"碑。当时的拓本及碑文保存于山东省古文物管理委员会,原碑就地保存。1975 年,该地开展了一次"邹西大会战",进行挖河平地、平坟砸碑。该碑险些被民兵砸掉,幸得原马坡公社马中大队第一生产队长陈雨密保护,带人将墓碑埋入地下。在 1995 年 2 月济宁市政协八届三次全委会上,由肖守君、上官好岭、卞雄杰三人提出了提案,4 月 4 日,马坡梁祝墓碑再次进行出土。为了扩大影响,2003 年 10 月 27 日,济宁邀请了中国民俗学会理事长刘魁立、副理事长贺学君等高层专家,隆重举行梁祝墓记碑"出土"仪式。

"梁山伯祝英台墓记"碑高约 1.8 米,宽约 0.8 米;碑头为弧形,额以

"梁山伯祝英台墓记"八字,篆书,周边以合云纹雕镶;碑文为楷书,共26行,满行为43字。据笔者所拍拓片统计,全碑共832字,其中正文756字。前额:

梁山伯祝英台墓记

丁酉贡士前知都昌县事古郏赵廷麟撰

文林郎知邹县事古卫杨环书

亚圣五十七代世袭翰林院五经博士孟元额

碑记正文见本书《历代"梁祝"记载书(文)目叙(下)》。

落款:

正德十一年丙子秋八月吉日立　　　　　　　卷里社林户周孜

　　　　　　　　　　　　　　　　　　　　　　石匠梁珪

"梁山伯祝英台墓记"主要分为三个部分:一是讲述了当时当地流传的梁祝传说;二是重修梁祝墓的缘由及过程;三是重修梁祝墓的意义及为崔公歌功颂德。

济宁的梁祝传说,有三个特点值得重视:一是祝英台易装读书,是为了尽孝。因为祝员外膝下仅有一女,别无他子,见他人儿子读书致贵,光宗耀祖,很是眼红。祝英台为此"上白于亲,毕竟读书,可振门风,以谢亲忧",以"行孝"与孔孟之道联系起来,并在"孝道"的庇护下,掩盖了违背"男女授受不亲"、"女子无才便是德"的错误;二是梁山伯死后,祝英台心想,我曾心许梁兄,只是缺少了父母之命,媒妁之言而已,若"更适他姓,是易初心也。与其忘初而爱二,孰若舍生而取义",遂于马郎迎亲之时"悲伤而死"。这样,竟以符合"从一而终"的"三从四德"之理,而掩盖了"尝心许为婚"的离经叛道之举;三是祝英台之所以与梁山伯合葬,并非哭坟地裂,而是"乡党士夫谓其全节,从葬山伯之墓,以遂身前之愿",也是为表彰祝英台的贞节,而出现的"天理人情之正"。这三个特点,是作为孔孟之乡的济宁所特有的。

明正德间重修的梁祝墓,属于官修。修墓的原因是为了崇尚"节义"、"忠孝",有关"世教"。这在《墓记》中有几处讲得十分清楚:一是当时的南京工部右侍郎崔文奎,奉敕总督粮储来到邹县,看到荒芜坍塌的梁祝墓,认为"俾一时之节义,为万世之湮没,仁人君子所不堪",故而将拳拳之心"施于不报之地";二是颂赞"我朝祖宗以来,端本源以正人心,崇节义以励天下,又得家相以之佐理,斯世斯民,何其幸欤?"指出"节义"是"端本源、正人心"的大事;三是重修梁祝墓的目的,是弘扬英台"天地之正气","推之可以为忠,可以为孝,可以表俗,有关世教之本"。而《墓记》中所赞颂的"英台得天地之正气",就是"节"与"义"。碑文说,祝英台能"真情隐之方寸,群居不移所守",虽为混迹于男子之中,却隐真情而不露,守贞操而不移,是为"节"也;而"生则明乎道义,没则吁天而逝",则是指活着懂得"更适他姓,是易初心"的道义,死时想到"与其忘初而爱二,孰若舍生而取义",是为"义"也。说穿了,还是要求女子遵循"三从四德"、从一而终,做封建道德的殉葬品罢了。换言之,如果祝英台不是这样,其心就不会"皎若日星"、其节也不会"凛若秋霜"了。

儒家崇行礼教,素来严男女之大防,更反对纵情纵欲。然而,它对祝英台女扮男装混迹于男人中读书(违背男女授受不亲的道德规范)、自说自话心尝许山伯为婚(违背父母之命、媒妁之言的定规)、不从父母之命为山伯悲伤而死(违背"在家从父"的伦常规范)等行为,又从另一个角度来作出解释,即:虽女扮男装求学,却做到了隐真情、守贞操;虽心中有爱暗许,却未私自越轨;虽为爱情求死,却是从一而终。这样,就把祝英台"离经叛道"的行为统统纳入了"忠孝"、"节义"的轨道,纳入"孔孟之道"上去了——这正是梁祝传说在孔孟之乡这一特定环境中的特殊表现。

崔文奎视察"梁祝"荒冢后,即嘱该县上书朝廷,予以重修。崔文奎是邹县附近的新泰人,邹县的事也算是家乡的事。况且他当时是主管南畿工程项目的副长官,其项目的立项,应当是比较方便的。正是崔文奎的促成,所以项目批办迅速,资金到位及时,不仅工程进展很快,半年即竣工,而且"昔之不治者,今皆治之;昔之无有者,今皆有之",干得很是漂亮。

《梁山伯祝英台墓记》的碑文,是由赵廷麟撰写的。关于赵廷麟,他自称为丁酉贡士、前都昌知县。赵廷麟中举,是在成化十三年(1477)。江西《都昌县志》亦称赵于弘治十一年戊午(1498)任该县知县,三年后卸任。写此碑文时,赵廷麟很可能已经老退还乡。但康熙五十五年娄一均《邹县志》却称其为"嘉靖间举人",然而,在嘉靖的四十余年当地的中举名单中,并没有赵廷麟的名字。显然,娄志此记不实。

为了写好碑文,赵氏曾查阅过古籍资料(其中应当包括明成化十三年(1477)的《邹县志》),但却没有看到一个关于"梁祝"的文字。否则,他不会称"梁祝"之出处不详了。无奈之下,他只好走访诸故老,才搜集到了当地的梁祝传说。于是,他在碑文的开头,就称:"外纪二氏,出处弗祥。迩来访诸故老,传闻……"(按:外纪,非正规的记载;弗,不;迩,近;祥,通详。即:本碑所记的"梁祝"事,出处不详,近来走访了诸位故老,才知道昔日有这么一个传闻),这充分说明,在明正德十一年前,邹县虽然有"梁祝墓",但无论古籍还是志乘中,却没有任何的记载。

明正德梁祝墓属于重修,原墓何时所建不得而知。由于当时梁祝墓已经废坍,可见至少已有几十年甚至百年以上的历史了。因崔文奎巡视废冢是公元1515年,则原墓在明初甚至更早就有了。

樊存常先生称:"济宁梁祝的记载,要数唐武德年间在济宁邹县(今微山县)马坡梁祝墓立的'梁山伯祝英台之墓'碑的记载,只可惜唐武德年间的这块珍贵之碑至今没有找到。"又说,这是当地一位75岁的老人听已故的另一位老人说的,据说当时还搞了拓片,只是时间过了几十年,拓片已失,墓碑也找不到了。❶

对于樊先生此说,笔者不敢苟同。因为:

(一) 所谓唐武德'梁山伯祝英台墓'碑,很可能是老人的误记

1. 康熙娄一均《邹县志》记:"吴桥,在城西六十里,跨白马河。隆庆年间被水淤没。"❷如果真有唐代的梁祝墓碑,那么明正德间的赵廷麟在撰写《梁祝墓记》时,尚未淹没,必然能够看到,而《墓记》中也必然会说到原墓在唐武德年间就已修建,并存有墓碑。但赵廷麟不仅只字未提,反而称"外纪二氏,出处弗祥",说明所谓唐武德梁祝墓碑,明代的赵廷麟根本没有见到。

2. 清焦循称:"乾隆乙卯(1795),余在山左,学使阮公修《山左金石志》,州县各以碑本来,嘉祥县有祝英台墓碑碣文,为明人石刻。"❸由于这次是专门修的金石志,邹县如存有唐武德梁祝墓碑,是必然要上报的。然而当时焦循只看到下面报来一块"墓碑碣文",且为"明人石刻",同样也没有提到所谓的唐武德梁祝墓碑,这充分说明,所谓的唐武德梁祝墓碑,实际上是不存在的。

3. 笔者查阅清阮元编撰的《山左金石志》，其中收有唐代的墓碑11块，最早的是开元十二年（724）。后又有罗振玉所辑《山左冢墓遗文一卷补遗一卷》，共收录唐墓碑24块，最早为乾封二年（667）。两书均无唐梁祝墓碑，也无唐武德墓碑。

（二）所谓武德碑实为正德碑之误

有学者认为，由于"正"字与"武"字十分相似，尤其当刻迹模糊时，容易误辨。且明正德碑落款，在"正德"前并未冠以"大明"（笔者按：有关文章冠以"大明"，实有误），故所谓"武德"碑，其实就是"正德"碑之误。笔者同意这一观点。

（三）所谓唐代墓碑的来历，应与万历《邹志》的记载有关

在邹县的历史上，最早记载"梁祝"墓的是万历三十九年（1611）胡继先所修的《邹志》（其前嘉靖四年的《邹县地理志》无此记载），其"卷二·陵墓志"中记到唐代的两座墓葬，一是"仆射杜如晦墓"，二是"梁山伯祝英台墓"。而梁祝墓仅注曰"在吴桥"三字，既未说是武德年间的墓葬，也未提到存有墓碑。而后，康熙十二年（1673）、康熙五十五年（1716）的《邹县志》，虽记有"梁山伯祝英台墓"，却都没注朝代，亦没提到墓碑。所以，这位提供信息的老人，很可能是在看到《邹志》的记载后，便对唐代有"梁祝墓"留下了深刻的印象，故看到出土的正德碑，便误为"武德"碑，因而产生误记误传。

至于为何万历《邹志》会有唐代"梁祝墓"的记载，又可能与明正德重修"梁祝墓"并留下的《碑记》有关。因为崔文奎重修"梁祝墓"时，原冢业已荒废，而《碑记》中又未提及朝代，仅以"昔"字带过，因此，后来民间便出现了"梁祝"是唐代人的传闻。过了近百年，"梁祝唐人说"逐渐普及，这样，才会出现万历《邹志》将"梁祝墓"记入唐代的事。

二、济宁方志、古籍中的"梁祝"记载

历史上，山东的"梁祝"记载，按照先后有陵县、邹县、曲阜、胶州、嘉祥五地，其中三地集中在济宁。

（一）邹县

1. 明万历三十九年《邹志》，胡继先修。

其志"陵墓志"称：唐代墓葬有"梁山伯祝英台墓，在吴桥。"❹

因明成化志、万历八年志、二十二年志不存，而嘉靖《邹县地理志》无"梁祝"记载。因此，万历胡继先《邹志》，是最早记载邹县"梁祝"的志乘。

明万历《邹志》称梁山伯祝英台墓为唐代墓葬。

清康熙娄一均《邹县志》关于"梁祝读书洞"的记载。

2. 清康熙十二年《邹县志》，朱承命修。

其志称：峄山，自"炉丹峪下，以西至梁祝洞：……梁祝读书洞。石勒此五字，俗传梁山伯祝英台在此读书"；又"卷一·土地部·古迹志（附林墓）"载"梁山伯祝英台墓，在城西六十里吴桥地方，有碑。"

北京图书馆、上海图书馆所存朱承命《邹县志》均前缺三十余页，此"梁祝读书洞"内容，根据邹县地方志编纂委员会办公室1986年的《邹县旧志汇编》辑录。

3. 清康熙五十五年《邹县志》，娄一均修。

其志有三处梁祝记载。一是梁祝读书洞，二是梁山伯祝英台墓，记载与朱志同；三是周冀《邹县志跋》称"亭上逍遥，书残梁祝（原注：逍遥，亭名；山有梁山伯祝英台读书处）"。

4. 清雍正《古今图书集成》，陈梦雷辑。

其书称："梁山伯祝英台墓，在城西六十里吴桥地方，有碑记"。

清同治《峄山志》关于"梁祝读书洞"、"梁祝泉"的记载。

5. 清嘉庆五年《天香全集》，舒梦兰撰。

《天香全集·南征集》和《天香全集·香词百选》均载有《祝英台近·祝英台墓》词一首（见本书《历代"梁祝"诗词——"梁祝"文苑的宝贵遗产》）。

6. 清嘉庆间《邹峄山记》，马星翼撰。

其文称："其山随处有泉。……其凉珠泉在凉珠洞内，盖洞因泉而名也。而土人所称'昔有梁祝夫妇读书于此'，盖误。"

该文载于民国二十三年《邹县新志》，未付梓，存残本。

7. 清同治三年《峄山志》，侯文龄增订。

该志有多处梁祝记载：一是梁祝读书洞，二是梁祝泉，三是万寿宫梁祝像，并收录四首梁祝诗词（详见本书《历代"梁祝"记载书（文）目叙（下）》、《历代"梁祝"诗词——"梁祝"文苑的宝贵遗产》）。

该书对峄山"梁祝"遗存不以为然，多处予以述评。如"卷之一·峄山附会辨"称："至于梁祝一事，按《宁波志》梁居会稽，祝居上虞，南土人也。而好事者确谓山阳有梁祝读书洞,且设像于万寿宫,使人狎戏之、侮谩之。甚者,下里巴人之词,并蔑以淫邪之行,无益名胜,实污山灵,抑何取尔耶?"又如"卷之三"称明正德梁祝墓记碑文"亦荒唐附会而无实据"等等。

张自义《梁祝故事在济宁》称:"元世祖忽必烈至元间,世人崇尚梁祝(在万寿宫)以汉白玉刻像,与神祀同列。据《旧峄山志》记载:'石像为元代石刻,像下有序文,附清代陈云琴题诗……'"❺樊存常先生亦称:"元代诗人陈云琴游峄山时就留有《万寿宫梁祝像》的诗句:'信是荣情两未终,闲花野草尽成空。人心到此偏酸眼,小像一双万寿宫'"❻。为了考实这一问题,笔者特地查阅了现存邹县的历代方志、典籍,得出了否定的结论。

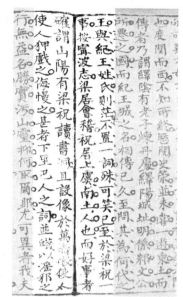

清同治《峄山志》"峄山附会辩"对峄山梁祝遗迹予以否认。

(1)陈云琴是清代人。清光绪三十三年(1907)胡炜邹县《乡土志》"耆旧录·事业·国朝"称:"陈云琴,字森庵,岁贡生。家贫力学,夜无灯火,每于静僻处默诵《十三经》,更深乃止。乾隆戊辰乡闱,有拾其残稿得隽者,以金帛谢,却不受,且终身不道一字,其耿介如此";从同治《峄山志》亦可知,乾隆四十七年(1782),邹县陈云琴老人曾带领学生十数人,授课于峄山白云宫东堂两个月;济宁市新闻出版局的《峄山新志》亦称:"陈云琴,字森庵,清邹县人,书院教授。"故而可以确认,陈云琴是清代乾隆间人,樊先生误作元代人,肯定搞错了。

(2)所谓《旧峄山志》,是相对《峄山新志》而言,亦即清《峄山志》。然而该志中并无万寿宫"元代梁祝像"的记载。据清道光十四年(1834)《邹县志稿》及同治《峄山志》"仙人宫"(宋、元间称仙人万寿宫)条、"万寿宫"条,万寿宫内存有元碑四块,一是《仙人万寿宫宝碑》,至治二年(1322)建,国子监祭酒李之绍撰,赵孟頫书;二是《明德真人道行碑》,至治二年建,清真观妙大师朱象元撰;三是《崇德真人碑记》,至治壬戌

(1322)建,冲寂体真大师邓志明撰;四是《敕祭峄山万寿宫碑》,元统三年(1335)建,陈绎曾撰。以上碑文俱在,均无宫内供有"梁祝像"的内容。而《峄山志》记在"万寿宫"条下的"梁祝"内容,除"内有梁祝像"五字外,还有"梁祝词见山阳梁祝读书洞后,并梁祝考一条。"而这条"梁祝考",则认为"邹县梁祝"荒唐附会,以讹传讹。

(3) 峄山万寿宫虽然在元代重修过,但不等于元代就供有梁祝像。据张自义称,像下有序文,并附有陈云琴题诗,则应是清代的事。且查《峄山志》,其中并无"元代汉白玉梁祝像"的记载。因此,所谓"元代梁祝像说",仅仅是根据"万寿宫建于元代"和"万寿宫中有梁祝像"而作出的推断。由于"万寿宫建于元代"与清代万寿宫曾供有梁祝像并无必然的因果关系,故而以此推理所得出的结论是不能成立的。

(二) 曲阜

明崇祯《陶庵梦忆》,张岱撰。

其书称:"己巳至曲阜,谒孔庙,买门者,门以入。宫墙上有楼耸出,匾曰'梁山柏祝英台读书处',骇异之。"

(三) 嘉祥

清《剧说》,焦循撰。

其书称:"乾隆乙卯,余在山左,学使阮公修《山左金石志》,州县各以碑本来,嘉祥县有祝英台墓碣文,为明人石刻。"

焦循此记有误,现经多方查证,该碑实为微山(旧属邹县)之明正德梁祝墓记碑。

三、峄山上的"梁祝"遗存与传说

峄山在邹县东南12公里,海拔近600米,山坡上到处滚落着大小不一的岩石,犹如垒卵,孔窍玲珑,远远望去,就像无数硕大的卵石随意堆砌而成,有"天下第一怪山"之称。在济宁梁祝文化研究会看峄山的照片与录像,山上草木葱茏,景色甚佳。但笔者一行去峄山时是冬天,气温在零下8度,山上的树叶、藤萝都凋零了,所以除了累累滚石外,看到的绿树很少,十分萧索。山上文物古迹甚多,如秦始皇巡游峄山碑(复制)、孔子读书洞、颜子洞等,其摩崖石刻为国家级文物保护单位。

(一) 峄山上的"梁祝"遗存

1. 梁祝读书洞,在东南山麓。所谓"梁祝读书洞",实际上是由几块巨大滚石堆成的石隙而已,高约4~5米,深、宽均约10米,里面还堆满了大大小小的卵状石块,透过洞顶的石隙,可见一线青天。洞东不远的一块巨石上,自右至左横刻着"梁祝读书洞"五字,字约20厘米见方;上款竖刻"万历十六年(1588)四月吉"八字;下款竖刻"知县王自瑾书"六字,均为楷书,字迹仍然很清晰。王自瑾,河南洧川县(今属尉氏县)恩贡,进士,文林郎,明万历十五年至十八年(1587—1590)为邹县令。

2008年,华夏梁祝文化研究会考察峄山"梁祝读书洞"。

2. 梁祝泉,在梁祝读书洞口。洞口南侧一块不大的圆石上,自上至下刻有"梁祝泉"三字,从字迹看,亦应是王自瑾所题。据称梁祝泉有"东泉"与"西泉"两道,东泉叫"鸣心泉",西泉叫"梁祝池"。泉水清澈,叮咚似琴声。可能是冬季干枯的缘故,当时并未看到泉水,甚至没有找到泉水流淌的痕迹。

3. 万寿宫梁祝像。万寿宫在峄山东二里有余,《绎山志》称:"在仙人宫西百余步,殿三楹,南向,旧与仙人宫为一,内有梁祝像。"仙人宫由王实贵建于宋,金末荒废,其门人隐居于此。宋元间置殿数间,额仙人万寿宫。元至治二年,门人李志椿重建三清殿,赵孟頫为记。《重建万寿宫记》讴歌峄山并记录了崇德真人及弟子经营仙人宫恒产百余楹的事迹。清代,万寿宫内供有梁祝雕像。乾隆间贡生陈云琴有"人心到此偏酸眼,小像一双万寿宫"的诗句。万寿宫现已湮灭,仅存少量当年宫殿的地基石。

4. 梁祝祠。据田振铎、秦显耀所撰的《峄山新志》(济宁市新闻出版局1993年出版),峄山隐仙洞南的石罅中有天齐洞,洞西百步有梁祝祠一楹。

5. 峄山上过去曾有春秋、子思、孤桐、峄阳四大书院,相传峄阳书院就是"梁祝"当年读书之处。峄阳书院在峄山孤桐观下,《绎山志》称其"亦名孤桐书院",是清乾隆十一年(1746)邹县令方鸣球为振兴文教、兴一代文明之治,组织县内"诸生人士"74人捐资而建的。原有书院正殿三楹、大门三楹及左右平房、东西两配各三楹,现尚存部分石阶、石基,以及"峄阳书院"碑的碑座与"院"字。由于峄阳书院始建于清乾隆间(而其前的孤桐书院始建于明正德间),故"梁祝"读书于此只是一个附会的传说。

(二)峄山关于"梁祝"的传说

1. 梁祝闹五宝。"梁祝"在峄山求学,师父云道真人的卧室里有五个净光溜滑的胖娃娃。师父出游时让"梁祝"准备好金线,拴在娃娃身上,顺着金线,挖到了人参娃。师父又外出云游,"梁祝"将人参娃煮了七天七夜。三位师兄闻到香味,吃掉人参果,成仙而去。师父回来,吃掉残羹剩汤,也成了仙。"梁祝"因憨厚实在,一番辛苦却成就了他人。

2. 游洞斩山妖。八仙游峄山,吕洞宾预知将有山妖作乱,就在山洞中留下宝剑,并留言嘱"梁祝"除妖。"梁祝"游洞时,发现吕氏宝剑与留言,就在洞中等候妖怪。山妖使计引诱"梁祝"出洞,山伯受骗,幸得英台祭起宝剑。宝剑自动出鞘,山妖被斩。

3. 习武除恶氓。"梁祝"在峄山古僧洞从师习武,学得道家武功三绝中的"铁脚"。一恶氓隐于山洞假扮妖怪扰民,"梁祝"施展铁脚功将其擒获,峄山重得安宁。

4. 桥断情缘断。"梁祝"在峄山求学五年,英台回家途中,转弯抹角告诉山伯自己是女子,山伯认为英台语出荒唐,不愿再交谈。眼前小桥断裂时,祝英台一下跳过桥去。山伯回去问老师,师娘告诉山伯英台是

女子。待山伯下山去访英台,可是一切已晚。❼

峄山的宗教活动以道教为主。其道教世系始于全真道北宗的随山派,并有多个派别并存。因此,峄山的"梁祝"传说多跟仙道有关。与这里道教起源早(宋代便有)、派别多不无关系。

四、孔孟之乡是"梁祝"的游学之地

明张岱《陶庵梦忆》称,到曲阜去谒孔庙时,看到宫墙上有楼耸出,上面挂着匾额,写着"梁山柏祝英台读书处"九个字,感到很是惊诧。张岱生于明万历丁酉(1597),卒于清康熙己未(1679),他说"己巳至曲阜",应是明崇祯二年,即1629年。他所记述的游孔庙、孔林的经历,应是根据当时的笔记或日记写成的。况且,他是浙江山阴(今绍兴)人,对浙江流传的梁祝传说是十分熟悉的,所以,当看到曲阜孔庙里有"梁山柏祝英台读书处"时,十分惊讶,印象很深,应当是不会记错的。

在邹县,明正德《梁山伯祝英台墓记》碑称,梁祝"同诣峄山先生授业";清《邹县志》也有"梁祝读书洞,俗传梁山伯祝英台在此读书"的记载。

在民国以前的戏曲、曲艺中,也有许多梁祝读书与山东有关的说法。一是从师于孔子,二是就读于尼山(详见本书《"梁祝"读书处——宜兴碧鲜庵》与《从清以前"梁祝"史料看梁祝传说的流变轨迹》)。

那么,"梁祝"是否就读于尼山,或从师于孔子呢?

尼山在山东曲阜城东南30里,与邹县相连,《邹县志》称"在县东北六十里。"尼山上有个尼山书院,是元至元二年(1336)由中书左丞王懋德奏请而创建的,《尼山创建书院碑》有记其事。既然尼山书院创建于元代,那么,"梁祝"就读于尼山就似无可能。且孔子三千弟子中是没有女弟子的,所以,所谓"梁祝"从师孔子,是肯定不存在的。

"梁祝"授业于绎山之说,似有可能,但仅见于传说,无从考证。峄山上的"梁祝读书洞",实际上是由几块巨大滚石堆成的石隙小洞,透过洞顶的石隙,可见一线青天,且洞口过去并无建筑物。这样的山洞,在里面避雨或临时歇脚是可以的,在这里读书显然不大现实。而传说峄阳书院为梁祝读书处则更不可能,因为峄阳书院建于清代,一千多年前的"梁祝"是不可能到这个书院去读书的。

既然"梁祝"不可能从师于孔子,为什么孔庙里会有梁祝读书处?

峄山上会有梁祝读书洞？邹县还会有梁祝墓？这些，是传说流传到济宁后与当地风物结合而产生的变异，还是另有原因？可喜的是，我们从千里以外的宜兴，发现了"梁祝"与山东联系的线索。

在江苏宜兴的"梁祝"传说中，有这样一种说法，称"梁祝"曾结伴到孔孟之乡去游学。明末诗人许岂凡《祝英台碧鲜庵》诗云："女慕天下士，游学齐鲁间。"❽该诗是历代"梁祝"诗词中最能反映"宜兴梁祝"史实与传说的一首。诗的前半段写了祝英台的作为，后半段写了史实与遗迹。其中说到祝英台仰慕天下贤士，女扮男装求学，曾与梁山伯一起去齐鲁游学。济宁与宜兴相隔一千多里，作为"梁祝传说"发源地的宜兴，产生这样的传说也许不会是空穴来风。如果这个传说成立，那么，济宁的许多疑问就可迎刃而解：首先，"梁祝"与孔子不是同时代人，他们到曲阜并非从师孔子，而是作为后人慕名去游学、参谒的。在参谒孔庙时，则可能会留下他们的名氏。后来，当"梁祝传说"传到曲阜并产生一定影响后，孔庙中挂起"梁山柏祝英台读书处"的匾额，也就不奇怪了。其次，"梁祝"到齐鲁游学，还必然要到孟子故里邹县去，孟庙和峄山都会留下他们的足迹。他们在参谒孟庙时，也有留下名氏的可能。而且，因"梁祝"以读书与爱情而名，他们在峄山逗留的地方，产生"梁祝读书洞"的遗迹就十分自然了。第三，既然"梁祝"曾到齐鲁游学，一些曲艺、戏曲中"梁祝"尼山就读或受业于孔子，也就找到了注解。第四，这一切变异（包括与当地的风物相结合产生的"梁祝墓"），都要到"梁祝传说"传到济宁后才能产生，所以，济宁的"梁祝"记载必然要比宜兴与宁波滞后。因此明正德间重建"梁祝墓"时，找不到任何相关的记载，只得称"外纪二氏，出处弗祥"而去走访诸故老，才记录下了民间的"梁祝"传闻。第五，正因为"梁祝"的足迹曾到过济宁，所以济宁在产生与当地人文、风物相结合的变异时，要比其他地区来得快、来得自然，更能够形成遗迹与记载，这也是山东较早就有多处遗存的原因。特别是明正德重建"梁祝墓"后，加快了"梁祝"在当地的传播与变异，加快了峄山梁祝洞、梁祝泉遗址的形成，同时，关于"梁祝"的记载也就出现了。

因此，笔者以为，宜兴、曲阜与邹县三地传说的巧合，也许并非偶然，恰恰印证了在宜兴碧鲜庵读书的"梁祝"，曾经到过山东孔孟之乡游学、参谒的可能。

五、关于济宁"梁祝"考察的体会

通过对济宁梁祝的考察与研究,笔者有五点体会:

(一)"梁祝传说"的遗存丰富

济宁的"梁祝"记载虽然滞后,但遗址、遗迹较为丰富,其中以明《梁祝墓碑记》分量最重。邹县祝英台墓于明正德十年重修,十一年完成,并在四界竖石,四周围垣,还建有神祠,落实了守祠人员,应当具有一定的规模。特别是该墓记碑刻于明正德十一年(1516),比宁波现存清雍正十年(1732)重刻明万历三十三年的"梁君庙碑记"早216年。在国内现存的梁祝文物中,时间上仅次于宜兴的"碧鲜庵"碑,列全国第二位。其他如"梁祝读书处"、"梁祝泉"石刻,也是明万历十六年(1588)原刻,也早于宁波的雍正碑。

(二)有一个"梁祝传说"的风物圈

从出土的《梁祝墓碑记》看,祝英台家济宁九曲村位于今微山县马坡乡泗河南岸,因泗河从兖州至此有九个弯而名,现已分为东九、西九两个村;梁山伯家的邹邑,即今邹县,而西居,则在马坡东南;马郎家的西庄,在今马坡北,现仍用此名;峄山,在邹县东南20余里处,山上有梁祝读书洞、梁祝泉、万寿宫梁祝像等遗址、遗迹;吴桥,在邹城西六十里,跨白马河,明隆庆年间被水湮没;梁山伯祝英台墓就在吴桥之东。以上所及地名,都在原邹县境内,因1953年增设微山县,将原邹县马坡等划归微山,故现在梁祝遗址、遗迹分属邹城市、微山县两地,但均属济宁所辖。

(三)民间"梁祝"传承丰富多彩

从中央电视台的专题片《寻访北方梁祝》可以看出,济宁民间的梁祝传承较为丰富,如打夯号子、山东琴书、拉胡腔等,马坡乡、九曲村的民间曾有不唱梁祝戏和梁、祝、马不通婚的习俗(与宜兴祝陵不演梁祝戏的习俗相类),这些非物质文化的传承,值得保护与研究。然而,传承中也不乏雕琢的痕迹,如一些村民称自己就是梁山伯的后代。无论从梁祝墓碑记还是当地的传说看,"梁祝"都未婚而死,他们的后代从何而来?况且,即使有梁姓、祝姓的家谱,怎么也不会上溯到"梁祝"这一辈的。又如,中国唐以前无论官学还是私学,均无"书院"之称。梁祝就读于峄阳书院,是根本不可能的。而且,"梁祝墓碑记"中也只说"同诣峄山先生授业",并未说是在峄阳书院读书。现在,不管说"梁祝"于峄阳书院读书,还是在"梁祝读书处"建峄阳书院,都缺乏依据,未免牵强。

(四)"梁祝起源汉代说"支撑疲软

"梁祝汉代说"是学术上标新立异的一种提法。济宁"梁祝汉代说"其最重要的依据,是2003年3月在离开梁祝墓碑不远处发现汉代墓葬,并在梁祝墓碑东约60米、距地表4米处挖出明代墙基,推断是明代所修梁祝祠的墙基,进而推断其汉代墓葬为原梁祝墓遗址。然而这些专家在对梁祝墓周围的墓地进行勘探发掘时,曾发现有多处汉代墓葬,却未说发现了合葬墓,也未曾出土任何可供定论的文字资料,因此缺乏强有力的支撑依据。因为,在先有传说的情况下,后人根据传说指认某古墓为"梁祝墓"的情况并不少见,不然全国就不会出现那么多的"梁祝墓"了。

(五)梁祝传说"运河传播"观点新颖,值得研究

"梁祝运河传播说"是樊存常先生提出来的。这一观点很具新意,也符合历史事实。因为大运河南起杭州,北至北京,经河北、山东、江苏、浙江四省及京、津两市,全长两千多公里,还通过洛、黄、汴、泗、淮、海诸水连接其他各省。在交通不发达的古代,大运河是人们交通、运输、经商的重要通道,因此成为"梁祝传说"传播的主要通道,是完全可能的。隋朝建都长安,为使长江三角洲的丰富物资运到东都洛阳,开凿了永济渠、通济渠,改造了邗沟与江南运河。当时的大运河南起余杭,经邗沟至淮安入淮河,向西北到洛阳,然后再折向东北至涿郡(今北京西南),并不经过济宁。元朝定都北京(当时称大都)后,于1283年至1293年先后挖通了济州河、会通河,经由济宁,形成今大运河的前身。从现在已发现的南齐到元代的记载来看,宁波、上虞、绍兴、宜兴、南京、陵县、济宁等地,都在大运河附近,并以宜兴为中心,通过大运河分别向南、北延伸。所以,无论"梁祝传说"源于江浙,还是源于中原,都应接受"梁祝"沿大运河传播的事实。

济宁是"梁祝"传播中的一个特殊的地区。它虽然没有早期的"梁祝"记载,但却有较早的出土文物;有迹象表明,济宁还是"梁祝传说"流传的一个辐射源,河南的"梁祝传说",很可能受到山东的影响;特别是

宜兴关于"梁祝"游学齐鲁的传说把"宜兴梁祝"与"济宁梁祝"联系起来,对研究梁祝传说的流变是大有裨益的。

注释:

❶ 详见樊存常《梁祝文化起源新探》,《梁祝传说源孔孟故里》第33页,文物出版社2005年出版。

❷ 娄一均《邹县志》"卷一·土地部·水利(附桥梁)"。

❸ 清焦循《剧说》"卷二"。

❹ 明万历《邹志》"卷二·陵墓志"原文为:"在唐有:仆射杜如晦墓(在城北五十里。按,如晦杜陵人,不知墓何以在此);梁山伯祝英台墓(在吴桥)。"

❺ 见1996年4月26日《济宁日报》,又见《梁祝文化大观·学术论文卷》第669页。

❻ 见樊存常《梁祝传说源孔孟故里——山东济宁》(《梁祝传说源孔孟故里》第5页),又见樊存常《爱的千古绝唱源孔孟故里》(《梁山伯祝英台家在孔孟故里》第6页,山东文化音像出版社2003年出版)。

❼ 陈金文:《山东济宁梁祝传说的类型》(《梁祝传说源孔孟故里》第99-102页)。

❽ 见嘉庆二年《增修宜兴县旧志》"卷十·艺文志·五言古"。

汝南——梁祝传说的重要传承地

为了深化"梁祝"研究,2009年11月,华夏梁祝文化研究会组织去河南考察"汝南梁祝",听取了当地宣传、文化、旅游部门的情况介绍,实地考察了红罗山书院、梁庄和梁祝墓。这次考察,进一步加深了对"汝南梁祝"的了解和"梁祝"重要传承地的认识。

一、汝南有个梁祝传说风物圈

相传西晋时,青年学子梁山伯辞家攻读,途遇女扮男装的学子朱(祝)英台,两人一见如故,志趣相投,遂于曹(草)桥结拜为兄弟,并同去红罗山书院读书。在书院,两人朝夕相处,感情日深。三年后,英台先归,山伯相送十八里。后英台被逼受聘于马家,山伯闻讯,悲愤交加,一病身亡,葬于马乡镇官道西侧。不久,马家前来迎娶,行至山伯墓前,英台执意下轿,哭拜亡灵,因过度悲痛而死,后被葬在山伯墓东侧。

汝南梁岗相传为梁山伯故里。(梦人摄)

现在,汝南县尚有朱董庄、梁岗、马庄、曹桥、红罗山书院、古京汉官道、梁山伯墓、祝英台墓、邹佟(梁、祝的老师)墓等传说中的遗址遗迹。

在汝南的传说中,祝英台不姓"祝",而是姓字音相同的"朱"。朱英台的家朱董庄在马乡镇东南,梁山伯的家梁岗在马乡镇西南,马文才的家马庄在马乡镇西北。据说,朱英台家离红罗山书院十八里,梁山伯家离红罗山书院也是十八里,去红罗山书院时必须经过一个叫做"曹桥"的村庄,所以才有了"曹桥结拜";而祝英台回家时,梁山伯把她从书院一直送到了家,所以才有了"十八相送"。古时候,有一条北起汴京南达湖广的官道,由北向南经汝阳县连接正阳县,正好从马乡镇穿过。所以朱英台嫁到马家必经马乡镇,因此梁山伯死后就葬在京汉官道西侧,朱英台祭坟死后就埋在官道东侧,与梁墓相望。

在汝南县委宣传部刘珊副部长的陪同下,笔者一行考察了红罗山书院、梁山伯故里梁岗和梁祝墓。祝英台的老家朱董庄因整体拆迁,已不复存在;曹桥因时间关系也没去成。

汝南县城西南90里有个王庄乡台子寺村,与正阳、确山两县相邻。从村北向四下看去,都是一马平川,只有百米开外有个土坡,这就是红罗山书院旧址。土坡并不大,也不高,宽与纵深均约百米,高也只有十余米而已。

问:"这么一个土坡,怎么会称为山?"

答:"因为这里都是平原,不像你们那儿多山,这样的高坡就已经算很高了。"

的确如此,在汝南城里,就有一座被称为"天下之中"的天中山,更比红罗山低。

土坡上有两排残破的平房,隐现在绿树与荒草中。两侧有清清的池塘,叫做鸳鸯池,可能是堆建土坡时取土留下的。前排平房中间高出一层,是为大门。门前有座平板石桥,桥下的河道连接着东西两侧的池水。大门西南不远,有一口古井,据说就是当年梁山伯帮祝英台挑水的地方。刘珊介绍说,这个高坡,据说是商周时期的遗存,后来又在此建了报恩寺,因似高台,故又名台子寺。相传梁山伯、祝英台求学的红罗山书院亦建于此。后来,在废寺上建了一所小学,因要恢复"梁祝共读"的红罗山书院遗址,学校已经搬迁了。

第二进校舍前有一块汝南县政府1990年立的"报恩寺遗址"碑,证实了刘部长所言。从残存的校舍看,其学校规模并不大,但从"山"上的树木看，还是有些年代的。特别是后坡一棵树干枯空的银杏树，树龄应在千年以上。

汝南县台子寺相传是梁祝读书的红罗山书院。（梦人摄）

刘珊说，"梁祝"的老师叫邹佟，现在村头还保留着邹佟夫妇的合葬墓。邹佟夫妇的墓很大，周围砌有矮矮的护垣，正面立有两块高大的墓碑，一块书"西晋邹佟之墓"，另一块书"西晋邹氏之墓"，均为隶体，看起来墓主人应当是个名人或很有声望的人。

梁祝墓在马乡镇东北的"京汉古道"旁，祝墓在东，梁墓在西。祝墓比梁墓稍大，直径约30余米，壅土高约5米；梁墓直径约20余米，壅土也略低些。两墓的四周均砌有护垣，把墓墩团团围住。英台墓碑向西南，分为两行，右上角竖书"西晋"两个小字，中间竖书"祝英台墓"四字，隶书；山伯墓碑向东南，中间竖书"西晋梁山伯墓"六字，楷书。梁祝墓南，还有座一步三孔桥，相传是为了方便"梁祝"阴魂相聚而建的，但实际上就是三个并列的直径约五六十厘米的圆形涵洞而已。

据说，"汝南梁祝"还有一个民俗。当地传说农历七月十五是"梁祝化蝶"之日，这天傍晚，人们会提着白色的灯笼从四处赶到梁祝墓前，自发地为"梁祝"送灯。关于这一点，陶立璠教授在《民间传说与传说学》中也曾提到："《梁祝传说》与中国传统的中元节习俗相联系。如河南汝南县有中元节向梁祝墓送白灯的习俗。"

汝南马乡的梁祝双墓(上图为祝英台墓、下图为梁山伯墓)。(梦人摄)

二、清末前这里的梁祝传说就很普遍

"汝南梁祝"为国内的研究人员共知,是在20世纪二三十年代。当时,河南学者沅君有一篇《祝英台的歌》,刊载在中山大学《民俗周刊》上。这首歌是流传在河南的民间歌谣,唱的是梁山伯十八里送祝英台回家的事(按:歌谣原文见本书《南齐〈善卷寺记〉是中国最早的"梁祝"记载》)。在歌谣的后边,沅君又叙述了当时河南流传的梁祝传说,原文如下:

"据说梁山伯的父亲和祝英台的父亲原是挚友。当梁祝二人还未生时,这两位老先生已给他们定下所谓终身大事。当时话是这样说的:如果两家生的孩子是一男一女,他们俩朋友就作亲家;若果两家生的都是女孩,则她俩在一处学针线;若果两家生的都是男孩,则他们在一处读书。后来祝家生的是女,梁家生的是男,依前约是要结为夫妇的。

但是生后不久,祝的父亲就死了,而梁家又一贫如洗;祝的母亲怕她女儿将来受穷,便告诉梁家她生的也是男孩,好在出生不久,相隔又远,他家也知道不清。

可是后来他们俩都到入学年龄了,梁家便约祝家同送儿子到一位老先生那里读书。祝家以有言在先,不能反汗,乃将祝英台扮成男孩送到学里。读了数年书,祝英台渐渐大了,女性所有的种种特征也渐渐显露出来;先生的夫人也起了疑心,用了许多方法调查出她是位小姐。为维持风化计,先生决定令英台退学回家。偏偏梁祝两位又是要好不过,所以祝离学回家时,梁便去送她。不过祝知道梁是她的未婚夫,而梁不知她是他的未婚妻,所以一路上祝借了路上种种景物做比喻,希望梁知她不是男孩子。以上所写的歌谣(笔者按:指《祝英台的歌》)便是。然而忠厚的梁山伯始终未了解她的意思,二人也只好糊糊涂涂地分开了。

别了许久,梁到祝家访她,祝的母亲令祝改装出见,她不肯改,梁于是恍然大悟,他的同床共砚的挚友,是易钗而弁的。后来祝的母亲将她另聘给一家,梁闻信,悲愤而死。祝对于她的母亲代定的这门亲,也是抵死不承认,最后那家许她先拜了梁秀才的墓再到家去,她方允许上花轿。轿到梁的墓上,她便下来拜墓;说也奇怪,墓忽然裂开,祝也钻进墓中了。墓复合。在后坟头出来一双花蝴蝶,这件恋爱故事由此结局。"❶

沅君所说的河南梁祝传说,与现在汝南流传的故事不同,其情节颇有特点:一是指腹为婚;二是祝母赖婚。所以才有山伯悲愤而死、英台至死不从的结局。

沅君即冯沅君(1900—1974),原名冯恭兰,改名淑兰,字德馥,河南唐河人,现代女作家,是哲学家冯友兰、地质学家冯景兰的妹妹,沅君是她的一个笔名。因《民俗周刊》虽刊载了她的《祝英台的歌》,但却把浙江宁波说成是梁祝传说的源头,所以,她于1932年去法国留学前,曾对河南流传的"梁祝"进行了采访,发现汝南县有一个梁祝传说的风物圈,其地名、方位、遗址、民俗等都与传说十分相似,民间文学资料尤为丰富,因此,提出了梁祝传说"河南说",即汝南马乡是梁祝传奇的发源地,并提出了"以河南为中心,渐次向风物圈周围扩张"❷的论点。

不管沅君女士的这一论点是否真正站得住脚,但至少有一点可以确认,就是早在清末,梁祝传说在河南就流传得相当普遍了。因为沅君说:"当我七八岁时,晚上总跟老妈睡觉;睡不着时,她总给我唱这个(祝英台的)歌。日长睡余;烦得猫不是,狗不是的,遂将此段歌谣消遣。至于它的名字是什么,我那位老干娘未告诉我,我也不得而知。反正是记述梁山伯送祝英台回家的。"❸沅君生于1900年,她七八岁时应是1908年前。当时,这首歌是老干妈作为儿歌或催眠曲来反复唱的,结果,小小年纪的沅君不仅学会了,而且一直记在脑海里没有忘记。我们可以想见,老干妈是绝对不会现炒现卖的,她至少在年轻时甚至小时候就学会了。可见,这首歌谣,至少19世纪在河南民间就相当普及了,而老干妈无意中就充当了一个传承人,沅君则又当了另一代传承人。

三、学术研究中尚有不少疑问须探讨

尽管沅君在20世纪三十年代提出了"梁祝河南说"(亦即"中原说"),后来又有许多学者对其进行了补充与丰富,然而,在学术研究中,仍有不少疑问。考察回来后,笔者扎进上海图书馆,反复查阅了典籍资料,觉得至少有五个问题,值得商榷。

(一) 为什么史志、古籍没有"汝南梁祝"的记载?

中国的许多"梁祝"遗存地或流传地,都发现了史志或古籍的文字记载。如江苏宜兴,从南北朝到唐、宋、元、明、清均有记载,可谓代不绝书;浙江宁波自唐以来,各朝亦有许多"梁祝"记载;宋代在江苏金陵、山东陵县也有了相关的记载;明代,不仅发现了山东邹县、曲阜、河北元氏的记载,在邹县还发现了明正德年间的"梁祝墓记"碑及万历"梁祝读书洞"题刻;到了清初,各地记载更多,如山东胶州、山西榆社、甘肃清水、四川铜梁等。然而,奇怪的是,在迄今所有学者的研究论文中,关于记载河南及汝南"梁祝"的史志与古籍却从未提到过。笔者曾查阅清康熙《汝阳县志》、康熙与嘉庆的《汝宁府志》以及民国《重修汝南县志》,即便在"杂志"栏目中,也没有找到一个与"梁祝"有关的文字。关于这一点,笔者曾经问过汝南的文化、旅游部门并得到了证实。康熙《汝阳县志》"序"称:"汝阳昔未有志也,附于郡也,今志之作也。"可见,除了《汝宁府志》外,人们看到的康熙二十九年的《汝阳县志》,就是最早的汝南县志了。

在各地的"梁祝"记载中,绝大部分都是关于传说的记载。这类记载在方志中,往往记于古迹、冢墓、寺观、坛庙、碑碣、列女、佚事及艺文里;而古籍则往往记于文人的笔记、诗词中。但在民国以前,汝南却没有发现任何这样的史志与古籍。如果说汝南是梁祝传说的发源地,那么在一千六百多年的时间里,又怎么会没有一点哪怕是佚事、传说之类的记载呢?

"人口迁徙说"认为,梁、祝姓氏均出中原,"梁祝"传奇发生在西晋,永嘉之乱后,随着中原望族包括梁姓、祝姓的南迁,把传说带到了江南。这种说法貌似有理,其实站不住脚。首先,望族的南迁,当地的梁姓、祝姓不可能一个不留地全部走掉,否则就无法解释现在还有梁氏后裔的存在,还有梁岗的存在。况且,如果梁氏、祝氏举族南迁,把传说带到了江南,那么汝南现在流传的梁祝传奇又是从哪里来的呢?难道是传到了江南千年以后,再回来寻宗认祖的吗?如果南迁中梁氏、祝氏没有全部走掉,那么,梁祝传说还应在留下的梁姓、祝姓以及当地的群众中传播,那为什么在一千六百多年中,"故事发源地"汝南竟找不到一点"梁祝"的记载呢?这恰恰说明,汝南并不是梁祝传说的发源地,而是一个流传地。只是在梁祝传说传到河南后,在汝南找到了与传说相对应的姓氏、地名及其他风物,促成了梁祝传奇与当地风物的结合,形成了当地的故事、民间文艺与梁祝传说风物圈。

在红罗山书院门前的地上,横躺着一块石碑,碑文分五行,共65字,第一行是"红罗山书院"的碑名;二至五行为正文及落款。上书:"□□(红罗)山书院距府城西南九十里,其史上□□□为梁山伯祝英台求学处。梁祝在□□□(此读书)三载,情深意笃,玉泉井、鸳鸯池、银□□□(杏树等)遗迹尚存"❹,落款为"明嘉靖辛丑"五字。如果按碑刻所署的时间,嘉靖辛丑应是1541年。但此碑除"明嘉靖辛丑"五字外,并无其他款识,且碑刻很新,书刻时间应不到两年。尤其是"府城西南九十里"的"里"字,刻成了"里里外外"的"里"的繁体字"裏",这一明显的错误,在明嘉靖年间的任何一个读书人都不会写错的。况且,汝南的方志中并无"红罗山书院"碑刻的记载,不知这块"明嘉靖辛丑"的碑刻源出何处?这一错误还发生在"梁山伯故里"的碑刻上。梁岗村口立有一块"梁山伯故里"的碑刻,该碑无款,隶书,字体与"红罗山书院"的碑刻完全相同,"故里"的"里"亦刻成了"裏",显然,这两块碑刻上的字都是现代人由电脑刻制的。刘珊同志曾说,这里的"梁祝"遗迹都保存在原始状态,没有刻意的修饰,只是去年搞了一些碑刻作为标志。可见,"红罗山书院"碑与"梁山伯故里"碑都是当代的产物。然而,明明是21世纪的东西,却硬要说成"明嘉靖辛丑"的碑刻,未免有作假之嫌。

(二)"梁祝"读书是在红罗山书院吗?

中国的书院制度始于唐而盛于宋,是中国古代教育史、学术史上具有重要地位的教育组织形式。民国《重修汝南县志》称:"书院之名,始于唐元和间,衡州李宽石鼓书院、南唐升元中的白鹿洞、宋初应天书院、潭州岳麓书院、西京嵩阳书院,是为五大书院,各路、府、州、县皆仿之。"❺因此,在"梁祝"生活的晋代,除了官学、私学外,国内并没有什么书院。所以,"梁祝"在红罗山书院读书,应当是后人附会上去的传说。

清代的《汝阳县志》、《汝宁府志》,对汝南的书院均有记载。康熙《汝阳县志》"卷之五·典礼志·社学"与嘉庆《汝宁府志》"卷六·书院·汝阳县"记载了汝南历史上的书院。有汝南书院(城南三里,明成化十七年建)、正学书院(县治西,明隆庆三年建)、天中书院(拱北门外,明嘉靖十三年建)、南湖书院(北廓外,雍正元年建)、新建书院(十字街东,国朝建)。民国《重修汝南县志》除记有汝南、正学、天中、新建、南湖书院外,又增记了淮西书院(城东,咸丰建)、南陔书院(城西康店,咸丰建)、寒溪书院(扬埠镇寒庄店,道光十六年建)。由此可知,汝南的书院始建于明成化十七年(1481),直至清末,没有一所书院建在离县城九十里的红罗山。

在"学田"的条目中,有一处旧额一顷二十亩是"在马乡店南",但不是马乡西南三十里的红罗山。该学田由知县岳和声(明万历进士)置,后知县王万祚(万历进士)奉文又置,且写有碑记。但王万祚的碑记说是东置一块,西置一块,并不在一处,同样也没有提到是在红罗山。

在红罗山(台子寺)设立学校,是在1923年。民国《重修汝南县志》"卷十·教育考下·各级学校一览表"记载:"五区区立水屯店初小校,(地址)台子寺,民国十二年成立。"至于台子寺或报恩寺,几部史志都没有提到。

关于"梁祝"的老师邹佟,几部方志的"人物志"里,也没有记载一个字。不仅如此,几部志书的人物志中连姓邹的人都没有记到一个。因此,不知"邹佟是'梁祝'老师"、"邹佟是西晋人"的说法,是从哪里来的。

在河南近现代的民间曲艺中,也并非都说"梁祝"是红罗山读书。如河南坠子《梁山伯与祝英台》说:"马乡路口来了两个学生,身上穿着蓝汗衫。一个是梁家庄的梁山伯,一个是祝家庄的英台女扮男。两人南学把书念,教书先生是闫志安";豫东琴书《梁祝姻缘》则说"梁祝"是周景王时的事,到南学红罗沂山把书念;鼓词《梁山伯下山》说:"祝英台女把男来妆,红罗邑山念文章";鼓词《祝九红扑墓》也说"梁祝"在"红罗高山把书念";大调曲子《梁祝》倒是说到红罗山读书,但却又把"梁祝"说成是宋朝后的人;只有三弦书《英台辞学》说:"山伯英台二学友,一同攻书红罗岗。"❻

鉴于以上情况,"梁祝"就读于红罗山书院的可能性几乎为零,应是由传说而生成的。

(三)马乡的双墓是梁祝墓还是二孝女墓?

沅君《祝英台的歌》中讲述的梁祝故事结尾是:祝英台出嫁时到梁山伯墓上哭拜,不料"墓忽然裂开,祝也钻进墓中了。墓复合。在后坟头出来一双花蝴蝶,这件恋爱故事由此结局"。可见,在清末,河南流传的梁祝传奇中,"梁祝"是同穴而葬,而不是梁祝双墓。

在汝南马乡,历史上确有一个双墓,但却不是"梁祝墓",而是二孝女墓。关于二孝女,汝南的几部方志均有记载。康熙《汝阳县志》称:"二孝女,马乡民,父刘玉,娶何氏,举七女。第四女痛父无子,誓不他适;第六妹感姊谊,即甘同志。随父母耨草艺菽,间为邻家补缀自活。父母没,悲不忍离,槁葬室中,屋坏为坟。隆庆丁卯,长者六十七岁,妹少四岁,蓬首垢面,着男子装,糜鬻不异农人。太守史公闻而延入郡,为文赞之,引见学使杨公,特置一区于郡城,匾曰:'孝节双清',月给粟布,终其身。事闻待旌。"❼嘉庆《汝宁府志》也有类似记载,民国《重修汝南县志》因袭之:"刘氏二女者,汝阳县南马乡人也。父刘玉,生七女,家贫力,田尝辍耕。坑上叹曰:生女不生男,缓急非所宜。其第四女、第六女闻之恻然,誓不字人。乃着短衣,代父耕作,日以菽水承欢,不啻两当户儿。及父母相继卒,二女哭之恸,无力营葬,即屋为丘,不忍离亲侧也。隆庆四年,知府史桂芳闻其事,同督学杨俊民躬诣其舍,请二女出见,年

皆逾六十,椎髻而前,形容樵悴。两公太息,为之泣下。为置一区于郡城,题其门曰:孝节双清。仍月给粟布,赡之终身。"❽

对于二孝女的墓葬,几部方志亦均有记载。康熙《汝阳县志》"卷之二·舆地志·冢墓"称:"刘氏二处女墓,马乡六十里";嘉庆《汝宁府志》说:"刘氏二孝女墓,在汝阳县马乡";民国《重修汝南县志》也说:"刘氏二孝女墓,在城南六十里马乡",同时,又在"卷首·古迹名胜摄影"刊载了二孝女墓的照片,其照片与现梁祝墓十分相似,其文字说明为:"二孝女墓。明刘氏二孝女矢志不嫁,躬耕以养父母,殁均葬北马乡。二墓东西相望。"

汝南志乘的艺文志里还收有咏马乡二孝女墓的诗词,在此就不细述了。

也许有人会说,"梁祝"属于传说,方志上不一定会有其冢墓的记载。然而,同为民间传说的"牛郎织女",汝南三部志书却有多处记载。如康熙《汝阳县志》"卷之二·舆地志·冢墓"称:"仙女墓,城西董会邨。按《异录记》:永子仲思母追葬衣冠之所。永墓在湖广孝感县";嘉庆《汝宁府志》"卷十一·古迹"称:"二孝庄,在府城西五十里,汉孝子蔡顺、董永故居";"艺文志"中还都收录了明傅振商《仙桥夕照》、清李根茂《重游仙女庙》的诗,然也唯独没有"梁祝"诗。

根据汝南方志中关于二孝女墓在北马乡的位置、东西相望的布局、冢墓照片的神似以及史志中没有"梁祝"(哪怕是传说)的墓葬记载的情况,人们有理由认为,现在传说的所谓"梁祝墓",实际上就是明代的"二孝女墓"。只是后来由于梁祝传奇的流传,才在民间出现张冠李戴的说法。

有消息称,2008年在河南新密县大隗镇桃园村考古发现了"梁祝合葬墓"。然而,既为考古发现,出土了哪些文物,足以证明它就是"梁祝合葬墓"呢?从公布的图片看,该墓并未开挖,那"考古"之说又从何谈起?难道围着墓墩走几圈,再找几个人问问就算"考古"了吗?笔者也查阅了清康熙三十四年(1695)及嘉庆二十二年(1817)的《密县志》,大隗镇确实记有两处冢墓:一是"衣冠冢,在大隗镇卓君庙前,相传葬卓君衣冠处";二是"明骠骑将军右军都督府都督佥事刘先墓,在大隗镇东五里,有明大学士杨荣墓记"。然两志均无"梁祝"墓的记载。

(四)"送灯节"是为专为纪念"梁祝"的吗？

在汝南"梁祝风物圈"里，中元节向"梁祝"送灯的民俗是十分浪漫的。但是，在汝南的县志里，中元节送灯却不是为的"梁祝"。康熙《汝阳县志》《卷之二·舆地志·风俗》称：七月"十五日墓祭，是日燃河灯"；民国《重修汝南县志》《卷十一·社会考·民生》也说："七月十五为中元日墓祭，夜燃河灯。城内各慈善团体延僧道结盂兰盆会，诵经施食，俗谓之放焰口。"

"盂兰盆会"是超度历代祖先的佛事，因为佛家称盂兰盆可以解先亡倒悬之苦。该佛事始于梁武帝萧衍，他于大同四年（538）在同泰寺设盂兰盆斋，此后上行下效，很快传播到民间。到了宋代，把"以盆供僧"改为"以盆施鬼"，求得先祖亡灵的超度。

盂兰盆会在农历七月十五日举行，延至全天。早晨，由僧人开坛，引魂诵经；然后是拜忏，持续到下午；晚上是"普施"，以放"焰口"为主。所谓"放焰口"，就是用法食赈济鬼魂；最后是烧法船、烧灵房、放河灯，常常延续到深夜。河灯又名荷花灯，一般做成荷花瓣形，灯笼内点上蜡烛，放于河中，其目的是普度水中的落水鬼与孤魂。

笔者在梁祝墓的村头，遇见一位六十多岁的老者，向他询问了有关情况。

"这两座墓是传说中的梁祝墓吗？"

"是的。"

"听说这里七月十五有个'梁祝送灯节'，把白灯送到河里，是纪念'梁祝'的？"

"没有。"

由此可见，汝南的中元送灯，只是中元节"解救亡灵"活动的一个部分。汝南称七月十五是祝英台忌日，因此把放河灯说成是纪念"梁祝"。尽管这只是一种附会，不过，这一活动如能年复一年地坚持在马乡搞下去，今后可能会形成当地的一种新民俗。

(五)汝南祝英台为何姓朱？

在汝南的传说中，祝英台不姓祝而姓朱，叫做朱英台，家住朱董庄。这里就有一个疑问。如果汝南真是梁祝传说的发源地，那么全国绝大多数流传地的英台都应当姓朱而不姓祝。因为，"朱"与"祝"在北方是语音相同、声调各异,流传时确有搞混的可能。但在江南,"祝"字读"作",音 zuo,去声;"朱"字读"资"或"居",音 zi,去声或 ju,平声。两者的读音是完全不同的。如果"梁祝"发端于汝南,至少传到江南是不会变成姓祝的。有人也许会以唐《十道志》记"竺英台"相辩,然"祝"与"竺",无论是北方或是南方,均为同音同声,确实是会产生混淆的。而这里的情况却不同,偏偏只有汝南的英台姓朱,国内其他地区的英台都姓祝,这从又一个角度说明,汝南不是梁祝传说的发源地,只是在梁祝传说传到汝南后与当地风物相结合而产生的变异。因为当地有梁岗、书院、坟墓等附着物,但却没有祝家庄与草桥,而这两个地名,恰与朱庄、曹桥同音,由此产生附会是合情合理、完全可能的。

四、汝南是梁祝文化的重要传承地

从以上考察与考证看,汝南绝不是"梁祝传说"之源。显然,沉君女士当年的采访,得出了一个错误的结论。

冯沉君于1925年后,就在金陵大学、复旦大学、北京大学等校任教,1932年夏即赴法国巴黎大学学习。因此她到汝南采访,很可能是在年初的寒假里或春节省亲之时。以当时的社会环境与交通工具的速度,她在汝南采访的时间不会太长,更没有时间去查阅史志、古籍资料,而主要是了解当地流传的戏曲、民间文艺与传说以及考察传说中的遗存。因此,我们可以认为,沉君关于汝南马乡是"梁祝"家乡的结论是十分仓促与粗糙的。因为,仅仅靠风物圈与民间文学的支撑是无力的,也是经不起推敲的。

然而,有一点应当肯定,就是汝南仍不失为中国梁祝文化的一个重要传承地。其原因有二:

一是河南的梁祝传说,至少清代就已普及。从《祝英台的歌》可知,清末时,梁祝传奇不仅已经成为民间的歌谣,已在妇孺间普遍传唱,而且,歌词中不乏北方的方言,如"洼"(低地)、"秫秫"(高粱)、"打瓜"(西瓜的一种)等。一个传说,从甲地传到乙地之后,到在乙地传开并普及,再到与当地的地名、风物结合,成为当地的故事,再到变成歌谣传唱,再到民间直至妇孺中普及,需要较长的时间。因此,我们说河南的梁祝传说,在清代就已普及绝不过分。

二是河南关于"梁祝"的传说、民谣、曲艺、戏剧等民间文化,是中国宝贵的非物质文化遗产。现存河南最早的曲艺本子,是上海用清末(1900)刻本校勘的石印本——鼓词《新刻梁山伯祝英台夫妇攻书还魂团圆记》❾。该鼓词称梁、祝、马都是东京河南府人,祝家住玉水河边祝家村,梁山伯住在胡家桥。祝英台听说孔夫子在杭州开学馆,女扮男装去杭州读书,行过五里,在草桥关歇息时遇到胡桥梁山伯,结为兄弟,同往杭州学馆读书三年,后英台怕被识破女装而回家。山伯相送到十里长亭,分手时英台托言嫁妹,约山伯早日前来提亲。英台回家后,爹爹做主,将其许配河南马员外之子马文才。楼台相会后,山伯一命呜呼。马家迎亲途经胡桥山伯墓,突然阴风四起,轿不能行,英台下轿吊拜,坟开埋壁。马文才扯住半幅花裙,化成一对花蝴蝶。观此鼓词的内容,除了梁、祝、马均为河南人外,其余均与浙江传说相类,且没有河南特有的歌谣与风物,如梁祝相送中的比喻,分别是树上的斑鸠、山上的樵夫、紫金山上少牡丹、山中的龙爪花、山坳里的西瓜、山边的野草花、墙头的石榴、河上的鹅、反写的"女"字、留在河边的花鞋、拢岸的渔船、咬人的瘟犬、还俗的和尚、庙里的金童玉女、同宿的双雁、井上打水的吊桶、坟里的死人等。其中"过了一滩又一井,吊桶不出井边上,我拿吊桶你拿绳,好比你我一双人,与你丢在井栏内,千提万提提不醒"与河南歌谣略相似,但此并不能算作河南的特有风物。所以,这个鼓词本子,应是根据浙江传说的本子改编而成的。

收入汝南《中国梁祝之乡文集》(2006年8月中华书局出版,以下简称《文集》)的戏剧有元戏文《祝英台》、杂剧《梁祝怨》、明传奇《访友》、京剧《英台抗婚》(节选)、江淮剧《梁山伯送别》、淮剧《园会》、豫剧《梁山伯与祝英台》(节选)、《梁山伯下山》、《梁祝情》、拉场戏《梁山伯相思》、《拉君》等;曲艺有河南坠子《红罗山》、大曲调子《红罗山攻书》、三弦书《梁祝姻缘》、豫东琴书《梁祝姻缘》、鼓词《柳荫记》等。其中,与河南有关的戏剧,最早的是杂剧《梁祝怨》,该剧是安徽颍上常任侠先生(1904—1996)求教于剧曲大师吴瞿安(1884—1939)编成,并经吴瞿安先生点校的。原名叫做《祝梁怨》,共四折,是民国乙亥(1935)的一个本子。该剧虽称梁祝在"高山学道",但许多内容与河南的传说相仿,其中还夹唱着不少"山歌"。如:"走一庄来又一庄,庄庄小狗吠汪汪。不咬前头好男子,单咬后面女娥皇";"眼前一道河,河中一阵鹅。前头雄鹅打出浪,后头母鹅紧跟着。你我二人好一比,好比母鹅随公鹅";"走一洼,又一洼,洼洼里头好庄稼。高的是秫秫,低的是棉花,不高不低是芝麻。芝麻棵里种小豆,小豆棵里种打瓜。有心摘给梁哥吃,恐怕你吃得滋味连根拔";"走一井来又一井,井井里头柏水桶,三尺麻绳垂下去,俺的梁哥呀也,千提万提也提不醒"❿,这些都与沅君《祝英台的歌》相似。从清末曲艺到民国戏剧中内容的变化,可以看出河南梁祝文艺变化的轨迹:在清末前,已将浙江的本子移植过来,加入了河南的地名;到了民国间,梁祝戏剧中就加入了许多河南的民谣,使得本子更贴近河南、更容易被当地群众所接受了。

在屈正平著的《汝南风土记》(远方出版社2002年8月出版)所引的山歌中,田野味更足:"太阳呀一出呀紫霭霭,一对子学生下山来哈呀,嗯咳呀哈,一对子学生下山来呀。头里呀走着梁山伯啦哼,后头紧跟着祝英台哈呀……"⓫可见,剧本中所说的"山歌",的确是艺人根据民间的歌谣编入的。而这些山歌编入戏剧后,又反过来加快了它的传播与普及。

与河南有关的戏剧本子还有豫剧《梁山伯下山》和《梁祝情》⓬。前者为1963年河南省剧目工作委员会编印的,后者是1997年汝南豫剧团的演出本,编剧陶群。在1963年的本子中,虽未提到红罗山等汝南有关的地名,但却有与《祝英台的歌》相似的内容,如"梁(唱)日头出来紫暖暖,祝(唱)对对学生下学来,梁(唱)前面走着我梁山伯,祝(唱)随后紧跟我祝英台"。又如"走一洼来又一洼,洼洼里头好庄稼。高的是秫秫,低的是棉花,不低不高是芝麻。芝麻棵里带打瓜……我有心拿个叫你吃,师哥呀,还怕你吃着甜来连根拔"、"走一河,又一河,河河里边有对鹅。头里公鹅呱呱叫,后边母鹅叫咯咯(哥哥)"。特别是经过白衣奶奶庙(即今白衣阁),围绕求白衣奶奶赐婚等做了不少文章。而1997年的本子,虽把梁祝传奇的发生时间定在东晋中晚时期,但已把现在传说中的风物全部编进了剧本,祝英台的家也住在朱董庄了。

为什么说民国期间的杂剧《祝梁怨》是河南最早的戏剧本子?因为元代白朴作有《祝英台死嫁梁山伯》,该传本已佚。元戏文《祝英台》见于明钮少雅《南曲九宫正始》，该书收有"醉落魄"、"傍妆台"、"前腔换头"三支曲文，题为《祝英台（元传奇）》。但从残存的内容中，看不出其故事发生在河南；同样，明传奇《访友》一折说到"在江亭分别"，显然地点也不在汝南。

笔者注意到，收录于《文集》里的戏剧，均出自1999年中华书局出版的《梁祝文化大观》。笔者把《文集》中的戏剧本子与《梁祝文化大观》中的本子进行了核对，发现《文集》的编纂者在收录时，对许多剧本的地名、风物等关键部位进行了改动。如：

京剧《英台抗婚》原是程砚秋的演出本，"园会"中"你我杭州一别"改成了"你我书院一别"；"祭坟"中梁山伯葬在"清道山旁"改成了"马乡路旁"。⓭

江淮剧《梁山伯送别》中"杭城攻书三年整"改为"红罗攻书三年整"；"叫你杭城把书读"改为"叫你红罗把书读"；"过了一堂到一凹，凹凹里面长芝麻"改为"过了一洼到一洼，洼洼里面长芝麻"。⓮

淮剧《园会》"定在那胡桥镇上立坟台"改为"定在那马乡镇上立坟台"。⓯

河南豫剧团的豫剧演出本《梁山伯与祝英台》（节选）本来完全是浙江的本子，《文集》均作了改动。其中"楼台会"一折："那一日钱塘道上送你归"改为"那一日红罗山送你归"；"曾记得草桥俩结拜"改为"曾记得曹桥俩结拜"；"死后我不葬污垢地，就在那胡桥镇上立坟台"改为"死后我不葬污垢地，就在那马乡镇北立坟台"。"山伯临终"一折："与英台杭城读书三长载……我死后胡桥镇上立坟碑"改为"与英台红罗读书三长载……我死后马乡镇北立坟碑"。"逼嫁"一折："祝家门前停花轿，那胡桥镇上立坟碑"改为"祝家门前停花轿，那马乡镇北立坟碑"；"花轿先往胡桥镇"改为"花轿先往马乡镇"。⓰

同样的情况在曲艺中亦有发生。如鼓词《柳荫记》，为清末（约1870年左右）四川桂馨堂刻本，《文集》收录时亦做了大量修改：

1. 梁祝的籍贯，原作梁山伯是苏州府卧龙岗人，祝英台是苏州郡白沙岗人，马家也是苏州富户，但《文集》中，梁被改成汝南郡梁岗人，祝被改成汝南郡祝家庄人，马也被改成汝南富户。

2. 读书处，原作中37处"尼山"，有36处被改为"红罗山"，1处改为

"书院"。

3. 原作有4处说到途经"长江",其中2处被改为"长港",2处被改为"汝河"。

4. "梁祝"的先生,原作是"孔夫子",现2处被改为"邹夫子",1处漏改,仍为孔夫子。

5. 梁山伯葬地,原作是"南山",共有6处,均被改为"马乡"。⑰

《文集》的编纂者这样做的目的,无非是想让人相信,"河南梁祝"的曲艺与戏剧不仅时间很早,而且门类很多,不少剧种与曲艺都是演唱的"河南梁祝"。然而,现存最早的"河南梁祝"戏剧本子,是1935年民国间的,连清代的都没有,不要说元、明了。

笔者以为,为了传承当地流传的文化,各流传地可以把传说编成新的文艺作品,但绝不应是抄袭。其实,河南的豫剧"梁祝",就有过好的先例。新中国成立初期,河南省豫剧团的《梁山伯与祝英台》从越剧移植而来,所唱的内容都是浙江;到了1963年的本子,就有了自己的东西,有了《祝英台的歌》中的山歌内容;再到1997年,汝南豫剧团才有了真正的当地的传说本子。这四五十年的演绎,正是豫剧"梁祝"逐渐由移植到改编再到根据当地传说的再创作,而逐步实行转化的真实过程。

从河南的曲艺中,我们还可以看到一个"梁祝"流传的轨迹。河南曲艺中关于"梁祝读书处"的说法有许多种,有红罗沂山、红罗邑山、红罗高山与红罗山等。为什么会出现这种情况呢?因为河南的梁祝传说,很可能是从山东流传过来的。众所周知,沂山是在山东。山东的济宁在明正德间重建了梁祝墓,留下了"梁祝墓记"碑(1516),其碑称梁祝"同诣峄山先生授业"。而沂山、邑山均与峄山同音,因此,它们很可能就是"峄山"在流传中的变异。而河南的民间艺人,根据山东流传过来的山名,再结合当地的风物红罗山,把梁祝读书处说在"红罗沂山"、"红罗邑山"是完全可能的。

另外,冯沅君当年所记的河南梁祝传说很有特点:一是指腹为婚,二是"梁祝"幼学,三是祝母赖婚,这是其他地区鲜见的。因此,笔者认为,河南不仅是中国梁祝文化的重要传承地,而且还是梁祝传说"指腹为婚"情节的发源地。

注释:

❶ 沅君:《祝英台的歌》,中山大学 1930 年 2 月 12 日《民俗周刊》"祝英台故事专号"第 63-64 页。

❷ 刘建康:《千古绝唱出中原》,见《中国梁祝之乡文集》第 2 页,中华书局 2006 年出版。

❸ 沅君:《祝英台的歌》,中山大学 1930 年 2 月《民俗周刊》"祝英台故事专号"第 62-63 页。

❹ "□"为碑刻照片未拍到的字。

❺ 见民国二十七年(1938)《重修汝南县志》"卷九·教育上·书院"。

❻ 以上曲艺均见《梁祝文化大观》(曲艺小说卷),以序分别为 90 页、55 页、288 页、293 页、108 页、128 页。

❼ 清康熙二十九年(1690)《汝阳县志》"卷之九·人物志·列女"。

❽ 见清嘉庆元年(1796)《汝宁府志》"卷二十一·列女"及民国二十七年(1938)《重修汝南县志》"卷十七·人物考下"。

❾ 见路工《梁祝故事说唱集》第 55-105 页,1985 年上海古籍出版社新一版。

❿ 见《梁祝文化大观》(戏剧影视卷)第 21-22 页。

⓫ 屈正平:《汝南风土记》第 175 页,远方出版社 2002 年 8 月出版。

⓬ 分别见《梁祝文化大观》(戏剧影视卷)第 465-478 页、第 479-510 页。

⓭ 分别见《梁祝文化大观》(戏剧影视卷)第 183-191 页、《文集》第 175-182 页。

⓮ 分别见《梁祝文化大观》(戏剧影视卷)第 238-246 页、《文集》第 183-190 页。

⓯ 分别见《梁祝文化大观》(戏剧影视卷)第 247-248 页、《文集》第 191-192 页。

⓰ 分别见《梁祝文化大观》(戏剧影视卷)第 457-464 页、《文集》第 193-199 页。

⓱ 分别见《梁祝文化大观》(曲艺小说卷)第 244-287 页、《文集》第 316-353 页。

铜梁——淹没在山沟里的"梁祝遗存"
——兼论传说在"遗存地"长久流传的条件

在历代志乘关于"梁祝"的记载中,笔者发现重庆铜梁县曾有较多的遗存。然而,经过实地考察,该地现在仅存"梁祝村"、祝英台山地名,"梁祝"化鸟传说以及祝英寺、梁山伯庙遗址,其余均已湮灭。

一、志乘中曾有多处"梁祝遗存"记载

铜梁的"梁祝遗存",至少在清初就已经存在了。

(一)清康熙四十四年(1705)《古今图书集成》"方舆汇编·职方典·第六百十一卷·重庆府部汇考五·重庆府古迹考·合州"称:"祝英台寺,在治东二十里。寺前里许,有祝英台故里坊;又数里,有祝英台坟墓;又二十里白沙寺路瀑里滩岸上,有祝英台书题'大欢喜'石碑;行数武(按:古以六尺为步,半步为武),又有'错欢喜'石碑,皆祝英台书。"

该书记载了铜梁的四处"梁祝"遗存:
1. 祝英台寺。
2. 祝英台故里坊。
3. 祝英台墓。
4. 祝英台所书的"大欢喜碑"、"错欢喜碑"。

《古今图书集成》所载的内容,注出《重庆府志》。但目前京、津、沪、渝图书馆所存的《重庆府志》,仅有明万历三十四年丙午(1606)张文耀志和清道光间王梦庚志两种,都未见到关于"铜梁梁祝"的记载。查阅明万历七年(1579)刘芳声所修的《合州志》(当时铜梁县尚属合州辖),其"卷之一·地理·山水"、"卷之七·王制·牌坊"、"卷之八·外志·古迹、寺观、茔墓"亦无"铜梁梁祝"的记载。由于明末的《重庆府志》尚无此记载,《古今图书集成》所引《重庆府志》记载,应出于康熙间。

(二)道光十二年《铜梁县志》记载"铜梁梁祝"凡四处:

1."卷一·地理志·山川"称:"祝英台山,在县南二十里"。

2."卷一·地理志·古迹"称:"大欢喜碑,在县南蒲吕滩河岸,祝英台书"。

3."卷八·杂记"称:"明季献贼驱逐流民,男妇数百至蒲吕滩岸上,人心汹汹,苦无舟楫。突见河中石梁浮起,广数尺,流民争渡。贼追至,石梁复沉,遂不得济。渡河者以是得免于难焉。后里人祝英台书'大欢喜'三字勒诸碑,以表奇异。按,县南有山曰祝英台山,左即其故里,石坊尚存。据此则祝为里人无疑"。

4."卷首·疆域图·铜梁山水"上,于县治东南、蒲吕场之北,画有山,山上有房屋,标有"祝英台"三字。

道光志与《古今图书集成》比,不仅增加了"祝英台山"的记载,还把"里人祝英台"的来历讲清楚了。

(三)光绪元年《铜梁县志》,记载"铜梁梁祝"也有四处,其中三处因袭道光志记之,但把祝英台山的地址改成了县东二十里,并于"卷之一·地理志·茔墓"又从《古今图书集成》增加了"祝英台墓,在县东祝英寺前"。

(四)民国《新修铜梁县志》。该志由郭朗溪于民国三十五年受县参议会委托修纂,历经三年,于1949年底完成手稿,后于1992年刊出。其志三处记载"铜梁梁祝":

1."第一卷·建置(第二)·(丙)坛庙"称:"祝英寺,(所在地)全德乡祝英台山,宋宣和时建。明万历、清嘉庆历加修葺"。

2."第七卷·古物、古迹(第二十五)"称"大欢喜碑,在县南蒲吕滩河岸,祝英召书"。

3."第七卷·附冢、墓、碑、坊"称"祝英台墓,在县东祝英寺前"。

该志称大欢喜碑为"祝英召"书,未知是其人本名还是刊印中的排字错误。

有人引郭朗溪《新修铜梁县志》之文,称是清乾隆《铜梁县志》所载❶,是不对的。据光绪《铜梁县志叙》,铜梁有志始于明代,然却毁于兵燹。清乾隆二十九年(1764),邑侯郑公曾留心收辑,然仅刻人物、艺文二志,逢战事中止。嘉庆十三年(1808),邑侯吕公复加增纂,在这六十年中,经过三次考订,直至道光十一年(1831)始有完书。因此,道光《铜梁县志》乃是现存最早的铜梁方志,无怪光绪铜梁志称:"县志之有完书,自道光十一年始。"乾隆间虽曾修志,但仅撰"人物"与"艺文"两部分,故"梁祝"遗存之记载,不可能是乾隆间所记的。

二、清代志乘中的"梁祝遗存"所剩无几

怀着对"铜梁梁祝"的极大希望,笔者于2013年4月,赴铜梁县城东街道梁祝村、蒲吕镇蒲吕滩进行了实地考察,在梁祝村副主任的陪同下,采访了关心与了解当地历史人文的老人(李成忠,84岁,原祝英村书记,居梁祝村1组;李德轩,73岁,退休职工,居梁祝村3组;李兴永,72岁,曾住祝英寺内)以及相关群众。通过考察,发现清代志乘中记载的"梁祝遗存",目前已经所剩无几。

2013年,笔者在铜梁县城东街道(原全德乡)梁祝村三组采访梁祝遗存知情人李德轩老人。

(一) 仅存地名与传说的有:

1. "梁祝村"。在铜梁县城东,原属全德乡,现划入城东街道。这里原有祝英村和梁山村两个自然村,祝英村在梁山村东北,两村相隔一公里,但中间隔着一道山沟。新中国成立前,梁山村归祝英村管辖,1953年分成梁山、祝英两村,2007年合并,重兴组建后更名为"梁祝村",其中原祝英村为1~5组,原梁山村为6~10组。据陈主任介绍,这里虽住有梁姓与祝姓人家,但为数不多。

2. 祝英台山。在祝英村,从山脚到山顶,高约百余米,现有大路直达山上。山顶原有祝英寺,已改建成学校。

3. "梁祝化鸟"传说。当地有一种珍稀的长尾小鸟,不知雀名,一为黄色,一为白色,出现时总是比翼双飞,相对鸣叫,很多人见过,相传为"梁祝"所化,人们称之为"双雀"或"梁祝鸟"。

(二) 仅存遗址的有:

1. 祝英寺。在祝英台山顶。据李德轩介绍,祝英寺原名白云庵,由铜梁迁来。后来出现双雀,人们称此雀为"梁祝"所化,遂改名为祝英寺。寺内有碑,记载了祝英寺之缘由(李兴永称寺内有碑一块,乃重修时善款之功德碑)。李成忠称,寺内菩萨很多,后殿正中供有梁山伯、祝英台。但李德轩、李兴永均予否认,称寺内从未供有"梁祝"。李德轩说,原祝英寺的山门是座牌坊,两侧种有慈竹,中间有大道直通正殿。正殿供有释迦牟尼、四大天王等,后面是观世音菩萨;后殿居中的是关圣人,两侧是刘皇叔、张飞,刘关张边上还有孔夫子、赵公明等,并无梁山伯和祝英台。祝英寺内的菩萨于"文革"中被毁,改建学校后,全埋在地基下了。在学校边的草丛里,笔者见到一尊无头的菩萨(就是2009年3月17日《重庆晚报》报道中称为"梁山伯"的那尊),去头后高约1米,右臂已断,身着长袍,腰系玉带,袖口紧扎,是一名官吏或武将,并不是什么"梁山伯"。村里有户人家,请回一尊菩萨,比草丛里的那尊略小,无头,披甲,也是员武将。而《重庆晚报》所称被人请走、供奉私人家中的"女像",村副主任陪同笔者询问多人,却无人知晓。

2. 梁山伯庙。在梁山村,距祝英寺里许,志乘无载。据李德轩称,梁山伯庙是有了双雀传说后,才在梁山村兴建的,里面确实供有梁山伯和祝英台的塑像。但建成后就被大火焚毁,后来再也没有重建。关于庙的焚毁,李德轩说印象很深,肯定是在建成的当晚,由此可知,梁山伯庙的兴建,是在民国间。笔者查勘

原祝英寺遗存的菩萨。

了原址,该庙建在高岗上,临崖的一面用方石砌成护墙。残垣边,残留着五六尊无首菩萨,大小与祝英寺的相仿,像是庙毁后有人把它们搬到了一起,身上全被浓厚的青苔覆盖,辨不清模样,不知其中是否有梁山伯、祝英台。

原梁山伯庙遗址。

(三)已经湮灭的有:

1. 祝英台墓。据志乘记载,这里原有祝英台墓,但当地老人均不知祝英台墓在何处。李成忠说:"'梁祝'是戏文里的事,在苏杭读书。祝英山顶上有坟,但不知是不是祝英台的(现在祝英山上的墓均是新墓,没有祝英台墓)。"而李德轩说:"这里没有祝英台墓,也没有十八相送古道,他们读书是在庐山"。当笔者问及"雷打坟"与"化蝶处"时,李成忠说"雷打坟"在梁山村;三组的李德轩也说"雷打坟"不在祝英村,且当地只有"梁祝化鸟"的传说,称"化蝶"是戏文里说的。

关于祝英台墓,清《古今图书集成》称,距祝英寺"数里",而光绪《铜梁县志》、民国《新修铜梁县志》均称"在县东祝英寺前",二记差距较大。按理,祝英台应是祝英村人,其墓葬应在祝英村,不会跑到梁山村去的。那么,梁山村的"雷打坟"则不应是祝英台的墓葬。按照光绪志、民国志的记载,祝英台墓应在祝英山上、祝英寺前,现祝英山上虽有墓葬,但却不是祝英台墓,当地人也没听说过有什么祝英台墓。也许,记载中的祝墓,就是书写"大欢喜碑"的祝英台(或祝英召)之墓葬,后来自行湮灭了,所以,现在的祝英村人都不知道祝英台的坟墓。况且,现祝英寺前有许多民居,且有山道可通汽车,因此,亦有可能在修建房屋或山道时,作为无主坟墓被铲平了。

2. 祝英台故里坊。清《古今图书集成》称,(祝英)"寺前里许,有祝英台故里坊";道光志、光绪志均称:"县南有山曰祝英台山,左即其故里,石坊尚存。"据此,则祝英台故里坊应在祝英寺东里许,与梁山村的方向相反。但当地人均不知曾有过"祝英台故里坊"。该坊民国志不再提及,可能在民国间即已湮灭。

3. 大欢喜碑。诸志均载,在蒲吕滩河岸。然铜梁县文管所称此碑现已不存;铜梁县蒲吕镇政府称,现在连蒲吕的涧滩都没有了。

光绪志称:"蒲吕滩在蒲吕场,滩险而长,舟行不易",说明过去蒲吕滩是可以通舟的。"蒲吕滩"即"瀑里滩",《古今图书集成》所载无误。李德轩说,蒲吕滩原名瀑里滩,后来设了蒲吕乡,遂更名蒲吕。笔者往蒲吕考察,此处已规划成工业区,《古今图书集成》所载的"白沙寺"仍在,蒲吕滩乃山下之涧,现已淤为湿地,且大部辟为农田。昔日行舟之险滩,确实不复存在了。

如今的蒲吕滩,不再通舟。

三、试析铜梁等地"梁祝遗存"湮灭之缘由

在清及清以前的典籍里,中国至少有十四个地区产生了"梁祝"传说的遗存,然而,如今"梁祝遗存"保留较为完好的仅有江苏宜兴、浙东宁波(含上虞、杭州)、山东济宁及河南汝南。为什么多数地区的遗存会逐渐湮灭,只有少数地区的遗存能保留下来呢?笔者试将各遗存地的情况进行分析,得出如下结论:一个传说遗存的长久保存,不仅需要有与传说相匹配的风物圈作为基础,而且需要有融入当地风物圈的独特的传说作为支撑,同时还需要有一定的载体与平台作为媒介,这三个方面缺一不可。

(一)与传说相匹配的风物圈,是传说得以流传与变异的基础

在各"梁祝"传说遗存地中,根据历代的记载和考察情况进行分析,发现多数地区的风物圈与传说不匹配或不完整。

1. 具有与传说较为匹配的风物圈的有江苏宜兴、浙东宁波(含上虞、杭州)、山东济宁及河南汝南四处,均有梁家庄、祝家庄、马家庄,有读书处,有墓葬等。

(1)江苏宜兴。善卷山南有祝英台故宅、山北有梁家庄、山西有马家庄;山南碧鲜庵为祝英台读书处;山南有祝英台琴剑冢、东南青龙山上有祝英台墓;有祝陵地名;有祝陵到十里亭的十八相送之路;在梁家庄、祝家庄与马家庄间有胡桥,旁有梁山伯墓遗址;有民间传统的"观蝶节";有黑色凤蝶祝英台、黄色彩蝶梁山伯和"碧鲜竹"等。❷

(2)浙东宁波(含上虞、杭州)。风物圈较大,梁山伯家会稽、祝英台家上虞、在钱塘读书;宁波有梁山伯墓(祝英台合葬)、梁圣君庙;有梁山伯庙会;有黑色绿腰带蝴蝶梁山伯等。❸

(3)山东济宁。祝英台家在邹县九曲村、梁山伯家在邹县西居;吴桥为梁祝结拜处,并有梁祝合葬墓(以上地名,今均属微山);邹城县峄山为"梁祝"读书之处。❹

(4)河南汝南。梁山伯家梁岗、朱英台家朱董庄、马文才家马乡镇;有曹桥,为"梁祝"结拜处;有红罗书院,为"梁祝"读书处;从红罗山书院到梁岗和朱董庄都是十八里,于是就有了十八相送的故事;有梁山伯、

祝英台分葬墓；民间有七月十五送灯节。❺

2. 风物圈与传说匹配不够完整的有甘肃清水、重庆铜梁、安徽舒城、广西藤县。

(1) 甘肃清水。梁山伯与祝英台同为清水人，邽山之麓有梁祝墓。

(2) 重庆铜梁。有祝英村、梁山村，祝英村东南有马家湾；有祝英台山、祝英寺、祝英台墓；有祝英台故里坊；有祝英台所书的大欢喜碑；有"梁祝"双雀。

(3) 安徽舒城。东门外有祝英台墓，附近居民，半数姓祝。传说梁山伯家在南港镇向山村梁桥，祝英台家在南港祝家庄，马文才家在南港镇鹿起村（一说南港镇官庄），在花梨书院读书（一说春秋学堂）。

(4) 广西藤县。祝英台家在龙巷岭嘴，梁山伯家在天平黄岗岭、马文才家在滕州镇平政村；有英台庙、山伯庙；有"山伯诞"祭拜活动。

3. 风物圈与传说基本不匹配的有：

(1) 江苏苏州：有的古籍称梁为苏州人，蝴蝶大而五色者俗呼梁山伯、祝英台。

(2) 江苏金陵：城西南二十里有祝英台寺。

(3) 江苏江都：郡城北槐子河旁，有高土，俗呼为祝英台坟。

(4) 江苏镇江：大蝶黑或青斑如玳瑁者，俗名梁山伯。

(5) 浙江绍兴：浙东传说梁为会稽人。

(6) 浙江嘉兴：称大黑蝶有红、白点者为梁山伯。

(7) 山东陵县：林镇有梁山伯祝英台墓。

(8) 山东曲阜：孔庙有"梁祝"读书处。

(9) 山东胶州：州南百里祝家庄有祝英台墓。

(10) 河北元氏：南左村西北有古冢，传为梁山伯墓。

(11) 山西榆社：县西南十里响堂寺，石室内有二石，像梁山伯祝英台。❻

（二）传说融入当地风物圈，形成独特风格的变异，是得以长久流传的必要条件

有了与传说相匹配的风物圈还不行，传说还得融进去，并与当地风物圈相结合产生变异才行。如果传说不能融入当地的风物圈，或不能按照当地风物圈产生变异，那么传说就不会在当地广泛、长久地流传。

在以上"梁祝"传说遗存地中,能将传说融入当地风物圈,并形成独特风格变异的地区也只是少数。

1. 江苏宜兴:明季冯梦龙《古今小说》中按照宜兴的传说,记载了"梁祝"故事。当然,宜兴的传说远不止这些,宋代就有了祝英台"幼与梁山伯共学,后化为蝶"的记载。宜兴的传说称:祝住善卷山南,梁住善卷山西北,马住善卷山西。祝父生了八个女儿,第九个祝英台生下来谎称是儿子。到了读书年龄,到村旁碧鲜庵读书,同学中有梁山伯、马文才。梁、祝结为兄弟,同往齐鲁游学、同去苏州访友。三年学成,梁去余杭游学,祝年届及笄不能前往,遂有琴、剑、扇相赠、十八里相送与托言嫁妹。山伯回来,祝已字马家,郁郁而亡,葬村西胡桥。次年三月廿八,英台出阁,途经胡桥祭吊,撞碑而死,化作彩蝶。❼

宜兴传说的特点,一是祝英台自幼男装,当男孩抚养;二是与梁山伯幼学,同窗三年方及笄;三是曾去齐鲁游学、苏州访友;四是十八相送是祝送梁游学;五是撞碑化蝶;六是马文才并非恶少,面对众人责难,高呼还我清白,离家向佛。

2. 浙江宁波:宋李茂诚《义忠王庙记》记述了当地流传的"梁祝"传说。称梁山伯,东晋会稽人,梁母梦日贯怀而孕,怀胎十二月方娩。长就学,道逢上虞祝英台,结为兄弟,同往肄业三年,祝先返,后二年,山伯访之上虞,始知祝乃女子。归告父母求姻,时祝已许鄮城马氏,弗遂。山伯叹曰:"生当封侯,死当庙食,区区何作论也。"后梁为鄮令,因疾不治,卒葬清道源。次年,祝适马氏,舟过墓所,风涛不能前。英台问知有山伯墓,临冢哀恸,地裂而埋。

当然,宁波民间还有更多的传说,如黄泉夫妻、梁显灵退寇、显灵除害等等。❽

宁波传说的特点,一是带有神话色彩,梁母与日交而孕、怀十二月而生、死后显灵退寇除害等;二是当梁得知祝字马氏后,称"生当封侯,死当庙食",爱情"区区何作论";三是梁当上县令;四是梁预知祝出嫁路线,引导英台祭奠,地裂而埋璧,奏封义妇冢;五是梁阴魂助战,封王立庙。

3. 山东济宁:明正德十一年的《梁山伯祝英台墓记》反映了当时当地流传的梁祝传说。称九曲村祝员外,家巨富,膝下只有独女英台。见世人读书致贵,光耀门庭,心里不是滋味。为解父忧,英台变笄易服,冒

【寻踪觅迹　察访梁祝】

357

充男子前往求学。于吴桥遇西居梁山伯,同从峄山先生授业。同窗三年,英台先返。一年后,山伯登门拜访,始知英台乃女子。数月后,山伯病故,葬吴桥东。西庄富户马郎迎亲时,英台想,吾尝心许为婚,现"更适他姓,是易初心也",乃悲伤而死。乡人谓其全节,从葬山伯墓。⑨

济宁是孔孟之乡,所以那里传说的特点,是把"梁祝"的生死恋,引导到儒家的轨道上去。一是英台易装读书,并非不守妇道,而是为了行孝,解父之忧;二是与梁山伯三年同窗,没有出轨;三是山伯病死,与马郎无关;四是山伯死后,英台想,我曾心许山伯,不能更适他人,于是舍身取义,体现了"从一而终"的儒家思想;五是英台从葬山伯墓,是乡党士夫敬佩英台,以遂生前之愿的义举。

4. 河南汝南:清末河南流传的"梁祝"传说称,梁、祝二人的父亲是挚友,两夫人同时怀孕,便指腹为婚。后来,祝父死了,梁家一贫如洗。祝母怕女儿受苦,便谎称生的也是男孩。到了入学年龄,梁家便约祝家同送儿子去读书,后来先生起了疑心,便叫英台退学。英台回家时,山伯去相送,此时英台已知山伯就是自己的未婚夫了,于是借物比喻,而山伯却不知情。后梁到祝家造访,方知祝为女子。后来,祝母嫌贫爱富,将祝另聘,梁闻知后悲愤而死。出嫁时,经梁墓祭,墓忽裂开,祝钻进后墓复合,化成蝴蝶。⑩现在汝南的传说称山伯家在梁岗、英台家在朱董庄、马郎家在马乡、于曹桥结拜、红罗山书院共读,分葬在京汉官道两侧。

河南传说的特点,一是指腹为婚,这是其他地区所没有的。由于有了前约,也为英台后来易装读书作了铺垫;二是十八相送时,英台早已知道山伯就是自己的夫婿了,于是有比喻挑逗,也不足为怪;三是祝母嫌贫爱富,赖婚另聘,这与前面的情节是互相呼应的。现在汝南的传说,没有了"指腹为婚"、"祝母赖婚",而以曹桥、红罗山为附着物,形成曹桥结拜、红罗山共学的传说;又以明二孝女墓为附着物,形成了"梁祝"分葬的传说。

5. 甘肃清水:清初当地的传说称,祝英台是五代梁时清水人,少有大志,伪装与里人梁山伯游学,同窗三载,祝心许伯,而伯不知其为女。学成归家,父母已许马氏。山伯闻而访之,不得,愤而卒,葬邽山麓。祝嫁时,经梁墓,祭拜时墓门忽开,祝投入,墓复合。⑪

清水的传说,称"梁祝"为五代梁代人,除笼统称为"里人"、葬邽山麓外,内容上并无新意。

6. 安徽舒城:清《菽园赘谈》记载当地流传的"梁祝"传说,称祝英台为良家女,伪为男服,出外游学。与梁山伯共枕三年,虽心悦之,终以礼自持,以智自卫,故梁不知其为女。他日归,以实告,且约梁速来家求婚。梁逾期至,父母已许字他姓,梁懊恨成疾死。及婚,路过梁墓,感旧伤情,一恸而绝。⓬

舒城的传说与清水类。唯英台分别时,以实告梁,约梁速来家提亲,与宜兴某一传说版本相类。舒城还有梁为县令的版本,与宁波传说类。且梅心驿祝姓甚多,故有其墓葬。

7. 广西柳州:广西各族的传说各有不同,以苗族传说最有特色。苗族传说称,梁、祝、马均为柳州人。祝兄考中探花,乐极生悲,一命呜呼,英台立志去庐山读书。道遇梁山伯,结为兄弟,同窗三年,临别托言嫁妹,望山伯早日提亲。英台回乡,太守之子马广为英台文才折服,托媒提亲。山伯三年归,闻祝已聘马氏,悔恨而死。英台出嫁,经梁家哭祭,化蝶而去。马广自尽,亦化蝶相随。清明上坟,三家争执,向巡按到此的包公告状。包公救醒三人,以头发飘向断梁、祝成婚。马广峨眉出家。山伯考中状元,拒韩相招亲,北征匈奴,困于辽阳。三年后,英台乔装寻夫赶考,亦中状元,招为韩婿,当夜说清缘由,与韩女同解辽阳之围,皇上赐韩女为山伯妾,梁、祝、韩三人共度天伦。⓭

柳州苗族传说的特色,一是马广乃达理才子,后出家为僧(与宜兴传说相类);二是包公阴领神旨,令三人死后还魂;三是以英台头发飘向断案,体现少数民族传说的特色;四是梁、祝还魂后均建功立业;五是大团圆结局。

(三)载体与平台的媒介作用,是传说长久流传的重要环节

过去,传说流传的主要载体有口传(传说、歌谣、曲艺、戏曲等)、文字记载两种,口传的形式主要在民众中传播,影响面较广,但内容易发生变化,且极易散佚;文字记载形式首先在文人中传播,范围稍窄,但流传的时间较为久远。只要这些书籍还在,只要这些书籍被人们读到,传说就会内容基本不变地一直流传下去。传播平台是一种特殊的口传载体,如寺庙、节会活动等。它并非刻意去传播传说,而是通过人们对活动的参与,扩大影响,使传说客观地得到传播。因此,它是口传载体的

一种补充。

纵观目前影响力较大的"梁祝"遗存地,都是与"有相对集中、完整的风物圈"、"传说融入当地风物圈形成独特风格的变异"、"有一定载体与平台的媒介作用"分不开的。以宜兴、宁波为例,这两地不仅有较为完整的传说风物圈,有融入该风物圈的当地的独特传说,还有出于晋唐且历代不衰的相关记载,更有一些有利于传说传播平台。这些文字记载(特别是写入志乘的记载),不仅能获得比口传载体(传说、歌谣、曲艺、戏曲等)更多的信赖,而且是新的变异的口传内容的源泉(如宜兴的《养则伢伲咧》、《梁、祝、马共读碧鲜庵》、《祝陵的传说》、《观蝶节的由来》,宁波多种"黄泉夫妻"的传说及梁山伯死后显灵救民的传说等等)。在传播平台方面,宜兴有在南北朝以祝英台故宅改建的善卷寺和民间传统的观蝶节。清以前善卷寺规模恢弘,寺内保存着"碧鲜庵"唐碑及其他有关"梁祝"的碑刻,保留着"祝英台读书处"。善卷寺旁有善卷洞,洞以三层重叠、钟乳奇异、地下涌泉著称,自古就是游览胜地。许多文人墨客游览后留下文字,形成新的记载内容,更加有利于传说的传播;宁波则有梁山伯庙和庙会。庙内不仅供奉着"梁祝",还保存着"梁山伯祝英台墓"以及李茂诚《义忠王庙记》、魏成忠《梁圣君庙碑记》等相关碑刻,民国间还建造了"娘娘殿"。梁山伯庙会传承已久,规模甚大,特别有利于"梁祝"传说在民众中的传播。

又如山东济宁,虽然记载滞后于宜兴、宁波,但从明正德重修梁祝墓后,记载也未间断。明代梁祝墓不仅有碑记,还建有墓祠,其守祠人无疑成为代代相传的传承人。况且,峄山的梁祝读书洞与万寿宫,亦是很好的传播的平台。

而如金陵、榆社、曲阜,虽安福寺俗呼"祝英台寺",或响堂寺有石如"梁祝",或孔庙有其"读书处",却并未形成当地的传说,当然成不了气候;又如陵县、胶州、元氏,均有祝英台墓或梁祝墓葬,也许还有当地的传说片段,但其墓临河,或"岁久河水冲啮"或"山水涨溢冲激",当遗址湮灭后,其说自然淡化直至消亡;再如清水、元氏,胶州,或认为"事出小说,莫详真伪",或以为"荒唐无据",说明已得不到认可,其说亦当自然地走向消亡。

重庆的铜梁,不仅有相对集中的风物圈,而且历史上确曾有"祝英台"其人。据民国《铜梁县志》，此人或名祝英召，因"召"与"台"字形相近，如其碑刻上的署名为行书，则可使人误读、误传为"祝英台"。这个祝英台(召)在清顺治二年(1645)张献忠屠川后，曾书"大欢喜"、"错欢喜"碑立于蒲吕滩河岸，因此名声鹊起。他死后不仅有"祝英台墓"，而且建起了"祝英台故里坊"，并与梁祝传说以及当地原有的"祝英山"、"祝英寺"产生了联系，使他名噪一时，以致死后不久就被方志收录。

关于蒲吕滩上的双碑，应是"大欢喜"碑在前，"错欢喜"碑在后。张献忠部追杀流民至蒲吕滩，可能有少数流民泅渡时抓到水中的漂浮物而逃脱，在传闻中被异化成"石梁渡人"。而祝英台的"大欢喜"碑，则是听到这一传闻后所题；但石梁终究不会浮起渡人，后来，祝英氏又听说大多数流民罹难，故复书"错欢喜"碑立其旁，致使内容相反的两碑并立。

但是铜梁毕竟不是梁祝传说的发源地，融入当地的传说亦不完整，故而三百年后的今天，当原有的遗存湮灭后，其传说也就逐渐失传。

然而，铜梁现在毕竟还存有一些当地的东西。除了"梁祝鸟"的传说外，铜梁还有"大欢喜与错欢喜"的传说，称祝英台读书回家后盼梁山伯来提亲，题"大欢喜"字于闺房，因山伯一直未来，又题"错欢喜"三字。梁山伯知道后，立"大欢喜"、"错欢喜"二碑。❶这一传说，虽由张献忠屠川后，里人祝英台(召)书"大欢喜"、"错欢喜"二碑的事变化而来，但却有其特色。另外，据说铜梁还有"雷打坟"、"化彩虹"的传说。雷打坟在梁山村，离祝英村不远，如果某一坟头被雷电击开，雷雨过又出现彩虹，人们把发生在梁山村的这一自然现象与"梁祝"联系起来，而产生"雷打坟开化彩虹"的传说，是毫不奇怪的。❶

因此，像铜梁这样的地区，有清代的历史记载，有较为集中的风物圈，并有一定的遗存(遗址与传说)，应当重点保护与恢复，并大力挖掘当地的民间传承，别让它被流逝的岁月完全淹没。

注释：

❶ 潘江、张博、扎西《梁山伯与祝英台家乡在铜梁?》，刊于2009年3月17日《重庆晚报》。

❷见《宜兴梁祝文化——史料与传说》、《宜兴梁祝文化——论文集》，方志出版社分别于2003年、2004年出版。

❸见《梁祝文化大观·学术论文卷》，中华书局2000年出版。

❹见济宁出土之明正德《梁山伯祝英台墓记》碑。

❺见《中国梁祝之乡文集》，中华书局2006年出版。

❻以上遗存：安徽舒城见2011年1月11日《新安晚报》；广西藤县见《梁祝文化论》第128-134页；其余见相关地方志及《梁祝文化大观·学术论文卷》。

❼见《宜兴梁祝文化——史料与传说》。

❽见宋李茂诚《义忠王庙记》及《梁祝文化大观·学术论文卷》、《梁祝文化大观·故事歌谣卷》。

❾见济宁出土之明正德《梁山伯祝英台墓记》碑。

❿见沅君：《祝英台的歌》，中山大学1930年2月12日《民俗周刊》。

⓫见清康熙、乾隆《清水县志》。

⓬谢云声《祝英台非上虞人考》，见中山大学1930年2月12日《民俗周刊》。

⓭过竹：《独具特色的苗族梁祝传说》，见《梁祝文化大观·学术论文卷》第662页。

⓮见周静书《梁祝文化论》第136页，人民出版社2010年出版。

⓯"雷打坟"见《梁山伯与祝英台家乡在铜梁？》，"梁祝化彩虹"传说见《梁祝文化论》第135-136页。

附录

梁祝申遗宁波共识(草案)

(2004年6月12日 浙江宁波)

  梁祝是中华民族宝贵的文化遗产,梁祝"申遗"不仅是梁祝遗存地区人民的心愿,也是海内外广大华人的共同希望。为了进一步保护梁祝文化,加快梁祝申遗步伐,6月12日,由中国梁祝文化研究会组织、宁波市主办的"中国梁祝申遗非正式磋商会"在宁波甬港饭店召开,各地交流了梁祝遗存的保护情况,就梁祝申遗工作进行了充分的讨论和磋商,最后达成了共识:梁祝遗存地区联合向联合国教科文组织申报非物质遗产代表作;申报工作由改组后的中国梁祝文化研究会承担义务和权利;中国梁祝文化研究会在2006年向国家文化部提交全部申报材料。磋商会后,中国梁祝文化研究会实行改组,研究会副会长由梁祝各遗存地区代表及有关专家担任,会长由中国民间文艺家协会决定。全国各梁祝文化遗存地区在"中国梁祝文化保护规划"的原则指导下,根据各地实际制定并实施梁祝保护规划,制定和实施保护措施与法规,做好梁祝非物质遗产代表作的各项工作,达到国家及联合国关于《宣布人类口头和非物质遗产代表作》的要求,确保梁祝文化列入《中国非物质遗产代表作预备名单》。

"梁祝"联合"申遗"磋商会备忘录

(2004年8月 江苏宜兴)

为扎实推进"梁祝申遗"进程,江苏宜兴、浙江杭州、山东济宁、浙江宁波、浙江上虞、河南驻马店四省六地,在2004年6月12日宁波非正式磋商会议上达成联合"申遗"共识的基础上,江苏宜兴、浙江杭州、山东济宁、河南驻马店于2004年8月29日在江苏宜兴开会磋商,形成如下备忘录。

一、关于尽快建立组织机构的问题

尽快完成中国梁祝文化研究会的改组工作。研究会会址设在北京,会长提请中国民间文艺家协会领导担任,副会长由各遗存地政府分管领导和一名专家担任,秘书长由会长任命非梁祝遗存地区领导担任,副秘书长由各地推荐一名专家担任。并通过建立工作班子,负责联合"申遗"的技术工作和日常性事务,吸收全国梁祝文化研究专家、学者和热心梁祝工作的人士为中国梁祝研究会成员。建议下次磋商会议为中国梁祝文化研究会的成立会议。

改组后的中国梁祝文化研究会的会长、副会长、秘书长、副秘书长,是"梁祝申遗"的民间领导机构,协助梁祝文化遗存地区政府通过国家有关部门向联合国教科文组织申报人类口头和非物质遗产工作,承担相应的义务,享受相应的权利。

各遗存地要尽力争取当地政府的支持和领导。

二、关于实质性启动联合"申遗"工程的问题

1. 起草联合"申遗"的制式文本(具体要求参照附件)。改组后的中国梁祝文化研究会委托专业机构负责起草"申遗"文本,交各地政府暨文化部门审阅、评估并认可,再由各省文化厅联合向国家文化部报送。

2. 制定详尽的梁祝文化保护规划和办法。按照"申遗"工作和文本规范制作的要求,各地要在"申遗"文本的框架内根据各地实际,制定梁祝文化遗存的保护规划、办法等相关法规和具体措施。

3. 进一步完善工作机制。梁祝"申遗"事务繁多,各地要加强联系与沟通、交流与合作,在"申遗"前期,每年的工作例会和相关活动由各地轮值举行,共同协调和解决"申遗"工作中出现的问题。无论何地召开会议,任何一方不应缺席。

4. 客观公正地举办活动和对外宣传。"梁祝"联合"申遗"程序启动后,各地可单独或联合举办学术研讨活动,进行相关的宣传报道,但必须本着客观公正的原则,按照"申遗"的要求开展外宣工作。

三、关于联合"申遗"的经费问题

1. 正常轮值活动或例会的经费开支,由轮值地负担。
2. 各地梁祝遗存的保护经费,由各遗存地区负责解决。
3. "申遗"活动必须之经费,原则上由各地分担。
4. 不可预测的经费开支,由各地磋商解决。

"梁祝"联合申遗倡议书

《梁山伯与祝英台》是我国古代四大民间传说中流传最广、影响力最大的故事,她不仅是我国的文化瑰宝,而且以"东方的罗密欧与朱丽叶"而享誉世界。2006年5月,经国务院正式批准,"梁祝传说"以四省六地(即:江苏省宜兴市、浙江省宁波市、杭州市、上虞市、山东省济宁市、河南省汝南县)合作申报名义列入了第一批国家级非物质文化遗产名录。为了进一步加强梁祝文化的学术研究、保护工作,更好地推进"梁祝"联合申遗,特提出以下倡议。

一、百家争鸣,深化梁祝文化的学术研究

梁祝文化学术研究应坚持"百花齐放、百家争鸣"的方针。由于梁祝文化涉及传说、歌谣、故事、民俗、宗教、曲艺、戏剧、文献、方志、考古等多种学科领域,因此不仅需要专门的学术研究,还需要跨学科、跨地域的综合研究。为此要倡导学术争鸣,鼓励求同存异,各遗存地要积极开展各种形式的学术交流活动,互通研究成果,实现资源共享。

要完善全国性的学术研究机构。中国梁祝文化研究会是中国民间文艺家协会下属的一个专门学术研究机构,其职能主要是学术研究。应按"共识"和"备忘录"的精神对该机构进行改组和完善,明确只要符合中国民间文艺家协会入会要求和对梁祝文化有一定研究的人员均可入会。同时,各地也可建立地区性的学术研究机构,以更好地推动梁祝文化的学术研究和保护工作。

二、各负其责,着力做好梁祝文化的遗存保护

要增强保护责任性。各遗存地政府应高度重视梁祝文化保护工作,把梁祝文化的保护纳入政府工作目标,切实加强领导,建立组织机构,要立足自身,各负其责,增强保护的责任性和使命感,真正把各遗存地的保护工作抓好抓实。

要认真落实保护措施。各遗存地应按照国家和联合国关于"人类口头和非物质文化遗产代表作"的要求，根据各地实际，制订保护规划和管理办法，明确保护范围、保护内容和保护措施，落实保护资金，加大保护宣传和推介力度，实施保护计划，并通过学术研究对口传文化及传承等进行抢救性保护和挖掘，建立保护和传承的有效机制。同时正确处理好保护工作与旅游发展的关系。

三、加强合作，联合申报世界非物质文化遗产

首先，要组建联合"申遗"委员会。为了体现平等公正，避免各自为政，建议由四省六地共同组建"中国'梁祝传说'联合申报世界非物质文化遗产委员会"（简称"申遗"委员会），作为各遗存地政府联合"申遗"的联络、协调、议事的临时性机构，由各遗存地政府各派三位代表作为委员会成员。

其次，要完善"申遗"工作机制。"申遗"委员会每年至少召开一次会议，任何一方不应缺席，如缺席应作为该地认可会议内容。会议由各地轮值举行，"申遗"委员会只设轮值执行主任，轮值地委员会成员中的主代表为轮值执行主任，负责会议的相关工作安排。

第三，要明确"申遗"主要事项。一是要委托专业机构落实申报"申遗"文本（包括声像资料）工作，各遗存地应积极配合；二是"申遗"的经费问题，可根据"宜兴备忘录"的精神进行合理分担；三是申报"申遗"文本的讨论、确定及其申报程序，应按照国家相关规定由各地专题进行商议。

我们坚信，在各梁祝遗存地的紧密合作下，梁祝文化一定能早日跻身于世界非物质文化遗产之列，梁祝文化这一中华民族传统文化艺术瑰宝必将散发出更加夺目的光彩。

宜兴市梁祝文化工作领导小组
华夏梁祝文化研究会
二〇〇六年六月九日

参考文献

1. 《影印文渊阁四库全书》,(清)永瑢、纪昀等修纂。第 472~473 册、484~487 册、490~493 册、507~512 册、519~526 册、850 册、867~882 册、968~972 册、1042 册、1147~1149 册、1159 册、1179 册、1251~1253 册、1279~1284 册、1322 册、1363 册、1423~1431 册、1469 册,台湾商务印书馆 1986 年 3 月初版。
2. 《续修四库全书》,续修四库全书编纂委员会编。第 584 册、706 册、1135 册、1179 册、1183~1184 册、1189~1192 册、1198~1199 册、1260 册、1337 册、1758 册、1784 册,上海古籍出版社 2002 年 3 月第 1 版。
3. 《四库全书存目丛书》,四库全书存目丛书编纂委员会编。史部第 167 册、173~175 册、179~181 册、190 册、192 册、200 册、250 册、252 册,济南:齐鲁书社 1996 年 8 月第 1 版。
4. 《四库全书存目丛书》子部第 104~105 册、113 册、190 册、425 册. 齐鲁书社 1995 年 9 月第 1 版。
5. 《四库全书存目丛书》集部第 70 册、115 册、144 册、382 册、425 册,齐鲁书社 1997 年 7 月第 1 版。
6. 《四库禁毁书丛刊》史部第 18 册、21 册、22 册,北京出版社 2000 年 1 月第 1 版。
7. 《四库未收书辑刊》(七辑 19 册),四库未收书辑刊编纂委员会编,北京出版社出版。
8. 《宋元方志丛刊》,第 3 册、5 册、6 册,中华书局 1990 年 5 月出版。
9. 《中国地方志集成/江苏府县志辑》,第 7 册、27~28 册、36 册、39~40 册、67 册,南京:江苏古籍出版社 1991 年 6 月出版。
10. 《中国地方志集成/浙江府县志辑》,第 1 册、4~5 册、12~18 册、30 册、39~40 册、42 册、59~60 册,上海书店 1993 年 6 月出版。
11. 《中国地方志集成/山东府县志辑》,第 10~11 册、39 册、72 册、79 册,南京:凤凰出版社 2004 年 10 月出版。
12. 《中国地方志集成/山西府县志辑》,第 18 册,凤凰出版社 2005 年 5 月出版。
13. 《中国地方志集成/四川府县志辑》,第 42 册,成都:巴蜀书社 1992 年 8 月出版。
14. 《中国地方志集成/安徽府县志辑》,第 22 册,江苏古籍出版社 1998 年 4 月出版。
15. 《中国地方志集成/上海府县志辑》,第 6 册,上海书店 1991 年 6 月出版。
16. 《南京图书馆孤本善本丛刊/明代孤本方志专辑》,北京:线装书局 2003 年出版。
17. 《故宫珍本丛刊/州府县志》,故宫博物院编,总 64 册、83 册、95 册,海南出版社 2001 年

6月出版。

18. 《故宫珍本丛刊》，故宫博物院编，总595～608册、621～632册，海南出版社2000年10月出版。
19. 《中国方志丛书/华中地方》，第53号、419号、422～423号、544号，台湾成文出版有限公司出版。
20. 《中国方志丛书/华南地方》，第124号，台湾成文出版有限公司出版。
21. 《中国方志丛书/华北地方》第403号，台湾成文出版社1976年第1版。
22. 《日本藏中国罕见地方志丛刊》，北京：书目文献出版社1992年出版。
23. 《丛书集成汇编》集部123册，上海书店出版社出版。
24. 《丛书集成续编》，第53册、104册、123册、161册，上海书店出版社1994年出版。
25. (宋)《咸淳毗陵志》，史能之纂修，清乾隆间陈鳣抄本。
26. (宋)《咸淳毗陵志》，史能之纂修，清末沙彦楷校抄本。
27. (明)洪武《常州府志》，谢应芳纂，清嘉庆三年/1798抄洪武十年刻本。
28. (明)万历《宜兴县志》，王升纂，万历十八年/1590刻本。
29. (明)万历《常州府志》，唐鹤征纂，万历四十六/1618年刻本。
30. (清)康熙《江南通志》，张九征等纂，康熙二十三年/1684刻本。
31. (清)康熙《重修宜兴县志》，徐喈凤纂，乾隆二年/1737增刻。
32. (清)嘉庆《新修宜兴县志》，宁楷纂，同治八年/1869木活字本。
33. (清)嘉庆《新修荆溪县志》，宁楷纂，同治八年/1869木活字本。
34. (清)道光《续纂宜兴荆溪县志》，吴德旋纂，道光二十年/1840刻本。
35. 王培宗《江苏省乡土志》，民国二十七年/1938铅印本。
36. 吴廷燮《江苏备志稿》，民国三十一/1942年修(稿本)。
37. 缪荃孙《江苏省通志稿》，民国三十四/1945年铅印本。
38. (清)康熙《重修镇江府志》，张九征纂，康熙十四年/1675刻本。
39. (清)康熙《苏州府志》，卢腾龙修，康熙辛未/1691刻本。
40. (明)释方策《善权寺古今文录》，弘治甲子/1504初刻，清嘉庆抄本。
41. (明)吴仕《颐山私稿》，嘉靖庚子/1540刻本。
42. (明)王稚登《王百穀集》，万历癸未/1583刻本。
43. (明)彭大翼《山堂肆考》，万历四十七年/1619刻本。
44. (明)陈仁锡《潜确居类书》，崇祯刊本。
45. (明)冯梦龙《情史》，冯梦龙原本，芥子园藏版。
46. (明)无名氏《皇明寺观志》，辑于天顺五年/1461后。
47. (清)黄维观《锦字笺》，康熙二十八年/1689刻本。
48. (清)陈维崧《湖海楼全集》，康熙二十八年/1689刻本。
49. (清)陈维峏《亦山草堂遗稿》，康熙庚午/1690刻本。

50. (清)史承谦《小眠斋词》,乾隆丁未/1787刻本。

51. (清)徐滨《宜兴县志刊讹》,乾隆癸丑/1793刻本。

52. (清)吴骞《阳羡摩崖纪录》,嘉庆丙辰/1796刻本。

53. (清)吴骞《拜经楼丛书二十九种》,嘉庆壬戌/1802刻本。

54. (清)万贡琛《祝英台近山房诗词钞》,道光庚戌/1850刻本。

55. (清)张鹤《仙踪记略(续录)》,光绪七年/1881刻本。

56. (清)芦抱经《常郡八邑艺文志》,光绪十六年/1890刻本。

57. (清)金武祥《粟香四笔》,光绪十七年/1891刊本。

58. (清)陈梦雷《古今图书集成》,中华书局1934年出版。

59. (宋)《宝庆四明志》,罗濬等纂,清咸丰四年/1854甬上徐氏烟屿楼刻本,民国二十五年/1936浙江图书馆增补。

60. (明)成化《四明郡志》,杨寔纂,成化四年/1468刻本。

61. (明)嘉靖《宁波府志》,张时彻纂,嘉靖三十九年/1560刻本,抱经楼藏书。

62. (明)万历《新修上虞县志》,万历三十四年/1606徐待聘纂,上虞市广电新闻出版局2008年根据印影新刻。

63. (清)康熙《上虞县志》,郑侨纂修,康熙十年/1671刻本。

64. (清)康熙《宁波府志》,李廷机修纂,康熙二十二年/1683刻本。

65. (清)康熙《浙江通志》,赵士麟修,康熙二十三年/1684刻本。

66. (清)咸丰《鄞县志》,周道遵纂,咸丰十五年/1865刻本。

67. (清)光绪《新修鄞县志》,徐时栋纂,光绪二年/1876刻本。

68. (清)光绪《上虞县志》,唐煦春修,光绪十七年/1891刻本。

69. (清)康熙《嘉兴府志》,袁国梓纂修,康熙二十一年/1682刻本。

70. (清)康熙《嘉兴府志》,吴永芳修,康熙六十年/1721刻本。

71. (清)康熙《嘉兴县志》,何鋐修,康熙二十四年/1685刻本。

72. (清)嘉庆《嘉兴县志》,赵唯崡修,嘉庆六年/1891刻本。

73. (清)康熙《杭州府志》,杨鼐纂,康熙二十六/1687年刻本。

74. (清)谢宗泰《天愚山人诗集》,康熙丙戌/1706刻本。

75. (清)周容《春酒堂诗》,康熙丙戌整理,宣统二年/1910刻本。

76. (清)翟灏《湖山便览》,乾隆刻本。

77. (清)翟灏《通俗编》,乾隆十六年/1751刻本。

78. (清)汪汲《词名集解续编》,乾隆甲寅/1794刻本。

79. (清)徐兆昺《四明谈助》,道光丁亥/1827刻本。

80. (清)徐时栋《四明六志校勘记》,咸丰四年/1854甬上徐氏烟屿楼刻本。

81. (清)姚培谦撰、赵克宜增补《角山楼增补类腋》,咸丰己未/1859刻本。

82. (清)陈劢《运甓斋诗稿续编》,光绪二十年/1894刻本。

83. （清）康熙《邹县志》（残卷），朱成命修，康熙十二年/1673 刻本。

84. （清）舒梦兰《天香全集》，嘉庆刻本。

85. （清）侯文龄《绎山志》，同治三年增订本。

86. （清）乾隆《胶州志》，周於智、宋文锦修，乾隆十七年/1752 刻本。

87. 孔宪尧等《历代邹县志十种》，中国工人出版社 1995 年 1 月第 1 版。

88. 《邹县旧志汇编》，邹县地方史志编纂委员会办公室 1986 年编纂。

89. 田振铎《峄山新志》，济宁市新闻出版局 1993 年出版。

90. （清）同治《元氏县志》，赵文濂纂，光绪元年/1875 刻本。

91. 李英辰《元氏县志（五志合刊）》，中国文史出版社 2007 年出版。

92. （清）乾隆《清水县志》，朱超修纂，乾隆六十年/1795 刻本。

93. 王凤翼《清水县志》，民国三十七年/1948 石印本。

94. （清）康熙《榆社县志》，佟国弘修，康熙十三年/1674 刻本。

95. （清）乾隆《榆社县志》，费映奎修，乾隆八年/1743 刻本。

96. （清）道光《铜梁县志》，徐瀛修，道光十二年/1832 刻本。

97. 郭朗溪《新修铜梁县志》，1949 年完稿，铜梁县地方志办公室 1992 年刊印。

98. （清）道光《重庆府志》，寇宗纂，道光二十三年/1843 刻本。

99. （清）康熙《汝阳县志》，李根茂纂，康熙二十九年/1690 刻本。

100. （清）嘉庆《汝宁府志》，王增等纂，嘉庆元年/1796 刻本。

101. 李成均《重修汝南县志》，民国二十七年/1938 石印本。

102. （清）康熙《舒城县志》，张文柄修，康熙十二年/1673 刊本。

103. （南唐）徐铉《徐省骑集》，光绪十六年本，商务印书馆出版。

104. 徐沄秋《阳羡奇观》，民国二十四年/1935 寿楣出版社出版。

105. （明）王圻、王思義《三才图会》，上海古籍出版社 1988 年出版。

106. （明）陆容《元明史料笔记丛刊/菽园杂记》，中华书局 1985 年 5 月出版。

107. 孙毓修《涵芬楼秘笈》(1916 年本)，北京图书馆出版社 2000 年 11 月第 1 版。

108. 张宏生《戈鲲化集——中美文化交流的先驱》，江苏古籍出版社 2000 年出版。

109. 《潮州说唱：梁山伯与祝英台》，清末石印本。

110. 《新刻梁祝同窗柳荫记》，清末石印本。

111. 《绘图梁山伯祝英台夫妇攻书还魂团圆记》，清末线装书。

112. 《绘图梁山伯祝英台》，清末石印线装书，上海文益书局出版。

113. 《梁山伯与祝英台楼台会》，民国石印本。

114. 《哀情小说梁山伯》，上海振寰小说社版社。

115. 任常侠《杂剧祝梁怨》，民国二十四年/1935 刊行。

116. 《新刻祝英台全本》（又名《新刻山伯同窗还魂全本》），民国洪江左文堂发兑。

117. 路工《梁祝故事说唱集》，上海古籍出版社 1985 年 8 月出版。

118. 广州中山大学《民俗周刊》第92期,1930年1月出版。
119. 广州中山大学《民俗周刊》第93、94、95期合刊《祝英台故事专号》,1930年2月出版。
120. 钱南扬《汉上宦文存　梁祝戏剧辑存》,中华书局2009年11月出版。
121. 《梁祝文化大观》(故事歌谣卷、曲艺小说卷、戏剧影视卷、学术论文卷),周静书主编,中华书局2000年8月出版。
122. 《中国古代文学研究高层论坛论文集》,西北大学文学院编,中华书局2004年11月出版。
123. 《东方的罗密欧与朱丽叶——梁祝口头遗产文化空间》,陈勤建主编,黑龙江人民出版社2005年9月出版。
124. 《名家谈梁山伯与祝英台》,钱南扬等著,陶玮选编,北京:文化艺术出版社2006年1月出版。
125. 《非物质文化遗产学论集》,陶立璠、樱井龙彦主编,北京:学苑出版社2006年10月出版。
126. 周静书、施孝峰《梁祝文化论》,人民出版社2010年12月出版。
127. 《宜兴梁祝文化——史料与传说》,汤虎君主编,北京:方志出版社2003年出版。
128. 《宜兴梁祝文化——论文集》,王建国主编,方志出版社2004年出版。
129. 《梁祝文化　源远流长》,宜兴市政协学习和文史委员会编,江苏人民出版社2012年8月出版。
130. 《梁山伯祝英台家在孔孟故里》,樊存常主编,济南:山东文化音像出版社2003年出版。
131. 《梁祝传说源孔孟故里》,樊存常主编,北京:文物出版社2005年8月出版。
132. 《中国梁祝之乡文集》,张德轩主编,中华书局2006年8月出版。
133. 《夹注名贤十抄诗》,高丽释子山夹注,查屏球整理,上海古籍出版社2005年8月出版。
134. 李剑国《唐五代志怪传奇叙录(下册)》,南开大学出版社1993年出版。
135. 金基元(韩)《韩国小说〈梁山伯传〉与中国传说"梁祝"的比较研究》,《中国学研究》第八辑,济南出版社2006年5月出版。
136. 朱苏力《从历史的意义来认识梁祝悲剧——朱苏力教授在耶鲁大学的演讲(节选)》,2004年2月15日《文汇报》。
137. 何平哲《"梁祝"家乡在济宁》,2003年第1、2期《齐鲁集邮》。
138. 屈正平《汝南风土记》,呼和浩特:远方出版社2002年8月出版。
139. 张士闪《山东民间文化背景下的梁祝故事——关于济宁马坡〈梁山伯祝英台墓记〉的民俗分析》,《齐鲁艺苑》2005年第2期。
140. 《浙东文化》(1998年第1期),宁波市文物考古博物馆学会主编,1998年6月出版。
141. 马时雍《万松书院》,杭州出版社2003年3月出版。
142. 谢国桢《明清笔记谈丛》,中华书局1960年出版。

143. 《李渔全集(修订本)》,浙江古籍出版社 1992 年 10 月第 1 版。
144. 《冯沅君古典文学论文集》,山东人民出版社 1980 年 8 月出版。
145. 严蓉仙《冯沅君传》,人民文学出版社 2008 年 8 月出版。
146. 《宋代文化研究(第 3 辑)》,四川大学古籍整理研究所、四川大学宋代文化研究资料中心编,四川大学出版社 1993 年 11 月出版。
147. 《历代碑志丛书》,中国东方文化研究会历史文化分会著,江苏古籍出版社 1998 年出版。
148. 薛瑞生《东坡词编年笺证》,西安:三秦出版社 1998 年出版。
149. 龙榆生《唐宋词格律》,上海古籍出版社 1978 年出版。
150. (明)沈璟《广辑词隐先生增订南九宫词谱》,明刊本,民国二十五年/1936 国立北京大学出版社出版。
151. (明)徐庆卿《汇纂元谱南曲九宫正始》,民国二十五年/1936 北平戏曲文献流通会出版。
152. (明)杨慎《词品》,上海古籍出版社 2009 年 8 月出版。
153. 《考正白香词谱》陈栩、陈小蝶考正,上海古籍书店 1981 年 5 月印行。
154. 《中国人名大辞典》,商务印书馆 1921 年 6 月第 1 版。
155. 《中国历代人名大辞典》,上海古籍出版社 1999 年 12 月第 1 版。
156. 《民俗研究》2005 年第 3 期,山东大学主办,2005 年 9 月出版。

后 记

《万喜良与孟姜女》、《董永与七仙女》、《梁山伯与祝英台》和《许仙与白娘子》,是中国古代的四大爱情传奇,而其中又以《梁山伯与祝英台》影响最大、流传最广。它不仅是中国文化的瑰宝,而且以"东方的罗密欧与朱丽叶"饮誉世界。

梁祝传说发端于宜兴,首传于江浙,而后逐渐传遍全国各地甚至海外。长期以来,它的传播以口传为主,所以历史上记载甚少。从2001年起,笔者就奋力搜集历代"梁祝"资料,特别是2003年退休后,便以此为"工作",自费奔波于北京、天津、上海、南京、杭州、重庆各图书馆间,并考察了一些梁祝传说的遗存地,不仅收获颇丰,而且发现当下学术界引用某些资料的问题,也发现自己原有某些观点与判断的错误。在复旦大学查屏球教授的启示下,这本学术研究著作终于付梓了。

本书出版的目的,一是全面反映截至清末、现存并发现的志乘、古籍中的"梁祝"记载,共计有136部、篇,提供给各研究者,实行"资源共享";二是指出当前学术研究中引用书目及文字的错误,同时表达个人对前人一些观点的认同与否定,供研究者参考;三是全面反映多年之研究成果,不仅通过多角度的考证,阐述梁祝传说"发端于宜兴,首传于江浙"的观点,还反映梁祝传说的传播"在辐射中回流、在流传中变异"的观点以及梁祝传说传播中产生"宜兴、宁波、济宁三个辐射源"的观点;四是强调"发源地也是流传地,遗存地也可能是某个情节发源地"的观点。另外,本书还附有照片及相关资料原件影印件120余帧(除署名外均为笔者摄影),亦供读者参考。

在本书的写作与出版过程中,得到国际亚细亚民俗学会名誉会长陶立璠教授、中国民间文艺家协会陶思炎副主席、上海市民俗学会仲富兰会长、中国民俗学会田兆元理事、复旦大学查屏球教授、日本立命馆大学芳村弘道教授、华东师范大学傅绍昌教授的指导,得到陈健、叶聚森、蒋尧民、缪亚奇、韩其楼、史国兴、陈宝明、杨东亮、汤家骏、陈茆生、卫平、王海琴、王辰熙、徐建亚等人的帮助,得到国家图书馆、上海图书馆、南京图书馆、天津图书馆、浙江图书馆、重庆图书馆、曲阜师范大学图书馆的支持,特别是上海将军书画联谊会会长田金生少将(宜兴籍),于百忙中为我题写书名,在此,一并表示由衷的感谢。

2004年,浙江宁波、上虞、杭州、江苏宜兴、山东济宁、河南汝南等四省六地达成"梁祝传说"联合申报世界口头与非物质文化遗产的共识。2006年,经国务院批准,"梁祝传说"进入了中国第一批非物质文化遗产名录。"梁祝申遗"在一定程度上促进了遗产保护,但目前仍然存在一定的问题。笔者认为,进入国家级非物质文化遗产名录只是阶段性的目标,并不是最终目的。下一个目标是申报"世界人类口头与非物质文化遗产代表作",最终目的是通过"世界申遗",弘扬包括梁祝文化在内的伟大民族文化,使"梁祝文化"遗产得到有效的保护,并使之不断传承、光大。

就总体而言,学术研究是"联合申遗"的重要支撑,但学术研究并不等同于"联合申遗"。学术研究可以"标新立异,各抒己见",而"联合申遗"则要求"求大同、存小异"。因此,一定要摆正学术研究与"联合申遗"的位置,处理好两者关系,同时做好这两方面的工作。

梁祝传说经过千百年的流传,国内许多地区都有"梁祝"的记载和遗存。在这种情况下,任何一地单独"申遗"或多头"申遗"都是行不通的。实现各遗存地的联合,走"联合申遗"之路,才是唯一正确的选择。同时,现在"梁祝传说"已经流传到国外,并与当地的民俗、风物相结合,形成了国外的版本。查屏球教授曾带过一名叫金基元的韩国研究生,他的《韩国小说〈梁山伯传〉与中国传说"梁祝"的比较研究》(2006年《中国学研究》第八辑),介绍了韩国多种"梁山伯传"的版本,如咸镜道的巫歌(梁山伯与秋阳台的故事)、咸镜道(致圆台与梁山福的故事)、济州(自请妃与文道令的故事)、古代小说《梁山伯传》(梁山伯与秋阳台的故事,情节与巫歌有所不同)等,这些故事,不仅融入了当地的风物,而且地点、姓名有所改变,情节上除了女扮男装学习与殉情同葬外,其他内容都不相同,完全变成了韩国的传说版本。而且,金基元说,在韩国,一般的研究者都否认梁祝传说源于中国,强调《梁山伯传》是韩国固有的文学创作"。因此，从保护与抢救中华民族的优秀历史文化遗产出发，"梁祝传说"申报世界非物质文化遗产是国人义不容辞的责任。

梁祝文化内涵深邃，不仅涉及传说、歌谣、故事、民俗、宗教、曲艺、戏剧、文献、方志、考古、音乐、舞蹈、美术、工艺、影视等多个领域的研究，更涉及对遗存的发掘与抢救，涉及对遗址、遗迹的保护与恢复。不仅需要学术界的努力，还需要全社会的支持，更需要各级政府的领导与重视。本书研究的，仅仅涉及文献与方志部分，还有更多的领域，需要和大家一起去探索。笔者希望本书能为"梁祝"遗存的发掘作出微薄的贡献，也希望通过大家的共同努力，让梁祝文化这个国之瑰宝千古传承，永远发出璀璨的光芒。

本书由于引文较多，且多古文，在征引、勘校过程中难免出现疏漏、错误，祈请各研究者与读者批评指正并予谅解。

路晓农于上海静庵
2013年秋